李国瑞 著

山花烂漫时

陕西师范大学出版总社

图书代号：WX22N1566

图书在版编目（CIP）数据

山花烂漫时 / 李国瑞著． — 西安：陕西师范大学出版总社有限公司，2022.10
　　ISBN 978-7-5695-3058-2

Ⅰ．①山… Ⅱ．①李… Ⅲ．①长篇小说－中国－当代 Ⅳ．①I247.5

中国版本图书馆CIP数据核字（2022）第105794号

山花烂漫时
SHANHUA LANMAN SHI

李国瑞　著

出版统筹	刘东风　郭永新
责任编辑	马凤霞
责任校对	刘　定
封面设计	张潇伊
出版发行	陕西师范大学出版总社
	（西安市长安南路199号　邮编710062）
网　址	http://www.snupg.com
印　刷	西安市建明工贸有限责任公司
开　本	720mm×1020mm　1/16
印　张	23.5
插　页	1
字　数	380千
版　次	2022年10月第1版
印　次	2022年10月第1次印刷
书　号	ISBN 978-7-5695-3058-2
定　价	69.00元

读者购书、书店添货或发现印装质量问题，请与本公司营销部联系、调换。
电话：（029）85307864　85303629　传真：（029）85303879

序　章

　　金楚大酒店，A 市有名的大酒店，位于市中心，三十多层楼，高耸醒目。耿浩抬头看了一眼，只觉阳光刺眼。

　　进出这个酒店的，无一不是西装革履、名牌加身的精英人士。他们从耿浩身边走过，相互谈论着工作，话不多，气势却很足。

　　耿浩只需将视线从这些精英身上移开，就能在酒店的金属门框上看见自己的身影。黑框的眼镜，白色的衬衫，黑色的牛仔裤，外加一双打折摊上买来的三十五块的运动鞋。虽是一身的廉价货，却也整整齐齐的。

　　他这套休闲衣装，与面前这家金碧辉煌的酒店以及那些利索的精英们似乎有些不搭。

　　其实，他现在的状态和这整个城市都不搭。

　　城市太过喧嚣。

　　此时此刻，繁华的街道上车水马龙，一些商场里放着音乐。耿浩隐约能听到其中一家在放着某部最新电视剧的主题曲。

　　这部电视剧听说最近很火，女主演是他的大学同学李英。只不过，她现在用的是艺名。一时之间，他也记不起来李英的艺名叫什么，只是偶尔上网时看到她的身影。媒体都说她这个当年的花瓶女星，一步步用实力让自己成为演技派。

　　耿浩伸手抬了抬黑色的眼镜框，望着旋转的门，神色恍惚。

　　这家气势恢宏的酒店，归耿浩的大学同学何方所有。金楚是个连锁酒店牌子，这只是其中一家。当初何方毕业，从父亲那里借来资金，投资了酒店行业。目前，已是该行业的领头羊。

　　除了他们俩，还有其他的同学，有的成了房地产大亨，有的成了人人尊敬的大学老师……

　　作为他们的同学，每一次得知他们取得的成就，耿浩都会莫名地自豪，并为他们骄傲。

　　说起来，他大学期间也是相当优秀的。当年以省文科状元的成绩入校。当了四年的班长、三年的院学生会部长，年年拿各种奖学金，成绩一直名列前茅，是全班甚至全院的骄傲。

　　他这个骄傲，现今跟大家比起来，好像是差了很多？

　　耿浩忽然抿唇一笑，带着些许自我调侃的意味儿，也有着几分忐忑。忐忑的是不知道多年后，老同学相见时，是否还会一如当初般亲热。

　　十年光阴，一切看起来变幻得那么快，又好像什么都没有变过一样。

　　十年前，他也以为十年后的自己会像这些同学一样，扎根城市，闯出一片天。

　　但经历过才知道，什么才是更适合自己的。

01　毕业季

　　十年前。

　　2008 年。

　　一个很是平常的午后，耿浩正在宿舍睡午觉。突然，手机震动了一下，收到一条短信。只是匆匆扫了一眼，耿浩顿时脸色大变，睡意全无，瞬间从床上弹起，草草地穿上鞋就冲了出去。

　　"耿浩，出什么事儿了？"

　　嘭！

　　室友的询问声淹没在关门的巨响之中。

　　烈日之下，耿浩一路狂奔，几次撞到路人，只是匆匆道了歉，就继续往前跑。眼前的景物迅速往身后移动，速度带动气流，大量的热气扑面而来。很快，他的眼睛被汗水遮住，用手一抹，加快了速度。

　　十分钟后，他到了女生宿舍楼下，和自己的女朋友杨灵撞了个正着。

杨灵头上戴着遮阳帽，手里拉着粉色的行李箱，正和簇拥着她的室友依依惜别。她似乎没想到耿浩会来，怔了一下。下一刻，耿浩就带着热气到了杨灵面前，喘着粗气，额头布满密密麻麻的细汗，身上的白色短袖已经被汗水浸湿。

"你要去哪儿？"

耿浩来不及缓和气息，迫不及待地盯着她问。问罢，咽了咽口水，滋润了下干涩的喉咙，用手抹去眼睛边儿的汗水。刚刚，杨灵的室友给他发消息，说杨灵要走了，让他赶紧过来见最后一面。

杨灵飞扬的神采瞬间黯然，看着他欲言又止，满是内疚。

"你要走怎么也不跟我说一声？"

耿浩继续追问，胸口因气息不稳而起伏。

"我怕我说不出口。"半晌，杨灵才回了一句，再抬眼看他时，脸上已经带了无奈的笑意，"家里让我出国，已经安排好了，明天就走。"

耿浩一时脑子发蒙，难以相信这个突如其来的消息，手足无措地看着杨灵："你，你从来没说过出国的事，怎么突然……"

"家里突然安排的。"杨灵对上耿浩的视线，咬了咬嘴唇道，"我准备等去了国外再跟你说这件事。"

"所以，你从来没考虑过我的感受？"耿浩一时着急，语气不免有些重，"知道这件事的时候，你应该跟我说的……"

"跟你说有什么用？难道你要考到国外吗？"杨灵突然满腹委屈，生气地看着耿浩，"我就是因为考虑了你的感受，才一直不敢告诉你。我知道你是有能力考到国外的，但是你会去吗？"

杨灵轻飘飘的质问就像那一根压倒骆驼的稻草，击碎了耿浩的最后一点侥幸。

是，他不会去，也不能去。

就算考上了国外的名牌大学，就算他可以靠奖学金解决学费问题，他也不会去。国外高昂的生活费，是他勤工俭学也很难负担得起的。他的父母在他小学时就因遭遇泥石流去世，他一直住在伯父家，为了早日独立，减轻伯父家的压力，他放弃了考研深造，决定毕业就工作。

"你也无话可说不是？"杨灵冷笑一声，"我之前就问过你，有没有出国留学的想法,你也跟我说过你的情况。知道你有很多无奈和困难,所以我不想给你增加思想负担。我也一样,有很多的无奈,不得不听从家里的安排。"

一切似乎都已成定局,耿浩好不容易平复下来的气息再次因为这句话而剧烈起伏,眼里满是凄然,却仍执拗地看着杨灵。三年的感情,他不想就这么因为外部原因而断了。

"那么,我们呢?"

"我们……"杨灵攥紧了手里拉杆箱的拉杆,垂眸不去看他,低声道,"我三年之后才能回来,你觉得,异国恋会有好结果吗?"

耿浩觉得眼前发黑,胸口被什么东西狠狠闷住,让他喘不过气来。被生活压迫的深深无奈化作一腔怨恼。

"说到底,还是因为我是从山村出来的,没有钱,没有背景,配不上你。"

"耿浩,我没那个意思。"杨灵忙打断他的话,眼眶里泛起一层泪花,"你很优秀,是任何人都比不上的。只是,我们注定不能在一起罢了。我不能让你跟我去国外,也不想让你白白等我。你会遇见一个更适合你的。"

杨灵句句诚恳,落进耿浩的耳朵里,却直接刺痛了他的心。

大学四年,他是班长,她是团支书。他后来做了院学生会部长,她做副部长。一起工作了四年,朝夕相处,他们是最合拍的。兴趣爱好上,他们也能一拍即合。

如果这样的一对都是不合适的,都是不能在一起的,那怎样的人才能在一起?

"如果真的不合适,只是因为你是千金大小姐,而我只是个穷小子。"

耿浩能想到的,就只有这么一个理由,也只有他的出身,是他现在怎么都改变不了的。就算他现在应聘进了世界五百强企业,可还是要从基层职员开始做起。

"耿浩,你能不能别这么妄自菲薄?我之前怎么没发现你是这么没出息的一个人?"杨灵有些恨铁不成钢,立直了身子,气愤瞪他,"是,就是因为这个,咱们俩才不得不分开,有本事,你毕业就去努力工作挣钱!时候不早了,我爸还在校门口等着。你也别送了,他不想见到你。我们就这样分手吧。"

一串狠话说完,杨灵拉起箱子,大步朝校门口走去,决绝得没有一丝留恋。

"分手"两个字在耿浩脑袋里轰然炸开,将他想象过的美好炸得粉碎。前阵子才发生了一场举国震惊的大地震,令他想起了父母因泥石流而亡的事情,沉浸在痛苦的回忆中。现在,他似乎再次感受到世界突然坍塌的悲惨。

不一样的是,经受过一次打击的他不再像小时候那般坐在路边号啕大哭。

耿浩就眼睁睁看着她离开,脑子里一片混沌,只觉浑身无力,看什么都有些茫然。

那天,他在学校的湖边坐了好久好久,看着太阳落下,月亮升起,再次看着月亮落下,太阳升起。

回到寝室时,他什么都没说。室友得了小道消息,试探着安慰过一两次,之后便没人轻易再提。

那段时间,正好是毕业前,毕业论文正在紧张准备中。耿浩的状态一直不对,论文写了又改改了又写,始终有问题。

室友何方看不下去,彼时正好学校发布了支教计划通知,就没好气地骂耿浩:"你这个校园男神一样的人物,再找个女朋友根本不是事儿。失个恋,就成这厌样了?你要是真过不去这个坎儿,就去西部支教去。有什么毛病,一趟上山下乡就全解决了。"

何方只是跟以往一样,日常一骂,日常激励耿浩振作。

万万没想到,耿浩真的报了名。

更没想到,耿浩真的申请到了半年的支教机会。为此,他还放弃了去世界五百强企业工作的机会。

事后,何方不用别人怪,自己都想扇自己几个嘴巴子。

所有人都以为耿浩是被何方刺激,是一时激动,只有耿浩自己知道,他是深思熟虑过的。

他辛辛苦苦从大山里考出来,确实不是为了一蹶不振成个废物,可他现在确实陷入迷茫。或许,重新回到人生努力的起点,就可以再一次看清自己的人生目标。

而他努力的起点,就是在初中时,遇见了人生的贵人——一位支教的大学生。

02　去支教

毕业季来得很是迅速，毕业论文答辩之后，同学们就陆续各奔东西，后面的毕业宴、谢师宴总有同学缺席。比如杨灵，她只在答辩的时候回了学校一趟，答辩结束就直接走了，毕业照都没来得及拍。

耿浩送走了一批批的同学，最后，只有他寝室里的四个男生还留在学校。

八人间的寝室，只剩下了四个人，很是宽敞。晚上将灯一开，空荡荡的寝室四处通明，几个收整好的行李箱和背包摆在各自的床边，床上还留着铺盖的，只有耿浩和何方。

几个人把两张桌子拼好，围了一圈儿，摆上一些卤菜，还有从楼下小卖铺买的花生瓜子，以及何方从家里带来的昂贵的白酒，就这样消磨着最后的夜晚。

"现在已经10点了，还有两个小时你就要走了。"何方捏了两颗花生米，指了指室友张峰，又指了指另一个室友黄山，"还有四个小时，你也要走了。"

张峰和黄山互看一眼，沉默了会儿，不约而同咧嘴一笑。

"耗子，你明天也要出发去支教的地方了？"张峰看向耿浩。

耿浩正在默默地吃着卤菜，突然被问到，点头："明天早上8点半集合出发。"

"为了个杨灵，不要了五百强，跑到山沟沟里去，也不知道值不值得。"

何方想到这件事，自己都替耿浩委屈。张峰和黄山同时踢了他一脚，没好气地瞪了他一眼。如果不是何方教唆，耿浩哪儿能想到这茬儿？

自知理亏，何方也没再说话，低下了头，自顾自吃着，对耿浩的不理智行为还是有恨铁不成钢的怨气。

"跟杨灵没关系。"

耿浩淡淡地澄清，刚刚端起杯子，黄山就跟他碰了一下，他笑着将一小盅喝了个干净。

"只是想回到山里，去找回自己的初心。以前也一直想去支教，但是没有机会，这次终于能下定决心去，也算是圆了个梦。等半年后回来，再找工作也行。"

"为了圆梦？说得倒是挺高尚的。"何方忍不住再次吐了一句，"咱们应届毕业生本来就难找工作,你还耽误半年。"

"还不是你给出的主意,现在你屁话还挺多。"张峰骂了声,拍了拍耿浩的肩道,"这样也挺好,去西部支教,还能弄个保研的名额,赶明儿回来直接上研究生也挺好。"

"嗯,虽然你一直想就业,但是去上个研究生,给自己增值,也挺好。"黄山附和。

何方也皱起眉头:"耿浩,原来你还有这个念头?我还以为你一心只想就业呢。如果想上研究生,那去支教就对了。其实,你自己考也没什么问题。"

他们很是迅速地替耿浩规划了一条人生大道。耿浩很感激兄弟们对自己的关心,不过他还真没想过用这种方式来获取保研名额。再说,保研是需要支教一年的。

"再说吧。"

"怎么样都行,希望大家以后会越来越好。苟富贵,勿相忘,"黄山说着,端起酒杯,"希望五年后或者十年后的同学会上大家再相遇时,都实现了自己的梦想。"

他们班的同学来自天南地北,以后想再大聚,可能还真要在同学会上了。

几人碰杯,壮志满怀。

耿浩仰头饮下酒,看着天花板上的灯管,依然相信十年后自己会是一位成功的商业精英,拥有一个和睦的家庭。

时间一点一滴地流逝……

"时间到了,我该走了,你们继续喝,不用送我,后会有期。"

张峰起身,跟他们一一来了个拥抱,拉着行李箱打开寝室门,在门口挥了挥手,就嘭地关上门,彻底断了屋内人送行的想法。

剩下三个人开始就张峰的这一无情行为做点评,不由得就上升到对张峰其他毛病的指责,最后回忆起张峰和他们初相见的场面来。

这一聊,就又过去了两个小时,黄山起身喝了最后一杯酒,将酒杯重重地搁在桌子上,咂了下嘴,抹去嘴边的酒渍,转身就去拉行李箱。

"两点了,我得走了。你们俩早点休息,不用送,后会有期。"

和张峰一样,黄山简单地做了告别,转身消失在寝室门口。

宿舍的铁门开开合合,凳子和酒杯相继空出来。凳子还残存着温热,凳子上的人已经在去往车站的路上了。最后,只留耿浩和何方两个人。

第二天早上,耿浩和何方从床上爬起来,用凉水简单一洗漱,就拉着行李箱一起离开。

耿浩停在寝室的门口,拉着门把手,回头深深看了一眼生活了四年的寝室。只剩下铁架高低床和桌椅的房间,每个角落都残存着他们曾经的身影。耿浩缓缓地将宿舍门拉上,心中五味杂陈。

"耗子,一路上注意安全。如果回来觉得找工作难,有需要兄弟的地方,就说一声。"

何方对耿浩做了最后的嘱托,就上了出租车。今天周一,何方还得上班,不得不先走一步。耿浩目送出租车消失在拐弯处,拉着行李箱站在路边,真切地看见自己的大学生活画上了圆满的句号。

早上9点,耿浩坐上了学校专车,和其他支教的大学生一起被送往火车站。两个小时后,他和同行的同学一起坐上了去往西部B市的火车。

坐上火车的那一刻,耿浩的心情跟当初大一时坐火车去学校一样。车站就像是人生的一个节点,随着火车的开动,新的人生征程也开启了。

目的地偏远,西部的火车线路也不像东部发达地区那么密布如蛛网,他们不得不在交通枢纽城市转乘。虽然能接上的车次只有两趟,但幸好他们要坐的这趟三四个小时后就发车,他们在候车室坐等着也就过去了。不幸的是,他们才经历了十二个小时的硬座折磨,浑身难受得厉害,却没法子找家旅馆好好睡上一觉。一想到即将面临的,又是十三个小时的硬座车程,一些女生有些绝望地趴在自己的行李箱上。

火车一路向西,耿浩透过车窗看着外面。地势在不停地增高,从一马平川到山坡起伏再到高峰连绵,时不时地就会进入一段长长的隧道,陷入漆黑之中。

耿浩就是从大山里出来的,每每经过高山隧道,都会倍觉熟悉。有些人因为从小生活在平原地区,极少见过这样的山势,不停扒着窗户往外看,觉得新奇的还会拿手机或是相机不住拍照。

见有人对大山有兴趣,几个大山里出来的孩子就开始讲起了山里老人口中流传的怪异故事。坐在旁边的大叔、爷爷听见了,因也存着一肚子的故事,被这些大学生吊起讲故事的兴趣,不自觉地就加入了讲故事的阵营。大家临时开起了故事会，倒是为路途增添了许多乐趣，旅途的疲惫也被扫去不少。

几番交流之后，大家也熟络了许多，几个同去一个村的同学已经结下了深厚的友谊，规划着日后如何患难与共。

耿浩性子内敛，加上他是一个人去一个村，也就省去了找队友的过程，在把靠窗的位置让给了一个爱睡觉的女生后，自己坐在靠过道的座位上，拿着一本武侠小说看得津津有味。看累了就听听故事会里的新奇故事。关于大山的故事，耿浩也有一肚子，都是听老一辈儿讲的。

到了市里，他们几拨人分开了，各自成群结队，乘着火车，去往不同的县。B市是一个贫困市，它下面还有几个国家级贫困县。耿浩和三个同学被分到了同一个县，坐在车站里又等了五六个小时。

B市的火车站很小也很破旧，到处都是乌烟瘴气的。夏季炎热，候车室里人又多，热量聚集，就算坐在原地不动，身上的汗水都不住流淌。在火车上享受了空调的凉爽甚至是寒冷，转而就在候车室里蒸桑拿，冰火交替，身体还真有些难受。更难受的是，候车室通风不畅，百十人身上散发出来的味道捂在一个空间里不断发酵，让人难以忍受。

车站如此，就有人开始受不了，不光是女生，有些男生也开始爆粗口，低声骂着这车站的恶劣环境。耿浩早已习惯这样的候车室，但身上的燥热他很难忍受，只能想办法让自己静心，坚信心静自然凉。可嘈杂的环境、高温带来的燥热让他根本无法静下心来，只能拧着眉企盼早点启程。

这个车站，进站检票口就只有三个，他们能目送对方离开。由于环境恶劣，临近支教点的忐忑心情已经算不得什么了，大家只希望能尽快离开候车室，因而看着同伴先行启程，后启程的人总是满眼羡慕。可当自己真的要启程的时候，在松了一口气的同时，也陷入了更深的忐忑。

市级的火车站都是这样，那县上得是什么样？更何况，他们还要下乡进村。

耿浩他们四个人是倒数第三波上车的。

这次的路程没那么长，只用了两个小时，在下午5点42分的时候，就听到火车上通报："黄杨县，到了。"

他们四个人相互帮忙，取下沉重的行李下了火车。他们中唯一的女生，箱子是最重的，有个叫张南的男生好奇地问了一句"装的啥"，女生说里面装了很多的书籍资料。张南立即大喊佩服。另一叫孙赫的男生和那个女生同班，解释那个女生就是个标准的学霸。

习惯读书的人，走到哪儿都不会忘记带上几本书，耿浩也是这样。只不过他大学四年都是从图书馆借阅，自己根本没买多少书，能带的自然也就不多。更重要的是，他每月的生活费不多，很难挤得出钱去买上几本书。

黄杨县的温度不是很高，只是闷热潮湿，应该是才下过雨。皮肤接触到空气，感觉有点黏糊。

当地政府派人接待了他们，让他们在县上休息一天再去乡里。接待他们的人叫黄然，二十七八岁，戴着副黑框眼镜，留着寸头，穿着衬衫、西裤、黑皮鞋，身材矮矮的还有些发福，笑起来很是讨喜。

黄然很是热络地和他们聊天，问起他们学生时代的情况，对他们勇于来偏远乡村支教这种行为做了褒奖，也介绍了黄杨县的情况。黄杨县最近连续下了五天的大雨，今天才停。

"看来是你们的到来，给我们县带来了福气啊。"

耿浩脑海里浮现出当年那位去他的小学支教的大学生。耿浩已经记不得他的名字，但一直记得他对自己的影响，也一直觉得，遇见他是自己的福气。也希望，自己能成为某个人的福气。

黄杨县的街道不宽，主要街道也才是两辆车并行的宽度。面包车顺着山边车道平缓前行，两边窗户打开，清风灌入车厢里，让他们一阵凉爽。

"这儿的空气可真好。"女生将脑袋贴在窗口，忍不住感慨。

在火车上时，耿浩了解过，她叫刘凤雅，是个从小到大都生活在大城市里的人。

"我们这小地方比不上大城市，唯一好的，就是空气质量好些了。"黄然笑着开玩笑。

刘凤雅点头："毕竟没怎么被污染过。"

路的一边是高山峭壁，另一边是深深的沟壑。沟壑那边也没有栅栏，只要稍微失控，车就能直接滑到山下去。行驶了没几分钟，前面的车辆突然排起了长队，停在原地，打着双闪。

"前面又堵着咯。"司机烦躁又无奈地告诉他们。

"几个小时之前，来的时候还通着呢，怎么又给堵上了？"黄然用地方方言和司机交流。

还好他们的方言和普通话差不多，只是有些语音语调不同，耿浩他们还是能听懂的。

"挖一点通一点，现在又撞上清理道路的时候了。等上一二十分钟吧。"

司机将车熄了火。

"这两天下暴雨，山体滑坡了，前面正在清理，咱们还得等等。"坐在副驾驶位的黄然扭头跟耿浩他们解释情况。

"山体滑坡？有人受伤吗？"刘凤雅担心地问了一句。

"滑坡的时候没车从这儿过，没伤着人。"黄然热心回答。

"这儿没伤人，中岭那儿有个村子，滑坡时埋了一家人呢。"司机就像是一个百事通，向他们说着这两天的受灾情况，"我们那儿河里发大水，把人家的房子都给淹了，下边儿河里漂了不少猪，还淹死了一个人。这回大雨可厉害着呢。"

刘凤雅听着这些事儿，眼睛睁得大大的，第一回这么真切地听说自然灾害带来的严重后果，且还是自己接下来要去的地方，一时有些难以接受。

耿浩沉默，静静地坐着，又想起了自己的父母因为泥石流而丧命的伤心事。

在山区，最怕的就是遇见暴雨，因为暴雨动不动就会引起山体滑坡泥石流。

"刚刚我们说方言，你们听得懂不？"停着无聊，黄然就开始跟他们闲唠嗑，顺便把刚刚压抑的气氛驱散。

"听得懂，你们说的跟普通话很像。"刘凤雅很活泼，跟着就回了一句。

"是吗？哈哈。"黄然爽朗地笑了两声，"都说我们的方言是黄普嘞。不过，你们去了乡下，就不一定能听懂了。"

"是吗？同一个县，方言差别会很大？"刘凤雅继续提问。

黄然点头："大着咧，有些县的方言你们根本听不懂，我这个黄杨当地人都听不懂。"

他话刚说完，旁边的司机就开口说了一堆让人听不懂半个字的话。他们四个人面面相觑。

"大哥，你是桃平的吧？"黄然试探地问了司机一句。

"嗯，桃平莫村的。"司机见将他们都给说蒙了，很有成就感，乐呵呵地笑了起来,"我问你们,我刚说的话能不能听懂?"

耿浩一个脑袋两个大,终于主动开口问了一句:"这就是桃平莫村的话吗?"

今天早上,他接到学校的通知,他被安排到了桃平镇莫村。

"正宗的桃平莫村话。"司机打着包票。

耿浩脑壳更加疼了。

同行的同学发现耿浩脸色异样,忍不住嘲笑道:"耿浩,你该不会就是去桃平莫村的吧?"

"小伙子,你是去桃平莫村支教的啊?"司机大哥眼睛一亮。

耿浩勉强一笑:"是,我是要去桃平莫村。"

"那真是巧!我叫江为国,我的儿子叫江湖海,就在莫村小学上学,以后还请你多管管哩。"司机已经开始热络地套近乎,"我那儿子今年十岁,上四年级了,整天在学校可混了。莫村小学也没个好老师,都是几个初中毕业的,我还担心我儿子学不好,这下有正儿八经的老师了,还是个大学生,这下可是有希望了。"

突然间被寄予厚望,耿浩一时有些手足无措,谦虚地表示自己还没上岗,还不知道是什么情况。

"没事儿,以后肯定是要多麻烦你了,咱们加个联系方式吧。莫村上下没我不熟的,跑车到城里的,除了我就还有老黄。你要是有事儿,就给我打电话。"

司机从兜里掏出来一部小灵通,憨笑着要跟耿浩交换电话号码。

他长得黑黄、精瘦,头发掉得只剩下稀稀拉拉的几根,跟田里的杂草一样,脸上布满了皱纹,看起来有四五十岁了。一直笑着,松弛的皮肤更是堆出来一堆的褶子。他的笑,很是诚恳。

耿浩难以推辞,忙从兜里掏出手机。

"你报一下你的电话,我加你。"司机热情道。

耿浩忙报了自己的电话号码。

"正好我也存一下,都在一个县,还是一个大学的,以后还能经常联络,相互照顾下。"旁边的张南很是认真地掏出手机将耿浩的电话号码记了下来。

其他两个人也觉得是这个理,都存了耿浩的电话号码。

"是的,都存一下,在外面,多个朋友多份照应。"黄然乐呵呵地看着他们交换联系方式。

耿浩捏着手机的手紧了紧,感觉很是无奈。他一般除非必要,很少加别人的电话号码。

手机一阵震动,耿浩看见一串陌生号码。

"我打给你了,你看看,我叫江为国,你可以存一下。"司机大叔迫切地往耿浩的手机屏幕上瞄了瞄。

耿浩答应,挂了电话,手指飞快地按着按键,将司机的电话号码给存了下来。

接着手机又是一阵震动。

"我也打给你了,张南,南方的南。"张南笑嘻嘻道。

耿浩再一次挂了电话,存下来。

"孙赫,两个赤的赫。"孙赫也拨了电话。

耿浩继续保存。

"刘凤雅,凤凰的凤,高雅的雅。"

耿浩暗叹一声,保存。

看着通话记录里瞬间多出的四个号码,耿浩也不知道,以后能打几回,也许这些电话号码在他的通话记录列表里都不会出现第二次。

他们三个人又相互保存了电话号码。

"你们也记一下我的电话吧,以后你们在这儿有什么问题,也可以打电话联系我。"黄然看他们都存得差不多了,很是凑氛围地补上一句。

众人点头,打开拨号界面。

在愉快的氛围里,时间流逝得很快,前面的车子启动了。司机江大叔精神抖擞地打着火,踩了油门。

山体滑坡是真的严重,滚落的土石在不宽的道路上堆成了小山,施工人员刚刚清理出一条窄道,让车辆赶快通行。

本来二十分钟的路程,因为一两处滑坡毁路,硬生生用了快一个小时。本来就阴沉的天色也暗了下来,更显得四处萧索。

小城背靠大山,他们从城后的一条国道绕进城里。城里的地势也是高低不一,长短坡上下起伏,很典型的山中小城。

耿浩透过车窗看向外面的街道,黄杨县和他曾生活过的小县城差不多:一样没有高楼大厦,小城道路左右两边的楼房最多只有六层,年代久远的白面房屋居多，道路也是坑洼不平的，门店都小小的，挂着五花八门的存了灰的店牌，有些小卖铺小食店，肉眼可见地油腻脏乱。

03　桃平莫村

往城的深处走，才看见路上的人多了起来，都在往一个方向走。问了黄然才知道，他们都是往城里唯一的露天运动场去的，那儿是黄杨县城里居民唯一的饭后聚集场所。

他们被安排进当地的一家比较豪华的酒店，不禁感叹黄杨县情况还不错，心存了几分侥幸。后来他们才知道，那是全县最好的一家酒店，也是他们来到这儿以后最享受的一次住宿。

到了酒店，黄然请他们吃了一顿好饭。颠簸了好几天，他们终于有机会好好地洗个澡睡上一觉。黄然说第二天会让人来送他们去乡下，早上9点集合。

躺在软软的床上，耿浩给大伯家里的座机打了个电话，给他们报了平安。大伯一再嘱咐他，让他注意照顾自己，有什么需要的，或者缺钱，都记得给家里打电话，不要把自己给委屈了。耿浩连连答应。

临睡前，趁着室友张南去洗澡，耿浩坐在床上，从包里掏出一个崭新的笔记本，翻开了第一页，将这两天的经历大概记了下来，写满支教日记的第一页。

写个半年，以后拿出来，也是一份回忆。

老家在山城的耿浩，虽然才来，但是已经有了莫名的熟悉感，认为自己能很快地熟悉这里的环境。等第二天真的上路去村上的时候，耿浩才发现，自己的预估真的是太过乐观。

第二天，他和去桃平镇的政府人员坐了一辆车，一块儿去桃平镇。从车辆驶上桃平镇道路的那一刻，耿浩就开始觉得自己原来生活的环境还是比这里好了很多的。

桃平镇的道路只有一段儿是修过的，还被毁坏得不成样子。往里行驶没几分钟，车辆就驶上了黄土泥路，开始疯狂地上下颠簸，耿浩感觉身子都要被颠散架了。

"每次下乡，不晕车也会被颠吐。"旁边的一个姐姐趴在窗户边，满脸难受，"还好这两天地是湿的，要是干的，到处都是黄土，我连气儿都通不了。这乡下的路，什么时候才能修起来啊？"

"说是计划修了，这么多村镇，总要一条一条地来。"另一个哥哥解释安慰，看向耿浩道，"你感觉怎么样？"

"还好。"耿浩死死地抓着车上方的把手，身子紧紧贴着车门以减少晃动，免得挤了旁边的人，"我家也是在山里，道路也不好。"

但没这么差。他们村的道路很久以前就修好了，他也很久没经历这么崎岖的黄泥路了。

"哦，"小哥哥很是满意地笑了笑，"不容易，好不容易考出去了，又来我们这边儿的村里支教。"

"不是说从哪里来就要回到哪里去？"耿浩笑道。

"小伙子，很有觉悟。"小哥哥很是欣赏地拍了拍他的肩膀。

这时道路的崎岖还只是开始，等深入镇里面，道路更是坎坷。好几回，车子的轮子陷进泥潭里出不来，他们只能下车使劲儿将车往前推，这才好不容易从泥潭里把车推出来。等到后来，他们一车子五个人已经是浑身泥泞，气喘吁吁，精疲力尽。

耿浩靠着车门，忽然看到了未来半年生活的艰难。

一路上不变的风景，就是连绵的山脉，还有滚滚流淌的堪比黄河的浑水。偶尔还能看见一两处地势低的房子被水淹出了一条深深的水痕，有的房子直接被掀了起来，以一边为支点，以诡异的角度斜着，就是不倒，有点比萨斜塔的感觉。

可见这次大水是真的厉害。

汽车艰难地开到了个岔路口，司机停了，指着通往山上的一个泥泞山坡："从那儿进去就是莫村了，车子开不进去，只能走进去。"

耿浩盯着那个泥泞的山坡，心虚地咽了咽口水。山路他能走，泥泞的山路也勉强能走，可他这回还带的有行李。

"这路不好走啊。"小哥哥从车上下来，看着山路感叹。

耿浩也下了车，打开后备厢，从里面取出行李，提着两个箱子背着包，走到小哥哥旁边,询问到目的地的路。

"从这儿走进去就是了吗?"

"嗯,是的。进去没多远就是莫村小学了,小学旁边就是村委会。我送你进去吧。"小哥哥很是熟悉里面的环境,不由分说地从耿浩手里接了个行李箱,扭头跟自己的同事说,"你们在这儿等我会儿,我先把这个小老弟送进去。"

"好嘞,你去吧!"

车里的同事就跟看好戏一样向小哥哥挥了挥手。

"你跟我说了路,我自己找进去就行,不耽误你们工作。"耿浩说着就要抢回自己的行李。

小哥哥已经先一步上去:"你别走丢了,我送你一下耽误不了多久。"

耿浩忙三两步跟上。

这坡路别说车子难走,就是人都难走,一脚一个深坑,泥巴粘在鞋上根本弄不下来。走得快了,泥还能把鞋子给拔下来。耿浩的牛仔裤从膝盖往下都是大片大片的泥巴点子。

边走边闲聊,耿浩知道了小哥哥的名字叫刘暑。

"这莫村的情况是有点差,但是人都挺好,你有困难随便找谁都行。"刘暑边走边向他介绍村里的情况,"莫村里的孩子有三四十个吧,学校是白灰砖房,有一个老校长、两三个老师。那群孩子皮是皮了些,但都是好学的。"

"你是这村的人?"耿浩不由得问了一句。

"不是,我们经常下来查访,莫村是我们县有名的贫困村,来的次数也就多了。"刘暑笑着解释。

"你们真辛苦。"耿浩由衷感叹。

刘暑立马赞同地点头:"我们下乡,吃方便面都是常事,整天爬山下坡的。你以后,也少不了受苦,得坚持住。"

"嗯。"耿浩应下。

刘暑说路不长,他们却走了半个小时。半个小时后才看见一间间房子,很多泥巴灰瓦土屋,也有白灰平顶砖房,还有一两栋二层小楼。由此看出,这个村子的整体情况真的不好。

家家户户都把门敞开,屋里面即使光线昏暗,也极少有人开灯。房主人就坐在门口，干着自己的活计。有几个老奶奶在做针线活，时不时对他们二人投来好奇的目光，似乎一眼就能看出他们是生人，并且用目光探究，像是在揣测他们来村里的目的。

几个孩子赤着脚在路上跑来跑去，浑身滚得泥乎乎、脏兮兮的，随处一蹲，就开始玩泥巴。

"老鼠哥哥！"

有两三个孩子发现刘暑，很是热情地跑上前。

"老鼠哥哥，你来这儿干什么？"

"是不是来看我们的爷爷奶奶的？"

那群小孩子七嘴八舌、叽叽喳喳地问着，一双双大眼睛一闪一闪的，很是天真。看到他们，耿浩不由得就露出了笑意。

"不是，我是来给你们送老师的。"

刘暑友好地回答着他们的问题，脚下没停继续往前走，耿浩跟在他身后。孩子们就蹦蹦跳跳地跟着他们。

"老师？我们要有新老师了？在哪儿啊？"

"肯定是后面这个大哥哥！"

"大哥哥，你是不是我们的新老师？"

"大哥哥，你教几年级啊？"

"你教不教我啊？"

…………

不得不说，孩子们是很聪明的，瞬间就把目光落在了耿浩身上。耿浩面对他们接二连三的疑问，一时竟不知道先回答哪个，还是刘暑开口帮他解围。

"今天你们不上课啊？"

"最近下暴雨，我们停课好几天了。"他们七嘴八舌地说着同一句话。

刘暑点头："那你们什么时候开始上课？"

"明天。"他们又道。

刘暑一笑："那新老师的事儿，等明天你们上课时就知道了。你们现在赶紧回去吧。"

"你不说我们就不回去！"

那些小顽童使起了惯用的耍赖套路。

耿浩起了逗他们的心思，道："你们不回去，我们也不说。"

"不嘛，你说说。"

"说呗说呗。"

……

莫村的村委会和小学背靠着山，都是平房，建在一个坡上，地势在村子里算高的。通往上面的土阶坎滑得很，那些孩子赤着脚，跟小麻雀一样踩着凸出来的石头几下就跳了上去。

耿浩和刘暑拿着行李不好上去。正好他们所在的坡下有一家小卖铺，刘暑说先将行李存在里面，等耿浩将事情都安排好了再来取。

小卖铺的老板是个四十来岁的中年人，头秃了，穿着背心短裤，正坐在门口和别人下着象棋。和所有的象棋摊一样，周围总要围着几个中年男人，有一两个旁观者自认为技艺高超，不停地指导下一步棋，颇有指点江山之势。

"叔，我们把东西先放你这儿，待会儿再来拿。"刘暑笑吟吟地说。

正好，该小卖铺老板走棋了，老板一挥手，半方言半普通话地答应："放吧放吧，屋里随便放。"

刘暑领着耿浩进了店。小卖铺的平房只有一扇窗户一扇门，光线昏沉得很。猛地一进去，眼前一黑，陷入黑暗里。过了几秒，适应了光线，这才看清小卖铺里的情况。

小卖铺里放着一个三层的玻璃长柜，里面摆放着各种商品，后面货架上的商品也是满满当当的。商品的摆放看起来似有分类，但其实杂乱无章，有的还落了不少的灰。

04 优秀大学毕业生

待了一会儿，发现地上湿乎乎的，空气也潮湿得很。

"走吧。"

刘暑将耿浩的行李靠着门边的墙根儿放着，把耿浩引了出去。正好，刘暑的手机来了短信,他迅速回了一条。

耿浩见状,道:"麻烦了,你们还忙着,就不耽误你的时间了。"

"那行,你就赶紧上去吧,我先走了。"刘暑也不客气,把手机往裤兜里一塞,笑道,"加油干!"

"嗯,谢谢。"耿浩诚恳道谢。

刘暑跟他挥了挥手,又踩着来时的泥泞小道走了回去。耿浩目送他离去,感觉心里异常温暖。身在异乡,最感动的就是能遇见一个出手相助的人。

耿浩深吸一口气,踩着石头弓着腰,小心翼翼地走到了坡上。其间几次打滑,差点滚下去。

刚到坡上,就看见了两处房子,一处是他面对着的三屋环绕的小学。屋子门前竖着旗杆,上面飘扬着五星红旗;中间的那座房子门口的墙上挂着个白底黑字的牌子,上面写着"莫村小学"。另外一处房子是个长平房,在小学的右侧,离小学大概只有二三十步的距离。

之前围着他的那群孩子正在房前的广场打闹,见他上来,再次围着他,嘲笑他速度慢。

莫村小学的校长得知支教老师中午会到,就一直在学校办公室里等着。听见一群孩子叫嚷有新老师来了,立马激动地跑了出来。

校长叫黄建国,是个五十来岁的人,头上秃成了地中海,大腹便便,很是富态,浑身透着慈爱温和。但当他看见那几个缠着耿浩的小孩子时,当即脸色一板,语气严肃地轰他们回家。老师可能有着天然的威慑力,那些调皮的孩子被这样一吓,立马乖乖跑了回去。

耿浩跟他互报了身份,黄校长一直都是笑吟吟的,说了两句表示欢迎的话。

"你中午饭肯定没吃吧?"黄校长慈笑着询问,语气肯定,"我先带你去吃个午饭,然后再带你到处转转。"

说着,黄校长带着耿浩往旁边的村委会走去。

村委会是一排土砖房,和小学是一样的构造,门前也有根旗杆,上面空着。最中间的屋子门大开着,门口也挂着白底黑字的牌子——莫村村委会。

"我们学校没有宿舍也没有食堂,我们给你安排了住的地方,一会儿带你去看看。你以后可以和村委会的人一起吃饭。"

黄校长说着就把耿浩往最右侧的一个房子里带，刚刚到门口，就看见有人正抹着嘴从里面走出来。是个四五十岁的男人，大概一米六五的样子，穿着纯棉的衬衫短袖和西裤。

"主任，看看，这是我们新来的支教老师，叫耿浩。"黄校长热情地向那个男人招手，那个男人很有兴趣地几步上前。黄校长忙提醒耿浩："这是我们的村主任，你以后叫莫主任就可以了。你的生活问题，都是村上给你解决的。"

耿浩连忙感谢："莫主任好，麻烦你们了。"

"嗯，好小伙子！"莫主任大掌直接拍在耿浩的肩膀上，微微仰头才和一米七五左右的耿浩对上视线，"大老远过来，不容易吧？"

"还好，就跟回家一样。"耿浩有些拘谨，客气地回了话。

莫主任一听就乐了："说得好，跟回了家一样，以后就把这儿当家吧！黄叔，现在是带他去住的地方看看？"

"人家小伙子才来，先让他吃了饭再说。"黄校长责了一眼，"饭都没吃，哪儿有心思干别的？"

"说得是。"莫主任笑了笑，将耿浩一揽，就往房子里带，"黄叔，你中午吃了没？"

"吃了。"

进了屋，耿浩才发现，这屋子分里外两间。里间是做饭的，一个快三十岁的妇女领着个五六岁的孩子，坐在门口旁边等着。那妇女扎着辫子，细挑身材，上面穿着橙色的短袖，下面穿着蓝色的半身裙。外间是吃饭的地儿。一个女孩正坐在桌前吃饭，看起来很年轻，跟耿浩差不多大。看见耿浩被带进来，她停了下来，一手捏着筷子，一手拿着馒头，好奇地等着主任的"官宣"。

"老三他媳妇儿，再加副碗筷来。"

莫主任一发话，里间的那个妇女立马动了起来。厨房里发出两声响，她就拿着副碗筷堆着笑走了出来。

外面，莫主任早就给吃饭的人介绍开了。

"这位就是咱们莫村来的第一位支教老师了，是个大学生，可厉害了。"莫主任说着看向耿浩，笑道，"你是哪个大学毕业的？"

耿浩报了学校名字，众人一阵吃惊，像是看见什么大人物似的看着他，有的人都赞叹出了声。耿浩的大学在国内是数一数二的，是全国高考学生梦寐以求的大学。耿浩当初也是费了很多心血才以省文科状元的成绩考进去的。

"咱们村来了这么厉害的一位支教老师，以后咱们村儿的教育水平肯定要大幅提高了。"莫主任说得激动慷慨，大手一挥，落下来又重重地拍在耿浩肩膀上，"以后你的一日三餐就在这儿吃了，老三他媳妇儿给你做。她可是咱们村儿做饭最好吃的。"

那妇女正好才给耿浩打完汤，放在了桌子上，听了这话，不好意思地笑了笑。

"这有什么，你以后想吃什么，就跟我说，我都给你做。他们这几个村委会的人，都只在中午跟你一块儿吃，早上和下午都不在。"

"嗯嗯，好。"耿浩忙应。

"快吃吧，吃完了我带你去看看你住的地方。"

莫主任将他往桌子跟前儿推了推，早有人给他腾了个凳子出来。

"正好，我们这儿也才来了个大学生村官，也是个好学校出来的。"莫主任突然自豪又骄傲地对坐在桌边的那个女孩说，"钟秀，你和耿浩差不多大，以后多多照顾着点儿。"

"嗯，知道了。"那个女孩很是爽快地应了，又跟耿浩交代，"我是本地人，你以后有什么困难，都可以问我。"

"耿浩，这可是我们莫村走出去的第一个大学生！"莫主任双手一叉腰，挺着吃得饱饱的肚子，炫耀似的又提了提钟秀的身份。

耿浩就坐在女孩旁边，听了这话才开始打量她。

女生体量适中，脸色圆润，皮肤不是很白，五官看起来很温柔，眼角有一颗泪痣。头发齐肩，较为浓密，有着自然卷，也没扎起来，只是用一条格子发带当发箍箍着，留着八字刘海，看着很是淑女。她身穿白色的印花短袖，牛仔长裤，脚上是一双凉鞋。

"莫主任，你别说了，跟人家比，我的学校差远了。咱们村以后的大学生肯定会越来越多的。"女生打断了莫主任的炫耀。

"我叫耿浩。"耿浩很是礼貌地点了点头，"第一个走出去的大学生，不容易。"

"好了好了，赶紧吃饭吧。"钟秀被夸得耳根子有些发红，阻止耿浩再接这茬，自己也将手里的馒头咬了一口。

"同龄人就是容易交流啊。"莫主任突然一声长叹，看向旁边的黄校长，"黄叔，这小伙子看着就聪明，得好好地留着。"

"是得好好留着。"黄校长皱起眉头，发起了愁。

午饭就是馒头、西红柿鸡蛋汤，外加一盆辣椒炒肉和一盆土豆丝，很是简单。但饭菜的味道是真的不错，耿浩一连吃了三个馒头才满足。

他也注意到，旁边的钟秀老早就停了筷子，只是一直在喝汤，小口小口地喔，看起来很是文雅。耿浩直感叹她吃饭太过秀气，等他吃完起身，她碗里还有半碗。看样子也早就凉了。

"我吃好了，你慢慢吃。"

耿浩说了一声，收拾碗筷进了厨房。谁知东西刚放下，旁边突然多出一只手，将碗筷摞在了那些脏碗筷上面。耿浩扭头，正好对上钟秀的视线。

钟秀偏头一笑："我也吃完了。"

说完，她就出了门。

耿浩这才反应过来，钟秀是一直在等他，大概是怕他初来乍到一个人吃饭不习惯。不过也确实，如果钟秀老早吃完就走，留他一个人，他肯定会忐忑不安，随便吃两口就结束。莫名地，觉得这个女孩很是贴心。

他出门时，桌子已经被收拾干净了。等他不知道接下来该干什么挪步到屋外的时候，正好看见钟秀从办公大厅右边的一间屋子里探出头看向这边，瞧见他就抿唇一笑，招手叫他："这边！"

耿浩笑了笑，忙走过去，莫主任和黄校长走了出来。

"你的东西都放在哪儿呢？"莫主任关心地问了一句。

耿浩一指山坡底下："在那边的小卖铺里托着呢。"

"哦，行，先带你看看你住的地方。"莫主任说着，就带他往右边走，拿出钥匙打开了门，"你以后就住在我们村委这儿吧，这间本来是我们的休息室兼资料室，里面正好有张床，环境还可以。洗漱什么的，在厨房外面的水池子那儿就行。"

听莫主任介绍着，耿浩进了屋。

05　落住村委

屋子被一个资料柜隔成了两个空间，外面摆着一张长条木桌子，像是办公用的，上面堆满了资料。里面摆着几个玻璃门的木头柜子，柜子里是一排排的资料盒还有一些党史类的书籍。除此之外还放着一张小床和一个矮座电扇。床上摆着一床凉席、两床旧棉絮褥子，还有一床新被子。里面有个窗户正好对着山体。墙是白面的，床也是半新的木床，整体看起来干净整洁，环境是挺不错。

"一会儿让小钟进来把资料收拾一下，你就可以直接住了。这桌子你正好可以办公用。"莫主任说着就朝外喊了一声，"小钟，过来一下！"

不多会儿，钟秀出现在门口："主任，怎么了？"

"把这儿的资料收拾一下，拿到大厅里面存着。"

"好。"

说着，钟秀就开始整理桌子上杂乱的资料。

"你要是缺什么日用品，都可以去坡下面的小卖铺里面买，里面东西挺齐全。"莫主任笑着往外走，耿浩跟在后面，莫主任问："怎么样？还满意吗？"

"挺满意的。"耿浩点头。

他确实挺满意的，能有这么个环境，很不错了。

"满意就好。"黄校长笑得慈祥，"今天，你就休息一天，明天你再去学校上岗，正好明天他们才来上课。我们学校加上我一共有三个老师，一个教语文和艺术，一个教数学和体育，我教的是品德和科学。我看你学的是英语专业，正好我们这边缺英语老师，以后你就教他们英语吧。"

耿浩答应。黄校长又向他介绍了不少学校的情况。

莫村小学一共有三十一个学生，分布在四个年级里。一年级十二个，二年级十个，三年级六个，四年级三个。莫村小学的四个年级，都是从早上8点开始上课，一直上到下午两点半。因为考虑到有的孩子家离学校远，放学回家需要走上一两个小时，走夜路太过危险，就让他们下午早点回去。

村里的孩子基本上读完三年级，识个字、认个数就可以了。如果想学，就再多学一年，或者直接就转到了镇上的小学。四年级的这三个学生，今年上完以后还不一定能继续上学。

莫村小学的学生每年都在减少，老师也在减少，黄校长为此都愁白了头发。村里教育搞不上去，村子发展就更难，村委会也是急得不得了。村里有很多户也想自己的孩子多上两年学，特别是在钟秀这第一个大学生出去之后，更多的家长有了这个愿望。可是村子里没有好老师，外面的学校又上不起，或是因其他原因不能让孩子出村上学。

总之，莫村好不容易来了个支教的大学生，全村人在得知消息后，一个个都高兴得不得了。

耿浩去小卖铺置办日用品的时候，小卖铺老板热情得很，见他上下坡不方便，还专门叫了两个邻居帮忙。不管走到哪儿，耿浩都能感受到莫村人的热情，还有炽热的目光，私下有关他的议论都是称赞。

耿浩受宠若惊，与此同时，觉得自己肩膀上的担子重了不少。

因此，他随便把房间收拾了一下，就掏出了自己的笔记本，拿出一到四年级的教科书，一共十六本。这是黄校长拿给他的，让他先熟悉熟悉。

他本来学的是英语专业，来这里也是要教英语的，但莫村小学没有英语课，因为之前一直没有英语老师。黄校长告诉耿浩，这个学期已经快到期末，还有一个月就放假了，下个学期再增开英语课。这个学期，就让耿浩接手一年级和二年级的语文课，用正宗的普通话教孩子们学语文。这也是在听说耿浩考了普通话等级证后才安排的。

但莫村小学加上校长就三个老师，一旦有老师请假，就需要其他老师补上。所以，耿浩也需要了解整个学校的教学情况。

虽然这对耿浩只是个附加要求，但耿浩想早点准备，以防不时之需，就打算早点看完所有教材。

莫村在天黑后没多久就进入一片寂静，家家户户的灯从打开到熄灭也就一两个小时的时间。9点之后，整个山村基本上就只剩下村委会最右边的房子里还亮着灯。

远远看去，一片漆黑里，那一点灯光就像一颗明星。天色即将大亮的时候，耿浩将灯关了，揉了揉发酸的眼睛，抬起手腕看向表针。

已经7点钟了。

咚咚。

桌前的玻璃窗被人敲响，耿浩抬头一看，玻璃上映着一张好看的脸——钟秀。

耿浩一下子就清醒了，起身去打开门。钟秀也正好走到了门口。

"你昨晚上没睡？"钟秀看出他的疲惫，目光落在他身上皱巴巴、泥糊糊的衣服上，"看来是真的没睡。"

"昨天备课了，你来得真早。"

耿浩揉捏着僵硬的脖子和肩膀，嗅着清晨清新的空气，疲惫散去了不少。

"昨天晚上回去发现丢了钱，好像是丢在了大厅，早上就早点来找找。"钟秀无奈地耸了一下肩，看着他偷笑，"当老师确实是辛苦，你还是赶紧洗个澡换身衣服，别这样灰头土脸地去上课。"

耿浩看了看自己的狼狈相，不由咧嘴一笑，眼睛弯起："说的是，你也辛苦了。你赶紧去找找钱吧。"

钟秀点了点头，跟他挥了挥手，去了大厅。耿浩也返回房间，拿着洗漱用品去了厨房侧边的水池。还好水池的位置不是在厨房前面，不然在大庭广众之下洗漱，总是感觉不太好。这时做饭的那位大姐也来了。

耿浩看了她半天不知道该怎么打招呼，只得说了句："早。"

"以后叫我黄姐就行。你们不是8点上课？你起这么早？"黄姐笑呵呵道，"待会儿7点半就可以吃饭了，应该不耽误吧？"

"不耽误。"耿浩忙道。

"那就好，今天早上给你摊煎饼吃。"黄姐说着就进了厨房。

耿浩用毛巾擦了脸，提了两桶凉水回房间。正好一夜没睡，打算洗个冷水澡。

钟秀看见，担心地问："你准备用冷水洗澡？"

"嗯，正好清醒清醒。"耿浩笑着回了她，进了房间。

耿浩洗完澡，换上了干净的短袖长裤，穿上运动鞋，清清爽爽出门的时候，钟秀特地善意地叮嘱了两句："以后还是少洗些冷水澡，对身体不好。"

耿浩因怕她担心，就答应了。他可以从钟秀的眼中看出她的意思。他现在是莫村的支教老师了，身子不光是自己的，还是整个莫村的。想到有这层意思，耿浩就哭笑不得。

黄姐在7点半的时候做好了饭，摊了七张煎饼，炒了一盆子土豆丝，还有一碗酱菜。虽然说这里面还有钟秀的份儿，但耿浩总觉得是自己昨天中午和晚上的饭量把黄姐给吓到了，所以给他做了一堆的饭。钟秀吃了两张煎饼，为免浪费，耿浩硬生生把另外的五张煎饼给吃完了，可还是剩了一堆的菜。

"都吃饱了吗？"黄姐笑眯眯地询问，一副没吃饱还能再做的样子。

撑到不行的耿浩连忙摆手："吃饱了吃饱了。"

钟秀在旁边憋着笑。

"吃饱了就好，就是要吃饱。"黄姐满意地点头。

耿浩听黄姐的意思有些微妙，好像是对他的饭量有了新的认知，暗叫不好，为了自己的肚皮不被撑坏，决定将问题明确提出。

"黄姐，下回可以少做一些，剩了就不好了。"

黄姐无所谓地摆了摆手："你放心吃，不怕吃得多，没人笑话你。"

耿浩的脸一下僵住。能说出这话，最起码黄姐也是暗地里笑过的。他很无奈，他饭量真的不大，昨天是真饿坏了，今天完全是为了避免浪费食物。

"黄姐，你不能这么惯着我，到时候我每个月挣的工资还不够付饭钱的。"

是的，他住在村委虽然不要钱，但是吃饭是要交钱的。村委的人请黄姐做饭，用的是黄姐家的食材，也都是要给钱的。

"没事儿，我给你少算一点。"黄姐大方地一挥手，话头很是顺畅地改了方向，用浓浓的当地口音说，"我大哥家那闺女，叫李燕，现在上三年级，下半年上四年级，可喜欢英语了，就是没机会学，现在巴巴等着耿老师开课呢。"

耿浩又听懂了意思，黄姐和之前的司机大叔是一个想法。他笑了笑，抬起手腕看了眼表盘，已经7点40了。

"那我得好好准备了。黄姐，时候不早，我先走了，麻烦你早起做饭了。"

"这都不是事儿，你赶紧去上课吧，记得12点吃饭，你要是回不来，我给你送去也行。"

耿浩忙委婉拒绝："我会准时回来吃饭的。"

"行，赶紧去吧，别迟到了。"

在黄姐的轰赶下,耿浩终于脱身,朝正喝热水的钟秀笑了笑表示告辞,转身就大步往小学走去。

雨停了两天,泥巴地面也渐渐干硬起来,耿浩不用再躲避泥巴浆子,行走起来也迅速了许多。

06　奇怪的老师

老远就听见学校那边传来的欢笑声,听这声音的阵势起码有一二十个学生到了学校。欢笑声落在耿浩的耳朵里,就像上课的催促铃,让他心惊地看了好几回手表,以最快的速度到了学校。

他可不想第一天就迟到。

到了被学校房舍包围的小场子上,才7点43分。场子上已经有了二十来个学生,一堆堆聚集,开展着各自的活动。女生跳皮筋,男生扇卡片,还有男女生混合丢沙包。另有几个看起来性格比较内向的,抱着自己的布包坐在角落里,神情木讷地盯着这个世界。

他们几乎都穿着短袖、短裤和塑料凉鞋。大概是玩耍的原因,身上或多或少都有些脏兮兮的。

耿浩刚抱着课本靠近,他们就齐刷刷地看向他,有几个之前见过他的,立马叫了起来:"新老师来上课了!"

这句话就像一个讯号,巨浪袭来的讯号。耿浩听见,下意识警惕起来,做好了他们涌过来的心理准备。

果不其然,那道声音一落,有几个年纪大些的就大胆地跑了上来,像昨日那般,询问他的情况,连问题都没变。更多的人只是悄悄地靠拢,好奇地注视着他,等着他回答。

"你们一会儿就知道了。"

耿浩微笑着敷衍了两句,慢吞吞地往办公室的方向移动。孩子们的问题是一个接一个的,他如果全都回答了,那到上课都回答不完。

学生们也发现了这位老师守口如瓶,问了几句没有什么结果,就自觉地退下了。同时反应过来，这是他们的新老师，不是来陪他们玩的大哥哥，不由得就对耿浩有了敬畏之意。

办公室的房间大概有三四十平方米，白色墙皮有些地方已经脱落，露出里面灰色的砖头和黄色的黏土。天花板和墙壁的接连处有被水浸泡过的痕迹，上方的几个角落看起来更像是常年积水。

房间用三个大木柜子隔成里外两间，木柜里放着一沓沓的书本资料等。外面这间，前后的大窗户都大开着，摆着四副桌凳，桌子是厚实的双人课桌，凳子也是简单的高木凳。它们和那些木柜一样，都有了些年头。

办公室的环境虽然不好，看起来却是干净整洁的。此时，里面只有一位女老师，二十岁左右的样子，个子矮矮的，身材敦实，正拿着扫把在打扫凹凸不平的地面。

门口的光线突然一暗，女老师发觉有人进来，停下手上的动作，抬眼一看，是个陌生的年轻男人，疑惑地开口问了句："请问是……"

"你好，我叫耿浩，是来这儿支教的老师。"耿浩站在门口做着自我介绍。

"啊，你好。"

女老师恍然，有些拘谨地向他鞠了一躬。耿浩见她如此正式，连忙回了个鞠躬。

"你就是新来的老师啊，你坐，坐这里。"女老师把扫帚拿在手里，放在身前，是下意识地拉开距离的动作，并避退着给他指了一张空桌子，"你坐这里。"

"哦，好，谢谢。"

被这位女老师的拘谨所感染，耿浩也多了些不自在，小心谨慎地进了办公室，把课本、笔记本放在了空桌子上。刚刚靠近她，和她擦身而过的时候，耿浩明显能感觉到她的躲闪，不只是目光，还有后退半步的动作。

耿浩更加不知所措，呆呆地坐在桌子旁，身体有些僵硬，目光稍微一瞥还站在他桌子旁边的女老师。女老师立马一震，握紧扫帚就要继续打扫卫生。耿浩眉头一皱，觉得气氛有些怪异。

什么情况？是他长得太凶，吓到了这位女老师吗？

耿浩暗暗揣测着女老师出现这种反应的原因，心不在焉地摸过自己的笔记本和一年级的语文课本。忽然间感觉到有道探究的目光在他身上上下扫视！他知道是女老师的，但不知道为什么，也不知道该怎么开口询问，只能挺直了发僵的脊背，假装什么都不知道，实则如坐针毡。

"啊！"

女老师突然在他身后叫了一声，耿浩紧绷的神经立马绷断，整个人弹了起来，惊恐转身看向女老师。他这个动作明显将女老师也给吓着了，女老师就睁大一双小眼睛，傻愣地盯着他，双手捏着扫帚护在身前。

耿浩咽了咽口水，先开口问："怎，怎么了？"

女老师这才反应过来，把手里的扫帚杵在地上，窘迫地红了脸，讪讪笑道："没什么，我忽然想起我还没有做自我介绍，我叫刘嘉，嘉奖的嘉。"

说完，她又鞠了一躬。耿浩也跟着回了个鞠躬。

"你好。"

耿浩有些无奈，盯着坑坑洼洼的地面，只有一个念头：这样尴尬的对话什么时候才能结束？其他老师怎么还不来？

简短的对话结束，两个人相对而立，又陷入长久的沉默，窘迫在无声地蔓延。耿浩眼皮跳了跳，为了打破这种僵局，目光四处乱瞟，最后落在她一直护在胸前的扫把上，小心翼翼地询问她。

"有什么需要我帮忙的吗？"

"没，没有，我已经打扫完了。"

说着，刘嘉从门后的角落里拿出一个铁皮簸箕。簸箕像是被人踩过，几乎成了一块铁皮片。刘嘉转身，刚刚拿起扫把，簸箕就被人抢走了。刘嘉疑惑抬眼，正好看见离她半臂远的耿浩，眸光猛地一闪，显得慌张非常。

耿浩抓住她的一神一情，不明所以地皱了眉头，抬了抬手中的簸箕，说了句"我来帮你"，直接就蹲了下去，把簸箕放在垃圾堆前。

初来乍到，他得和同事搞好关系才行。

下一秒，眼前的扫帚慢吞吞地动了起来，耿浩这才松了一口气。

看来，新同事不是很好交流啊。

头顶莫名其妙地又压下来一道诡异的大网，还是那个女老师在用一种奇怪的目光看他。耿浩咽了咽口水，目光在地面上四处乱扫，心底迫切地想找到某个支点，让他能够看到女老师的表情。

他现在的感觉就像是被一匹狼盯上了，自己好像一只待宰的羔羊，怀着一种不知道什么时候会被吃掉的忐忑心情。这种感觉，快把他逼疯。

"王老师早。"

外面忽然响起学生的问好声。

"早啊。"

回答声由远及近，到了门口，接着一道身影从门口挪到屋子里。

"咦，新老师到了吗？"

有人来打破僵局，听这声音还是个活泼的男声，耿浩立马松了口气，扭头看向刚刚进来的那个人。

来人三十来岁，穿着土黄色的短袖和一条宽大的大裤衩子，踩着一双拖鞋，看起来很是随意。顶着个鸡窝头，脸上留着胡楂儿，给人很懒散的感觉。但笑起来两边有酒窝，增加了几分不羁和阳光。

"这就是咱们的新老师，叫耿浩。"刘嘉回答了他的问题，又向端着簸箕起身的耿浩介绍，"这是王大华，王老师。"

耿浩忙点头，扭身跟王大华打了招呼："你好。"

"别这么客气，有一个刘老师客气就够了。"王大华随意地从抽屉里掏出几本课本来，身子和目光一直都对着耿浩，"你现在住哪儿呢？"

"住在村委。"耿浩如实回答。

"那你在哪儿吃饭啊？"

王大华很是热心，也很是散漫，嘴里和耿浩聊着，手上该干啥还是干啥。

刘嘉见他们二人还要聊一会儿，就把扫帚放到门后面，欲从耿浩手里夺过簸箕。耿浩刚回答完王大华的问题，立马收回手，歉意道："我这就去倒了，这倒哪儿？"

"没事儿，你们聊，我倒吧。"

刘嘉和他争了两下，还是拗不过耿浩，就给他指了指位置："倒在外面的坡下边儿就行。"

村里没有垃圾桶和垃圾池，一般的垃圾都是找个固定的地方堆积。学校地势高，垃圾堆积处就是学校正对着的山坡。此时，耿浩看见了挂着木棍儿走台阶上坡的黄校长。恍惚间，有种被抓到乱丢垃圾的惶恐感。

"校长早。"

"耿老师一大早就在打扫卫生啊？"黄校长笑得和蔼，很是赞赏地走向耿浩。

"没有,是刘老师打扫的,我就是帮忙把垃圾端出来倒了。"

耿浩和校长并排着往回走,路过的学生全都或笑嘻嘻或拘谨地跟黄校长打招呼。

"校长早。"

黄校长拍了拍一个个小脑袋,点头:"早。"

耿浩跟在旁边,心里有种说不出来的感觉。这个学校的条件很差,学生们的条件也不好,但是他们有着最基本的尊师素质,可见这个学校的教育还是很好的。

黄校长和耿浩寒暄着,问了他昨夜的睡眠情况。耿浩扯谎说睡得很好,黄校长立马放心地说"那就好"。没聊两句,两个人就进了办公室。

"黄校长早。"王大华和刘嘉同时问好。

黄校长笑吟吟地回了句:"早上好,王老师,刘老师。"

不约而同地,他们三个人脸上都漾起笑意来。耿浩开始还不明白这是怎么个情况,觉得这样的仪式感或许太重,直到后来他才明白,这是什么意思。

"你们都认识了耿老师吗?"黄校长问道。那两位老师点了头,黄校长又从随身带的老旧皮包里掏出四张纸来:"刘老师,帮忙把新的课表贴一下。"

07　第一堂课

耿浩看了眼这几张纸,上面是手写的课表,用的是规规整整的正楷字,笔力苍劲,一看就是有着深厚书法功底的人写的。不必说,写这些字的人肯定就是黄校长。

新课表把自习课都换成了正课。在耿浩来之前,他们只有三个人,但是一共有四个班,所以每天每个班都不得不空出两节课上自习,耿浩正好填补了这个自习课的时间。

刘嘉双手接过课表,提了一小桶浆糊就出了门。

黄校长看向耿浩:"等下就有你的课了,好好准备。"

"好。"

耿浩坐回自己的位置——其实就在黄校长的对面。他们的四张桌子是拼在一起的,上下两张横摆,中间夹着竖摆的两张桌子,正好分了个上下席位来。黄校长在上位的那张课桌，王大华在左侧，王大华的对面是刘嘉，耿浩就坐在下位那张课桌。

没多会儿，预备铃响了。门外的学生争着往教室跑，办公室里的四位老师也收拾好上课用的教具，准备去上课。

"耿老师，好好上，有问题的话，下来可以问我们。"黄校长鼓励道。

"加油。"王大华懒散地拍了拍耿浩的肩膀，晃晃悠悠地先走了出去。

刘嘉也抱了书籍，拿着根教棍，朝他含蓄一笑："加油。"

耿浩一一应下，出了门。看着其他老师都进了教室，他在自己教室的门前踟蹰了一会儿。站在有些腐坏的公示木架牌前，看了看上面新贴的课表，最后整理了下自己的仪容仪表，默默地给自己了个鼓励，扬起一个自信的笑容。从现在开始，他就是一名人民教师了！

等正式铃响，耿浩这才踏进了一年级的教室。

整个学校就三间房子，两间被用作教室。因为学生比较少，黄校长就找人在每间房子里加了一堵墙，对半儿分成两个教室。教室里的墙皮脱落也很严重。可能是孩童顽皮，墙壁下面一圈儿都被毁坏得不成样子，不光是大片墙皮损坏，上面还有很多的涂鸦。地面是凹凸不平的，整体环境也给人潮湿发霉的感觉。

教室里摆的也是双人课桌，拢共摆了七张桌子，一张讲桌，六张课桌，六张课桌按三列两排分布，整整齐齐。桌子都很破旧，上面还有不少被刻画的痕迹，有的桌面还被钻了一个个小孔，桌脚都垫着石头保持平稳。

从耿浩出现在门口，所有孩子就眼巴巴地看着他，双手交叠平放在桌子上，一动不动，只有脑袋和视线跟着耿浩移动，就像是一棵棵向日葵，随着太阳的升落而转动。

耿浩将课本放在讲桌上，看着下面一个个规规矩矩的小不点儿，心中莫名有了种满足。微微一笑，朗声道："上课。"

"老师好。"

所有的学生都站了起来。

"好，坐下。"耿浩环视了一圈，看见有两个位置是空着的，就多问了一句，"还有人没来，去哪儿了？"

"老师，我知道！"

"老师，莫远成家住得老远……"

"老师……"

…………

就这么个问题，班上瞬间炸了锅，所有的学生都在积极发言，有想举手回答的，见别的同学都说完了，赶紧也梗着脖子把自己知道的说出来。那些学生的声音一声高过一声，非要让耿浩能清晰地辨认出是自己告知的这些情况。耿浩脑子里有一瞬间的轰鸣，忙抬起双手往下压。

"好了好了，大家先别这么激动。"

好几秒后，所有的学生才安定下来，眼巴巴地看着耿浩，聚精会神地等着下一个问题。刚刚那么多人说明情况，耿浩愣是没办法听清任何一个声音，准备开口再问一遍，但想到刚刚不可控的场面，立马闭了嘴，翻了翻花名册。

"你们的班长是谁？"

"班长是莫远成！"

"班长没来！"

…………

刚刚的情景再现，耿浩深吸一口气，明白了一个道理：不能随便问问题。小孩子不光爱问问题，也很爱回答问题。不过，看到他们如此积极，耿浩还是有些满意的，起码不会出现上课没人互动的情况。

"好了。"耿浩再次用双手将他们的声音压下去，"老师已经知道了，班长是莫远成，他没来对不对？"

"对！"

所有人异口同声，扯着嗓子回答。

耿浩被他们积极的模样逗乐，翻开花名册，决定指一个人起来问问题。

"莫喜。"

一看名字是个讨喜的，没想到站起来的却是个看着就内向的小男生，瘦瘦弱弱的，怯懦地抱着手臂，满眼无辜地看着耿浩。耿浩对上他水汪汪的大眼睛，瞬间觉得自己做错了什么事。不然这男生怎么一副"你别吃我"的样子？

这一刻，耿浩也有些恍惚，似乎从他身上看到了自己的影子——莫喜像极了当年的自己。

其他人在听到莫喜的名字后,失望之余,不约而同地"喊"了一声,很是嫌弃。莫喜的脑袋一下子垂了下去。耿浩都看在眼里,可以明显看出,莫喜不怎么招班上其他同学喜欢。

"老师,他是个哑巴,别问他,问我问我!"一个看起来油腔滑调的男生蹦出来,自告奋勇。

"油腔滑调"这个词用在一个一年级的男生身上,似乎有些不太妥当,但是耿浩看着他的模样言行只能想到这么个词。他的脸蛋是很好看很清秀的那种,在一班男生中比较出挑,却躬着瘦弱的身子,缩脖子缩脑的,看起来就不端正。

耿浩对他的第一印象不是很好,特别是看见莫喜因为他的言辞而露出受伤的神情后。本着教师的素养,耿浩没表现出自己的喜恶,笑着问他:"你叫什么名字?"

"我叫莫南!"那个男生歪了歪脑袋,笑眯眯地说了一句,看起来有几分"谄媚"。

又是个不符合一年级学生的词语,耿浩凝了凝神,把这个词甩到脑袋后面,友善一笑:"这个问题,老师还是想让莫喜来回答。莫喜,你知道那两位同学去哪儿了吗?"

莫喜瑟缩着摇了摇头。莫南在旁边急得跳脚。

"老师,他不知道的,我知道,你问我!"

莫喜的脑袋埋得更深了。

耿浩的神情也严肃了起来,看向莫南,耐心教导:"莫南,要尊重别人知道吗?老师在问莫喜的时候,你先静静地听着,如果莫喜说不知道,那我才会换你来回答。要学会倾听,知道吗?"

"知道了,我错了。"

莫南认错的速度很快,还带着撒娇的意味儿。耿浩怀疑,他根本没听进去。

"莫喜,你不知道是吗?不知道就坐下吧。"

耿浩挥了挥手,让莫喜坐下。耿浩知道,对于一个内向的人来说,长时间在众人面前站着,接受众人的目光注视,尤其其中包含着不善,无疑是公开处刑。

可当他说完这句话的时候,底下隐约响起了嘲笑声。莫喜静静地坐着,垂着脑袋,不知喜怒。耿浩却有些不满,深觉都是一年级的孩子,不应该这样对别人。

"我听见有人笑了,有什么好笑的吗?"耿浩收起笑意,满脸严肃地环视四周,"这也不是什么非得回答出来的问题,知道就是知道,不知道就是不知道。"

所有人立马规规矩矩,神情谨慎地看着耿浩。

"那两个同学的情况,我会下来去问其他老师,现在我们回到课堂上。"

莫南别扭地"喊"了一声,没让他回答这个问题,他很是不满。耿浩发现了他的状态,决定将他的事情先放下。看了看表盘,已经过了五分钟,意味着他已经浪费了五分钟在无意义的事上。不过,他可能还要再浪费两三分钟。

"在正式上课之前,我先自我介绍一下,我叫耿浩,你们以后可以叫我耿老师。我以后教你们的语文课。"

耿浩拿起根粉笔,转身在黑板上写下自己的名字。所谓黑板,就是用黑板漆在墙面上刷出来的,因为墙面不平整,黑板也就粗糙得不行。粉笔字写在上面不够清晰,还是断断续续的,效果自然比不上市场上卖的悬挂式黑板。

等他写完,转身翻开昨晚誊抄的花名册:"现在我来点一下名,听到自己名字的,举手喊'到'。"

一圈点下来,耿浩将未到的两个学生的名字记了下来,将花名册一合,放到一边,又拿起了课本。

"现在我们正式开始上课。你们现在学到第几课了?"

耿浩这么问完就后悔了,果不其然,整个班又开始争先恐后地回答问题,莫南依旧积极。

"好了,安静点!"

一声大吼震慑住了所有学生,他们都安静了下来。不过,这吼声不是耿浩发出的,而是来自隔壁班。耿浩皱眉,经过辨认,这个声音应该是来自那位女老师刘嘉。

得出这个结论,耿浩惊诧之余,也有些忌惮地看向面前的这群学生。能把一个温柔的看起来就好说话的刘老师逼到发火的程度,可见他们这群学生的厉害。耿浩只希望,自己能忍住脾气。

"好了,老师知道在哪儿了,大家翻开书的第××页。"

…………

当当当——

下课铃响起,所有的学生都冲出教室,就像一窝蜂。耿浩满脸阴郁地从教室里出来，一脸被生活折磨过的沧桑，看着简陋的操场上那些孩子都蹦蹦跳跳欢乐得很，耿浩很是羡慕他们能有如此饱满的精力。才上了一节课，他的脑子都已经嗡嗡响了。

08　教育这事

"刘老师。"

耿浩看见从隔壁班出来的刘嘉，很是友好地打了个招呼。

这才发现，他的嗓子有些干哑。整堂课，他为了维护秩序，不得不把自己的声音提高到那些学生的声音之上，喊得多了也就这样了。说起来，他有大半节课都在维护秩序，让人哭笑不得的是，他们的秩序混乱完全是因为积极回答问题，让人根本拿不出一个正当的理由来责怪他们。

不能再这样下去了，他得想个法子解决这件事。

"耿老师。"刘嘉回了一句，嗓音也没好到哪儿去。

回到办公室，耿浩尽量不让自己显得那么疲惫，但屁股挨着板凳的那一瞬，他是真的觉得世界终于美好了起来。才一节课，他已经不想再去上第二节课了。

"耿老师，刚刚那节课上得怎么样？"王大华从外面进来，轻松懒散地跟耿浩打招呼。

耿浩诧异地看向王大华，觉得他居然能这样云淡风轻，真是不容易，很好奇他是怎么做到的。不过，耿浩也注意到王大华声音的不正常，虽然男生的声音是要粗些，但他的声音低沉沙哑得有些不正常。

"王老师，你的嗓子不是上课上的吧？"

王大华笑得愉悦："可不是，我都教了五年了，等你教五年，嗓子保准跟我一样。"

耿浩咽了咽口水，端起刘嘉刚刚给他倒的一杯子热水，慢慢地喝了两口，润了润嗓子。暗道，以后得注意了，要多喝热水。

"谢谢刘老师。"王大华晃了晃手里的杯子，对给他倒水的刘嘉表示感谢，随后又是一脸惆怅，"娶了刘老师的那小子真是有福气，想想下学期就没人再照顾我们这几个大男人，就觉得凄惨得很。"

耿浩正看着下节课要讲的内容,闻言,不解地看向刘嘉:"刘老师下学期不来了吗?"

刘嘉腼腆一笑,点了点头。

"刘老师要结婚了,嫁到县上去,肯定是不能再留下了。"王大华叹了声,"本来五一就要结婚的,但刘老师放心不下这些学生,就跟家里商量,把结婚的日子推到了7月份,上完这学期再说。"

刘嘉笑了笑,安静地坐在自己的位置上,神情多少有些落寞。

耿浩想,刘嘉下个学期就不来了,那整个学校不又只有三名老师了?耿浩一时有些担心这个学校的未来,不由得多看了刘嘉两眼。

刘嘉感觉到有人注视,抬眼,正好和耿浩对上眼,错愕之余笑了笑,有些磕巴地问了句:"耿老师以后会留在这儿吗?"

耿浩一时哑然,想到自己只是来支教半年,半年之后,他也要离开。面对刘嘉期望的眼神,耿浩有些不好意思开口。

"耿老师只在这儿待半年。"还是王大华出声说明这个真相。

刘嘉"哦"了一声,勉强扯出一个笑来,重新低下了头。耿浩也不知道说些什么好,只能把注意力放回自己的课本上。不知怎的,仿佛又有一片乌云压在脑袋顶上,周围的气氛有些微妙。耿浩悄咪咪抬眼,正好看见刘嘉收回目光,当即满脑子的疑惑。

"你们都回来了。"黄校长笑吟吟地走进来。

耿浩看见黄校长,这才想起正事儿。

"今天一年级的莫远成和莫远胜没来。"

"哦,他们兄弟两个家住得比较远,还是在山上。才下完雨,下山的路不好走,可能要过两天才能上课。等明天再看看,如果还没来,就去家里找找看。"

黄校长很快做出了安排,可见这种情况是常有的。耿浩也就稍稍放下心来,可还是疑惑:"不需要给他们家里打个电话问一下吗?"

"这个不用了。"黄校长笑得慈爱,"他们家比较贫困,也没电话,送孩子来上学都勉强。"

"哦,这样啊。"耿浩了解地点了点头,心里将这兄弟俩的名字给记下了,"那个莫南,是什么情况?看起来很调皮。"

"那个莫南确实是调皮,他如果在你课堂上捣乱,你就该骂骂该打打,那是个混不愣。他的姐姐莫北也是这么个人,上三年级。姐弟俩,成天混得不行。"王大华很是嫌弃地跟耿浩说明情况。

"还有四年级的那个江湖海、二年级的那个张大飞,都是让人头疼的。"刘嘉也摇了摇脑袋,无奈一叹,"刚刚在我的美术课上,那个张大飞还跟别人抢铅笔,差点打起来,真的是一天天不让人省心。"

耿浩听着他们的吐槽,突然间觉得,未来的半年,他有一场硬仗要打。

"这也跟家庭有关系,咱们只能想办法把他们给教好了。教师教师,不光传道授业解惑,也是要教他们做人行事。"黄校长安慰他们几人,给他们树立正确的教师观。

"校长说的是,可家长都不管,光靠咱们,也太难了点。"王大华长长一叹,正好预备铃又响了,他无奈地朝耿浩一笑,"得了,又要上课了,一会儿我也要去和那个莫南过过招了。"

耿浩也起身:"我也要去见识一下那位叫张大飞的。"

二年级的情况不比一年级强多少,依旧是激情似火,回答起问题来十分踊跃,但没几个挨着边儿的。

耿浩还真一直在注意那个叫张大飞的。张大飞长得黑瘦黑瘦,也是缩头缩脑的,一对眼睛格外机灵地左右转动,活像一只泼猴。除了样貌像,连性子也像。只要别人将他撞了碰了,他就要跟人家争一番。

但奇怪的是,他不像莫南那么积极,只要老师在正儿八经地讲课,他就跟霜打的茄子似的,趴在桌子上一动不动。耿浩叫他起来回答问题,他也是扭扭捏捏的,让耿浩摸不清他到底是个内向的人还是个外向的人。但耿浩摸清了,他确实是个能把人气到想揍他一顿的。

整整一节课,有一半的时间,耿浩都在处理张大飞的各种事件,还都是些无关痛痒的小事儿。但是,更加为难他的,还是课堂纪律的问题。这些孩子积极起来根本不受控制,他刚刚那节课就没忍住,凶了他们一句。这才第二节课……今天他还有六节课,以后每天都有八节课,不尽快找个解决办法,他迟早得崩溃。

不由得,耿浩开始回忆自己的小学课堂。是不是也这么可怕?想了半天,他也没回忆起半点。

莫村小学的学生一般都是下午放学后回去吃午饭,如果怕中午饿,早上出门的时候就带点干粮。但莫村小学的孩子都习惯了这样的作息规律,中午一般都挨了过去。

耿浩也是临到中午才知道这个事儿,抽了个课间就跑回村委,跟黄姐说他中午饭不回来吃了。正在做饭的黄姐说已经做了他的那份,耿浩就说留到下午吃。幸好耿浩早上吃得多,到了中午也不怎么饿。

下午两点半的时候,一二三年级的家长纷纷过来接自己的孩子,在册子上登记了时间,就带着自己的孩子回家了。

昨晚耿浩就没怎么休息,脑袋本来就有些不清醒,今天被各种尖叫声轰炸,早就头昏脑涨。一天的课程下来,耿浩坐在座位上发怔,手里转着铅笔,有些迟钝地仔细回想着今天上的几节课的情况。

"耿老师,还不回去?"黄校长临走时发现耿浩还不离开,就到跟前儿问了一句,"你中午饭都没来得及吃,现在肯定饿了吧?还不赶紧回去吃饭去?"

"我晚点回去,正好赶上晚饭。"耿浩笑了笑,"黄校长,您回去的时候小心点。"

黄校长沉默了会儿,拉过刘嘉的凳子,在耿浩面前坐下,笑得慈祥。

"耿老师,今天上了一天的课,有没有不适应啊?"

面对黄校长的关心,耿浩皱眉犹豫了下,决定还是向校长请教。

"我发现正式上课和以前的试课,还是不一样的。"

黄校长点头表示肯定,脸上笑吟吟的。他就是一位善于倾听的长者,让人很想分享自己的困难。

"本来以为自己准备的课程不多,可是真正上起来,内容总是上不完。"耿浩继续说着自己在课堂上遇到的问题,"还有,最大的问题就是这个课堂纪律,他们回答问题很积极,但是……太过热情,问题又回答得不在点子上。"

说完,耿浩很是无奈地扯起唇角,表示自己无能为力,现在正陷入纠结之中。黄校长笑弯了眼睛,儒雅的风范就像一位睿者,缓缓开口疏解耿浩的困惑。

"作为一名新老师,你能发现自己的问题已经很优秀了。教育和打仗一样,都是要经过实践的,纸上谈兵肯定不行。你说的这些问题都是普遍问题,很难彻底解决,需要慢慢来,等你熟悉了这些学生、熟悉了课堂再说。所以,不用急。"

耿浩认真地听着黄校长的指导:"那我现在需要怎么做?"

"你的课堂内容讲不完，你要看是你错估了学生们的能力，还是你上课讲的速度太慢，又或者是内容本身就设定得过多。你好好想想自己今天上课的状态，然后进行调整。"黄校长加着手势跟耿浩讲解，神情矍铄，"课堂管理，这就要看个人的能力了，一、二年级学生是比较活泼的，所以上课比较积极，这也是件好事。到了四年级以后，你再看，那几个学生根本就不搭理你。你要想办法利用他们现在的热情劲儿，正确引导。"

耿浩似懂非懂地拧眉，他卡就卡在，不知道该怎么对他们进行正确引导。

"明天，我去听你一节课吧，到时候再给你些明确的建议。"黄校长见他依旧迷茫，拍了拍他的肩膀，笑得宽容，"教育这个事儿，得慢慢来，着急不得。"

09　杨灵的电话

"如果可以，那就太好了。"耿浩受宠若惊，不好意思地抹了把后脖颈，"只不过，我这是来教学生的，没想到自己还要学着怎么当一名老师。"

"哈哈，这有什么！不管干什么，都是要学的。老师也有老师的一套，你没接触过，自然也是要学的。"黄校长按着他的肩膀起身，耿浩忙扶上他的胳膊，帮着他起身。黄校长盯着耿浩，满是期待道："慢慢来，你肯定会是个好老师的，不要给自己太大压力。记得早点回去。"

"嗯嗯，我再看看课本，熟悉一下，再把明天的课程安排得仔细一点。"

耿浩送黄校长出了办公室，跟着他往山坡的土阶口走。

"熟悉课本也很重要。这一年级的课本，看起来很简单，但是要备好，也是要耗费很大的精力的。"黄校长在土阶口停下，将他拦住，挥了挥手，"行了，你回去吧。还是那句话，慢慢来，别给自己太大的压力。"

耿浩点了点头，站在原地，目送着黄校长离开。黄校长的身体还算康健，下土阶的时候一步一步虽然缓慢却稳当，身子微微躬着，有着他这个年纪该有的一点驼背。等到了坡下，他跟来往的村民打着招呼，笑吟吟地往公路上走。

黄校长，就像是一尊佛，温和慈祥，友善平易，又有着教化世人、指点迷津的能力。

耿浩的脑子里冒出来这么一句话。一回想,黄校长的耳垂好像真是蛮大的。

下午两三点,阳光还是比较强烈的,吹来的风都是热乎乎的。耿浩站在树下,立在斑驳的光影中,仰头看着飘扬的五星红旗,心里头有块儿地方慢慢松动,又慢慢坚固起来。

既然选择了来支教,就不能老是抱着半年后就会走的心思,而是要更加坚定。只要在这儿一天,就要做好自己该做的,对自己负责,对学生负责,对教育负责。

虽然他来时就没抱着敷衍的态度,但总有些懈怠,带着些好高骛远的思想,想着自己一来就可以改变一个个学生,甚至改变一个乡村的教育和未来。今天一天给他的唯一教训,就是要放下这些虚无的追求,要脚踏实地。自己的目标应该是学会怎么当一名教师,怎么去上好一堂课,怎么把知识和正确的三观传达给学生。

或许,半年后,他才刚刚学会怎么上好一节课。

叮咚!

清脆的提示音在这寂静的环境里显得格外突兀,耿浩从裤兜里掏出手机。屏幕上提示"你有一条新短信",来自"杨灵"。耿浩拧眉,看了会儿屏幕,这才打开信息界面,打开这条短信。

"耿浩,听说你去乡村支教了?"

这一句话虽然很短,但耿浩能想象到杨灵盛怒的表情,想起那天她决绝的离别,"分手"两个字还清晰地萦绕在耳畔。耿浩幽沉的目光流露出几分伤痛之色来,嘴角弯起一道若有似无的弧度,还是很绅士地回答了她的问题。

只有简单的一个"嗯"字。

耿浩盯着屏幕等了会儿,没等到新的短信,有些失望地抿了下唇,将手机盖合上,放回了裤兜里。不多会儿,一阵震动震得他大腿发麻,随之而来的还有安静低缓的钢琴声,是手机自带的电话铃声。耿浩迅速掏出手机。

果然是杨灵打来的。

耿浩几乎不带犹豫地按下了接听键,在接通的那一刻做了个深呼吸,努力保持情绪平稳,说了声:"喂。"

"耿浩,你现在在哪儿?在乡村吗?"

对面传来杨灵的质问。

耿浩没有回答，杨灵也没有给他回答的机会。

"耿浩，你知不知道你在干什么？我听说你是因为我们分手的事，一时赌气才去了乡村。你能不能不要这么幼稚？你面试上的可是世界五百强企业，你就这么放弃了，你知不知道你放弃的是什么？你放弃的是你整个人生，放弃的是你这么多年的努力……"

耿浩的脸色沉了下来，将听筒离自己远了些，不想去听杨灵后面的数落。随着杨灵的一句句数落，他的手不自觉地握紧了手机，眸光也一点点黯淡下去，心底最后的一点期待也在消散。

"你打电话来，就是为了说这些吗？"耿浩沉声打断了她的数落，对面噤了声，却传来粗重的喘息声，可见杨灵被气得不轻，"我来支教不是因为你，这是我早就计划好的事情。"

电话那头传来一阵轻蔑的笑声："早就计划好了？我怎么不知道？"

"我的人生计划没必要都告诉你吧？你的计划，不也从来没告诉过我？"耿浩强压情绪，镇定地反驳了回去，"我现在忙，国际长途也挺贵的，咱们都分手了，你没必要再来问这些事了。"

"耿浩，我现在是作为朋友和同学，在为你的前途担心，是在认真劝你。我希望你能再认真考虑考虑，你已经是个成年人了，不要再耍小孩子脾气。你赶紧去公司报到，不要再窝在小山村里了。你当初不是一直想考出来吗？好容易考出来了，你又要回去窝着，你这到底算什么？"

杨灵的情绪也稳定了许多，说话语气也稳重多了，一心想说服耿浩。可这些话落在耿浩耳里，却是刺耳得很。他凝视着头顶飘扬的五星红旗，目光从未有过地坚定。

"杨灵，在你的眼里，只有追求大富大贵才是不幼稚吗？我知道自己在做什么，也坚信自己现在走的路是正确的。我现在才看清，咱们两个人走的路从来都不是同一条，我不想跟你争吵，你也不要再打电话过来了。"

说完，耿浩直接挂了电话，怅然若失地将手机塞回裤兜，面对着莫村小学，脑海里浮现出他和杨灵当初的点点滴滴来，两道眉毛缓缓地垂了下来，心口似乎还在隐隐作痛。他刚刚走出一片迷茫，好像又重新陷入另一片迷茫之中。

工作和忙碌常常能让人忘记不愉快的事。耿浩一直在办公室备课到6点左右，正好赶着饭点回去。

刚刚走到村委，就看见钟秀正在锁大厅的门。

钟秀扭头猛地看见他，有瞬间的怔愣。耿浩拿着两三本书，静静站着，模样清秀又白净，身材也是高高瘦瘦的，浑身清清爽爽的，满是书卷气，就像从书中走出来的弱书生。耿浩的外在形象很讨莫村人的喜欢，短短一天，钟秀已经听到许多姐妹对他的幻想言论了。想到这儿，钟秀忍俊不禁。

钟秀的长相就是温柔型，忽然一笑，眼里却透着几分机灵，倒有些明媚。耿浩不明所以，却被感染，扫去一天的疲惫，也露出了个微笑，算是打招呼。打了几次照面，说过几次话，他和钟秀算是熟悉些的。

"你怎么回来这么晚？在学校加班呢？"

钟秀将钥匙装进一个刺绣小布包里。

"嗯，多待了会儿。"

耿浩被她的那个小布包吸引，多看了两眼。那是个白底的单肩布包，大小只有A4纸的一半大，上面绣着一朵卡通的向日葵，向日葵下面是一片绿油油的草地，看起来很是阳光可爱，那上面图案的绣法也很精致。

钟秀发现他在看自己的小包，微微有些窘迫又有些骄傲地看向耿浩："好看吗？"

耿浩想起每回杨灵也会拿些新买的包来询问他的意见，那些包在耿浩眼里都长得差不多，他也不明白杨灵为什么每回都要换。杨灵会跟他说，那些都是什么什么牌子的，都是些名贵奢侈品。杨灵告诉耿浩这些，也不是为了羞辱耿浩，只是想让耿浩长些见识罢了。但耿浩也不知道，知道些奢侈品牌，算是长什么见识。

忽然间想起这些，耿浩再看钟秀手里的小包时，直感叹：那些名牌包还没这个向日葵布包好看呢。杨灵也告诉过他，那些名牌包很多看起来也不是很好看，之所以卖得那么贵，卖的是牌子，是质感。

"耿老师？"

听见钟秀的呼唤，耿浩这才从回忆的深潭里挣脱。钟秀就站在他面前，睁着一双清澈的眼睛，疑惑地看着他。耿浩这才反应过来，自己因为跑神，忽略了钟秀的提问，立马满含歉意地道歉。

"不好意思，你的包很好看。"

"谢谢。"

钟秀抿唇一笑，很明显，她刚刚浓郁的期待感已经因为长时间得不到反馈而消减了。

"我先回去了，你吃完饭记得早点休息，毕竟昨天晚上也没睡。"

"嗯，好，你回去也小心。"

耿浩客气地回了一句，侧身让开钟秀面前的路，让她过去。

钟秀朝他摆了摆手，径直离开，嘴里哼着周杰伦的《青花瓷》。这首歌在今年的春晚上演唱过之后深受大家欢迎，耿浩也很是喜欢。特别是这首歌的歌词很美，每一句耿浩都记得。

钟秀轻声的哼唱很是干净利索，只一瞬间，《青花瓷》的曲调就在耿浩的耳边来回流转。直到黄姐叫他吃饭，他才中断对旋律的回味。

第二天，黄校长真的腾了一节课，坐在一年级的教室后面，听耿浩讲课。尽管耿浩也做过不少演讲，主持过一些大型活动，但看到黄校长坐在后面时，还是有些拘谨紧张。

"上课。"

"老师好！"

10 指点迷津

"嗯，坐下。翻开课本，读一下《两只小狮子》这篇课文。"

耿浩转身在黑板上写下这节课的标题，琅琅读书声随之而来。

可能是因为校长坐在后面，所以那些学生在上课时乖了许多，起码在耿浩说停下的时候，他们能迅速地停下来。耿浩今天的课相比于昨天顺利了不少。

下课铃声响的那一刻，耿浩迫不及待地跟黄校长一块儿走了出去，在回办公室的路上就开始向黄校长请教。

"你先别急。"黄校长安抚着他的情绪,"你这节课上得很好,只是有一点点小问题。"

耿浩面色凝重,跟黄校长进了办公室。一同回来的刘嘉和王大华交换了眼神,笑眯眯地看着耿浩虚心求教。

"你讲得是真的可以,站在台上不紧张,内容也很丰富。"黄校长回到自己的位置上,"你把你的凳子拿来坐着,咱们慢慢聊,就是交流交流。"

刘嘉正好把他的凳子递了过来,耿浩道了声谢,在黄校长旁边规矩坐下,活像一个好学生。

"放轻松。"

黄校长拍了拍他的肩膀,掏出自己的笔记本,又戴上了眼镜。笔记本上记的是听课记录。耿浩已经做好了听教的准备。

"从你的课堂上来看,你肯定是做了很好的备课,起码我能听出这节课的重点,就是那几个生字。能抓住一年级学生需要学习的重点内容是什么,这是很不错的。"

耿浩看向另外两位老师道:"这是昨天问了刘老师和王老师的,前天备课的时候其实还没有注意到。"

"不错,能多请教,说明你这个人就很勤奋。"

黄校长对耿浩赞不绝口,耿浩没有特别兴奋激动,也没有特别不好意思,只是微微一笑,等着黄校长接下来的指导。黄校长越瞧耿浩越觉得满意,心底只有一个念头:一定要把这个支教老师留下来。

"你的问题呢,也都是些小问题。第一个,就是在设置问题的时候,有些不直白,所以你会发现,你在问出去某个问题后,他们回答的和你要的答案完全沾不上边。"

黄校长一语中的,耿浩在心里猛点头。

"那是因为他们年纪太小,不能准确理解你的问题,理解有偏差。你以后在设置问题时,尽量直白简单一点。还有就是一年级的孩子,他们的激情很饱满,回答问题常常不会多想,有时候就不过脑子,回答起来就漫无边际。这个时候,就需要你来正确引导他们。一些需要思考的问题,你给他们留些思考时间,让他们一定想过之后再回答你的问题。"

耿浩连连点头,感觉找到了解决问题的方法。

"我这也是凭自己的经验来谈的,你参考就行。"黄校长笑着继续说,"还有就是,你一定要以学生为主,不必太拘泥于一些权威。你作为老师一定是提前设定了一个答案的,对你来说,这个答案就是最正确的,所以在他们回答问题时,你就下意识地想往你设定的答案上靠。前面的同学没有回答准确,你就一个个点起来问,非要和你的答案一样才行。"

耿浩缓缓地点了点头,心里赞同:就是这样。

"但其实,我听了好几个同学的答案,他们说的意思都没有什么问题。有时候,你需要抛开自己脑子里的定式,去倾听孩子们的想法。有时候,他们说的答案可比你设定的正确答案要精准多了。"黄校长慈祥地笑了笑,"不知道你有没有感受到,反正我是这样觉得的。"

"有。"耿浩脑子里立马蹦出了一个画面,就是一个学生对他问题的解答比他提前想好的还要完美,当时他也惊呆了,一年级的孩子居然能想到这么多,"他们的思维好像很活跃,有很多答案都是我没想到的。"

"对,而且有的答案听起来似乎很匪夷所思,但你仔细一想,也没什么问题。"黄校长说起来,整个人都是神采奕奕的。

"是,小孩子和我们看世界的眼光不一样,他们更纯粹,想象力更丰富。"耿浩逐渐放松了心态,开始和黄校长交流起教育看法来。回想起课堂上那些匪夷所思的答案,耿浩忍不住笑出声来。

"对,所以你以后要注意学生们的想法,而且一定要多鼓励他们,及时给出评价,让他们知道自己的回答到底怎么样。就算他们回答得很不着边,你也可以拐着弯儿鼓励他们。"

耿浩心里表示这真的是件很难的事情,教学还要学会说话的艺术。

黄校长接着又给他列出了几个问题,个个都正中要害,并且都根据他自己的教学经验给出了解决方案。短短十分钟的交流,让耿浩受益匪浅。

接下来的几堂课,耿浩在教授内容的同时开始注意自己之前没有注意到的那些问题,尽量一步步地适应课堂,可总有阻碍他改进脚步的人和事出现。张大飞和莫南这样的,就是他教学路上的绊脚石。

"老师,张大飞他又挤我!"

上课没几分钟，张大飞前后左右的学生纷纷告状。

耿浩刚开始为了开导张大飞，会把他叫起来，询问有什么问题，张大飞就静静地站着不说话，一秒变成内向的小白兔，满脸通红。后来耿浩没了耐心，直接跟张大飞说，让他站到后面听讲反省。结果，因为在后面坐着的是几个不好学的，他们几个人立马玩成一片，只要耿浩一转身，他们就开始打闹。耿浩简直头疼得不知道怎么办才好。

至于那个莫南，更是让人头疼，上课带头乱喊乱叫，上蹿下跳，就是不能好好坐着，跟有多动症似的。耿浩也找不出任何法子来治他。

耿浩被这两个治不服的弄得一个脑袋两个大，想起黄校长说他上课太温柔，语调太平，于是在处理他们的问题时，很严肃很凶。然而对他们来说，这些都是过耳风，不痛不痒。

连轴转地上课，耿浩自己还陷入课堂教学问题的包围中，没有精力找他们面谈，只能暂时先搁置。快放学的时候，他特意关注了一下张大飞和莫南的家长。然而，张大飞和莫南根本没家长来接。

接走张大飞的是三年级周余的奶奶。听说张大飞的爷爷奶奶年纪太大了，不方便过来。莫南直接是他三年级的姐姐莫北领走的。因为莫南和莫北的家就是坡下面的麻将馆，离学校很近，家长也没来接。

直到所有的孩子都被接回去，耿浩才抽空问了黄校长莫远成和莫远胜的事。他们兄弟两个今天还没来。

"校长，今天已经是开学第二天了，我们要不要去家访看看情况？"

"哦，这件事我已经了解过了。莫远胜和莫远成的父亲莫丰收在下暴雨时上山，不小心摔倒，伤了腿，没办法送他们兄弟俩来上学。莫丰收家里就他们爷仨，那俩孩子还得照顾莫丰收，最近这半个月，他们可能都来不了了。"黄校长长长一叹，脸上写满了无奈和忧愁。

"他们家也是艰苦，这也是没办法的事儿。"王大华叹了一声，"眼看着要期末考试了，不知道他们兄弟俩到时候能不能来。莫丰收的腿脚要是好不了，那两个娃娃下学期能不能来都是问题。"

耿浩默默听着，也感受到了命运无形的压迫，让人难以反抗。

"周末的时候，我去他们家看看吧。"刘嘉道，"了解一下他们的情况。"

黄校长想了想："嗯，辛苦了。王老师你陪刘老师一起去吧。"

"我也一起去吧。"耿浩自告奋勇。

王大华顺口就接道："那就你陪刘老师一起去吧，正好熟悉熟悉周围的环境。"

"王老师，你是周末又有事儿了？"刘嘉开着玩笑。

王大华不置可否："嗯，要带儿子下河摸鱼。耿老师，下回咱们可以约着一块儿去摸鱼。这河里的鱼可多了。"

"可以，我也好久没有摸鱼了。"耿浩欣然答应。

转眼就是周五，莫村小学放学后，耿浩直接回了村委房间里，毕竟第二天是周末，他可以在周末的时候再备课，今天稍微休息一下。

回到房间，耿浩打开电扇后，仰面就倒在床上，双目盯着泛黄泛潮的天花板，精神逐渐恍惚。感觉一周的疲惫都涌了上来，四肢无力，身上像压上了一块儿重石。他根本动弹不了，连翻身都显得奢侈。最后，直接把眼睛也给闭上了，省了最后的一点力气，感受着电扇带来的凉爽，整个人进入放空状态。

教师，真的是个辛苦的职业。

每天连续上八节课，中午极少有机会回村委吃饭，他就和有些学生一样，早上带点吃食。黄姐每天早上会给他多做些饭，还贴心地用碗装好，打包好。中午的时候耿浩就随便凑合了。

实际上每天更大的打击来自刺激脑部神经的嘈杂课堂。后面这几天，温度更是逐渐上升，有了夏天该有的样子。小小的教室，连个电扇都没有，闷热不透气，随便做两个动作就会汗流浃背。身上燥热，心也无法静下来，物理和心理的双重折磨让他只能硬扛着，不经然地，现在的心理活动和上学时候一样，每天都期盼着周五的到来。

11　有事找小钟

现在，周五终于过完了，他可以稍微松一口气了。

咚咚咚！

敲门声响起，耿浩猛地清醒，身子也跟着觉醒，从床上爬了起来。

"请进。"

村主任打开门，从外面晃悠进来。耿浩一骨碌下床，礼貌地上前打招呼："主任好。"

"我就来看看你，没打扰你吧？"莫主任笑着。

耿浩可以看出来，他真的是来闲聊的。耿浩眨去眼睛里的疲倦，微微一笑："没有，我现在也没什么事儿。"

"这一周都没机会见你，听说你每天都在学校加班到六七点才回来啊。真的是辛苦你了。"莫主任环视一周，屋里到处都是整整齐齐的，也很是干净，知道耿浩是个爱干净的男生，对他的好感又增加了几分，"这一周住下来，感觉还可以吧？"

"嗯，挺好的，什么都不缺。"耿浩也好久没看见莫主任了，刚刚一瞬间差点没认出来。

"那就好。这到了周末，你有没有打算去哪儿转转啊？"莫主任很是关心地看着耿浩。

耿浩点了点头："明天打算去两个学生家里看看，然后没事儿的话，应该会四处转转。"

"有安排就好，我们莫村山清水秀的，还是很值得一逛的。特别是再往村里面走，走上一个多小时，有个瀑布，那瀑布在我们县可有名了。这大夏天热很了，去避暑也是很适合的。"莫主任做着手势，大概给他比画着路线，"你就下了这个坡，顺着大路往上面走，一直走就能看见了。"

耿浩很是配合地看了看他指的根本不清晰的路线，表示了解地点了点头："那我周末正好可以去看看。"

"嗯，你要是一个人无聊，可以找个人一起去。我们村儿……"莫主任说到这儿就卡住了，仔细一想，他们村儿和耿浩一样大的小伙子和姑娘都出门打工了，留着的姑娘都是人家的媳妇儿了，想来想去，只有一个合适的，"你可以让小钟带你去转转。嗯，对，哪儿不熟悉，跟我们这些年纪大的谈不来，都可以找小钟。"

又把事儿推到了钟秀身上，耿浩都有些心疼钟秀。当个"村官"，还要当导游，真的是一个人被当成两个人来使唤。

"莫主任，支书找你。"钟秀跑过来传话。

莫主任立马笑呵呵道："看，说曹操曹操到。"

耿浩哭笑不得。

钟秀一脸莫名其妙地看着他们二人，好奇地问："你们说我呢？说我什么呢？"

"支书找我什么事儿？"莫主任换了个话题，直接往大厅那边走。

"支书过来没看见你，就让我找找你。"钟秀跟在他的屁股后面，不依不饶地继续问，"舅，你们刚刚说我啥呢？"

接下来的对话，莫主任和钟秀用的是本地方言，耿浩根本听不懂，只能无奈地摇了摇头，关上门重新躺回去休息，打算到晚饭的时候再起来。

没想到，来敲门喊他吃饭的不是黄姐，而是钟秀。

自从周一块儿吃了饭以后，耿浩就没再见过钟秀。今天，钟秀又留下吃了饭。至于是什么理由，耿浩没打听。但明显，钟秀有什么话要跟他说。

晚饭一如既往地喝粥吃馍，外加一盘土豆片、一盘小炒肉，还有一罐豆腐乳。这豆腐乳是黄姐自制的，味道很好，很辣，很入味，是耿浩最爱吃的一道菜。除此之外还有黄姐自制的酱黄豆，也是耿浩爱吃的。

桌边只有耿浩和钟秀两个人，耿浩吃了会儿，终于看不下去钟秀欲言又止的样子："是有什么事儿要跟我说吗？"

钟秀愣住，抬头朝他抿唇一笑："没有，就是听莫主任说你要去瀑布，怕你不认识路，看要不要我带你过去。"

莫主任一再跟钟秀叮嘱，一定要好好照顾耿浩。而且在他们村儿，耿浩的同龄人只有钟秀了。秉着同龄人好交流的原则，莫主任让钟秀多多跟耿浩交流，多多了解耿浩的情况。耿浩是他们村儿教育的希望，是难得的老师，一定不能亏待了他。为此，莫主任还非让钟秀留下来，陪耿浩吃个晚饭。

钟秀现在看见耿浩也是头疼不已，要不是莫主任是她的舅舅，她才不会这么乖乖地听话帮忙，她也不是个爱跟陌生人打交道的。有和耿浩闲聊的时间，她都能在家里多溜会儿狗了。

"嗯，我还没决定什么时候去。"耿浩礼貌道，"让你们操心了。"

"没什么。"钟秀摆了摆手，又低头吃着自己的馒头，感觉氛围有几分冷淡，她又随意找了个话题,"你明天要去家访?"

耿浩点头,发现她没抬头,看不见,就"嗯"了一声。

"你要去哪一家啊?"

"莫远成和莫远胜的家。"耿浩如实告知。

"哦,他们家啊。"钟秀了然点头,"远成、远胜的老爸最近受伤了,他们兄弟俩肯定也是上不了学的。不过他们家很远,而且在山上,没去过的人很难找到。你是一个人去吗?"

耿浩见她如此清楚,忽然想到钟秀是个土生土长的本地人,肯定知道很多当地人的事儿。耿浩冒出了一个念头。

"怎么了?"钟秀见耿浩看着自己陷入沉思,不明所以地看了看自己,发现身上也没什么特别的,"我身上是有什么东西吗?"

"没有,就是忽然想到一些事。"耿浩的心情忽然间变好了,想起她刚刚的问题还没回答,立马接上刚刚的问题,"我明天和刘嘉老师一块儿去。"

"哦,和嘉嘉一起。"钟秀再次点头,忽然怪异一笑,"你不知道嘉嘉是个路痴吗?"

耿浩错愕,瞬间一头雾水。

刘嘉老师说去看莫远成兄弟的时候,并没有说过她是路痴,而且一脸会完美解决那件事的样子。关键是,他提出和刘嘉老师一块儿去的时候,黄校长和王老师完全没有要阻止的意思。难不成,他们也忘记了刘老师是路痴这件事?这也太不靠谱了些。

钟秀看出耿浩的不敢置信,笑得更加欢乐了:"她肯定是要带着我的狗狗豇豆儿上山。"

这么一听,更加不靠谱了。耿浩抿了下有些干的嘴唇,想着要不要去找王老师一趟,让他带着他们去找莫远成兄弟。不然,他们在山上走丢了都不知道为什么。

"唔……明天我也没什么事儿,不然我跟你们一块儿去吧。"钟秀犹豫再三,还是好心地开口,给自己揽了个活儿。

耿浩感激地抬眼,觉得这是个好主意。不是他不相信刘老师,是真的为了他们二人的生命安全着想。更何况,刘老师还是快要结婚的,好好一个新娘子跟他一起迷路，如若再发生个意外，这个责任他可担待不起。

"那真是麻烦了。"

"没什么。那你们明天什么时候过去？"

"明天早上8点出发吧。"

钟秀点头，想了下，忽然狡黠地弯起了嘴角："要不，明天你直接去我家找我们？顺着坡下面那条路一直往上走，走个十多分钟就能看见个红墙的房子，那就是我们家。嘉嘉就住在我们家后面。莫远成他们家还在我们上边儿。"

听起来，就是让两个姑娘省点路的事儿。本来他和刘老师约的是在学校见面。他明天早上直接找上去，也是顺路的事儿，无所谓。

"可以，不过可能要跟刘老师说一下。"

"这个我回去跟她说。"

钟秀眉眼一弯，笑得很是柔和，还透着几分机灵，很是讨人喜，是个接触起来让人感觉很舒服的女孩子。耿浩极少遇到这样的女孩子，感觉就像是遇见了一个邻家小妹。

"对了，我们互留个电话吧，明天早上你到了可以联系我。"

"可以。"

耿浩很是乐意地从怀里掏出手机，看到通话记录的第一个号码就是杨灵的，心里不由一阵堵得慌。正好，钟秀报了她的电话，他迅速存下，拨了过去，等钟秀那里一响，他就快速地挂了电话，关了手机界面。

"对了，我想问你一下，这个村里的人你是不是都很熟？"耿浩趁着钟秀在存电话，就打算从她这儿打听些消息。

"嗯，从小我就是吃百家饭长大的，这上上下下没我不熟的。"钟秀说得很诚恳，没有半点炫耀，听着就靠谱。

耿浩很放心地问出了自己的问题："我想问问，莫南和张大飞家里是什么情况？"

"莫南和张大飞？"钟秀重复了一遍，脸上露出复杂的表情，"他们两个不是在课堂上给你捣蛋了吧？"

钟秀一下就问到了点子上，可见莫南和张大飞这两个人在莫村算是"臭名昭著"了，肯定到哪儿都是淘气包惹事儿精。

"只是想了解一下他们。"耿浩轻描淡写地解释,"我看每天放学他们都没有家长来接。"

钟秀不怎么信他这个理由,还是坚信莫南和张大飞在他的课堂上捣蛋了。但是耿浩不明说,她也懒得再追问。

"张大飞的爸妈出去打工了,平时都是爷爷奶奶照顾他。他的爷爷奶奶年纪都挺大了,身体也不是很好,管不住他,他就皮得很。不过,他还是挺内向胆小的,可能是因为自卑所以比较容易被激,也不太合群。"

耿浩点头,觉得钟秀分析得很有道理。又想到张大飞的那个朋友来。

"我看他和周余关系挺好。"

12　钟秀家

"哦,周余。"钟秀突然想起来这么个人物,脸上的表情也缓和了许多,还带着满满的笑意,"周余长得可好看了,是张大飞的表兄弟,他们俩从小玩到大的。周余也很内向,不过很懂事。"

耿浩见周余的次数不多,但是赞同钟秀的说法。周余是个长得好看的男孩子,白白净净、斯斯文文的,一笑还会露出两颗虎牙来。不过,周余好像不怎么爱笑,耿浩见过他两次,都是周余和张大飞聊天的时候。

"那个莫南,"钟秀提到名字就牙疼,"他家里是开麻将馆的,老爸老妈成天就知道打麻将,也不管莫北、莫南姐弟俩,他们姐弟俩就自己瞎混。说起来也可怜,家里没人管,他们平时饭都不能好好吃,动不动就买零食吃泡面,两个人干瘦干瘦的。"

耿浩的眉头紧皱,很是讨厌家长因为打麻将而忽略孩子的行为。在他的村里,有些家长也爱打麻将,很多孩子因此疏于看管,要么性格有缺陷,要么出去玩的时候掉进河里淹死了。

他之前还听说别的村儿有件骇人听闻的事故。有个母亲给几个月大的孩子洗澡,因为冬天太冷,就在澡盆下面加了火。结果,她等不及水烧好,就把孩子放在盆子里泡着去打了圈儿麻将,后来想起来赶回来,孩子已经被严重烫伤了。

"这俩娃，他们家里人都不管，你要是看不过眼，想好好教育他们，就打上几顿，光骂是没用的。不过，恐怕他们也被打皮实了。"钟秀长叹一声，表现出她的无能为力。

耿浩偷偷看了钟秀一眼。她面带不悦地在嘟囔着什么，但是耿浩听不清。

在村子里待了一周，耿浩的生活作息也在向莫村人的生活作息靠拢，每天晚上9点就开始犯困，10点多就进入睡眠。主要是，一个人的无聊夜晚也没事做，他初来乍到，不熟悉村里的环境，晚上也就没出门闲逛。

第二天，他被7点钟的闹钟吵醒，急忙穿了衣服出门，一溜小跑到了厨房。黄姐也才刚到。

"黄姐，今天不用给我做饭了，昨晚上不是还剩一个馒头吗？我吃吃就行。"耿浩抓了抓毛糙糙的头发，就怕慢一拍黄姐把饭给做了。

黄姐正在洗手，不解地抬头看他，甩了甩水淋淋的双手，水渍溅得到处都是。她又从旁边拿过抹布，擦干手。

"那怎么行？冷硬冷硬的。起码我给你热热。"

"没事儿。"耿浩随口说道，"黄姐你别忙活了，冷得挺方便，这大夏天的，冷的热的都差不多。"

"你是早上有事儿？"

黄姐听出耿浩话里的意思，直接问原因。耿浩点头承认。

"一会儿要去找刘老师和钟秀，约了8点。"

黄姐一听，乐了，笑他老实。

"钟秀她家不远，就十几分钟路。你7点三四十走都是来得及的。你不用着急，我做快点。"黄姐见耿浩还是很纠结的样子，赶紧又改了口，"得，我把馒头炒成馍丁儿，再给你弄碗鸡蛋汤。你洗完脸过来就能吃了。"

"谢谢黄姐了。"

耿浩抓着头发，偏头一笑，露出白花花的牙齿来。黄姐挥手赶他出去，让他赶紧收拾。等他出去，黄姐不知道想到了什么，眼睛笑弯了，手下更加麻利了。

早上7点半，天已经大亮。

一抬头，就是一片湛蓝，清清楚楚，难见浮云，太阳刚刚升起，光线不那么刺眼。耿浩喜欢仰着脑袋看早晨的苍穹，每次静静看一会儿，疲惫的双眼就像被安抚过一样，舒服极了。早晨的空气有着它特有的清新和凉爽，路边坡下水声潺潺，极有韵律，不时从四周传来几声鸟叫，就像跳跃的音符，让人心情愉快。

清晨，是夏日最舒服的时间段。耿浩这样以为。

面前出现一座红墙房子时，耿浩看了一下时间，才 7 点 40 分。从村委到这儿，才用了十分钟。

房子外面有一个水泥铺的小院子，用红砖砌了一圈矮墙，也就才到人的腰间。房子左边还有个单独的小房子，里面传出来锅铲碰撞的声音，还有阵阵饭菜香，闻这香味儿，做的菜应该跟肉相关。

耿浩站在红墙外，不确定这户人家是不是钟秀家，前后看看，再没有第二座红房子，这才半信半疑地等在院子外。目光无处安放，不经意间透过敞开的院门往里看。

里面的摆设就是一般农村堂屋的布置，对面挂着迎客松堂画，下面摆着一张四四方方的大桌子，供过年时大家欢聚一堂用。大桌子里套着一张四四方方的小桌子，是日常用的。桌子旁边摆着四条长凳，还有一些小椅子。

正瞄着，突然有人从他看不到的角落里走出来，手里端着一个木盆，正是钟秀。钟秀散着乌黑的浓密卷发，脸上带着笑意，如同初升的太阳，给人暖暖的柔柔的感觉。

钟秀一出门就看见了他，惊喜地笑了起来："你来得这么早？我才刚洗完脸。"说完，钟秀有些窘迫地看向自己手里端的木盆。下一刻，她又笑着抬眼，把房门让出来："你先进来坐一下吧，我去叫嘉嘉。"

"没事儿，不急，我只是不熟悉路就提前出发了。"耿浩不自觉地咧嘴一笑。

"你先进来坐着吧。"钟秀说着将盆子里的水往院子右侧倒去，泼了满地。她将头发往耳后一别，见耿浩还不动，再次邀请他，"你别站在那儿啊。"

"哦，好。"

盛情难却，耿浩踏进了院子，走到屋檐下，看见台阶廊道上摆着两三把木椅子，就直接坐到了其中的一把椅子上面，没有进屋子里。环顾四周，双手不自觉地交握在一起。暗道：来得确实太早了，不知道要等多久，要不要找个借口先去别的地方逛逛，过一会儿再来？

钟秀看见也没再催促他进屋子里，只是说了句："那就辛苦你在这儿等一下了。"

耿浩应了声，继续皱着眉头犯难。

好像也快 8 点了，他也没什么时间逛了。

想着，他看向自己的手表，指针显示的时间是 7 点 42 分。他沉了沉气，觉得这两分钟有些漫长。

屋里，钟秀不知道跟谁喊了一句："去叫嘉嘉阿姨过来！"立马有个人懒洋洋地应了一声，听起来像是个小女孩。过了没几秒，就传来门响的声音。

耿浩本来好奇地偷瞄着门口，但听到那道声音后，知道人是从后门走了，这才收回目光。

"秀秀，谁来了？"

一道声音从厨房里传出来，接着有个妇女用腰上的围裙擦着双手，走了出来。女人看起来快四十岁了，一头黑色的短卷发，长得和钟秀有几分相像。耿浩连忙站起来，第一反应是想叫阿姨，发现钟秀端着杯茶水出来，立马忍住，等着钟秀介绍。

"这就是咱们村新来的支教老师，叫耿浩。"钟秀介绍，把手里的茶水递给耿浩，耿浩连忙接住。钟秀接着向耿浩介绍："这是我的大姐，钟灵。"

耿浩心里顿时咯噔了下，庆幸刚刚没叫出口，因着心虚，表现得也有些慌张："姐姐好。"

"不用这么客气。"钟灵摆了摆手，热情道，"你吃早饭了吗？我做了肉丝面，你可以尝尝。"

耿浩忙摇手："不了，我早上吃过了。"

"我大姐的手艺可好了。你要是不尝尝，肯定会后悔的。"钟秀半威吓地说。

"这可是真的，你少吃点也行。"钟灵根本不给耿浩拒绝的机会，转身就进了厨房，"秀秀，快去收拾桌子，把耿老师带进去坐。"

"哎。"钟秀应完就催耿浩，"你要是不吃点，我大姐一定会生气的。"

在这种情感压迫下，耿浩只能"就范"，乖乖跟着钟秀进门。

进了屋，耿浩才发现，里面看起来比外面要老旧得多，外面的红墙像是后来刷的红漆，而屋面的白墙已经暗沉了许多，天花板四周更是有很多的斑点。左右两边共有四个单开的木门，门上贴着明星的半身海报。其中有个木门打开着，门上挂着白色的珠帘，若是仔细看，可以看见内屋的情形。耿浩只是匆匆扫了一眼就转了视线。

钟秀要从大桌子下面挪出小桌子，耿浩一步上前，双手很是熟练地将桌子左右一抓。钟秀很是自觉地退到了旁边。

"摆到哪儿？"耿浩端着桌子，偏头问钟秀。

"就这儿。"钟秀一指堂屋中央的位置。

桌子放定，一个穿着粉色背心裙的小女孩就把筷子放到了桌面上。耿浩一抬眼，跟她对视上，她立马躲闪了目光，弱弱地叫了一声："耿老师好。"

"黄九九？"

耿浩愣了一下，这不是他一年级班上的女孩吗？耿浩疑惑不解地看向钟秀。

"这是我大姐的女儿。"钟秀大方解释。

耿浩了然："原来是这样，之前没听你说过。"

按照他来到这儿后的经验，只要有孩子家长跟他打上招呼，就立马会向他疯狂介绍自己的孩子，从名字年龄到性格爱好，就希望耿浩在学校时能多注意一点，多教教他们的孩子。所以，钟秀跟他接触这么多回却从没提过黄九九，如今知道她们的关系，让他很是惊诧。

13　女生的话题

"九九是在学校惹事了？"

钟秀的神情瞬间严肃起来，质问的目光瞄向黄九九。

正在这个时候，钟灵端着一盆肉丝酱料进来，听见这句话，手抖了一下，盯着黄九九。

"惹事？耿老师，她是在学校打架了还是怎么了？"

耿浩见黄九九在发抖，正目光惊恐地向自己求救，立马解释："没有没有，黄九九在班上很乖，也很聪明。"

很明显，钟秀和钟灵的神经松了松，黄九九更是直接软在了凳子上。

"九九，赶紧给你老师盛饭。"钟灵严肃开口，一反刚刚的热情慈祥状。

黄九九立马弹起来，拿起一个大洋瓷碗，很是利索地帮耿浩盛了大半碗的面条。耿浩手足无措，连连阻止，还是拦不住黄九九的动作。

"老师，您多吃点！"黄九九说着，又拿起长铁勺，从大瓷盆里舀肉丝，给他又添了小半碗，见耿浩要抢，很是认真地说，"老师，我妈做的肉丝面可好吃了，您要多吃点。"

耿浩能看出来，黄九九就是想在自己的老妈和小姨面前表现自己的乖巧懂事，但他刚刚才吃完饭过来，实在是无法配合黄九九的"演出"。沉甸甸的一大碗，堆得跟个小山似的，黄九九老早就端不住碗了，只能搁在桌子上盛，盛好后直接把一大碗面推到耿浩面前。耿浩悄悄摸摸自己的肚子，看着这一大碗就觉得肚子撑得慌，心说，与其强撑吃不完，还不如及早说。

"真是不好意思，我早上才吃过饭，这确实太多了。"

钟灵明白，立马用方言骂了一句黄九九。耿浩听不懂，只是看见黄九九表情委屈，判断出她是被骂了。耿浩发现自己好像又害了黄九九一回，眸光闪了闪，端端正正地坐着，就当什么都不知道，也决心不再乱说话了。钟灵伸手就从他面前端过洋瓷碗，把里面的面分出来一些，边弄还边笑着跟耿浩解释："这娃不懂事。耿老师，她要是敢在学校惹祸，你该打就打，该骂就骂！"

"九九真是我们老师眼中的优秀学生。"耿浩怕钟灵不信，很是正经地夸赞黄九九，"平时学得快，做什么都很快。也不惹事儿，乖得很。"

耿浩说的是真的，并没有半点夸张的成分。特别是在莫南这样的学生的对比下，耿浩对黄九九这样乖巧的学生更是喜欢，能替他省下不少的心。不过，耿浩有些惊诧，钟灵和钟秀对黄九九太严格。她们姐妹俩看起来很好相处，不像是会逼迫孩子学习的人。

钟灵听耿浩这么认真地夸，笑得像一朵花，把半碗肉丝面放到他面前："这不多了，耿老师能吃完吧？"

耿浩也不再推辞，接了下来，看着她把分下来的半碗递给了钟秀，又用方言说了句让他听不懂的话。不过，看情况，大概也是让钟秀接下这半碗的意思，总之，钟秀毫无异色，很是自然地开始吃了。

耿浩偷偷关注着桌子上的碗筷，只有他们四人的，再没有多的。他脑子里一片疑惑：这家里的长辈都去哪儿了？特别是没看见这家的男性成员。

"耿老师，快尝尝，看看我做得怎么样。"钟灵把所有人的饭都安排好了，发现耿浩还没有动筷子，赶紧催促了两句。

耿浩忙尝了两口，露出些微惊喜："真的很好吃。"

作为厨师最快乐的事，恐怕就是看见食客吃得开心，吃得满意。耿浩的惊喜表情钟灵看在眼里，心里乐开了花。

"好吃就多吃点，以后放假或者平时没事儿，你都可以来我们家尝尝我的手艺。"

"有机会一定来。"耿浩利索回话。

黄九九在旁看着自己老妈过分夸张的热情，很是无奈地用筷子扎着面堆儿，丧气地偏着脑袋，害怕耿浩就此以后在学校对她严加看管，顿时有些头疼。这个状态被钟秀看在眼里，钟秀脸色一凝，不悦提醒："九九，好好吃饭。"

耿浩和钟灵同时看向黄九九，黄九九早在钟秀的提醒下端正姿势，一本正经地吃饭。钟灵看到她表现良好，这才没再说什么。接下来的吃饭过程中，没人再说一句话。不用想办法应对话题，耿浩也乐得自在，除了面条还是有些多，整体来说，这顿早餐吃得还是蛮舒服的。

刘嘉来的时候，已经 8 点，扎着马尾，身后跟着一条黄色的土狗。经过他们的介绍，耿浩才知道，这就是昨天钟秀口中的豇豆儿。出发前，钟灵交给了钟秀一篮子提前准备的馒头和咸菜，让她拿到山上送给莫远成家。

他们一块儿去莫远成家的路上，刘嘉和钟灵就用当地的方言聊天，只有偶尔跟耿浩说话的时候，才会换成普通话。令耿浩忐忑的是，刘嘉一路上又用奇怪的目光盯着他，让他的神经时刻都是紧绷的，心里一直发虚。耿浩时不时就问上一句"还有多久才到"，她们姐妹俩就会笑着回答："不急，还有好长一段路呢。"她们的笑在耿浩眼里有点诡异，他的心底更加发虚。

这荒山野岭的，这两个大姑娘该不会另有所图，把他拐骗进深山，然后杀人抛尸？耿浩脑子里冒出这么个念头，又迅速地摇散，暗嘲自己想得太多。真不怪他一个大男子汉有这些怪诞的想法，确实是她们姐妹俩表现得不太正常。这不，她们姐妹俩又在悄咪咪地笑，不知道在说些什么。

耿浩皱着眉，悄悄偏头，想观察一番她们二人的神情。那条黄色的土狗兀地跃进他的视线里，龇牙咧嘴地冲过来。耿浩的瞳孔猛地一收，身手敏捷地往旁边躲。谁知豇豆儿是扑向旁边的草垛子，在里面翻滚了两下，跳跃起身，哈着嘴，摇着尾巴。

刘嘉和钟秀见状，抱在一起，笑成一团，以为耿浩这么大个男子汉还怕条一两岁大的小狗。耿浩再次一头雾水的时候，钟秀开口询问："你害怕豇豆儿呀？"

耿浩见她们误解，想解释来着，但目光落在她们身上，又不知道怎么说明缘由，只能随口找了个理由："它突然扑过来，我还以为是咬我。"

俩大姑娘相视一笑，向前两步，走在了耿浩前面。耿浩决定跟在她们后面，起码能避开她们奇怪的视线。但经过刚刚那一遭，钟秀终于发现耿浩一个人似乎有些孤单，把他也拉到聊天组里。

"刚刚我们还在说你。"钟秀说完这话，刘嘉就把她扯了扯，想阻止她继续说下去。耿浩内心表示，她们在谈论他的这件事相当明显了，而且已经支起耳朵想知道她们刚刚在说什么，为什么会露出那样的表情。钟秀想要逗刘嘉，故意把刚刚的谈话内容说了出来："嘉嘉知道你是名牌大学出来的，一直想问你，你有没有女朋友。"

刘嘉直接拧了钟秀一把，钟秀捂着胳膊往旁边躲。耿浩愣在当场，有些惊诧地偷看了刘嘉两眼。一般能问出这种问题的，基本上都是相亲场子。刘嘉可是假期就要结婚的人，问这个干什么？

钟秀没有解释，刘嘉却不能任由耿浩瞎想，红着脸解释："就是想说，你如果没有女朋友的话，我们可以给你介绍一个。"虚惊一场，耿浩长长吐了口气，刚要回答，刘嘉像是报复，一把拉过钟秀，笑道："正好秀秀单身，她也是上了大学的，你可以考虑考虑。"

钟秀脱口而出："谁说我单身？我有对象的。"

刘嘉狐疑地看了她一眼，不慌不忙地质问："我怎么没听说过？"

"我是不好意思说。"

耿浩见她们自己内部出现分歧，就静静看着。他现在基本明白她们俩刚刚是在笑什么了，就是在拿他打趣儿。果然，女生之间的话题……不好置喙。

约莫过了一分钟，刘嘉才停止跟钟秀争论，也不想再刨根问底，因为钟秀什么都没说。刘嘉一句"耿老师你还没说呢"，就把话题重新拉回到耿浩身上。耿浩友好一笑，云淡风轻道："我有女朋友。"

刘嘉顿时失望，就连钟秀的眉头也皱了起来。耿浩从她们的眼神儿里可以看出，她们并不是因为错失一个未来对象而失望，至于什么原因，耿浩一时猜不出来，也不想猜。不都说，女生的心思如同海底针吗？他可猜不准。

"耿老师，你女朋友是哪儿的啊？"刘嘉头一次不害羞，积极主动地询问耿浩，竟还是如此私人的情感问题。耿浩用余光看到她期待的神情，抬脚挪了两步，眼前浮现出杨灵的模样来，好半晌才不喜不悲地开口："A市的。"

"城市里的姑娘？"

刘嘉拧眉，扭头看向钟秀，像是自言自语，又像是在跟钟秀对话。耿浩不知道这个问题是不是需要他来回答，在刘嘉回头重新看他的时候，他"嗯"了一声。

"那真好！那你来这儿，她同意吗？"

这句话又让耿浩想到了前阵子和杨灵那通不愉快的电话，脸上的表情不禁难看起来。钟秀和刘嘉知道问错了问题，相视一眼，互相责怪。还是钟秀及时打圆场："咱们还是快点上去吧，一会儿太阳大了就更热了。"

14 莫 家

刘嘉应了声，连忙拉着钟秀往山上走。因为走得太急，天气又变得炎热起来，不多会儿她们两人就开始大喘气儿，不停地用手抹着脑门儿的汗。两人的脸蛋红通通的，似乎还冒着热气儿，就像刚出笼的包子。本来两人挽着胳膊，此时也隔得有些距离，免得两个人的温度叠加升高。

耿浩跟在后面，虽然不怎么累，但也被逼了一身的汗。随着汗水流出来，不愉快的记忆也跟着离开身体，等到了莫远成兄弟俩的家，站定停歇，一阵风过，汗水被吹干，烦恼也被吹得无影无踪。耿浩长吁一口气，整个人轻松得不得了。

莫远成兄弟俩的家在靠近山顶的地方，左右再走上几分钟才有别户人家。山上的人家都是这样，就像是一颗颗星星，散落在各个角落，独立存在，互不干扰，又通过一条条小路连接，形成一个整体。莫家的房屋背着光，里面黑黢黢的什么都看不清,看起来也就二十来平方米的样子。黄泥巴夯筑的土墙,房顶是木瓦顶,两扇破旧到灰白的木门,就算合上,门墙之间也能留出拇指宽的空隙来。

一个六七岁大的小男孩,脸上蒙着一层灰,浑身脏兮兮的,衣服也好像好久没洗过了。此时,他正坐在灰白的高门槛上,两只手托着腮,看着远方发呆。看见他们来了,先是愣了一下,接着径直跑向钟秀,睁大了眼睛。

"秀秀姐,刘老师。"小男孩木木地向她们打招呼,目光在耿浩身上停留了会儿,发现真的不认识,就直接忽略了没叫。

"听说你和你哥没去上学,刘老师和耿老师特意来看看。"钟秀和莫远成算是表亲,她很自觉地担起了中间介绍人的角色,跟小男孩说明情况,"远胜,快点跟耿老师打声招呼。他是新来的老师,带你们的语文课。"

耿浩这才明白,原来这个小男孩就是莫远胜,是兄弟俩里小的那个。莫远胜性子有些木木的,呆呆地走到了耿浩面前,不慌不忙地打招呼:"耿老师好。"

"你好。"耿浩拍了拍他灰蓬蓬的脑袋,弯下身子,友好地问,"你爸爸和哥哥呢?"

"哥去捡柴了,老爸在床上。"莫远胜如实回话。

耿浩点了点头,钟秀就跟知道他的心思一般,提醒莫远胜:"我们进去看看你爸。"

莫远胜重重一点头,扭头就往屋里跑,几步跨过门槛,消失在昏暗的房屋中。耿浩为免失礼,就跟在了钟秀和刘嘉后面。

一进门,扑鼻而来的就是浓浓的烟味儿,还有高浓度的灰尘气息。房屋里没有窗户,通气全靠那个大门,整个房屋闷热得厉害。耿浩借着从门外洒进来的光,勉强看清房屋里的状况。房屋里的陈设不多,却拥挤得很。进门站在三四平方米的空地上,对面就是一张小方桌,桌子油乎乎、黑黢黢的,仿佛涂了层薄薄的黑漆。桌子后面是个木楼梯,通向上面的小隔层。

左边儿是个土灶,土灶是自制的,很是粗糙,也被油烟熏得黑乎乎的。跟灶挨在一起的是个小矮柜,已经丢了半扇门,剩下的半扇上面有个大洞,而且垮着,应该是门轴坏了。小矮柜远远看去就像贴了一层油脂,木炭灰尘落在上面直接就被粘住,积少成多,也便成黑色的了。矮柜上摆着两个油乎乎的洋瓷缸子,里面装的好像是油盐,再就是些杂物。柜子里面摆着些碗筷,乱七八糟的,让人不想碰。

右边是一张大床,床上还架了木制的床架子,架子上挂着蓝布床帐子,上面也存了一层灰。挨着床头那边绑着个小油灯,那部分木架已经被熏黑。床铺也就是双人床大小,床上四角堆着破旧的衣物,被子皱巴巴的,下面垫着的褥子露出各样的边角,好似就是不想被好生铺在床板上。床角是个大黑木箱,储物用的,上面也是摆着乱七八糟的东西,什么都有。

耿浩好容易才在乱乱的床上找到一个精瘦黝黑的男人。男人颧骨凸出,眼窝深凹。他歪在床上,贴着床边,正在抽烟,烟灰落了一地。毋庸置疑,这个男人就是莫远成兄弟的父亲——莫丰收。莫远胜先进来告知莫丰收老师们来了,莫丰收看见他们来,用粗糙的手指把烟头按灭,放到一旁,欣喜一笑,露出黑黄的牙齿。

莫丰收用方言跟钟秀和刘嘉打了招呼,不知道问了钟秀什么问题,像是确定了什么一般,笑着看向耿浩,表情很是质朴,眼睛晶亮晶亮的,里面充满尊敬,用很不标准的普通话跟耿浩说话。

"哎哟,耿老师,真不好意思,我腿摔折了,不能下床。"

耿浩艰难地分辨出他说的内容,上前半步,到了床边道:"伤筋动骨要好好躺在床上休息,您的腿已经看过医生了吗?"

"让大夫给接上了,过一两个月就又能动弹了。"莫丰收很有乐观精神。

"那就好,还是要多多注意。"耿浩叮嘱了两句,觉得要说正事儿了,看了眼刘嘉,说,"我这次也是跟着刘老师来看看莫远成和莫远胜。"

"是,马上就期末了,不知道他们哥儿俩还能不能去学校。"刘嘉立马接上耿浩的话。

莫丰收一听这话,脸就耷拉了下来,本来就松弛的脸皮,此时更是垂到了下巴。他伸手捞过站在床边的莫远胜,揉捏着他的后脖颈,眼里是深深的无奈。

"我这好端端的断了腿,现在就是个废人,什么都干不了,里里外外全得靠他们兄弟俩。我这腿,大夫说得一两个月才能好全。现在家里这情况,后面也供不起他们了。"说着,莫丰收抬眼看向耿浩和钟秀,眼里都是艳羡,"读书好啊,成了大学生好啊,可我们这样几代穷下来的,上不起学啊,都是命,只能辈辈当农民当文盲。这两年搞了两免一补,说是能免学费,可还是要花钱,我也很难供得起的。这回我的腿摔了,还好有医保,不然,我们爷儿仨就要喝西北风,出去乞讨了。"

这一番话说得众人都沉默了。耿浩再次环视周围，看到的只有"穷困"二字，胸口被压得喘不过来气。余光不经意瞥见旁边的刘嘉，刘嘉不知何时已经红了眼睛，偏着脑袋，不让人看见。

"表舅，咱们先养好了伤，远成、远胜上学的事儿，咱们再说。"钟秀轻声开口，缓和一下愁闷的气氛，扬了扬手里的篮子，"灵灵知道我要来看你，就给做了些馒头还有咸菜，让我带过来。"

"哎哟，真的是辛苦灵灵了。灵灵做的馒头可是好吃得很。"

莫丰收一拍莫远胜的脑壳，莫远胜立马上前从钟秀手里接过篮子，眼睛发亮地掀开盖着的白布。篮子里露出一堆白乎乎香喷喷的馒头来。莫远胜立马伸出小黑手抓了一个，啃上一口，脸上露出满足的笑来，扭头又把篮子递给莫丰收，让他也拿一个。莫丰收又是一巴掌打在莫远胜的后脑壳上，却是没有用劲儿。

"也不说谢谢就知道吃。秀秀，回去给你姐带声谢谢啊。"

"表舅不用客气。"钟秀乖巧一笑，温婉地说。

莫丰收看见莫远胜被馒头噎得灌了两口水，顿时想到什么，目光扫过刘嘉和耿浩，着急道："哎哟，我都忘了给你们倒水了，远胜，快去给你老师还有秀秀姐倒水。"

耿浩他们仨立马摆手拒绝，说他们就是来看看的，待会儿就走了，不用忙活。莫丰收又猛地一拍脑袋，说忘记让他们坐着聊了，又叫莫远胜搬凳子，他们仨继续拒绝。他们执意拒绝，莫丰收只能作罢，只是摇着额头，连连感叹真是老了，什么都不记得了。

又闲聊了会儿，耿浩看见大黑木箱靠墙的边角有一小块空地，那儿躺着个什么东西。耿浩好奇靠了过去，发现竟是一本书，老旧的封皮上写着"雷锋日记"四个字。书籍老旧，却是整整齐齐的，可见书的主人十分爱惜。耿浩拿起来，翻看了两眼，陷入沉思。

耳边的聊天声突然停了，耿浩回过神，不解偏头，却猛地看见莫远胜站在他面前，吓了一大跳。莫远胜静悄悄地凝视着他，表情充满厌恶，眼中还带着敌意。

"那是我的书。"莫远胜语气生硬地跟耿浩强调。

耿浩有些被吓到，将书合上，双手递给他，很是真诚地道歉："对不起。"

"远成，你个混小子，那是你老师，一点都不知道尊重！"莫丰收一声大吼，厉声责怪耿浩面前的男孩，"耿老师你别介意，那是他早走的妈的书，平时谁都不让碰。"

耿浩得知内情，深觉自己莽撞。等抬头看见另一个莫远胜站在门口时，再低头看看面前抱着书的小男孩，也瞬间明白了什么。莫远成和莫远胜是双胞胎，长得一模一样。面前的是莫远成，他眼里的厌恶还没消去，很是不悦地给耿浩甩了个脸色，扭头去了阶梯那边，几下跑到隔层上。几人脑袋顶上立马传来清晰的脚步声，还有木板的吱呀声。

15 听话的豇豆儿

"耿老师别介意，这孩子就是这脾气，倔得很。"莫丰收赶紧替儿子道歉。

隔层楼梯那边又传来动静，莫远成几步跳下来，手里已经没有了那本书，看来是藏了起来。耿浩看了莫远成两眼，道："这是我的错，不该没经过莫远成同学的同意就动他的书。"

"你这不是不知道嘛！"莫丰收急忙帮着耿浩"避罪"。

"耿老师也不是故意的，耿老师今天是专门来看你的，别皱着脸了。"钟秀蹲下，揉了揉莫远成的脸蛋，帮着耿浩说话，见他还是不高兴，继续说，"你不是最喜欢吃灵灵姐的馒头？我今天可是给你带了一篮子来，就在桌子那儿呢，你赶紧去尝尝。"

小孩子就是小孩子，听到这话，莫远成的脸色立马缓和了许多。钟秀起身，拉着他往桌边走，给他拿了个馒头。莫远成咽了咽口水，硬是憋着说："我现在不饿，一会儿吃。"

耿浩瞧着莫远成和莫远胜，脑子里冒出个想法来："还有一个月就期末了，总要有始有终。莫叔，以后莫远成和莫远胜要是不能去学校，我就周末来给他们补课，怎么样？总要把最后一个月过了，把期末考试给考了。"

所有人都惊诧地看向耿浩。莫丰收又是激动又觉得歉疚，五味杂陈，说话都不利索。

"这，这不好吧，太麻烦耿老师了。"

"不麻烦，反正我在这边除了教书也没什么事做，过来给他们兄弟俩补课也是打发时间。也是希望他们能完整上完一年级。"

耿浩一番话，让莫丰收激动得就要从床上起来。耿浩忙上前将他按住，让他好好地待在床上。莫丰收就用粗糙的满是厚茧的双手抓住耿浩的双手，止不住地摇晃，说着感谢之词。

从莫家回来的时候，耿浩的心情畅快了许多。刘嘉和钟秀对他的态度也有了些不同，下山的时候也没怎么说悄悄话，基本都是用普通话跟他交流。第二天耿浩就去了莫家，给莫远成和莫远胜补了几个小时的课。

他这一举动，很快就在村里传开了，周一的时候，耿浩受到黄校长的表扬，下班回到村委，又受到了莫主任的表扬。大家都说他是个优秀的人民教师，一心一意为学生。耿浩一点也没飘飘然，自觉受不住这样的高度夸赞，毕竟，他现在连课堂怎么管理都不知道。对那些孩子各种软硬兼施，都没什么成效。他们一如既往地热情高涨，回答起问题来漫无天际收不住，你喊破嗓子都没用。

"汪！汪！"

耿浩正在村委房间里看书，突然传来的狗吠吸引了他的注意，他还没把注意力挪回书本上，外面又是一阵狗吠，连带着还有激烈的嘶叫声。听声音，是几条狗在打架。狗狗的惨叫不绝于耳，耿浩再难沉下心来看书，起身出门看情况。

"豇豆儿！"

坡下面传来一声暴喝，这声音耿浩听着很是熟悉。耿浩快走几步到了坡边，作为旁观者往下看。只见钟秀正拿着一根棍子追赶着一群狗。耿浩看向那群狗，原来是豇豆儿在和其他的土狗打架，打得不可开交，根本顾不上钟秀，它们相互撕咬着跑远，躲避钟秀的追击。

钟秀气得不行，立在原地，用尽全力吼了一声："豇豆儿！一！二！三！"

等她数到三，豇豆儿像是听懂了话，不再和那些土狗纠缠，迅速地往钟秀身边狂奔。它后面的土狗还在追，但等跑近了，看见钟秀扬起手里的棍子，立马转身往相反的方向跑，跑得越来越快。豇豆儿到了钟秀身边放慢了速度，最后停在她对面，累得吐舌头，仰着脑袋看钟秀，乌黑的眼珠子一瞬不瞬地盯着钟秀，似乎在求饶。

钟秀气呼呼地瞪着它,把手里的棍子一丢,豇豆儿立马懂事儿地坐在地上,眼巴巴地盯着钟秀。钟秀蹲下身子,捏着它的狗头,严肃地教导:"我是不是说过不要打架?啊?叫还叫不回来你了,你现在是长大了,翅膀硬了?"

耿浩就站在坡上,看着钟秀教训豇豆儿,忍俊不禁,还没笑出声来,钟秀就扭头看见了他。钟秀瞬间有些窘迫,缓缓起身,指着豇豆儿:"这狗太不听话了,得好好教训教训。是不是狗叫声打扰到你了?"

"没有,就是好奇出来看看。"因为隔着个小山坡,耿浩不得不提高了些音量,"你这是饭后散步?"

"嗯,饭后走一走。"钟秀点头,突然想起来耿浩好像还没转过村子,一贯热情好客的她,顺口就邀请了一句,"你现在在忙什么呢?要不要也转会儿?"

耿浩看了看来来往往的村民,这时候正是饭后,大家都在散步。犹豫了下,也觉得在房间里越待越憋得慌,可是跟钟秀一块儿溜达,怎么都感觉不太对,只好委婉拒绝。

"我还在备课,就不溜达了。"

"哦,好,那你忙。"

钟秀摆了摆手,带着豇豆儿就往道路的下方走去。耿浩边往房间走边忍不住念叨:"狗狗都要听话得多,给个指令就消停了。"

耿浩回房间越待越觉沉闷,就去了坡下面的小卖铺看人下象棋,顺便买了根火腿肠。正吃着,有什么东西冲到了他的脚边,耿浩低头一看,是豇豆儿。豇豆儿的眼珠子盯准了他手上的火腿肠,两只前爪扒着他的裤腿就站了起来,张着嘴巴,吐着舌头,欢快又迫切地摇着尾巴,时不时叫上两声,催促耿浩给它吃一口。

"豇豆儿,下来!"

随着一声威吓,钟秀出现在面前,豇豆儿听见声音扭头,看见钟秀严肃的面容,哈着气尿尿地松开了耿浩的裤腿。但也不离开,就站在耿浩面前,用眼睛可怜巴巴地看着耿浩,因为感受到钟秀的低气压,它也不敢表现得过于迫切,尾巴摇得频率也慢了许多。

耿浩也喜欢逗狗,蹲下身子就把火腿肠递到豇豆儿面前。

"你别惯着它。"钟秀忙出声,很是不好意思,眼睛瞪了豇豆儿好几眼。这么爱吃，真的是丢她的人！

"它能吃火腿肠吗？"耿浩提前问好，免得喂错了食物。

钟秀点头："能吃是能吃……"

"那我喂它一点点？"

耿浩询问钟秀，钟秀犹豫了下，看见豇豆儿口水都流了几千尺，感觉很是没脸地闭上了眼，答应了耿浩的请求。耿浩粲然一笑，掰下一坨火腿肠，豇豆儿立马机灵地坐下，摇着尾巴等着。在要喂到豇豆儿嘴里的时候，耿浩猛地收回了手，挑逗一笑，伸出一只空手，放在它面前。

"握手我就给你。"

豇豆儿盯着他，毫不犹豫地抬起前爪，搭在耿浩手上。就一下，又立马收回。耿浩很是满意，伸手拍了拍它的脑袋，把火腿肠喂给了它。豇豆儿一口叼走，吞了下去，然后又盯着耿浩手里剩下的一小截儿，尾巴摇得更快了。

"好了，不许吃了。"钟秀一拍它的脑袋。豇豆儿瞄了她一眼，又看向耿浩。钟秀再次警告："再吃你就不吃饭了，不许再看了。豇豆儿，我数三声。"

豇豆儿无动于衷，依旧盯着耿浩。耿浩却看着钟秀调教豇豆儿，丝毫没有再投喂豇豆儿的意思。

"一、二、三！"

数到三的时候，如同雕塑一般的豇豆儿立刻转了身子，面朝钟秀。

耿浩再次忍不住感叹："它真的好听话。"说完，耿浩就把剩下的火腿肠一口吃了，免得豇豆儿看见，再被诱惑。

"哪里听话？最不听话了！"钟秀很是心累地一声长叹，目光哀怨地看着豇豆儿，就像看着自己不争气的儿子。

"你一数到三它就乖乖听话了。"耿浩感慨，"要是上课也能让他们这么乖就好了。"

他曾经也用过数一二三的方法，但多半时候，学生们都是跟着他一起数。三数完是不说话了，但效力一般。那节课，耿浩觉得自己是在教数学，而且只有一、二、三这三个数字。

"你是说管学生吗？"钟秀带着豇豆儿往别处走了走，离正下棋的人远些，免得打扰了他们。耿浩也很是自觉地跟了过去，嘴里回答着钟秀的话："嗯，太难管了。"

耿浩实在是被这个问题困扰了太久，钟秀一提，他就没忍住说了。

"学生是不好管。我之前也听嘉嘉说过，她把嗓子喊废了，也很难让学生安静下来。"钟秀沉吟了下，帮他想着主意，"之前我也给她出过主意，不过好像都没什么用，比较好用的，就只有凝视那一招。之前我们上学的时候，最受用的也是这一招。"

耿浩表示肯定。上课的时候，老师越说不让说话，学生心里就会越烦，但是老师一旦生气不说话，大家就会安静下来。因为，无声往往是最有用的。

"这招我也用过了，可等他们所有人都反应过来，已经过去几分钟了。"耿浩很是无奈地说。

钟秀同样无奈："因为他们很难意识到，你的沉默就是因为太吵了。他们不知道沉默就是闭嘴的讯号。"

耿浩点头，怅然看天。此时已是黄昏，马上要入夜了。明天又是新的一天，又是心态爆炸的一天。

16　方法奏效了

"不如，你给他们个讯号？"钟秀偏头，"提前告诉他们，你的沉默就是要他们安静的意思。"

"怕是不够明确。"耿浩现在算是了解了他们的认知水平，只能明确地告诉他们具体操作方法，如果沉默就代表安静，那他们还得判断，耿老师多久不说话才算是要他们不说话的沉默，"得给他们提示，而且不用说话。我算是看明白了，我如果提高嗓门，就是在助长制造嘈杂氛围的势力。"

"那就用手势啊。"钟秀忽然被启发，"你用手势比画一二三，给他们三秒钟的时间沉静下来。"

"手势，会不会他们也看不到？"耿浩有些怀疑这个方法的可操作性。

"总会有人看到的，看到的人先安静下来，其他人发现不对，也会注意到的。"钟秀分析着实施效果，"你只需要告诉他们，你一旦做一二三的手势，就表示要安静了。"

耿浩被她说得有些心动，反正他现在也是无计可施，死马当作活马医也行。而且这个方法，有了讯号，也不费嗓子，还不会让课堂更嘈杂。耿浩在心里默默地衡量了一番，最后肯定点头："我明天就试试。"

"嗯，不行就再找方法。"钟秀满是鼓励地看着他，"加油，耿老师。"

耿浩昨天想到有个新方法要试验，一晚上都没怎么睡好觉，早上早早就起来了。黄姐到村委的时候，他已经洗漱好锁上了门，从厨房里拿了三个包子，两个装在饭盒里，一个拿在手里，抱着书本正准备走。黄姐根本阻拦不住，跟了老远说让他把冷包子放下，大不了中午给他做好饭送过去。耿浩不听，只顾往学校走，到学校的时候，学生已经到了一半。

莫村小学的学生是最积极的，每天 7 点 40 分左右，基本上都到了。他听王老师说过，这些孩子不管做什么，都会提前半个小时以上做好准备，有的夸张的，还会提前一两个小时。当然，他们早上能来这么早，也是因为家长要早起做事，得在做事之前把孩子送到学校。

"上课！"

耿浩将课本往讲桌上一放，精神饱满地喊了一声。

或许是耿浩难得表现得如此有精神，同学们有些意外。上次他这么有精神，大概还是第一次上课的时候。耿浩自觉怪他不得，着实被现实情况折磨得没了半点精神。总之，那些学生被这新奇的变化吸引，很是配合，比以往都要认真地站起来，同样精神满满地大喊了一声"老师好"。他们像是用上了所有的力量，声音大得震耳欲聋。耿浩再次感慨，年轻就是好。虽然他也正值青春，可精气神儿总是比不上他们。

"在上课之前，咱们要立个规矩。"耿浩一本正经地告诉他们，"咱们来个约定，以后我一做这个手势，就表示要安静。"耿浩说着，演示了一遍，慢慢地竖起食指、中指、无名指："这就代表我数三下，你们得在三秒之内安静下来，可以吗？"

那些学生认真地看着他，统统点头："可以！"

"这是我们一起约定的，是你们同意了的，答应就要做到，你们能做到吗？"

耿浩继续和他们商量。这个法子也是昨天钟秀走之前想到告诉他的。钟秀说，孩子们不是小狗，他们也有自己的思考，如果事情是经过商量他们自己同意了的，或许会更在意，以后也能更好地遵守。当时，耿浩就对钟秀刮目相看，觉得她的观念很是不一般，很是先进。头一回，他把钟秀和一般的村里姑娘区别开来。

果然，那些学生听见耿浩说这样的话，感觉很是不一般。这就像是个条约承诺，需要两边都同意，耿老师现在就是在征求他们的意见。同学们的心情都雀跃不少。只有黄九九看着耿浩，总感觉他刚刚说的这些话很像是她小姨说过的，让她感觉熟悉得很。

在耿浩期待的目光中，所有的学生为了彰显自己的厉害，都异口同声地坚定开口："能做到！"

得到肯定答案的耿浩很是满意，浅笑开口："来，上课吧。"

新方法很快就投入使用了，因为不过六七分钟，课堂又乱成了一片，说小话的，吵闹的，应有尽有。耿浩刚想脱口而出喊"安静"，但想到才和他们有了新约定，就忍了回去，保持沉默，看着他们缓缓地伸出了手指。

第一根手指，有几个人看见，想起约定，立马端正身子，闭上了嘴，顺便通知同桌不要说话了。

第二根手指，场面还没有完全静下来，莫南很是着急地吼了一声："别说话了，老师让别说话了！"剩下的人被他的吼声提醒，在耿浩第三根手指伸出来的时候，整个教室鸦雀无声。

耿浩对莫南这个自觉维护课堂纪律的行为感到很满意，也很惊诧。一向最调皮捣蛋、最安静不下来的莫南，这回竟然最先安静下来，而且还很认真地提醒别人。之前莫南也会喊"老师说别说话，你们别说话了听到没有"，明面上是在帮耿浩，但实际上是在浑水摸鱼，让场面更加乱，和这回的状态完全不一样。这个现象，耿浩来不及细思，只想先将课上完再说。

后面还有几次类似的情况，耿浩和学生们关于约定的默契度越来越高，一般第三根手指才伸出来，他们就都静悄悄的了，完全不用他喊一字一句。在二年级教室的情况也是一样。如此奇妙的现象，让耿浩整堂课的心情都很好。这是有史以来见效最快的管理课堂的方法了。

解决了教育道路上的一大问题，耿浩的成就感满满，精神状态也不一样了。

办公室的其他老师也看出他精神上的变化，还调侃他是不是有了什么喜事儿。耿浩将一天的试验过程和结果都告诉了他们。

黄校长听完，又将耿浩表扬了一番，说这就是前几年开始流行的以学生为主的教学思想，以后可以按照这种思路改进自己的教学方法。耿浩不好意思揽功，说这些都是钟秀给想的方法。刘嘉当时就表示了不乐意，说这么好的法子，钟秀居然一直没告诉她。耿浩没再解释，怕多说多错。

耿浩确实是很感激钟秀的帮助，想来想去，也只有当面说声谢谢，所以赶在5点之前回到了村委。因为村委的工作人员是在下午5点半下班，早上8点半上班。以往耿浩在学校待到6点，赶着饭点回来，基本上是看不到村委的人的。

回到村委的时候，大厅正忙，看时机也不太适合进去打扰，耿浩先回了房间，把一年级班上的所有练习题拿出来看。虽然是低年级的练习题，但为了熟悉所有的教学工作和内容，耿浩在上个星期的时候，就挑了一下午把所有的题都做了一遍。练习题，真的是检测学生学习情况的重要工具。

耿浩第一次批改一、二年级的练习题的时候，发现上面有很多错误，而且错得让耿浩难以想象。耿浩把所有的错误看了一遍，内心只有一个想法：这么简单的题，他们到底是怎么想的竟然能做错。但是，由此他也认识到了一年级的认知水平是怎样的，在备课和教学的时候，能更好地把握学生需要学习的重点和难点，在课堂上多加强调，并让他们下来多加练习。

这两天，他主要是统计一年级做练习题的情况，这周要把期末试题给出出来。本来出试卷的事，在耿浩来的那周就要弄完，但是黄校长为了锻炼耿浩，就把一年级的试卷留给他来出，为此让他适应了一周才说这事儿。

一来就担起出期末试卷的大任，即使是擅长押题的耿浩对此也有些紧张，害怕第一份试卷就出得不好。毕竟，押题是自己的事，出试卷是关系到别人的事。黄校长告诉他，出试卷有很多的要求，要难易适中，各有各的比例，让一般的孩子都能拿到中等成绩，差一点的可能及格，优秀的能得高分。难易程度是否适中，耿浩只能从练习题的情况看。

正整理得入迷的时候，听到有人用钥匙在开他的门。开门人似乎没想到门是没锁的，还好奇地"咦"了一声。下一刻，门被打开。钟秀拿着钥匙站在门口，和扭头的耿浩正撞上眼，顿时尴尬一笑。

"原来你在啊,刚刚敲门没人应。"

"我没听见。"

耿浩不解地放下笔,起身。在村委,敲门声多了去了,而且耿浩的隔壁就是村上的医务室,来来往往的人也挺多,各种声音都有,他也就没注意脚步声。不过,钟秀直接拿钥匙开门,让他有一瞬间的惊愕,不过想到这里原本是村委的资料室,他也就释然了。这大概就是寄住在别处的尴尬,你的房间并不真正是你的。

"我来拿些资料,现在可以进吗?"钟秀见主人在家,很是礼貌地先询问主人的意见。

"当然可以。"

耿浩爽快答应,末了还迅速扫了一眼室内的情况。到处都是干干净净的,他昨天才收拾过,也没挂什么不能让人看的……确认没有半点问题,这才松了一口气。可还是给自己敲了个警钟,以后他得时刻保持室内整洁才是,不然,村委的人再进资料室,看见里面邋里邋遢的,那也太不妥当了。

17 假期安排

钟秀打开一个资料柜,在里面找着档案袋。耿浩忽然想起来他刚刚正好也是要找钟秀的,就往里面走了两步,靠着墙,看着钟秀认真翻找着资料,趁机道了谢。

"今天我试过了昨天说的方法,很好用。"耿浩一开口,钟秀就好奇地转了脑袋,听见他在说这件事,由衷地开心,露出几颗白齿。耿浩也由衷地回笑,真诚感激:"多谢你帮忙出主意。"

"我也没帮上什么忙,不用这么客气,方法好用就好。回去我也能跟嘉嘉说一下。"

钟秀说完,又继续在档案柜里翻找资料。耿浩想了想,没告诉她刘嘉已经知道了这个方法,钟秀要是晚上回去说,没准儿刘嘉还要抱怨两句。这些都是她们女生之间的事儿,耿浩自觉不应多说。没多会儿钟秀就取了几个档案袋出来,把柜子重新锁上,抱着档案袋就往外走。

"资料找到了，我就不打扰你了。"

"没有。"

耿浩笑了笑，随意接了这个客套话。他一向不太会接客套话，在学校当学生干部的那几年，他真的就只是在做实事而已，处理起各种关系来，也实在得要命。

在学校时，学长学姐都常常跟他说，要会说话，要懂些说话的艺术，还给他举了大量的例子。可等耿浩实施起来，发现那些点他都注意到了，但说起话来，还是有事说事，说不出半点冠冕堂皇的话来。学长学姐直感叹，学院真的只是惜才，看他做事雷厉风行，认真又有效率，这才让他坐到院学生会部长的位子上。

但耿浩四年大学读下来，觉得这并没有什么不好，多做少说、脚踏实地总比满嘴浮夸好。越到后来，他也就越不想改了。那些需要说话艺术的场合，总是杨灵去应付。为此，杨灵总是在他耳边唠叨，说什么现在在学校，没那么多社会气，干实事儿也能有成就，但以后到了社会，光会做事不会说话做人，那是绝对不行的。

耿浩每回听完，都要跟她争辩两句，坚持认为会不会说话和会不会做人根本是两码事："难道懂得八面玲珑，会阿谀奉承就是会做人吗？"杨灵就生气了，说耿浩在骂她是谄媚小人。然而，耿浩根本没这意思，越解释在杨灵那儿就是越描越黑，杨灵和他越吵越凶。耿浩就忍着不解释，杨灵就更加生气。最后，杨灵骂一句"真是幼稚，不可理喻"就走了，留耿浩一个人直觉莫名其妙，也在心里说一句"不可理喻"。

偶尔，耿浩憋不住，正好话题又撞到这儿，就把事情跟室友们说了，还坚持问做人和说话有什么关系，杨灵为什么老是莫名其妙地生气。室友大多是光棍儿，听完也是一脸的莫名其妙，只有在校广播台当学干的张峰和恋爱经验丰富的何方会给他个答案："说话和做人是真的很有关系，杨灵不就是因为你不会说话才各种生气的吗？你要是会说话，杨灵也不会生气。不让别人生气，不也就是会做人？"

这种歪理，耿浩不敢苟同，但也没有理由反驳，最后被气得不行。何方和张峰也会适时地安慰他：会说话只是让人更圆滑，处理事情更顺利，不会说话也没多大关系。这种安慰的话，耿浩更希望没听到。

一想到这些事儿，坐在桌前的耿浩就更加郁闷。教育也是靠一张嘴，需要和学生沟通，沟通好坏，全靠你会不会说话。耿浩再一次觉得，他不太适合教育行当，也再一次庆幸，他只用待半年就走了。如此一想，耿浩的心理压力也小了不少，重新投入分析试题的工作中。

在看题之前，脑海里没由来地嘟囔了一句：

"今天莫南和张大飞表现得异常听话，一比画手势就安静，难不成真是因为今天沟通式约定规矩的方法起了作用？"

教学是个需要实践才能不断进步的事情。耿浩后面几周的课上下来，感觉在课堂的掌控、教学内容的优化等各方面都有了很大的长进。变化明显得可以用肉眼看到，有了收获，才感觉一路的辛苦努力是值得的，才能继续坚持下去。也因此，他更加心甘情愿地想要付出更多，以期得到更大的收获。

然而，一通电话，让耿浩才升起来的热情大打折扣。

电话是同为支教老师的张南打来的，他问耿浩假期要不要回家。耿浩被问到这个问题才反应过来，这个学期还有两周就要结束了，他的教学实践即将暂停两个月，并且需要想一下这期间何去何从。他才来一个月，因着莫村的情况，他的工资根本就不高，不过六百多。他回家一趟，花钱不说，也无事可做。

耿浩不知道怎么打算，就先问了张南，问他回不回。张南说他要准备研究生考试的事儿，不回去，又说刘凤雅也是要准备考研的事儿。孙赫则是打听到黄杨县有个为期一个月的社区读书活动，是针对儿童教育的，已经报名当志愿者，等半个月后面试，面试上了就也留下。张南说，现在他们仨都留在黄杨县，如果耿浩也留下的话，他们假期还能一起约着到处转转。

耿浩说不确定，还得几天思考。张南就说如果耿浩也不回的话，给他打电话，又说这个周末他们三人约好了要一起去黄杨县转转，问耿浩要不要一起。耿浩想起周末还要去莫家，给莫远成兄弟俩补课，就推辞了。张南无奈，跟他又闲聊了几句，然后挂了电话。

晚上七八点的时候，给大伯家打电话，大伯也问了这个问题，问他有没有买回家的车票。他说没买。大伯就说，反正在支教，有假期，也没事干，不如回家待两个月，催他赶紧去买车票，不然赶上大学生放假，票就抢不到了。耿浩支吾敷衍了两句，没给准话，只说再看。

挂了电话，他更加发愁，这都毕业了，还回家待着啃老，是不是太不像话了？但是不回家，这边放了暑假，他还真没什么事儿干，难不成在这边找个兼职做？想来想去，他决定还是等期末考试结束了再考虑。

这两天，村委会异常繁忙，下午6点的时候村委的人还都没下班，黄姐把村委的饭也一块儿做了。开饭的时候，饭桌上一下子多了几个人，耿浩一时有些不适应，吃饭也比平时拘谨多了。村委的主要干部不多，就三个，黄支书、莫主任兼副支书，还有钟秀这个文书。

黄支书和莫主任两个人吃着饭还在讨论事情，大概的内容就是再过一个月就要进行村支部书记换届选举，有哪些工作已经安排了，有哪些工作已经落实了，还有哪些工作需要提上日程。耿浩只专心吃着自己的饭。

一顿饭快吃完，黄支书和莫主任才结束了工作话题。莫主任快速把一碗饭扒拉完，看见沉默吃饭的耿浩，忽然笑了起来，抹了把嘴叫耿浩："耿老师，你们快放暑假了吧？"

突然被点名，耿浩急忙把嘴里的一口饭咽下去，点头回答："是，下下个周末考，考完就放假了。"

莫主任笑得更开心，有点老奸巨猾的感觉，继续问耿浩："那你有没有什么打算啊？是回家还是继续待在这儿？你假期如果留在莫村的话，就还住在村委，黄姐那边我给说一声，还继续做饭就行。"

耿浩看着莫主任，深觉莫主任是有备而问，毕竟，连他假期留下的生活都给安排好了。但莫主任还在打太极，看来是要拐弯抹角地说，他也就不着急直问，只管先如实回答莫主任的问题。

"谢谢莫主任，我还没考虑好，准备期末考试结束以后再看。"

"这样啊。"莫主任的眼睛瞬间亮了起来，"我记得你大学学的是英语对吧？"

耿浩不知道莫主任有什么企图，怔忪了一会儿，还是老实地回了这个基本信息。余光瞥向钟秀，见钟秀泰然自若，一副"早就料到"的样子。看她的模样，耿浩揣测应该不是什么坏事。

"耿老师，我正好想跟你说个事儿。我有个闺女，下半年该上高二了，说是英语跟不上，想在假期补补。耿老师你要是没事儿，到我家来当家教怎么样？这补习费，你看多少合适，咱们都可以商量着来。"

这件事本来莫主任没想找耿浩的，原本想找同样上了大学的钟秀，毕竟是亲戚，补习费都免了。可是马上换届了，换届之后新官上任三把火，还指不定有些什么事儿，钟秀到时候肯定忙不过来，只能花钱另找人了。一想到找英语补习老师，莫主任第一个想到的就是新来的支教老师耿浩。

耿浩上大学的时候，假期也都是在做家教，莫主任的请求可以说是正中下怀。耿浩想了会儿，确定是份合适的临时工作，就直接把这件事答应了下来。他向来在做决定的时候很利索，来支教也是听何方说完，一想合适，就直接报名了。

莫主任很是高兴，一拍耿浩的肩膀，夸赞道："年轻人就是爽快。"

说完话，黄支书和钟秀也吃完了，正好有村民找过来说事，三个人同时起身，招呼着村民去了村委，又留下耿浩做饭菜的收尾工作。自从来了莫村，明明压力变大了，结果还胖了不少，下巴都有了变圆的迹象。

18　雷锋日记

周末，耿浩如约到了莫家，替莫远成和莫远胜补习，除了语文还补数学。为此，耿浩还专门问了王大华一年级的数学课进程。通常补习就是五个小时，早上两个小时，下午三个小时。中午饭也在莫家对付了。

莫丰收的腿摔坏了以后，都是三五分钟路程以外的邻居来帮忙做饭。莫远成和莫远胜会提前去菜地摘了菜，去河里洗干净带回来。耿浩来了，就和他们一块儿，偶尔会在洗菜的时候逮几条鱼。耿浩抓鱼很有一手，一两个小时就能抓一小盘的鱼，直接在河边破肚去了内脏，处理完带回去等着加餐。莫远成和莫远胜就坐在河边的石头上，两只脚泡在水里，看着他抓鱼处理鱼，当欢捧的观众。

这天中午，又是满载而归。莫远成抱着几棵菜，像个小大人一样走在耿浩身边，莫远胜抱着装鱼的小胶桶，不慌不忙地跟在他们的屁股后面。经过钟秀提醒，耿浩分清楚了这兄弟俩，左边眉头有颗痣的是大哥莫远成，没有痣的是小弟莫远胜。

莫远成和莫远胜都不是特别活泼的人，都不怎么爱笑。莫远成是对什么都心怀警惕，莫远胜是一直都木木的，干什么都是慢吞吞的，一双眼睛永远都充满着茫然和疑惑。耿浩和他们俩在一起，没事儿的时候就十分安静，也不知道是好事还是坏事。

"耿老师，"莫远成一开口就是奶娃娃的音色，还带着浓郁的当地口音，他往耿浩身边靠了靠，表情十分忐忑，"我们考试完了，你还来不来？"

耿浩没想到莫远成会问这么一句话，看着他的小脸蛋，情不自禁地拍了拍他的脑袋："有机会就来，带你们下河摸鱼。"

莫远成咧嘴笑了。后面的莫远胜听见，木木的脸上也缓缓地露出一个傻气的笑容。耿浩看见他们难得一笑，也不由得笑得更加灿烂。

一进屋，又是一股烟味儿，耿浩皱了皱眉。屋子里空气不流通，一旦抽了烟，烟味就久久散不去，所有的二手烟全让人吸到了肺里。耿浩身边也有很多爱抽烟的人，但他每次在这屋里待久了，闻多了也会觉得难受。莫丰收上回发现他不太受得了烟味儿，他在的时候就抽得少了些，这回又是趁着他们出去抽了两根烟。

"你们回来了？"莫丰收乐呵呵地跟他们打招呼，看见莫远胜怀里的小胶桶，喜道，"你们又去捉鱼了？远胜，让老爸看看你们抓了多少。"

莫远胜立马抱着胶桶，屁颠儿屁颠儿地跑到床边给莫丰收看。莫远成进屋后谁也没搭理，把菜往桌子上一放，等着邻居大婶过来做饭，自己扑扑通通上了隔层。耿浩好奇地看了隔层一眼，拉了条凳子坐着歇息，抖着衬衫，想让身上的汗干得快一些。大夏天的下河摸鱼是很爽快，但背晒骄阳，也是难受得很。

"哟嗬，这回抓了这么多呢！"莫丰收看着胶桶里面处理好的小鱼，一条条的有寸把长，开始和儿子唠嗑。

莫远胜呆呆地笑起来，一指耿浩，奶声奶气地说："都是耿老师抓的，耿老师可厉害了！"

"是吗？"莫丰收故作惊讶地看向耿浩。耿浩知道他这是在配合莫远胜，扭头朝他们笑了笑，也算是第三方配合了。莫远胜对这样的配合很满意，狠狠地一点头："嗯，耿老师厉害。"

耿浩侧耳听着他们父子间的对话，目光环视这个脏乱差的环境，心里不胜唏嘘。额上的汗水滚落到眼睛里，把他热到干涸的眼睛也湿润了，回想起小时候老爸带他下河摸鱼的场景来。

每回老爸在河里摸半天，抓着一条鱼，都会很是得意地向耿浩炫耀，问他老爸厉不厉害。耿浩年幼无知，看见鱼就高兴，很是傻气地配合说，厉害，老爸最厉害。有时候大伯跟着，大伯就会嗤笑一声，说他老爸就会欺负他年纪小不懂事。长大以后，耿浩发现，他的老爸一点都不厉害：一上午只摸到一条鱼，还滑倒在河里湿了一身，能有多厉害？可当老爸去世后，他又发现，世上没有比老爸更厉害的人了。

嘭！

突然一声响，耿浩猛地回过神，眼前已经多了一本泛黄泛旧的书，书上是几个大字"雷锋日记"。这本书是莫远成的，上次耿浩不经意拿起，还被莫远成凶了一顿。此时再看见，满是不解，抬头就对上莫远成坚定的眼神。耿浩心头发问，难不成，莫远成是要把这本书送给他？这可是他老妈的遗物。莫远成一张口，耿浩发现是他想多了。

"耿老师，你教我念字。"莫远成一瞬不瞬地盯着耿浩，表情委屈，眼里满含请求。小孩子请求的目光，真的让人无法拒绝。耿浩小心翼翼地拿起那本《雷锋日记》，看他没什么不情愿，就又打开翻了两下，想着这里面的字虽然不难，但对一年级的孩子来说也是不简单的，上面还没有拼音，他要怎么教？

莫丰收在床上把这一切都看在眼里，长长叹了声："这书是孩儿他妈唯一的一本书，孩儿他妈没什么文化，就认识这么几个字，以前一直给他们读……"

说着说着，莫丰收就说不下去了。因为这本书的启蒙，莫远成挺喜欢读书的，自从莫远成兄弟俩的老妈去世后，没人再读这本书，莫远成就更想学认字，更想自己能看懂这本书。可他们家现在这情况，根本无法再供他们兄弟俩读书。做父亲的，连孩子想读书的愿望都实现不了，这种自责比断了腿还难受。

耿浩看着书上的一字一句，陷入沉思，好在也没人打扰他的思考。好半晌，他才合上书，看向旁边一直等结果的莫远成。估摸着莫远成现在已经七岁了，因为生日在10月份，所以比别人晚入学，如果他真心想学，能刻苦的话，也是可以教的。但耿浩坚信，授人以鱼不如授人以渔。

"我也不能保证以后还能每周来教你识字，不过，我可以先教你怎么查字典，学会查字典了，这书里面的字，你就能自己查出来，自己去认。你现在要做的是，把现在学的拼音和偏旁部首都给学好了。"

莫远成似懂非懂地看着耿浩，只知道耿老师的意思就是，现在他有办法认字，有办法看书，立马就点头答应："嗯嗯。"

"耿老师真是好人啊。"莫丰收搂着莫远胜，十分感激地看着耿浩，"真的感谢耿老师，这么帮我们的远成和远胜。远成，远胜，赶紧谢谢老师。"

莫远胜和莫远成很是听话，赶紧给耿浩说了声"谢谢老师"。莫丰收张口又来了句："给老师磕头。"耿浩吓得赶紧说不用，现在这个年代不时兴磕头了。莫丰收现在十分信任耿浩，耿浩说不用，他就立即接受这个观念，还很是惭愧地表示跟不上时代的脚步了，然后就不再提这件事儿了。

第二天耿浩再来的时候，给莫远成带了一本红色的小字典，莫远成拿过去就抱着不舍得放下。耿浩很是满意莫远成的这个反应，暗叹如果莫远成能够正常上学的话，那一定会是个学霸。因为学习除了天赋，最重要的就是兴趣。兴趣是最好的老师。这天，钟秀的大姐钟灵也来了，又提了一篮子的馒头、包子，专门上来看莫丰收的情况。

"现在有耿老师来教你们，你们要抓住这个机会好好学呀。"

钟灵叮嘱了莫远成和莫远胜一句，就说不再打扰他们学习，转身就去跟莫丰收用方言对话。他们两个人小声地聊着天，看着正在上补习课的三人时不时就是一阵叹息。耿浩大概能猜出，他们是在讨论莫远成和莫远胜上学的事儿。

聊了没多会儿，钟灵就开始帮莫丰收收拾房间。上回钟秀回去就跟钟灵说了表舅家的情况，钟灵就说要瞅个机会来看看，好不容易今天忙完家务早早地上来，一看这房子还真是个下不去脚待不了人的，自己心里都泛苦水。表舅娘在世的时候，家里条件虽不好，但也是整整齐齐干干净净的，表舅娘走了没几年，这屋子就成了乞丐屋。

莫丰收连连阻止钟灵忙活，钟灵就喊了几声表舅，把他按在床上。莫远成和莫远胜见状，也把笔、本搁下，上前阻止钟灵做事。钟灵把他们轰回桌子，让耿浩继续给他们补习。自己又好一番劝，才把莫丰收给劝好了。

钟灵做起家务来手脚麻利，抽出角落里存了层污垢的大竹篮子，把床上的柜子上的角落里的脏衣服全都丢了进去，这一收集就是整整三大篮子。钟灵提出去，把它们都丢在门口。又摸出条没用的碎布当抹布子，找出个黑黢黢的洋瓷盆，提着个铁皮桶就出了门。大概过了十几分钟，钟灵提着一桶水回来，手里还拿着一瓶洗洁精。莫家是没有自来水的，吃的用的都是坡下面河里的水。

耿浩看钟灵一个女人干这些重活，自己这个年轻体壮的干坐着不是很好。正好莫远成和莫远胜正在做练习，在钟灵提着铁皮桶正要把水往水缸里倒的时候，耿浩起身一个箭步就到了跟前儿，伸手抓住铁皮桶。钟灵受到惊吓，下意识地按住了水桶。

19　升国旗

"哎呀，不用你，你去看着远成和远胜学习就行。这些家务活儿我来做，你快去快去。"钟灵摆手轰赶耿浩。

耿浩坚持："他们正在做练习，要等半个小时我才检查，闲着也是闲着，我来帮帮忙。"

"哎哟，真不用了。"

钟灵很是客气，她一点也不想把这个优秀大学生教师给累着，心里只念着这样的大学生的手都是拿笔的，做文化事儿的，哪儿是提水扛挑干粗活儿的？耿浩不顾钟灵的阻拦，还是提起了水桶，要往缸里倒。钟灵见他已经干上了，只好作罢，赶紧当起了指挥，免得耿浩白劳动。

"只用倒一点儿就行，我要把这个缸刷一下。"

耿浩听懂要求，倒了一部分下去。钟灵从灶台上拿过一个油腻腻的洗碗用的干丝瓜瓢子，放在盆子里用洗洁精洗了洗，然后就去刷水缸了。这回耿浩再要帮忙，钟灵已经二话不说弯腰刷起来了。耿浩就等着她刷完，帮忙挪动水缸，把里面的脏水倒出来。

"这洗水缸最麻烦了，还好有你帮忙，要不然可要累死我了。"钟灵感叹着，又跟莫家的几个人叮嘱，"你们吃不了多少水，每回就别存多了，够用就行。平时也要记得把盖儿给盖上。还有这水瓢，也不能放在缸里，不用的时候就扣在盖子上。放在缸里是要长青苔的，你看这都长一片儿了。"

莫远成和莫远胜就抬起脑袋看着，莫丰收不好意思地笑着，一句句将话应下。

钟灵处理完水缸，请耿浩去提了几桶水回来，把水缸的水加到了五分之四。接着就从灶台开始清洗，弄完灶台又去擦床柜，好一番折腾，一下不带休息的，累了就感慨两句："家里只有大老爷们儿真是不行，连日子都不会过。"

在耿浩的帮助下，莫丰收也被扶到了门外檐下阴凉处休息。钟灵把整张床都给掀了，把被褥全都拿到门外，搭在晾衣服的竹竿上去尘晾晒。再到后来，耿浩他们这个补习小组也被赶出了门。一直到中午，他们所有人才重新回到屋子里。屋子里已经干净整洁了不少，空气像是换了一波，屋里也亮堂了好多。

因为钟灵在，耿浩他们连去园子里择菜的事儿都省了。只有莫远成跟着钟灵，去指了菜园子的位置，然后通知邻居大婶中午不用来做饭。吃完饭，耿浩帮着钟灵把几篮子的脏衣服送到河边清洗。

"表舅娘过世后我们就一直没来看过，早知道他们几个过成这样，我早就上来了。"钟灵很是惆怅和内疚，扭头又开始夸耿浩，"今儿也辛苦你了，一直在帮忙。有你这样的好老师，真是学生们的福气啊。"

面对日常夸奖，耿浩没好意思接话，独自从河边回到屋子，进门就看到一片整洁，整个人的心情也好了很多。莫丰收从凳子上挪回了已被收拾干净的床上，没抽烟，也没说话，只是坐着发呆，似乎在感慨，就连耿浩进来也没注意到。

耿浩坐到桌前，莫远成和莫远胜把做好的习题交给他，耿浩从兜里掏出红笔，一道道认真地批改。批改完，又把他们做错的地方进行了重点讲解。

等下午的课程补完，三四点的时候，钟灵已经把洗干净的衣服晾晒起来了。竹竿上的每一件衣服虽然破旧，但不再是臭烘烘皱巴巴的了，总算是有了正常过日子的意思。

耿浩临走前，跟莫远成和莫远胜做了个约定，如果下周他来的时候，家里还是像今天这样干干净净的，那他就会考虑假期的时候也来给他们补补课，直到莫远成学会认字的方法为止。但如果哪次来的时候，家里又乱成了狗窝，那他就不来了。莫远成和莫远胜很认真地把话记了下来，点头表示同意。

黄校长说过，教育不止是传道授业解惑，还有很多方面，帮他们塑造优秀的品格也是其中一项。耿浩深知自己能做的真的挺少，但能帮一点，也是好的。

周一这天，莫村小学进行了耿浩来到这里后的第一次升国旗活动。耿浩高中毕业后就没参加过大学里的升国旗活动，升国旗活动一般都是由学校的国旗护卫队完成，现场也基本上都是那些同学。阔别四年，这次以老师的身份站在国旗下，视角和感受都和学生时代不同。不由得还感慨了一下逝去的学生时代。

莫村小学三十多个人排列整齐，站在国旗下面，学校广播里很有腔调的女声宣布着流程："第一项，升国旗，奏国歌，少先队员行队礼，全体师生行注目礼。"

鲜艳的五星红旗在国歌声中冉冉升起，就像一轮火红的太阳，逐渐照耀整个莫村小学。三四年级的少先队员脖子上系着鲜红的红领巾，姿势端正地行着少先队员的队礼，知道这是件特别神圣又崇高的事情。五星红旗似乎就有这样一种魔力，当你看到它的时候，不自觉地就会有一股力量，一种坚定不移的力量。

"第二项，奏国歌，全体师生唱国歌。"

铿锵的国歌声再次响起，所有师生开始齐唱国歌。小小年纪，无所畏惧，稚嫩的歌声异常响亮。总之，比起初高中生，这个环节，他们做得要好很多。

"第三项，国旗下讲话。"

耿浩在黄校长的鼓励下，缓缓地走到了国旗下。国旗下讲话是每个老师轮着来的，这周本来轮到黄校长了，黄校长说耿浩是新来的老师，又到了期末，来一次国旗下讲话，鼓励鼓励学生也是好的。

站在国旗下，耿浩环视一周，满是喜悦又年幼的面孔。他学生时代作为班级代表、优秀学生代表在国旗下讲过话，大学时期也在各种场合做过各种演讲。演讲对他来说不是什么难事，但这是头一回，对着小学生做国旗下讲话。表情严肃的他尽量露出一个和善的笑容，随后提上一口气，声音洪亮地开始在莫村小学的第一次讲话。

"各位老师，同学们，你们好！我是耿浩，今天我要讲的题目是《我为什么要读书》……"

金灿灿的阳光正在升起，空气也开始热了起来，这个时候就是早上的黄金时刻。耿浩挥动着双手，发自肺腑地向下面的祖国的花朵们讲着每一字每一句。他不需要看稿子，忘词的时候也不会慌张，自然而然地接上。脑海里不断浮现出自己当初努力读书学习、莫远成兄弟俩认真识字等一个个场景来。读书，教育，真的可以改变人生。

"……希望，你们也可以通过读书来改变自己的人生。山的那边，是更广阔的大海！谢谢，我的演讲到此结束。"

耿浩鞠了一躬，下面爆发出热烈的掌声。耿浩抿唇含笑下台，目光扫过那一张张小脸，心里早就揣测开了。一、二年级的更多的是捧场心理，三、四年级的才像是听进去了一些。多年以后，耿浩再回想自己的人生历程，寻找这段道路的源头时，总会想到这一刻，他在莫村小学做的第一次国旗下讲话。

转眼就迎来了考试日。黄校长提前一天就拿着手写的卷子去了村委录入打印。因为村委里的人忙，白天又都忙着用电脑，莫主任就把这个事儿交给了耿浩，让耿浩在村委下班后没人的时候，自己去把卷子给录入打印出来。怕他有困难，就又让钟秀陪着。凡事都找钟秀，耿浩很是不好意思。而且，村委最近繁忙，下班都已经6点半了，比平时整整迟了一个小时。

"真是麻烦你了，变相让你加班。"耿浩半开玩笑道，想让气氛不那么僵。

"没事儿，反正我也不是很急，晚饭也吃过了。"

钟秀把电脑检查了一遍，确定该保存的都保存了，没有别的问题，就把位置让给了耿浩。这是莫村全村唯一的一台电脑。钟秀就坐在旁边的凳子上，准备继续做她的资料整理工作。还没开始整理，钟秀就想起什么，起身看他。

"你要喝水吗？我去给你倒一杯。"

耿浩忙拒绝："不用了。"

钟秀也不坚持，继续坐下来做自己的事。

村委大厅一时安静下来。大厅的门敞开着，门对着的长柜后面，两个人并排而坐，埋头工作。空荡荡的大厅里，只有吊扇的呼呼声，噼里啪啦的敲键盘声，以及笔尖摩擦纸张的声音。映在他们身上的阳光逐渐转为暖色，然后又一点点变暗，最后归于黑暗。电脑屏幕的光格外突兀地映在耿浩身上，钟秀却是一点也看不见了。

啪！

大厅猛地亮了起来。耿浩被刺眼的光亮惊到，扭头就看见钟秀揉着肩膀从开灯的方向回来，最后疲惫地坐在凳子上，探头看了他的电脑屏幕一眼。

"你快弄完了？"

"嗯，只要最后再检查一遍就好了。"耿浩往后坐了坐，身体僵硬得就不像是自己的，轻轻转着脑袋活动两下，也揉捏着肩膀，瞟了眼钟秀面前的桌面，发现资料都分门别类地摆好了，好像也接近尾声了，"你的事儿也弄完了？"

20 默契的两个人

"这就没完的一天。"钟秀无奈地捏着后颈,"只不过今天多做一点,明天就能少弄一些。"

耿浩"嗯"了一声,视线重新落回电脑屏幕上,最后检查着试卷。心里算一下,自己好像好久没上网了,不知道县里有没有网吧,过段时间可以去县上看看。来的这段时间,好几次他都想上网查资料,结果没有条件,他也想用村委的电脑来着,可也不好意思开口。

"这些题现在看起来可真简单。"

钟秀收拾完桌面,把资料全部归置好,见耿浩还在检查卷子,就站在他的凳子后面多看了两眼。耿浩下意识地回头看了她一眼,回答了一声,又重新把视线放在电脑上,点了文档的保存键。

"就是不知道他们会考成什么样。"耿浩又把八套卷子的文档全都打开,放在电脑桌面上,起身往旁边让了让,"好了,帮忙打印一下吧。"

"一共打印多少份?"

钟秀坐下,耿浩将卷子的数量报给她。钟秀很是利索地操作,不多会儿打印机就开始运作起来,发出嗡嗡声。耿浩站在打印机前,守着一份份卷子从打印机的出口滑出来,感受到了电子高科技带来的便利,熟悉得让他内心一阵激动。

莫村是真的很贫困,贫困到耿浩来到这儿就像回到了"原始时代"。大家很少用电灯,经常用的还是煤油灯。也不是家家户户都通了电话,有通信工具的家庭大多还是座机,很少有用手机的。通自来水的家庭也很少,基本上还是靠人力去河边挑水吃。村子里很少有青壮年,基本上都是老弱妇幼,生活作息规律得不得了。只有村委这里才好一点,有电脑,有打印机,有自来水,有电灯,等等。

"村支书换届选举就是这两天了吗?"

耿浩想着,莫村换一个好点的村支书,或许可以带领莫村上上下下一起致富。当初他们村儿就是,换了一个有能力的村支书,整个村子就像是坐上了快车,骨碌碌地往前跑,跑得直冒烟儿,短短几年时间,就从穷得揭不开锅到家家户户有了些存款。如果莫村能借这次换届走上新的道路，经济发展起来了，那就不怕莫村小学的师资、设备等跟不上了，也不会再出现孩子上不起学的情况。不管怎样，经济是基础这一点，变不了。

"嗯，就在这个周末了。这两天正在上上下下给村民们发选票呢。"钟秀提到这个事儿也很激动，似乎有些期待换届日子的到来，说起话来也是眉飞色舞的，"这两天腿都要跑断了，有的人还老是不在家。"

"难怪最近下午回来的时候，看你和莫主任都不怎么在村委。选票都派完了吗？"

耿浩跟钟秀聊着，手下不停地收分着卷子。刚出炉的卷子热乎乎的，上面的墨迹清晰，还带着墨水该有的淡淡的臭香气儿。

"嗯，差不多了，还差十几户，明天再跑一趟就行了。卷子给我吧。"

耿浩很是顺手地把卷子给了钟秀。钟秀接过分好的卷子，大致整理了一下边角，竖着在桌面上掂了两下，上下都对齐整了，这才从中间一折，放到桌子上，手一伸又接下另一沓。耿浩收完最后几张卷子，打印机呜的一声响，停下工作，耿浩顺便自己就把卷子给整理了。

钟秀很是自觉地转身在他们身后的柜子里翻找。耿浩回头看她在干什么，见她从柜子里找出几个空的档案袋。钟秀对上他疑惑的眼神，笑了笑："用这个装卷子，卷子不是要密封免得被偷走吗？"

这种做事的熟悉感，也让耿浩心中一沉。以往他和杨灵在工作上的配合也是如此默契，不管做什么，对方永远知道下一步要做什么，然后将需要的道具准备好。如今做事还是如此顺畅，帮他的人却已经换了。当真是物是人非。

钟秀见耿浩又没接话，脸上的笑意也收敛了些，偷瞄着耿浩，默默地走回卷子旁。耿浩背靠着柜台，逆光而站，下颌微收，清瘦的身子就那样立着，不知道在想些什么。钟秀眸光微转，每次她跟耿浩说话，耿浩都要失神几次，想着只有一种可能：难不成耿浩是想到了在远方的女朋友？

"你想得可真周到。"

耿浩才回过神，不知道自己已经思绪游离了好几秒，直接就接着钟秀刚才的话茬，也没反应过来接得不怎么对。钟秀但笑不语，也不戳穿，只是分给了他几个档案袋，小心仔细地将卷子一一装进档案袋里，随后合上袋子的翻口，将线一圈圈地绕在白片扣上，随手从旁边抽出一根记号笔，在档案袋上标注好是几年级的卷子。

分工干活，不多会儿事情就全干完了。钟秀把自己这边的几个档案袋叠在一块儿，全部压到耿浩手上的那几个档案袋上，温柔一笑。

"事情都干完了，我就锁门回去了。"

耿浩看了看外面的天色，已经很黑了。他之前有在晚上的时候转过，莫村没有路灯，一到晚上就漆黑一片，只能借着两边房屋的灯光看路。这样的情况，让一个女生独自回去也太不妥当，更何况，她今天还没带豇豆儿。

"等我把卷子放回去，我送你回去。"耿浩跟着钟秀往门口走。

"不用了，我自己回去就行，你早点休息，这边的路我熟，不会有什么问题的。"钟秀拒绝着就把电扇和电灯给关了，还伸手将门给关上了。

"把你送回去我也放心些。"耿浩说着已经快步回了房间，将卷子都放在抽屉里，为了安全还专门锁上了。希望不会有人来偷他的卷子，不过好像也没孩子会有这个念头。拿起桌面上的手电筒，将门给锁上，见钟秀还等在大厅门口，这才松了口气。他不用特意追上去了。

"走吧。"

钟秀很是无奈地叹了一声："真不用送我的。"

"就当我是透透气儿，顺便送你的。"耿浩对于这种场面还是能应付的。耿浩也挺想说，如果这儿有路灯的话，他不送就不送了，这不是没么。况且，钟秀是为了帮他忙才留到这么晚的，不送下也挺不合适的。

白日里，每户的主人都坐在门外阴凉的地方，一到晚上八九点，就都进了屋里。没有硬化的土路上没有一个人，光也少得可怜，天上的月光都显得亮了许多。这种情况下，耿浩的手电光就显得很突兀，就像劈开黑暗的利剑。一路上只能听见各种小动物的叫声，还有一如既往的潺潺流水声，四周静谧得让人心里也是一片安宁。

耿浩和钟秀中间隔了一臂远，静静悄悄走着也都没说话。耿浩倒是觉得这种安静很舒服，如果可以，他都想把手电筒给关了，享受夏夜的恬静，但顾及身边还有个钟秀就没这么做，又怕她觉得没人说话尴尬，还偷偷瞟了一眼她的脸色。

钟秀和他并排走着，手电筒的光束直直往前，只有淡淡的余光映在她身上，更多的是月光照着她的身形。从耿浩的角度看过去，只能看见钟秀的侧脸。她的脸似乎比月光还温柔，目视前方，神情恬淡，也没显出半分的不适。耿浩这才放下心来。

钟秀这样看着温柔做事却很利索的女生，耿浩很少遇到。一般的女生，要么是温柔的，却也是很内向的，不管什么时候都很拘谨，做事说话束手束脚，让他很头疼。做事麻利的女生也很多，但一般都强势，就像杨灵。杨灵说过，她不是甘于当别人陪衬的人，因为对象是他，所以才没有争抢。唔，这是杨灵当初跟他表白时说的话。在杨灵的强势告白下，耿浩觉得他们很合适，就答应了。

"你假期真的一直留在村子里吗？"钟秀发觉耿浩又陷入低沉的氛围中，没忍住开口问了一句。这耿浩看起来什么都好，就是老爱走神，说话说着说着人就不知道想什么去了，要不然就是像现在这样突然情绪低落。这么一看，耿浩来他们莫村肯定是因为受了什么打击。

"好像也没别的地方可以去。"耿浩这话说出来，多了几分迷茫。他原本是想扎根在A市的，毕竟那里是首都。但突然放弃，来到这里，临到选择去哪里的时候才发觉，他根本没有地方可以选择。

"这样啊，那留在我们莫村也挺好，就是……"钟秀突然神秘一笑，"等到了七八月份会有点惨，特别是你现在住在村委，你要做好心理准备。"

"怎么个惨法？"耿浩被她说得心里直打鼓。

"到时候你就知道了，莫村这里一到夏天就怪得很。"

"是吗？"

钟秀越说越不着调，就着这氛围，颇有讲鬼故事的嫌疑。夜里清爽的夏风再从身上刮过，就有些凉飕飕的了，耿浩捏了捏手里的手电筒，很想把手电筒照到她脸上，再配合她营造一下氛围。好好的一姑娘，怎么有时候说话，这么爱卖关子？

钟秀看他目不斜视，但表情明显严肃起来，便幽幽地问了一句："你想知道莫村有哪些奇人异事吗？"

耿浩偏头瞥了她一眼，知道她是想讲些鬼怪故事，很不留情地拒绝："不太想知道。"这姑娘的胆子也是大得很！

"你既然要留在莫村一段时间，了解一下这边的风情，岂不更好？"

"这方面还是算了。"

"不听会后悔的。"

耿浩算是发现了，钟秀也有着一股子倔劲儿，非得达到目的才行，但一对上钟秀灵动的双眼，他还是不由得心软，算了，就给她一个讲鬼故事的机会吧。

21　金兰河的传说

"行吧，你说个听听。"耿浩道。

"你看见那条河了吗？"

钟秀一指坡下面的河流，黝黑黝黑的。耿浩点头。钟秀继续说，用她特有的温柔嗓音，就像叙事者一样，又轻又缓。

"这条河叫金兰河。在几百年前，有个叫金兰的姑娘，有一双巧手，她织出来的绣锦天下闻名。她聪明善良，就把自己的绣工技艺教给了村里的其他人，于是整个村子都跟着富了起来。村子的人都十分尊敬金兰。金兰长得也好看，就有很多小伙从四面八方来求婚。后来，金兰看上了一个来求婚的外地俊小伙儿，谁知，那个小伙就是为了从金兰那里偷学绣艺的。他把金兰的所有绣品都偷运出去，卖了大价钱，瞬间暴富，还凭着金兰的绣艺开了个绣坊。而金兰在小伙偷运绣品的时候发现并阻拦，被小伙推进河里淹死了。村里人很伤心，为了纪念她，就把这条河取名叫金兰河。"

耿浩静静地听着，发现是他想多了，钟秀还真的是在向他普及莫村的乡情。这种故事，可以说是烂大街了，换个人物名字换条河就又是某某地的传说。不过，这也是一个地方的历史记忆点，值得倾听。

"后来，村民发现村里出现了怪事。"钟秀突然顿了一下，缓缓扭头看向耿浩，神情有些微的担忧和惶恐，看得耿浩浑身不自在，"村民经常能在金兰河里打捞出来外地小伙的尸体，长得都很俊俏。"

钟秀不继续说了，等着他的反应。出于绅士风度，耿浩让钟秀走在里面，自己走在路边，挨着河流。耿浩随意地扫了一眼坡下面的河流，河面平静得很。看来他之前没想多，钟秀果真是憋了个大招在后面。但这个大招对他来说没什么影响。他从小到大看的正经书不少,听过的怪异故事更是不少,这种程度的恐怖异事,算不得什么,他信口就是一堆。

"所以,就流传下来一个说法,外地的小伙儿晚上不要独自在路上行走,会被金兰误当作负心汉拖进河里淹死。"钟秀做着最后的总结,见耿浩不信,还加了一句,"最近不是下暴雨发大水吗?金兰也趁着这个机会拖了个人走。你知道我们这儿淹死了一个人吗?那就是个外地俊小伙,来这儿找同学玩的,涨水的时候被带走了。"

耿浩都想去告钟秀传播迷信思想了,目光又重新扫了遍寂静的河面,不知道是错觉还是心理作用,那条河好像更加黑了,连月光都不怎么能倒映出来了,流水声也低沉了很多。耿浩眸光一沉,不着痕迹地往路里边走了走,瞥见前面不远的红房子,心里有几分松快。终于到了!

"你家到了。"

"嗯,谢谢你晚上送我回来。"钟秀笑得若无其事,"我就说你不要送我回来,在我们村儿,小伙儿比姑娘危险,特别是外地来的俊小伙。我不是故意吓你,只是想让你回去的时候,注意点。"

真的是好善解人意的一番话,耿浩宁愿她没提醒自己。他们快到的时候,院子里的门灯被打开,整个院子都亮了几分,耿浩一直把钟秀送到了院子里,让灯光洒在身上,感受一番光的"温暖"。钟灵从里面走出来,见是耿浩送钟秀回来,表情变得有些微妙。

"今天麻烦钟秀帮忙打印卷子,让她回来晚了。"耿浩带着歉意向钟灵解释原因。

"哦,没事儿没事儿。"钟灵瞬间笑开,很是质朴,"谢谢耿老师送小妹回来啊。"

"应该的。"耿浩客气地回话,"我就回去了,不打扰你们,你们早点休息。"

钟灵点头:"好好好,耿老师回去的时候也多加小心。"

"耿老师记得靠路里边走,离金兰河远点儿。"钟秀依旧"好心"提醒。耿浩随口答应,假装没听到。谁知钟灵以为钟秀只是单纯地提醒耿浩不要因走夜路粗心掉河里去,也忙跟着叮嘱:"对对对,离河远点,大晚上的很危险,你一个人出了事儿也没人知道。"

这话无疑是在佐证钟秀恐怖故事的真实性,耿浩的脸黑了一片,还好他现在已经退回了黑夜里,钟灵和钟秀看不清他脸上的郁闷低沉表情。耿浩见钟秀笑得狡黠，赶紧挥了挥手。

"好的。"

"对了，你是有手机的吧？有没有我们家的电话？我给你报一下，你存个。到家了就给我们打个电话。"钟灵还在给耿浩加安全措施。耿浩很是无奈，再这么说下去，他怕是真的走不了了。钟家姐妹怎么给他一种他百分之九十九会出事的感觉？

"我这里有钟秀的电话，到了就给她发个消息。我走了，你们赶紧进去吧。"

说完，耿浩在钟家姐妹俩的目送下快步离开，连手电筒都没来得及打开。但没走几步，他就把手电筒打开了。天太黑，这儿的路也没修，还是打开手电筒比较好，比较安全。耿浩往河边看了看，步子又往里走了些，嘴里哼起了小曲儿。什么享受夏夜的静谧，他现在有些累还很困，只想赶紧回去闷头睡觉。耿浩很是清醒地想着。

钟家那边，门灯一关，钟灵就拉着钟秀进了钟秀的房间。

"大姐，你干什么？"钟秀把背包放到床上，一脸莫名其妙地看着钟灵关上了门。

"秀秀啊，大姐觉得，这个耿老师真是不错。"钟灵盘起一条腿坐上了钟秀的床，拍了拍旁边让钟秀也坐下，"要不，我让校长或者舅去帮你说说？"

钟秀很是头疼地揉了揉太阳穴，她的大姐又开始日常催亲了。她毕业接到的第一通电话就是大姐的，大姐的第一句话就是："秀啊，你终于毕业了，大姐给你看了好几个小伙子，等着你回来相亲啊。你的车票是什么时候的？我就安排在你回来的第二天啊，让你休息半天。"当时她也不知道该说声"谢谢大姐"还是该说"大姐别瞎忙活了"。

她回来后很是敷衍地见了一两个，后面的全都用村委事儿多给推了。她的大姐就去找了身为村主任的舅舅，好一番口舌，说什么给秀少派些活儿，让她先把终身大事儿给定了。钟秀听说后直翻白眼。舅舅还真为她的终身大事开了道，全让她一通强硬拒绝给挡了回去。

"大姐跟你说，舅也觉得这个耿老师很不错，还说这左右几个村儿都没他这么俊的了。而且是名牌儿大学出来的，绝对是这个。"钟灵说着就竖起了大拇指，"这样优秀的小伙子，你不积极点儿，就被别的姑娘给抢走了。"

钟秀一脑门儿的问号。她老舅什么时候掺和进来了？难怪他最近都没跟她提相亲的事儿，她还以为是这位长辈想开了，原来是另有打算。也难怪，老舅在村委的时候，老是跟耿浩说，让他有什么事儿都找她，她还以为是从公出发，原来也包藏私心。钟秀仰头就倒在床上，深深地吸了口气。

钟灵看不下去，把她一把扯起来，晃着她的肩膀说："大姐跟你说话呢，听到没？上回他来咱们家我就看着好，有礼貌得很。我还问了嘉嘉，嘉嘉说耿老师在学校也可认真负责了，是个有担当的，办事儿也麻利得很。我上回去表舅家也见识过了，教远成和远胜的时候老认真老有耐心了，还很勤快地帮你大姐我的忙，看着瘦瘦的，干起重活儿来一点不磨叽。这样的人，可是比之前那些好太了。关键是个优秀大学生，你不也一直想找个知识分子吗？人家可比你有知识多了。"

钟秀越听心越累，她也觉得耿浩很不错，做事做人都挺好，但她现在没那个心思，一心只想着新支书选出来，她能跟着新支书带着大家走向致富道路，让莫村走出贫困，让更多的孩子能上大学。她是个有志青年，不太想早早地沦为家庭妇女。在莫村，一旦沦为家庭妇女，就真的囿于厅堂厨房了，最多就是农忙时去田里帮忙。

"大姐，你们也太随意了，连人家的背景都没搞清，就这样乱点鸳鸯谱。人家是有女朋友的，知道吗？"钟秀一语让钟灵清醒。

钟灵半信半疑地看她："不能吧？你问过了？"

"我之前和嘉嘉一起问的。嘉嘉说，如果耿老师没对象，就给他介绍个村里的姑娘，把他留在村里，这样他就能一直留在村里当老师了，解决咱们村老师少的困难。"钟秀如实说来，"可惜人家有女朋友了，嘉嘉就可愁了。"

"那没准儿是耿老师瞎说的呢，你不也成天跟人家说你有对象了？"钟灵说着就责怪了一眼。

钟秀回想起耿浩的状态："那不能，我看他来咱们这儿是因为受了什么打击，等过去了这道坎，就走了。人家不是说了，就来半年。"

"这样哦。"钟灵的激动之情已经消了下去，忽然凝神一笑，揣测道，"他会不会就是因为和对象掰了才受的打击？"

"哎哟，你就盼人家点好。我今天又跑了一天，累死了，想赶紧睡了，明天还要去跑一天呢。"钟秀说着就趴了下去,浑身酸疼得要命。真的是最怕毕业,毕业后没工作很惨,没对象也很惨。想想现在就这样,等过年,她得被催成什么样?如果可以,她真想过年的时候躲到没亲戚的地方避避。

22 令人头疼的卷子

钟秀正在打盹儿,肩膀上多了一双手,缓缓地替她揉捏起来。钟秀很是享受地眯起了眼睛,耳边又响起钟灵愁苦的声音。

"这人家有了对象,看来半年后肯定是要走的。舅还说让你跟人家谈谈,然后把人家留在村儿里呢。咱们村儿等了这么多年才等来一个支教老师,等嘉嘉结了婚,耿老师再一走,老校长的身体也不太好,还不知道能再管几年,咱们这小学就快要办不下去了。"

"能办的,船到桥头自然直……"

考试安排在了第二天,也就是周五,只考语文和数学。莫远成和莫远胜也来了,看见耿浩就认认真真地叫了一声"耿老师好",然后入了座。耿浩监考的是一年级。炎热的天气,闷热的教室,凳子热得黏屁股,怎么坐都不舒坦,那些学生就不停地左摇右晃。

第一场考的是语文,是耿浩出的卷子。耿浩拿了条凳子,坐在讲台上,一双眼睛像扫射灯一样,来回扫视,看哪个学生有作弊的倾向。其实他很想下场转悠,看看他们具体做得怎么样,但害怕给他们太大压力,就只坐在讲台上看着。

莫南果然是不听话的那个,眼睛左右乱瞟,一会儿抓耳挠腮,一会儿东倒西歪,一看就是写不出来,想要找个抄袭的机会。耿浩实在看不下去了,猛地起身。一大半的学生都抬起了脑袋,好奇又茫然地看向耿浩,以为他有什么指示。

"都写自己的卷子,眼睛别乱看。"

耿浩表情严肃,警告了他们一声。所有人都重新低下小脑袋,眼睛还在偷偷地看着耿浩,见耿浩重新坐下了这才安心地写自己的卷子。小孩子的心性果然太过浮躁,写个卷子都不能沉下心来。不过,耿浩发现那个莫喜是个例外,一直很认真地在写。

九十分钟很快过去，铃声响起的那刻，耿浩组织所有学生交卷。

两场考试很快结束，所有的学生提着自己的布包，欢快地等着家长来接。黄校长通知三天后来领成绩单和暑假作业。等所有的学生都被家长领走，莫村小学才安静下来，他们四个老师坐在办公室，打算当天下午就把试卷改完。虽然学校小，但是黄校长还是走了密封改卷的流程，把各年级的各科目卷子分别整理，将黄纸条覆盖在最上面一张卷子的学生信息上，把信息遮得严严实实，用订书机把一沓卷子都订上，然后交给各个老师。

耿浩改的是三四年级的语文卷子和四年级的数学卷子，刘老师改的是一年级的语文卷子，黄校长改的是二年级的语文卷子和三年级的数学卷子，王老师改的是一、二年级的数学卷子。卷子上的题很简单，改起来也都是唰唰的，麻烦一点的可能就是统计分数，还要加减一番。

不过一两个小时，所有的卷子成绩都统计了出来。大家把卷子交给任课老师，然后把订书钉取了下来。订完、取下中间没多长时间，让人感觉就像是做了白工，不过黄校长一再强调，凡事得按规矩来。

耿浩一拿到语文卷子，就先把莫远成和莫远胜的卷子挑了出来。莫远成一百分，莫远胜九十五分。代表成绩的阿拉伯数字就标在他们两个人卷子的正面，红红的，大大的，很是醒目。耿浩特别欣慰，高兴得不得了。

"什么事儿这么高兴？"黄校长发觉耿浩无声地欣喜，笑眯眯地打探了一句。

耿浩乐得说不出话，直接把卷子递了出去。黄校长看完惊喜地"哎哟"了一声，把卷子递给其他两个人看，嘴里还说着："看来是耿老师的辅导见了成效啊。"

"是他们两个人聪明又努力。"

耿浩越说越忍不住欣喜之情，嘴角弯起来就下不去了，他们兄弟俩的卷子给他带来了极大的成就感。还记得上周他去莫家的时候，看见莫家还是保持得干干净净的，当时就感动得说不出话来，心里头激动又极具满足感。莫远成和莫远胜真的是很努力的两个孩子，努力得让人心疼。

"王老师，他们两个的数学考了多少？"耿浩禁不住询问王大华。王大华已经把他们两个人的卷子找了出来，懒懒地递给耿浩。耿浩站起身双手接过，听见王大华笑道："也考得不错，都是九十八，就错了一道小题，应该是粗心。"耿浩看着两个九十八，比自己考满分都高兴。

"他们是学习的料子。可惜……"刘嘉脸色一下黯淡起来，将语文卷子还给耿浩，"希望下个学期，他们还能出现在学校里。"

"听说莫丰收的腿好得差不多了，现在下地干活什么的都是没问题的，过不了多久就又能去做工了。莫丰收也挺想让孩子读书的，下学期应该还能送来。"黄校长真是时时刻刻都掌握着村里的第一消息。

"希望如此。"刘嘉露出浅笑。

耿浩也这么想着，怀着喜悦的心情开始认真翻看一二年级的语文卷子。没想到，越看脑袋越大。特别是在看到两张零分的卷子时，整个人已经不知道说什么好了。一张是莫南的，简直毫无悬念可言，卷子基本都是空着的，还在后面的空白地方画了一只大大的王八。耿浩第一次在期末试卷上看见王八，差点气得七窍生烟。

"看不出来，莫南同学还挺喜欢画画的啊，画得还挺不错的。"耿浩把卷子往办公桌的中间一放，用手支着额头，做了两个深呼吸这才淡定下来。不会做也就算了，在卷子上胡乱涂鸦，明显就是态度问题！学习不好没关系，但总不能没个端正态度吧？莫南向来做什么态度都不端正，说过几次也不听，真不知道让人怎么教。

其他老师看完莫南的卷子后，一脸的淡定，不过每个人的眉头皱得也更加深了。一年级整个学年，就考过四次试，两次期中，两次期末，这是莫南画的第四只王八了。真不知道该夸他有着坚持不懈的优秀品格，还是应该说他是个冥顽不灵的臭石头。

"把这卷子跟成绩单一块儿送给家长吧，还有前三张卷子，正好四只王八凑一桌，还能打麻将。"王大华翻看着自己手里的卷子，把莫南的数学卷子也抽了出来，懒散地丢到了办公桌中间，正好压上莫南的那张语文卷子。数学卷子上赫然是一只生动的大白兔。王大华似笑非笑："还有四只大白兔，又可以凑一桌麻将了。"

了解过莫南家里情况的耿浩明白，王大华这是在讽刺莫南的家长，他父母就知道打麻将。学习这种事，成绩不好，很大部分是老师的原因，但也不能说没家长的原因。起码做人做事的态度，是家长潜移默化影响的。

"这孩子，真的是混的。"黄校长取下老花镜，揉了揉眼睛，面容依旧慈祥，却也多了几分严肃，"找个机会，我再去跟莫老二聊聊吧。"

"这都聊了好几回了，人家就一句话，让咱们管，咱们管不了就算了。人家乐意自己孩子混，还有什么好谈的？"刘嘉也忍不住抱怨，然后抽出一张试卷，"喏，还有莫北的，语文就考了十五分。语文瞎写也不至于考十五分，看看人家考九十九分的。真的是认知上有什么问题吗？"

黄校长重新戴上老花镜，拿起莫北的卷子扫了一圈儿，确定莫北真的是瞎写得的十五分。为了不让大家的抱怨声加重，他硬是没把莫北的零分数学卷子拿出来。

"他们的卷子等统计完分数后，我收着，还是得去跟家长谈谈。"

这波抱怨结束，耿浩继续看自己手里的卷子。另一份零分卷是莫喜的，莫喜的卷子写了一半。但这个年级的题就是比较死的，答案也是唯一的，写错就真的错，没有什么留情分可以给。莫喜就真的，一道题没答对。耿浩万万没想到是这么个结果，愣是翻来覆去看了好几遍，确定刘老师没改错这才满心怅然。难不成，这个莫喜是认知上有什么问题？

"黄校长，这个莫喜……他是不是……"耿浩把卷子递了出去，犹豫着说不出下半句话。他是真的不想如此揣测一个小孩子。

黄校长见他欲言又止，将卷子接了过去，只翻来翻去看了一遍，就大概懂耿浩的意思了。

"唉，这个孩子……莫喜是个早产儿，认知比别人要迟缓，学习东西也比别人慢太多。他爸倒是很辛苦地想供他读书，可是……也只能慢慢来了，这也是没办法的。"黄校长把卷子还给耿浩。

耿浩是见过莫喜的老爸的，三十来岁的人，苍老得像是四十岁，头发掉了不少，稀稀拉拉的，身上被晒得黝黑，瘦得用"嶙峋"已经不能形容了，是真正的皮包骨。一阵惆怅，耿浩把他的卷子放到了一年级所有卷子的最下面压好，无力感油然而生。

以前上学时，他只知道自己家里苦，自己学习苦，觉得生活对自己很残酷。但来这儿当了老师之后，这才发现，生活对每个人都很残酷。他已经挺了过来，以后的路可以自己走，但这些孩子的路却才刚刚开始。

23　莫村小学的窘境

"一年级和二年级的成绩普遍不高啊。"耿浩将分数统计完，大概算了一下平均分，才七十八。

"嗯，一、二年级今年换了两三个老师，频繁换老师，他们光适应都难，更没心思学习。这些孩子学不好，也有很大一部分原因跟我们有关啊。"黄校长突然愧疚地说道。

耿浩看了三位老师一眼："老师换得很频繁吗？"

"是。"刘嘉替黄校长把话给答了，"来这儿的老师，一般都是初高中毕业找不到工作的。在这儿待上一两个月，发现工资低，压力大，正好又找到了新的工作就走了。很难有老师能待上一个学期。除了黄校长带了十年，我和王老师已经算长的了，带了三四年了。可是，我也要抛弃莫村小学了。"

忽地，刘嘉的声音呜咽起来，双手一蒙眼，低下了头。眼泪从她的手指缝里流出来，她揉了揉眼睛，把卷子往旁边一拨，就趴在了桌子上，压抑着自己小声啜泣着。

"你这哪儿叫抛弃？你只是到了要走的时候，我们没有人能永远留在这儿。过几年，我这把老骨头带不动了，也是要走的。"黄校长拍了拍刘嘉的后背，就像父亲一样安抚着她，"你这要嫁人了是好事，今天试也考完了，你就安安心心回去准备出嫁。以后有机会，就回学校来转转，莫村小学就是你的娘家。别哭了，一会儿把学生的卷子都弄湿了。"

王大华坐在旁边，只是定定地看着，神情也有些恍惚，不知道想到了什么。耿浩被这场面弄得心头发堵，郁闷得厉害。

"我怕，我怕，莫村小学要被停了。"刘嘉的哭声越来越大，悲伤得像是丢了家的孩子，"他们都说，莫村小学要没了。"

"这些事儿都是瞎传呢，你就不用管了，只管安安心心出嫁。"

黄校长微微仰起头，耿浩还是看见了他眼里的泪花。原来，莫村小学是面临关闭的学校吗？

刘嘉哭过之后，整个办公室的气氛都压抑得很。不知过了多久，刘嘉背着包依依不舍地走了，临走前还提醒一句："明天中午去我家吃饭，之前就说好了的，你们一定要去。"耿浩说他要去莫远成和莫远胜家，刘嘉夸了他一句负责，就改成了晚上。黄校长和耿浩是最后走的，黄校长把几张手写的成绩登记表放在耿浩手里。

"这成绩单还得你去弄一下，听说你电脑用得好。大学生就是不一样，懂得多。"

"也就只有这点用了。"耿浩谦虚地说了一句，然后欲言又止。黄校长也不问，就笑眯眯地看着他，等着他自己说。犹豫半晌，从学校走到坡下，耿浩才终于说出口："校长，下个学期，真的要开英语课吗？咱们现在的课都上不完，我怕到时候也不好排课。"

"那就多给他们安排几节自习课嘛。他们正好多练练字，巩固学习的内容。除了咱们教，他们也得学会自学和练习不是？"黄校长笑吟吟地说，而且说得很有道理的样子。

耿浩怀疑黄校长是故意拐着弯儿不接他的暗示，毕竟，黄校长是个很精明的人。没办法，人家不接，不就只能自己来说了？

"黄校长，我的意思是说……"面对黄校长慈祥的脸，刚刚又经历过刘嘉的悲伤，现在他也不好意思再打击黄校长。头一回，耿浩这么犹豫。在快把黄校长送到家的时候，耿浩决定还是早说早了："黄校长，我只在这里待半年，如果现在开了英语课，到时候没人接着给他们上，那不也是耽误了他们吗？"

黄校长停了步子，脸上的笑收起了一瞬。耿浩都快窒息了，害怕他惹这么好脾气的校长生气，更怕自己的行为寒了他的心。没想到，黄校长笑意更深，意味深长地拍了拍他的肩膀，然后双手负背地看着他。

"耿老师，你为什么来我们这儿支教啊？之前一直没问过你。"

耿浩想了想，如实答道："因为想圆一个梦，之前在我处于人生低谷的时候，是位支教老师帮助了我，让我有了努力学习改变人生的想法。所以，我也想……"后面的话有些托大的嫌疑，耿浩不好意思继续说下去。

黄校长明白得很，脸上笑意不减："是因为受过恩惠，所以想用同样的方式回馈他人？"

耿浩点头。

"是个知恩图报的好小子，我们没看错你。"黄校长面对他，很是肯定，"不过，你这样的优秀人才，毕业后应该有很多好去处吧？你来这儿待半年，回去再找工作不就晚了？"

"这个还好，到时候再说。"

"嗯，不过你才毕业，也要对自己的人生有些规划才行。行了，你不用有什么负担，开了英语课，你只管上。现在都说英语重要了，咱们也得上上才行。你如果走的话，走之后的事儿，再说吧。我这都到家了，你要不进去坐坐？"

耿浩顺着他的目光看过去，就是几间老屋，门锁着。耿浩这时候正烦恼着，也不好意思跟黄校长一块儿聊，客气了两句，就匆匆返回村委。在村委没看见莫主任和钟秀，想着他们可能还没回来，就先回了房间，把成绩登记册往桌子上一放，浑身疲惫地往床上一躺，盯着天花板发呆。

他都没来得及问黄校长，莫村小学现在是什么情况，为什么就要面临关校的危境。他现在也明白了教师对于莫村小学意味着什么。他的到来，让莫村人燃起了希望，觉得他们的孩子可以受到更好的教育，小学有可能也会因此避免被关的命运。所以，莫村人对他好，都是希望他可以留下来。

但是，有句话杨灵是说对了，他不可能永远窝在这里。他的理想在先进的城市，他的愿望是在那里闯出一片天。他到这里，只是圆年少的一个梦而已。可就这样走了，似乎又太不负责任，是对那些孩子的不负责任。

在思想斗争中，耿浩逐渐睡了过去。他或许永远也无法找到一个折中的方法，只能先做好当下，一切的烦恼都等半年后再解决吧。

耿浩再去莫家的时候，莫丰收刚洗完衣服，正笨手笨脚地晾着，莫远成和莫远胜正在给他帮忙。似乎是受到莫远成兄弟俩的影响，莫丰收也比之前勤快多了，床上角落再没有凌乱的衣服，虽然衣服叠得不整齐，但也收进了一个箱子里。家里也时刻保持着整洁。一切看着都有了正常家庭的样子，显得比之前清爽得多。

莫丰收一看见耿浩，就迫不及待地问莫远成和莫远胜的成绩怎么样，耿浩如实把他们的成绩告诉他。莫丰收听完，激动得又是拍手又是揉那两个小脑袋。莫远成和莫远胜也是笑得格外灿烂。耿浩说之前答应的,要教莫远成学会查字典,所以这个假期,他每个周末还是会来。

"下周你来这儿怕是找不到他们咯。"莫丰收笑着。耿浩心里一咯噔,但看莫丰收的表情,不像什么坏事,就配合地问:"怎么了?你们要搬走了?"

"下周开始我就要去县城的一个工地待上几个月。"莫丰收喜滋滋地跟耿浩汇报着新情况,说着就从口袋里掏出一支烟,眼角看见耿浩,忍住了掏打火机的冲动,把烟也重新塞了回去,继续说,"那个工地是我一个朋友介绍的,说是让我做两个月的工。我去做小工,两个月做满也有好几千块钱可以拿呢。到时候挣了钱,就能养活他们了,他们肯定也能继续上学了。"

"这是好事。"耿浩由衷地表示开心,"不过,莫叔,你要注意身体,腿才刚好,一定要小心。"

"没问题,都好透了!"莫丰收猛地一拍自己受过伤的那条大腿,"自从媳妇儿走了,我就没心思赚钱了,只想着种点菜,做点杂工,把日子对付过去也就行了。现在看,还真不行,他们俩不光要吃饭,还要上学。这俩小子这么喜欢学习,明显是不想让我这个做老爹的轻松,非得把我给累死才行。"

莫丰收说着,笑得更开心了,爽朗的笑声哪儿都是。耿浩看着他们一家三口站在一块儿,比以前任何时候都开心温馨,心里也是无比欣慰。孩子,永远是父母坚强起来、咬牙坚持下去的最强动力。只希望他们的日子会越变越好,没准儿就像黄校长说的,下个学期又能在学校教室里看见他们。

"莫叔,你去县城了,是要把远成和远胜一起带着?"耿浩拉回正题。

莫丰收摇头:"不,他们不跟我去,我把他们放在莫主任家。之前已经跟莫主任打好招呼了,等我回来再接回来。"

耿浩眼前一亮:"正好,暑假我也要去莫主任家,给莫主任的女儿补习英语。如果有时间,我就顺带把教莫远成识字的任务给完成了。"

莫丰收直叫好巧,说暑假也拜托耿浩的教导了。中午莫丰收亲自下厨做饭,说实话,手艺不怎么样,但莫远成和莫远胜都吃得特别香。看着他们,耿浩的食欲也被带动,多吃了半碗饭。

24　父女吵架

说话间，莫丰收为了表示感谢，硬是拿出了过年烤出来的白酒，敬了耿浩两杯酒。耿浩碍于辈分，又回敬了两杯酒。莫丰收一看耿浩好像挺能喝，就又忽悠他喝了两杯。耿浩无奈，八杯酒下肚后说什么也不喝了，说晚上还要去刘老师家吃饭，晕晕乎乎地去不太好。莫丰收接受了这个理由，就继续跟他聊天。本来是要去教莫远成识字的，结果变成了和莫丰收唠嗑。直到耿浩说时间不早了，莫丰收这才放行。

耿浩从山上下来，都来不及回村委休息一两个小时，直接到了钟秀家。刘嘉说，不知道她家在哪儿，就问钟秀家的人。耿浩昨天晚上又因为录成绩打印成绩单的事儿，把钟秀留在村委帮了几个小时的忙，晚上又把她送回来。几次到钟秀家，已经有了熟门熟路的意思，到了院子看见钟灵就叫了声"姐"。钟灵一见耿浩就欢喜，以为他是来找钟秀的，直接说钟秀还在忙村上的事儿还没回来。

耿浩连忙说明来意，说想找刘嘉的家，钟灵恍然，立马叫来黄九九带路。黄九九一见耿浩就跟见到了瘟神一样，满眼惶恐地想躲开，而且还有几分抱怨，被钟灵一声吼给震住了，乖乖地带耿浩去刘嘉家。

对于黄九九的表现，耿浩表示理解，丝毫没有介意。昨天晚上，钟秀看见黄九九的成绩脸就沉了下来，当时耿浩就觉得不妙，隐隐替黄九九担心，既心生歉意又很无奈。谁让钟秀是她的小姨呢？谁让耿浩需要村委帮忙的时候，都只能找她小姨呢？

耿浩摸着良心发誓，他昨天晚上看见钟秀脸色不对，还专门说过好话，说黄九九虽然没考到一百分，但是语文八十七，数学九十，已经很不错了。在耿浩心里这成绩真的不错了，他没有故意袒护黄九九。但钟秀一指排名列表，说十二个人里排名第五，后面的有五个还是平时不好好学的，黄九九这个成绩最多算个中下等。耿浩当时就无话可说了。

可想而知，昨晚上，黄九九肯定没能好好睡觉。

从钟家后门一出去就是刘嘉家，还真的是很近。黄九九给他一指方位，转身就满脸郁气地回了家。耿浩疲惫地做了个深呼吸。他是真的没办法保黄九九，钟灵和钟秀对她的要求是真的很高。抬脚深一步浅一步地往刘嘉家走，远远发现黄校长和王大华都到了，他们正跟刘嘉的父亲坐在门口的阴凉地儿聊天，刘嘉则在厨房帮忙做饭。

耿浩一靠近，几个大男人就闻到了一股浓浓的酒味儿。耿浩很是不好意思地挠了挠脑袋，说是中午和莫远成兄弟的老爸喝了点。黄校长和王大华都说应该喝，还说一会儿在酒桌上，耿浩也得再喝点才行，耿浩怎么拒绝都不行。

今天是刘嘉组的场子，在刘嘉的主导下，大家过了一圈儿的酒。刘嘉看起来文文弱弱又内向，却很能喝酒，一圈儿敬下来都不算什么。餐桌上谈天说地，耿浩都只是默默地听着，提到他了，他就答两声。但耿浩发现，刘嘉每每看到他都一皱眉头，带着微醺的酒意，就像林黛玉似的委屈。耿浩想来想去也不知道哪儿招惹了她。直到后面刘父跟黄校长聊天，回忆刘嘉从小到大的事儿，耿浩才大概明白一些。

"嘉嘉从小就聪明又勤快，还是个读书的好料子。可那时候家里穷啊，没能供得起她上高中，要不然，她肯定是咱们村儿里的第二个大学生。"因为当着耿浩的面儿，所以刘父用了不太标准的普通话，红着脸回头看着耿浩，一指道，"跟你一样的大学生哩，没准儿也是名牌儿哩。"

"爸，你醉了。"刘嘉扯了扯刘父的衣服，也焦急地揉了揉刘母，想让刘母劝着点，眼睛不安地落在耿浩身上。

耿浩知道刘父是醉了，沉默着不说话，只是浅浅一笑作附和，拿眼偷偷看刘嘉。原来，刘嘉也是有个大学梦的，难怪从起初见到他第一眼，刘嘉看他的表情就不一样。当时，刘嘉看见带有名牌大学大学生标签的自己，可能是想到了她的大学梦吧。那个怪异的目光，大概也就是这个意思了。

刘父不理会妻女的劝，继续靠着黄校长，打了个酒嗝说："黄校长，你说是不是？"

"是。刘嘉聪明着呢，你生了个好女儿。"黄校长因为年纪大了，没喝多少，要清醒得多，扶着刘父笑得和善。

"好女儿也要成别人家的了。"刘父说着，用手抹了一把脸，把流出来的眼泪鼻涕给一把抹了，耍无赖一样靠在黄校长身上，"再过不久，闺女就出嫁了，我就这么一个闺女，还要嫁到县城里去。"

"爹，你再说，我就不嫁了，留在家里陪你和妈。"刘嘉看他说个没完，有些无奈又有些厌烦地威胁，眼角也早就红了。

刘父一听这话，立马不干，忽地坐起来，侧身就指着刘嘉教育："这婚期都定好了，能说不嫁就不嫁吗？你之前说要把这学期给教完才结婚，都依着你了，现在又闹什么小孩子脾气？"

刘父是真的醉了，说话都不利索了，脾气也暴躁得很。其他人都皱眉看着他，很是心疼刘嘉。任谁都听得出来，刘嘉说的分明就是一句玩笑话，只是为了应付刘父那一句不舍得女儿的话。可刘嘉现在喝了酒，脾气胆子都上来了，见父亲一点就着，还浑不讲理，一时之间，种种委屈顺着酒劲儿疯狂上涌，直直要从她嘴里喷薄而出。刘嘉当即红着脸红着眼，气急败坏地顶了回去。

"我哪里耍小孩子脾气了？你们让我相亲我就相了，你们说那人好让我嫁，我就听你们的，嫁。我一直都听你们的，你现在说我耍小孩子脾气了！"

"哦，现在你说是我们逼你的了？我们不都是为你好？"刘父丝毫不示弱地吵回去。

刘母在他们父女俩中间直拉架："好了好了，别吵了，还有客人在，像什么样子？"

"我也不怕丢人……"刘父是吵上瘾了，任谁拉劝都不行，刘嘉已经哭出了声。黄校长作为长者，又不能干看着，只能帮着劝刘父："嘉嘉只是开个玩笑，是怕你心疼闺女，不舍得。刚刚的话不当真的，你就别跟她吵了。"

刘母那头也劝刘嘉，帮她抹着眼泪说："你爸就是这个德行，一喝酒就乱说话，你别跟他争，有什么好争的？"

耿浩坐在原地，呆若木鸡，哪边都不适合插手。王大华仿佛已经习惯，只是规规矩矩地坐着。

"她那是开玩笑吗？刚刚还说我们逼她嫁人！"刘父挣着非要讨个理儿。

刘嘉也含着眼泪吵回去："怎么不是？我想教书，想读书，不想这么早嫁人……"

"看见没？这个不孝的就是这个意思！"刘父抓到证据就更加得势，指着刘嘉继续说，"你嫁过去，想看书谁能拦着你？你这么大了，不嫁指望着家里养着你？你教书能挣几个钱？"

此话一出，王大华和耿浩不约而同地相视一眼，感觉莫名其妙中了招。黄校长的脸上也露出微妙的纠结。刘母知道他这一番话得罪了一桌子人，赶紧一巴掌拍在刘父的背上，用最大的音量吼着："哎哟！老刘，别说了！喝醉酒瞎说些什么？闺女又没说不嫁，你生个什么气？"

这吼出来的声音也是软趴趴的，毫无震慑力。耿浩算是知道了，刘嘉的脾气是随老妈的，标标准准的农家乖顺女，但骨子里是随老爸的，一旦爆发，吵起来也是真厉害。刘母想着劝和，刘嘉却不配合："谁说我没说？我现在就说，不嫁了，我就不嫁了！"

"你！"

刘父站起身，挥手就要一巴掌拍上去，刘嘉被吓得下意识地往后躲，刘母条件反射地就挡在女儿前面。耿浩和王大华惊得睁大了眼睛。幸好黄校长眼疾手快，生生抓住了刘父的胳膊，还差点一个跟跄摔在地上，嘴里气急败坏道："哎哟，我说小刘，你干什么呢？你们父女俩都消消气儿行不行？"

"你们别拦我，今天我非得把这个不孝女给收拾服了才行！"

"服什么服？你敢打她就先打我！"刘母拦在刘嘉面前，怒视着刘父，刘父当即说不出话来，瞪着刘母又急又恼。刘母趁着这机会，忙说："嘉嘉，你去秀秀那儿待会儿。"见刘嘉只管倔强地哭着，就是不动，环视一圈儿，只能找耿浩："耿老师，帮忙送嘉嘉去秀秀那儿。"

耿浩临危受命，赶紧动了身。这个情况，他们父女俩是越看对方越生气，只会越吵越凶，是应该都冷静一番。耿浩走到刘嘉身边，也不好上手，只能用言语相劝："走吧，让你爸冷静冷静，你也冷静冷静。"

这时候，熟人劝都不好使，只有耿浩这个不熟的外村人还能让人给点薄面。今晚已经闹得够难看的了，耿浩一劝，刘嘉脑子清醒了些，觉得丢人得很，赶紧抹着眼泪跟着耿浩出去了，实在也是不想看见刘父那张可恼的醉脸。

25　刘家嫁女

一出门，外面已经是黄昏，空气也凉了不少，起码比屋里火热的氛围好太多。耿浩暗暗地舒了一口气，瞥见刘嘉的眼睛红得跟兔子似的，沉默了下，想说什么，最终还是没说话。这个时候，越劝越是帮倒忙。

刘嘉却带着哭腔低低地道了一声歉："让你见笑了。"

耿浩道："没有，父女之间偶尔吵吵，也是正常的。"

也就几步路就到了钟秀家，刘嘉带着耿浩直接从后门进去的。从后门进去是一间杂屋，绕过杂屋这才到了前厅。这个时候，钟秀一家正在吃饭，还是只有钟秀姐妹加上一个黄九九。耿浩猜到几分，可能是家里的老人都不在了，但还是疑惑这家的男主人去哪儿了。

他和刘嘉一到前厅，她们就停了筷子，钟秀姐妹瞧见刘嘉泣不成声，赶紧站起身。钟秀几步上前把刘嘉搂住，目光从耿浩身上扫过，想问发生了什么，但嘴里还是问的刘嘉："嘉嘉，怎么了？"

刘嘉不说话，钟灵就悄悄地问耿浩。耿浩顾及刘嘉的情绪，只是说了一句："刘老师和她爸吵架了。"钟秀和钟灵一脸了然，钟秀直接问道："刘叔又喝多了？"刘嘉点头。钟秀跟刘嘉说了几句，给了耿浩一个感谢的眼神，然后带着刘嘉去了房里。不多会儿，里面爆发出一阵哭声。

黄九九看了耿浩一眼，悄悄摸回桌子边儿，重新端起饭碗安静吃饭。这个老师就是来祸害她的，看见一次倒霉一次，她得离远点。

耿浩站在屋里，一时不知道该往哪儿去，也不知道刘父那边怎么样了。父女之间的感情，真的是难以捉摸。前一秒刘父还在猛夸闺女，一脸不舍地要哭出来，闺女也是情意满满，下一秒，两个人就能因为一句话吵得不可开交，形同仇人。

"他们父女俩就是这样。特别是嘉嘉爸，一喝多脾气就不好，暴得很。第二天两人就会像没事儿人一样。父女之间没有隔夜仇的。"钟灵怕耿浩担心，就安慰了一句。刘父醉酒后脾气不好是尽人皆知的。他们父女俩在餐桌上吃着吃着吵起来的场面，大家也都司空见惯了。而且，每回都是以刘嘉让步、躲到她们家来找钟秀为结局。要么有时候说，这酒真不是个好东西。

耿浩表示理解："那就好。我和我爸之前也老这样吵，第二天就好了。都是脾气上来了，冷静冷静就都好了。"

"谁说不是？"钟灵赞同，随口就关心一句，"听说你暑假不回，要去给书子补课？"见耿浩迷茫，就又补充了一句，"就是莫主任的女儿莫远书。"耿浩恍然点头。

钟灵又继续问："那你不回去看看你爸妈？"

耿浩习惯了被问这些问题，已经能云淡风轻地回上一句："他们都不在了。"

"不在……"钟灵刚疑惑反问，脑袋里猛地一灵光，意识到什么，忙跟烫了嘴一样把话收回去，尴然笑道，"这样啊，那暑假你也常来这儿，姐给你做好吃的。"

钟灵真的就像是一个大姐姐，待人亲和热情，但因为她年纪有点大的缘故，耿浩每次和她说话，都有一种被老妈关怀照顾的错觉。听了这话，耿浩也是由衷地开心："嗯嗯，好，那我去看看后面的情况。"

"好，去吧去吧。"钟灵笑着撵他，看他要从正门出去，忙道，"从后门过去吧，快些。"

要么说父女间的感情奇妙，吵的时候能吵成仇人，婚嫁的时候又哭成泪人。刘嘉出嫁那天，刘父还把新郎官好好地威胁了一顿，不过话都不重，谁让对方是县里的有钱人，家里人也是在政府工作的。这是耿浩听参加婚宴的钟秀回来说的，钟秀是刘嘉的伴娘。

刘嘉的婚礼是在县城举行的，用的是中西式。耿浩只在村里面参加了刘嘉的出阁宴。宴席摆在了钟秀家前面的院子，请了全村的人，阵势大得很，听说摆宴席都是男方出的钱。做宴席的是钟灵和几个妇女。钟灵厨艺很好，用村里有点见识的人的话来说，比城里大酒店里的厨师做得都好吃。这一点，耿浩很是赞同。

新郎来接新娘的时候，迎亲队伍是好几辆小轿车，上面结着彩花儿，新郎新娘的头车上面还有个由假花结成的大爱心，十分好看。几辆车往村子里一开，所有人的眼睛都亮了，眼里都是艳羡，直说刘嘉嫁了个好人家。

刘嘉被新郎背出来的时候，身上穿着洁白的婚纱，脸上画着妆，甚是好看喜庆。虽然刘嘉一直表示不怎么想嫁人，但真到了结婚这一刻，也是高兴得红了脸。毕竟，人生只有这么一次穿婚纱的机会。钟秀也穿着一条灰粉色的纱裙，做了发型，脸上的妆容比新娘淡得多，但站在新娘旁边，容貌上丝毫不逊色。新郎也是个俊小伙，戴着副黑边儿的眼镜，看起来斯斯文文的，像是个知识分子。

在众人起哄声中，新郎先把新娘抱进了车子里，替她穿上好容易找到的喜鞋——为这双鞋，他在房间里送出了好几个红包。新人入车，钟秀这个伴娘和新郎带来的伴郎也跟着进了新人车。刘父和刘母坐进了后面的车子里，二老专门买了一身红火的唐装，穿着格外精神，胸前别着标示着身份的红花名牌，笑得比那红花还灿烂。

在鞭炮声中，新人车队缓缓行驶，离开莫村。村里的人还继续热闹着，言语纷纷，都是对新郎新娘的夸赞，对新郎家的艳羡。都说刘嘉嫁了个好人家，刘家有好福气。耿浩却以为，那个新郎才是有好福气的，他能娶到刘嘉这样的媳妇儿。刘家嫁女是这一年莫村最大的喜事儿。今年其他家的喜事，都没刘家办得这么红火。

到了暑假，天气真正炎热起来，烤得人直冒烟，几个星期都下不了一滴雨。耿浩躺在房间里，开窗就是腾腾热气涌进屋子，不开窗吧，屋子里又似蒸笼，开个电扇就像是煽风点火，加速热空气的流转，让人不断感受着新鲜的热气腾腾的空气。

放假后的第二个周，耿浩就开始去莫主任家里给他要上高二的小女儿补习英语，一天补习三个小时，中午饭也被莫主任家包了。给莫远书补习完，他通常还要多待两个小时，给莫远成和莫远胜补课。莫远书真的有学霸的潜质，学什么都很认真。

莫主任是钟秀和钟灵的亲舅舅，也是莫远成和莫远胜的表伯。耿浩正巧一直在这三家打转，时间久了，发现他们中间有这么个攀比现象。

钟灵一直拿几个孩子和黄九九比，一再告诉黄九九，莫远书现在是县重点高中"火箭班"的学生，黄九九也一定要达到这种程度，又说她亲小姨钟秀是村里第一个考上大学的，给家里挣了面子，她更不能落下，最后还用"与世无争"的莫远成兄弟俩跟她作对比，说莫远书和钟秀的目标还远，她现在起码要超过同龄人里的莫远成兄弟俩。

莫主任也一直跟莫远书说，他们莫家出了一个大学生钟秀，莫远书这个做表妹的更不能落下，一定要考个名牌大学，像耿老师的大学一样的名牌大学，给家里挣面子。

莫远成和莫远胜作为他们两家的表亲，本来是不用参与这种攀比的，更何况，他们在外打工的父亲都没有这个攀比心思，只想努力挣钱，让他们两兄弟能有个学上就不错了。结果，莫名其妙地被拉进攀比阵营里。

他们之间的暗暗较劲，明里的表现就是苦了黄九九和莫远书这两个孩子。黄九九年纪小，被这种压力逼得越来越厌学，维持个中等成绩她已经付出了最大的努力。莫远书这个人随老爸，胜负欲强，所以自己也很努力，就是为了超过钟秀这个表姐，向耿浩看齐。

不要问耿浩怎么知道莫主任胜负欲强的，因为耿浩有回无意间知道了莫主任一心想让他留下来的真正原因。隔壁村去了个支教大学生，是个专科生，毕业后留在了那里，把隔壁村的教育提了上来。莫主任作为莫村的村主任，不允许自己的村子落后，硬是去县里争来了个支教大学生的名额，把耿浩这个名牌大学的大学生弄来了。然后就挨村儿地炫耀，还把耿浩的事迹往外传，说自己村里来了个名牌大学的支教大学生，可认真负责，他们村儿的教育就要上来了。现在，莫主任剩下的任务，就是把耿浩给留下来。

耿浩知道这个原因，也是因为有回隔壁村来了几个人，看见耿浩就是一句"原来这就是莫村的优秀支教老师啊"。耿浩疑惑之间，拐弯抹角问出来了缘由。

至于莫村小学的事儿，耿浩也从莫主任嘴里知道了。因为莫村小学是村里人合资私办的，村里人看见老师不断流失，教育情况也不好，觉得浪费了大伙儿的钱，就要求把学校关了，村里想送孩子上学的，就送到镇上的公立学校去。现在耿浩来了，大伙儿才决定再看看情况，毕竟镇上的学校太远，村里学校有个差不多，能将就的也就将就了。

26　免费补习班

一听要关学校，莫主任的胜负欲立马升腾起来了，第一个不同意，原因就是，隔壁村儿都有学校，莫村没有，太丢人！

各种比比比，使耿浩成了风暴的中心，似乎所有人都在看着他，他的去留决定着一个学校的命运。这有些道德绑架的意思，耿浩只能先当自己不知道，好好地把这半年的课上好。学校的事儿他能避，但另一件事儿他避不开，这就是莫家内部的攀比。

钟灵看耿浩给莫远书补习，还给莫远成和莫远胜免费教学，当即掺和进来，挑了个时间让耿浩去家里吃饭，提说要耿浩也给黄九九补习功课。黄九九听到老妈这个提议，看耿浩的眼神更加厌恶了。耿浩一个脑袋两个大，钟灵就各种游说。

"耿老师，你看看，你这一个补也是补，两个补也是补，都补了三个了，也不差咱们九九这一个不是？"

钟灵说着就给耿浩夹了个鸡腿儿。这是光明正大的贿赂啊！耿浩干笑两声，看向黄九九，当即受了个白眼。还好钟灵没看见，不然钟灵非给黄九九一巴掌不可，让她知道什么叫礼貌。

"姐，九九的成绩挺好的，暑假也是要休息的时候，让她缓缓也好。压力太大，会越学越疲的。"

耿浩认真地劝钟灵，企图给黄九九减少点压力。不过这话听在钟灵耳朵里就不是什么好话了，都开始怀疑耿浩是不是对她们家有意见了。怎么教了那仨，就是不愿意教黄九九？但一想，耿浩不像是这样的人。不是耿浩的错，那肯定就是黄九九的问题了：是不是她闺女在学校不听话，得罪了耿老师？

"耿老师，不都说这学习不能停吗？我们秀秀之前可是暑假寒假都没休息过，好不容易才考上大学的。这丫头本来就不如秀秀，再不努力，那不是连大学都考不上了？会不会连重点高中都考不上？"钟灵越说越严重，到最后直接惊恐地问耿浩，"不会连初中都上不了了吧？"

黄九九听自己的老妈说完，整个人都傻眼了，眉头一皱，连饭都吃不下去了。

耿浩也被钟灵的话弄得哭笑不得，一脸认真地安慰："姐，你想多了，九九这情况，以后肯定能上大学的。有时候不能逼得太紧，九九如果现在感觉压力太大，也是学不进去的。"

"不都说有压力才有动力？"钟灵猛地一扭头，黄九九的筷子都要吓掉了，只见钟灵表情严肃地质问黄九九，"九九，能不能学？学得进去不？"

黄九九咽了咽口水，颤颤巍巍点头："能……"

耿浩扶额，看着碗里的鸡腿儿，愣是不敢下筷子，这一动就要答应的。但是，这个事儿好像不是不动鸡腿儿就能解决的。

"耿老师，你是不是不愿意教我们九九啊？"钟灵脸一板，很是严肃地凝视着耿浩。

耿浩连忙摇了摇头:"没,没有,只是我在想什么时候能帮九九补习,而且,我要给她补习什么?"

"你就也带她一块儿识字,你怎么教远成、远胜的,就怎么教九九。"钟灵笑得粲然,又是一脸质朴,友善得很,"九九现在也不会查字典呢,也可以从查字典开始教。"

耿浩眼眸沉了沉,有些无力。莫远成和莫远胜那边,查字典的方法其实教得差不多了,莫远成学得快,莫远胜学得慢,耿浩只是想最后再帮他们一下,等他们完全学会,他就结束教学了。

"好,那我也教会九九查字典吧。其实二年级也会仔细学的,不过……提前学学也可以。"耿浩只能退一步。但这话一出口,耿浩就有一种不好的预感。

"就说耿老师是个好老师,九九,以后你也每天去舅爷家,好好听耿老师的话,知道吗?"

黄九九蔫耷耷地答应了。

虽然是暑假,但是耿浩还是坚持每天早上7点起床,一是因为热得睡不着,二是因为黄姐每天早上还是7点半给他做好早饭。这天他刚一起床,出门洗漱时发现村委大厅的门是开着的,很是疑惑。村委是正常上班的,今天谁会这么早?

脑袋往里面一探,就看见了柜台后面坐着的钟秀。这个结果好像在意料之外又像在意料之中。能这么早来村委的,主任和支书都不可能,来村委坐班的就那么几个人,最有可能的只有钟秀了。自从前两周村支书换了届之后,钟秀就按时上下班,耿浩很少遇见钟秀,因为他每天都是早上出门,下午回来就在房间里待着。

说起来,这次换届,支书并没有换,黄支书凭借一票的优势,赢了另一位长者,继续担任村支书一职。对此,钟秀好像不是很高兴。不过,耿浩听说支书要带领村子致富,搞了新动作,带领大家集体养猪。说是今年从5月份开始猪肉在大幅度涨价,他们要抓住这个机遇。看样子,村子是要富了。

钟秀抬眼看见站在门口迷迷瞪瞪的耿浩,立马温和一笑,打了个招呼:"早啊。"耿浩穿着背心大裤衩子,头发乱糟糟的,怀里抱着洋瓷盆,里面放着洗漱用具。他现在的生活状态已经和他们村完美地融为一体了,不过看起来还是帅的。

耿浩点了点头:"早。"打完招呼,耿浩也没问她为什么来这么早,就去厨房侧边的水池洗漱了。

揉了揉眼睛,他把洋瓷盆放在水龙头底下,拧开水龙头,打了个哈欠等着。可一个哈欠打完,他都没听见水声,低头一看,水龙头里没出来一滴水。耿浩惊得说不出话来,以为自己没睡醒,没拧水龙头,但仔细一看,水龙头就是开着的状态。耿浩的眼睛眯了眯,来回又拧了一遍,确定是停水了,这才认命地把水龙头重新关上。这天什么时候才下雨啊?水都被晒干了。

黄姐正好拎着半桶水从坡下面喘着气儿上来,耿浩看见,赶紧上前接过来,帮她往厨房里送。黄姐看到他才睡醒还没拾掇的样子,笑道:"没水洗脸了吧?"

耿浩应声:"嗯,停水了。"昨天晚上他还接水擦澡来着,这水怎么说停就停了?

"这水一停,连做饭用的水都没了,只能去河里提水。你一会儿也去河里洗脸吧。"黄姐说着,就问耿浩,"对了,耿老师,听说,你现在开了个补习班?"

耿浩偏头,一头雾水。

"我之前跟你提过的,我大哥家有个闺女,叫李燕,下半年上四年级,特喜欢英语的那个。还记得不?"黄姐笑着问耿浩,一脸的另有所图。

耿浩老实点头:"嗯嗯,之前在学校也见过。"李燕有点胖胖的,一头长发垂到了大腿根儿,小眼睛小鼻子的,面相是有点凶的那种。耿浩见过一次,就再也忘不了了。

"你看,能不能把我们的燕子也给收了,一块儿帮她补了?你现在不是在给莫主任家的远书补英语吗?两只羊一块儿就给赶了。"黄姐说得特别随意,好像这是一件很轻松的事儿。

耿浩缓了半晌,明白大概是他要教黄九九的事儿流传出去了。他昨天答应的时候就有不好的预感,今天不好的事儿就来了。这给人家补习能跟赶羊似的吗?一赶赶一群?这补习效果最好的就是一对一,人家莫主任是给了补习费的,虽然不高,但也是按他一个月的工资给的。这么一说,补习费确实是挺低的。但重点是,拿了人家的钱,肯定是要好好地干的。但是,黄姐这意思,是没打算给他补习费的。

"黄姐,我没开补习班啊!您听谁说的?现在只有莫主任让我当莫远书的英语补习老师呢。"耿浩满脸诚恳地说。现在他的时间安排,不太允许他再收一个学生。

期末考试结束后,领成绩单的那天,黄校长给所有的学生发了暑假作业,一本语文一本数学,也给耿浩发了暑假作业,一套崭新的英语书。那是黄校长跑到县里,去书店仓库里买来的一套英语教材,三年级英语上下两册以及四年级英语上下两册,让耿浩暑假做教学计划和教案用的。本来黄校长说只买一本三年级英语上册,但耿浩要求三四年级的都买,黄校长不知道他要干什么,但还是帮他买了。

耿浩是有打算的。莫村小学的高年级就只有三四年级,他把三四年级的英语教学大纲和计划什么的都做出来,之后就算他走了,后面来的英语老师如果不知道怎么教学,也可以按照他的大纲来。但或许,新来的英语老师很厉害,有自己的教学方案,那他做的就是多余的。但现在做上一份,也是他的一番心意不是。所以,他的暑假任务还是蛮重的。

但黄姐不知道情况,黄姐只知道现在村里人都说耿浩开了个免费补习班。现在耿浩有拒绝的意思,她当即以为自己跟耿浩不亲,莫家那些人给了耿浩好处,所以耿浩只收那几家的几个孩子。黄姐心头立马不悦,这么些日子,每天好吃好喝地供着耿浩,都跟养了白眼狼一样,立马翻了个白眼,语气也是酸酸的。

"耿老师就别骗黄姐我了,我可是听说了,你开了个补习班,昨天还说也要给黄九九补习呢。"

27　干到干死

正当此时,钟秀从村委大厅里走了出来,站在门口,把黄姐的话听了个十成十。黄姐瞥了钟秀一眼,没什么好气,就要往厨房走。心想这个耿老师肯定是被钟秀给勾搭了,所以才这么帮莫家。听人说,耿浩大晚上送钟秀回去好几次呢,两个人孤男寡女的大晚上在村委里也不知道在干什么。

耿浩见钟秀表情阴沉地走出来,要解释的话暂时咽了回去。钟秀听到黄姐的话,扯出一个温和的笑来,脸上看不出半点不高兴。

"黄姐,你听谁说的耿老师要给我们九九补习啊?我都不知道。"

黄姐停下,大老远对着钟秀道:"你大姐自己说的,村里人都晓得了。"

耿浩沉了沉气,拧眉想着这事儿该怎么解决,也递给钟秀一个眼神儿,让她不用管。昨天他答应钟灵的时候,钟秀还在村委待着,根本没回去,看来也是不知道这事儿。钟秀没理会耿浩。

"大姐那是瞎说的,耿老师可没答应,是不是,耿老师?"钟秀直接把问题甩给耿浩。黄姐质疑地看向耿浩。耿浩一时不知道怎么回答,但钟秀给他的眼神肯定,他犹豫片刻,只能先顺着钟秀的话点头:"啊,是。我开补习班的事儿,可能也是个误会。"

"这样啊。"黄姐的神情一下缓和了许多,又笑起来,"那远成和远胜你不也教着呢吗?要不,再多带我们李燕一个?"

"黄姐,远成和远胜,我只是教他们学查字典,现在也基本上学会了,后面我就不再教了。因为已经答应莫主任那边了,所以就只帮莫远书补习英语了。而且,下个学期开学要开英语课,我这个暑假得把课都准备好,实在没精力再帮一个学生补习了。咱们村儿的孩子都认真,只要平时在学校好好学,假期不用专门请老师补习,可以自己在家里看看书,认真把暑假作业写完,这些有家长监督就可以了。家长没时间,培养他们独立学习的能力也是可以的。"

耿浩说了一连串,把道理都讲尽了。黄姐听着不全懂,反正知道大概意思就是说,黄九九、莫远成和莫远胜那几个孩子耿浩没再帮忙补习了,唯一一个在补习的莫远书,还是莫主任给了钱的,现在耿老师忙,也没时间再帮别的学生补习。这话,让人说不出一点偏心,黄姐只能作罢,面子上还得过得去。

"耿老师不愧是大学生,说话就是有理。我回去就跟大哥说,让他们自己看着燕子,让她假期自己学习,培养那个什么独立学习的能力。"

耿浩笑着附和:"是。"

"行了,黄姐都知道了。黄姐这就去给你做饭去,你赶紧去河边洗洗吧。秀秀,你一会儿也要一块儿吃吧?"黄姐变脸真的比翻书还快,刚刚还不待见钟秀,这会儿一下子又笑眯眯的。

钟秀也没计较,仍旧笑着:"正好没吃,麻烦黄姐了。"

"不麻烦,顺便的事儿。你们忙啊。"

黄姐说着就进了厨房。耿浩帮她把水提到厨房才出来，出来后直奔村委大厅。钟秀正坐在大厅的柜子后面，用白纸折着纸鹤星星什么的，很是悠闲。

耿浩问："你来这么早就是折纸鹤、折星星的？"

钟秀朝他一笑："这没到上班时间，干什么都行。"

耿浩心说，到了上班的时候，你没事儿还不是各种闲玩？这些话，他也就在脑子里想想，表面上还是很诚恳："刚刚谢谢你解围……"

话说一半，钟秀朝他嘘了一声，指了指左边的墙壁，像是在示意隔墙有耳。耿浩哭笑不得，这搞得跟地下接头似的。钟秀抿唇笑了笑，轻声说："昨天大姐给你添麻烦了，我不知道大姐给你提了那么无理的要求。我已经跟大姐说过了，你不用帮九九补习。"

"这……"耿浩感激地看向钟秀，她居然这么明事理。那她今天来这么早就是为了说这件事？刚刚的场面是她碰巧遇上的还是早有预料？

"我们这儿的人就这样，你也别介意。以后大姐再不会跟你说些奇怪的话。"钟秀继续给耿浩吃定心丸，"再说了，我也是个大学生，九九学习上有问题，不找我这个能免费补习的亲小姨，来找你这个要收费的补习老师，真不知道她怎么想的。"

耿浩被她最后这句话逗乐，心里也舒坦了不少："还是要跟你说声谢谢，又麻烦你帮我处理问题了。"

"这是我大姐引起的，应该的。你不是还没洗脸？赶紧去吧。"钟秀催促着，忽然目露狡黠，"虽然现在不是晚上，但你也要小心金兰河里的金兰。"

耿浩道："不得不说，你编故事的能力真好，一点也不像是学金融会计的。"

耿浩后来也问过了，那条河确实是叫金兰河，为什么叫金兰河？传说是因为当初建莫村的人是一对结拜兄弟，一个姓莫，一个姓黄。为了纪念他们，这条河就叫金兰河。明明是个友谊深厚的故事，到了钟秀嘴里，硬生生成了个恐怖故事。

"我从小语文就学得好。"钟秀毫不知羞地自我夸赞，脸上依旧是那般温温和和。耿浩能知道这个故事是她编的，那肯定就是自己去打听了的，他能去打听也一定是相信并且被吓到了！这么一推理，钟秀笑意更浓了。真是个老实的！

"别在这儿陷害语文科目了。"可能是因为多次和钟秀交流，熟悉了许多，耿浩跟她再聊天时也少了些拘束，忍不住回了一句打趣儿的话，转身就走了。

金兰河的传说，钟秀是骗了耿浩，但是另一句话没骗他，那就是，莫村一到七八月份就会很惨，是真的惨。

那天停水后，耿浩以为第二天就会来水，结果并没有。他不得不下河提水回房间擦澡。有些大老爷们儿直接就带着自己的小崽子在河里洗起来了。耿浩本来也想加入他们，但想着自己才来这个村没多久，还是收敛些比较好。

第三天依旧没有水。耿浩就开始盼下雨，谁知一连五六天都没下雨，耿浩彻底告别了自来水。因着高温，河里的水位都降低了不少，田里的土也干了，菜也蔫儿了，再晒下去就要毁了。莫村上下都着急得很。如果可以，他们都想搞祭祀活动，祈求雨神到来。

这天，村里人突然激动起来，因为上面的那个村下雨了！想着阴云就要下来，大家都等着一场大雨好好凉爽凉爽。耿浩也很高兴，他快被晒晕了，每天脑袋都不清醒。他的状态比田里蔫耷耷的菜好不了多少，整天只想平躺在床上——村委体谅他，给他弄了一床凉席。可是补习加备课，让他根本不能进入夏眠，更别说瘫在床上了。

谁知，直到上面那个村儿的雨下完了，莫村也没迎来一滴雨，连一片乌云都没有迎来。抬头望天，晴空万里，太阳肆意地炙烤着莫村这片土地，土地上是一片哀怨之声。又过了两天，村里人又是一阵激动，因为下面的那个村子也下雨了！耿浩这回也更加期待：上面下雨了，下面下雨了，中间这块儿，也该下一场大雨了吧？

天上的太阳笑着他们的天真。下面那个村子的雨下完了，莫村还是没有半滴雨。耿浩躲在屋子里，根本不想再出门，一出去就有见光死的可能。不是说全世界都用一个太阳一个月亮吗？为什么莫村七八月的太阳要比其他地方的毒？上面的村子下过雨了，下面的村子下过雨了，他们莫村就是不见半滴雨，这到底是什么意思？莫村是被诅咒了？

耿浩满头问号的时候，明显黑了一两个度的钟秀意味深长地告诉他："要习惯，莫村每年都这样。"

耿浩都不想叹气，因为呼出的气也是热的，况且看着钟秀，他也没有叹气的资格。他每天只有从莫主任家回村委的时候遭受十几分钟的太阳毒烤，钟秀却要经常跟着主任和支书在村子里上下跑。钟秀已经换了发型，每天把头发扎起来，绑成一个丸子，看起来更加精神了，但她也能全方位享受日光浴了。

正当耿浩不再对下雨抱有希望的时候，有天夜里，突然先是闪电，接着响起了巨雷，然后狂风大作。他开着的窗户被风吹得磕来碰去，连连发出巨响。耿浩从梦中惊醒，知道大雨要来了，激动得赶紧锁上了窗户，等着大雨倾盆而至。

果不其然，过了不久，外面哗哗啦啦地响起来，雨大得就跟天上破了个大洞，天河水泄下来了似的。耿浩坐在床边，听了会儿雨声，感觉屋里的温度都降了不少，长长地舒了一口气，把这连日来的热气儿和烦躁全吐了出去，倒头躺在了床上，伴着雷雨声，很快睡了过去。这是他这一个月来，睡得最好的一个晚上。

大雨一直下到第二天早上，白天的雨势比夜里小了些，但降水量依然挺大。耿浩一打开门，一股湿热扑面而来，全身快要干涸的皮肤都像是被滋润了，耿浩感觉舒服多了。正当他舒畅地站在门口看雨的时候，手机突然响了。耿浩打开一看，是黄校长家里的座机，就连忙接了。

28　大雨来了

"喂，黄校长。"电话里都是雨声，听声音就知道这雨下得有多足。因为雨声有些大，耿浩不得不提高音量，免得声音被盖过去。

"耿老师啊，你起来了吗？"黄校长那边的声音有些急。

"起来了。"

"那就好。耿老师，有件事儿要拜托你一下啊，这雨下得太大了，学校的房子肯定在漏水了，你去看看情况，把该收的文件啊书啊什么的都先收进柜子里，免得淋湿了。"

"哦，好，我马上去。"

"嗯，辛苦。我刚也给王老师打了电话，他马上也过去帮你。"

"好好好，我马上过去。"

耿浩应着，挂了电话，转身进屋找到学校的房屋钥匙，往兜里一塞。正准备开窗给屋子里换换气儿，想到外面的雨会飘得屋里到处都是就忍住了，拿起伞立马出了门。出门的时候，手机又响了，是黄姐家的座机。

"耿老师啊,这雨下得太大了,我今早过不去。厨房里还有昨天剩的馒头,你将就一下,先吃着,我中午再过去。"黄姐很是不好意思地说明情况。

耿浩看了看这雨也确实大,而且村委还在坡上,上下都不方便,就赶紧应了:"哎,好,我一会儿自己弄着吃就行。"

挂了电话,耿浩把伞打开,穿着拖鞋就下了台阶,一脚踩在泥水地里,鞋子没了进去,脚都触到了土地的柔软。耿浩拔了拔脚,好容易才把鞋子拔出来,索性把鞋子扔回房檐下面,打着赤脚就去了学校,溅了一腿的泥浆子。

在这样的雨天,打伞也没什么用,冰冷的雨直接往你脸上拍,身前身后湿得透透的。耿浩艰难地到了学校的屋檐下,把伞往地上一搁,整个人跟个落汤鸡似的。得了,也不用特意去洗澡了。耿浩把垂到眼前一直滴水的头发往后一撩,抹去脸上的雨水,掏出钥匙先打开了办公室的门。

耿浩想,钟秀也是会说实诚话的,七八月份的莫村是真的惨,很惨。要么干死,要么涝死。这样的雨要是下上几天,河里保准儿又要涨大水,泥石流灾害说不定又要来了。

办公室门一打开,耿浩再次把头发往后撩,抹了把脸上的水。什么叫外面下大雨,里面下小雨,就是他现在看到的情况。而且漏水都是一排排的,就像一道道水帘,把房子给隔了好几块儿。

耿浩扫视了一下办公室,想起发完暑假作业后,黄校长让他们做的事儿。他和王大华把办公室里的所有文件收到柜子里,把桌子垒了起来,把所有的柜子和桌子挪到一块儿区域,然后用一大张塑料布给盖着。当时耿浩问为什么,王大华说是为了防雨。他当时还不懂什么意思,现在他是懂了。

黄校长刚刚给他打电话,大概记忆模糊了,不确定是不是真的把东西都收拾好了,这才让他来看看。不过,眼前的情况,大概比黄校长预估的还要糟,因为他们放桌子、柜子的地方也在漏雨,目前看是比其他地方好些,但雨再下一会儿就不确定了。

"哎哟,这雨也太大了!"

王大华叫着就缩进了办公室,这是耿浩见王大华动作最快最利索的一回。王大华跟他一样,浑身水淋淋的,就跟刚从河里捞出来似的。

"这漏水漏得又严重了啊。"王大华抹着头发和脸上的水珠,止不住地感叹着,

"还好还能撑着。其他的房子你看了吗？"

耿浩摇摇头："还没呢。"

"走，去看看。"

王大华招呼着，跟耿浩一块儿检查其他几间屋子。情况都还好。

"这年年暑假，天气怪得很。这房子再折腾几回怕是要撑不住了。"王大华说着，一拍耿浩，乐了，"几个星期不见，黑了不少啊。"

"彼此彼此。"耿浩看王大华比他还要黑几度，笑着就回了过去。

"行，没什么事儿，咱们就回吧。"王大华说着，一拍耿浩的肩膀，自己先打着伞溜了出去，淌着泥水淋着大雨就往坡上面的家里跑。

真的是来去匆匆。王大华都这么说了，耿浩也就放心了，最后看了一眼屋子里滴滴答答的小雨，重新锁上门，打着伞回了村委。

耿浩再一次经过大雨的洗礼回到村委，溜进屋里就拿毛巾把身上擦干，先查了查一直被雨水浸泡着的手机，确认没有什么问题才安心。重新换了一身干爽的衣服，就去厨房准备早饭。

突发大雨，耿浩能听见大家的欢呼声，也能听见大家的发愁声。下雨了就不怕干旱了，但是雨太大也出不了门，什么都干不了。8点的时候，耿浩又接到一通电话，是莫主任打来的。耿浩已经做好了在学校村委两边跑当检查员的心理准备，利索接了电话。这是他接电话最频繁的一天了。

"喂，耿老师啊，你吃早饭了没有？"

这个开场不太一样，也听不出来莫主任是否着急，耿浩疑惑地说："吃了。"

"吃了就好。今天雨下得这么大，你就在家里歇着吧，别过来了。这坡上坡下的挺危险的。"

"没关系，我等下就能过去。"

"不用了，今天正好我陪闺女玩一天，让远书也放个假。"

莫主任都这么说了，耿浩也没理由坚持，就答应了，说了两句客套话就挂了。莫主任今天不是要当值吗？原来下大雨，村委也是要放假的啊！

一直到了9点的时候，村委还没有人来，连村医务室的人都没来。快10点时，雨小了一些，医务室的医生来开门了。耿浩的门正好开着，正在看英语书，医生看见他就跟他打了个招呼。

"今天的雨可真大啊！"

耿浩也说了一句："是啊，现在终于小了。"

"这只是暂时的，等过一会儿又要下大咯。"医生说着就进了屋子。

下过雨后果然凉爽多了，耿浩看起英语书来也惬意多了。当耿浩以为村委不会再来人的时候，大厅传来开门声。他听见响动，下意识地扭头看过去，一下就看见了钟秀。钟秀穿着五分裤，浑身也都是湿漉漉的，膝盖破了一大块，让人触目惊心。

"早啊，一大早就在学习英语呢？"钟秀跟他寒暄了一句。

耿浩道："今天下雨不用去莫主任家，就只能看看英语书了。你的腿怎么了？"

"刚刚摔着了，这个坡一下雨就打滑，没注意。"钟秀说着，就瘸着腿往医务室里走，"大夫，有碘伏和棉签吗？"

"有，怎么了？哎哟，你怎么摔成这样了？快坐快坐，我去给你拿东西。"

医务室里传出医生的惊呼。耿浩走到床边，抽出一条白色的新毛巾，也去了医务室。一进去，看见钟秀正坐在医务室的小板凳上，伸着受伤的长腿。医生正拿着碘伏和棉签出来。

"给，擦擦身上的水，免得感冒了。"耿浩把毛巾递给钟秀，末了还加了一句，"新的。"

"谢谢。"钟秀感激接过，然后搭在了腿上，伸手就要接过医生手里的医疗用品。医生让她赶紧擦身上的水。钟秀谢了声，拿起毛巾擦了擦脸和脖子，又擦了擦胳膊，然后解开头上的头绳，用毛巾揉搓着湿漉漉的头发。

"你这走路也太不小心了。下雨天，走路要小心。"医生边给钟秀擦着药，边念叨，"这村里的路啊，什么时候才能修一下？这坡上坡下的，一般人还真不敢随便走，一不小心就能滑一跤。"

"等这回养猪赚了钱，村子里富起来，就有钱修路了。"钟秀乐观地说道，"到时候，咱们村子都得把路给硬化了，修水泥台阶。"

"哈哈，说的是，等着呢。"医生笑了两声，起身，"你把腿晾一会儿。你这摔了膝盖，面积还有些大，平时少走动，要不然不好愈合。"

"我这哪儿能少走动。"

"让你舅给你放两天假，好好休息休息。这都工伤了，还来坐班，太辛苦了。

亲外甥女也不是这么使的。"

钟秀笑了笑:"说的是,我等会儿就跟他请假。"钟秀扭头看耿浩还站着,道:"我这儿没什么事儿,你先去忙你的吧。"

耿浩发觉自己站在这里好像是有些多余,点了点头:"那你坐着休息,有事儿可以叫我。"

"嗯,好。"

大雨让人难出门,但要是人生了病,再大的雨也得出门。今天的医务室似乎比平时热闹,雨小的时候来了好几个病人,都是感冒发烧的。耿浩敞着门,一些熟人不断地打招呼,他也只能一一笑着回应。下午的时候,来了位紧急的病人,还没进医务室就大喊。

"大夫啊,李大夫,快看看我儿子怎么了!"

耿浩再次被打断,向门外看去。心想,发生了什么事,这么火急火燎的?这一看,耿浩心里就一咯噔。原来是有个中年男人抱着莫南过来了,都来不及打伞。莫南疼得吱哇乱叫,莫北也跟在后面。耿浩猜这男人应该是莫南的父亲,就放下书本,也去了医务室。

"好好,不急,先把他放在床上,我看看。哪儿疼啊?"

"肚子,他说肚子疼。刚刚还在家里上吐下泻,这是怎么了?大夫,你快给看看。"

"好,不急不急,让我看看,我看看。"

29　轻微食物中毒

耿浩掀开帘子,小医务室里有点拥挤,他只能站在门口看情况。医生正在检查莫南的肚子。莫南的哭叫声充斥着整个医务室,可见是疼得不轻。耿浩的眉头也皱了起来,跟着紧张。

"这儿疼不疼?"

"不疼。"

"这儿呢?"

"疼!"

"这儿呢?"

············

医生仔细检查了一番,又问了莫南都有哪些症状。刚检查完,莫南就着急说他又要拉肚子,莫父赶紧把莫南抱起来,送到村委后面的一个小茅厕,让他先解决。医生摇头叹了声,直接进里间放药品的地方配药了。耿浩左右看了看,跟进里间。

"大夫,莫南是得了什么病啊?"

外间的莫北听见是问弟弟的病情,也赶紧进了里间。耿浩偏头看了她一眼,给她让了个位置。莫北和莫南一样,都瘦得很,不过莫北的身高在同龄人里算高的。她的手臂上腿上到处是大大小小的伤疤,那伤口一看就是磕的碰的。明明是个女孩子,看起来比莫南这个弟弟还皮。

医生正在给莫南配药,道:"没什么大病,就是轻微的食物中毒,打个点滴就好了。"

"中毒?"莫北听到这个词就感觉很可怕,赶紧又问医生,"他咋中毒的?"

"吃东西吃坏了,你们以后少吃一些零食,那些都是垃圾食品。"医生说着就叮嘱莫北一句,"以后回去,让你爸妈多给你们做做饭,放坏的饭菜就别吃了,听到没?"

医生一脸的恨铁不成钢。耿浩也算是明白了,肯定是莫北莫南的爸妈忙着麻将馆的生意,根本没时间管他们姐弟俩。耿浩也常看见他们姐弟俩出入坡下面的那家村里唯一的小卖铺,每回他们手里都是满满的零食,抱都抱不下。耿浩要是没事儿在坡上面坐上一天,能看见他们姐弟俩往里面跑五六趟。

面对医生的忠告,莫北一脸的不相信:"那别人吃零食咋没吃中毒?肯定是莫南自己吃了什么乱七八糟的东西。"

"你这丫头,那你说说,你为什么隔三岔五地说肚子疼来我这儿?"医生也跟她杠上了,要不是手里正在配药,能气得一巴掌打到她的脑袋上,"你那不也是因为吃零食吃坏了胃?"

莫北回想起自己每次胃难受时的惨痛情况,沉默了会儿,又想了下,做了个鬼脸,表情很是不屑,一扭身子就说:"瞎说。"

"嘿，说我瞎说，你问问你们老师，我是不是瞎说的？"医生把耿浩也拖下水，非要给这个小丫头片子讲清楚道理不可。

耿浩不太喜欢莫北这个女生，虽然没带过她的课，但是见过她和别人打交道，也跟她说过几次话。莫北这个女生一看就是缺少教养的，面对他人的时候，言行举止都很不礼貌，从来不正眼看人，哪怕是对长辈，而且还爱欺负同龄人。在学校的时候，她经常把女生欺负哭，男生也被她欺负哭过。这些事儿都是刘嘉去处理的，他也是听刘嘉回来埋怨才知道的。

但毕竟是小孩子，秉着自己的教师职业道德，不放弃每一个学生，坚信每个学生都有变好的时候，因此，就要耐心引导。耿浩是这样说服自己的，不用这些冠冕堂皇的大话，他无法让自己去掉有色眼镜面对莫北。

"对，医生说得对。这垃圾食品本来就对身体不好，要少吃才行。你不是因为吃零食老犯胃疼吗？你弟弟现在还食物中毒了，以后更应该注意饮食。"耿浩很是严肃地给了莫北一个忠告。

莫北看了他一眼，撇了撇嘴："你又不带我，不是我的老师！你们就是骗我的！"

耿浩的眉头瞬间皱到一块儿，心底有把火腾腾地往上冲。这是个什么女娃娃？她想事儿怎么那么不一样？

"耿老师，别生气，这个莫北就这样欠揍。"脾气好的医生也忍不住臭了脸，还很是贴心地安慰了一下耿浩。耿浩做了个深呼吸，告诉自己不要生气。

"大夫，大夫，怎么办？"外间响起莫父的声音，下一刻，莫父就撩开帘子闯了进来，满脸的焦急："我儿子又拉虚脱了，说话都说不动了。"

医生现在看见莫父就没好气。拉肚子拉虚脱？说话说不动了？怪谁？还不是怪你们这当爹妈的不好好养，成天也不知道在干些什么！

"他就是轻微的食物中毒，没什么大事儿，打几瓶点滴就好了。"医生已经把药都准备好，把药瓶子和一些扎针用的工具放在铁盘里，端着就往外走。里间比外间还小，本来站三个人都够呛，现在挤了一屋子人，医生根本出不去，当即脸一板。

莫父被他的话吓得连声再问，声如轰雷："咋回事儿？怎么就中毒了？"

"是食物中毒，就是吃坏东西了。怎么中毒的，你得问问你儿子吃了什么！"医生强忍着没提高声音，见他还堵着不走，出声催着莫父，"别挡着了，赶紧让我出去给他扎针,让他少拉几回。"

"哦哦,好。"

莫父答应着就往外退,给医生让出路来。耿浩跟在医生后面也往外走,目光一直落在莫父身上。看着是个正值壮年的中年男人,头发茂密,身材适中,可老是弯着腰背,透着一股子尿样,一张脸皮满是油腻味儿。真不知道他和他媳妇儿是怎么当爹妈的,教出这么一对儿子女。

莫父搓着一双手,急得不行,还在问:"他吃什么了,能吃到中毒?莫北,你知不知道你弟吃什么了?"

莫北在旁边想了想,很是无所谓地说:"没吃什么啊,跟我吃的一样,就是吃了根火腿肠,吃了桶方便面,还有几袋儿辣条,我都没事儿。"

说着,莫北还张开了手臂,很是神气地展示自己的健康,以此来反驳刚刚医生和耿浩说的话。还说莫南是吃零食吃得食物中毒?她都没事儿,骗鬼呢!不要以为她才九岁就好骗。她之前胃疼全是饿的,没吃饱。要是当时再多吃几碗方便面,肯定不会有事儿。

医生和耿浩相视一眼,感觉这样的娃是真的没救了,他们就当什么都没听见。谁知莫父守在儿子床前,听见莫北的话后,露出一脸的茫然。

"医生,他们吃的也没啥问题,莫南咋就这样了?"

听到这个问题,任谁都是一肚子的火,医生像看个棒槌一样看向莫父。吃成这样叫没什么问题,那得吃了什么才叫有问题?

耿浩有些庆幸,还好医生是从县城医院下来的,平时也听不懂莫村话,所有的病人跟他交流都得用蹩脚的普通话。要不然,耿浩还不知道世界上还有这么奇葩的父母存在,简直奇葩到让人无话可说。

"莫丰江,你娃天天都在吃零食,不好好吃饭,吃坏了肚子,搞得中了毒,这就是问题啊!"房间里正在打点滴的村民都看不下去了,帮着莫父认识错误。

莫父露出了和他女儿一模一样的不屑表情:"瞎说,怎么能怪到吃零食上?他们也没吃多少。而且肚子填饱了,管他吃的是不是饭?我和我媳妇儿也老吃方便面,咋就没食物中毒?"

"你俩是没中毒,你俩光胃疼去了!"医生翻了个大大的白眼,摆了摆手,"得,不跟你们一家子争了,你把莫南抱到里边儿的床上去。"

这医务室还有另外一间小房间，里面摆着三张病床，垫着蓝布垫子，铺着白色的床单，上面也摆着一床白色的薄被子，标准的医院病床配置。莫父把儿子放到中间那张床上。

医生把铁盘放在旁边那张空床上，挪过一根铁架，把点滴瓶挂了上去，一番操作后，医生很是利索地拿着铁盘走了。还没出门，莫南又叫了一声："爸，我又想拉。"

莫父拧眉，又是一声吼叫："大夫，这吊瓶都挂上了，我儿子咋还要拉？"

医生面色平和："这药也不是立竿见影的，还得等会儿才起作用，再拉一两回，药输进去，起作用了就好了。"说完，医生还不放心地叮嘱了一声："药快打完了就叫我，看着点。"

"好，晓得了。"莫父利索答应，把莫南扶下床，"儿子，你自己走着，爹给你拿吊瓶儿。莫北，扶着点你弟。"

莫北立马上前扶住自己的老弟。莫父刚要拿吊瓶，耿浩已经先帮他拿了。在莫父疑惑的目光中，耿浩先礼貌解释："我是莫南的语文老师，我叫耿浩。"

"哦，那个支教大学生！"莫父一声赞呼出来。

来了这么久，村子里很多人都见过他了，已经很少有人这么看着他惊呼，突然又出现这种标签称呼，而且莫父的嗓门还高得很，耿浩有些不习惯。耿浩脸上依旧带着笑意："我帮忙拿着吊瓶儿，你抱着莫南过去吧，这样快些。"

"哎哟，那谢谢耿老师了。"莫父说着就抱起了莫南，匆匆往茅厕跑去。外面的雨又有变大的趋势，耿浩和莫父已经没有多余的手来打伞，他们三人就淋着雨来回。

30　不客气的莫父

好容易把莫南安置好，莫父抹了把脸上的雨水："谢谢耿老师了。"

"不用客气，莫南也是我学生，关心也是应该的。"

"真是个好老师，我们村儿的老师要是都像耿老师这样就好了。耿老师，那个我们家里的麻将馆儿还忙着呢，您要是没事儿，就帮忙看着我们家的莫南？我怕他又要上厕所。不过，刚刚大夫也说了，这药劲儿上来了他就不想拉肚子了。耿老师您就坐会儿，然后要忙就去忙，让莫北看着就行。"

莫父还真是不客气地说了一大串。耿浩再次一脑门儿的问号，整个人已经呆住了。儿子都在这儿打点滴了，你作为父亲不在这儿陪着吗？他还没问出口，莫父就已经开始向莫北、莫南吩咐了。

"闺女，一会儿你弟打完针，你就把他送回去。药费等你们回去后，你再拿钱过来给。回去的时候小心点儿，外面的坡滑得很，别摔着又进医务室了。"

耿浩的眉头跳了跳，这话一点也不像是个父亲能说出来的。莫北倒是没觉得有什么，只是别扭了两下，看见正难受的老弟，勉强答应了。

"儿子，老爸先回去了。大夫说你打完吊瓶儿就没事儿了，一会儿你就跟你姐一起回去啊。你要是哪儿不舒服就跟大夫说，要是想上厕所，就找你们的耿老师。"

莫南虚弱地点了点头，表示明白。

莫父调头很是感谢地拍了拍耿浩的肩膀："耿老师，麻烦你了，多谢多谢啊。"说完就溜，就跟家里还有个孩子要出世一样。

耿浩在原地站了好久，一直没从莫父刚刚那一通话里醒过来。好半晌，耿浩才从旁边拉了个小木凳，坐在床边，神情凝滞地看了莫南一会儿，才慢慢清醒过来。莫南此时脸色煞白，加上他整个团起来也没几两肉，现在虚脱地躺着，就像是散架的小木偶，随便一提溜就能拎走。没了平时的嚣张，这时候耿浩才发觉，他就真的只是个七岁的可怜小男孩。

"怎么样，还难受吗？"耿浩询问的声音也温和了许多。

莫南皱着一张小脸，摇了摇脑袋："还是不舒服。"

"不舒服就躺会儿，等会儿就好了。"耿浩抽出他脑袋下面做枕巾的毛巾，给他擦了擦身上的水，免得他一会儿又感冒。这两天，得季节性流感的特别多。

"姐，我到底咋中毒的？"莫南偏头问莫北。

莫北坐在一张空床上，两条黑黑的细长腿儿来回晃荡："不知道，我哪儿知道你咋中毒的。可能是大夫查不出来，就说你中毒了。"

"什么叫大夫查不出来？大夫能说瞎话吗？"耿浩一本正经地指责莫北，随后又认真地问莫南，"你们是不是天天不吃饭？"

"吃，我们每顿都吃。"莫南病恹恹地说。

耿浩追问:"你们都吃了些啥?"

"方便面,还有面包!"莫北开始抢答,为了和耿浩面对面交谈,一下子从对面床上跳下来,又蹦上了莫南这张病床的床尾,震得病床晃了两下,连带着挂吊瓶的铁架子也晃了几晃。耿浩一手按着床板,一手扶住铁架,拿出自己极大的耐心来面对莫北:"你弟弟还在打针,你应该慢点,而且这是医务室,跳来跳去撞到了别人怎么办?"

"这儿又没别人。"莫北说得理所当然。

"这是对自己的要求,什么场合做什么事,知道吗?"耿浩继续耐心教导,但莫北完全没有要听他话的意思,脸都转到了一边。耿浩深呼吸,继续问莫南:"你觉得,吃方便面和面包这些零食也叫吃饭吗?"

"我爸说了,填饱肚子就是吃饭。"莫南在枕头上来回扭着脑袋。

"这怎么叫吃饭呢?面包、方便面这些为什么都统称零食,就是因为它们不是咱们要吃的主食,只是我们消遣时吃的一些东西,而且不能吃多了。"耿浩道,"吃饭会让你们越来越健康,吃零食只会让你们的身体越来越差。你姐姐是不是经常胃疼?"

莫南瞟了耿浩一眼,想着他有什么阴谋,但还是老实回答了:"是。"

"那你知道为什么吗?"

"我姐她饿的。"

耿浩竟无言以对,还有些哭笑不得,扭头就问莫北:"你那是饿的?"

"就是饿的!"莫北坚定点头。

"那医生是怎么说的?"耿浩继续问。

"他说我的胃有毛病。那就是饿的。"莫北依旧坚持。

耿浩就算不问医生也知道,他们这种情况,胃疼多半是急性肠胃炎。这姐弟俩一口咬定胃疼是饿的,倔强得很,好像是在故意跟他作对一样。深知谈话是进行不下去了,耿浩怕越看他们越生气,直接站了起来:"我出去站会儿,莫北,看着你弟的吊瓶儿。"

外面又在下大雨,耿浩到了外间,几个病号开始劝耿浩,他们把耿浩刚刚跟姐弟俩的谈话听了个十成十,都在笑耿浩老实,心地好。

"耿老师,你别管他们一家子了。这家子就是这样,劝不服,说多了还把自已给气着了。"

"是,他们家从来都跟我们不一样,那哪是一个家该有的样子?"

"那个莫丰江是从小被宠坏了的,成天就跟在老娘后头,老娘不在了就什么都听媳妇儿的。媳妇儿还是个赌鬼,整天就知道打麻将。要不是莫丰江家里还有些家底儿,买了几副麻将,让他媳妇儿开个麻将馆儿挣钱,他们家现在早喝西北风了。"

"谁说不是?整天就知道打麻将,俩娃也不好好教。"

············

这话题一开,几个村民的嘴就停不下来,把莫丰江家的祖祖辈辈都给抖搂了出来,本来是要劝耿浩的,结果演变成现场批斗会,只是没有当着莫丰江夫妻俩的面儿而已。但是,莫北和莫南还在里间儿待着呢,他们这么大的声音,里面肯定听得清清楚楚。这不知道会给那姐弟俩带来什么样的心理影响。

耿浩是越听越怕,越怕越往这方面想,但是不敢进去。如果那姐弟俩看见他,场面更加尴尬怎么办?耿浩心里一阵烦躁,直接出了门,站在屋檐下,定定地看着大雨。这么大的雨,什么事儿都干不了,他们的麻将馆还能忙起来?忙到连儿子都管不上?

"看什么呢?"

兀地出现一道温润的声音,耿浩心里一突,四肢都颤了下,下意识地扭头。钟秀不知道什么时候站在了他的旁边,正捂着嘴偷笑。

"把你吓着了?"

"有点儿。"耿浩点头,目光下移,落在她的腿上,膝盖的伤口又有了裂开的趋势,"你怎么出来了?大夫不是说不能随便动?你这伤口又要裂开了。"

钟秀低头看了看,顺便抬了下腿,看得清楚些。扯拉的痛感立刻传到了她的大脑,血液的流动告诉她,伤口是真的裂开了。钟秀无所谓地扯了扯嘴角:"这也不是什么大事儿,现在无聊,在里面坐着也累,就出来透透气。"

"你没跟莫主任请假回去休息?"

"下这么大的雨,就算请假了也不好回去,想着在这儿待一天,等下午雨小了再回去,可看样子雨还没有要停的意思。"

钟秀说得很是乐观,耿浩看她这情况,也不怎么替她担心了,只是默默进了医务室,拿了两个小椅子出来,往廊道上一摆。钟秀知道他这是给自己拿的,很是自觉地往上一坐。耿浩也在离她半臂远的地方坐下。外面的空气可比医务室里的好多了。

"刚刚我听见,莫南得了什么急病?"闲来无事,钟秀问了一句。

耿浩点头,一提这事儿就惆怅地皱起了眉头:"大夫说是轻微的食物中毒,不过不要紧,打个点滴就好了。"

"食物中毒,怎么弄的?"钟秀也很惊讶,偏头询问。

"听大夫的意思,应该是他们姐弟俩经常吃零食吃坏的。今天中午他们俩就吃的方便面、火腿肠。"耿浩越说越气,真是第一回见这么不可理喻的一家,有钟秀做旁听,他也忍不住想唠叨两句,不过也只是轻飘飘地补了一句,"他爸还说,麻将馆现在正忙,要先回去,让我帮忙看着莫南。"

钟秀听完这话,立马明白耿浩刚刚为什么看着雨发呆,此时也是哭笑不得:"是,每回下雨天,他们家的麻将馆最忙了。这么大的雨干什么都不行,就只能去他们家打麻将了。"

"这么大的雨,不是连门都出不了吗?"耿浩的村儿里这两年也开了个麻将馆,但是耿浩一直在学校,没怎么回家,不知道麻将馆的生意是这么个情况。

"打麻将还不是在室内?"钟秀给他解着疑惑,然后往后靠了靠,若有所思,"打麻将是我们村儿里唯一的消遣活动了,没事了,除了打麻将也不知道能干什么。"

"都是精神活动匮乏。"耿浩一声长叹,这是乡村的普遍现象,他们也只能看着,做不了什么,"你大姐也打麻将?"

钟秀没想到他会问到自己的大姐,愣了下才摇了摇头,格外自豪:"大姐从来不打麻将,她哪儿有时间打麻将啊?小时候帮爸妈,长大了拉扯我和二姐,现在还要拉扯九九。一辈子都在忙,没有时间打麻将的。她喜欢做饭,比起把时间浪费在打麻将上,她宁愿多研究两个新菜。"

31 买零食

"大姐做饭确实很好吃。"耿浩一想到钟灵做的饭,肚子还真有些饿了,看看时间已经到了晌午,黄姐还没来,也不知道她还来不来,"你还有个二姐?"

"嗯，我二姐叫钟妙，十六岁的时候，我爸妈因为得病去世了，她为了养家糊口就去了沿海那边打工，没两年就认识了个小老板，直接嫁到了那边，现在孩子都有十几岁了。我读大学都是二姐供的。二姐一直在外面漂泊，去过不少的地方，眼界比我们都开阔，而且她接受新事物的能力特别强。她知道上大学有好处，就常常写信跟我说沿海那边的繁华，说我如果考上了大学，也能去那边待着，要求我一定要考上大学，学费生活费都是她给我寄回来的。我读大学那四年，也都是她供的。"

钟秀说起自己的二姐来，一脸的崇拜和尊敬。她二姐比她大十几岁，她才记事没多久，她二姐就出门了，几年都不回来一次，就连结婚都没回来。她对二姐的了解都是从信里和大姐的嘴里得知的。大姐说二姐是个极漂亮的人，就是他们村儿的村花。钟秀后来见到二姐后，证实了大姐没骗她，二姐真的是个极漂亮的人。

耿浩认真地听着，偷看着钟秀的侧脸，忽然明白她为什么能出落成这么一个坚强而又温柔的人。自小没了父母，不得不坚强起来。但是她很幸运，有两个优秀的姐姐，一个养育了她，一个让她的人生不断往新的高度攀登。

"你毕业了怎么没去你二姐那里？"

"觉得，那儿不是我想要的吧。"钟秀的脸色依旧柔和，目光却是坚定的，"因为二姐的影响，当初我报考大学的时候就报了沿海那边的学校，在那边待了四年下来，感受过那边的繁华之后，就想着，为什么人家都高楼大厦了，我们村儿的人还住着土房子。过几天就是北京奥运会了，我们现在已经能办奥运会了，说明我们国家已经腾飞，可是我们村儿的状况还跟上个世纪似的。"

"先富带动后富，也是需要时间的。而且西部发展本来就比较艰难，贸易交流也不如沿海城市有基础，有条件。这么多年来，国家一直在扶持西部，西部很快也能发展起来了。"

"但人不能总等着被带不是？我们也要自己奋力往上爬才行。"钟秀扭头看他，眼睛里都是星星，"我们村儿不应该只有我一个人上大学，不应该一直活在落后里等着被拉出去。所以，我毕业后就回来了，想亲眼看着我们村儿富起来，更希望我可以在其中出一份力。"

耿浩看着钟秀，半响说不出一句话来，只觉得浑身有一股热血在涌动。钟秀的话真的很励志，让人不得不思考自身：别人一姑娘都在为了社会主义建设投身于自己村子的发展，自己还对人生迷茫着，是不是不太妥当？

"我说的话是不是太大了？"钟秀见他发愣，有些不好意思地垂了垂头。她这番话只跟二姐说过，因为她觉得只有二姐才能懂她的志向。现在她没忍住跟耿浩说了，是因为她觉得他们立足于同一层眼界高度上。

耿浩忙诚恳摇头："没有，我觉得你很厉害，对自己的人生有着明确的目标和规划。而且，还有着修身齐家治国平天下的高理想，让人很钦佩。"

钟秀被她说得更加不好意思，抿了抿唇，捋了下头发，把头发别到耳后："你越说越高尚了，看来是我说得太飘了。"

"没有。"耿浩也挠了挠耳朵，不知道怎么解释，只能很质朴地说上一句，"是不是大话，以后就知道了，不是说实践是检验真理的唯一标准？"

钟秀被他的话逗笑："感觉我自己又在上政治课了，怎么聊着天突然间加了这么多的理论知识。"

"都怪这些话太贴切了。"耿浩也笑得咧开了嘴。好久没跟人这么畅快地聊理想了，仿佛终于找到一个能说话的人，耿浩是打心眼儿里高兴。

"那你呢？为什么来支教？"

这个话，上回黄校长也问过，耿浩连字儿都没变地又跟钟秀说了一遍。

"原来你跟我一样，都是遇见了一个贵人。我的贵人是我二姐，你的贵人就是那位支教老师。"钟秀做着总结，忽然间觉得和耿浩有很多的共同点。都是无父无母，都因为一个人努力考上了大学，现在又因为某个理想出现在这贫穷的乡村里。不过，还是不一样。她就是这莫村的人，以后都不会离开。耿浩却是半年后就要走的。

"你半年后打算去哪儿？"

听钟秀询问，耿浩不自觉地就说了自己的打算："应该去个发达城市，找个大公司，在里面实现自己的人生价值。"

"你对你人生价值的定义是什么？"钟秀好奇。

"在某一片领域里获得一定的成就。比如，做一个高收入的翻译。"耿浩笑道。

钟秀的眼睛忽地亮了下："很厉害，到时候你成了富豪，没准儿也能帮我们村一把。"

耿浩被她说得有些窘："希望我可以实现吧。"

"一定可以的,只要努力就可以实现的。"钟秀说完,感觉肚子空落落的,看了看手表上的时间,已经12点了,可是大雨还没变小的迹象,"唉,我都饿了。"

耿浩问:"要不要我去给你买点零食?"

刚脱口,就有道人影从耿浩身边跑过。耿浩看是莫北,一把拉住了她,问:"你去哪儿?"

莫北怔了怔:"莫南饿了,我去给他买零食。"

耿浩被气得七窍生烟,拉着她不放:"你弟就是吃零食吃坏肚子的,你还要去买零食?"

"才不是,我都没事儿。他肯定是吃别的东西吃坏肚子的,对了,老奶给了他一个饼子,肯定是吃那个饼子吃坏的。"莫北眯着眼睛胡说八道。

耿浩揪着她不放:"不管是不是,这零食都不能吃了,你回去让你爸妈给你弟做点粥什么的。"

"他们才没时间。你说零食不好,你刚刚不还说要给秀秀买零食?"莫北瞪大眼睛怼他,"你自己都要去买,还跟我说那些不能吃,你这个大骗子!"

耿浩瞬间噎住,真后悔刚刚说了那么一句话。他很想用"大人和小孩子不一样"这样的话来搪塞,但是他凭着良心,不大说得出口。硬是憋了会儿,才很是认真地说:"我错了,老师没带好头。老师不去买零食,你也别去了。"

"我不!"莫北气呼呼地又瞪了他一眼,"你放开我!"

"莫北。"钟秀看不下去,叫了她一声,"大夫不都说了,你弟弟是食物中毒,现在是他的胃最脆弱的时候,不能再随便吃东西了。那些零食太刺激,得给你弟喝点粥。"

"粥有什么好喝的,难喝死了。"莫北想起白粥白花花的样子,就觉得淡而无味,一点食欲都没有。饿了要吃东西,吃东西就要吃好吃的。

"不好喝但是养胃。"耿浩把莫北的身子扳正,"你要是想害你弟弟,就去给他买零食。不然,就回去跟你爸妈说,让他们给你弟弟煮点粥。"

莫北心里在意的就这么一个弟弟,听耿浩说得认真,也镇静了下来。但思考了下,又突然间耷毛:"说了我爸妈没时间!"

耿浩脱口就要吼出"你爸妈有时间打麻将没时间煮粥?",最后还是忍住了,稳住莫北的肩膀,气恼道:"那老师去给你弟煮粥,不许去买零食,知道吗?"

"那你给他煮粥,我去买了我吃。"莫北又在耍机灵。耿浩深觉自己身体里的睡火山都要爆发了。

"耿老师,你别管她了,让她吃去,等她胃疼再打针的时候就知道错了。"钟秀出声阻拦耿浩。莫北这样的孩子,是打不听说不听的,人家一根筋地犟,那是谁都拉不住的。

耿浩沉了沉气,决定听钟秀的,把莫北给放了。莫北一出溜跑了出去,直接冒着雨往坡下面跑。耿浩静坐了会儿,腾地起身。

"你干什么去?"钟秀问他。

"去给莫南弄碗粥。"耿浩面无表情地回复,又偏头看向钟秀,"要不要也给你做一份?"

"不用了,谢谢,我一会儿就回去了。"钟秀客气拒绝。

耿浩道:"我还是多做点,没准儿一会儿你又想吃了。"

钟秀没法再拒绝,问他:"要不要我帮你烧个火什么的?"

"不用了,你坐这儿休息吧。"走了两步,耿浩又回头,满是歉意地看着钟秀,"或者,你帮我去看着莫南?他第一瓶点滴挺小的。"

"可以。"

钟秀爽快答应,起身就拖着腿一瘸一拐地进了医务室。耿浩心虚地走了两步——好像还是提出了不太合理的要求。让一个病号去照顾另外一个病号,也亏他想得出来。

耿浩正开着厨房门生火,坡那边突然传来一声尖叫,是莫北的。耿浩大惊,脱了拖鞋就冲进雨里,几步跑到了坡边,看见莫北浑身泥泞地躺在坡上,零食撒了一地。对面小卖铺的老板跑了出来,惊叫着跑到莫北身边。

"哎哟,我的天爷,让你小心点小心点,怎么还是从坡上滚下来了!"

32 好大一条口子

耿浩着急忙慌地跑下去,好几次差点脚滑摔倒。就这样,莫北还不死心非要来买零食!关键莫北叫了一声再没动静儿,也不知道是怎么个情况。

等跑近了，耿浩看见莫北身上的泥浆被雨水冲去，她的下巴正在往外流着鲜血。血量挺大，顺着她的脖子往下流，染红了她白色的卡通短袖。莫北刚刚滚下去的时候，撞到了一块石头，下巴就被磕出了一个大口子。

小卖铺老板惊得大叫，赶紧把莫北抱起来，着急忙慌地就要往坡上跑。邻里几家听见动静儿，都站到了自家门口往这边张望着，看是发生了什么事儿。

"叔，我抱她去医务室，你帮忙去通知一下她爸妈。"

耿浩从小卖铺老板的怀里夺过莫北，低头看见莫北疼得眼泪直往外滚，呜咽声就卡在喉头，心猛地发紧，踩实每一脚赶忙往医务室里跑，嘴里还一直安慰莫北，说没事儿，让她忍忍。

莫北本来是忍着的，以往她也摔过大大小小的跤，每回都会在身上留个口子，她都习惯了，每次叫一声就自己忍着了，因为也没人管。这回又是小卖铺老板的叫唤，又是耿浩的关心，当即忍不住了，哇呀呀地大哭起来，扯得下巴生疼，她哭得更凶了。她一张嘴，雨水就灌她一嘴，她只能偏头往外吐，全都吐在了耿浩的衣服上。有时候来不及吐，就呛在喉头，又是一阵难受，脸都被憋红了。

她这状况不断的，耿浩更加心焦，大老远地就叫着："刘医生，莫北摔着了！"声音大得堪比莫父送莫南来时的尖叫声。

医生早就听见动静，跑到了门口，钟秀也跟在后面，旁边还有一两个村民。他们只看见耿浩面色惊慌地抱着莫北，浑身被大雨浇透，头发遮住了眼睛。大雨还在冲刷着他怀里的莫北，莫北身上的泥浆混着鲜血哗哗地往下流，嘴里还哇呀呀地大哭着，场面之惨让所有人都为之一惊。耿浩就像利剑，划破层层雨帘，直奔而来。耿浩一靠近，所有人都把门口给让了出来。

"快，快把她放在床上。"医生慌忙指挥，从门后抽了一条毛巾。

外面一片慌乱，莫南在里面听见，大声叫起来："姐，姐，你咋啦！"

没有人回应他，钟秀目光刚触及莫北血淋淋的下巴就一阵心疼，转身进了摆着病床的那间屋子，安慰莫南去了："没事儿，你姐就是摔着了。"天下大雨，人易遭灾啊！

医生看了一下莫北伤的地方，把毛巾塞到耿浩手里："你帮她把身上擦擦，我去拿东西。"医生迅速进了小药房。旁边的一个妇女看见耿浩自己都狼狈得很，热心地从他手里夺过毛巾，将耿浩拨到了一边："你也赶紧去擦擦，我来帮忙。"

耿浩把头发往后撸了一下，抹去脸上的水珠，站在原地没动，身上的水直往下淌。不多会儿，脚下已经是一片积水。其他村民看见了，又从门后面抽出两条白毛巾，一条塞进耿浩怀里，一条自己拿着，帮他擦着后脑勺还有后背。耿浩这才从刚刚的惊吓里回过神，目光从莫北身上挪开，顺便也避开村民的好心帮助，连道："我自己来。"村民把他一拽，热心道："你擦前边儿，我给你擦后边儿。别一会儿也感冒了。"

耿浩无奈，只能退到角落里，先把自己身上擦干。

"莫北，别哭了啊，越哭越疼。"医生安慰着莫北，不多会儿，莫北的声音就弱了下去，渐渐地不哭了。于是围观的人就开始实时评论。

"哎哟，好大的一个口子啊。"

"大夫，这是要缝针的吧？"

…………

接着，就响起医生不耐烦的声音："大家就别围在这儿了，都坐回去吧，不然我不好下手。"围观的人只能散开，给医生留了充足的空间来治疗。耿浩也不敢上前打扰，就捏着毛巾在旁边等着。医生背对着他，把莫北的上半身挡了个严实。耿浩就挪了挪位置，以便看得清楚些，也安心些。其他人也一样，抻着脖子张望，但都不说话了。

"哎哟，我的闺女儿啊！"

外面突然爆出一声嚎叫，接着莫父和莫母就到了门口，后面还跟着几个人。医生被吓得手一抖，差点戳错地方。耿浩见状，忙将他们二人拦下："医生正在缝针，叔叔阿姨小声点。"

"缝针？怎么就缝针了？"他们夫妻俩跑到床尾，亲眼看着医生缝针。莫母抓着莫父，躲在他怀里哭个不停，一边哭一边比画着小声说，"那么大个口子，这都缝几针了啊？"

医生扭头看见好几个人围在床尾，无奈提醒："你们去旁边等，不要围在这儿，耽误事儿。"

莫家夫妻俩一听，哭哭啼啼地往旁边让。耿浩也准备让开，医生叫了他一声:"耿老师,帮我拿一下剪子。"耿浩赶紧从铁盘里取出医用剪刀递给医生,顺便留下来帮医生的忙。

"爸,妈!姐咋的啦?"莫南听见老爸老妈的声音,又是粗粗的一声吼。一瓶点滴快打完,莫南的精神气儿也恢复了许多。莫家夫妻俩听见儿子的声音,想到里面还有个宝贝儿子,赶紧进了里间。钟秀正坐在床边安抚着莫南,莫母立马致谢:"哎哟,秀秀啊,谢谢你帮忙照看我们儿子啊。"

钟秀让开位置:"没事儿。"

"姐咋的啦?"莫南又扯着嗓子问了一句。莫母一巴掌拍在他的脑袋上,气道,"别吵吵,医生正给你姐缝针呢。你姐摔了,下巴摔了个大口子。"

"啊!"莫南一下坐了起来,惊恐地看着他们,瞬间泪眼汪汪,"我姐不会死吧?"

"呸呸呸,死什么死!"莫母一巴掌拍在他的脑袋上,"你姐缝了针就好了,别瞎说!"

…………

莫北的伤被处理好了以后,也被转移到有病床的房间里,床位和莫南的床并排,医生给她也打起了点滴。莫家夫妻俩就坐在两个孩子的中间,止不住地心疼,左右照顾着,有求必应,也不急着回去照看麻将馆了。

医生还专门变相戏谑地问过这件事。莫母立马没好气,说闺女都成这样了,谁还管那个麻将馆,肯定让别人看着麻将馆自己来照顾孩子了。耿浩告诉他们,莫北是为了去给莫南买零食才摔的,莫家夫妻俩立马哭了起来,直跟莫南说:"你看你姐对你多好,以后别再跟你姐吵了。"

耿浩想要的不是这样的效果,就直接说,现在小孩子正是长身体的时候,平时要让他们吃好才行,不能老吃零食,莫南这次轻微食物中毒肯定也和平时的饮食脱不了干系。今天他也是拦着莫北不要去买零食,莫北不听,非说零食是好的,结果回来的路上就摔了。耿浩一再劝莫父莫母,平时多关心孩子,保证他们一日三餐要正常吃饭。医生在旁边听着,连连附和。

这话要是别人说,莫母肯定是左耳朵进右耳朵出,不怎么听的,但耿浩是个有文化的大学生,还是优秀的大学生,这么有文化的人都这么说了,而且大夫都说对,那是得听一听。莫母细细一想,连忙说耿老师和刘大夫说得对,以后不会给他们零花钱去买零食了。莫北和莫南立马一脸仇恨地瞪着耿浩。莫母又跟莫父商量，请哪家的媳妇儿去她家给娃做饭，或者是把他们的娃送到哪家去。

耿浩听着觉得自己白费了口舌，这夫妻俩还是以"事业"为重。看他们夫妻俩还呆着，耿浩也不再瞎操心，觉得再说下去也是白找气受，就出了医务室，回房间换了一套干爽的衣裳。钟秀也早回了村委，等着下班。

因着下雨，天一直阴沉沉的，黑得比平时早些。5点半的时候，天已经开始转黑了。钟秀还在村委大厅里看着门外的雨，耿浩说送她回，钟秀说不用，有人会来接她，耿浩就回了房间。6点的时候，有个男人拿着一把伞来村委接钟秀。那男人看起来有五十来岁了，肤色黝黑，和村里其他的男人一个色儿，但是身材高大，不苟言笑。

钟秀跟耿浩解释说，这是钟灵的老公，是她的姐夫，叫黄林。耿浩立马打了招呼，说一直没见过。黄林也说他每天都要跑面包车，早出晚归，基本上全天不在家。耿浩就想起当初来黄杨县时载他们的司机，江为国大叔。当时江为国还说过，莫村这儿就两个跑车的，一个是他，另一个叫老黄。看来老黄就是这位黄林，钟秀的姐夫了。说起来，耿浩来这儿后基本上没见过江为国，可能也是黄林这样的情况。

钟秀的姐夫对钟秀就跟对女儿一样，看见钟秀的腿受伤了，忙问她有没有拿药，然后就要背着她往回走。钟秀这么大个人了，哪里还好意思让姐夫背，就说不用了。但姐夫坚持，愣是把钟秀弄到了背上，在她要跳下去的时候一起身站了起来，钟秀不得不安安生生地勾住姐夫的脖子。耿浩把地上的伞递给钟秀，钟秀说了声"谢谢"就把伞打开遮雨。

33 拉媒的大婶儿

黄林从头到尾话很少，语气也很生硬，整个人一直都是面无表情的。背着钟秀往前走，脚上穿着的是不常见的草鞋，一步一个脚印，踏实得很。耿浩不放心，今天有太多人在那个坡道上出事，就去屋里拿着伞跟着。一直看着他稳稳当当地下了坡才放心,目光还久久地停留在他们两个人身上。

雨中,黄林精瘦的身子承着钟秀的重量,弓着身子,抬着脑袋,目视前方,走得稳稳当当,也不气喘。他的长裤挽到了膝盖,露出一截小腿,腿上糊着一层泥巴浆。钟秀就撑着把蓝伞遮风挡雨,安心地趴在黄林背上,时不时和黄林搭上两句话,就像女儿对父亲的低语。

耿浩伫立原地,看着那蓝伞渐行渐远,目光也逐渐被拉长,想到了背他的父亲。钟秀真的有个好家庭,两个好姐姐,一个好姐夫。其实他也不差,大伯和伯母也像他爸妈一样宠护着他长大,供他吃住,供他上大学。好像,又到了给家里打个电话的时候了。

雨下了一天大的,一天小的就停了,没有引起什么严重灾害。耿浩也重新用上了自来水,天气又恢复了炎热。雨停的那天,钟秀跟支书提议要把村委门前那个坡道给修一下,修成水泥路或者硬石板路,不然那路一下雨就没人敢走,好些人都在那儿摔了,还把自己的伤和莫北的伤拿出来说。村支书和村主任合计了一下,说修,他们有时间就去联系。后面也不知道联系了没有,总之钟秀一直盯着这件事儿的落实情况。

没过两天,就到了举国同庆的重要日子。2008 年 8 月 8 日,这一天,第二十九届奥林匹克运动会在北京举办。这是中国的一件大喜事儿,让人们暂时从 2018 年 5 月 12 日的沉痛中走出来。

2001 年申奥成功后,中国人就一直期待着这一天的到来,莫村也不例外。在 8 月 8 日之前的一周,莫村人晚饭后散步都会谈论有关奥运会的事儿,不管知道得多不多,都要说上一两句才行。

其实,大家关于奥运会知道最多的就是,这是个体育竞技活动,哪个国家申请到哪个国家就很厉害,中国为了这个奥运会建了个特别大的"鸟巢"和水立方,还有五环和可爱的福娃。知道得不多,但是知道它很厉害就够了,知道它是我们中国在世界上的地位提高的表现就够了。所以,连带着,他们都会回顾一下近些年中国的变化,夸一夸国家领导人,赞美一下他们的正确领导。

莫村有电视机的家庭并不是很多,也就那么几户,大家只能相约着去谁谁家看看。可巧,莫北莫南家的麻将馆里就有一台电视机,那儿本来就是个公共娱乐场所，根本不用担心打扰到主人家，所以人们大多都打算挤到麻将馆去看奥运会。莫主任和钟秀一家算是村里比较富裕的，家里也都有电视机，钟秀8月7日就邀请了耿浩去家里看奥运会开幕式，耿浩拒绝了，说答应了朋友去县城。

8月6日晚上，张南就给耿浩打了电话，约他去县城，去网吧包夜，看奥运会开幕式的直播。耿浩正好早就想去趟县城，去网吧里逛逛，就应了这个约。为此，还提前跟莫主任请了8月8日的假。

钟秀知道情况以后，就说到时候让她姐夫送耿浩去县城。耿浩本来是要拒绝的，但钟秀说能去县城的车就只有黄林和江为国的，反正都要联系，她回去直接跟姐夫说，挺方便的。耿浩听着也没理由反驳，就答应了。毕竟比起江为国，耿浩还是跟钟秀一家亲近些，麻烦起来也更好意思些。

8月8日早上9点的时候，黄林从城内接了一拨客人回莫村附近的村子，又送几个人去县城，到了村委的时候，给耿浩打了电话。耿浩把门一锁，拿好钥匙和手机就跑下了坡，坐上了黄林的面包车。

耿浩在村里喊人的时候，就是这个叫叔那个叫姨，年轻的叫姐叫哥，但钟灵和黄林比较特殊，让耿浩很是纠结。按他们的年龄，耿浩一般就叫姨叫叔了，毕竟比他大二十来岁，但他们是钟秀的大姐、姐夫，他和钟秀又是同龄人。于是耿浩就顺着钟秀，叫了钟灵大姐，叫了黄林姐夫。一般去朋友家，面对朋友的姐妹兄弟什么的，不都是跟着朋友叫吗？但他叫出来，又好像别有深意，常常会出现下面这样的情况。

"哎，老黄，你啥子时候又多了个舅倌子出来了哟？"说话的人是车上的乘客，故意用了蹩脚的普通话，让耿浩能听见。

黄林道："他是我妹子的朋友。"

"哎哟，是秀秀的朋友啊？这叫姐夫叫得怪亲热的，看来是好朋友。"说着，那人就拿暧昧的眼神儿往耿浩身上瞟，"秀秀现在也毕业了吧？有对象了没？"

耿浩假装看窗外的风景，假装什么都不知道。那他不叫姐夫，叫哥？黄林都快跟他爸一样大了，他实在是叫不出口来。

"没有，不急。"黄林很是干脆利落地回了过去。耿浩回头看了黄林一眼，想从黄林脸上看出这句话的真实性。钟秀上回不还说她有对象吗？

车上无聊，车上的乘客又都是对钟家有些熟悉的妇女们，婚姻话题又是中年妇女们的最爱。因而，就算黄林没说什么，那些妇女怎么会放过这么好的谈资？三位妇女就在车上对黄林实行连番言语轰炸。

"老黄，你们急不急我们还不知道？灵灵都给秀秀找了几家了，那么急着撮合，你们还不是想着秀秀早点嫁出去？"后排的红衣大婶扯着嗓子，生怕黄林听不见。耿浩竖着耳朵听了会儿，听这意思，钟秀好像真的没对象，那上次就是她瞎说的了。

黄林还是假装没听见，不说话。红衣大婶旁边的黑衣大婶立马接上话："秀秀毕业了，也该嫁人了，再不找，过几年年纪就更大，更不好找了。"

耿浩靠着车门，重新望向外面，觉得那个在政府里工作的小姐姐说得对，这里的路是不好，一到天晴的时候，黄沙尘土就大得让你开不了窗，隔着窗户都有被灰尘呛鼻的感觉。

"秀秀条件挺好的，现在找，肯定有大把优秀的小伙子。老黄，要不要我们也帮秀秀介绍介绍？我表亲媳妇儿娘家有个表哥在县城里，在政府工作，他儿子刚刚从国外回来，人家在国外念的大学，可厉害着呢。要不要我去帮你问问？"耿浩旁边儿的大婶很是热情地扒着黄林的靠背，往前凑着说。

黄林沉默着不说话，大婶儿就戳了他两下："哎，老黄，你说句话。行的话我就去给人家提提，这么好的小伙子，也就是秀秀，一般的姑娘我还不舍得说呢。"

"我回去问问。"黄林说着，目光落在了后视镜上，勉强能看见朝着窗外出神的耿浩。

黄林虽然经常不在家，但每天晚上回去都会听钟灵说说白天发生的新鲜事儿。这一两个月来，他听到最多的就是耿浩的事儿。钟灵起初每天念叨，说新来的支教老师看着是个不错的，和秀秀也谈得来，两个人站在一块儿很不错。突然有一天，钟灵很是失望地跟他说，才知道耿浩这小伙子已经有了对象。之后的日子里，钟灵就在分析耿浩到底有没有对象，黄林听得耳朵都起茧子了。他看这小伙子也不错，但人家有了对象也没办法。

耿浩身边儿的大婶儿一听这话，立马就高兴得拍大腿："那你今天回去就问问，行不行都给我打电话说下。"黄林应了。耿浩一度怀疑，黄林就是不想被大婶儿们缠着才勉强应了。

牵线拉媒的事儿，真的是中国妇女生来就拥有的职业，只要你到了年纪，就一定会干起来。他的大伯母也最爱做这些事儿，那双耳朵就跟顺风耳似的，总能第一时间听说谁家姑娘谁家小伙儿要找对象了，只要是认识的，立马就上人家家聊天拉媒。耿浩在家的时候，老是能听大伯母说她正在拉的一对儿是怎样怎样的，进展到哪儿了，但最后成没成，耿浩是不知道的。想到这里耿浩就一阵感慨：才毕业就催对象，催了对象就催订婚，催完订婚就催结婚，然后就是催着生孩子。这真是不变的一套。他今年过年回去，遇见那一群亲戚，肯定也免不了成为被催对象，被催婚。

钟秀的亲事儿有了眉目，大婶儿们就闲了，没有什么话题可以聊了。但去县城的路还漫长，怎么能就这么闲着？她们目光一扫，锁定了耿浩。耿浩跟她们稍一对视，就背脊一凉，知道逃不过去了。

"小伙子，你是秀秀的朋友啊？"耿浩旁边的大婶儿问。

耿浩礼貌微笑："是。"

后面的红衣大婶儿跟着问："叫什么名字啊？今年多大了？"

"耿浩，二十二了。"

"哦，和秀秀一个年纪的啊。看你不是本地人啊。"耿浩旁边的卷发大婶儿继续问。

"嗯，我是外地的，来这边工作的。"

红衣大婶儿问："工作？干什么工作的？"

"在莫村小学当老师。"

34　黄杨县相聚

"你是不是那个新来的支教老师？"黑衣大婶儿激动开口，就像是自己知道了什么大事儿急着吐露出来一样，"我听说了，你可厉害了，是名牌大学出来的。"

"小伙子这么厉害呢！那今年也是刚刚毕业？"红衣大婶儿惊诧询问。

耿浩默默搓了下手，缓解内心的窘迫："是，刚毕业。"

"名牌大学的来我们这鸟不拉屎的地方教书，咋没去大城市的什么公司里上班呢？"卷发大婶儿不甘落后，抢在其他人之前开口问。

"还是觉得教书比较合适。"耿浩敷衍过去。你跟大婶儿们聊天不能当真,一切回答必须肯定又到位,让她们没有再往深里说的机会,不然她们能跟你谈天说地,让你怀疑人生。

"小伙子,你以后打算一直待在莫村吗?"红衣大婶儿扒着前座的靠背,凑到耿浩跟前儿问。

"还不知道呢。"耿浩隐隐觉得有些不对了。

"小伙子,现在有对象了吗?姨跟你说,我们这几个村,好姑娘多了去了,你要是看不上村里的,县城里的姑娘姨也有认识的。"红衣大婶儿兴致盎然地跟耿浩唠。刚刚卷发大婶儿已经拉到了一桩媒,她也不能落下,也得拉一桩,帮着说说媒。

耿浩暗道果然,礼貌一笑,说:"有了。"三个大婶儿眼里的光芒立马暗了下去,脸上写着大大的失望。得了,又一个好话题还没开始就结束了。

黄林又瞄了后视镜一眼。人家是真的有对象了,得回去跟灵灵说说,真不用考虑给妹子牵这条线了,死了这条心。

路上的时间太长,那些大婶儿好像不聊点什么就浑身不舒服,虽然牵线做媒的事儿是黄了,但比起聊些左邻右舍的家常她们更想多了解了解耿浩这个新人,就一直抛问题给耿浩。从耿浩出生问到大学,从他自己问到祖上几代,问的问题整合起来,都够耿浩写本自传的。

车子就那么点大,耿浩不配合她们似乎也没地方躲。好容易挨到县城,黄林把车停在了客运站,和一群面包车停在一块儿。面包车上都夹着一大张路线名牌,都是从各乡镇到县城往返的。黄林的指示牌是陶园村至黄杨县。陶园村是莫村上边的村子。

车子一停,乘客都自觉地下了车,耿浩也跟着下车,问黄林车费是多少。黄林说不用给了,顺便就带出来了。耿浩不好意思占这便宜,就说不要的话,他回去的时候就自己找车回了。黄林一听话都说到这份儿上了,就说了个价钱,四块钱。耿浩看在他之前上车的乘客都给的五块钱,知道黄林没有报低价钱就安心地给了钱。

黄林把钱揣进上衣的口袋里,问:"耿老师,你去县城的哪儿?"

耿浩答:"运动场。"张南在电话里说,他上次去县城找过了,县城不大,只有一家网吧，就在县城的运动场里，环境不好，设备一般，但也可以玩儿，打游戏什么的还是不卡的。

"那你上来，我把你送过去。"黄林向耿浩招了招手，自己已经上了车。

耿浩依旧客气："不用了，我自己找过去。"

"那多麻烦，我把你送过去。"

在黄林的坚持下，耿浩重新坐回了车上。城里的道路是硬化路，没有黄尘，耿浩终于能把车窗打开，感受车子行驶带来的惬意凉风，抖了抖衣领，加快风干身上的层层薄汗。面包车上没有空调，适才的情况又不能开窗，就只能闷一路，耿浩早就跟蒸了个桑拿一样。

车上只有耿浩和黄林两个人，黄林大概是怕耿浩不认得路，就多说了几句话，边开车边给耿浩指路标。

客运站在一个三岔路口附近，它的地势在黄杨县城里是比较低的。周边有许多的大型杂货铺，里面日用品什么的应有尽有。黄林说如果出来买杂货，在这儿买就行。

到了岔路口，黄林说沿下面路口那条路走上两三分钟就有一片旧街区，因为临着河，所以叫河街。那里都是卖衣服的，算是黄杨县的服装批发市场，衣服便宜店铺又多，每年过年要买新衣，黄杨县的人都会去河街。又说河街是黄杨县地势最低的地方，也没修建稳固的大河坝，两年前江水上涨，把河街的房子淹了一半，现在还能看见房屋墙上的水位痕。耿浩暗道，住在江河边就是有随时被淹没的危险。

黄林开车往三岔路口的上坡路走。街道两旁是一些破旧的店铺，摊位都伸出店铺门一米多长，大多也都是卖杂货的，五金店偏多。道路是呈S形往上的，地势越高就越接近县城中心，店铺也变得不一样，开始出现大型商场。黄林给他一一介绍，这个菜市场口是黄杨县唯一的家电城，这个两层楼的也是黄杨县唯一的家具城，到第二个三岔路口，又有一家黄杨县唯一的大型超市，有三层楼呢！

商场左边的那条路比较平坦，右边又是向上缓坡。黄林继续开往右边，拐上去。这条路上有个小学，叫黄杨一小，三栋五层的教学楼，和莫村小学比起来，算是豪华学校了。

黄林把车一直开到了黄杨县地势最高的地方，地面逐渐平坦，面前露出个铁栏围着的大广场来。黄林把他送到门口，然后顺着路从运动场旁边开车下去了，那边的路坡度稍大，也是拐着弯向下，应该是通往客运站的。黄林告诉耿浩要回去的时候直接打电话，告诉他地方，他来接。

耿浩看了看手表，现在已经11点了，太阳正烤晒着大地，整个运动场暴露在阳光下，里面根本没有人，也没人敢站在那里。运动场门口有个不知道通向哪里的高阶梯，第一段阶梯在建筑下面，算是个遮阳的地方。

耿浩就待在阶梯口躲阳，抹了抹脸上的汗，拿出手机给张南拨过去。张南说他们马上就到客运站了，让他先去烈士亭里等着，等他们到了，大家一起去吃午饭。耿浩先前看了一路，也没怎么看见饭店，刚刚下车就在担心中午是不是要去买泡面吃。但既然张南这么说了，他就只管等着。

张南说沿阶梯往上就是烈士亭，里面是黄杨县人夜晚散步的一个地点，因为有很多小凉亭，地势也高，休息看风景什么的最好了。这大热天的，运动场里都不能站人，就只有烈士亭里面适合待一会儿。耿浩听了张南的话，走上台阶。

上了第一段台阶后，就是一片平地，左边有个小楼，门口挂着两个白底黑字的长牌子，表明这里是民政局；右边是个大铁门，里面是个礼堂。走过十几步平路，面前有几十级的台阶，台阶上面就是烈士亭的大铁门。

一进去，满眼都是台阶，几层台子上整整齐齐地排列着黑色墓碑，上面刻着烈士的信息。墓碑区上方靠左，是烈士亭的最高点，修着一座三层高的阁楼，像是黄杨县的地标式建筑。阁楼一层空荡荡什么都没有，只有一段通向二楼的楼梯，二楼楼梯口处设了个小门，还被锁上了。

阁楼外的台阶基本上都被连片的树冠遮住，耿浩就站在树荫下远眺，只能看见连绵的山体，还有婉转的江水，不过青山绿水看着还是比较宜人的。耿浩找了条石阶下去，到了一条鹅卵石铺就的小路上，顺着它往烈士亭的后边走。帆布鞋的鞋底不厚，走在石子路上，脚底板隐隐还有些疼。烈士亭的亭子不多，就一两个小亭。烈士亭的占地面积也不大，顺着一条路慢吞吞走上十分钟也能绕完一圈。

这个时候正是晌午，一些来转悠的小年轻也都纷纷离开亭子。烈士亭里寂静得只能听见鸟叫和蝉鸣。耿浩转第二圈的时候，找了个亭子坐下，背靠着红漆亭柱，微微闭上眼睛，享受着此时的凉爽和惬意。

半个多小时后，耿浩的手机响了，是张南打来的，说他们到了运动场门口。耿浩起身，出去和他们会合。一离开烈士亭，没了树木的遮蔽，太阳的炽热将耿浩整个人紧紧包住，耿浩当即觉得口干舌燥，抬起手臂挡在额头，躲避太阳对眼睛的直射。

相隔两个月再见，耿浩觉得他们都变了不少，最明显的变化是大家都黑了。不过孙赫比他们几个还要黑上几度，再晒上一个月，他的肤色可能就和古铜色差不离了。孙赫对此的解释是，他每天都在村里溜达，经常下河洗澡摸鱼，到了城里又天天在城里逛，还去了江边和大叔们一起钓鱼，经受了太阳母亲过分的宠爱，又说他的目标就是往古铜色发展，看起来酷帅酷帅的。

孙赫现在在社区做志愿者，每天早上9点开始，11点结束，下午是2点到5点，一周去五天。耿浩对他的这个志愿活动比较感兴趣，就问了具体做些什么。孙赫说这是县城里的公益机构组织的，每天带着孩子们读书、做活动，培养他们的读书兴趣。现在已经是第三周了，再有一个星期就结束了，下个周末有个汇报演出，孙赫邀请他们几个去看。他们也都答应了。

对县城里的地形最熟的就是孙赫了，孙赫直接当起了导游，带他们去吃了饭，又带他们绕着大路逛县城。顶着大太阳，走在烫脚的硬化路上，被热腾腾的空气包围，身体里的水分直往外滚，变成豆大的汗珠，就这水分流失的速度，喝水喝再勤都不能及时补回来。

35　志愿者

耿浩和张南走在一处，时不时艳羡地偷瞄打着伞的孙赫和刘凤雅，想不明白自己为什么要在太阳最盛的时候出现在没有人烟的公路上，是上辈子造了什么孽，这辈子受这样的罪。耿浩看见孙赫给刘凤雅打太阳伞就觉得不太对劲，悄悄问张南是什么情况。

"还能什么情况？他们俩现在在谈对象呢。"张南喷了两声，"孙赫暗恋了刘凤雅四年，这回来这儿都是赶着和刘凤雅一块儿的，去了乡下对刘凤雅百般照料，趁着人家刘凤雅感动，他拉着学校的师生准备了个表白仪式，就成了。"这事儿是他们仨上次相约去县城的时候孙赫说的。耿浩没去，就知道得晚了。

张南的声音不小，孙赫和刘凤雅都听得清清楚楚。刘凤雅没吱声，孙赫笑得跟个二傻子一样，炫耀似的搂着刘凤雅的肩膀："这就叫精诚所至，金石为开。努力总是有回报的。"

"你小子是厉害。"张南这话也不知道是褒还是贬，回头就跟耿浩说，"我跟你说，我上回还问了孙赫，说刘凤雅到时候保研走了，他不会也跟着吧？你猜人家说什么？"

"说什么？"耿浩问。

"他说肯定跟着啊，刘凤雅上哪个学校，他就在哪儿创业。"张南大拇指一指孙赫，连连啧声，"富二代，公子哥儿，追女朋友跟演电视剧一样。"

"不好好追着女朋友，那人家怎么可能跟着你？"孙赫说着还给了刘凤雅一个眼神儿，傲娇地询问是不是这样，刘凤雅白了他一眼不说话，心里跟吃了蜜似的。孙赫见她不回答，就跟没拿到奖励的小孩子一样，追着问刘凤雅，非得刘凤雅说了"是"才罢休。

"啧，腻歪死我了。"张南努了努嘴，又躲他们远了些，问耿浩，"是不是谈了恋爱的都这样？耿浩，你有没有女朋友？"

再次面对这个问题，耿浩苦涩一笑："追丢了。"他如果有孙赫的魄力和能力，也追到国外，那么现在他和杨灵的情况会怎样？但就算那样追到手了，会是他想要的吗？

张南直接问："怎么个追丢了？"

"她去国外留学，就分了。"耿浩拧开矿泉水瓶，含了一大口，慢慢饮下。冰凉的水顺着喉咙流向四肢百骸，终于消去了一些暑意，这才觉得舒畅地抿了抿湿润的嘴唇。可精神还是有些颓然。

张南又问："你提的还是她提的？"

"她提的，不过也是没办法的事儿。"

"既然是她提的，那你也不用伤心留恋了，大步向前看，肯定能找到个更合适的。"张南一拍他的肩膀，笑着安慰。

耿浩浅笑："嗯，再说吧。"

转着转着，到了县城后面的公路，就是当初他们坐车进入县城的那条路。孙赫指了指路边的山，说这是南屏山，前面有个路口，可以直接爬到山上去。孙赫说爬山也是黄杨县人的一大消遣，问他们现在要不要上去玩玩。耿浩他们三个果断拒绝了这个提议。

黄杨县城真的很小，也就一个多小时，他们就把几条大公路转完了。正好，孙赫上班的时间也到了。刘凤雅说还从来没去看过孙赫志愿服务的地方，孙赫立马邀请她一块儿去，顺便把耿浩和张南也邀请了。反正时间还早，他俩就都同意去一趟，长长见识。

志愿服务的地点就在发起这项活动的机构的阅览室。负责这项活动的只有两个志愿者、一个项目负责人。他们去时，另一个志愿者小姐姐正在给八九岁的孩子们上手工课。孙赫跟项目负责人介绍了一下自己的三个朋友。项目负责人是个二十七八岁的姐姐，很是高兴地欢迎了他们，还邀请他们一起参与活动。

他们就悄悄从后门进了阅览室。为了迎合童心，阅览室里面的装修很是鲜亮，墙面上半部分是绿色，下半部分是蓝色，地板上是红黄相间的泡沫拼垫。阅览室一半放着书架，上面摆着一排排的儿童读物，都是崭新的。另一半摆着三张六人座的大木桌，孩子们坐得满满的，桌面上摆满了卡纸、小剪刀、胶水之类的手工工具。因为天气过热，阅览室里还开了空调。

耿浩一进阅览室就眼前一亮。想起莫村小学的艰苦环境，特别是在暴雨下的惨状，不由得想，莫村小学的孩子们如果能在这样的环境里读书，那该多好。

他们的到来吸引了所有孩子的注意力，志愿者小姐姐也愣了一下，负责人示意她继续，她才出声道："来来来，大家看这里，继续看我做下一步。"

孩子们的目光被吸引回去，她就抬起手，慢慢地演示下一步该怎么折。负责人悄声跟他们说，可以去帮助孩子们完成手工。他们立马分散到了各个木桌前。志愿者小姐姐见状，及时变通地告诉一脸茫然的孩子们："如果不会，就问大哥哥大姐姐，他们会帮你们的。来，再看我做一遍。"

志愿者小姐姐又重新演示了一遍，也是做给耿浩他们看的，以便他们教孩子。

"大哥哥，这个要怎么折？我折不过去。"耿浩身边的一个小姑娘扯了扯他的衣衫，白白净净的脸上满是疑问和请求。

耿浩蹲下身子，耐心地帮她。旁边的其他孩子也挪着身子伸长脖子看过来，看一下弄一下自己手里的折纸，等自己亲手把这一步完成后，高兴得咯咯直笑，还把自己的成果拿去向伙伴们炫耀。

"大家都做好了吗？"志愿者小姐姐温柔地问了一句，语调抑扬顿挫。

"好了！"所有孩子齐声应和。

"那我们来做下一步，这一步有点难哦，大家看仔细了。"志愿者小姐姐说着，就又把演示的速度放慢了十倍，还细致地讲解每一个点，以求他们能看懂听懂，"好了，你们自己试试，不会的话可以问身边的哥哥姐姐。"

这回的动作是真的有些难了，耿浩看了一遍都有些迷糊，面对孩子们的急切询问，他还得自己先试一遍。其他的孩子就眼巴巴地看着，等他成功了再教自己。耿浩用余光扫了一眼其他几张桌子的情况，见大家的情况都差不多，这才松了一口气。

折纸步骤太难，那些孩子发现久久不能完成，就开始催促。阅览室里的孩子们越来越急躁，跟炸了锅似的，中间还冒出几个孩子的尖叫声。

"啊，我的毁了！"

"这个怎么开始？我忘记了！"

…………

这样的突发事件摊在半途插进来的三个人身上，他们只能求助志愿者小姐姐和项目负责人。一时之间，大的小的都是焦头烂额。此时的阅览室就像正在火上烧着的一锅水，咕噜咕噜直冒泡，已经达到沸点。这情况，耿浩已经熟悉得不能再熟悉了，只能尽力稳住自己管着的三个孩子，心里有些替这位志愿者小姐姐担心。

"一、二、三……"

兀地，出现一道口号，隐约能分辨出是志愿者小姐姐的声音。口号的声音并没有压过孩子的吵闹声，耿浩想这个法子不会有效的，如果想奏效，必须声音压过所有人才行。正当耿浩看向孙赫，想说让孙赫维护一下纪律的时候，阅览室里又冒出一道响亮的口号。

"请坐端！"

是志愿者小姐姐身边的孩子喊出来的，整齐的声音压过了吵闹声，所有孩子都急忙坐下，刚刚没跟上口号的人也立马和大家一起往后接："七八九，闭上口。"

倏地，整个阅览室安静下来了，没有一个人再说话，而且都放下了手里的折纸，很是认真地坐在自己的座位上，眼睛齐刷刷地看着志愿者小姐姐。不光是耿浩惊呆在原地，张南和刘凤雅也惊讶得说不出话来。

志愿者小姐姐的声音不大，但在寂静的阅览室里格外清晰："好了，我知道这步很难，大家不要急，慢慢来。需要重新做又不会的，一会儿举手找我。我再演示一遍，看清楚咯。"她又演示了一遍，然后说："都看清楚了吗？没看清楚的话一会儿再问，不过要注意咱们阅览室的要求哦。最高品质！"

"静悄悄！"所有孩子接话。

"你们现在要问问题，不需要静悄悄，但是说话要小点声，不要吵闹。"志愿者小姐姐笑弯了眼睛，一摊手，"大家继续吧。"

接下来的一段时间，孩子们还真都小心翼翼的，静悄悄的，跟耿浩说话都是压低了声音，音量堪比蚊子哼哼。耿浩哭笑不得，告诉他们正常说话，保证不吵不闹就可以了。

整节课上下来，每次课堂纪律一崩，志愿者小姐姐都会喊起第一句口号，那些孩子便会自己往下接。等他们接完，纪律也就恢复了。这样的法子屡试不爽，对比之下，耿浩忽然觉得自己当初为了课堂纪律头疼几周，要多可笑有多可笑。

直到结束的时候耿浩才知道，他们原来是小组合作做一个卡纸蛋糕。还别说，出来的效果是真的好看，三层的蛋糕，粉嫩嫩的，放哪儿都是件好看的装饰品。志愿者小姐姐让他们把蛋糕摆进了各小组的专属柜格里。耿浩忽然有些后悔，当初没有和孙赫一起来这儿做志愿者。

第二节课是孙赫的课，他带着孩子们排练话剧《小王子》。这回只需要孙赫这一个导演，他们其他人就在旁边看着，偶尔帮个小忙拿东西什么的。

36　奥运会开幕式

负责人说，话剧里需要用到的道具，就是平时手工课的内容，所以最后排练用的就是孩子们自己的手工作品。《小王子》这本书也在阅读课上让每个人都看过了，并且做了读后分析。他们把阅读和手工、游戏相结合，希望借此来提高孩子们的阅读兴趣。负责人还跟他们介绍了一些管理孩童的方法，以及在面对孩子时需要注意的问题，提出要尊重孩子本身。耿浩、张南和刘凤雅听了，频频点头，才发现，原来教育孩子还有这么多门道。

他们在阅览室待了一天，听负责人讲解了不少内容，受益颇多。负责人也很喜欢他们，还邀请他们下周五来参加活动的闭幕演出。他们欣然答应。

去年的 12 月份，央视国际网络有限公司和国际奥委会签约，成为中国内地和澳门地区 2008 年北京奥运会唯一官方互联网／移动平台转播机构。由此，耿浩他们才有机会到网吧用电脑观看奥运会直播。因为互联网的延迟，电脑上的进度会比电视上的进度慢一点，但丝毫不影响他们看开幕式的心情。

早在下午 7 点的时候，耿浩他们四人就买了一堆的零食，坐在电脑前，打开了央视网的直播网页，调试好网络，等着开幕式开始的那一刻。

因为是假期，网吧里也有几个初高中生，此时都戴着耳机，沉浸在游戏的世界里，似乎与即将开幕的盛事无关。张南和孙赫看时间还早，也打开了游戏，打算先玩一把，顺便邀请了耿浩。耿浩拒绝了他们，拿出下午在文具店里买的笔和本，在网上查着英语教学视频还有他需要的一些资料。为了英语教学任务，他还买了不少的英语资料，包括一本英语大字典。

"我的天，你这么认真呢？"孙赫不敢置信地看着耿浩，"来这儿不就是玩的？"

耿浩解释："来都来了，顺便查查，莫村没网什么都查不了。"

"那行，你忙。"孙赫说完就催张南，"准备开始了。"

刘凤雅随意搜了个偶像剧来看。

与此同时，莫村里的人，该串门的串门，该去麻将馆的去麻将馆，或聊着天或打着麻将守在电视前，等着一睹奥运会的开幕盛况。

晚上 7 点 50 分左右，电视上出现了鸟巢和水立方的航拍，刘凤雅催促孙赫结束游戏，说开幕式就要开始了。孙赫直呼快结束了，就几分钟的事儿，还连连催张南，赶紧结束战斗。耿浩也放下手上的其他事儿，目光落在电脑屏幕上，看着镜头移进了鸟巢内部。

偌大的体育场里坐满了人，如果拍下全貌，那些人就跟绿豆似的，镜头缓缓扫过观众席，可以看到国家领导人，看见来自各个国家和地区的观众。

"这里面好多人啊！小姨，这有多少人啊？"

莫村钟家屋里挤满了人，都是左邻右舍，黄九九坐在钟秀脚边，扒着钟秀的腿指着电视屏幕上的人问钟秀。她从来没见过那么多的人，多得她都数不清。

"九万多呢。"钟秀笑着告诉她，见她不明白，其他人也都不知道这是个什么概念，钟秀进一步解释，"咱们镇才一万多人，这里面可以放下八九个咱们这么大的镇子的人！"

这样一换算，大家就全明白了，是真的大！然后他们看着电视机里的观众，开始发表评论。

"看见了没，那是咱们的胡主席，边上是别的国家的领导人。"

"你看那些人可真黑，比咱们天天下地的人都黑！"

"人家是非洲那边的，就是这样的色儿。"

…………

快 8 点的时候，直播画面暗了下来，只有白色的灯光组合成倒计时数字，随着强劲有力的节奏而变幻，整个场子都开始沸腾。坐在电视机前的人和画面里的观众一起大声呼喊：十、九、八……一！

8 点整到了。

"赢了！"

孙赫激动地一摔鼠标，叫声响彻整个网吧，他迅速切换画面，耳机里传来铿锵有力的击打乐声。

2008 名演员统一服装，排列整齐，浩浩荡荡，击缶而歌，每一声都砸到人的心坎儿上："有朋自远方来，不亦乐乎……"这气势，犹如战场雄师。耿浩坐在凳子上，耳朵里充斥着缶声，眼前是整齐划一的大场面，整个人也激动不已。

孙赫激动地跟坐在左右的张南和刘凤雅分享："可真厉害，这开幕式是怎么想出来的？真有我大中华之霸气！"孙赫的声音太过霸道，耳机都挡不住，旁边的人像看神经病一样扫向他，但看到他们四人那一排电脑屏幕上的画面，忍不住多看了会儿。

孙赫继续激动："这是缶吧？是缶吧？"

耿浩他们三人都戴着耳机，沉浸在击缶声的震撼里，没人搭理他。孙赫看见刘凤雅那边的一个男生在盯着他们的屏幕，也没戴耳机，立马又指着电脑屏幕问："认识这个不？是不是缶？"

那个男生被他的突然发问吓到，茫然地摇了摇头，认不出来，只是问："你们在看什么？"

"北京奥运会开幕式啊，你不会连这个都不知道吧？"孙赫看他像是个高中生，不由得鄙视他——整天就知道打游戏，连这么重要的事儿都不知道——随即收敛了跟那个男生分享的兴趣，注意力重新回到电脑屏幕上。他正要戴上耳机，那个男生又问："在哪儿看的？"

"央视网，自己搜。"

孙赫懒得再理他，因为刘凤雅已经从震惊中缓过神，抓着孙赫的手激动得说不出话来，不知道如何形容这种震撼的场面。孙赫傻笑着帮刘凤雅解说，两个人开始激烈地讨论。张南看着也是连连感叹，把耳机挪了挪，和耿浩交流着感受，他们两个人的状态相比孙赫那一对儿，要正常淡定得多，但激动之情在眼里语气里也是遮掩不住的。

"脚印，孙赫，你看，这烟花是脚印的样子！"刘凤雅又是一阵惊呼，连连感叹设计者的奇思妙想。

耿浩和张南相视一笑，却发现他们周围竟围了一圈的人，盯着他们的电脑屏幕，全是震惊不已的表情。突然看到这样的场面，耿浩和张南有些被吓到，脸上的表情都僵了一瞬。网管在耿浩旁边问了一句："你们在哪个网站看的？"

耿浩道："央视网。"

围着他们的人立马散开，回到自己的机位前，敲动键盘和鼠标开始搜索直播。

一个个电脑屏幕切换到直播界面，开幕的烟花脚印，也一步一步稳稳当当，穿过天安门广场，向北走向主会场，最后在体育场化作星河流下。忽然间，所有电脑画面一黑，随即出现漫天的繁星，繁星缓缓飘落，最后汇聚成闪闪发光的五环，在每一台电脑上熠熠生辉，如梦如幻。

耿浩第二天回村子的时候，茶余饭后都能听见村里人时不时聊两句昨天晚上看到的开幕式。对莫村的人来说，看完开幕式已经足够了，后面的比赛他们基本上看不懂也就没看，麻将馆里的电视节目也换成了儿童爱看的动画片。因为电视遥控器就在孩子们手里，他们只想看动画片。

第二周周五，耿浩又提前给黄林打了招呼，请黄林送他去城里参加那个儿童读书活动的闭幕演出。这回他一上车，就靠着车门假装睡觉，避免又被问一堆问题。演出效果很好，无论是歌舞还是话剧，都让耿浩对孩子的潜力有了新的认知。耿浩相信，莫村的孩子也都能做得很优秀，甚至更加优秀。那天，耿浩又去了趟网吧，查找资料，顺便了解了一下最新的比赛资讯，得知中国队已经获得了数枚金牌，觉得无比骄傲。这回，他买了一堆彩色卡纸、一沓打印纸，还有一些胶水之类的材料。

开学的日子越来越近，耿浩越来越忙，又开始点灯熬夜的生活，一直到晚上12点才睡。紧赶慢赶把所有的教学内容吃透弄完，又反复确认完善自己的教学计划和教案。在开学的前一周，莫远书也要为开学做准备了，她打算在开学前休息一下，因此耿浩结束了补习老师的工作。终于可以全身心地扑在教学工作上，耿浩也很是乐意。

这天，天气依旧炎热，耿浩打开窗户加速房间里的空气流通，旁边开着电扇，扇叶直转，发出呼呼的响声。为防止村委人来人往打扰到他，他就把门关上了。

咚咚咚，敲门声一响，耿浩以为是钟秀来拿资料，就直接说了句"请进"。话落，门从外面打开，进来的不是钟秀，而是一脸慈祥的黄校长。没想到黄校长会过来，耿浩腾地站起来，把椅子让出来，转了个方向，惊喜地招呼："黄校长，您怎么过来了？请坐。"说起来，上次的村支书换届，黄校长本来也在候选人名单里，但黄校长自己给拒绝了。

黄校长往里走了走，摆着手道："你坐你坐，我来看看你就走了。"

37　教育上的困难

黄校长说是这么说，但耿浩又让了一次，他就坐下了，手臂想顺势搭在桌子上，但整个双人桌没有一块儿空余的地儿。黄校长扫了一眼，整个人都惊住了，连连发出赞叹声。

耿浩的桌子上，摊摆着一堆的英语书和资料，一层叠一层，看起来乱七八糟的。几斤重的英语字典翻开压在最上面,刚刚耿浩正好在用。黄校长看了一眼,上面跟蚂蚁一样大小的英文字母密密麻麻,让人看着头晕。黄校长赶紧挪开了视线,心里直叹,这洋文真不是中国人能学的,看着就脑壳疼!

摊开的还有几个厚笔记本,黄校长就近拿了一本。笔记本旧得就像用了好几年一样,边缘都磨损了,上面几乎全是英文。黄校长瞄了瞄耿浩,确定这是他写的,又确认他是个中国人,不是用英语的外国人,心底更加佩服。这本子里的笔迹流畅,看起来可不以为是外国人的日记本儿?果然时代进步了,现在有文化的大学生和他们这些上过几年学的半吊子知识分子不一样了。

黄校长感慨着,还是大致看了看笔记本的内容,看结构什么的好像是教学计划。

说起来,教学计划和教案什么的,他们几个老师之前都没怎么交流过,他们教课都只是提前把课本上的内容给看看,自己理解理解,顶多在笔记本上大致写些上课的粗略流程。

耿浩当初上第一节课前,把自己的教案给黄校长看,黄校长看着稀奇,以为是耿浩自己的教学方法,还说这上过好大学的娃就是不一样,写课堂流程都比他们精细得多,还规矩得多。后来的一段时间里,因为耿浩对教学情况不满意,每次都会把教案拿给黄校长看,黄校长有回忍不住夸了一句,耿浩才说,他是按教案的格式写的。

黄校长这么一听,才反应过来,他之前去别的好一点的学校考察的时候,也看见人家的老师写这个东西,但是他觉得他们只要教好学生就行,没必要写这些东西,就没有刻意提倡去学。这回看耿浩用了一阵子有效果,这才觉得这东西是很好用的,就跟王老师和刘老师说他们也要学着来写。但他们仨都是教了好几年的,实践起来,还是觉得写这个教案有些多此一举,也只有刘老师试过几回,一忙也就没时间写了。到最后,还是只有耿浩自己坚持每次准备教案。

黄校长心里又夸了耿浩一句踏实,看着笔记本上还有红笔和蓝笔圈圈画画的痕迹,并在页面边缘的空白处做了标注,或是用红笔大片地毁了半页的内容,像是删去了,又在最后面用红笔写了新的内容。黄校长虽然都看不懂,但能看出耿浩的认真来,心里高兴得不得了,笑得合不拢嘴。捧着耿浩的笔记本就跟捧着个宝贝一样,小心翼翼,生怕弄坏了。

这可不就是个宝贝？就是这些笔记本要带着他们学校迈上一个新台阶，走向新时代！以后，他们学校的学生也能学上英文了！莫主任平时看着是个不做事儿的，但这回是真的做了件大好事，招进来一个这么能干的老师。

耿浩见黄校长满意，就跟得到了无声的表扬一样，心里也很愉悦——这说明自己的努力得到了认同。这些笔记本，是耿浩两个月的劳动成果，为了保证上课顺利，他要先把教案做全乎了才放心。所以，他先用黑笔把教学内容和计划写出来，第一遍检查用红笔修改，第二遍检查用蓝笔修改。

"耿老师，真是辛苦你了。"黄校长将他的笔记本小心地放回桌子上，挪开手的时候还不舍地摸了两下，有些热泪盈眶的意思，"你真是我们莫村小学的好老师，好老师啊。"

耿浩一时手足无措，上前半步，笑道："校长就别再夸我了，这些都是我应该做的。"

黄校长用显得苍老的手指揉了揉眼角，把眼泪揉了回去，抬眼再看耿浩时，满是愧疚："耿老师，还有一件事儿，我得跟你说。"

"您说。"耿浩往前探着身子，侧耳听着。

"你这屋还有凳子吗？你也坐着。"黄校长看他弯着腰，自己都觉着累，拍了拍他的肩膀把他的身子又给怼直了。

耿浩听这意思，黄校长要么是有个极其不好的消息要跟他说，想让他坐着有个支撑，要么就是要说很久。不管哪种情况，他还是去了医务室，借了个矮凳子回来，就坐在黄校长的对面，满脸认真地等着黄校长说话。

"耿老师，咱们学校是咱们村的人自己办的，这事儿，你知道吧？"黄校长拐弯抹角地问了耿浩一句，有些不敢直视耿浩的眼睛，真希望他接下来说的话不会吓跑了这个能干的老师。

耿浩点了点头："嗯。"

黄校长继续说，神情沧桑又无奈，再也没了慈祥的笑意："所以，这学校的支出，都是村里人凑的钱。最近村里大搞养猪，村里还得去外面借钱，所以……"

耿浩大概晓得黄校长是什么意思了，但也不接话，等着黄校长把话说完。

黄校长巴巴看了耿浩半天，知道他这是学坏了，叹了声，直截了当地说："所以，村里就没钱拨给学校，这开学的英语课本和资料也就买不成了。但我想着,课本虽然买不成,但这课还是要开的。就说辛苦一下耿老师,教课的时候更细心一点。不过看耿老师这准备的情况,看来是没问题的,我也就放心了。"

这是客观条件,耿浩也不好再说什么,教材一直都是莫村小学的一大负担,但莫村小学也是不收课本费的。因为课本是每年循环利用的,一个学期上完,期末的时候把课本收回学校,留给下一届学生用。至于练习册之类,都是确定家长们都能交上费用,才决定买。

"其实咱们学校不能向上面申请教育补贴吗?"耿浩问道。

"现在教育政策也在往乡镇倾斜,但都是以公办学校为主。咱们县这两年为了发展,也欠了一屁股的债,凡事都要先发展经济,教育上没那么多钱,不光我们,也有好多学校想去上边申请补贴,但拨不下来,有什么办法?"黄校长越说越无奈,腰背也不由得弯了下来,像是被沉重的担子压得喘不过气来,"我们也打算转为公办的学校,但因为这,上面就鼓励我们送孩子去镇上的学校,说镇上的学校过两年就会有拨款重新修缮,会越来越好。可这么多孩子,镇上离这儿又远,谁愿意送去啊?"

耿浩沉默,看着黄校长,也止不住心酸:"前阵子我才去了县上,听说咱们县有个公益机构,我看他们的教学条件挺好,他们是怎么办的?不是政府给拨的款?"

"公益机构?"黄校长愣了下,半响才想起来,"哦"了一声说,"你说的那个啊,是一个国际救援和发展机构,专门帮助贫困地区的,两年前才和咱们县政府合作,在咱们县办了这么个分机构,他们用的钱都是人家捐的,不走政府的。他们才来咱们县没两年,就先从县城开始进行工作试点,还没来得及来我们乡下发展。我们也试过向他们申请资助,但他们经过考核后,还是决定先拨款给镇里。毕竟,村里不比镇里,要是把钱投给我们,没两年村里的学校关了,他们的钱也就打了水漂。"

这样一盘下来,莫村小学的所有出路似乎都断了,只能在夹缝中自己顽强生存。莫村小学的发展不是一般地艰难。耿浩沉了沉气,也没什么好话能安慰黄校长的,只能说:"一切都会好的,我们现在就咬咬牙坚持坚持,等村子里这回靠养猪富了,咱们小学也能过得好些了。没有课本也没关系,我直接教就行,这不是什么事儿。"

黄校长激动地双手握住耿浩的手："真的是辛苦你了，来到我们村儿，受苦了。"

"村里人对我很好，给我吃好的住好的，没什么受苦的。"耿浩笑着安慰黄校长。这儿的环境是不好，但他也是从这种环境里出来的，适应起来根本不存在什么问题，更何况孙赫这样的公子哥儿在村里都不叫苦，刘凤雅这个城里的乖乖女都能扛下来，他们支教的村子比莫村也不见得能好多少，这样一想，他更没道理抱怨了。

黄校长听了耿浩的话，紧紧握着耿浩的双手不松开。耿浩被他粗糙的大手传来的温暖包围，也感受到了黄校长手心传递过来的压力，目光轻轻一移，落在桌子上久久失神。

阳光从窗外洒进来，将桌子照得亮亮的，书本的纸张在外面吹进来的热浪和电扇带来的风中来回翻动，发出细碎的声音。上面的每一个字符都在随着风和声音跳动。耿浩有那么一瞬间，感觉现在孩子上学的艰难程度还和上个世纪一样。

黄校长跟耿浩又聊了会儿，才说不耽误他做事儿了就要离开。耿浩送黄校长出门，打算把他送到坡下。刚出门，就看见钟秀站在坡道口，立在一棵树下躲避着骄阳，面对着坡道，那状态非常专注。

38　修路的材料

"哎哟，秀秀，你就先回去吧，叔做事儿你还不放心？"坡道下面传来一道中年男人的声音。

钟秀笑着说："叔做事儿我肯定放心，这不是我也没事儿？就在这儿看看，叔你们要是渴的话，跟我说，我给你们倒水。"

"你个大姑娘，在这太阳底下晒着，小心越晒越黑，到时候嫁不出去了。"依旧是那个中年男人的声音。

"我本来就黑，嫁不出去就嫁不出去了。"钟秀毫不介意那人的打趣，也已经习惯了，细长的手指往坡下面一划，说，"叔，这中间要修个坡道的，您别忘了。"

"哎哟，忘不了，我的钟文书哟。"中年男人无奈地应了一声，"文书，你赶紧进去做你的事儿吧，别在这儿看着了。"

"好了好了，我不说了，我就待会儿。"钟秀忙说好话，靠着树笑眯眯地看着。

耿浩正好跟黄校长走到她跟前儿，黄校长跟耿浩说这是在修路，终于要动手修这条害人的路了。耿浩走到坡道口，果然看见下面有两个男人，年轻的在拌水泥，中年的正在清理坡道。黄校长看这路要修起来，脸上笑盈盈的："秀秀啊，学校那边儿的那条路什么时候动工修啊？"

"这儿修完就修那边了。"钟秀回话，脸上笑意浓浓，"等过两天开学，村里的娃就能走水泥坡路了。"

"哎，好，那就好。"黄校长说着，跟耿浩摆了摆手，喜滋滋地从旁边下了坡，尽量不影响下面人的施工，等到了坡下，还乐呵呵地跟施工的两人说，"细娃儿，辛苦你们爷儿俩了。"

那中年男人咧嘴一笑，回了黄校长一句："不辛苦不辛苦。"

耿浩瞧着黄校长双手背在身后，走路都轻快了不少，暗道这才真正叫无事一身轻，看来是要解决的事儿都给解决了。目送黄校长走远，耿浩也没急着回去，先跟又是好些日子没见的钟秀搭了两句话。她确实又黑了不少，不用说，肯定是整天上山下河折腾的，膝盖上还留着一大块疤，是上回摔的。

"村委的动作还真是快，这就把路给修上了。"

钟秀不以为然地扯出个笑来："是挺快，总算是能修上了。"

她为了这儿的台阶能修起来，天天追着村支书和村主任问：这门前路的事儿咋样了？他们俩大忙人就一直说在弄了。

开始还有个主意，说是从河里山里搬些大石头铺上。钟秀听完觉得不妥当，说这土坡的土比较松散，铺了石头也容易松，到时候大雨冲过头了，石头滚到路边没准儿还会砸到人，以前发生过这样的情况，建议直接铺水泥彻底解决问题。

村支书和主任就反驳，说铺水泥要花钱买材料，又是一笔开销，现在村里能节省些就节省些，还说钟秀自己就是文书，管的正是村里的财务，这些事儿她再清楚不过了。钟秀无法，只能顺着他们的意思，同意先用石头压出个台阶来，至少也是个稳当的，比土台阶好太多了不是？

但后来，支书和主任一忙，就又忘了。正好他们在为养猪的事儿发愁，钟秀再一催，就烦了，直接跟钟秀说，让她去找人安排，这件事儿就交给她了。钟秀听他们俩这就做了甩手掌柜，二话不说接下了这项任务。后来她想着，既然这事儿归她负责了，那她就要做到最好，还是尽量铺水泥。不能花村里的钱，她就去打人情牌，先是问谁家在建房子。可巧，让她给问着了一家，而且是马上要建完的。

那家姓李，她也熟，李家的儿子李进德是她的初中同学，还是同桌。李进德学习不怎么好，家里也没什么钱，初中毕业后去了外地打工，一两年回家一次，钟秀也好久没见着了，不过听说他现在混得不错。这回李家建房子就是给李进德建新房的，为了让他娶媳妇儿用。钟秀去的时候，李进德正好从外地回到村儿里，钟秀就直接找了李进德，因着是老同学说话也就直接了。李进德听完，不带犹豫的，直接跟钟秀说水泥要多少拉多少。

这不，钟秀就拉了回来，还请了常年在建筑工地做活的钟云国父子俩来修。

耿浩直佩服钟秀的办事效率。正巧莫主任回来，看见路真的在修，还是修的水泥路，大笑着夸钟秀："我听说村委下边在修路了还不信，赶紧过来看看。你这还真安排上了？"

钟秀得意地仰起脑袋，笑道："那可不，上回下雨我差点又摔了，这一条腿儿刚好，才不想另一条腿儿也给摔了。"

"行，办事儿快当。"莫主任假装听不懂钟秀话里的埋怨，手指一划钟秀和耿浩，乐得合不拢嘴，"年轻人就是有热情，干什么都快，比我们好多了，我们还真的是老咯。"

"您这才多大年纪就叫老了？"钟秀懒得接他这话。

"不服老不行。"莫主任说着就往村委大厅走，钟秀跟耿浩挥了下手，也跟了上去。耿浩听见莫主任别有意味儿地问钟秀："我听说，这些水泥材料都是李家那个儿子送给你的？"

"嗯，怎么了？"钟秀坦荡荡地回了。

"那小子以前不是就对你不错？这回这么爽快就答应送你……"莫主任悄悄放低了声音，一双眼睛满是八卦的意味儿。

"这不是送我的，这是送咱们村子的。这是为咱们村子做好事。舅，你就别成天瞎想些有的没的，有这时间，还不如去看看大伙儿养的猪怎么样了。"钟秀的一双眼睛都不想放在莫主任身上，自己快走几步先进了村委大厅。

"舅这也是为你好，你不跟舅说，你回去你大姐也得问你。"莫主任双手往后面一放，满不在意地进了大厅。这事儿钟秀不跟他说，他明天也能从钟灵那儿晓得，还非要藏着掖着，看来是真有事儿！

果不其然，钟秀晚上回去的时候，钟灵在餐桌上就问起了这个话题。

"秀啊，大姐听说，那个李进德回来了？"

钟秀脑袋一疼，闷哼了一声："嗯，回来了。"

"哪个李进德？"黄九九扒了两口饭，抬头问了一句。

钟灵喜滋滋地跟闺女解释："就是你小姨的初中同学，住在咱们村口的那家的儿子。你出生的时候他还来看过你呢。"

这一说都说到了出生，黄九九就更不知道了，应了一声然后问："他是不是喜欢小姨？"黄九九一看钟灵的表情就知道自己的老妈是要撮合小姨和那个男的，因为她现在的表情跟当初看耿浩的表情一模一样，也跟当初给钟秀说那些相亲对象时的表情一模一样。黄九九现在都还在庆幸，庆幸她的耿老师有了女朋友，不会跟自己的小姨在一起，她也不用过连回家都能遇见自己老师的悲惨生活。

"喜欢，喜欢着咧，以前老是找你小姨玩儿。"钟灵越说越激动，忽然发觉这种事儿得跟当事人说，跟黄九九说半天有个什么用？当即扭头找钟秀："秀啊，大姐听说，李进德现在可厉害了，这几年在外面挣了大钱，家里的房子就是他自己挣的钱盖的。"

钟秀直接泼了冷水："人家是有女朋友的，长得可漂亮了。这建的房子，就是他们俩结婚用的房子。"李进德当时和她聊天，喜滋滋地把自己女朋友的照片拿了出来给钟秀看，然后说他回来就是看房子建得怎么样了，等装修好了，就把女朋友带回来。

"又有了？"钟灵眉头一皱，她打听的时候，明明说是没女朋友，黄金单身汉一个，怎么这么快就变了？"我咋就没听说？"

钟秀盯着钟灵失落又不相信的眼神，默默地算了算自己的年纪，又想，自己这么多年是怎么折磨自己的大姐了？大姐怎么老是想着把她给扔到别人家里去？从毕业回来，就巴望着她找对象结婚。好不容易前阵子消停点儿，在知道耿浩真的有对象后,又开始亲自给她找对象。钟秀一度以为,她大姐还是太闲了!

"大姐,你就别成天瞎打听了,我现在是真的不急。你要是嫌我在家里待着碍眼,我就搬出去。"

这话一出口,钟秀就有些后悔了,知道自己这玩笑开得有点太过火了。果不其然,耳边传来放筷子的重响,悄悄抬头,就看见钟灵一脸严肃,满眼都是受伤。钟秀连忙道歉:"大姐,我不是那个意思。"

"秀秀,大姐把你养这么大,什么时候说过你碍眼的话了?还是说,你怪大姐管得太多,你早就想搬出去了?"

"大姐,我没这个意思。"

"你要想搬出去,能搬就搬吧。大姐以后也不啰嗦了。"钟灵说着,又重新拿起了筷子,生着闷气继续吃饭。

钟秀愧疚得很,默不作声地也低头继续吃饭。

吃完饭,钟灵直接把桌子给收拾了,碰都不让钟秀碰一下,一直到晚上睡觉两人都没说话。

晚上快10点的时候,黄林回来,钟灵就坐在床上抹着眼泪跟黄林说饭桌上的事儿,说是不是自己太烦人了,秀秀是不是长大了嫌她烦了。说秀秀如果真的翅膀硬了嫌弃她这个做大姐的,那她就当养了白眼狼,就当没养过这么个妹妹。

39 开学报名

黄林知道是钟灵想太多,就抱着她哄了两句,说:"秀秀肯定不是这么想的,秀秀最孝顺了,但秀秀也确实长大了,有些事儿能自己拿主意了,咱们做姐姐姐夫的就不要再逼了。"然后趁着出去洗脸的时候,又去敲了钟秀的门,替钟灵道歉说钟灵饭桌上的话不是那个意思。钟秀连忙说知道,是自己说话太过分。

经黄林两头一劝,第二天早上两姐妹别别扭扭又重新说上了话,钟灵说她想通了,不再催钟秀找对象了,以后谁再问起这话,她就跟谁急。钟秀哭笑不得,也说自己昨天是开玩笑的,如果没大姐拉扯,她是无法长成今天这样的,说以后说话也会注意分寸,不再随便开玩笑。连带着,钟秀又拉过黄九九教育:"九九你昨天也看见了,所以你妈和小姨我平时一直教你说话要注意,是不是有道理的?"

昨天晚上还在她们姐妹俩中间担惊受怕的黄九九现在被提溜出来,一脸的莫名其妙,嘴上还得乖巧地附和:"是,有道理。"她还是觉得,老妈和小姨多吵两架比较好,这样她们就没时间统一战线来教育她了。

钟秀笑盈盈地去上班,顺手还拿了自己当初用过的复读机。她昨晚上回了房间,把屋子里的东西全翻了一遍,看着自己这么多旧物,就想起大姐对她的养育之恩来,也自责地抹起眼泪来。这个复读机就是她昨天翻出来的,是大姐攒钱给她买的升高中的礼物。

当时,大姐送给钟秀复读机的时候说,平时钟秀学习上用的都让老二给出钱买了,她也得出钱买点什么才行,于是去县城的书店和文具店里转悠,人家说现在都要用这个听磁带学英语,她就买了送给钟秀。那时候,钟秀在县城里住校,只知道这份礼物很难得,后来才晓得,大姐为此去山上砍了好久的竹子,又每天天不亮就去镇上或城里卖菜。因为姐夫的摩托车要载人赚钱,她就自己骑自行车去县城。后来钱不够又让姐夫晚上多跑跑摩托车,他们俩才攒了个复读机出来。都说长兄如父,在钟秀这里就是长姐如母。

钟秀再看手里的复读机的时候,露出释然的笑意,抬眼就把复读机递给了耿浩:"我看你这里挺多英语磁带的,但是没复读机,学校现在连教材都买不了,复读机肯定也挺难买,你就先用我这个吧。"钟秀管着村里的财务,莫村小学的用款也都是从她这儿拨,莫村小学的财务是什么情况她也是一清二楚。

耿浩内心不胜感激,接过复读机:"谢谢。"

钟秀最后瞥了一眼复读机,表情有些微妙地说了句:"这个你注意用,别用坏了。"

耿浩看了看自己手里的复读机,猜到它应该对钟秀很重要,就捏得紧了些,给了她一个安心的笑意:"我会的。"

"你现在要不要试试?"钟秀眼里忽然冒出光来,"我也好久没用过了,不知道它还好不好用。"

耿浩立马打开复读机,从抽屉里拿出一盘磁带,放了进去,按了播放键,接着听见磁带转动的声音。没过几秒,就传出清晰的女声,一本正经地读着课本配套的听力内容。耿浩和钟秀相视一笑。

耿浩按了暂停键:"挺好用的,这看起来有些年头了,你保存得挺好的。"

钟秀回忆道:"2001年买的,离现在有七年了。你忙,我也去忙了。"

有了复读机,耿浩就每天戴着耳机听磁带,看哪些是他需要加在课堂上的,哪些是不需要的。有天,莫主任闲逛进来,看见他手里的复读机,"咦"了声,说跟钟秀的那个一样。耿浩说这就是钟秀的。

莫主任一声长叹后,把钟秀怎么得到这个复读机的事儿说了出来,然后告诉耿浩:"你可要好好保护,别弄坏了。这个事儿我还没跟秀秀说过,你也不要跟秀秀说了。"说完,莫主任就念叨着当年的不容易,缓缓出了门。耿浩对待这个复读机,更是如同对待至宝一般,拿在手里感觉沉甸甸的,有千斤重一样。

…………

8月31日的下午,王大华去了村委找耿浩,说是第二天就要开学了,他们需要提前去学校,把学校收拾一下。他和王大华把学校的每一间屋子都恢复原状,然后又拿着抹布把每一张桌子擦得干干净净,最后还把卫生给打扫了一遍。

王大华边收拾边念叨,说以前擦桌子扫地这些事都是刘嘉干的,然后又说了许多跟刘嘉有关的事儿。说只要刘嘉在,学校就永远是干干净净的。

"刘老师,她真的是把学校当成了自己的家。"王大华说着,杵着扫把直起了酸痛的腰,眼里是浓浓的伤感。耿浩回想起和刘嘉相处的那一个月,也不由得开始伤感,以后这个学校,就只有他们三个大老爷们儿了。

他们把一、二、三、四年级上册的课本从柜子里搬出来,摆在办公桌上。第二天家长带着孩子来报名,就顺便把课本也给领了。课本没有一本是新的,小孩子不懂得爱惜,所以每本书的书角都卷得不成样子,好多书都是缺角少页的。耿浩问王大华这批书用了多久,王大华说用好几年了。临走的时候,王大华告诉耿浩,第二天最好7点左右就到学校,因为一般那个时候就有家长带着孩子来学校报名了。

晚上耿浩就让黄姐多蒸两个馒头,说他第二天就可以直接拿着吃了,黄姐也不用再来做早饭。没想到,第二天早上6点多的时候黄姐就来了厨房,给他做早饭。对此,耿浩不知道怎么感谢才好。黄姐虽然有时候比较爱计较,嘴也比较碎,但是做事还是很认真负责的。

耿浩到学校的时候，王大华也到了，有些家长早就领着孩子等在了办公室门口。耿浩和王大华一到，他们就纷纷站了起来。王大华让耿浩登记信息，收暑假作业，他负责收钱和派书。

第一个报名的是莫喜。送莫喜来的，是莫喜的老爸——莫远河，按辈分算，他和莫远成莫远胜是一辈儿的。莫远河从裤兜里扯出一个钱布袋子，布袋子上有根绳儿，和他裤子上的襻带绑在一块儿，看样子是怕钱袋子掉了。他边打开布袋子边问耿浩："老师，莫喜上二年级了，要交多少钱？"

"十五块，交给王老师。"

耿浩含笑说着，低头就在昨晚打印的信息登记表上登记一串基本信息，一边写一边问莫远河。莫远河也是一边答，一边拿钱。他从布袋子里掏出一个布帕来，布帕打开，里面还有一层，再打开还有一层塑料袋，把塑料袋打开，里面装着一堆硬币还有几张旧纸币。莫远河小心谨慎地拿出了一张二十块的人民币，脸上堆着笑递给王大华。他的手上满是褶皱和细微的伤痕，指甲宽而扁，里面藏污纳垢，整个指甲盖泛着黑黄。纸币被他紧紧地捏在手里，直到确定王大华捏住了不会掉了，他才笑着松开，然后紧紧盯着王大华找回五块钱。

"给，找你五块。"王大华把钱递给莫远河，另一只手把课本递给莫喜，"给，课本拿好。"

莫远河迅速接住钱，莫喜睁着一双大眼睛接过课本。莫远河把五块钱一折，整整齐齐地放进塑料袋里，然后系上，又用布帕一层层包好，重新放回布袋里，塞进口袋，整个手都没了进去，把布袋放到了裤兜的底部才放心，然后拍了拍裤兜，露出安心的笑来。莫喜和他爸一样，接过课本，认认真真地放进自己的布包里，慢手慢脚地拿出暑假作业交给耿浩，然后拉上布包的拉链，扭头看着老爸，咧嘴一笑。父子俩相视，脸上带着同样的笑，腼腆内向而又由衷喜悦。

耿浩自从知道莫喜的情况后，不自觉地对莫喜多了些关注，看着他咧嘴笑得纯真，心底也是软软的。莫喜每次都只会在老爸来接他的时候露出笑，在学校的时候，从来都是畏畏缩缩的，看什么都很怯懦的样子。耿浩今年主要带三四年级的英语，还有一二年级的语文，想着如果有精力，还要多关心关心莫喜的学习情况。

报名的真正时间是9点，因为有些家长早到，耿浩他们从7点就开始忙报名程序，不过真正忙起来是在 8 点之后，9 点的时候报名都快接近尾声了，耿浩看到了令他惊喜的一家三口。

"耿老师，俺们来报名。"莫丰收一只手拉着一个孩子，走进办公室，站在他们面前，黑到有些发红的脸上露出质朴的笑容，"莫远成和莫远胜，都上二年级。耿老师，一共要交多少钱？"

耿浩笑得露出白花花的牙齿："一个人十五，一共三十块，交给王老师。暑假作业交给我。"

莫远成和莫远胜迅速低头，拉开斜背的布袋取出暑假作业，递给耿浩。莫丰收从裤兜里掏出一叠零钱，数了三十交给王大华。王大华收下钱，笑吟吟地打趣儿："老莫现在有钱了啊。"

"没什么钱，工头说钱过段时间才能给，我先支了点儿，让远成和远胜把学给上了。"莫丰收虽然说的情况不怎么好，但脸上还是露着喜悦，可见虽然受了许多苦，精神头却是比之前好多了。

40　熟悉的李进德

"给，你们的课本，拿好了。"王大华把书递给莫远成和莫远胜，继续问莫丰收，"你还去工地吗？"

莫远成和莫远胜眼里闪着光，赶紧接过了课本，装进自己斜挎的布袋子里，然后抓住莫丰收的左右胳膊，抬头看着莫丰收。

"去，我今天回来带他们报名，明天就回城里。工头看我做活儿可以，就带着我去了另一个建筑工地，这回是盖房子，能做大半年呢。"莫丰收说着他的情况，把两个孩子往怀里一搂，"我先把他们送到我舅家去，让他们帮忙带着。正好，离学校还近些。"

听莫丰收把桩桩件件都安排得周到，耿浩暗道莫丰收的变化是真的大。等莫丰收登记完信息走了之后，王大华才感叹，莫丰收这回是真的重新振作了。他说莫丰收年轻的时候也是个大好青年，外面哪儿都去过，人勤快，还学过木匠活儿，怎么着也不至于混成之前那个样子，全是因为媳妇儿突然走了，对他的打击太太。不过，看他现在这努力的样子，他们爷儿仨以后应该也能好好的。

耿浩对此也是感慨颇多。莫丰收走了没多久，耿浩正批改学生的语文暑假作业，门外响起交谈声。

"秀秀她大姐。"是个男声，听声音挺年轻的，而且还有些低沉，带些磁性。

"哎哟，你是？"这回说话的是钟灵。

耿浩听到谈话内容，抬起了头，往门外看过去，只能看见钟灵领着黄九九侧站着，看不到她们面对的人长什么样子。这时，那个男的又开了口。

"我是德子啊，秀秀的初中同桌儿。"声音里是掩不住的笑意，语气很礼貌。

钟灵恍然："哦，是李进德啊！"

听到熟悉的名字，耿浩心里咯噔了一下，想起钟秀提到过这个人，修村委和学校门前坡道的水泥都是他送的。莫主任也提过，说这人对钟秀有意思，还打算撮合他们两个。不光耿浩熟悉这个名字，黄九九也熟悉，还激动地叫了一声："你就是喜欢我小姨的那个人！"

钟灵没想到黄九九会当人家面儿直接喊出来，赶紧把黄九九的嘴给捂上了，讪讪笑着："小孩子不懂事儿，乱说的。"

"没事儿，我以前是真的喜欢秀秀的，不过当时配不上。"那人的声音里带着些许的羞涩，让耿浩更加好奇这个人长什么样子。王大华听见动静没什么反应，认为就是两个老熟人的谈话而已，但一抬头看见耿浩看着门口，听得聚精会神，不由好奇，懒懒一笑："你看什么呢？"耿浩被王大华的突然发问吓到，说了句"没什么"就挪回视线，转了下红笔，继续改暑假作业，但钟灵和那个李进德的话还是硬生生往他耳朵里钻。

"哪有什么配不配得上。听说你现在有对象了，就要结婚了？"钟灵笑问。

"是，打工的时候认识的。等房子盖好了就带她过来。这是大姐的闺女，九九？"

"是啊。"

"记得我还抱过，不过那个时候她才刚出生，现在已经这么大了……"

王大华用笔屁股在耿浩的眼皮子底下敲了敲，耿浩不解抬头，王大华又悄声说："人家有女朋友，要结婚了。"

"听到了。"耿浩不去看他八卦的眼神儿，闲闲回了句，继续低头批改作业，唰唰几下，一页就改完了。门外再说什么，他也没听进去。

直到听见有人进门的声音，耿浩才不慌不忙地抬了眼，钟灵和黄九九先进来，李进德拉着李燕也跟着进来了。李进德进来的时候背着光，等他整个人进来，耿浩才看清他的样子。他身上穿着白短袖和土黄的五分裤，脚上穿着双运动鞋，身高一米八左右，身材适中，皮肤算是白的，脸上带着笑，看着很是爽朗，是莫村妇女经常提的俊小伙一类。李进德看见耿浩的时候，眼睛里明显也露出几分兴趣。

"耿老师，我来给九九报名了。"钟灵很是熟络地跟耿浩打招呼，李进德看耿浩的目光更不一样了。耿浩看清李进德的模样后，对他也没了什么兴趣，立马回到自己的本职工作，招呼钟灵："黄九九下半年二年级，需要交学费十五块，给王老师，把暑假作业给我。"

钟灵忙从兜里掏钱给王大华，嘴里还催促黄九九赶紧交暑假作业。黄九九看见耿浩正在批改暑假作业，别扭了两下，郁闷地慢吞吞地从书包里掏出暑假作业来。黄九九是村里仅有的几个有书包的孩子之一，她的书包也是她二姨钟妙买了寄过来的。

"哎哟，怎么慢腾腾的？"钟灵收了找回的零钱以及课本，黄九九才把暑假作业掏出一半儿来。钟灵看不过眼，直接帮她取了出来，递给耿浩："耿老师，你看看，有什么不该错的，直接罚她重写。"

耿浩本来还想逗逗黄九九，问她掏得这么慢是不是没写完，但听完钟灵这话后，他不敢说任何逗趣儿的话，坚信黄九九写完了，而且肯定钟秀还过目过，只是接过暑假作业说："我会好好改的。"然后把作业放到一边，拿出登记表："大姐，问些基本信息，我这儿登记下。"

"嗯，你问。"

耿浩问一个，钟灵答一个，等耿浩填完，钟灵笑道："这些你不都知道吗？还问这么半天。"耿浩哑口无言，余光扫到李进德微妙的表情，一本正经回了钟灵的话："我怕填得不对，还是问问比较好。"

"行了，这就报完名了吧？"钟灵笑他傻。

耿浩点头："完了。"

"那我就回去了，晚上我炖肉汤，你要不要过来尝尝？"钟灵热情邀请耿浩。

李进德的眉头都皱到一块儿去了。

"不了，我下午回去还要备课，明天就上课了。"耿浩婉拒。

钟灵顿时心疼："这么辛苦，更得好好补补了。晚上我让秀秀给你送去一碗。"

耿浩忙拒绝："不用这么麻烦，晚上黄姐会给我做饭的。"

"我一会儿就去跟她说不用给你做晚饭了。"钟灵利索安排，拉着黄九九就出了门，不再给耿浩拒绝的机会，连耿浩想改口说上门去吃都没机会。

王大华整理着学费，很是牙酸地说："我明天也要上课，在这儿坐了半天，钟大姐咋就没想着给我也送一碗？"

耿浩连看都不想看他，直接挺直身子问李进德："来报名？"

"嗯，李燕，下半年上四年级。"李进德拉着李燕上前。

耿浩面色温和地问完了所有的基本信息，知道他原来是李燕的哥哥。一切都按流程走完，李进德拉着李燕回去了。一直等到下午两点的时候，莫丰江才带着莫北和莫南来报名。莫北的下巴早就恢复了，但是留下了一大块儿疤痕，整个人又晒黑了一圈。

他们俩真的是让耿浩不知道说什么好，一个吃零食吃坏身体，一个买零食磕了下巴，就这，身体好了之后又去小卖铺买零食。有几回他们正要进零食店，发现耿浩在附近，立马拐了道假装不是去买东西的，等耿浩离开，立马钻进去。耿浩也是奇怪，上回莫家夫妻俩不还答应得好好的不给他们零花钱吗？医生告诉他，不明给，那两个鬼机灵也会自己弄。

报名的时候，耿浩专门问了莫北和莫南一句："你们假期好好吃饭了吗？"

"吃饭了。"他们俩回了一句，耿浩一看他们的小表情，就知道他们是在胡说八道，但也懒得刺破，只是顺着强调，"好好吃了就好，免得又肚子疼。"

报名结束后，耿浩看了一下报名结果，今年一年级只有六个人，二年级十个，三年级六个，四年级三个，一共二十五个人，比上个学期少了六个。王大华看了看名单，很是平常地说这是正常现象，莫村小学的学生总是忽多忽少的。耿浩问这些没来的孩子是不上了还是去了镇上。王大华想了下说，有些是上学期上四年级的，基本上都不上了，只有江湖海被送到了镇上继续上。江湖海的老爸就是跑车的，每天接送孩子也是顺便，所以就送去了。其他年级的，有几个也转到了镇上的小学，有的受家里条件限制，暂时休学。

耿浩打算去这些学生的家里看看，王大华告诉他不用去，说没来的那些都是住在山上的，远得很，过得比莫远成家还艰苦，能来上一两个学期已经很不容易了，就算去看了，也帮不上什么忙，自己心里还难受。王大华说的没错，耿浩只能保持沉默，看着登记表发怔。

王大华安慰了耿浩几句，让他别太在意，说他也是山里的孩子，这种情况肯定也见了不少。耿浩想起自己村子里的情况，更加惆怅地长叹一声。王大华最后拍了拍他的肩膀，抱着数学作业回家去了。耿浩将百般惆怅全都化成动力注进教学工作中，直接在学校批改起了暑假作业。

下午6点的时候，钟秀还真给他送了钟灵熬的肉汤，还有几张大饼。钟秀送到就走了。耿浩是越吃越香，连连赞叹钟灵的厨艺，慢慢地也忘了那些令人烦恼的事儿。

41 第一节英语课

奥运会虽然只办了十六天就结束了，但为奥运会创作的几首歌曲在接下来的日子里红遍了大街小巷，其中最火的就是刘欢和英国女歌手在开幕式上唱的《我和你》，还有群星演唱的《北京欢迎你》。耿浩直接用这个话题作为第一节英语课的开场词。

"我姓耿，以后就教你们的英语课了。在上课之前，我想问问你们，你们都会唱刘欢的那首《我和你》吗？"

因为四年级之前没接触过英语课，所以四年级直接和三年级合并，一起从头学英语。三年级加上四年级，一共九个人，可能是因为人少了，也可能是因为年龄大些了，总之，听见耿浩的问题，孩子们用正常的声音回了一句"会唱"，只有莫北和张大飞很激动地叫了出来：张大飞扬脖就是一句"不会"，像个大爷一样；莫北则是自信满满地说了句"会"。

耿浩一时不太适应只有两个捣蛋鬼的"正经"课堂，手指翻了翻自己备课的笔记本，继续问："那位英国女歌手唱的英语部分你们也会吗？"

他们稀稀拉拉说着"不会"，然后摇着脑袋，又只有莫北和张大飞的声音跳了出来。还是张大飞扬脖说"不会",莫北跟张大飞暗暗较量似的,用更大的声音吼了一句"会"。

耿浩能忽略什么都不会的张大飞,但不能忽视什么都说会的莫北,不过总觉得她说的话有夸张成分,但环视其他人也没有要配合的意思,耿浩只好把目光落在莫北身上,指了下莫北说:"莫北,你会的话起来给大家唱唱。"

莫北很是利索地站起来,左右看了看,然后别扭着说:"得有个人陪我一起唱。"

耿浩问:"你看有没有人能和你一起唱?"

和预料的一样,没有人吱声,只有莫北一个人孤零零地站着。突然接手这么淡定的课堂,耿浩再次不适应。以前在一二年级的时候,就算不会唱,激动回答的声音以及十足的底气都会给你一种"我们不光会还能唱得很好"的错觉。顿了几秒,耿浩适应了这种课堂氛围,对莫北说:"你就自己唱一段儿吧。"

"那我不唱了。"莫北身子一扭,坐了回去。

耿浩当即不知道说什么好,刚刚折腾半天,就是白白浪费时间的?

"不唱你又说会唱,你这不是忽悠老师吗?"张大飞当即为耿浩抱不平,扭头就朝坐在后面的莫北大吼,梗着脖子指责,"不会就说不会!"

"谁说我不会?"莫北不乐意地直接反驳回去,生气地瞪着张大飞。

"那你会唱你又不唱!"张大飞的嘴里就跟含着烧萝卜一样,怼人的话都说得含糊不清,只有高亢的声调在为他撑着气势。

"好了,张大飞,坐好。"耿浩叫回张大飞,双手一撑讲桌,也想激励一下莫北,就说,"莫北,那你证明一下,唱两句?"

"我就不!"莫北鼻子一哼,扭过脑袋。

请求失败,耿浩又被她没礼貌的样子惹得心里不快,忍了忍,叫回又要抱不平的张大飞,决定不理会莫北,免得给自己找不愉快。耿浩直接开始自己的进度:"你们肯定都会知道旋律,只是不认识那些单词,所以不会唱。那你们知道为什么北京奥运会开幕式的主题曲《我和你》的歌词分汉语和英语两部分吗?"

"不知道!"张大飞想也不想地扬起脖子大喊。耿浩也不知道他这种耿直是好还是不好,虽然让人听着很不痛快,但也没理由责怪。人家既说了实情,又配合了你的课堂,好像根本没有理由责怪。

"我知道!"莫北又是最激动的那一个,举着手直接站了起来,非要成为最瞩目的那个，一定要让耿浩看到才行。耿浩在她出声的那一刻，觉得脑壳更疼了，但还是给了她一个机会："好，莫北，你说。"

"因为歌名叫《我和你》，所以是两个人。"莫北声音洪亮，说完就满是期待地等着耿浩的点评。

耿浩哭笑不得，不得不承认，这个答案没有半点问题，立马点头肯定："说得对，那为什么一个唱汉语，一个唱英语呢？不能一个唱德语，一个唱俄语？"在张大飞又要脱口而出"不会"的时候，耿浩先一步说："不知道的话就不用告诉老师了。"张大飞立马合上了嘴。

众学生陷入思考，又是莫北率先举手。耿浩抬手示意她回答："莫北，你说说。"

"我不知道，老师你说。"莫北的声音依旧洪亮，挺着腰背底气十足。

耿浩彻底被她逗笑了，挥手示意她坐下："其他人知道吗？知道的举手，给大家解释解释。周余，你来说说。"耿浩直接开始点名，先点了他之前就注意到的周余。能注意到周余，也全是因为张大飞。之前知道他们俩关系好，没想到今天一进课堂就看见他们俩坐同桌，可见这关系确实很好。

周余站了起来，看着耿浩沉默，半晌没说话。耿浩正要再次追问的时候，周余旁边的张大飞举手站起来："老师，我替周余说。"张大飞的表情严肃得不能再严肃，认真得不能再认真，一副大义凛然的模样，不知道的还以为他是要替同志扛炸药包呢。周余则偏着脑袋看向张大飞，没有阻止他的意思，眼里透露的意思，还有些感谢张大飞这么做。

耿浩觉得他们二人很有趣，对张大飞的反常行为表示好奇，故意说："老师想让周余回答。"

张大飞神情一僵，扭头看向旁边的周余。周余没说话，但张大飞似乎已经懂了意思，更加坚定地扭过头，神情认真到极致地跟耿浩说："老师，周余说他不知道，让我替他说。"

耿浩把他们表兄弟俩间的互动看在眼里，想着反正了解他们也不急于一时，于是为了课堂的进度还是同意了张大飞的请求："好，你说说。"

"因为奥运会是在中国开的，我们是中国人，说的是中国话！"张大飞挺直脊梁，说的每一个字都铿锵有力，脸上全是自豪骄傲的神情。耿浩都被他的情绪和气势感染到，心里忽地就燃起了爱国热情。以前他怎么没发现，张大飞如此与众不同?

"嗯,张大飞说得很对,因为奥运会在中国举办,所以主题曲的演唱一定会用汉语,那为什么用英语呢?"耿浩这回是由衷地夸奖张大飞,接着目光在班上扫视,最后又落在张大飞身上,"张大飞,你们还能解释吗?如果不能的话可以坐下了,听听别的同学怎么回答。"

张大飞跟听见军令一样,唰地就坐下了,顺便还拉着周余坐下。耿浩才感觉欣慰一些,张大飞坐下就跟周余说起了悄悄话,大致意思是他刚刚是不是很厉害,脸上笑得跟孙猴子一样。周余看着他也不说话,就是咧着嘴一笑,露出两颗虎牙,看着就比张大飞笑得好看。

"张大飞,坐下就别说话了。"耿浩忍不住提醒,张大飞立马把要说出的话憋了回去,然后神情正经地坐端正。每回张大飞被点名都会这样,耿浩也都习惯了,继续点人:"李燕,你来说说。"他也想趁这个机会,了解一下黄姐一直在他面前提起的喜欢英语的李燕怎么样。第一节课,本来就是互相认识的,他也不急着教授新知识,慢慢地引导慢慢地说,先互相熟悉熟悉。

李燕站起来,是个文文静静的女生,看起来就端庄文雅,用比较纯正的普通话说:"因为现在世界上很多人说英语,奥运会有来自世界各地的人,为了让他们都能听懂,就用了英语。"

耿浩确定这个李燕是个好苗子了,一下子就回答到了他想说的点,很是满意地点头肯定:"李燕说得很对,因为英语是现在世界上广泛使用的语言之一,大多数的国际交流都会用英语。《我和你》表达的是世界亲如一家,那在选取其他语言配合的时候,也会最先考虑世界上比较通用的英语。咱们以后如果要走向世界,也要学一门世界比较通用的语言才行。咱们国家很早就开始普及英语课程教育,就是为了大家以后可以走向世界,和各个国家的人打交道。咱们现在开始学英语,也是这个目的。你们有没有想去的国家?"

耿浩很是顺利地按着自己教案上准备的内容往下走,靠着各种小问题一点点打开了学生讨论表达的欲望。一节课下来,效果也还可以,耿浩踏出教室门的那刻,自己都觉得上课状态有了质的飞跃,和他刚来莫村小学时的情况大不相同了。

放学后,三四年级的学生看见耿浩,纷纷摆着手说:"Mr. Geng, goodbye!"说得不怎么标准,但听着倒也像那么回事儿,耿浩听着他们打招呼,心里比吃了蜜还甜，有种看见自己落的种子遍地开花的感觉。正巧，耿浩看见张大飞和周余被家长接到正要离开，他先开口道："周余，张大飞，goodbye！"

张大飞和周余面面相觑，等了会儿，张大飞先憋红了脸，用带着浓重乡音的腔调回复："米，米婶，耿，骨得儿拜！"周余跟在后面，也说："Mr. Geng, goodbye！"咬词发音都比张大飞好太多，耿浩深觉周余是值得被发掘的，笑着指了指张大飞："张大飞，没事儿多跟周余学学，周余说得比你要准些。"

42　英语学习潮流

一般耿浩说这种话的时候，张大飞都会挺起胸脯，跟那个人硬比，很不服气。今天听完耿浩的话，立马嬉笑着问周余，这个到底是怎么说的，让周余教他。周余说了一遍："Mr. Geng, goodbye！"张大飞接着就学："米婶，耿，骨得儿拜！"周余被他逗笑，露出两颗虎牙，轻声说了句"不是"，张大飞挠着脑袋，傻乎乎地跟着笑。周余又教了他一遍，他还是没说对，两个人相视而笑，然后再来。周余的奶奶看不下去了，拽着他们走，他们俩就边走边学。

耿浩忽然知道了对付张大飞的法子，也知道了怎么让他好好学习。今天一天，他难得没有接到来自张大飞周围同学的投诉，因为张大飞全程就只跟周余说话，也不欺负周余，说两句就傻呵呵地笑，耿浩一提醒，就立马坐得笔直笔直的，态度端正得不得了。看来，以后要想纠正张大飞什么坏习惯，就得多多从周余出发。

"Hi，Mr. Geng, goodbye！"后背被人猛地一拍，耿浩刚扭头，莫北就从他身后蹿到了面前，然后又说了声"goodbye"，拉着莫南就往回跑了。耿浩来不及开口，他们姐弟俩都跑到了坡道口，耿浩听到莫南问莫北刚刚说的是什么意思。耿浩又是一阵犯愁：他什么时候才能找到制服莫北和莫南的法子？

黄校长看到这浓郁的学英语氛围，高兴得不得了，很是关心耿浩今天的上课情况。耿浩把课堂上的效果说了一遍，笑道："今天感觉还可以，他们的学习热情还挺高涨的。不过今天我基本上都是用的中文教学，明天开始会尝试上课的时候多用用英语。"

"哈哈，好，耿老师现在是不一样了，跟之前比自信多了，上完课的状态也不一样了,看起来游刃有余了。"黄校长很是满意地跟王大华夸赞耿浩,"学生们有兴趣就好,就怕他们没兴趣。就是没课本,上课情况受影响吗?"

"还好,学的比较简单,后面需要学单词时,我会提前把单词写在卡片上,把要用的都准备好,应该不会有什么问题。"耿浩分析了一下情况,"如果有问题,我再调整方法。"

黄校长现在对耿浩很是放心,深以为他现在已经能自己解决各种教育问题,只是一如既往地鼓励:"辛苦耿老师了,如果有需要我们帮忙的地方,只管说。"

…………

小孩子对新鲜的事儿永远都是饱含热情的,第二天早上耿浩刚刚到学校,就有人跑过来挂在他的腿上。耿浩低头一看,是莫南,有些诧异。

"米婶,耿,骨得儿拜!"莫南油腔滑调地跟耿浩打招呼,口音和张大飞有一拼。耿浩没想到莫南能来这么一句,有些刮目相看,把他从腿上扯下来,纠正他的读音:"是 Mr. Geng, goodbye!"

莫南嬉皮笑脸地看着他,却很认真地跟着重复:"米婶儿……"

"Mr."耿浩继续纠正,在莫南疑惑的目光下又念了几遍。莫南盯着他的嘴巴,张了张嘴觉得不对又闭上,几个来回后,张大飞正好跑过来,一下子冲到耿浩面前:"米婶儿!耿老师,我说得对不对?米婶,耿,骨得儿拜!是不是这样?"

没想到又来个说不清的,耿浩暗想,自己昨天是不是没教好?莫南已经一巴掌推开了张大飞,嚣张一咧嘴:"我知道,耿老师刚才是在教我!Mr. Geng!对不对,耿老师?"耿浩又是一瞬间的惊诧,莫南这脑袋瓜子是挺厉害的,而且看样子如果被刺激了能学得更快。张大飞一巴掌推开莫南:"不对,你说错了!是米婶儿!"

张大飞那气势强盛的样子,让莫南真的开始怀疑自己是不是念错了,耿浩心下一慌,生怕莫南又被带回去,还没开口,周余就先帮忙纠正,拉过张大飞,轻声说:"不对不对,错了。"张大飞脸上露出窘迫的表情,气势弱弱地看向周余:"我读错了?"周余点点头,说了遍正确的发音,张大飞跟傻愣子一样学了一遍,还是错的。周余又开始耐心指导。

耿浩一叹,张大飞这就是鱼的脑子啊,昨天他们走的时候,耿浩明明听到周余把他教得差不多了,可今天又得从头再来。不过周余是个学习的苗子,他只要保证周余是能好好学的，坚信周余会把张大飞给带起来。莫南一看见张大飞那头是错的，气焰立马就冲了上来，又扒住耿浩的腿问："耿老师，我刚刚念得是不是对的？Mr. Geng！"

耿浩十分肯定地点头："是对的。Goodbye 你知道是什么意思吗？"

"不知道，我姐没跟我说。"

莫南摇了摇头，一笑，就跟个二皮子似的，还是显得有几分"油腻"，但是看着也没那么讨厌了。大概是长得好看的小男生，一嬉皮笑脸起来都这个样子？耿浩再次把莫南从腿上扯下去，说："Goodbye 是再见、拜拜的意思。早上要说早上好，Good morning。"

"古德猫宁。"莫南跟着念了一遍，"Mr. Geng！古德猫宁！"

"是 Good morning。"耿浩再次重复，看莫南到底能不能学会。

莫南嬉笑着重复："Good morning, Mr. Geng, Good morning."

耿浩惊喜地拍了拍他的脑袋，毫不吝啬地夸赞："对，就是这样，看你明天早上还记不记得。"

"记得，肯定记得！"莫南很是自信地拍了拍胸脯，又跟没骨头一样，扒上了耿浩的腿。耿浩半步路都走不动，暗说之前也没觉得莫南这么黏人，现在怎么甩都甩不掉了？扭头看见莫北从坡下面上来，正抹着嘴，看样子刚吃了什么东西，多半又是零食，耿浩问莫南："你们早上吃饭了吗？"

"没吃。"莫南蹭来蹭去，往上一冲，就抱着耿浩的腰挂着。耿浩把他抱下去，让他规矩地站在地上，蹲下身子认真问："怎么又没吃饭？没人给你们做？"

"不是，有人做，但不好吃。老师，我能去买零食吃吗？"莫南记起耿浩暑假在医务室时对他们的再三叮嘱，这时候正是讨好耿浩的时候，立马晃头晃脑地问耿浩。耿浩表情一凝："不行，你现在回去吃了饭赶紧过来。"

"我饿，回去肯定没饭了。"莫南撒娇似的扭了扭身子，脸上全是求情的意味儿。耿浩拍了拍他的后背，把他转到村委方向："那你去村委，去厨房，让黄姨给你拿张饼子吃，吃完回来。"耿浩早上吃完饭走的时候，看见黄姐做的饼子还剩了一两张。一般耿浩早上没吃完的饭，都会在晚上的时候热着吃。

"我想吃零食，饭不好吃。"莫南跳了两下，想挣脱耿浩的束缚。耿浩认真瞧着他，想了想，半威胁道："你去吃饭，每天早上你来这儿我都教你说一句英语，怎么样？"

莫南听到这个，忽然来了精神，站直了身子，指着已经走到他们跟前的莫北说："是不是学得比我姐多？"

耿浩说："这得看你学得怎么样了，你学得快，就比你姐学得多。"

莫南身子一转，从耿浩手里挣脱出来，跟莫北说了句："Good morning，姐。"然后就跑到坡下去了，不是跑着去村委，而是直接往家里跑。耿浩看了看时间，现在已经7点50分了，立马提醒："还有十分钟上课，上课前赶紧回来！"

"晓得了！"莫南吼了一句，人已经消失在坡下面了。

莫北看着莫南风风火火的样子，一脸莫名其妙地看向耿浩，很不喜欢他们俩之间有自己不知道的小秘密，不满地问："我弟干啥去了？"一张口，全是辣条味儿。耿浩沉了沉，决定不再费口舌劝莫北，直接说："他回家吃饭去了。"

"他又不喜欢吃饭。"莫北扭头看了看他们家的方向，心里很是不痛快，又不客气地问耿浩，"刚刚我弟说的是啥意思？"

"什么什么意思？"莫北说话不客气，耿浩也懒得跟她客气，说完就往办公室走去。碰到三四年级学生的时候，他们都纷纷跟耿浩打招呼："耿老师早。"耿浩提醒说："用英语。"那些学生面面相觑，还是李燕第一个反应过来，说了句"Good morning, Mr. Geng"。其他学生也赶紧用英语重新打招呼，耿浩笑着回了他们。

一进办公室，黄校长就笑呵呵地说："耿老师这一大早就开始教英语了啊。"

耿浩把书本放在办公桌上，忽略还跟在屁股后面的莫北，直接回黄校长的话："学生们的学习热情比较高。"这场面，也是耿浩没有想到的。

王大华瞥了眼莫北，问："莫北，你进来干啥？"

"我找耿老师。"莫北趾高气扬地回了一句，继续质问耿浩，"耿老师，你刚刚跟我弟说啥了？"

耿浩整理了一下办公桌，侧身认真看她："想知道？"

莫北仰头道："嗯，想！"

"那你这是问问题的态度吗？不说我是你老师，我也是比你年长的，你平时跟长者说话就这么没礼貌吗？"耿浩好容易揪到莫北求他的时候，立马抓住这个机会来教育她。小孩子这个时候最容易屈服，刚刚莫南不就为了学英语，乖乖回去吃饭了？想当初，他苦口婆心地说那么一大堆，一点作用都没有，真是早知今日何必当初。

43　我要吃饭

莫北看耿浩这一副要教育人的姿态,就觉得不耐烦,鼻子里一哼:"我平时跟我爸妈就是这么说话的,他们也没说不行。"

"你爸妈老师管不着,以后你跟老师说话就不能这样。"耿浩说着,偏过脑袋,翻出自己的课本来,"你不好好问,我就不好好说。"

莫北恨恨地瞪了耿浩两眼,一跺脚气急道:"你不说我也知道,我弟肯定是想学英语超过我,想比我厉害。哼,你不想跟我好好说,你的课我也不好好上了!"说完,莫北气冲冲地出了办公室。耿浩再次教育失败,又受了一重打击。

"这丫头,就是被惯坏了!"王大华狠狠点评了一句。

黄校长沉吟道:"家长不管,就全靠我们学校来管了。有个学校,还能有像耿老师这样的老师纠正学生的行为习惯,那要是没了学校,他们就彻底什么都不知道,干什么都任性妄为了。"

王大华问:"校长,你不是说假期找莫丰江他们谈谈吗?"

黄校长立马翻着自己的书:"那个榆木脑袋,能谈通就好了。"

…………

莫南直接奔回家,跑到刚要上桌打麻将的老妈面前,扯着她的衣裳着急催促:"妈,我要吃饭,你给我做饭。"

莫母一脸莫名其妙,看了看墙上挂的钟表,不悦道:"现在都7点52分了,你不上学,回来闹着吃什么?"

"我早上没吃饭,饿!"莫南扭着身子把莫母往起拽,非要让老妈去做顿饭。莫母把衣裳往回一拽,瞪着莫南道:"不是让你早上去表姐家吃饭吗?你自己不吃,怪谁?"说着,莫母从兜里抽出五块钱来,递给莫南:"你自己去小卖铺买点儿吃的,现在做饭也来不及了。"

莫南利索收了钱,把五块钱往裤兜里一塞,继续拽着莫母的衣裳撒娇:"老师不让我吃零食,让我回来吃饭。我不吃饭,他就不教我英语了。还有几分钟就上课了,老师让我准时上课,不能迟到。"

"嘿,这是哪个老师说的?他收了咱们的钱,凭啥不教你学英语?"莫母拽着要往地上倒的莫南站起来,"走,咱们去理论理论,看谁敢这样说!"

拼桌的邻居大婶儿看不下去,按下莫母就说:"哎哟,顺花,人家老师也是想让孩子吃点饭才这样说的。这要上一天的课,不吃饭也不行,你还是去给娃做点饭吃。他吃完了好去上课,咱们也好赶紧开始。"

"我让孩子他爸做。"莫母也想赶紧开局,立马扯着嗓子吼还在睡觉的莫丰江:"莫丰江,起来给你儿子煮个方便面。"

"哎哟,方便面哪儿叫饭啊?"另外一个大婶儿满脸嫌弃地挥了挥手,看他们夫妻俩也没做饭的想法,就跟莫南说,"南子,去婶儿家吃去,你姐肯定还没吃完饭,你赶紧去吃了上学。"

莫母也推了推莫南:"赶紧去,去你婶儿家吃。"

莫南气呼呼地丢开莫母的衣裳,看时间已经7点55分了,扭头跑了出去。跑到了隔壁家,隔壁家的姐姐果然还没吃完,看见他去,给他添了双筷子。莫南看着桌子上的白粥、白饼和土豆丝,愣是觉得没胃口,但还是卷了一张饼,几口吃了下去,粥都没碰,就抹了把嘴跑了,赶着上学。

等他气喘吁吁跑到教室门口的时候,上课铃早就响了,耿浩正在黑板上写这节课的题目,同学们正在朗读课文。莫南二话不说,直接在所有人的目光中冲进教室,一屁股坐在了板凳上。耿浩写了一半,捏着粉笔就转了身。学生们看耿浩有话要讲,很是自觉地停下了朗读。

耿浩暗夸这些孩子很懂眼色的同时,轻飘飘地问莫南:"莫南,进来喊报告了吗?没喊的话,你就去喊一次。"

莫南在听到耿浩点自己名字的时候倏地站了起来,听完耿浩的话,脑子还蒙着的他就呆头呆脑地出了教室,站在门口呆愣愣地喊了一句:"报告。"刚刚来回跑跑得太快,吃饭也吃得太快,他现在脑子一片混沌,啥都不清楚。

耿浩看莫南今天格外听话,就趁势道:"打报告的姿势不是这样的吧?"

莫南一脸莫名其妙,目光扫向教室里的同学。立马有同学抬起了手,给他比画了一下。莫南瞬间明白过来,站直了身子,行礼重喊了一声"报告"。耿浩看他规矩得有些可爱,挥了挥手:"进来吧。"然后向全班同学示意:"刚刚读到哪儿了?继续读。"

莫南回到位置上坐下,立马趴在桌子上休息,书连翻都没翻一下。耿浩多次提醒,他还是不理会。不知道他今天怎么会那么累,上课时,身子就跟鲶鱼一样,在凳子上滑来滑去,时不时还滑到桌子底下去,连耿浩问问题,他都不想积极回答了。耿浩这才发现,还是自己高兴得太早,教育之路任重道远。

莫南那边的问题恢复常态,莫北这边又出大问题。耿浩给三四年级上英语课时,莫北一直一脸不屑地瞪着耿浩,不好好学还捣乱,前后左右地说话。耿浩一再提醒,她周围的人都不再说话了,莫北就自己趴在桌子上,不是拿笔在本子上乱画,就是无精打采地趴着,整整一节课,用各种方式碍耿浩的眼。耿浩试图和她和解,在选人做互动游戏的时候,几次点她的名,可她都无动于衷,甚至毫不客气地拒绝。后来,耿浩决定先把莫北晾一晾。

莫南、莫北不配合,还好耿浩能从张大飞身上获得些微的安慰。互动游戏中,他尝试着点张大飞,张大飞一如既往地扭扭捏捏地站起来,怎么都不说话。耿浩立马点了周余,让周余和李燕搭档,一起来说。

周余和李燕站在台上,周余也迟迟不开口,张大飞一看周余陷入为难,立马就有怒发冲冠的意思,一股豪气在胸口,挺直身子举着手就跑上台,说他和周余搭档。

不等耿浩开口,李燕作为四年级的大姐姐,看他们兄弟俩都是不好配合的,自己就让了位置下了讲台。张大飞立马张嘴,满口不在调地跟周余做互动:"嗨,哎木张大飞。"周余一听他说话就笑开了,整个人也放松不少,接着用标准的口音说:"Hi, I'm Zhou Yu。"张大飞也听出他们说得不一样了,第一反应就是自己说错了,然后学着周余的话说道:"Hi, I'm Zhang Dafei。"周余点了点头,说了句"对了",张大飞立马笑成了一朵花。

耿浩达到了自己想要的目的,知道这法子是有效的,就开始频频使用。耿浩放学后还专门叮嘱周余,让他多辅导辅导张大飞,让张大飞好好完成作业。周余点头答应。张大飞也没有不服气,满脸心甘情愿地往周余身上贴,说回去让周余好好教自己。周余立马笑呵呵地露出虎牙,把他往旁边推了推,张大飞又嬉皮笑脸、满脸褶子地凑上去。

耿浩看在眼里,喜在心上。

周余是个从里到外都内向的人,而且仿佛做什么都没有积极性,整个人都是闷闷的。张大飞虽然脾气暴躁又调皮,但心细,知道什么时候周余是不高兴的,并能设法逗他开心,但同时也是个敏感没自信的,所以每次耿浩点他起来,他都会紧张得说不出话来。

他们表兄弟俩在一起,完全互补,一个热情一个内敛,张大飞是周余变积极的开心果,周余是张大飞变自信的勇气,看起来真的是绝佳拍档。耿浩希望,他们能一起越变越好。

"Mr. Geng, goodbye!"莫南跑到耿浩面前,专门给耿浩打了招呼,打完招呼还问,"耿老师,对不对?"

"对,真厉害。goodbye, Mo Nan。"耿浩瞥了眼气闷闷丢下莫南先走的莫北,继续跟莫南说,"记得明天早上吃早饭,把中午的饭也带着,下午回去也记得吃饭。零食可以偶尔吃,但是正常吃饭的时候是要吃饭的,知道吗?"

莫南把他的腿一抱,笑嘻嘻道:"知道,那你明天早上记得教我英语。"

耿浩认真承诺:"可以,快回去吧。"

莫南从他身上跳了下来,摆了摆手:"Mr. Geng, goodbye!"然后跑了。

等到吃晚饭的时候,莫南又去折腾正在打麻将的老妈,莫母立马把莫南丢给莫北,还给了莫北几块钱,让莫北自己解决。莫北说带莫南去买零食,带他买辣条和方便面。莫南心动了,跟莫北一块儿去小卖铺,刚到小卖铺门口,就撞上了耿浩从坡上经过。

"莫南,吃饭了吗?"耿浩脸色一板,问莫南。

莫南攥了攥手里的钱,嬉笑道:"我来陪我姐买零食,我等会儿就回去吃饭。"莫北看见耿浩就不高兴,看见莫南这样听耿浩的话,更不高兴了,一扯莫南说:"你要不要吃方便面和辣条?"

"要!"莫南毫不犹豫地答应,又心虚地看了耿浩一眼,笑道,"我吃完饭再吃,先买着。我一会儿去表姐家吃饭。"看耿浩不相信,莫南立马补了一句。莫北越看弟弟心里越不舒坦,转身就先进了小卖铺。

晚上的时候,莫南还真吃了两口饭,但也只是吃了两口而已,心里暗暗告诉自己,自己是吃了饭的,然后就跑去厨房拿碗,泡方便面。

第二天一早,莫家麻将馆又炸了。7点,莫南就在家里嚎叫,吵得一家子睡不成。莫南叫着跑进父母的房间,往他们床上一压,弹着腿闹腾。

"妈,起来给我做饭吃!我一会儿要迟到了!"

44　兑现诺言

李顺花昨晚上打麻将到一两点,这才睡了四五个小时,被莫南折腾得暴脾气就出来了:"去你表姐家吃去。"

"我不!"莫南扭着身子在床上折腾,"你们起来给我做饭吃!"

李顺花被闹得头疼,一拍莫丰江就吩咐:"你赶紧去给儿子弄饭吃。"莫丰江也困得很,根本不想动,李顺花直接就一脚把莫丰江踹下床,翻个身子把耳朵捂上:"去找你爸,你爸给你做饭。"莫南看莫丰江都被踹下了床,立马翻下床,跳到莫丰江对面,把他往起拉:"快点给我做饭。"

莫丰江头疼地挠了挠乱糟糟的头发,慢吞吞地起来,被莫南赶着往外走,嘴里还不耐烦地说:"你别催,现在才7点,等我洗个脸。"莫南答应了一声,跑去客厅把电视打开,看起电视来。

7点20分的时候,莫丰江把一盆西红柿炒蛋,还有一盆面条端上桌。他哪儿会做饭?唯一会的一道菜就是西红柿炒蛋了。莫南一看就没食欲,脸耷拉了下来,自己只舀了一点点,挑了鸡蛋放在白面上,准备吃两口对付。

莫丰江看自己难得做顿饭,当即觉得全家人都该尝一尝,扯过要出门的莫北说:"我早上做了西红柿鸡蛋面,你吃完再去学校。"

莫北看莫南已经在吃了,又瞥了眼西红柿炒蛋,眉头一皱,挣开莫丰江就说:"我不喜欢吃西红柿,我不吃,我去买个面包吃。"

"嘿,给你做了吃的还在这儿挑,赶紧坐下吃,不吃西红柿就跟你弟一样,挑鸡蛋吃。不吃饭别想去买零食吃。"莫丰江把莫北按在座位上,眼睛一瞪,凶道,"不吃就试试,我去叫你妈出来吃。"

莫北被莫丰江的眼神一吓,立马乖乖坐在座位上,满腹委屈地拿碗挑了几根儿面条,看莫南吃得挺香,不由得问了一句:"你一大早叫老爸老妈做饭干啥?直接买零食不就行了?"

莫南抬头看了她一眼,傲气地晃了晃脑袋:"耿老师说我好好吃饭就教我英语,等我学得比你多了,那我就比你厉害了,以后拿钱,我要多拿点儿!因为我比你厉害！"

每回李顺花给他们姐弟俩钱的时候，莫北都会说她是姐姐，她厉害，所以她拿着钱。然后买零食的时候，总是她挑得多，莫南只能选一点儿。好不容易有个要比他姐厉害的机会，莫南肯定不会轻易放弃。以后老妈再给钱，都是他的！

莫北眼睛眯了眯，不服气地哼了一声："小屁孩儿，我是你姐，永远比你姐厉害。钱就应该姐姐拿！"

"你才是小屁孩儿！我比你厉害！"莫南犟上了，正好看见莫丰江出来，几口把碗里的饭吃完，拿着空碗问莫丰江，"老爸，我把饭吃完了，老姐还没开始吃，我是不是比老姐厉害？"

"是，你厉害！"莫丰江由衷地夸了一句，拿起碗舀了半碗面条，又浇了一勺子西红柿鸡蛋，拿了双筷子就回房间，临走前还凶莫北道，"弟弟都吃完了，你快点儿吃。"莫丰江非得让媳妇儿也尝尝自己做的饭才行，免得媳妇儿老是骂他没用。

"老爸，我还要带饭去学校，我中午的时候要吃饭。"莫南朝莫丰江大吼了一声。莫丰江在关门之前，回了句："你自己去厨房拿个缸子装。"

莫南屁颠屁颠地去了厨房，翻腾出个洋瓷罐出来，把面条和西红柿鸡蛋装进去，又从橱柜的里面抽出一个塑料袋，抖了抖里面的灰，把罐子放了进去，用塑料袋系好后还左右晃了晃，看是稳稳扎扎的才放心，跟莫北打了个招呼，提上自己的布袋子就跑了。

莫北感觉自己的弟弟就是个大傻子，嘴里边骂着边挑着盆里的鸡蛋吃，几口把淡而无味的面条吃了下去，吼了一声也跑出门。

莫南从7点半一直等到了7点40分，就坐在办公室门前，抱着自己的布袋子和罐子，双眼紧盯着村委方向，等着耿浩过来，谁和他说话他都不搭理。王大华和黄校长坐在办公室里，不知道发生了什么，叫莫南莫南也不答应。

好容易耿浩来了学校，莫南把布袋子往地上一搁，抱着饭罐子就去找耿浩。

"Good morning, Mr. Geng！"莫南说完，立马又问耿浩，"耿老师，我说得对不对？"

"对，没错。"

耿浩没想到一大早就接受莫南的炮轰，但也没想到他居然还记得，一大早心情就好了不少。看着他怀里抱着的罐子，问是什么。莫南笑嘻嘻地说是他的午饭，老爸亲自做的西红柿鸡蛋面。耿浩惊讶，说："你爸爸给你做饭了？"

"是，我早上专门去叫的。"莫南扬扬得意地炫耀自己的能干，"我早上也吃了，也吃的西红柿鸡蛋面，吃了一碗！（虽然一碗只有一点点），我昨天晚上也吃饭了，我是吃了饭才吃零食的。"

耿浩看莫南说得诚恳，不像是说谎的样子，忽地就有些感动。莫南接着就问："我把饭都吃了，耿老师，你是不是要教我英语了？"

"是。那你还记得再见怎么说吗？"

"Goodbye！"莫南一仰脑袋，自信地说出来，不等耿浩再问，自己先说，"早上好是Good morning！"

耿浩看他掌握得这么好，知道他是个聪明的，很乐意教他，边往办公室走边说："那今天我教你介绍你自己。"

"老师，你手上拿的是什么？"莫南看向耿浩手上红的黄的蓝的各色卡纸，上面还画着各种各样的画儿，莫南激动道，"老师，你是不是要教我们画画？"

耿浩把手里的卡纸扬了扬，给他看上面的英文字母，说："我不上美术课。这是给你姐他们上英语课用的，我要教他们学英文字母。"

每张卡纸上有一个字母，角落里还配着一个卡通图案，卡通图案都是钟秀画的，画了两个晚上才给他。之前耿浩买回卡纸的时候被钟秀无意间看见，问了用途，又得知耿浩不擅长画画，就说晚上回去也没事儿干，可以帮他画一些，然后就把二十六个字母的配画任务承包了。

莫南瞅清上面的画，噘着嘴傲气道："还没我画得好看，我画得比你这个要好。"

耿浩看他大言不惭，笑道："是，你画得肯定比这好，看你试卷上的乌龟就知道了。"

莫南没听出来耿浩是在讽刺他，反而以此为荣，扬扬得意道："我不光会画乌龟，还会画兔子，还会画葫芦娃、黑猫警长……"

…………

第三节课的时候，耿浩拿着二十六张写着英文字母的卡片去了教室，先教三四年级的学生认识这二十六个字母，让他们会认会读然后记下来。为此，他用字母歌来帮助他们记忆。

在此情况下，他发现莫北只唱了一遍就把二十六个英文字母记全了，唱第二遍的时候直接就不看黑板了，低着脑袋玩着手指唱。一直学英语不积极而且接受能力差的莫北突然间有此"神通"，耿浩十分惊诧。

"莫北，我看你都会唱了，下面就由你来带着大家唱。"耿浩说着，就把复读机给关了，转身把黑板上的卡纸也给取了下来："请莫北同学再带大家唱两遍，把歌唱熟了为止。"

莫北突然被委以重任，而且看耿浩说得认真，犹犹豫豫地站了起来，又说出了那句话："我不要。"

"你又是一个人不唱？大家给莫北鼓鼓掌，鼓励一下。"耿浩企图鼓励莫北。其他人立马爆发出掌声来鼓励她，张大飞的声响最大。对于鼓励人这种事儿，张大飞最是积极。

莫北为难地看了一下四周，所有的同学都用期待的目光看她，突然有种众星捧月的感觉，她有些无所适从，别扭了半天也没开口。耿浩也不着急，反正唱字母歌是最后一项教学活动了，今天回去的英语作业也是唱熟字母歌。

"大家继续鼓掌，直到莫北愿意教大家唱为止。"

掌声不停。张大飞更是一边猛拍手掌一边扯着嗓子吼："莫北，快点儿唱，我们都不会，老师说这就是今天的作业，我们要完成作业！"

莫北又扭捏了两下，在大家的鼓励中，终于愿意张口："那我就教你们一遍。"

"好！"张大飞傻愣愣地捧场。

莫北别扭着笑了出来，等掌声在耿浩的示意下停了之后，她清了清嗓子，起了个范儿，就开始带头唱："ABCDEFG……"

"ABCDEFG……"

一遍教完，张大飞吼了一句："还不会，再教一遍！"说完，他自己就先鼓了掌，十分卖力。耿浩示意让他停下，然后问其他人有没有学会。大家在张大飞的带头下稀稀拉拉地说"没有"，耿浩问怎么办，张大飞立马说"鼓掌"，带着所有人再次鼓掌。莫北被他们弄得别扭得很，最后还是答应，说真的就只再教一遍。

一遍过后又是一遍，一直到下课铃响起，耿浩才问："大家都学会了吗？"

这回张大飞带头喊："学会了！"耿浩憋着笑扫了张大飞一眼，可以肯定他早就学会了，张大飞肯定觉得鼓掌让莫北教唱，他们就可以多玩会儿，所以才一直带头忽悠莫北，让莫北一遍遍地教。

45　中秋节灯笼

"好，大家都学会了，是不是要向教你们学会字母歌的人表示感谢？"耿浩又问。

张大飞很懂地一喊："鼓掌！"所有人再次鼓掌。这个掌一鼓就停不下来了，耿浩出声才止住，在黑板上唰唰写下一组英语单词："表示感谢也要说一句'谢谢'，'谢谢'的英文是 Thank you！"

"三克油！"又是极不标准的发音。耿浩耐心地教了几遍，看他们都学得差不多了，而且都纷纷跟莫北说"Thank you"，他又在黑板上写下一组单词，单独教莫北："别人在表示感谢时，你要回一句'不客气'，'不客气'的英语是 You are welcome。"在大家的盛情感谢下，莫北勉强学了这句话。

耿浩组织道："来，大家一起感谢莫北同学。"

全班："Thank you."

莫北笑得咧开嘴："You are welcome."

耿浩把桌面一收拾，道："OK，Class is over."

全班起立："Goodbye, Mr. Geng."

耿浩给了莫北一个大放异彩的机会，莫北跟耿浩的恩怨立马消失得无影无踪。放学之后，莫北还一脸神秘又骄傲地跟耿浩说，她不光会唱字母歌，还会唱《我和你》，而且是一整首。耿浩表示相信，说希望能听莫北唱一唱。莫北说她就唱给耿浩一个人听，于是就在办公室给耿浩唱了起来，每一个音都在调上。

"我和你，心连心，同住地球村，为梦想，千里行，相会在北京……"

9月14日，是农历八月十五中秋节，正好周日。张南他们又提前一周给耿浩打电话，说约他去城里聚聚，大家一起过中秋节。耿浩在村里也没地方过中秋节，就答应了。后面钟秀再邀请他去家里过中秋节就算迟了一步，钟秀无奈，说耿浩的行程太满，下回再邀请的时候会提前半个月预约。

中秋节那天，黄林本来是在家休息的，但还是送耿浩去了趟城里，顺便买些东西带回去。黄林坚持晚上去城里接耿浩。耿浩说他下午可以自己找车回，黄林说江为国今天不跑车，找不到车的，又说他下午忙，只能晚上出来接他。

黄林真的是在晚上吃完晚饭后开车到城里接耿浩的。耿浩到村委下了车，一下车就惊呆了，村委门前的那条坡路两边的树上挂了三四个红纸灯笼，在风中晃来晃去，造型不一，粗糙的样子一看就是手工做的。

难不成这是莫村的中秋节习俗？耿浩左右看了看，发现也就这块儿挂了灯笼。他一头雾水地走上坡道，走两步欣赏一个灯笼。这才发现，灯笼上都写着名字，还都是他所熟知的名字，是莫村小学的学生。耿浩暗道他们有一双巧手，身心愉快地往上走。

等他走到村委门前的时候，发现他的房门口也被两个灯笼照亮，灯笼的竹竿就插在他的门上和窗户上。这两个灯笼的造型最是华丽，是耿浩这天晚上看过的所有灯笼里最精致的两个，一个画了画，一个写了字。耿浩随手翻了一下，果然在灯笼上找到了名字，写字的是莫远成的，画画的是莫南的。

耿浩又仔细看了看灯笼上的内容，莫远成写的是"耿老师就是雷锋"。看到"雷锋"二字，耿浩的心里就有一种说不出的滋味儿，有点酸酸的，又有点甜甜的，莫远成给他安上的这个名头，让他感觉分量很重，重到不敢接受。

再看莫南画的，是一个简笔人物，依稀觉得眼熟，再一分辨，可不就是耿浩？更何况边上还注明了 Mr. Geng。耿浩也不知道莫南是从哪儿知道这几个单词的英文写法的，写得还歪歪扭扭难以辨认。虽然画画得很简单，英文也写得跟毛毛虫一样，但能看出莫南的心意。

耿浩忽然回头，看着坡道两边。纸灯笼摇摇晃晃，弱不禁风的样子，似乎随时会被狂风吹落在地。那些昏黄泛红的烛光也在风中明明灭灭，随时都有被吹灭的风险，可依旧燃烧着，散发的光辉异常温暖。耿浩看得久了，觉得眼睛有些发酸，随便一眨，泪水填满眼眶，企图解除眼睛的酸涩。心里默默念着：有灯的地方，是家。

钟灵知道耿浩回来，责怪黄林没把人直接接到家里，就又让钟秀送了些月饼和卤菜去村委。

"真是不好意思，麻烦黄林姐夫接送，还要让你送吃的来。"耿浩小心接过吃的，放在桌子上准备等会儿再吃。

钟秀见状催促:"月饼和卤菜都是我大姐自己做的,你尝尝。大姐说让我看你吃了才行。你就一个人,月饼也没多拿,就一种口味儿一个。"

耿浩打开竹篮的盖子,取出那一盘子的月饼。上面垒了三个,很大个儿,但是造型很漂亮,卖相和商店里卖的包装盒里的差不多,很难想象这是钟灵自己做的。

"大姐的手艺可真是厉害。我以前也就吃过我奶奶做的手工月饼,不过没这好看。"

"大姐就喜欢弄这些花里胡哨的吃食儿。这有红豆馅儿的、芝麻馅儿的,还有一个花生馅儿的。"钟秀跟报菜名一样介绍,"每年我大姐都会做一堆月饼,家家户户地送。他们可喜欢吃我大姐做的月饼了,你也尝尝。"

耿浩本来就不喜欢吃月饼,每回都是应节吃些,且今天在城里的时候已经吃了一两个小月饼,现在就更不想吃了。但在钟秀目光的催促下,还是拿了一块尝了一口。这么一尝,还真有些惊艳。这月饼可比市场上卖的月饼好吃多了!香香软软的,甜又不腻。

"好吃!"

钟秀满意一笑:"这就行了,我回去能交差了。还有碗里的卤鸡腿什么的,也都是我大姐自己卤的,你都可以尝尝,味道绝对不错。"

耿浩直点头,说等会儿吃,免得他吃着钟秀看着,不成个样子。

"那我就先走了,你慢慢吃。"钟秀笑着就要走。

耿浩看外面的天色已经很黑了,连忙把月饼放在盘子上,抓起钥匙和手电筒说:"我送你回去。"每次天晚了,耿浩都坚持要送钟秀,钟秀再面对这种情况时也懒得拒绝了,直接在门口等着他锁好门,看着他门口的两个灯笼发怔。耿浩今天去城里还买了灯笼?可这些一看就是手工制作的。

下坡的时候,钟秀看着两旁的灯笼问出刚刚就想问的问题:"这些灯笼,是你做的?"

"不是。"一提到灯笼,耿浩的面色就不禁柔和起来,目光落在那些灯笼上,"莫村小学的学生做的,上面写的有名字。"

"那他们挂在这儿?"钟秀依旧不解,想起耿浩门前还有两个,表情变得微妙,隐隐替耿浩开心,"所以,他们这是给你挂的?怕你晚上走路没灯摔着了?"

耿浩挠了挠发热的耳根子,含糊道:"不晓得他们的用意。"

钟秀也就笑笑不说话，目光又在灯笼上扫了几遍。心想，这些孩子做得可真是用心！

"今天姐夫出去接我，是不是晚饭都没好好吃？"耿浩忽然觉得今天受到的宠爱有点多。

"那倒没有，吃得可好了。姐夫是拿你当幌子呢，你也不用太感谢。"钟秀笑着解释，"每年的中秋，我们家都和舅舅家一块儿过，姐夫不喜欢喝酒，舅舅老是劝他酒。今年有你，舅舅劝酒的时候，姐夫就说要进城接你，开车不能喝酒。说得可利索了，明显是拿你当挡酒的借口。"

耿浩了然感慨："难怪姐夫说下午有事，非要等吃完晚饭后去接我，原来是这样。"

"他还跟你说了这种话，那看来真的是早有预谋。"钟秀忍俊不禁，笑了出来。耿浩没想到黄林看起来那么老实的一个人，也会有这样的小九九，突然间觉得黄林也不像表面看起来那样沉闷死板。钟秀又道："你今天没去，我大姐一直念叨，说自己做了这么一大桌子，耿老师没机会吃到，真的是可惜。"

虽然耿浩有对象的事儿伤了钟灵的心，但钟灵依旧很喜欢耿浩，时不时就要问问钟秀，耿浩在村委住着有没有受什么委屈啊之类的，说耿浩一个外地小伙子来他们村儿待着不容易，能帮一点就帮一点。而且，钟灵很喜欢看耿浩吃饭，耿浩吃她做的饭吃得贼香，钟灵这个做饭的看着心里就高兴，每回还说看钟秀和黄林、黄九九他们吃饭一点高兴的想法都没有，他们仨就只是单纯吃。钟秀也很无奈，他们几个都是吃了几年几十年的，怎么可能还顿顿表现出激动赞叹的表情来？

"大姐做饭做得这么好吃，如果开个饭店，生意肯定红火。"耿浩忍不住回味刚刚吃的月饼，以后不管他去哪儿，肯定不会忘了莫村，起码在吃饭的时候肯定会想起钟灵大姐做的饭菜来。

钟秀道："说得是，不过这穷乡僻壤的，开饭店也没人去。家里什么事儿都要靠大姐来做，她也不能去城里开饭店不管家里。要不然，真是个好收入来源。"

耿浩道："是，大姐真的很忙，管着家务还要管着农活儿。"

"没办法，姐夫要跑车，要不然家里光靠种地也赚不了什么钱。"钟秀也格外心疼自己的大姐，觉得这个话题太伤感，立马就转了话头，"我刚刚看你桌子上有个随身听，你今天去买的？"

46　九月热

"嗯，给大伯他们寄了些钱回去，还剩些，就买了个随身听，没事儿听听歌也免得无聊。"耿浩如实回答，"没准儿，上英语课的时候也能用上。"耿浩专门去网吧下了一两百首歌，特意找了些简单的英文儿歌，就是想着能借此激发孩子们学习英语的热情。

"听大姐说，你的英语课上得很好，学校的孩子每天都还用英语打招呼，热情可高了。"

钟灵每天接完黄九九回去，晚饭的时候都要惆怅一番，指着黄九九说，能不能学学莫南，同样是一个年级的，莫南都知道提前学英语，她怎么就不知道主动点。钟秀问怎么回事儿，钟灵就把放学时那些孩子跟耿浩打招呼的情形说了，说着便萌发了让耿浩提前教黄九九学英语的想法，最后还是在钟秀的阻止下打消了这个念头。

耿浩以为是黄九九说给钟秀听的，也不否认，照实说："才接触英语课，有股子新鲜感，等过段时间可能就不想学了。"

"说的是，当初我们也是这样。我上初中的时候才接触到英语，当时喜欢得跟什么似的，结果到了高中，最讨厌的就是英语。"

钟秀因对耿浩的话产生了共鸣，忍不住开始回忆自己以前上学的时光来。耿浩也是连连点头，说他也是这个情况，最后没想到大学被调剂到了英语专业，为了补英语，头发都掉了不少。两人一谈起被英语折磨的岁月，就停不下来，从村委吐槽到了钟秀家门口都没完。

耿浩从钟秀家回来的路上，正安安静静地走着，一个人影忽然从旁边蹿出来，把耿浩吓了一跳。耿浩用手电筒的灯光来回扫了扫，才发现是他们学校的学生，立马安抚自己扑通通跳的心，问他："怎么了？"

"耿老师，中秋节快乐，这是俺妈做的桂花糕，可好吃了，专门儿给你留的。"

耿浩看着他碗里的糕点，又往旁边一扫，看见旁边一户的灯还亮着，猜测他家就住那儿，笑着婉拒："谢谢了，不过不用给我了，你拿回去吃。"

"这是专门给你留的。下午去村委的时候,你没在,刚刚看你跟秀秀姐上去,我就一直在门口等着。"学生说着把碗往耿浩怀里一推,转身就跑。

耿浩愣了会儿,只能拿着碗往回走。走了没几步,路过某位学生的家,又有学生端着东西出来,也是往耿浩怀里一塞就走。到后来,耿浩手里拿不下了,学生就帮忙抱着送他回去。耿浩这么大个人了,自然是不接受的,可学生愣是被家里人推出来,让送耿浩回去后再回家睡觉。耿浩只能接受。

到了村委坡道口的时候,学生得意扬扬地跟耿浩说,下午有好多人来给他送吃的,因为家长都怕耿浩一个人在外地过中秋节,太冷清。没想到他们来的时候,耿浩不在家,等了一两个钟头也没等回来,最后还是碰到了黄姐,才知道耿浩去了城里,晚上才回来。

他们这些学生听说耿浩晚上才回来,就说要把自己做的灯笼挂过来,送给耿老师当礼物。挂灯笼的时候,都要往耿浩门前挂,但是门口挂不下,他们就挑了最好看的两个挂在了那儿,其余的挂在了坡道两边的树上。

说完,还问耿浩喜不喜欢他们的礼物。耿浩由衷地喜悦,说喜欢,说这是他收到的最好的礼物。

…………

炎热的9月即将过去,耿浩在学校的生活越来越顺风顺水。几个调皮捣蛋的孩子受到一定的压制之后,上课也顺利了许多。随着英语课程内容难度的提高,英语热很快过去,学生们开始了艰难的应付过程。

莫北、莫南的兴趣也都在减退,不过莫南又开始热衷另一件事,就是帮耿浩画卡片。

耿浩以此为条件,要求莫南一天三顿把饭都吃了,才让他帮忙,莫南二话不说答应,每天放学吃完了饭就去村委找耿浩,问有没有什么需要画的,他可以帮忙画。耿浩就会拿出几张卡片让他帮忙画。

一些简单的卡通画莫南都可以画,而且越画越好,很有天赋,一些难的他不会,就去村委大厅求助钟秀,还非要钟秀画在白纸上,他学着画在卡纸上。久而久之,耿浩教学用的卡片道具上全是莫南画的卡通画。

至于莫北,耿浩发现她对唱歌很有兴趣,就会在各种需要唱歌的时候让莫北站出来发挥一下。莫北得到的称赞多了,在面对耿浩时也乖了许多,虽然说话还是很不客气，但已经改了不少。

最让耿浩觉得不可思议的是，莫南、莫北家里开始顿顿做饭，据莫南自己说，多亏了他撒泼打滚，扯着爸妈说破嘴，爸妈熬不住才开始做饭的。

莫北、莫南刚开始也不怎么吃，直到有一回，小卖铺的老板因为有事去县城，把店关了五六天，莫北、莫南不得不靠吃饭填饱肚子。后来小卖铺老板回来了，他们依旧光顾，但真的是只把零食当作零食吃。

这现象任谁看见了都高兴。

在9月末的时候，国家出了一件大事儿，那就是在9月25日，神舟七号载人航天飞船发射升空，上面还有三名宇航员，还实现了太空漫步。

这个新闻一出来，莫村人就聚在一块儿讨论，说现在科技真的进步了，咱们人真的可以上天了，在天上走路，那得多神气。莫村的老人就问，这上了天，是不是能在天上看见神仙？一直问这天上到底有没有神仙。一些年轻人就笑着说，现在都什么年代了，早就说神鬼是迷信，是不存在的，就算去太空看见有人，那也是外星人。

这种问题，耿浩也被学生们缠着问。问天上到底是有神仙还是有外星人，问以后是不是他们都可以去天上走路。这种脑洞大开的问题，耿浩也不能一一准确回复，只能说等下一次中国飞船上天的时候，没准儿就知道了，而且鼓励他们好好学习，没准儿以后造飞船的就是他们，上天的也是他们。

那些学生听了，都一个个拍着胸脯立下远大志向，说自己要上大学，以后要去造飞船，开飞船，也去天上转悠！

莫村小学突然间掀起了科技热，那些孩子上自然和科学课的时候都比之前认真得多，问问题也积极得很。黄校长说他年纪大了，赶不上现在科技发展的步伐，临时把这门课交给了耿浩来上，自己接手了一二年级的语文课。

耿浩不得不跟莫主任商量，想借用村委的电脑，多了解一些现在的科技发展，也好讲给学生听。莫主任听是对学校孩子好的，立马就同意了，把村委大厅的钥匙给了耿浩一把，说村委下班了之后他都可以用电脑。

通过网络，耿浩了解到，从9月份开始，我们国家的经济就受到了金融危机的影响，我国的经济增长率出现了加速下滑的局面，特别是外向型经济的发展受到影响。耿浩把这条新闻和钟秀分享之后，钟秀立马皱起了眉头，说他们村子里很多人都去了沿海地区的工厂，不知道他们会不会受到影响。

这段时间，村子里很多猪开始生病，村里上下火急火燎的，生怕是猪瘟。如果是猪瘟，那他们村子就完了，现在他们都指望着这批猪致富呢！钟秀在第一时间提议，去县城请个兽医回来，好好给这些猪查查。支书说与其带个医生回来，不如直接在村里弄个畜牧兽医站。

第二天，支书就坐着黄林的车进县城，先带了医生回来。医生在给猪检查过之后，说没什么问题，只是一些普通小病，大伙儿这才放心。支书立马又风风火火去弄畜牧兽医站的事儿。畜牧兽医站很快就落实了，只不过落实在了镇上。支书直说白跑了一趟，莫主任就安慰，兽医站建在镇上也比建在县城近些，可以的。

村子里的养猪问题解决了，但钟秀的另一个担心发生了。10月中旬开始，在沿海工厂打工的村民们陆陆续续回村，说那边因为金融危机的影响，经济不行，工厂关门倒闭了，他们只能回来。今年的情况很严重，不知道会不会影响到明年，那些常年在外务工的村民愁得不行，都开始商量第二年要换到哪个城市哪个行当打工。

耿浩给大伯打电话时也了解到，他们村儿在沿海城市务工的人也都说要提前回村儿了。耿浩这才切实体会到，这次金融危机的影响是真的很大。

务工人员提前返乡，返乡人员很难过，处处叹息。他们的孩子却是高兴得不得了，看见了自己的哥哥姐姐爸爸妈妈，都跟过年似的高兴，因为每年他们回来的时候，都差不多过年了。莫村小学每天放学后也热闹了起来，一个个叫着爸爸妈妈扑过去。由此，耿浩也见到了许多孩子的家长。

那些家长听说耿浩这半年对莫村小学的贡献后，都尊敬得很，甚至把自己从外地带回来的特产拿来给耿浩尝，耿浩一再拒绝都不行。看着村子逐渐热闹起来，每天饭后散步的人都多了不少，耿浩有了过年的感觉，算了算日子，还有不到三个月就放寒假了，到时候他也能回家了。

47　第一场雪

刚进入11月份没多久，钟秀跟耿浩说，中央为解决这次金融危机造成的大批农民工提前返乡问题，提出了一系列措施来扩大内需，促进经济增长。其中有好几项措施都与农村有关，希望他们村的状况也能借此机会改善一下。但措施的落实是需要时间的，也不知道要等到什么时候。

然而冬天已经到了，家长纷纷让孩子穿上秋裤。耿浩的腿受不了寒，一受寒就酸痛，不知道是不是风湿病，不过是老毛病了，他也懒得管，只认真地做好保暖工作，自觉地穿上秋裤。

以往在宿舍，耿浩都是第一个穿上秋裤的，那些穿着破洞单裤熬过整个冬天的室友就会嘲笑耿浩，说他年纪轻轻就步入了老年生活。耿浩以生命为重，绝不败给激将法，还反过去教育室友，冬天不做好保暖工作，对身体不好，现在不觉得，以后老了毛病就全出来了。室友说了句"奶奶嘴"就拒绝再听耿浩说话。

还是大伯比较了解耿浩，天一转凉，就问耿浩有没有穿上秋裤，冬天的衣服够不够，叮嘱要注意保暖，如果衣服不够就去买两件，说他才工作要先把自己照顾好，领了工资也别老往家里打，自己存着用。耿浩说他存的有，大伯才放心一些。

入了冬，天亮得格外晚了，黑得也格外早了。村委的工作时间都调整成早上9点上班，下午5点半下班。学校也在国庆之后调整了上课时间，早上8点半开始上课，下午3点放学。耿浩每天起床的时间也往后延迟了半个小时，7点半起床，7点45分吃饭，8点去学校。他得早点去开门，免得提前去的学生在教室外一直冻着。

11月20日，莫村迎来了2008年冬的第一场雪。

在20日之前，就时不时地下些小雨，温度也在一点点往下降。这天一早又下起小雨，细得跟丝儿一样，耿浩穿上秋裤秋衣，外面套了件毛衣，做好基本的保暖才提着热水壶、拿着洗漱用品出门，顺手把屋里的灯也给关了。刚出门，就看见黄姐拿着手电筒从坡下面上来，头上戴着个粉色的毛线帽子，也没打伞。

"哎哟，今天又下雨了，这更冷了。"黄姐看见耿浩就开始打招呼，"这早上实在是起不来，被窝里面暖和。"

耿浩笑着回："是，我早上也不太起得来，老是想在被窝里多捱一会儿。"

"谁说不是。"黄姐说着就到了厨房门口，把手电筒一关，揣进兜里，掏出钥匙开厨房的门，"哎哟，这铁锁都跟冰疙瘩似的。"咔嗒一声，锁被打开，黄姐进去一直摸到了里间儿，才开了个小电灯，只把灶台那一片儿给照亮了。

莫村用电十分地节省，能不用就不用，非要用的时候，也只打开个瓦数小的灯泡，照亮需要用的一块儿就行了。耿浩刚来的时候还挺大手大脚的，后来看莫村人都节省得很，自己也不好意思浪费，更何况他用的是公家的电，也养成了能不开灯就不开的良好习惯。只不过，他最近明显感觉到自己视力有些下降，看东西没之前清晰了。

黄姐每次做饭特别会掐点，总能卡在耿浩收拾好进厨房的时候把饭菜端上桌儿。依旧是那几样换着来，包子、馒头、热汤，或者是汤面条。只不过，到了冬天，腌咸菜多了起来。黄姐时不时拿出一些腌咸菜给耿浩尝尝。

钟灵也做了不少腌咸菜，准备装在罐子里让钟秀上班的时候送来给耿浩，被钟秀给拦住了。钟秀说耿浩每天吃的饭都是黄姐做的，人家黄姐自己也做的有咸菜，耿浩拿了钟灵的咸菜，肯定也不知道要不要拿到桌上吃，怪让人为难。钟灵一听有道理，就说那她下回请耿浩到家里吃。

一般下细雨丝儿的时候，耿浩都是懒得打伞的，从村委到学校也没多远，几步就到了。细雨丝儿就跟蜘蛛网一样，风一吹全糊在了脸上，又迅速被脸上的热给暖干。耿浩走了没两步，感觉雨有下大的趋势，落在他身上的感觉也不一样了。耿浩停下，静静地感受了一下，发现原来雨里掺了雪粒儿，这是要下雪了。

刚刚到学校门口，就看见几个学生在雨地里蹦跶，激动地喊着"下雪了下雪了"。耿浩看见他们忍不住露出笑来，把手上的课本交给一个学生，让他帮忙拿着，自己去开了几个教室的门。门一打开，里面就是股寒气，比外面的温度高不了多少，但起码也是个避寒的地方。

天气一冷，学生就不爱开窗户，教室里一直捂着，虽然暖和了，但空气也不流通了，加上有的学生不太爱干净，一捂起来总有些奇怪的味道。耿浩每回就在他们放学后，把所有教室的门窗都打开，晾上一会儿，换换新鲜空气。等他6点回村委的时候，再把所有的门窗给关上。

"别在外面淋了，小心感冒，赶紧进教室吧。"耿浩从学生手上拿回自己的书，顺手揉了揉几个学生的小脑袋，把他们往教室里推，自己去了办公室。

耿浩一进办公室，就把窗户开了一条缝，透透气儿，顺便清醒清醒，冬季早起确实是件难为人的事儿。没过多会儿，王大华和黄校长也来了，两个人拍着身上的雪粒儿，直说外面的雨下得小了，下的全是雪粒儿，到了晚上肯定要开始下雪了。

"咱们学校今年买炭了吗？"王大华问黄校长，他一脸的倦意，不知道是不是没睡好，说起话来懒洋洋的。

黄校长说："买的有，这两天就要送来了，到时候耿老师帮忙盯一下。"

耿浩点头，问道："咱们学校买炭，是要在教室里烧火盆？"

"嗯，不烧个火盆，娃来学校都冻得哆哆嗦嗦的，手脚都冰凉梆硬的，到时候是上不了课的。"黄校长想到那些娃在深冬被冻的模样就心疼，"听说镇上的学校准备装暖气了，明年娃们上学就能用上，那东西一开，整个教室都是暖和的。"

"过不了两年，咱肯定也会有的。"耿浩听钟秀说了，今年莫村养猪养得特别成功，一头头猪又壮又好，就等着腊月的时候卖到市场，今年肯定能靠卖猪挣不少钱。

黄校长也露出一脸慈爱的笑来："是，就等着村子富起来了。耿老师，你这马上也要去买回家的车票了吧？"

"是，等12月中旬去买，提前一个月，免得没了车票。"耿浩一提起回家的事儿，就忍不住兴奋。一年到头，也就过年的时候才能跟亲朋好友聚个全乎。他有一年没见家里的人了。上回十一长假他也没回趟家，只在村里好好地休息了几天。

"过年咯，过年要回家咯。"黄校长感慨着，语气里多是惆怅的意思，目光透过办公室的窗户，看向了窗外。

莫村的山已经变黄变秃，坡下的河流也变浅了，没了鸟叫蝉鸣，只有冬季的寒风在街道上来回卷动，时不时发出呜呜的声响。莫村小学的电子铃在寂静的山村里显得格外突兀响亮。在电子铃响起时，天上开始纷纷扬扬落下雪花来，像天女散花一般好看，刚一落地就消失不见，化作水融进了土壤里。

莫村人看见这景象，都不由得兴奋，来回喊着："下雪咯，第一场雪来咯！"

声音大得都传到了学校里面，学生们坐在教室里就只顾着张望外面，看着雪花纷纷飘落，毫无心思上课，只想着赶紧出去看雪玩雪。耿浩叫了几遍，他们才回过神。

"既然下雪了，咱们就回顾一下，雪的英文怎么说。"耿浩敲了敲黑板吸引他们的注意力。

几个孩子举手，耿浩点了一下李燕："李燕，你起来说。"

"snow，S-N-O-W。"李燕的发音很是标准。耿浩夸赞了一句，让她坐下。

李燕是为数不多的过了英语新鲜期还在好好学英语的人，平时课间也会去找耿浩探讨问题，期中考试的时候英语还考了一百分。耿浩确定黄姐是真的没夸大其词，李燕真的很喜欢英语，因此对李燕也就格外看重，把李燕当作他的重点培养对象。

"那么现在是11月，11月怎么说？"耿浩环视一周，这回只有李燕举手，耿浩换了个人，直接点周余，"周余，你来说。"

周余也是个学习的好苗子，虽然内向不爱回答问题不爱说话，但是学习是有天赋的，接受能力格外强。只要你硬提问，他都是能回答出来的，这回期中考试英语也考了一百分，语文和数学也都考得不错。在周余的带领下，虽然张大飞后来对英语是应付态度，但考试也能考及格，算是不错的了。

"November。"周余站起来轻声回答，回答完还看了同桌张大飞一眼。张大飞本来就黑黑的，因着天冷穿得又不多，脸被冻得红通通的，一笑起来格外滑稽。周余一笑，把耿浩的问题回答全乎了："N-O-V-E-M-B-E-R。"

"嗯，非常好，坐下。"耿浩十分满意。现在周余被点名的时候，已经愿意回答问题了，这对耿浩来说，已经是很大的进展。目光一扫，落在了莫北身上。四年级就三个学生，李燕、周余和莫北。莫北是三个学生里面学习最差的，上次期中考试，门门都才刚刚及格。现在其他同学在回答问题的时候，她还看着窗外的雪花乐呵。

48 大雪冬至

"莫北。"耿浩轻飘飘地点了莫北的名字，莫北嬉笑着从座位上站起来。耿浩问："刚复习的，你都听见了吗？上次期中考试，你就没把这两个单词写对。"

莫北揪着衣裳，撇了下嘴角，只是茫然地看着耿浩，接着眼珠子转了转，理直气壮地说："又不是我一个人写错，班上就没几个人写对的。"

耿浩对于她的狡辩已经没了脾气。是，班上没几个人写对，班上一共就九个人，想说十几个人写对也没那么多人。最后，耿浩只能让莫北坐下，让她今天回去把这两个单词每个写上二十遍，加深记忆。莫北当即就不乐意了，想要跟耿浩争辩，耿浩一个眼神扫过去，她又安静了，只是嘴里咕哝着："我就不写，你能把我怎么样？我就不写！"

经过几个月的教学，耿浩发现自己之前上课时表现得脾气太软了，这些孩子在课堂上根本不怕他。所以他就学着在该严厉的时候表现得严厉些，让他们感受到自己的威严。

"不写的话，就按咱们的新规矩来，在外面跑上八圈儿。"

耿浩说得云淡风轻，露出几分笑意来。这是王大华教给他的法子，说年纪小的孩子吓唬两句还能听，年纪大的孩子如果不听话，就只能靠罚，不罚不长记性。耿浩通过实践，证明王大华说的是正确的，就想出了跑步惩罚。跑步有益身体健康，正好现在到了冬天，多跑跑还暖和。

教室外面的场子，一圈下来也才一百来米，跑上八圈也就八百来米，这对莫北来说是能承受的运动量。她既累着了，又不过火。

耿浩都想根据自己的亲身经历写一篇论文，标题就叫《论一个善良的老师是怎么被逼得"残暴"的》。最开始罚学生的时候，他还是挺有愧疚感的，王大华安慰他，当面对一群调皮的学生的时候，天使都能折翼变成魔鬼，还把刘嘉拉出来做例子。说刘嘉最开始教学生的时候，那是一个温柔似水，后面被逼得上课不吼上几句那才是稀奇的。听了王大华的话，耿浩现在罚学生的时候，脸不红心不跳，丝毫没有了罪恶感。

莫北喜欢上蹿下跳，但是不喜欢跑步。她之前第一次被罚，和耿浩对峙说不跑，耿浩就把她赶回了家，专门去家里给莫丰江夫妻俩说明了实情。

莫丰江夫妻俩从来没关心过莫北在学校的情况，莫北自己也从来不说，听完耿浩的反映，只想不能让莫北休学在家，就威胁莫北乖乖按老师说的做。莫北不听耿浩的，但不能不听老爸老妈的，只好乖乖地跑圈。

从此莫北就过上了每天没事儿跑两圈儿的生活，她的体力在适应，惩罚的圈数也在不断增加，从两圈儿一直加到了现在的八圈儿。

如今听见耿浩又要罚她，莫北立马不说话了，把桌面上的东西往旁边一拨拉，自己整个人趴在桌子上，默默地郁闷。她的同桌是个三年级的男生，平时脾气软，看见莫北把一张双人桌占了三分之二去，也只能忍气吞声。谁让莫北是村子里的小霸王呢？是小孩子不敢随便惹的。

"莫北，是不是嫌八圈儿少了？"耿浩悠悠地问了一句。想着在他的鞭策下，莫北以后没准儿能成为一名优秀的长跑运动员。如果真有那么一天，耿浩也不会骄傲地揽功劳，这一切都是莫北自己努力挑战课堂制度的结果。

莫北慢吞吞地坐起来，极不情愿地回话："没有。"

"那就好好听讲。"耿浩最后提醒了一句，继续之前的课程，"接下来，我们听一段录音，你们把我刚才说的问题的答案找出来。"

说罢，耿浩按动复读机的播放键，"咔"的一声，复读机开始缓缓转动，发出轻微的摩擦声，下一刻里面响起一个女声。

20号下的雪并没有存上，只是把地面濡湿了。下第二场雪的时候已经隔了一个多月，一直下到了冬至。好巧不巧，冬至这一天又是周日。

张南在下第一场雪之后就给耿浩打了电话，说县城过两天要下雪，问他要不要一起去县城转转，看看雪中的黄杨县是什么样的，还说他们可以一起到南屏山上看看。他们来了黄杨县小半年，张南和耿浩还没去过南屏山，而孙赫早就带刘凤雅去过了。

耿浩当时正好接到黄校长的通知，说周末会有人送煤炭去学校，让耿浩帮忙接收，就没和张南约成。张南当时就说，他看过日子，冬至又是周末，可以一起去城里过冬至。耿浩还是没答应，说是冬至有约了。张南还好奇他能跟谁约，调侃说是不是跟村里的哪家姑娘。耿浩就说是个大姐，平时对他跟对亲弟弟一样。

果不其然，第二天钟秀就跟耿浩说，钟灵邀请耿浩冬至去家里吃饺子，问耿浩有没有时间。耿浩当即咧嘴一笑，说有时间。钟秀笑得比冬日的暖阳还暖，直说这回算是提前预约到了。耿浩也没多解释，只是说麻烦钟灵大姐每个节日都惦记着他。

后来黄姐得知耿浩冬至的时候在村里，也邀请他去自己家里过节，耿浩自然而然地说了抱歉给推了。为避免中秋节的情况出现，学生也都提前问了耿浩冬至那天的安排，知道他去钟家过节就赶紧回家报告了父母，学生的家长这才放下心，没有再邀请耿浩到家里过节。

冬至早上,耿浩一打开门,清寒的空气就夹杂着大雪扑面而来,他禁不住打了个寒战。此时门外存了厚厚的雪,干净得没有一点杂质,就像一大张平整的宣纸,让人不舍得踩上去。在房檐下站定远眺,目之所及,树上、房顶上、山上,也全是白茫茫的一片,当真是银装素裹,好看得很。大雪还在簌簌地落着,从阴亮的天空中来,悄无声息地融入软软的雪面。

坡下面小卖铺的老板已经开了门,感叹了一声'雪下得真大啊',然后拿起扫把扫去门前的积雪,清出一条窄窄的黄泥路来。念及雪被踩硬了会结冰,人容易摔倒,耿浩也去村委房后面抓了个大竹扫帚,把雪往两边扫,清出一条两人并肩宽的路来,扫到坡边,直接把水泥台阶上的雪也给扫了。

天气格外冷,耿浩被寒风吹得直往外呼气,希望暖和的二氧化碳能给他的脸颊带来一丝温暖,但气体一呼出去,就凝结成了白雾。不多会儿,他的脸颊、耳根、双手关节处都冻得通红,隐隐还有些疼。

他一直忍着扫到了坡下面,才把竹扫帚的把儿夹在怀里,不停地搓着双手,发热太慢就直接把手放到脖子上,靠体温来加热,双手是不怎么冷了,可他的脖子被刺激,浑身一阵阵地竖汗毛。

"耿老师,你咋这么勤快哩,还帮忙扫雪。"小卖铺老板端着个火盆从漆黑的屋子里出来,把火盆放在门口,从门前墙根的柴垛子上抱了一把粗细不一的柴火,拿出打火机就开始烧火盆,嘴里还直招呼耿浩,"快点过来烤个火暖暖。"

恭敬不如从命,耿浩几步跑过去,把竹扫帚先倚墙搁着,一屁股坐上了老板递过来的凳子。除了小卖铺这里,其他住户也都起来了,把火盆放在门口开始烧火取暖。到了冬天,莫村人的娱乐活动不再是饭后散步,而是没事儿就聚集在谁家门前的火盆旁,喝喝茶嗑嗑瓜子聊聊天,能一坐坐半天。

老板烧起火来十分利索,不一会儿就起了大火,不光把身上烘热了,还有了灼烫的感觉。耿浩赶紧抓着凳子往后挪了两步。

"耿老师,你屋子里有火盆没得?"老板开始跟耿浩聊天。

耿浩道:"没,不过我平时都是躺在床上,挺暖和的,不用烧都行。而且平时在学校,回来待一会儿也就睡了,用不着。"

"说的是,你这天天挺忙的。"老板说着又问,"你早上还没吃呢吧?我一会儿煮点黄酒,下点儿汤圆,你也来点?"黄酒就是米酒。

"不了，黄姐来了，她等下就做了。"

黄姐戴着帽子，也不打伞，双手插在厚袄子的袖子里，猫着身子自己找暖和，穿着花布棉靴大步走过来，踩得积雪嘎吱嘎吱响。等黄姐走近了，耿浩发现黄姐的脸也被风雪刮得通红，赶紧把自己的凳子让了出来，招呼着黄姐："黄姐，来烤烤。"

黄姐正看着路往前走，没看见耿浩，听见有人叫她赶忙抬头，看见是耿浩，咦了一声就笑了："你咋一大早坐到这儿来了？"

"耿老师早起就把村委前面的雪给扫了，可勤快哩。"老板替耿浩先把话给答了。

黄姐咋舌："耿老师这么勤快呢？那你可得好好烤烤，饭做好了我叫你。"

"好。"耿浩忙答应。

黄姐边上坡边高兴地念叨："这有了水泥路就是好，就算下雪了，上下走也不带打滑的。"

下过雪之后天更冷了，耿浩本来提过让黄姐不用再受着寒来做早饭，他自己随便弄点就可以了。可黄姐硬说没关系，每天早上照常来。

钟秀跟耿浩说，给他做早饭是有工钱拿的，黄姐平时在家也没挣钱的事儿，好容易能靠给村委做饭挣点儿，肯定是不会轻易不做的。每回钟灵请耿浩去家里吃饭，黄姐少做了几顿，心里也是不高兴的。自此，耿浩也不再说什么了，只管自己好好吃着就是，但钟灵邀请他吃饭的事儿，他是真控制不了。

49　堆雪人

黄姐早上给耿浩煮的也是黄酒，里面打了两个鸡蛋，还给他炸了两根油条。黄姐做饭的手艺也是不错的，论起来和钟灵是不相上下的，要不然当初莫主任介绍的时候也不会说，黄姐是村子里做饭最好吃的。但相比较起来，耿浩还是更喜欢钟灵的厨艺。

9点多的时候，莫村的孩子都起了床，看见外面存了雪，一个个激动得不得了，直在雪地上打滚，还打起了雪仗。耿浩正躲在屋子里听歌看书，就听见外面突然嘈杂起来。

"呀，谁把这儿的雪给扫了！"

"不知道，不过旁边的还是没动，也可以玩。"

"我要堆一个大雪人，你们谁也别想跟我抢！"

"我也要堆雪人！"

…………

耿浩透过结了霜的窗户往外瞄，看见一群孩子在雪地里跑来跑去。

一个个的脸蛋都被冻到皲裂，鼻头红通通的挂着鼻涕，看着就是被冻得难受，但他们依旧活力四射，在雪地里跑来跳去，踩下一个个脚坑，然后用双手团着雪球，等团大些了就直接放在地上滚，直到滚得有半人高了才停下，用手在雪球上拍打，把雪都给拍实了。原本圆圆的雪球也变得坑坑洼洼，上面还都是手掌印。

耿浩正看得出神，一双手掌猛地拍在他的玻璃上，紧接着一张脸就贴到了玻璃上。皲裂发红的小脸蛋，乌黑的双眸，清秀的模样，除了莫南没别人。随着他的呼气，玻璃上的霜化了，又起了一层白雾。因为他，玻璃一会儿透亮一会儿结雾的，极具动感。

"耿老师。"莫南趴在玻璃上，边嬉皮笑脸地叫，边敲打着玻璃。耿浩只能听见他的闷响，暗道莫南这个调皮的，把耳机一取，起身就把窗户上的铁栓抽起来。莫南知道耿浩要开窗户，立马跳到一边儿，等耿浩把窗户推开，他又重新爬了上来，抓着窗户木框，小胳膊一使劲整个人都撑了起来，脑袋探进房中，努力地看耿浩桌子上有些什么。

"耿老师，你在听歌啊？"莫南盯着耿浩的随身听就问，"你在听啥歌呢？"

耿浩看着他的动作，害怕他一个支撑不住仰头倒下去，不答反说："你下去站好了，别压窗户，小心摔了。"

"没事儿。"莫南说着，身子往里一冲，半个身子进了屋子，然后胳膊一收，腹部就压在窗户木框上，像个天平一样在耿浩面前保持着平衡。

耿浩差点没被他吓得心脏骤停，看着他窗外那一半儿身体还是要长些，整个人快要溜出去，立马伸手就把他的上半身稳住，两只手又迅速放到他腋下，环住他的身子，把他整个人举了起来，拉进屋子里。

莫南也很配合，抓着耿浩的胳膊就往屋子里缩，双膝往他桌子上一跪，整个人算是进来了。莫南又折腾了两下，一双脚在耿浩的桌子上乱踩，在耿浩的书本上留下半个半个的脚印。甚至还觉得这样钻窗户进屋的行为很有趣，一直咯咯直笑。

耿浩脸色黑沉沉的，忍住揍他一顿的冲动，把他从桌子上拎下来，等他站稳后才去检查自己的书本。那些脚印是抹不去了，耿浩深呼吸几下保持镇定。想想自己当年也是个熊孩子，他们只是孩子，他们是祖国的花朵，自己得忍着，不能和他们置气，忍着！

正好窗户大开着，冷空气呼呼地往里灌，把站在窗口的耿浩吹了个透心凉，也算是给他降火了。这种降火的方式实在是太自残，耿浩缩了缩脖子，迅速将窗户重新拴上。

"耿老师，你屋子里没火盆啊！"

莫南在耿浩的屋子里直转悠，碰碰这儿动动那儿。虽然耿浩的屋子他来过很多回了，但每次来还是跟没来过一样，看哪儿都新鲜，看哪儿都想摸。

冷空气被关在窗外，室内的温度又在上升，耿浩又有了要丢莫南出去的冲动，但最终只是把他拎到了桌边儿。

"翻窗户危险得很，下回不能再做这种危险动作了，知道吗？"

莫南看耿浩表情严肃，善于察言观色的他立马乖乖地点了点头，很是认尿地往耿浩身上蹭："下次我不翻了。"他现在在耿浩的屋子里，这里面就他们两个人，门窗还被锁了，如果耿浩生气打他，肯定都没人能进来救他，他还是乖点比较好。

耿浩看他这么乖，心里的火气也消了不少，把他一提，让他站好。好好的一个小男生，就是太爱黏人，也不知道跟谁学的。

"耿老师，我进来是喊你跟我们一起堆雪人的。"莫南嘿嘿一笑，说明刚刚举动的用意。

面对莫南讨好的笑脸，耿浩实在发不起火来，只是提着他的后领往门口走："下次直接在窗户外面说。堆雪人我就不去了，你们好好玩儿。"说着，耿浩把门打开，把莫南推了出去。

莫南眼疾手快，在耿浩松手的那刻，立马抓住耿浩的胳膊，双脚一定，身子往后压，像拔河一样要把耿浩拔出去，一个个累得不行，还咬牙切齿地吼着："不行，你得跟我们一起堆。"

外面正在各玩儿各的孩子一见这情况，立马也涌到门口，抓住耿浩的两只胳膊，死活都要把他拉到雪地上。耿浩没法，只能跟着他们走，但又不能走得太快，还得注意力道。他要是一下子到了他们那边，他们一群都得摔个屁股蹲儿。

"好好好，我跟你们一起堆，你们先放手，别摔着了。"

一直挣扎着到了雪地上，他们确信耿浩不会回去了才一个个松开。他们松一个，耿浩就减一分力，保证不会有一个孩子摔倒。耿浩这边照顾着他们的安全情况，他们为了截住耿浩的后路，直接跑到耿浩门前，一把把耿浩的门给拉上了。

哐的一声巨响，耿浩机敏地转身看过去，瞬间愣在当场。村委除了厨房用的是铁锁，其他房间用的都是防盗门，从外面拉上除非用钥匙否则是打不开的。然而，他的钥匙现在在房间里，窗户刚刚也被他给拴上了，而且今天冬至，村委放假。他刚刚出来还没来得及穿袜子，毛衣穿在身上根本挡不住寒气。什么叫欲哭无泪，他现在就是。

"耿老师，我们还差个脑袋，你帮我们堆！"

面前的孩子们还不知道自己做了什么坏事儿，很是兴奋地继续邀请耿浩堆雪人。

耿浩不想扫他们的兴，但想让他们知道自己做了什么："你们刚刚把我的门锁上了，我没带钥匙，现在进不去了，怎么办？"

那些孩子一愣，面面相觑，不多会儿就开始相互责怪，追究到底谁是关上门的那一个，非要推一个人出来认错。耿浩等了会儿，正准备开口的时候，莫南跳了出来，抱着耿浩嬉皮笑脸地讨好："莫主任那儿肯定有钥匙，我去帮你拿钥匙。"

"我也去帮你拿。"其他孩子也异口同声地说着。

在耿浩做出决定之前，他们已经在莫南的带领下，跑下了山坡。莫南皮是皮了点，但是个能承担事儿的，而且答应的事儿一定会做到。回想之前种种，耿浩忽然坚信，没有一个小孩子是坏透了的。莫南是这样，张大飞也是这样，他们皮上了天，但有着自己的坚守与闪光点。

耿浩去了坡下面，坐在小卖铺老板的门前，烤着火看他们几个中老年人在一块儿下象棋，等着那群孩子拿钥匙回来。

"他们这群娃干啥去了？"一个大叔问耿浩。

耿浩笑道："他们去找莫主任拿钥匙了。"

大叔看耿浩穿着单薄，像猜到了什么，脱口而出："把你的门儿给锁上了？"

"嗯。"

"这群娃就是混，特别是那个莫南，一天到晚就知道惹祸。耿老师，他们再惹祸你就打一顿，自己不好意思打，就跟他们的爹妈说去，让他们爹妈好好收拾。"大叔说得义愤填膺。

耿浩勉强扯出一个笑来，一点也不想应和他的话，只是淡淡地说："没那么严重，这个年纪就是爱玩儿，正常。"

"耿老师你这么软脾气，肯定是要遭他们欺负的。"大叔叹了声，表示对耿浩的担心。

耿浩只是随意笑了笑，没再接话。

半局棋下完，耿浩后背猛地被人给压住，耳边传来莫南的嬉笑声："耿老师，我们把钥匙拿回来了。"说着，就把钥匙摆在了耿浩眼前。

耿浩从他手上取过钥匙，表面上保持严肃说："以后还随便疯不？"

"不了不了。"莫南再次态度良好地认错，从耿浩的背上跳了下去。

耿浩用钥匙开了门，莫南立马就从他手上夺过钥匙，说再还给莫主任。耿浩进门的第一件事儿就是把衣服穿上，把钥匙装进兜里，免得再发生刚刚的事情。无意间回头，看见莫南扒着门框，贼头贼脑地盯着他，一双脚抵在门槛外。他的后面，还躲着其他孩子，一个个眼巴巴地看着他，仿佛在等待被原谅。

"耿老师，还堆雪人吗？"莫南小心翼翼地问了一句。

耿浩愣了一下，露出笑意来："你把钥匙还了回来再堆。"

莫南立马咧嘴一笑："我马上回来！"他身后的孩子们也都如释重负。

50　为了自己

大雪纷纷，村委门前冒出来不少的雪人，大的小的，好看的丑的，各种各样，能有十来个，愣是把村委门前的白雪用了个差不多，只剩下一层薄雪和黄泥混在一块儿。

耿浩堆完最后一个雪人，往冰冷的台阶上一坐，搓着僵硬的双手想要热乎热乎，低着头大口大口地往手上呼着热气，加速解冻进程。几个孩子也学着他的样子坐在台阶上，分布在他左右两边，一遍遍搓着手，往手上哈着气。

"耿老师堆的雪人最好看了。耿老师，你明年还跟我们一起堆雪人吧？"突然有个孩子问耿浩，其他几个孩子也齐刷刷地看向耿浩，等着他的回答。

耿浩搓手的动作停了一瞬，敷衍地说了句："明年再看。"明年的这个时候，他还不知道在哪儿呢。他走了之后，如果有机会肯定会回来看他们，但不知道那是什么时候了。

他们听出了耿浩的敷衍，左右拉着耿浩摇晃："不嘛，你现在就答应我们。"

"明年还早着呢，不急。"耿浩继续敷衍。

"不早不早，你现在就答应我们。"他们继续不依不饶。

耿浩无奈地看着他们，换了种说法："我答应了你们，你们明年也不记得了。所以，现在答应也没什么用。"小孩子的记忆更新得很快，今天让你答应的承诺基本上转天就忘了，特别是一起玩之类的话。但耿浩也不敢随便答应，如果他们真的记到了明年呢？作为老师，身体力行，必须要说到做到。

"记得记得，肯定记得。"他们缠着耿浩，非要让他答应。耿浩就含含糊糊地不直面这个问题。其中一个大点儿的孩子，大概猜出了耿浩的意思，直接问："耿老师是不是带完我们这学期就走了？"

这问题直接得让耿浩没办法含糊回答。面对他们一个个委屈的表情，耿浩没回答，心底突然有点酸酸的，不由得挪开了视线，更加不敢看他们的脸。

"耿老师，你不要走好不好？"旁边的小姑娘直接抱着他的胳膊，眼睛都开始红了，这场面好像耿浩现在就要走了一样。

耿浩揉了揉她的脑袋，安慰着说："就算老师走了，也会有新的老师来的。"

"不，我们喜欢你，就想你留这儿。"莫南也抱上耿浩的胳膊，还要往耿浩怀里蹭，耿浩硬是抵住了他的脑袋才没被拱倒在地。

"我听他们说，如果耿老师走了，我们学校就会被关掉，我们就只能去镇上上学了，不想去的就没学上了。"又有个孩子附和。

耿浩哭笑不得，故意逗他们："你们想上学吗？我看你们也不怎么喜欢学习啊,一上课就说话、睡觉,一点都不认真。"

"反正我想上,耿老师你说的,我以后可以当个大画家。"莫南愁着一张脸,死死地瞪着耿浩,仿佛在质问耿浩。

耿浩眸光闪了闪,扭头看向莫南,没想到他还真把这话听到了心里去。这是耿浩之前随口给莫南说的,只是当时看他确实是喜欢画画。而他当时嬉皮笑脸的,一点也不像是听进去了,如今却一本正经地说出来,看起来格外认真。

"耿老师,你不是说我们只有学习好了才能去造飞船?我就想去造飞船!"又一个男生嘟着嘴责怪耿浩。

有他们两个开头,其他人也纷纷说出自己以后想做什么,说自己想上学。耿浩也不知道他们几分真几分假,毕竟他们说的梦想很大,实际上学习的时候却没那么积极。可一细想,谁不是竖着一个大理想,在学海中挣扎沉浮?虽然自己不够努力,但不能放弃这个可能的机会。

虽然大家最后的发展和当初的理想很少能一样,但也不乏实现了理想的,他现在似乎没资格嘲笑他们的梦想,毕竟,能有梦想有目标,已经是件很了不起的事了。

"老师,如果我期末考得好了,你就留下来怎么样?"莫南又拿出一副讨好的表情问耿浩。

耿浩问:"那你说,怎么样才算考好了?"

莫南看着耿浩,想了想:"我考及格了就算!"

耿浩憋着笑无法回答。这个目标对莫南来说,好像真的算是考好了,其实只要他考试的时候不画大乌龟,把卷子认真写完,不管分数多高,都算是考得不错。这样说,好像对莫南的要求太低了点,也只能说因为莫南的起点太低。

"你学习好,是为了你自己,不是为了老师,知道吗?自己的人生要自己负责,不能让别人负责。"

莫南看着耿浩,一脸的听不懂,只是扭着身子晃耿浩:"我不管,我考好了你就留下来!"

"莫南,小小年纪不要耍无赖。"耿浩板着脸教育。

莫南直接躺下,四脚朝天地乱蹬:"我不管,我不管,我考好了你就留下来。"

"耿老师,如果我们都考得很好,你就留下来好不好?"其他孩子也突然接着莫南的话说。

耿浩觉得他们这种跟风的意识太过儿戏，深觉要严肃指正他们的态度："虽然你们年纪小，但是说话也是要负责任的，说过的话就要履行，所以不要随意说些自己做不到的事情，知道吗？"

"我们能做到！"他们不约而同地回答，气势强盛。

耿浩直感叹，小孩子说起话来，确实单纯。但他也不想用大人哄小孩的方式欺骗他们，仍然认真地说："老师还是那句话，你们对自己说的话做的事都要负责，你们学习是自己的事，不是为了老师。如果你们今天因为不舍得我就好好学习一阵，等坚持不了了，觉得我可走可不走了，就不学了，这样对不起的不是我，是你们自己。"

那些孩子依旧听不懂，只是面面相觑，愣愣地看着耿浩，似乎在想耿浩说的到底是什么意思。

"咦，你们在堆雪人吗？"兀地，一道声音打破他们僵持的局面。钟秀从山坡下面走上来，见他们氛围有些不一般，就停在了坡道口，余光看着那些孩子，嘴里小心地问耿浩："大姐的饭快做好了，你现在能过去吗？"

"嗯，可以。"耿浩答应着，从孩子们中间站起来，头也不回地往坡道口走。等耿浩到了钟秀面前，钟秀又看了一眼那些孩子，悄声问耿浩："怎么了？他们又捣蛋，被你训了？"

耿浩抿了下唇，云淡风轻一笑："没有。"

等他们走到下面的路上，坡上突然传来脚步声和一道坚定的声音："我们就是为了自己，我们想上学！"

耿浩和钟秀同时回头，看向坡道上面。一群孩子站成一排，表情不一，却都很认真地看着耿浩，小个头就像蒜苗一样。钟秀不知道发生了什么，扭头看向耿浩。耿浩只是静静地看着他们，情绪突然翻涌起来，格外地澎湃，鬼使神差地就说了一句："那就用行动来说话。"

说完，耿浩就含着笑走了。走了几步，他才反应过来有什么不对，他这是变相答应了他们提出的约定？如果他们真的做到了，自己是真的要留下来吗？

钟秀在他们之间来回观察，被耿浩嘴角温柔而又期待的笑意所吸引，隐隐猜出他们之间有了什么约定之后，心里莫名地有了一丝异样。

"你们是达成了什么约定吗？"

耿浩像说一个玩笑一样回她的话："他们说，如果他们期末考试都考好了，我就要留下来。"

钟秀分明从他的眼中看出了些许的期待，还有对那群孩子的信任。他的心底是相信那些孩子能做到的？不知怎的，钟秀心底也对此坚信不疑，坚信那些孩子会用他们弱小的身子履行这个大大的承诺。

"你信他们吗？"钟秀还是忍不住问了一句。

耿浩偏头看她，笑意更甚，露出几颗白牙来："小孩子嘛，最爱随口说说了。"自己配合他们这种对赌的戏码，也真是太幼稚了。

钟秀盯着他看了会儿，忽然间觉得他笑起来很好看。耿浩现在虽然比刚来时黑了不少，但是整个人的精神气质是没变的，甚至还多了些豁达的意味儿，就是那种突然找到了人生出路的豁达。在耿浩脸上逐渐露出疑惑表情的时候，钟秀不着痕迹地收了目光，目视前方，无比肯定道："我相信。"

耿浩也目视前方，调侃的笑意逐渐收敛，变成唇角的一抹浅笑，踩在水泥和雪混合的湿漉漉的坡道上，目光落在前方，道路两旁无人踩过的地方，还是白雪层层，纯洁得没有一丝杂质。这样的白雪最招人喜欢，可以在上面画画，也可以捏成各种各样的东西。因为纯洁无人动过，才有着无限的可能性。

耿浩的目光又落在路中间，因为被人来回踩踏，路中央的白雪早就被踩实化成了水，和泥土混在一起，浑浊不堪，人一走过，没准儿还会被溅得满腿是泥，像极了被生活踩蹋过的他们这些成年人。曾几何时，他也是那片白雪。那时候，他是否想过自己会有哪些可能性呢？

"你小时候的理想是什么？"耿浩突然问钟秀。

钟秀认真地想了想："应该是当老师，那时候觉得老师是最厉害的，然后就是要去沿海城市。总的来说，可能是在沿海城市当个老师吧。你呢？"

51　你不懂

"记不太清了。"耿浩想了想，脑子里闪过无数个职业，就是找不到自己小时候树立过的那个理想，"不过，肯定不是当老师。"

"一般女孩子是想当老师，男孩子都是想当科学家、警察什么的。"钟秀想起小时候幼稚的自己就想笑，觉得那个时候的自己太天真，"不过，我在大学毕业之前，也都以为自己会在沿海城市当个教师，还把教师资格证都给考了。当时认真准备了好久。虽然现在发现那个不是真正适合我的理想，但也没后悔过。毕竟，没有努力过，怎么知道结果呢？"

"说的是。我初中立下志向，说长大以后一定要做个有用的人，就一直努力着，争取什么都得优。大学调剂到英语专业，也是想着，自己要做个有用的人，就算到了不擅长的领域也没关系，只要努力争优就可以了。"耿浩淡淡地说着，"毕业了，就想进个优秀的公司，那样就能证明我是个有用的人了……"

耿浩突然无法继续说下去了。他现在也在怀疑，选择大公司当个优秀的翻译，是不是最适合他的。如果他的理想真的是那个，为什么当初决定放弃世界五百强的 offer 时，并没有太多的思想挣扎，放弃之后，也没有太多的遗憾和不舍？

钟秀偏头，只是静静地陪着耿浩往前走。穿着大姐做的棉靴来回走，雪水早跳过她的白色厚鞋底渗进鞋里，鞋子早就变得湿乎乎、冷冰冰的，鞋面上也是黄黄的一片。忽然有些想念大城市的道路。在大城市，会有环卫工人及时清理积雪，硬化公路也不会因雪泥混在一块儿变得泥泞，穿着皮靴走在路上，怎么蹦跳都没关系。

仰头看着坑坑洼洼又泥泞的道路，钟秀脑子里浮现出一座座高楼大厦来。

"我觉得，"钟秀扭头看向耿浩，认真的脸上缓缓露出笑意，是对现在生活的满足，"真正的理想和归宿，或许是，无论你怎么选择人生的道路，无论想干什么，都不曾放弃过的那个念头，哪怕它微不足道。"

耿浩对此半懂不懂，只是好好地回想了一下自己的人生历程。真的有这么一个念头，是他一直没放下的吗？

"我之前的理想是去大城市当教师，开阔眼界过上富裕的生活。与此同时，我也一直告诉自己，等挣了钱，就在莫村盖一栋小别墅，等老了就回来养老，然后把自己长的见识告诉村里的人。大学四年，也一直想着，要多挣钱，捐给村子，让村子也变得和城市一样好看，生活也和城市一样便利。这些小念头，就是我一直坚持的，只是原来没注意过。"

钟秀轻轻诉说着自己当初的心路历程，嘴角浅浅弯起。

"直到毕业时，我开始怀疑自己的理想，才发现，我更想回村参与建设。现在每天虽然很忙，为了解决村子的一些问题跑上跑下的很累，但是看见村子在往好的方向发展，我就知道自己离梦想更近了一步，痛并快乐着。"

耿浩有些艳羡钟秀，羡慕她找到了属于自己的真正归宿，明确地知道自己要做什么。

"你说得很有道理，我也好好想想。"

"你毕业时为什么来支教？"钟秀突然问耿浩。

耿浩毫不犹豫道："因为遇到点事，室友突然提到学校有支教计划，想起自己一直想支教，就来了。先支教还能找工作，但先找工作的话就不一定能有机会支教了。毕竟，钱是赚不完的，成为上班族后应该会永远觉得忙，觉得腾不出时间。深思熟虑后，就报了名。觉得如果人生不支教一次，临死也会有遗憾。"

钟秀眸子亮了亮，道："支教的愿望是什么？"这个问题，她已经不是第一次问耿浩了，但在现在这种情况下，还想再问耿浩一次。

耿浩再次脱口而出："希望有人能跟我一样，在支教老师的影响下，改变自己的人生。"他已经不记得这是第几次跟钟秀说这句话了，说出来都生怕钟秀会觉得厌烦。但是只要被问到这个问题，这就是他唯一的答案，他再找不出第二个答案来。

钟秀了然，瞧着耿浩的目光变得意味深长起来："那你来支教后，高兴吗？"

"当老师比想象中难。"耿浩不置可否。但当第一次顺利上完课，当看到张大飞在周余的带领下好好学习，当看到前阵子的英语热，当看到中秋节门口挂的灯笼，当看到莫南不断靠着自己的行动实践承诺……

他是高兴的。这也是毋庸置疑的。

"我觉得，你挺清楚的。"钟秀双手交叉，长长地舒了一口气，"培养出一批批优秀的学生，不也是个有用的人？"

耿浩明白了她的意思，还是下意识地想否决这个说法，咧嘴道："培养一批批优秀的学生，这种话是不是太大了？我连自己都掌控不了，怎么承担得起别人的人生？"

"那做有用的人，这种话也蛮大的。"钟秀反驳回去。

"我承认，在这儿支教，看到自己的进步，看到学生的变化，我是很高兴的。但是，这只是完成一个小心愿的满足。"耿浩极力狡辩，脑子还在一遍遍告诉自己，他现在已经完成了心愿，时间一到，他就可以走了。他要去大城市，去大公司，当翻译，成为优秀的人才！

钟秀凝视着他，目光里充满了不相信，很是敷衍地点了点头，也不再争辩，继续往前走着。耿浩跟在旁边，动用手势想跟钟秀证明自己话的坚定性，不知道是要说服钟秀还是要说服自己，最终只是问了句："你懂吗？"

"嗯，我懂。"钟秀很是认真地向他点头。可耿浩还是感觉从她的眼中看到了不信任和敷衍，内心不自觉地有些焦躁，有点想开辩论会，但面对钟秀云淡风轻的样子，憋了半天还是无奈地败下阵，心里是无尽的失望，还有点空落落的，只是轻轻地说了句："你不懂。"

"你自己都不懂自己，还想让别人懂，也太难了。"钟秀语调轻快，带着调侃的意味，"想不通就别想了，船到桥头自然直。到家了，我都闻到我姐做的饭菜的香味儿了。"

耿浩一抬头，醒目的红房子就在眼前，饭菜香也悄无声息地飘进他的鼻子里，慢慢地钻进他的身子里，一点点治愈他失落的心。钟灵大姐做的饭，果然有种与众不同的魔力。

…………

冬至过后是周一，早上第一节课，二年级是语文自习课，黄校长当时去教室偷瞄他们的自习情况，无意间看见莫南在催莫喜写作业，觉得十分好奇，就多看了两眼。

"这么简单的字，我都会你不会？"莫南趴在莫喜的桌子边，很是生气，红着脸挣着脖子责骂莫喜，说话时嘴里跟有烧萝卜一样，"你这都不会，现在还不写，考试又考零蛋怎么办？你考不及格，耿老师就会生气，就会走了，如果耿老师走了，就都是你的问题！"

莫喜一听，脑袋埋得更深了，眼泪吧嗒吧嗒地掉了下来。

这节课黄校长先花了十分钟时间听写了几个汉字，又花了几分钟时间给他们现场改完，让他们把写错的每个字再写二十遍。莫喜就只写了几个，还全错，所以听写的所有字都要罚写。

莫南听说了之后，时不时就盯着莫喜，刚才看他又抱着本子走神，一个字不写，腾地就火大，催促莫喜赶紧写。莫喜怯怯应了，拿起笔颤颤巍巍地写，照着抄还写错了，就一遍遍地擦，几个来回，本子都给擦破了。莫南更加生气，直接就骂起莫喜蠢笨。

"哭啥你哭？翻一页赶紧写。"莫南瞪着莫喜，凶巴巴地说。莫南长得很像奶油小生，平时很少凶人，都是耍赖，如今凶起来也不可怕，配上他弱弱的身子骨，就是一个纸老虎。但这一点也不影响莫南的霸道以及他说话难听得欠揍。

"耿老师啥时候说莫喜考不及格就走了？"莫远成耳尖，板着一张小脸问莫南。其他正在说闹的学生也都看向莫南。莫南平时也不跟他们打交道，现在也懒得跟他们多说，只是说了句："耿老师说了，如果我们期末考试都考好，他就留下来，继续给咱们当老师。如果我们考不好，他明年就不来了。"

"对，俺昨天也听见了。"昨天在场的几个学生也纷纷出声做证。黄校长偷偷站在外面，听见他们这话，心思一阵波动，一时竟忘记及时进去解决莫南欺负人的事儿。不过莫远成已经先一步帮忙把问题解决了。

"那你也不能欺负莫喜。"莫远成责怪着莫南，从座位上跳下，几步到了莫喜跟前儿，"莫喜写字写得慢，我教他写字，你写你自己的去。"

莫南撇了撇嘴，回到自己的位置上，准备默默写字，还戳了戳正在发呆的同桌黄九九："赶紧写，你错了那么多。"

二年级一共就十个人，七八个安静下来认真写字，剩下的一两个迫于这种氛围，也糊里糊涂地拿起笔，默默地把罚写的字写完。教室兀地安静，比之前什么时候都安静。黄校长在门口静站了会儿，又往前走了两步，透过窗户，在外面旁听耿浩的英语课。

耿浩正在黑板上贴一个白色的卡片，卡片上面画着雪花，中间写着个英文单词。下面的学生多半是认真等着的，也有不安分的，比如莫北。莫北一会儿玩玩铅笔，一会儿跟旁边的女生说话，同桌不搭理她，她就又自己玩自己的。耿浩贴完卡片，转过身子，面对所有的学生："Now, It is winter. 现在是冬季。So, We are very cold. 所以，我们很冷。对不对？"

52　有担当的人

"对!"所有的学生点头回答,只有莫北漫不经心地应着。

耿浩瞥了眼莫北,道:"来,大家跟我一起读,我读一遍,你们读两遍。cold, C-O-L-D, cold, 冷。"

众学生跟读:"cold, C-O-L-D, cold, 冷。cold, C-O-L-D, cold, 冷。"

耿浩又教了两遍,仔细地纠正他们的发音,可莫北一直没认真跟着念。

"莫北,你来领着大家读。"

莫北猛地被点起来,什么都不会地站在原地。

"上次是不是跟你说了,要时刻做好领着大家读英语的准备。英文歌你都能带着大家唱,只是个单词,你肯定也可以的。"

莫北沉默,脸上露出不耐烦的表情,但眼里流露出几分内疚和自责来。张大飞见状,直接举手,大着胆子说:"老师,我来。"

"好,张大飞,你来。"耿浩同意道。

张大飞盯着周余嬉笑着站起来,脖子一仰,跟要受刑一样,大声道:"扣儿的。"

其他人暗笑,跟着读:"cold, cold."

张大飞听到别人读的跟自己不一样,猛地看向周余,下一刻涨红了脸,扭捏着偷瞄耿浩。耿浩对此已经习以为常,等着大伙儿把张大飞的口音给带对,就继续鼓励张大飞:"张大飞,再多带两遍。"

张大飞咽了咽口水,又一仰脖子:"扣儿的!"

"cold, cold."大家故意提高了声音,还有了强调的意思,笑声从嘴角溢出来。

"张大飞,继续。"耿浩憋着笑继续鼓励张大飞。

张大飞的脸色沉了沉,左右一看,愣是静下心酝酿了会儿,瞄了眼周余,再次小心开口:"cold……"

"cold, cold."这回大家没再笑话他,虽然脸上也是笑得灿烂,却是把张大飞教会了的自豪感,一个个盯着耿浩等表扬。张大飞发现自己念对了,咧嘴一笑,又成了只猘狲,不等耿浩说话,又带了两遍,再没错。

耿浩及时夸赞："大家读得很好，张大飞领得不错。张大飞，坐下吧，再接再厉。莫北，你要不要试试？你要是带不了大家，以后带大家读单词的任务，我就交给张大飞了。"

莫北偏头瞧见张大飞笑得灿烂的脸，心底顿时有些不平衡，回头看耿浩，视线又被黑板上的那些卡片吸引——卡片上的画都是莫南画的。每天放学后，莫南都要问莫北一遍，有没有在上课的时候看见他的画，还问他画得好不好看。莫北敷衍或者是故意说些不好听的话，莫南就开始不高兴，一连几天不跟莫北说话。等莫北把他哄好，他又开始每天问。

想到弟弟都比自己有出息，莫北硬是把"我不带"的话咽了下去，扭捏半天才点了点头，酝酿了会儿轻声读了一遍："cold……"张大飞这个捧场王，在其他人还没反应过来之前，先吊着嗓子跟着莫北念，等他念到第二遍时，其他人也急忙跟上。莫北脸上僵硬的表情也逐渐消散了去，撇着嘴压下要扬起的嘴角。

"莫北，再带着读两遍。"耿浩又轻飘飘地跟莫北说。莫北当即压着嘴角又带着读了几遍。

黄校长瞧着课堂都在耿浩的控制当中，转身往办公室走，再次路过二年级的教室，里面还是一片安静，只有莫远成耐心教莫喜写字的声音。

"你捏笔不要这样捏……你这笔顺错了……"

黄校长的脸上逐渐浮现出慈祥的笑意，经过一年级的教室，听到里面王大华正带着学生读课文，眼睛一阵湿热，寒风一吹，把他眼里的泪花吹凉，凉得他不得不用手指揉眼睛，把眼泪擦去，把眼睛擦热。好啊，好，这样的莫村小学才有希望！

不多会儿，电铃响起，小小的操场上整整齐齐站满了学生，五星红旗以白灰砖墙的旧校舍为背景，以国歌为背景音，在清晨的光亮中冉冉升起。绳索摩擦着些微生锈的滚轮，发出冗长又刺耳的声响，但又完全被国歌的伴奏声淹没。齐唱国歌之后，耿浩再次站在了国旗下的小台子上，看着下面的学生。他已经很难看清最后一排学生的面容了。

顿了会儿，耿浩熟练地说道："各位老师、同学们，早上好，今天我要演讲的题目是《一分耕耘，一分收获》……"

不知道是谁在到处散布关于耿浩的消息，短短一早上，所有的学生都知道耿浩说了这么一句话：只要他们好好学习，他就会留下来，继续在村子里当老师。为了求证，不知情的学生纷纷涌进办公室问耿浩是不是真的，耿浩正不知道怎么应对，王大华也掺和了进来。耿浩两边都应付不过来，黄校长帮耿浩解围，说："如果你们好好学习，耿老师就有机会留下来；如果你们不好好学习，伤了耿老师的心，那耿老师是绝对不会留下来的。"

这话说出来，那些学生只选择自己想听的，直说原来耿老师真的是这么说的，然后一哄而散。耿浩有些埋怨地看校长："他们会真的以为是那样的。"

"那有什么不好？他们会因为这句话好好学习。"黄校长笑得慈爱，说话云淡风轻的，仿佛这真不是什么要紧事儿。

耿浩皱眉："可我不希望他们好好学习是因为我留下，这样的话，就算我留下来了，他们以后还是不会好好学。"

黄校长听出他的埋怨，哈哈笑起来，笑得耿浩一头雾水。黄校长喝了口水，细细道来："他们只是小学生，我们确实不应该低估他们认真做事的能力，但是，也要考虑他们的认知程度，他们有无限的创造力，但现在的他们也确确实实是一堆白纸。他们只需要知道这件事做了，就可以得到他们想要的，就行了，你说再多，他们也是听不懂的。"

耿浩认真听着黄校长的话，仔细想，还真是这样。昨天他说了那么一大堆，他们似乎都是不清不楚的，只一味地认为，如果学习上去了，他们的耿老师就能留下来。

"一个想要的得到了，如果你还想再激起他们的学习兴趣，就再抛出个小目标来激励。他们现在只适合小目标，一步步地走，立理想只是让他们能有个梦想，在没有小目标的时候，想想自己还有个大梦想，然后再从中找小目标。"黄校长继续说，"等人越来越大，因为思想经历各方面的成熟，才有能力懂得一些大道理，从而自己制订计划，自己设定长短目标。我不知道现在的教育方式，是不是这样的概念，这是我当这么多年小学校长的经验。"

"我也不知道现在的教育概念是不是这样，但是我觉得黄校长你说得有道理。"耿浩又有了恍然大悟的感觉，"就是大道理还是要说，但也要把事情简化讲给他们听，现在只需让他们知道，怎么做会得到什么，就可以了。"

黄校长点头："差不多就这意思。"

耿浩深深地记了下来，却又觉得哪里不太对。刚刚校长是直接把这个约定给板上钉钉了？如果那些学生真的成绩提升了，他真的要遵守约定留下来？

"耿老师，我一直觉得你是个有为青年，说话做事都是负责任有担当的。不管结果如何，我代表莫村小学对此感到庆幸，我们莫村小学能拥有你这么一位老师是我们的福分。"黄校长慈爱地笑着，起身拍了拍耿浩的肩膀，拿着课本就往外走，"要上课了，准备一下吧。"

耿浩愣坐当场，忽然觉得黄校长是个很狡猾的人。这样把他捧高，不就是叮嘱他一定要信守承诺？

"耿老师，你真的是个负责任有担当的人，加油！"王大华也拍了拍耿浩的肩膀，踩着上课铃声出去了。

…………

周一放学，那些孩子都回去把这件事告诉了家长，很多在意学校命运的家长就极力鼓励自己的孩子，一定要好好学习，一定要把耿老师留下来，为此还加大了对自家孩子学习的关注度。

钟秀当天下午回去的时候，看见黄九九很是自觉地坐在桌子前写作业。九九难得如此认真，钟秀很是奇怪，问她是太阳打西边出来了，还是她受了什么打击。黄九九只管自己写着，愣是不回钟秀的话，钟秀就问钟灵，钟灵也觉得莫名其妙。

一连几天过去，黄九九都是这样认真，钟秀猜出她大概也是为了留下耿浩，就问她："你不是不乐意见着耿老师吗？"黄九九瞥了钟秀一眼，别扭半天，说自己不想去镇上上学。钟秀也就笑笑不说话了。

12月中旬的时候，耿浩坐着黄林的车去了城里，和张南他们约着买回家的火车票。这两天已经有新闻在说，今年的大雪比以往下得要早，要大，连南方也是这样。耿浩他们只是感叹了几句，然后拿着火车票放了心，想想即将结束这边的支教生活，归家过年，他们几个人激动地去了趟南屏山。

从小在山区长大的耿浩，对山并不是很稀罕，一直听孙赫他们说那山怎么怎么样，来黄杨县一定要爬一次，还以为会有多好玩，结果只是踩着人工铺成的山路登到山顶而已。耿浩很失望，失望之余，只能安慰自己是来锻炼身体的。张南一直生长在平原，感觉爬山还是很新奇的，特别是站在山顶俯瞰整个黄杨县，还是很爽的。

53　雪灾停运

黄杨县环山，站在山顶面对黄杨县城，只见白茫茫散发着寒气的江水从北面而来，依着山势，逐渐变窄，绕着黄杨县城西边的山脚，往西流去。眼前的一座座山都光秃秃的，远远望去，更像是一幅简简单单的水墨画，极目远眺，浑然天成的一幅山水图，极其秀美。

但也可以看到黄杨县城的贫困，一座座楼房，低矮破旧，环视一圈，没有一处亮眼的地方，最突出的，就是烈士亭里的中心阁楼，孤独地立在黄杨县城里最高的那个尖端。孙赫跟他们说，那阁楼上还装了 LED 灯，一到晚上就会打开，是整个黄杨县的地标式建筑。

耿浩他们下午好容易找到一家火锅店，喝了些小酒。听说耿浩这学期一结束就可以离开，其他几人很是羡慕，还说祝耿浩能找到一份好工作，大红大紫，以后大富大贵。耿浩没做多余的解释，只是将他们敬的酒一一喝了，说也祝愿他们以后可以活出自己想要的人生。

因为今年的雪灾，猪肉价格又呈现了上涨趋势，莫村人得到这个消息可是高兴坏了。不到腊月，莫村挑了个时间，把猪都卖到了市场上（当然要留上过年要杀的猪），趁着猪肉的高价狠狠地赚了一笔。莫村上下就差手舞足蹈地庆祝了，都把杀猪的时间定在了腊月前后。

杀猪时，门前院子里放一个大木盆和一个大铁盆，旁边燃几个大火炉，火炉上烧着水，等着待会儿烫猪用。几个人把猪从猪圈里拉出来，做好基本准备工作，杀猪人朝挣扎哼叫的猪一刀子下去，直接划破它的脖子，快准狠。也就是眨眼的功夫，猪发出一阵凄厉的惨叫，凄厉得让人心里难受，过了会儿就没气了。此时旁边早就有人拿盆儿接着猪血。

杀猪人分割起猪来也是利落，手起刀落，一只猪就被分解得件是件。猪主人家早就烧好了一堆铁棍儿，把猪头猪蹄子之类的都烫上一遍。猪毛和猪皮被燎烧的气味儿难闻极了。聚在一块儿的莫村人也不介意，就指着猪说，这只猪肥得很，瘦肉少了，适合炼油什么的。

杀猪人前脚出了这户，后脚就进了那户，一天连轴转。村子里隔阵子就是一阵猪惨叫。杀猪人早就看准他们村儿这笔杀猪的大生意，趁机提了价钱，赚得盆满钵满。

家家户户杀了猪，免不了请左邻右舍还有亲戚到家开顿猪肉宴，庆贺一下。莫村人感激村支书的带领，让他们走上了致富道路，纷纷邀请村支书村主任还有钟秀这个文书到家喝肉汤，耿浩作为莫村的新客也在被邀请之列。

那几天，村委也不怎么有人去坐班了，耿浩每天下午也不用黄姐做饭了，都在各家各户蹭酒席。酒席上多半是大家对村支书的感谢，夸赞之语夸张得耿浩听了都觉得腻得慌。

这种情况一直持续了近两周，到了腊月中旬，在支书的劝说下，大家趁势又用卖猪的钱买猪，而且加倍买，原来买一头的这回买两头。每家每户喂猪的东西不够，集体商量了一下，又去借钱买猪饲料。

钟秀觉得他们现在是个人养猪，并不是开了个养猪场，他们不是固定的供货源，现在大家都趁着猪肉价格高养猪，但是按照市场规律，过不了多久猪肉可能又会降价，那他们没准儿还会亏损。

村支书正得势，被大家夸得有点飘飘然。他这是第二轮儿当支书，好容易逮着机会做件让全村致富的大事儿，他怎么可能不利用？就跟钟秀说不要担心，这猪肉价格就算下滑也得一段儿时间，他们可以在这之前，再狠狠赚上一笔。

钟秀总觉得不太妥，就找莫主任说。莫主任看着村里靠养猪赚了钱，就坚决拥护支书的领导，让钟秀别瞎想，做好文书该做的，把那些欠的账什么的，进进出出的都给算清楚。钟秀看着账本是越看越愁：村子里本来就欠了债，这回欠得更多了。

钟秀愁，耿浩也愁，因为耿浩最近经常从网上看到哪里又下了暴雪，导致了什么什么事故，还有人说今年或许会迎来一个大雪灾年。在莫村这件事儿也体现得比较明显。莫村人每次下雪都会说一句话，今年的雪比往年多多了。虽然他们通过养猪赚了钱，正是心情大好之际，但又开始担心田里的作物，生怕收成被这寒天大雪给影响了。

耿浩每天晚上写日记的时候就把日记本里夹着的车票拿出来看，看一遍愁一遍。这样恶劣的雪情，不要影响火车交通才好。心里又在默默安慰自己，车票都取了,回去已经是铁板钉钉的事儿了,不用急。可如果天要下雪,真的影响到了火车交通,他又能怎么办?

杀了猪买了猪,也就快到过年了,还有一周就是期末。大伯家突然来电话,着急忙慌地告诉耿浩,他们家那边市县的火车车次停了好几列,又问耿浩的车次是多少,说要帮忙查查。耿浩把自己两张车票的车次都告诉了大伯。大伯一查,更加着急,说从中转站到家里的那趟车真的停了。

耿浩听到这个消息,心里也急了,但嘴上还是安慰大伯,说等他出发前一天再看,没准儿那时候就通了。大伯就说他也会时刻盯着的。

耿浩抛开回家的事儿,每天到学校看着那些学生一天比一天认真,感动不已,不知是喜是愁,当然,更多的还是喜。在离期末考试还有半个月的时候,耿浩就打算着给莫村小学的学生准备过年的礼物,想了想也不知道要准备什么,最后还是拖着。

一直拖到了现在,耿浩才决定给他们买些文具,还是这种方式最简单实际。趁着周末,耿浩坐上黄林的车去城里。黄林最近一两个月都忙得很,拜年的、办年货的、买新衣的,大家以各种理由进进出出桃平镇,几乎趟趟爆满,耿浩坐在车上能被挤成纸片。这时候,车价也早提升为春运高价,黄林每年都会趁着这两个月多跑点,多挣点,好有钱过个好年。

最近两次,黄林都没把耿浩送到城里,在客运站就接着了回桃平镇的乘客。耿浩跟黄林打了招呼,自己绕着城中公路在城里四处转悠。耿浩找了一家文具店,用自己的工资给莫村小学的每个学生买了一个日记本、一套彩铅、一套铅笔、一套笔记本。耿浩庆幸,多亏莫村小学的学生不多,不然他得破产了。

也正是这次进城,耿浩了解到他们这边有些地方的雪灾也挺严重,许多火车车次受到影响,已经开始了退票服务,其中就有耿浩从这里到中转站的车次。耿浩觉得没什么事儿比这还糟了,接二连三地被通知停运退票。

耿浩趁着没人,扒着工作窗台问了半天,还有哪些车次在运行。工作人员一查,很是抱歉地告诉他,还能运行的车次已经没票了。而且,耿浩的两张车票对应的车次已经确定了不会发车,工作人员提醒耿浩及时退票。迫于客观原因限制,耿浩只好把票退了。

为此,耿浩还专门给张南他们打了个电话,跟他们说明情况。张南他们一听，也傻了。他们一直没怎么关注这方面的消息，只知道今年遭了大雪灾，立马拜托耿浩帮忙查车次。

天意就跟闹着玩儿似的，他们几个的家乡没怎么受灾，从黄杨县这边回家，火车畅通得很。查到这个消息，耿浩更加难过，后悔给他们打了这个电话，不过也替他们感到庆幸，他们还是可以安全回家过年的。

张南他们得知耿浩的惨状，忙各种安慰，还邀请耿浩跟他们回家过年。耿浩丧气满满地拒绝了他们的好意，自己一个人捂着衣裳在城里溜达，准备去客运站找黄林坐车回去的，但晃荡着就上了南屏山，坐在南屏山最高的地方，经受着寒风的肆虐，俯瞰着整个黄杨县。黄杨的江水滚滚，就像来自天际，上面还飘荡着一两艘铁船。

这么多年，他从来没有在外面过过年，今年，他多半就得在这个陌生的地方过年了。想到这个结果，也不知怎的，耿浩心里就难受得要命。过年，本来该归乡团聚的。看着那些铁船，他只想着，是不是可以坐着船漂回家？

静坐惆怅了小半个钟头，耿浩才逐渐想开了。这次过年不能回家，是偶然，以后，没准儿就是常态了。提前适应，也挺好。又坐了会儿，天上渐渐又飘起了雪花，他才起身慢悠悠下山，怀揣着一腔郁气，从山下的小卖铺里取了寄放的文具，双手缩在袖子里，戴上外套帽子，去了客运站。

他在客运站等了半个钟头，黄林才从桃平镇出来，接耿浩上了车。耿浩怀抱着一堆东西，靠着车窗，目光呆滞，整个人都无精打采的。想开和能接受，还是两码事儿。黄林忙着招揽乘客，没时间询问耿浩的情况，等所有人都上了车，车子发动，黄林才腾出时间来问。

"耿老师，是不是中午没吃饭？"

黄林第一个想到的，只有这个问题。他是早上送耿浩进城的，现在已经下午4点，这么累又无力，看着就像是饿了的。耿浩被他这么一提醒，也才反应过来自己没吃午饭，一直想着不能回家的事儿，没反应过来不要紧，一反应过来，肚子就开始配合地咕噜噜响。黄林立马露出"果然被我猜中了"的表情，死板的脸上露出浅笑来，嘴角露出松弛的酒窝。

"一会儿去我们家吃点。"

54　都及格了

耿浩神情微动："不了，老是去打扰，真是不好意思。我晚上去厨房做点就可以了。"想一想，他这半年来，各个重要节日都是在钟家过的，真的很像个老爱蹭饭的癞皮狗。

"都是一家人，不说打扰的话。"黄林很是顺口地反驳了耿浩的话，扭头瞧见耿浩不自在，"灵灵一直拿你当自家人看，你要是客气，她是要不高兴的。"黄林说话的语气很平，也更显得他说的话具有很强的真实性。

耿浩沉默了会儿，忽然觉得今天少买了一份礼物——送给钟灵大姐的礼物。

黄林把耿浩真的直接送到了自己家，钟灵招呼耿浩就跟招呼自家人一样，使唤耿浩摆桌子端菜是毫不客气的。也正是这种不客气，让耿浩相信，钟家是真的在把他当作自家人。

"李进德上个月不是把对象带回来了吗？听说今年过年，李家就要去女方那边谈结婚的事儿，还说今年就在那边过年了。"钟灵趁着晚饭大家都在，开始分享最近听到的乡村八卦，"那姑娘我也看见过一两回，长得好看，不过一看就是城里养的娇贵女娃，不知道人家能不能受得了这村儿里的苦。"

耿浩边听边吃，也不发表意见。黄林也不太爱对这些家长里短表达看法。只有钟秀会配合地说上一两句："人家姑娘来看过，都要商量结婚的事了，那看来是不会看不起咱们村的。"

"那可不一定，他们这么急着结婚，我听说是女方怀了。不早点结，肚子都大了。"钟灵的语气稍微有了些起伏，但也没做夸张的表情，只是在表达纯粹的惊讶，"你说这个进德，人家姑娘都怀了，他才想起来跟家里说，干这种奉子成婚的事儿。之前还觉得他懂事儿，看来也不怎么懂事儿。听说，那女娃来了，只埋怨上厕所都不方便，还撺掇着李进德入赘她娘家呢。"

"这些，你都是打哪儿听说的？"钟秀拧了眉头，抬眼看耿浩也是一言难尽的表情，两人很是无奈地交流了下眼神，钟秀继续道，"别老听人家瞎说。"

"这是李进德他妈自己在打麻将的时候跟人说的，说是自己也不怎么待见那姑娘,看起来就是个难伺候的大小姐,进了门还不知道怎么折腾呢,要不是怀了他们李家的娃,她才不会接受。"钟灵将听到的话原原本本地叙述出来,说着就看向耿浩,"耿老师,你要是找到了对象一定要先跟家里说,等认准了再谈婚论嫁,免得家里埋怨对象又不高兴的。这啥都没发生,两边情况一看不对,那分了也就分了,没啥影响。"

耿浩愣被钟灵说的话噎住。钟秀忙出来埋怨钟灵:"大姐,人家有对象的,说点好听的行不?"

"我这不是关心吗?"钟灵瞥了钟秀一眼,突然被钟秀打开话题,就又问耿浩,"你对象是什么情况?哪儿的人?现在在哪儿呢?"

耿浩现在最怕钟灵突然的恋爱关心,捏着筷子,伸出一根手指,轻轻挠了两下眉心,直接道:"她现在在国外读研究生。"

"这么厉害呢。"钟灵惊叹出声,连连感慨,"你这个女朋友不得了啊。"

"嗯。"耿浩勉强扯出个笑来。

钟灵一听耿浩的对象这么厉害,也放下心来,不再继续往下问。

…………

日子一晃,就到了期末考试的时候,耿浩坐在讲台上监考,看见他们下笔都自信许多,心里的期待越来越浓。因为多开了一门英语课,就又多加了一场英语考试。考试结束,也是平时放学的时间,3点钟。

黄校长和王大华拿到卷子就迫不及待地把学生信息封起来,然后几个人交换卷子批改。接下来的半个小时里,没有人说一句话,只有翻折卷子以及红笔划过纸张的声音。

耿浩改的是三四年级的英语卷子,因为英语卷子只有他能改。根据期中考试改卷的经验,期末考试卷子里应该也会有几个零蛋。

都是些基础内容,所以耿浩改得很迅速,呼啦啦地把卷子往前翻。直到最后一张卷子翻过去,露出桌面来的时候,耿浩拿着红笔一阵惊诧和恍惚,不敢置信地又把卷子往回翻。一个个总分从眼前划过,确定九张卷子完完全全都在这儿了,耿浩才慢慢从不可思议中回神,兴奋之情直直地从心底咕噜出来,越来越汹涌,最后他都笑得合不拢嘴了。

九张卷子,不光没有零蛋,还没有不及格的,最低也是七十分,最高是一百分。他之前还一直在想，莫北和张大飞是不是没交卷子。后来发现，他们是真的考得不错。看到这些卷子，耿浩心里满满的都是成就感，有种难以形容的激动和幸福。

"老师改的是英语。"

"老师把卷子改完了。"

…………

突然外面传来窸窸窣窣的声音，窃窃私语就像是一群小老鼠的叽叽喳喳一样。

办公室的三位老师被声音吸引，扭头朝门口看过去，就看见以张大飞、莫南、莫北为首的几个孩子，就趴在门框边儿上，露出个小脑袋，偷窥着办公室里的一切，目光落在他们几个人手里的卷子上。

几个学生见被老师发现，只是讪讪一笑，一点都不惊慌，反而大胆地站到了门口。

"报告！"莫南打了个标准的报告。

耿浩和黄校长看着，王大华也不说让进的话，直接改着卷子懒懒问："干什么？"见王大华开了口，耿浩和黄校长也就不管了，继续安静地改着自己的卷子。

"报告！我们想进去看卷子！"张大飞跟在莫南后面打报告，说明情况。王大华头都不抬，直接言语轰赶他们："我们改着呢，你们看不了，回去，等领成绩单的时候再来。"

莫南和张大飞面面相觑，眉头一皱，明显对这个结果很不满意，又开始眼神交流加窃窃私语，互相推着让对方继续说。莫北是个霸气的，看他们磨叽，直接问耿浩："耿老师，我英语及格了没有？"

耿浩已经开始改三年级的语文卷子了，听见莫北点名提问，他抿着嘴憋笑："不知道，卷子还没拆封。你们回去等着吧。"

"让我进去认吧，我认得我的字！"莫北不依不饶地请求耿浩。

她这一两个月可是没少努力。在学校，看见同学都抓紧背英语完成作业，回到家，又见莫南也认真地趴在小板凳上完成学习任务。她平时找人玩都没有，看个电视也没人陪，还有莫南在旁边给施加压力。

每次莫南看她不好好学习，闲闲散散玩得自在，都会投以鄙视的眼神，还说着,如果耿老师是因为她走了,那他就不认她这个姐了,还要把她打一顿。莫北在这种环境下坚持玩了一周,最后迫于压力,只好也开始认真学习。

没认真过也就算了,一旦认真,还是希望自己能考一个好成绩的。莫北眼巴巴地看着那些卷子。英语这块儿她可没少下功夫,不知道多为难。而且,她一点都不想成为耿老师生气离开的原因。再一想,如果耿老师走了,就再没老师让她在同学面前表现自己,也是一件让人很难受的事。

"耿老师,让我进去看吧,我都看见我的卷子了。"莫北再次催促耿浩。不看见她的卷子,她不安心!

耿浩坚决不松口,继续道:"不行,你们就安心地回去等着吧。"

"不给我们看,我们就不走了。"莫北又用上她的霸道逻辑,硬生生往地上一坐,靠在门框上,死死地瞪着他们,就等着屋里的几位老师松口。其他人也学着莫北,直接往地上坐,准备用赖皮对峙的战术。

黄校长见他们怎么都劝不走,脸上又是无奈又是慈爱地笑了笑:"外面那么冷的,坐在地上你们屁股不冻得慌啊?之前也没见你们这么急着知道成绩,我看你们挺不在意成绩的嘛!"

"在意!"莫南趴在张大飞身上,笑嘻嘻地跟黄校长撒娇,"校长,让我们进去吧,我们看了卷子就走。"

"可这卷子都还没改完啊。"黄校长扬了扬手上的一沓卷子,故作为难地说。

莫南咧嘴一笑,笑得机灵又狡猾:"那让我们看着你们改,我们知道了分数就走。"

"知道了分数有什么用吗?"黄校长继续逗他们。

"我们考得好,耿老师就要留下来了!"张大飞抢在莫南之前说,一身的正气,态度强硬又坚定。

耿浩终于想起张大飞像哪个人物了,特别像《亮剑》里的李云龙,笑起来就是一张猢狲脸,平时说话做事,又利索坚定得很,带着军人的霸气。张大飞这样的,以后长大了,多半个硬汉。

"耿老师,我们的英语有没有不及格的啊?"莫北撒着娇问耿浩,语气里充满了急迫。

耿浩看了黄校长一眼,黄校长笑得一脸慈爱。莫北还在用小孩子撒娇的方式磨他的耳朵，耿浩转了一下手中的红笔，顺便活动一下僵硬的手指，很是勉强地给她透露了一点信息："没有。"

"我及格了！"莫北兴奋地叫起来，抓着门框就站了起来，说话声音也恢复了该有的底气，得意扬扬地质问耿浩，"耿老师，我是不是考好了，有了大进步？"

55　履行诺言

听到这个好消息，其他人也很高兴，之前期中考试英语没及格的人，都哈哈大笑起来。莫南为了佐证莫北是真的进步了，连忙笑嘻嘻道："就是，我姐上回考试，还考了个零蛋，这回及格了，肯定是考好了！"

"那我也及格了！"张大飞这个时候才反应过来耿浩说的是英语考试没有不及格的，也就是说他也及格了，立马跳起来，跑向一直靠墙站着等张大飞的周余，一下子扑在周余身上，抱着他高兴地炫耀，"耿老师说我及格了。"周余就扶着他，怕他撞在墙上，也笑得灿烂。

英语这边有了好消息，他们就开始磨语文和数学成绩。黄校长怕他们在外面冻坏了，也嫌他们闹腾得烦人，就让他们进了办公室，坐在火盆边儿好好等着，说等卷子都改完了就知道了。他们就乖乖地围着火盆坐着，有人按捺不住自己激动的心情想去偷窥，结果一靠近就被老师们用眼神警告，只好讪讪一笑，乖乖地坐回去。

这一等就是半个小时。

"你们怎么样了？"黄校长收拾着自己手里的卷子，抬头询问耿浩和王大华。

他们俩看卷子情况都看了半天了，看黄校长没改完，就没说话。黄校长这么一问，他们把笔放下，抬头点头道："改完了。"

三人相视，俱是笑得粲然，脸上没有一片愁云，与之前两次改试卷的情况完全不一样。他们都心知肚明，看来这次，这些学生是真的考得很好了。

"拆封吧。"黄校长开口，耿浩和王大华应令开始拆订书钉，接着把封条取下来。等待的学生们也悄无声息地涌到他们身边等着他们宣布结果。

张大飞看见耿浩拿出登记表，立马殷勤上前，睁大眼睛一脸纯善地看着耿浩:"老师,我帮你登记成绩吧。"

耿浩刚把卷子拿在手上,立马转手递给了张大飞:"你来念成绩,我来登记,不要念错了。"

张大飞接到卷子,就跟接受了什么重任一样,表情立马严肃起来。莫南想从他手里抢活,张大飞立马一脸正气地推开莫南,说耿老师已经让他来念成绩了。

莫南立马跑到王大华身边,说要给他帮忙登记成绩。王大华更是轻省,把卷子给了莫南,又把登记表给了先来的莫北,让他们姐弟俩把事情做了,他在旁边做监督。黄校长也是,把登记分数的重任交给了两名学生。

"耿老师,让周余帮你写吧。"张大飞看别的老师都闲了下来,觉得也不能让自己帮助的老师累着了,立马闪着真诚的目光,给耿浩出主意。耿浩闻言,偏头和周余的视线撞上。周余轻声跟耿浩说:"耿老师,我来登记吧。"耿浩从善如流,把登记表也交了出去。

"李燕,英语100分。"

"李进江,语文80分。"

"莫远成,数学100分。"

…………

报成绩的声音不绝于耳,每一个好分数落在众人的耳朵里,都引发由衷的欣喜。所有的分数统计完,学生都围在了耿浩的左右,激动地抱着耿浩,闪着眸光,一遍遍问耿浩。

"耿老师,我们都及格了,我们都考好了,你是不是就留下来了?"

耿浩被他们的热情包围,目光扫过他们一张张小脸,假装什么都没听清,也不正面回答,准备先糊弄过去。他们确实都考得不错,没有不及格的,高分也不少,就连莫喜都及格了。可见,他们真的付出了很大的努力,现在也是他兑现承诺的时候。但他一直都被认为有这么个承诺,突然到了要实现的时候,他有些措手不及,不知道怎么回答。

"好了好了,知道成绩了你们就先回去,其他的事儿,等领成绩单的时候再公布。"黄校长再次帮耿浩解围。耿浩脸上明显笑得勉强,看来还是没有想通。

那些学生本来还要再磨一阵子,非要耿浩把话说了,告诉他们会留下来才行,但硬是被王大华赶出了办公室,还把办公室的门给锁上了。那些孩子想着现在事情已经是板上钉钉的了，在门外窗户上扒了会儿，就安心地蹦跳着跑了。

学校终于归于平静。耿浩把成绩登记表全都收齐，把卷子也都归整起来，准备和王大华一起把桌椅板凳归置到一处，就和暑假的时候一样。黄校长和王大华就静静地坐着，两人目光来回交流，看着耿浩忙碌。

"耿老师。"黄校长等耿浩把卷子整齐地放进柜子里封存后，这才开口叫他，让他回到座位上，"耿老师，你是不是还是想离开？"

耿浩愣了下，垂下头，看着手里的成绩单，一个个分数都明晃晃地摆在那儿，证明了学生们的努力，也提醒着耿浩，学生们靠实际行动践行了自己的承诺，现在该他履约了。

"校长，我觉得我在这儿的表现也不是很优秀，前面一直说留下来的事儿，但学校也不一定愿意留我不是？"

黄校长道："只要你愿意留下来，莫村小学肯定是十分愿意的。你这么努力的老师都不算优秀的话，那我们几个老师就更差劲了。现在就看你愿不愿意留下来。"

耿浩内心十分纠结，半晌才继续认真说："之前一直考虑的是待半年就离开，还没考虑过长久待在这儿。本来说是等支教结束就直接回去找工作，可现在又和学生们……"

黄校长沉默了会儿，摘下老花镜，折叠好，揣进袄子内兜里，揉了揉眼睛。过了会儿，稍显浑浊的双目重新亮起来："耿老师，你是打算找什么公司呢？"

"找家企业，当个翻译吧。"耿浩说出自己的打算，成绩单在他手里慢慢发皱，"应该差不多就是这样的工作。"

"是个有前途的工作。"黄校长重新露出慈爱的笑容来，像看自己的孩子一样看着耿浩，"这件事是我们过火了，替你答应了孩子们，如果你想回去找工作的话，我们会跟学生们解释的，你不用担心。"

耿浩疑惑地看着他们。

黄校长将目光移到王大华身上，朗笑道："就说我们看不上耿老师，不让他留在学校。"

"这么说，咱们学校还挺神气的，以后别的支教老师也不敢来了。"王大华接话，也笑得开怀，"咱们学校不咋地，还挺挑老师的。"

耿浩被他们的话逗得也笑了起来。

黄校长见气氛终于轻松，这才继续关心道："耿老师，你什么时候走？"

"这……"耿浩犹豫片刻，才挠了挠耳朵根儿，很是不好意思地开口，"今年好多地方遭了雪灾，回家的火车都停运了，我只能把车票给退了。"

"啊？"黄校长和王大华同时惊诧地看着他，脸上逐渐又露出笑容来。黄校长再次朗笑："这算不算是下雪天留客？那你今年过年只能留在这边了？"

"还没想好，但好像也差不多。"耿浩揉了揉眉心，很是犯难。他现在能去哪儿？但是他一个人在莫村这边过年，也太奇怪了点。如果他暂时回不去，还得继续住在村委，不做事还占着公家的资源，这好像更奇怪了。纵使他再厚脸皮，也是过意不去的。要不，他去县上租个房子？

"既然这样，那你就继续住着嘛！过年去我家过，我这孤家寡人一个，过年你跟我这个老头子一起。"黄校长立马盛情邀请，笑得不亦乐乎，"看来，你这是被困在我们这儿咯，一旦进来了，想出去都出不去了。"

黄校长越说，耿浩心里头越乱，早就纠结成一团乱麻了，双手捂着脸，实在是不知道该怎么办。真是的，他怎么混到了现在这种尴尬的境地？学生那边不好交代，村委那边不好意思回去，家也回不去。干脆流落街头算了。

"行了，别愁了，就这样。反正你也回不去，先在我们这儿把年给过了再说。学生那边，我也帮你解释。等开春，雪灾过去了，火车能动了，你直接走就行。"黄校长拍了拍耿浩的肩膀，帮他安排好所有的事儿，"你和王老师把这办公室归置一下，我去看看其他的教室怎么样了。"

"别愁了，走之前也得先把活儿给干完了。"王大华催促着耿浩，自己已经开始干起来了。耿浩揉了一下眉头，重新打起精神，跟王大华一块儿把办公室都收拾好。

把学校的一切都归整好，教室里的桌椅就等学生来领成绩单和寒假作业的时候收拾了。黄校长说他有事儿要去趟村委，就和耿浩一块儿走。到了村委，黄校长就去大厅找莫主任，耿浩隐隐觉得，是要说关于他的事儿。他先回了自己的房间，往床上一躺，开始发愁。

不知过了多久，房门被人敲响。耿浩一骨碌坐起来，边往门口走边说："请进。"进来的是钟秀。

钟秀神情微妙地看着耿浩，说："莫主任请你去下办公室。"

耿浩点头应下，关上门去了主任和支书的办公室。他一接近门口，就看见里面坐着三个人，黄校长、莫主任，还有支书，氛围有些严肃，让他心里有丝慌乱。等他敲门时，他们三个人的视线早就落在了他身上，尽管在视线压迫下，耿浩还是礼貌地敲了两下门。

56　签订合同

"校长，主任，支书，是有事找我吗？"耿浩在主任的招呼下进去，略微有些拘谨。

"把门关上，坐下聊。"村支书招呼着。耿浩转身就把门关上，在黄校长的示意下坐在他旁边的椅子上，恭恭敬敬的。支书笑道："不用这么拘谨，咱们就随便聊聊。"

"嗯。"耿浩点了点头。

"耿老师，听说你想回城市里找工作啊？"支书笑意盈盈，一看就是那种要拉人入套的老狐狸相。

耿浩也是见惯了，点了点头："目前是这么打算的。"

"耿老师有没有想过继续在我们村儿教书？"支书继续问，"我们村儿穷是穷了点，但孩子还是比较积极认真的。你看看，他们为了你都在努力学习，听说这次考试整体都不错！"说完，支书就瞟向黄校长，黄校长立马"嗯"了声，十分配合。

耿浩不知道怎么回答，就先保持沉默。

支书继续说："我们村儿的教育资源特别匮乏，特别是老师。我们莫村小学的情况，想必你也知道了。其实我们都想让孩子有个上学的机会，这才希望你能留下来。你要不要考虑考虑继续留下来？你在这儿吃住我们村委都继续给包了，另外我们也跟村里人商量商量，把你这工资也给提提，你要是有什么需要，我们能满足的都满足。毕竟是优秀大学生教师，不能亏待了不是？"

"是啊，耿老师，你看你这回去的车也停运了，看来老天爷也在留你，你要不要考虑考虑？"莫主任也在旁边打配合。

"这……我怕留在这边不太适合。"耿浩被一再逼问，脑子里一团糨糊，也不知道该怎么选择。选择留在这里，那他怕是真的要与大城市、与之前的计划无缘了。

"这没有什么不适合的。"支书看着他沉吟了会儿，继续道，"看得出，耿老师是个有责任心有热情的人，我们莫村小学就缺你这样的老师。看着那些调皮的娃也慢慢地变了，我们莫村人看在眼里，感激在心里，都指望着耿老师这样的老师把我们的孩子一个个教成材。耿老师，我作为村支书，请求你继续留下来。"

耿浩听到这么重的话，立马惊慌道："支书言重了，我只是做了一个老师该做的事儿。而且我也不是一个合格的老师，什么都不懂，还是黄校长一点点地指导，我才知道怎么当一个老师。"

黄校长拍了拍他的胳膊，感慨道："这也得你愿意学才行啊。"

"要不然这样，"支书忽然又想到个法子，"我们村子现在也在致富，镇上今年年会上，还给我们村下发了个五年计划，说现在陶园村计划搞旅游开发，会在三年内把那个开发项目做起来，把桃平镇的经济给带上去。我们莫村，也要在三年之内完成新农村建设。你就在我们村留三年，等我们村子新建了，我们到时候就能想办法把莫村小学申请为公立学校，老师的资源也能接受国家的分配，这样也不愁学生的学习了。耿浩老师，三年，可以吗？如果觉得待遇条件不好，咱们都可以商量。"

"支书，我看这样，咱们也不逼耿老师，让耿老师好好想想，想好了再说。"莫主任见耿浩实在发愁，就决定先让耿浩缓缓。等他想得差不多了，他们几个再磨磨嘴皮子。不管咋样，都得把耿浩给磨下来才行。之前就是想留个老师下来，现在看，耿浩真的是个厉害的老师，更要想办法把他给留下来。

支书知道莫主任的意思，立马也松了口，让耿浩回去考虑考虑，考虑好了再找他们。反正他也不能回去过年，今年肯定是要留在莫村过年了，时间还长，不急这一时半会儿。支书还让耿浩好好住着，不用操心吃住问题。

耿浩道了谢，就先回了房间。

不知怎的，耿浩竟然觉得支书提出的这个条件还挺好。

三年之后，他也就二十五岁左右，好像年纪也不是很大。他现在没有父母的负担，大伯和伯母的孩子都比他有出息，大伯和伯母也不需要他去赡养。他现在也没了女朋友，结婚的事儿也不着急，也似乎不急着挣钱买房买车之类。他现在孤家寡人一个，自己吃饱穿暖全家不愁，而且他的教育事业才刚刚起步，也不知道自己能不能对那些孩子产生积极的影响，他也不是很想走。

似乎，留个三年，也不是什么大问题。而且，这样也履行了对那些孩子的诺言，让他们的三观不至于扭曲。耿浩自始至终还是怕刺激了那些学生，怕学生们知道自己明明这么努力，还是得不到自己想要的，幼小的心灵会遭到重创，从此对什么都提不起欲望，因为知道努力也不一定会有好结果。

他明明是想对那些学生产生些积极影响，如果就这样轻易走了，造成的后果，一定是与他的本意背道而驰的。

耿浩把成绩登记单反复地看，目光都能把纸张戳出个洞来。反正都已经回到了人生的起点，再多待会儿，也没什么问题。

终于做好决定，耿浩这一夜睡得比哪一天都舒坦。第二天，莫主任和支书打算对耿浩展开第二轮言语攻势的时候，耿浩告诉他们，愿意留下来，以后麻烦他们了。主任和支书抚掌而笑，又把耿浩往天上夸。

村委用最快的速度准备好了签约合同。周末的早上，黄校长和耿浩作为甲乙双方，在支书和主任的见证下，签订了合约。因为是民办学校，签的是聘用制合同，时间为三年，条件就是支书之前说的，吃住水电消耗都是村委负担，每个月工资八百。

莫主任说，校长的工资一个月也才八百块，给他这么高的工资，就是为了体现他们村对耿浩这个人才的珍惜。这样的优待，确实没话说，耿浩如果没什么东西买，八百块都可以直接存下来，按存钱来算，真的很划算了。如果他去了大城市，挣的钱虽然多，但花销也大，租房吃饭就是最大的开销，有可能每个月的工资只能勉强够自己生活的。

这合同一签，谁心里都是踏踏实实的。村支书直接跟黄姐说，让她中午多做点好的，他再回家里提点酒。支书直跟耿浩说，他今年烤的酒特别好，人家要买他都不卖的。差不多冬月的时候，莫村的几家大户，找了村里擅长烤酒的，每家烤了几百斤的酒。听说今年酒烤得最好的，就是支书家，老远闻着都是香喷喷的。好多人去找支书买酒，支书都不舍得卖。

当天晚上，耿浩给大伯打了电话。大伯问他过年没车回去怎么办，耿浩就说他不回去了，就在莫村这边过年，还说了自己和莫村小学签约的事儿。大伯和伯母十分惊诧，伯母心疼的意思从言里言外都能听出来，说他一个人在别人的村子里，会不会受委屈之类。

耿浩说了一大堆莫村对他的好，伯母还是觉得心疼。后来还是大伯看事情已经这样了，再说也没意义，就说年轻人多锻炼锻炼挺好，还说现在好多有成就的人，都是当年上山下乡时锻炼过的，让耿浩好好做事。耿浩哭笑不得地答应，听见伯母那边因为伯父上山下乡的形容更伤心，立马说，上山下乡可没他这么享福，他现在可是受宠呢。

一直劝了老久，大伯和伯母才算同意。

周一领成绩单的时候，那些孩子看见自己考得那么好，一个个激动得不得了，把成绩单当奖状一样供着，生怕弄坏一点儿，就等着回家跟家里人炫耀。激动之余，想起和耿浩的约定来，全都展着自己的成绩单，让耿浩好好看看，连问耿浩是不是要留下来。

耿浩卖了个关子，说是他们做到了，那他也按照约定留下来。他说这话的时候，学生跟提前过年一样高兴，耿浩也头一回笑得那般灿烂，随后就把买的文具拿了出来，当作新年礼物送给他们，并叮嘱他们一定要好好写假期作业，不会的话，可以去村委找他。学生们满口答应着，也不知道会不会去找耿浩。

…………

眼见着还有一周就要过年，钟秀这天说周末钟灵要去街上给黄九九买过年穿的新衣，问耿浩要不要去逛逛，也买上一套。耿浩说他自从上大学后，就没有特意为过年买过衣裳，说不去了。钟秀说她也是，然后就没再说什么。

第二天，钟秀又找了耿浩，说钟灵这回去街上还要买些过年的年货，钟灵想让耿浩一块儿去当苦力，因为黄林要跑车，钟秀要在村委上班。这回，耿浩答应了。

周六的早上，才5点半，耿浩就被钟秀打过来的电话催醒。电话里，钟灵告诉耿浩，他们6点就到村委了，让耿浩赶紧起来收拾。耿浩还没睡醒，但尽量大声地答应，告诉对方，他是真的知道了。耿浩已经好久没5点半起过床了，拖了两三分钟才爬起来，刚一出被窝又想缩回去。

这天气是越来越冷了，在他和学校签约后，支书和莫主任他们就对耿浩现在的生活环境做了巡视，发现耿浩房间冷得很，就说不行，要给耿浩安排火盆和煤炭。这个话入冬没多久莫主任就提过，耿浩当时拒绝了，说是一直在学校，回来就睡了，用不上。莫主任听着也是，就没坚持。

57　进　城

　　这回耿浩又拒绝，莫主任说，现在放寒假了，学校都不用去了，天天待在屋子里，这么冷可不行。支书一锤定音，直接让人把火盆安排上。两人又去看了看耿浩睡的床，觉得一床被子太薄，又让人去给抱了一床来。耿浩的生活质量一下子又提升了一个高度。

　　支书和主任临走前还跟耿浩说，有什么问题，就直说，不要把自己委屈了。耿浩简直不知道说什么好。

　　火盆是安排上了，耿浩晚上又不敢睡觉的时候烧，每次烧个火盆，都要时不时地通风，生怕自己煤气中毒，昏死在房间都没人知道。因此，每天早上从被窝里出来都是一种煎熬，那时空气已经凉透，皮肤一接触就直哆嗦。这时候，就有些怀念学校的暖气了。

　　怀念归怀念，耿浩还是忍着没睡回笼觉，穿上衣服就提着热水壶和洗漱用具出去洗漱。早上五六点钟，还处于低温状态，耿浩一开门，嚯，冷风往身上一刮，整个人都清醒了。这样凛冽的寒风，也给他一种踏出门就能变成冰人的错觉。把门反手一关，他套上了棉袄，这才重新出门。大冬天的，保暖最重要。

　　6点左右，坡道下面响起喇叭声，耿浩知道是黄林来了，拿起手电筒，匆匆锁上门。一出门，把帽子往脑袋上一扣，打开手电筒照明。手电筒一开，就看见光束下面，雪花在飘舞，又下雪了。上次下的雪还没消融，又要存上一层雪。今年的雪，确实多了点。

　　当初修水泥坡道和台阶的时候，钟秀就提醒钟云国父子，要加些纹路，增加摩擦力，免得下雨下雪时打滑。这到了下雪天，还真起了作用。后来雪水实在太多，钟秀又弄了一堆干草，随便拿草绳一结，弄成地毯一样，铺在台阶上面，来来往往，更加方便了。

　　耿浩大胆地踩着草垫往下跑，发现周边的人家都起来了，正准备烧火盆，难怪黄林直接就按了喇叭，也不怕扰民。之前一般这个时候起来的，都是村里的老人,现在因为快过年,事情太多,一些中年人也在这时候起来开始忙活。只有年轻人和小孩儿还在赖床,等七八点的时候再起来。

黄林的车就停在路边,开着近光灯,轮子上还加了防滑链。耿浩靠近车的时候,把手电筒关了。

"坐前面。"钟灵摇下车窗,顶着寒风跟他打招呼。耿浩收回开后座车门的手,转身去开了前门。一上车,就暖和了不少,暖和得耿浩一阵打哈欠。黄林启动了车子,钟灵笑问:"怎么样,是不是起得太早没睡好?"

耿浩偏头笑道:"还好。"目光落在后座,发现钟秀也在,黄九九躺在钟灵和钟秀身上睡觉。他刚刚还以为,黄林带了个乘客,黑乎乎的一团在车子内侧。钟秀的精神看起来不太好,完全就是没睡醒的样子,耿浩不禁问了一句:"钟秀今天不上班?"

钟秀实在没忍住,偏头捂着嘴打了个哈欠,这才回耿浩的话:"让大姐逼着请假了,非说让我跟着给九九买衣服。"

钟灵戳了一下钟秀的脑袋,嗔道:"什么请假?今天你本来就该休息。让你这个当小姨的给外甥女看过年的衣服,委屈你了?"

"不委屈不委屈。"钟秀忙改口,深吸了一口气,保持清醒,挤出一个笑来,"我这个小姨,今天一定要给外甥女买套好看的新衣!"

听了钟秀这话,钟灵脸色才好转,放了她一马。

村委的人每个周末是休假的,但村上就支书、主任、文书三位,所以他们一休息,就基本没人值班,除非支书他们自己没事情或者临时有事情。村里人如果周末找不到人,都会去家里找,这也无伤大雅。钟秀当了文书以来,就没休过,照常到村委值班,说是在家里也没事儿。这些耿浩都是知道的,很佩服钟秀的自觉性。

一大早,谁都没精神,除了钟灵和黄林,其他三个人都仰着脑袋昏睡,车上也就安静了不少。路上积雪太多,好多地段都被轧出一层冰,黄林不得不专心又小心地行驶,生怕一个不注意,他们这一车子的人都遭殃。一直进了城,路上的雪都被融雪剂给融了,黄林才放下心来。

到了客运站,耿浩、钟秀还有黄九九才不得不迷迷糊糊地爬起来,钻出车子。一下车,又被风刮得透心凉,加上刚睡醒,更容易受寒,当即身子激灵了好几下,所有的瞌睡虫也都被抖掉了,黄九九冷得直往钟灵的怀里钻。

他们跟黄林告了别,先往三岔路口上面的菜市场走,钟灵说这时候河街上卖衣服的店还没怎么开门,先去菜市场附近买点杂货。这时候已经快8点了,天刚蒙蒙亮,街道两边儿的店铺也比往常开得要早些,一路往上走,钟灵牵着黄九九就一路问街边的摊子瓜子水果糖什么的都怎么卖。

他们只走到了大超市所在的三岔路口就往回走,钟灵去比较实惠的摊子买了十几斤的瓜子、十几斤的花生、十几斤的糖果,还有其他的杂货。耿浩作为唯一的男性同志,自然而然地包揽了提东西的重活儿,当然,这也是他此行的作用。快到客运站时,耿浩的两只手都被占得满满的。东西他倒是没什么拎不起的,但塑料袋因重物的下垂,提手部分被揪成一根细条,将他的手勒得生疼,他只能时不时地换手。

"我来帮你拿吧。"钟秀双手空空,看见耿浩换一次手就说一遍。

耿浩一如既往地摇头拒绝:"不用,这点儿东西也不重。"

"反正我手也是空着的。"钟秀坚持说。

耿浩只能敷衍:"等一会儿再买东西了你再提。"

"去看看老黄现在在不在客运站,让他回去的时候就直接带回去了。"钟灵看他们争来争去,直接开口解决事情,"把东西放上车,咱们再去河街好好地逛逛买衣服。"

在钟灵的提议下,他们直接往客运站那儿走。他们在客运站找了会儿,没看见黄林的车,耿浩说提着东西逛也可以。钟灵说可以随便寄存在哪家店里。凑巧,他们出站的时候,黄林的车开了进来。

"老爸的车!"黄九九第一个发现,喊了声就跟在黄林的车后面儿跑,耿浩他们几个赶紧追上去。这里面包车、大客车来来往往的,又人多脚杂,黄九九要是被撞到那就危险了。

黄林把车停好,乘客一个个付钱下车。黄林收钱找钱的时候,黄九九已经扒到了车窗边儿。黄林把车窗摇下,黄九九就呼着白气把脑袋伸进去,一张冻得通红的小脸笑嘻嘻的。

"老爸,我们买了好多东西,老妈让你带回去,我们好去逛街买衣服。"黄九九兴奋地说着,眼看着钟秀他们已经到了后备厢那边,黄九九说,"老爸,我们把东西放进去了啊。有瓜子、花生、糖……"

黄九九一样样数着，怕黄林把自己的东西和乘客的搞混了。黄林边和乘客交流着，边听黄九九说话。等乘客都下车了，黄九九也报完了，黄林让她让到一边，开了车门下车去后备厢亲自查看，免得真的弄混了。

"你这趟怎么这么快？"钟灵见黄林过来，帮黄林整理了下衣裳，顺口就问了一句。

黄林抱住扑过来的黄九九，一把把她抱起来，如实跟钟灵道："刚刚那趟车乘客都是去桃平镇的，在镇上下完，就接了人出来。你们吃早饭了吗？"

"吃了，你吃了没？"钟灵笑着反问。

"吃了。"黄林刚刚到镇上买了个饼子吃，随便垫了下肚子，"那你们要回去的时候，提前让秀秀给我打个电话。"

"行，中午记得吃饭。"钟灵看见有乘客张望着，想要上他们的车，立马把黄九九抱了下来，"有人了，路上慢点儿。"

黄林点了点头，忽然笑了起来，笑得安静又真诚，从怀里把刚刚挣的钱都交给钟灵："你一会儿也买几件衣服，不要怕贵，贵的耐穿，不亏。"

钟灵把钱揣着，又给了黄林一些钱，嘴里敷衍着："一会儿看，你也装点钱，中午吃好点。"

他们在那边说着话，钟秀边看着边引导乘客上车，时不时牙酸地朝耿浩喷两声，低声道："真的是，每次都不考虑我们这些单身的人。"

耿浩也觉得钟灵和黄林之间的感情很好，平时两个人不怎么见面，但是随便一个互动，旁人看着就很甜蜜，看得心生艳羡，不由得感叹一句："这就是爱情最美好的样子。"

黄林又答应了钟灵的几句嘱托，就让他们赶紧去逛街，说这时候人已经多了不少，再晚点就该吃中午饭了。钟灵答应着，带着钟秀他们离开了客运站，往下面的河街走去。

这回钟秀抓住了话题，跟在钟灵屁股后面，时不时揶揄两句："大姐，我是不是一会儿也要给你选一身好看的衣裳？我看咱们别去河街了，去城里看看吧。"

钟灵知道这是钟秀在打趣儿，怒也不是，喜也不妥，只能撇着嘴角，尽量保持脸部的严肃："你要是想给我在城里买，那我就去。"

58　买衣服

"那走啊。"钟秀很是利索地答应，转身就要领路回城里。黄九九叫嚷着也要去，扭头就想跟着钟秀跑，钟灵一把把黄九九拉住，阻拦钟秀，"真是钱多得没地方花了，城里也没啥衣裳，赶紧走吧。"

钟秀撇了下嘴，跟着钟灵继续往河街走，边走还边跟耿浩说："你知道我姐夫多过分吗？他对我姐比对九九还亲，每次我姐过生，我姐夫就买各种礼物。今年是买了条几百块的裙子，去年是买了个金项链，前年是买了个玉镯子。九九，你自己说说，你过生，你爸给你买啥了？"

"啥都没买。"黄九九瞥了眼笑得正甜蜜的钟灵，一脸埋怨地扭过脑袋，跟她的小姨抱怨，"我要个娃娃，我爸都不给我买，给我妈又买这又买那的。"

"九九，知道这是为什么不？"钟秀趁机逗黄九九，见黄九九摇头，钟秀立马说，"因为你是从垃圾桶里捡来的，当时我还在旁边呢。"

"啧，秀秀别瞎说。"钟灵责怪一句，扯了下黄九九，跟黄九九说，"别听你小姨的，她才是被我们家捡回来的，还是你妈我亲手抱的。"

相比钟秀的话，黄九九更相信钟灵的话，扭头就跟钟秀吐了吐舌头："听见没，我妈说你是她捡回来的。"

钟秀笑笑，也跟她吐了吐舌头，说了句："小屁孩儿。"

耿浩在旁边听得直憋笑，平时看她们姐妹俩对黄九九的教育挺认真，现在看来，她俩开起玩笑来也是满口胡诌。

临近过年，大家都到河街买衣服，河街一派繁荣景象。耿浩之前也跟张南他们转过两次河街，人没现在多，店铺里卖的衣服也没现在多。

河街的建筑都是老式砖瓦木房，连门都是老式的条板拼成的木板门，保持着以前的店铺样式。河街一共两条小巷子，因为每家店铺都把摊子延伸到了门外，巷道只能容一两个人并排走，显得很拥挤。幸好这时候下的雪小，不用打伞遮挡，要不然，连过人都难。

他们从第一家铺子开始，一家家地转。耿浩就在旁边安安静静地跟着。主要是给黄九九买衣服，就让九九一件件地试，钟灵和钟秀偶尔出现分歧的时候，就会把耿浩拉进来，让耿浩做最后的评断。每当这时候，耿浩都会一脸沉着地说"还好还好"，两边都不得罪。

"哎，这件袄子挺好看的。"钟灵突然在男装面前停下，指了件黑色的袄子，回头向耿浩招手，"耿老师，你看这件衣裳怎么样？"店里的人已经很是利索地帮钟灵取了下来，递给钟灵。

耿浩走过去，依旧说："还好。"

"我看也好，你试试？"钟灵说着，就把衣服展在耿浩面前，"你试试合不合身。"

耿浩本以为钟灵是给黄林看的，听到这话，惊慌地拒绝："不了，我衣服够穿，不用买了。"

他说这话，完全是下意识地客气。

毕业的时候，耿浩把东西都打包寄回了家里，带到莫村的衣服都是夏秋的，冬天的衣服极少，只想着扛过寒假放假前的那段初冬就行。

万万没想到，今年的冬天来得又急又寒，他老早就把所有的厚衣服给套上了。更没想到，雪灾阻挡了他回家的步伐。天气越来越冷，他也想着买件袄子过冬，不过是打算自己来街上的时候买。

"够什么，我看你平时就穿件毛衣，套件薄袄子，能不能挡住风都难说。"钟秀一下子戳破，直往耿浩身上瞧。耿浩身材还是偏瘦的，身上穿了几层，看起来还是不显胖。钟秀瞧着他那几层衣裳都不是什么厚的，怎么瞧都瞧不过眼，再次催耿浩："来，先试试。"

耿浩在钟秀的眼神逼迫下，听话地脱了外套，钟秀很是顺手地从他手里接过外套，钟灵把手里的袄子一牵，走到耿浩身侧，满怀期待地帮耿浩穿上。耿浩一时有些不适应，穿衣服的时候几次找不到袖口，还是钟灵帮他理的。

钟灵帮他前前后后地整理好衣服，最后还拽了两下衣角，将衣服扯板正了。再瞧耿浩的模样，脸上尽是满意的笑意："我看着挺好，有精神，不错，哪儿都合身。秀秀，你看，怎么样？"

钟秀拿着耿浩的衣裳，牵着黄九九的手，安静地站在旁边瞧着。听见钟灵发问，眉眼弯弯地上下打量了一下耿浩，笑得不亦乐乎："这件儿给姐夫买挺好，耿老师穿，有些老气了。可以试试这件。"

耿浩对着镜子看了两眼，觉得身上的衣服也还好。他买衣服的原则就是，穿着舒服、不花里胡哨的就是好的。不过他这买衣服的原则，之前也被杨灵批评说没品味。他们在一起后，杨灵硬是拉着耿浩去商场买了好几件衣服。

正看着，钟秀拿着她刚指的那件袄子，走到镜子边儿，递给耿浩："你试试？"反正都试上了，耿浩想着就干脆买一件。

钟灵从耿浩手上接过袄子，反复地看，嘴里还念叨："这件是挺不错的，秀秀，这件给你姐夫买，行吗？"

"行，姐夫穿正好看，不过得再找小一号的。"钟秀认真地说着，钟灵深以为然，立马让店员去找件小一号的。钟秀把注意力重新放在耿浩身上，见耿浩穿得差不多了，伸手就把他里面穿的衬衫领扯了两下，给扯整齐了。

钟秀的手冰凉，猝不及防地挨着脖子，耿浩的睫毛一颤，下意识地偏头，正对上钟秀有些紧张的神色。一瞬间，耿浩看着她深褐的眸子，卷曲的睫毛，心底也有些许的紧张，但面子上仍保持着不动声色以及不在意，免得尴尬的气氛更加尴尬。钟秀的脸色也恢复淡然，往后退了一步，轻咳了声。

"这件比刚刚那件好些。姐，你看是不是？"

钟灵立马望过来，上下一看，沉思了半晌才道："这件也可以，不过跟我这件比也没见好多少。耿老师，你觉得哪件好看？"

耿浩脱口而出："都可以。"

"你这真是什么都可以。"钟秀表示无奈，拉过黄九九，"九九，耿老师穿哪件好看？"

黄九九一直站在旁边发呆，看耿浩在老妈和小姨的压迫下试着衣服。听见钟秀询问，指着耿浩身上穿的就说："小姨挑的这件好看。"说完，黄九九的脸色又沉了下去，说好了给她买衣服，结果她的还没试几件，老妈和小姨就开始给耿老师买衣服，到底谁是她们的小宝贝？

两个年纪小的都这么说了，钟灵也没什么坚持的，就问耿浩要不要。耿浩也不怎么喜欢挑衣服，觉得差不多就行了，直接说买了。钟灵把耿浩先前试的那款也拿了一件给黄林，两件衣服一起压价，硬是压到了原来价格的一半。

钟灵讲价的时候，钟秀把衣服还给耿浩，耿浩利索穿好。

"领子。"钟秀用手扯了下自己的衣服领子，提醒耿浩弄整齐，"后面的。"

耿浩扯规整，笑道："谢谢。"

钟秀只是抿唇回笑。

他们下午才回莫村，钟灵让黄林耽误一会儿，先把衣服试了。黄林急着走，说晚上回来再说。钟灵硬说耽误不了多久，黄林拗不过，其实也没怎么坚持，就试了。

黄林穿那件衣服的效果真不错，黄林自己也喜欢，嘴里说着钟灵浪费，还给他买，脸上却是带着笑意。钟灵见自己没买错，就一直跟钟秀和耿浩喷声炫耀，说自己挑衣服还是有眼光的。他们俩只能连连附和钟灵的说法。

黄林问钟灵有没有给自己买，钟灵说钟秀硬是给她挑了件，虽然耿浩也一直说好，但她感觉不怎么好看。黄林这下也不怕耽搁了，说让钟灵试试，他看看。钟灵很是乐意，拿着衣服就回屋换去了。

"姐夫，我跟你说，我姐穿那身，是真的好看。她非说太艳了，根本不艳。"钟秀说着，又找耿浩做人证，"是不是？"

这回耿浩说得没那么敷衍，而是认认真真地答应了一声："嗯，真的很好看。"因为确实是好看。

"怎么不艳了？我就觉得艳得很。"钟灵打开门，扯着衣袖走了出来，嘴里不停地嘟囔，"这么穿，也不怎么保暖。"

事实上，钟灵穿着黑色的打底裙，外面配一件暗红色的短款毛呢外套，整个人都年轻了不少。耿浩目光一偏，看黄林的反应。黄林从钟灵出来的那刻就挪不开眼了，嘴角带着浅浅的笑，一句话也没说，眼睛里却写满了深情和羞怯。耿浩猜想，黄林大概是看到钟灵年轻时的样子了。

"姐夫，怎么样？"钟秀看见黄林的模样，笑道，"姐夫都挪不开眼了。"

黄林咧嘴一笑，目光也没转开，有些腼腆地夸赞钟灵："好看，真好看。"

钟灵也笑得不好意思，问："真的好看？"

黄林点头肯定，笑意更深："好看。"

耿浩只是个旁观者，却从他们双方的眼中看出了绵绵的情意。有时候，最让人艳羡的不是小情侣之间的腻歪，而是一对老夫妻随便的一个对视，一个牵手。因为，时间就是他们感情最好的证明。无意间偏头，看见钟秀也是一脸的艳羡和欣慰。

59 过 年

"老爸，你看我的裙子好不好看。"黄九九不知道什么时候已经去房间把新衣服换上，激动地跑出来，奔到黄林面前。

黄林配合地看向黄九九，眼中露出几分宠溺，很快就说了一句："好看。"让人听着，毫无灵魂可言，和耿浩的那句"还好"，有着异曲同工之妙。

"姐夫，认真点说。"钟秀开始替自己的外甥女打抱不平。

黄林面色淡然，很是肯定地说："是真的好看。"黄九九什么都不知道，听见自己的老爸说穿着好看，立马就高兴地转起圈圈，还直问耿浩，是不是真的好看。耿浩连忙说，是的，很好看。一样地没有灵魂。

"那我先走了。"黄林临出门前，又深深地看了钟灵一眼，说道，"真的好看，秀秀有眼光。"

钟灵习惯性地出门送黄林离开，回来脸上粲然如花，跟秀秀说："你姐夫夸你眼光好呢。"

"是，我的眼光能不好？"钟秀憋着酸劲儿应和。

"你眼光好，怎么没给自己挑一件儿？"钟灵说着就没好气地瞪了钟秀一眼。这回，他们几个人的衣服都买了，就钟秀没买。钟秀都说看不上。

…………

年夜饭耿浩是跟黄校长一块儿吃的。钟家的亲戚多，吃的是大团圆饭，邀请耿浩，耿浩觉得团圆饭还插进去，就太说不过去了。正好，黄校长来邀请他去家里团圆，说他就一个人过年夜，耿浩立马答应了。

黄校长确实是孤家寡人一个，年轻的时候娶过一个媳妇儿，媳妇儿难产去世了，娃也没留下来。后来，黄校长就一直没再找媳妇儿。有人给他介绍，他也都拒绝了。

大年三十儿这天，黄校长的侄子照例邀他去家里吃年夜饭，黄校长脾气很不好地给拒绝了，黄校长的侄子一头雾水地离开。有了这么一遭，耿浩才知道黄校长本不用一个人过年夜的。

耿浩以为黄校长是为了他才拒绝侄子的邀请，很是不好意思。黄校长说他侄子那家，每年吃年夜饭都不安生，不是婆媳吵架，就是夫妻吵架，他每年都要当和事佬，也是听烦了，还不如自己在家里过。

其实，是黄校长无意间从别人那儿听见，黄校长的侄媳妇儿跟人说，要不是他们等着黄校长百年之后，拿黄校长的一亩三分地还有这套老屋，他们才不会每年还照顾着黄校长。黄校长听了这话，差点没气晕过去，侄子进门时他没拿扫帚打出去都是他在维护自己作为读书人的教养。

耿浩在黄校长这儿过年夜，很是自觉地承担了做年夜饭的重任，做了顿两个人的年夜饭。虽然人少，但十几个菜还是不能少。黄校长说，这是个规矩、仪式，大不了放到年初几吃剩的。耿浩深以为然，只是把分量减少，菜样是一点没少。为了仪式感，黄校长还专门买了封小炮，放了一下庆祝辞年。

耿浩抽空给大伯家打了个电话，得知今年堂姐也带着姐夫回家过年了，还带了小外孙，很是替大伯和伯母高兴。耿浩还跟堂哥堂姐聊了几句，听到一岁大的小外甥叫他舅舅，他就恨不得插上翅膀飞回去团年。

初一一早，耿浩又到黄校长家包饺子，彻底当起了厨师。

"耿老师，你挺能干的。"黄校长帮忙包着饺子，"哪个小姑娘嫁给你，那真是有福气。"

"哪儿有什么福气。"耿浩专心包饺子。

"前几天，莫北的父母还有周余的父母来找了我，问咱们学校能不能开个五年级班。耿老师，你觉得怎么样？"黄校长突然说到了正经事儿，这个问题他想了几天，也不知道要不要开。

耿浩抽空抬头，知道黄校长在担心什么，无非是现在的老师少，因为两个人多开一个班，实在是不好调节。但是，他们想上学，总不能不让他们上学吧？

"按说，莫北是可以去镇上上学的，但是莫北的父母觉得那样太麻烦，如果咱们学校有五年级，就直接在村里上了。如果莫北能考上初中，再让她去镇上的学校；如果考不上，就在家里管理麻将馆。"黄校长说明情况，随后又叹了一声，"他们这意思，就是莫北现在还小，也不能干啥活儿，留在家里他们夫妻俩又不想管，就想让学校给收了，帮着管管。"

耿浩表示赞同地点头。莫丰江夫妻俩虽然现在有了照顾孩子的觉悟，知道要管好莫北姐弟俩的一日三餐，让他们吃好，但在其他方面，还是很欠缺的。

"不过，他们也是看了莫北今年期末考试成绩进步大，看她还是能学习的，就想让她再试着读两年。"黄校长说，"莫北今年期末考试成绩确实可以，已经从垫底到了中等，看来这姑娘也不是笨的。"

"小孩子就没笨的。"耿浩接话，"周余也是个聪明的，而且很有天赋。"

"嗯，所以，周家也想让周余继续读书。不过，周家两口子都在外务工，家里还有老父母，周家老爷子有老年痴呆症，周家老奶奶得照顾着，周余也得时不时帮衬，所以送到镇上就不太方便，也是希望我们学校能把五年级给开了。"

"那李燕呢？"

"不知道情况。"黄校长刮了两下饺子馅，"虽然说这是明年夏天考虑的事儿，但如果要开，咱们得提前做好准备才行。"

耿浩拿了张饺子皮，基本上不带犹豫地说："那咱们就把五年级给开了。学生想继续上学是好事，莫村就咱们一所学校，肯定是能满足就满足。虽然两个人有点少，但我们也不能放弃不是？"

黄校长听了这话，立马笑了起来，也拿了张饺子皮，点头说："是这个理儿。这镇上的老师，最好的，也才是高中毕业的。我们这儿有个大学学历的老师，不比他们教得好？不过，就是咱们老师人手不够。现在三个老师教四个班都勉强。"

"这是个问题。"耿浩沉默思索了会儿，忽然道，"咱们可以采用学生自学的方式。"

黄校长好奇："这怎么说？"

"咱们把课程预习这部分做好，就是把新课的主要理解点做成思考题，没老师的课，就让他们自己学习新课的内容。等老师上课的时候，他们也知道自己哪里不懂哪里懂，我们上课的速度也能加快，课程进度加快，整体应该也不会太耽误。"

耿浩又把自己的想法细细说出来。这个想法耿浩早就有了，上学期，刘老师走后，每节课总有一个班在自习，学生自习的内容无非看看课本写写作业，也没别的事儿干，多半都是在聊天。当时耿浩就在琢磨这个事儿，但因为教学时间不够长，就没提出来。现在如果要开五年级，每个班自习的课程就更多了，耿浩立马又想到这个法子。

黄校长听得认真，但听完又觉得有些不合适，直接道："你这法子好是好，但那些学生未必会预习，而且我们老师也得提前做好课程准备。耿老师你是新老师，容易接受，我和王老师可能做得不太好，还得跟你学。我们学都还好，关键是那些学生，能不能接受这个教学方式？"

　　"这个咱们就得试了。这个法子也不是我想的，是我听那些从小在大城市上学的同学说的。他们说现在的教育，注重学生自学了，让学生自己学习，我们老师就是当个辅助。我也只是听过，不知道实践起来怎么样。"耿浩一想到要对莫村的教育方式进行改革，就有些兴奋，"不过既然人家有人用，说明是可以实现的，只是要培养这些孩子自学自律的能力。"

　　"嗯，人家有人这么用，咱们也可以学着点儿，但具体什么情况，就靠耿老师你去了解了，等明年开学，咱们就开始试行。如果这个法子好使，咱们到时候就增开个五年级；如果不行，咱们就需要考虑考虑了。"黄校长一下子就把任务丢给了耿浩，心里直道，留下这个老师没错，真没错，果然是有大作用，想起法子来，一套一套的。

　　耿浩也兴奋，一口答应下来。虽然这件事具有极大的挑战性，但要是成功了，对莫村小学的教育来说，是一大进步，对孩子们来说也是极好的。关键是，能自己亲自实践某个想法，这种充满期待的感觉让耿浩浑身跟打了鸡血一样，巴不得现在就开学。

　　"不过，这件事，是不是要跟王老师商量商量？"耿浩忽然想起他们莫村小学的另一位老师来。

　　黄校长摆了摆手："王老师，让他落实措施那没问题，但让他想法子解决教育问题，他是蒙的。要不是你在，这麻烦事儿就得我这个一把年纪的绞尽脑汁去想，没准儿还想不出来。"

　　"那可不一定。"耿浩谦虚道，"黄校长你肯定能想出更好的法子，我也只能搬搬人家的方法。"

　　"搬方法也得有的搬。要么说要上大学，上了学，这眼界儿才能放宽，知道的也就多，解决起问题来，有个理论可以借鉴。"黄校长说着，就开始感叹起来。

60　新的教学方式

黄校长开始了对人生过往的怀念，说到了当年的高考。1977年的时候，黄校长准备参加高考，可那时候他正准备结婚，两件事撞到了一块儿。

当时，高考对所有的知识分子来说，是改变人生的重要机会，但黄校长是个容易满足的人，觉得家里不缺吃的不缺住的就够了，没有什么太大的人生追求。所以，在娶媳妇儿和高考之间，他选择了娶媳妇儿。

更何况，他和他媳妇儿可是青梅竹马，从小就相互喜欢的。说到媳妇儿，黄校长又是甜蜜又是气。说他媳妇儿是隔壁村儿的，长得可好看了，在他十八岁准备表白的时候，他媳妇儿喜欢上一个知青，差点跟人家跑了，是他用一颗真心，硬生生把她拉回了自己身边。

黄校长说，当时要不是怕媳妇儿跑了，他就去高考了，没准儿还能考上，现在也是有大学学历的。耿浩问黄校长是不是后悔了。黄校长说后悔了，因为他后来跟媳妇儿无意中说起过这事儿，媳妇儿说，如果他当时真去考，那她也会同意延期成亲的，可是黄校长当时那个怕，硬是没去。得不到的永远是遗憾，媳妇儿去世了这么多年，没上大学，逐渐成了黄校长永远的遗憾。

耿浩只觉得，在莫村待得越久，才越知道自己上了个大学是件多么奢侈的事儿。他每天在村委更加努力，查各种资料，看视频，设计课程的预习教案，然后又来回地修改，尽力做好一切准备工作，好让自己新的教育方法能够顺利进行。

接下来的初二到初十，耿浩就在黄校长家入伙了。刚开始耿浩是打算和黄校长一块儿把年夜饭的剩菜给解决了，谁知道，上一顿没解决完，就有人给黄校长拜年，耿浩又不能拿剩菜招待人，做得多了又剩下了，他就和黄校长继续吃。这一来二去，吃到了初十才算完事儿。

耿浩说第二天不来的时候，黄校长突发奇想，就说让耿浩以后就跟他一块儿吃饭算了。黄校长每回一个人吃饭，吃也吃不香，喝酒也没趣儿，做饭也不想做。又跟耿浩指了墙根儿房梁上挂的一排猪肉，说那些都是亲友送的，一个人连这些都吃不完，到最后不是烂了就是坏了，希望耿浩能跟他搭伴儿。

耿浩念及黄校长是个孤寡老人，对他也不错，就答应了，然后把这事儿跟村委说了。村委很是高兴，因为耿浩去黄校长家里吃，那开销就算黄校长的，这是黄校长自己大方说了的。他们就跟黄姐说以后不用给耿浩做饭了，还是中午的时候给村委的人做一顿饭。黄姐瞬间发愁了，她这一下就少挣做两顿饭的钱。

每回，耿浩都会在吃饭的时候跟黄校长汇报一下他现在准备教育改革方案的进度，饭后再跟黄校长仔细商讨。黄校长看耿浩在积极准备，自己也尝试着学习，每天戴着老花镜，反复琢磨课本，根据之前的教学经验，写出一份份的预习教案，写完还给耿浩看，两人相互交换意见。

到了后期，他们把王大华也拉了进来。王大华听完只说了一句话："嗯，听起来不错，这个要怎么做？教我就行。"果然对方法不提半点意见，只管落实。耿浩和黄校长跟他怎么说，他就怎么做，试着写了份预习教案给他们，被指出来问题，就老老实实回去修改，看起来懒懒散散的一个人，做事儿倒是半点不拖沓。

说起来，刘嘉过年回娘家的时候，听说耿浩留了下来，激动得不得了。

在临开学的时候，黄校长跟耿浩说了个好消息。因为去年村里卖猪挣了钱，他就从村上支了些钱，去城里买了十套三年级英语（上下册）的教材回来。

前头黄校长花钱买书，后头就发生了骇人听闻的"瘦肉精"事件，猪肉的市场价格立马呈下降趋势，才刚买了猪崽的莫村人一阵惊慌，村头村尾都在说，这回养猪别出问题。一个个不放心就去找支书。

支书心里也有些发慌，但还是给大家吃着定心丸，说等他们的猪长大了，这风波肯定就过去了，没准儿又出个什么事儿，猪肉又涨价了。莫村人就在忐忑中继续养猪，还每天祈祷着猪肉价格的上涨。

张南他们返回黄杨县的时候，给耿浩打了个电话，准备抱怨一下自己的凄惨，没想到听耿浩说已经决定留下来，当即震惊得说不出话来。问耿浩是不是想不开，居然还签了三年的合同。说现在时代发展得很快，三年后，都不知道发展成什么样了，耿浩再去公司应聘当翻译，应聘上的机会怕是会更渺茫。

耿浩对此只说了一句："没事儿，到时候看，三年也不久。"

不光是张南，大学室友何方他们在过年的时候也打电话慰问过耿浩，当时他们也以为耿浩要"脱离苦海"了,打电话是为了庆祝。何方都准备好引荐耿浩去某个朋友的公司,突然听说耿浩跟村里签了三年的合同,骂的话跟张南一模一样。耿浩跟何方他们说的话,也是一样:"没事儿,到时候再看,三年不长。"

何方当时气得差点摔手机,还直接一通电话打到了杨灵那儿。杨灵一条信息过来,就是质问:"你疯了?为什么这么草率就签了合同?"耿浩没回她的信息,杨灵等不到回信,直接给他打电话,耿浩知道她又要说一堆大道理,不用想都知道是些什么话,干脆接都不接,直接给挂了。

转眼就开学了,耿浩依旧教三四年级的英语,还有几个班的科学课。从这个学期开始,耿浩就要实行导学案式教学了。这个方法不是一下子就能实行并出成效的,耿浩做好规划,前两周,都是带着他们做导学案,等后期他们掌握了导学案的运用方法,再放手让他们在自习的时候自己解决。

第一节英语课,耿浩拿着课本和一张纸进了教室,纸上就是第一节课的导学案内容。

"Stand up!"九个学生精神抖擞地站起来,喊了一声,"Good morning, Mr. Geng."

耿浩扫了眼他们桌子上崭新的英语教材,又看了眼学生精神满满的样子,心里是说不出的喜悦。新年果然有新气象。耿浩挥了下手:"Good morning, everyone. Sit down, please."所有学生都规规矩矩地坐下,睁大一双眼睛看着耿浩。耿浩也不知道这种状态他们能持续多久,但目前看着是很舒服的。

接下来耿浩又用中英文交互的方式说了他的开场白。大致意思就是去年已经学了一个学期的英语,大家的期末考试情况很棒,最后说到新年的时候,教了他们"新年"这个单词的拼写,还延伸讲了一下"新年快乐"怎么说,最后加了一个牛年"牛"的英文拼写。把这些开场白说完,耿浩才进入正题。

"新的一年要有新气象,咱们今年也改一下学习英语的方式和方法。报名的时候,我让你们开学带上我去年送给你们的笔记本,你们都带了吗?还是说已经弄丢了?"

"带了带了!"学生们应着,把笔记本从抽屉里翻出来,笑嘻嘻地摆在桌面上、拿在手上给耿浩展示。

耿浩点了点头:"还好,你们没扔了。那这个学期,我们学英语的新方法,就是你们自己先学,然后发现问题,老师再带着你们解决问题。"

学生们定定地看着耿浩，有些听不懂耿浩的意思。耿浩也不急，耐心地从讲桌上拿出写着导学案的那张纸，然后展示给学生。看不清的学生就站起身，压着桌子把身子往前探，非要亲眼看清上面写的内容不可。他们一看清，立马吁了一声。

"怎么了？吁什么？"耿浩看了看自己的导学案，问他们。

"看不懂！"张大飞很是自觉地作为代表，替大家喊了出来，其他人立马歪头晃脑地表示就是这个意思。

耿浩道："你们现在是看不懂，等我讲过，带你们做过以后，你们就懂了。以后我每次上新课之前，都会让你们抄一份这样的表格，你们抄完以后，就自己翻书，完成能完成的，哪里不懂不会，有什么问题，就在这旁边空白的地方写清楚。你们可以画一个小箭头过来，让老师看得更清楚，知道你们写的问题对应的是哪道题。"

学生半懂不懂，只知道这件事很难，新年带来的精气神儿立马消了下去，开始趴在桌子上发呆。从一开始就进行不下去，耿浩还是拿出了一百二十分的耐心。

"去年你们能把自己的分数提高那么多，现在害怕这一个小表格吗？"

学生面面相觑，又是张大飞率先喊了一句："不怕！"拿出了奔赴战场的英勇气概来。莫北一想起自己去年成绩瞬间提升，整个寒假都在被亲友夸赞，立马有些膨胀地跟着喊："不怕！"

耿浩看其他人都乖乖坐着了，欣慰道："那我把表格抄在黑板上，你们跟着抄在本子上。我怎么写，你们就怎么写，知道吗？"

"知道！"

村子里能用的打印机就只有村委那一台，如果用导学案的方式教学，就会大量消耗纸墨，怕是村委那边也很难供应。耿浩他们三个老师就商量着，刚开始引导的时候，先在课堂上抄。等学生们熟练了，可以把导学案发下去，让学生自己在课间的时候提前抄，然后上课的时候完成。如果有学生有能力提前把导学案都做完，那也是件好事，也不用担心。

耿浩把导学案的内容先抄在黑板上，然后又把表格框架画出来，一步步地引导，让学生们也学会怎么抄一个表格。

"好，表格抄完了，我们来看看这个表格。"耿浩说着，就开始一步步讲导学案的各个部分。

61　不容乐观

耿浩先是简单介绍了这个表格为什么叫导学案，作用是什么，又告诉他们每个部分具体怎么运用。表格最开始的标题、重难点、目标等都是基本信息。下面具体分为三部分，第一部分是基础任务，一般都是认识生词，根据生词看前面新课内容，标注意思等；第二部分是在课堂上进行的交流，可以提前准备好；第三部分就是做预习题。预习题也分为三部分：基础，巩固，提升。

等各部分介绍完，又把需要注意的地方重点提醒之后，耿浩就带着他们一步步完成任务。先从第一部分开始。

"现在，大家打开课本，先预习生词，这些生词你们不会读不要紧，先记住。你们现在背单词就是靠死记，剩下还有小半节课的时间，你们先背。下节课，我们再继续讲解下面的内容。"

耿浩说完，就把课堂交给了学生。

第一节下课，开始升国旗。这是 2009 年第一次升国旗，耿浩望着五星红旗缓缓升起，心里不由感叹：万万没想到，他还会留下来，而且这次将要停留三年。唱罢国歌，黄校长面对学子，做了表达对新的一年的期望的演讲。简单的话语，耿浩听下来也是激情澎湃，对未来的三年充满了期待。这时候，耿浩才发现，他好像挺适合留下来的。在这里，他似乎更加自在，有个大平台让他实践所有的想法。

一天下来，耿浩一共上了三节英语课，才好不容易教了他们一遍导学案怎么用。黄校长和王大华那边也按照假期讨论的情况，进行了一天的导学案指导教学。

"看今天的情况，他们自己靠导学案学习，起码要用一两个小时的时间，认真的或者学习能力差的可能用时更长，学习能力强的或者潦草应付的那花的时间就短了。"黄校长总结着今天的试验情况，看着收上来的导学案——基本上每个人都认真写了，还是感觉到了一丝希望，"初步来看，他们还是可以接受这种方式的，下来就要看这种方式对正式上课有没有什么效果。"

耿浩点点头，翻看着手里的导学案情况："只能看明天的情况了。"

当天夜里，耿浩辗转反侧，久久不能入眠。第二天，闹钟还没响，耿浩就坐了起来，迅速收拾好去黄校长家吃早饭，然后和黄校长一块儿去学校。上学期间，都是耿浩做晚饭，会多做一些，剩下的第二天带到学校，当作中午饭。早饭就是黄校长来做了，耿浩过去的时候就能直接吃了。两个人的饭，做得简简单单就行，也不会很麻烦。

第二节课上课铃响起的时候，耿浩迫不及待地进了教室。

"Stand up！"喊口令的是张大飞，众学生起身，"Good morning, Mr.Geng."

"Good morning, everyone. Sit down, please."耿浩说完，直接进入主题，"昨天教你们的，你们都还记得吗？知道导学案怎么用了吗？"

"知道了！"张大飞和莫北仰头就喊，也不知道是真知道还是假知道，其他人没有明确回应。

耿浩这次要确保每一个人都学会才行，就从左往右挨个点名字问这个问题。直到所有人都回答"知道了"，他才放心地进行下一步，从右往左点名字，问他们导学案具体怎么用。在确保学生们对导学案的认识没有太大问题后，耿浩就开始进行下一个步骤。

"那我来看看大家昨天预习得有没有效果，现在我开始随机抽查单词。"

他的话音一落，所有人都倒吸了一口凉气。几个明显忘记了单词或者根本没记住的人，忐忑不安地掏出英语作业本，翻开第一页，拿着笔开始偷瞄，想着解决的法子。

耿浩见状，出声安慰："不会就空着，不要紧。我只是看看你们的预习情况，写不出来也不会骂你们。所以，你们也别想着作弊。学习，态度要端正，不会就不会，不要使些小伎俩。"

话是这么说，实际情况是那些学生还是想着偷看同桌的或者抄书。因为耿浩报的每一个中文词，他们昨天都见过，但就是不知道英文怎么写。耿浩都要报完了，他们的本子上还没有一个墨点儿，情况最糟的，就是张大飞。等耿浩说"好了，交上来"，他们心里都是一片凄凉，脸上愁成了一团，颤巍巍地把作业本交了上去。耿浩看见作业本上的空白，心底也是一片凄凉。

耿浩一共就听写了十个单词，交上去的作业本就九本，还有两本空白的，一本一看就全错的。耿浩花了几分钟，把默写情况现场改了出来，改完，心里不知喜愁，复杂得很。优秀的依旧优秀，差的依旧差。比较欣慰的是，莫北不光写了，还写对了两个。看来去年一时兴起的积极学习态度，并不是所有人在过了一个年后，都丢了个精光。

通过正式课堂的检测，耿浩发现，虽然预习情况的检查结果是好坏参半，但新课在进行时，明显比之前要顺利得多，进程也快了些。具体的效果还是要看课后作业和期中考试的情况，目前可以肯定的是，这种方法还可以继续试验观察。

耿浩说出想法后，黄校长和王大华也表示了肯定，但是提出前期还是要带着学生预习，等学生完全适应了，他们才能放手。磨刀不误砍柴工，他们也不怕多耽误几节课，只要这方法有效，无论是对学生、对老师还是对学校的发展，都是有好处的。

莫村小学经过近两个星期的实践，在第二周周四的时候，耿浩跟黄校长和王大华商量了下，觉得带领了两周，学生已经熟悉了操作流程，课堂上完成的效果也越来越好，决定放手，把完成导学案作为作业，让学生在家独立完成。周末的作业，他们都只布置了各科的导学案，想着两天的时间，学生们应该会好好地预习。

第三周的周一，放学后，所有的学生都被家长接了回去，他们三个老师留在办公室改学生今天交上来的周末写的导学案。这是第一份他们独立完成的导学案，情况如何影响着后期的教学发展，他们三位老师都不敢多说一句话，只是专心地伏案修改。

耿浩认真改完，发现只有李燕一个人是认真做了预习的，效果还不错，旁边备注的问题有条理又清晰。耿浩再次相信，黄姐当初没有夸海口，她大哥的这个女儿，是真的喜欢英语。

除了李燕，其他人的导学案，耿浩是越看越生气。莫北，他今年一直以为她改了品行，开始认真学习了，结果她字迹潦草地写了一堆，全是错的，连导学案表格里的问题都没好好誊抄，明显是在应付。

还有，张大飞和周余的导学案居然有百分之九十九的相似度，他们的卷子如果拿去做亲子鉴定，绝对会被证明有血缘关系，他们俩谁抄谁的，明眼人都能看出来。关键，周余的导学案写得也不见得多认真，耿浩看完心凉了半截儿。周余，耿浩眼里的好好学生，居然也开始应付差事了。

九份导学案看下来，耿浩极受挫地揉了揉额头。他庆幸今天没布置导学案的作业，只是让学生回去做巩固知识的练习作业，要不然明天又交上来这么一堆，他不光要被气死，还得心疼自己辛苦做的导学案。

悄悄抬头看了黄校长和王大华一眼，发现他们的脸色也不是很好，耿浩大概猜出了结果。等黄校长改完四个年级的语文导学案，王大华改完四个年级的数学导学案，三个人相视一眼，都面无表情，而且没一个人先开口说话，大家互相看了会儿，同时揉了揉自己的眉心。

"看来，还是高估了他们的自制力。"耿浩作为这个教学计划的发起人，迫不得已先开口总结这个失败的教训，"我这边，除了李燕，其他人都写得乱七八糟，一看就是应付，还出现了抄袭情况。"

"我这边也是。"王大华淡然开口，随便翻了翻导学案，道，"像莫远成、莫远胜、李燕这些学习比较积极的，做得都挺好，像莫南、莫北这样的，做得是乱七八糟。这姐弟俩是又不想好好学了。"

"情况都差不多。"黄校长也不再重复那几个人的名字，"看来，咱们还得再调整一下计划。"

耿浩和王大华点头表示赞同。

"我们先弄清楚，目前问题是出在了学生的自制力上，还是说还有别的问题。"耿浩开始总结经验教训，"目前来看，这个方法应该还是有推广的必要的吧？还是说，这纯粹是在浪费大家的时间？"

"我觉得根据这两周的情况来看，他们提前预习过，肯定是不一样的。"

王大华从课堂情况以及课后作业等方面，做了具体的描述和分析。黄校长说的情况和他说的差不多，觉得预习式学习还是有作用的，问题是他们回家后心气太过浮躁。

"咱们现在试行这个预习式学习，是为了他们以后在自习课上有事情做，也不会耽误整个学期的教学进度。那要不还是坚持让他们在自习课上完成导学案的基础部分？学校的话，诱惑还是要少些，他们没准儿能静下心来，把基础给打牢，后面的巩固提升可以留给他们放学后回去做。"

耿浩找寻新的方案，征求黄校长和王大华的意见。他们两个思索了会儿，觉得这也是目前唯一的方法，就同意继续试。

62 有了成效

翌日，星期二，耿浩上课时拿着导学案进教室，重点批评了几个人，特别是张大飞和周余。耿浩一再跟他们强调态度问题，学习有优劣，能力有高低，但态度一定要放端正。

耿浩对导学案的总结花了整整十五分钟，愣是把那些学生教训得乖乖的。耿浩这回是真的被他们整生气了，之前他还没发现过有抄袭作业的现象，还想着这些孩子再怎么着，也都是有底线的。这个周末一过，什么底线都没了。想到这儿，耿浩刚压下去的火又上来了，把翻开的书一合，再次板着脸，冷声质问张大飞。

"张大飞，以后你还敢不敢再抄别人的作业了？"

张大飞脑袋都快埋到桌子底下去了，一张脸涨得通红，愣是不好意思说话。周余也陪他站着，低着头，进行着自我反省。

"我以为周余跟你坐一块儿，你们俩能好好学习，结果都不认真。再出现这样的情况，我就把你们俩调开，你们俩也别坐同桌了，上课说话下来不好好学，坐在一块儿就是互相伤害。"

耿浩轻飘飘地说着，重新翻开书本，按开复读机，发现里面放的片段不是今天需要的——他被气糊涂了，又把带子往回倒了一点儿。

张大飞听完耿浩的话，猛地一抬头，眼睛都是红的，几欲流出眼泪来。他看见耿浩在调整复读机，立马诚恳地认错："老师我错了，我以后再也不抄作业了，我一定好好学习！"

耿浩把复读机搁到一边儿，抬眼正视张大飞，严肃问："这是你说的，如果反悔了怎么办？"

"如果我反悔，我就不来上学了！"张大飞说得极为郑重，因为挣着劲儿，脖子都红了一片。

耿浩还是挺欣赏张大飞的性格的,正因为如此,在发现他抄袭后,才更伤心。听到他这么斩钉截铁地发誓,耿浩决定相信他一次:"男子汉大丈夫,说话算话。坐下吧。"耿浩又扫了眼其他站着的人——其实除了李燕,其他人都站着了——见一个个的脸上都是羞愧之色,也就不再为难。

"张大飞勇于认错,有魄力去改正。老师希望你们也能端正自己的态度,纠正自己的行为。老师相信你们可以做个态度端正的学生,希望你们不要辜负老师的信任。都坐下吧。"

学生齐刷刷地坐下,规规矩矩地跟着耿浩上新课,课堂上尽量保持积极,想让耿浩高兴点,这样他们的日子也好过一些。奈何,想象很美好,现实惨不忍睹。

虽然这节新课的导学案,是上周在耿浩的监督下完成的,但过了个周末,他们都忘得差不多了,只能眼巴巴地看着李燕一个人完成整场配合。耿浩每次目光失望地扫过全班,他们的心脏就怦怦狂跳半天,更是想不起来当时预习了些啥。

有句话怎么说得来着?改革春风吹满地,一夜回到解放前。耿浩现在就是这种感觉,之前的尝试仿佛没发生过一样。

当天的英语自习课,耿浩就安排学生在课堂上完成下一节新课的导学案。他把导学案交给李燕,让李燕抄在黑板上,其他人就在下面抄。然后耿浩把在白纸上写的那份导学案给李燕用,免得她自己再抄一份。

耿浩安排好事情,说下课就要交导学案,熟悉单词和课文的任务完成了就在旁边打个对钩。导学案上的内容完成多少没关系,但是如果交上来的导学案上面什么都没有,或者乱填乱写,甚至抄袭,那就不行了。

学生听完耿浩的话,整个心脏都像是被人紧紧攥着一般。

以前的自习课,他们随便完成点任务就可以自己玩了,现在的自习课却要自觉完成导学案——这个如山般重的学习任务。更何况,导学案对他们来说,已经是避之而不及的毒物,听到一回就像被毒蛇咬了一口,还想窒息。

现在三位老师都要求他们写导学案,之前他们在课堂上完成,老师看着指导,一写一节课就过去了,他们觉得很轻松。但周末突然布置作业,让他们独立完成语数外三门课程的导学案,他们算了一下,发现完成一门导学案至少需要一两个小时,就感觉学习任务格外沉重。

周末实践的时候,他们翻开导学案又合上,越挣扎越觉得这是件很难又很浪费时间的事儿。从此就觉得,只要有完成导学案的学习任务,身上就像背上了一座五指山。

如果今天耿浩没有发火,他们可能就像周末一样胡乱应付过去,耿浩说不限多少,他们就会按最少的来,在背书和预习课文两条任务后面简简单单地画两个钩,一节课也就过去了。

但谁让耿浩发火了呢,他们只能乖乖地完成一节课的内容。因此,耿浩在放学后改导学案的时候,发现他们认真了不少。

九份导学案,三份只在预习任务后面打了个钩,五份完成了基础习题部分,只有李燕一个人完成了巩固题。通过对他们每个人能力的了解,耿浩判断出这是正常现象,憋了一天的怨气终于散去了不少。

"这次,好像情况好了很多。"耿浩长长吁了口气,"也不知道他们是因为被批了一顿才这么乖,还是因为是在课堂上完成的。"

"这个不好说。"王大华点头,"不过,看完成的情况,这些学生,在数学方面,导学案完成度一般是三分之一,好一点的完成一半,差一点的只能完成四分之一。从他们的自控力和能力来说,情况差不多也就是这样。但他们的效率太过不一致,以后的导学案都让他们在课堂上完成的话,这个完成时间是按照预习得快的人来安排,还是按照完成得慢的人安排?"

"只要有点效果就说明还能再试,接下来再观察几天,预习慢的,就让他们回家继续预习。如果导学案上的内容比较难的话,咱们也适当地调整一下内容。"黄校长不慌不忙地说,"接下来的日子,再观察得仔细些,多多调整就好。"

…………

莫村小学通过学生的学习反馈,不停地调整导学案式教学方法,终于在一个月后,慢慢步入正轨。导学案式教学刚平稳运行了两周,就迎来了4月下旬的期中考试。这次的期中考试,对莫村小学来说意义重大。耿浩他们在设计卷子的时候,有意从导学案里选择了一些巩固提高题。

等期中考试成绩出来之后,耿浩他们松了口气,从寒假到现在,他们对这个教学方式担心了两三个月,稍有一点问题,就神经紧绷。学生期中考试的成绩还是高低不等,整体来说,没有去年期末考试的情况好,但比去年期中考试的情况好很多，从答卷情况就能看出，每个学生的学习能力是有了长进的。

黄校长当场宣布，以后将继续推行导学案式教学，并且以后要发展到学生能自主在家里完成预习，现在也可以考虑下学期开设五年级课程的事情了。为了庆祝这阶段性的胜利，黄校长邀请王大华去家里吃饭，他们三个大老爷们儿一起喝几杯。

"不了，今天孩子他妈回来了，约好了一块儿吃晚饭。"王大华懒洋洋一笑，拒绝了黄校长的邀请。

黄校长惊讶一瞬，立马恢复慈笑道："这样啊，你赶紧回去吧，你们一家三口也好久没聚聚了。"

王大华也没拿课本之类，空着双手，晃晃悠悠地出门了。王大华一走，黄校长就微不可闻地叹了声。耿浩不解地看向黄校长，忍不住问了一句："校长，怎么了？"

"没事儿，走吧，今晚咱们爷儿俩好好喝一顿，庆祝一下。"黄校长把桌面上的老花镜一揣，也慢悠悠地走出办公室，留耿浩在后面锁门，"这回，你可是做了大贡献啊，把我们莫村的教育带入了一个新时代啊。"

"黄校长，您这也太夸张了。"耿浩跟黄校长熟了之后，说话也没那么拘谨了，就跟对待自己的长辈一样对待黄校长，"黄校长您才是真的厉害，接受新教育思想的速度快，洞悉力还很强。"

黄校长朗笑两声："咱们爷儿俩就别在这儿相互吹捧了。晚上煮个肉汤喝喝？"

耿浩应和："嗯嗯，可以。"

王大华这次没跟他们约上，接下来的一周都请了假。他突然请假，课程都由黄校长和耿浩临时顶上。耿浩不知道王大华出了什么事，就问黄校长。黄校长只说王大华最近在忙家事，没什么事儿，不用去打扰。

耿浩还是从钟灵那儿听说了王大华家的事儿。

王大华的媳妇儿回来这件事，在村子里引起了不小的轰动，村子里的妇女聚在一处的时候，总要即时交流王家的最新情况，顺带着把王大华夫妻俩之间的恩恩怨怨都给扯了出来。耿浩就是在这样的大氛围下得知王大华的事儿的。

这件事其实很简单，就是王大华的媳妇儿外出打工时跟外地的一个人好上了，现在在跟王大华闹离婚。这个故事再说长点，还是有不少让人咋舌的事儿的。

63　猪流感来了

　　王大华结婚已经十年了，刚结婚那会儿，王大华是和媳妇儿李芳一块儿外出打工的。结婚第二年，王大华有了个儿子，李芳就在家里带了一年的孩子，王大华继续在外面打工。这一年里，李芳跟两位老人争执不断，自觉受够了委屈。到第三年的时候，李芳就把孩子丢给了家里的老两口，和王大华一块儿外出打工。

　　就在五年前，王大华的母亲突然病逝，他的父亲也不幸被人撞伤进了医院，王大华和李芳急忙回家处理事情。后来事情是处理完了，但老母亲没了，老父亲瘫痪在床，儿子才四岁，家里一贫如洗。王大华让李芳留在家里，李芳不愿意，执意要出去打工。

　　夫妻俩几番争执后，李芳直接拉着行李箱走了，王大华为了能照顾老小，做了莫村小学的老师。起初，李芳还经常给家里打电话，过了没一年电话逐渐打得少了，后两年直接连过年也不回了，往家里寄的钱倒是越来越多，还要求王大华一定要送儿子去县城读书。李芳迟迟不回来，村里人都猜李芳是跟别人好上了，不想再回来了。

　　王大华起初也试探过李芳几回，李芳都以忙为借口，没怎么搭理王大华。过了几年，王大华自己也慢慢看淡了，性子也越来越懒散，看什么都是云淡风轻的样子。

　　这回李芳回来，见着的人都说，李芳打扮得可时髦了，一看就是赚了大钱的。王大华的邻居也传出，李芳这次回来，就是为了跟王大华离婚，因为人家已经找好了下家。李芳还要求把儿子带走，王大华说什么都不同意，王大华的老父亲也被气得高血压犯了。

　　王大华家里闹得不可开交，全村人看笑话。但不知道从哪儿吹来一阵风儿，说"猪流感"又来了，有的地方因为猪流感已经死了不少人。莫村人闻"猪流感"而色变。"猪流感"对猪肉市场的影响力，大家都是知道的。距离上次"猪流感"也才两三年的时间，怎么又来了？

　　关键前阵子才出了"瘦肉精"事件，现在又冒出"猪流感"，这对莫村人来说，简直是雪上加霜。也不知道猪是得罪了哪位神仙,今年如此多灾,连带着他们这些养猪人也遭殃。莫村人又坐不住了,去了村委,找支书要解决方法。

支书再次心惊肉跳地安慰他们,说都是捕风捉影,不要慌,不要急,他去调查消息来源。通过调查得知,市场上猪肉价果然又要往下降了,支书听到这个消息,脑门儿上一阵阵冒汗,睡觉都老做噩梦,愣是不敢告诉村里人。

他不说,莫村人心里更发慌发愁,夜里辗转反侧就是睡不着。为此,莫村人看着自家的猪都想下跪,让老天爷行行好,别再往猪身上添毛病了。

村上忙,莫村小学也忙。

耿浩每天和黄校长忙得焦头烂额,两个人教四个班,压力是真的大。庆幸的是,现在因为导学案式教学,学生们有了一定的自学能力,利用多出来的自习课预习,也算勉强不耽误课程。

一周后,耿浩一进办公室,没看见王大华,心里直打鼓,隐隐地总有一种不好的预感。

"王老师这两周准备和媳妇儿打官司离婚,争夺儿子的抚养权。"黄校长说道,"这两周,还是要辛苦你。"

耿浩勉强地笑了笑:"这是应该的,不过,王老师那边还好吧?"

"不太好。"黄校长也是满面愁容,"王老师现在有个生活无法自理的老父亲,自己的收入也很低。李芳现在要嫁给一个小老板,相比起来,生活条件各方面要比王老师优越。正常判下来,王老师基本上是拿不到孩子的抚养权的。"

耿浩沉默了,这种事他也只能报以同情,根本做不了什么,只能安心地上课教好学生,等着王大华回校。

4月底,隔壁省某市某县有人患了"猪流感",彻底把"猪流感"来了的事儿给坐实了,市场上的猪肉开始滞销。立马就有村民找上了村委,说现在真的又流行"猪流感"了,他们今年还加大了养猪量,这回可是要栽了,问怎么办。

支书就先安抚村民,说这些只是小道消息,还没正式通知,先等等。他自个儿却愁得直挠头,天天跟莫主任还有钟秀商量,想着解决措施。钟秀算了账,把大概会亏损的数字一说,支书差点眼睛一闭晕过去。

"我的老天爷,今年是怎么回事儿?怎么这么衰?"

莫主任道:"咱们要不现在赶紧把猪给卖了?咱们村儿喂猪喂得好,这也都差不多要出栏了，晚点儿怕是彻底卖不出去了。"

"成，我明天就去联系，提前把猪给卖了。"支书一拍桌子，就这么定了。

灾难这种事，不能提，一旦提了，就能迅速听到大量的相关灾情，而且传得极其夸张。一会儿说本省某个县有一个村儿的人都得了猪流感，死了半个村子的人，一会儿说哪个地区有十五万人得了猪流感，搞得人心惶惶。

只一瞬间，到处都在说今年又有了猪流感，而且来势汹汹，谁挨上谁就得死，还说这病跟猪有关，以后不能吃猪肉了。猪肉在黄杨县的市场一下子没了，支书本来跟人家谈得差不多了，因为流言传得太快，市场变化得也太快，顷刻间猪肉的需求量大大降低，场子那边一看这情况立马拒绝收购莫村的猪。

支书和主任又去镇上和县上了解关于流感的最新指示，还好都在说先观察情况，等着上面的正式通知。村支书继续四处联系场子，连别的市县都联系了，就想在正式通知出来之前把猪都卖出去。但所有的场子都已经受流言影响，不敢大量收购生猪了，村委班子的头发都要急白了。

猪这回是彻底砸在手里了，莫村人立马哭爹喊娘的，睡着都能哭醒。

耿浩就住在村委，每天从黄校长那儿吃完饭回来，6点多了还看见村委大厅的门是开着的，村民来来往往着急得不得了。耿浩听他们说话也能听到一些信息，立马打电话给家里，问大伯家里的情况。大伯说流感在他们省可凶了，他们县已经有几个人得了这个流感，他们那边的猪肉市场也已经萧条了。

4月30日，国家发文件，确定此次流感为甲型H1N1流感，不再说是猪流感，以此来控制猪肉市场，但似乎并没有什么作用。猪肉价格一再下跌，根本无法阻挡。

这天晚上已经9点了，村委的灯还是亮着的。村支书才从村外面回来，莫主任和钟秀在村委办公室里等着。

"支书，现在情况怎么样？"莫主任直问村支书。钟秀给村支书倒了杯热茶。

村支书一身的酒味儿，今天他又跟场子的负责人喝酒谈合作去了。听见主任问这问题，支书面色沉重，连茶都喝不下去，捂着眼睛就垂下了脑袋："还是不行，彻底完了，现在根本没人敢买猪肉。这回，我是没脸见人了。"

办公室里一片安静，莫主任和钟秀对视了一眼，都消沉得说不出话来。好半晌，钟秀偷偷瞄了他们两眼，犹豫了下，大着胆子开口。

"我觉得，如果卖不出去，咱们现在就不卖了。"钟秀这句话说得干脆，莫主任和支书被她惊到，纷纷不解地看向她。钟秀抿唇，继续道："现在卖不出去，光愁也没办法，等这阵子过去了，咱们再卖。到时候虽然亏点，但也不会砸在手里。"

"就怕，咱们的猪没熬过这阵子，就先被上面的一条令，给全烧了。"支书摇了摇脑袋，否决了钟秀的说法。

钟秀看他们二人没有听进去的意思，鼓足勇气将自己的想法说完："如果咱们的猪都是生病的，会有这样的政策。所以咱们现在加强对猪的管理，保证猪是健健康康的，如果到时候真让咱们杀猪烧猪，咱们也有理由反驳，还能顶过去。等猪肉能继续流通了，咱们低价卖也不至于亏太多。"

这回，支书和莫主任很是认真地想了下钟秀的这个提议，两个人眼神来回瞟，神情微妙，像是在交流些什么。莫主任听钟秀这个法子算是好法子，作为舅舅率先表示支持。

"我觉得这个法子可以。要不然一直等着，到时候不是被活埋火烧，就是被相关部门低价收购处理了，怎么样都亏大发了。咱们现在加强对猪的卫生健康管理，虽然又要花一笔钱，但也是划算的。"

支书皱着眉头又思索了会儿："说得对，凡事都要抢在人前。咱们明天就召开组长会议，说一下这个事儿，集体一通过，咱们就开始实行。"

村委的动作确实利索，第二天早上通知了所有组长下午开会，下午所有人就在会议室里坐齐了。支书把事情和想法一说，就有人提出反对意见，说这样做肯定又是一大笔开销，他们村子现在已经欠了一堆债，经不起折腾，说宁愿安生等着有关部门来低价收，到时候起码还有那么一点钱。

但也有那么一两个人支持，说让猪流入市场总是能挣上一点，而且加强卫生管理，也能降低村民感染流感的风险。支书连连赞同他们的话，就借着支持者的这两点意见，硬是把所有组长给说服了。

64　预防流感公开课

第二天，支书就拉上钟秀一块儿，去镇上的畜牧兽医站还有县里的畜牧局，了解猪流感的防治工作。还专门请专业人员去村里检查猪的身体健康状况，以及养猪的环境。经过检查，莫村的猪都是健康状态，莫村人心里的石头才放下。

专业人员又现场进行了养猪的卫生安全指导，支书让钟秀都仔细记下来，到时候指导村民去做。专业人员一走，支书就让钟秀算算这次流感防治买物资需要多少钱。钟秀花了半个小时左右一算，给了个大概的数字，支书立马赶回家，带上主任和证件，马不停蹄地跑去信用社贷款。钟秀瞅着村上的账，一阵头疼，这账是越欠越多了。

各种关于流感的传闻越来越多，一个个的都不敢再吃猪肉。短短几天，黄杨县的超市和菜市场上，已经暂时性地不提供猪肉了，猪肉彻底下架。

别的养猪的村子都在怨声载道的时候，莫村已经开始轰轰烈烈的防治工作。村民进猪圈都穿上专门的衣裳，脑袋上蒙着个袋子，戴上口罩和胶皮手套，实行人猪隔离。一天给猪窝消毒几次，猪圈打扫得比自己住的窝都干净。有的还一两天就给猪洗一回澡，时刻保持猪是干干净净充满着消毒水味儿的，一旦发现猪有点不正常，立马汇报给支书，去镇上请兽医来看，仔仔细细检查确定没毛病了才放心。

耿浩每天路过农户，看见他们如此小心慎重地对待猪，简直比宝贝还宝贝，直感叹，莫村的猪过得比人都金贵。其他村儿的人听说了，有些养猪大户也开始效仿。

关于流感的传闻虽然有夸张的成分，但这次被命名为甲型H1N1的流感也确实厉害，来势猛，扩散快。很快，国际卫生组织宣布甲型H1N1流感已在全球范围内流行，让各国都做好防范。

为了预防甲型H1N1流感，全国各地都开始大力宣传预防措施。黄杨县也不例外，第一时间召集各镇开会，镇上收到指令，也第一时间召集各村开会，传达指令。上传下达，在安排预防工作时，提到猪流感的防治工作，领导们都不免提到莫村，直夸莫村有预见性，第一时间进行防治，是模范代表。

支书在镇上开会时，直接被点名夸奖，笑得简直合不拢嘴，还得保持镇定地谦虚几句。

为了预防甲型H1N1流感，各村都需要开展预防流感措施的卫生知识公开课，做好甲型H1N1流感知识普及宣传。普及宣传这种事情是重要的事，但也属于琐碎的事儿，支书和主任两人一对视，就把它交给了钟秀。

钟秀一个人哪儿忙得过来，耿浩有回看见钟秀忙得焦头烂额，问明情况，于是主动帮忙。钟秀前后安排好，选了个周末就召集全村的人到村委门前的大广场集合，让医务室的医生开始普及预防措施。

村里人也怕自己染上了这种传说"得了就死"的疾病，听医生讲预防措施的时候也挺认真的。得知甲型 H1N1 流感不是得了就死，已经有了治疗方案，大家算是放心了。但一听到预防流感的措施里面有几条是不要接触猪、不要去猪圈、吃猪肉的时候也得煮熟了，莫村人还是紧张得不得了。

"大夫，那是不是为了预防这个流感，咱们现在都不能吃猪肉了？"

"那我们的猪是不是彻底卖不出去了？"

"哎哟，那我们一天天还养得那么金贵，到时候别瞎忙活一场。"

"文书，我们现在欠了多少债了？不是说，我们把猪看好了，等流感过去就能卖个大价钱吗？现在又说这个流感不知道啥时候过去，又不让人碰猪了⋯⋯你们之前说的到底靠不靠谱啊？"

"这件事儿我看从一开始就没靠谱过，开年让我们养猪，说今年猪价还得涨，让每家每户多养几头，后来又说做好防护，咱们的猪后边儿还能卖好，到现在，看不出来能挣什么钱，欠债倒是欠了一堆！"

"我听说，镇上说，要开始大批杀猪了，把猪都给弄死。"

⋯⋯⋯⋯⋯⋯

在几个本来就对防治工作不满意的村民的带领下，村民对村委的领导班子越发质疑，发展到后来，直说村上的领导班子是在忽悠人，要让他们给个说法。顿时，场面一片混乱，越闹越凶。

钟秀旁边站着耿浩和医生，三个人站在一块儿，面对激动的村民，谁都没办法。医生试图安抚大家，但他的音量哪里压得住那么多村民的大嗓门儿？

"支书他们什么时候回来啊？"医生急得直搓手，看着钟秀道，"文书，这不行啊。"

钟秀也没独自面对过这群情激奋的场面，现在支书和主任都去镇上开会了，一时半会儿根本赶不回来。支书和主任都想着只是普及知识，组织一下就行了，也没想着会有这样的情况，就完全放心地丢给了钟秀，现在可是把钟秀给害惨了。

钟秀眉头拧到了一块儿，面对群众站在偏右侧的位置，双手紧紧地握着，青筋都隐隐地突了出来，紧紧咬着牙关，让自己镇定。她如果弱了下去，这些群众讨伐的气势就会愈加强，到时候还不知道会出什么乱子。

钟灵抱着黄九九坐在下面，很是担心地看着钟秀，但看现在的情况，她也不好插手帮忙，就生生地忍着。

耿浩的脑袋瓜子也被吵得嗡嗡响，很想喊个口号让他们安静下来，可村民们并不是小学生。他担心地往钟秀跟前走了两步，面色凝重地问："有没有什么法子？还是说让他们先回去，等支书和主任回来再开大会解决事情？"

钟秀偏头看了耿浩一眼，轻声道："怕是等不了，不过，我说的话也不知道他们会不会听。"钟秀虽然是村文书，但毕竟年纪小话轻，她也不知道这时候她的话能不能镇住大家。

"你是文书，只要说得有理，他们肯定会听的。"耿浩露出一个笑来安慰她，随手指了指旁边的大喇叭，"压不过他们，就用大喇叭。"

钟秀被他逗笑，抿唇忍住，神情严肃地走到了中间，双手指尖狠狠一掐手掌心，脸上扯出个礼貌的笑来，双手做着向下安抚的手势。

"大家停一下，听我说。"

果不其然，钟秀的声音被压了下去，但他们看见钟秀有话要说，还是给了她这个文书一个面子，自觉地安静了下来等着钟秀发言。钟秀发现大家还是有听她话的意思，暗暗深吸一口气，酝酿了下，满脸认真地看着他们。

"大家不要慌，支书和主任已经去了镇上开会。这镇上的通知都没出来，谁知道有什么措施要落实呢？大家先不要被传言给吓到了。咱们村儿现在可是县级的模范村儿，县上都在夸咱们防治工作做得好，做得早，就算是要杀猪，也轮不到咱们。现在对猪流感的防治工作大家已经在进行了，咱们人也得知道怎么预防流感才行，还是听医生讲完吧。"

"文书，那你说，我们的猪到底卖不卖得出去？"一个村民突然吼了一声问钟秀。

钟秀看过去，是个软泥一样的无赖，这人还真的叫二癞子。他一开口，钟秀就知道他又在挑刺儿了。

村子里面总是有几个对村委会决策不满意的，每回村委会做事儿有一点懈怠,都能成为他们闹腾的理由,他们就开始成天地跟其他人嚼舌根。

二癞子这个六七十岁的单身老汉儿就是个带头的,平时享受着国家的各种福利政策,还各种挑村委会的刺儿,吃不得一点亏,只要少拿了一分一毫,就跟别人是蛇蝎心肠要害他似的,非要骂骂咧咧地去跟人家讨回来。

"肯定卖得出去。"钟秀面色一凝,语气断然,大着胆子就给村民吃了定心丸,"咱们的猪养得健健康康的,凭什么卖不出去?"

又有人问了:"那啥时候才能卖出去?"

钟秀道:"猪肉是咱们吃了几千年的肉类,现在市场上不卖了,那也只是一阵儿。等风头过去了,大家还是要吃猪肉的。只不过,大家需要有个心理准备,今年的猪肉价格肯定没去年的高,没准儿还亏一点。但是亏一点总比全亏好不是?"

又有人感叹了声:"还要亏啊?"

钟秀拧眉,这是传话的没传清楚,还是听话的没听懂?钟秀看着那人混不憷的赖皮样子,肯定就是他自己没听清。

"就算猪肉可以重新卖了,那价格肯定不会高,咱们亏肯定是要亏点的。"钟秀尽力安慰,"咱们先把这个坎给过了,后面咱们再想办法挣钱,给补回来。现在还是让医生普及一下流感的预防措施,保证咱们自己别染上。先保证咱们人的健康,才能说赚钱的事,要是不注意染上这个病了,那不就是雪上加霜了?"

村民听了,一个个点头,表示同意。其实本来也没什么大事儿,这些事儿之前也说过,但今天突然提到,还有人故意煽风点火,村民才躁动了起来。现在钟秀三言两语明明白白地解释清楚了,他们得到了村里的官方回应,也就安静了下来。

65 尘埃落定

钟灵静静瞧着笑得明媚的钟秀解决完问题,第一回觉得,自己的妹妹长大了,是个有能耐的了。想到这儿,钟灵的眼睛就一阵发涩发暖,觉得自己这十几年来没白坚持,认为自己是给了已故的父母一个好交代。

二癞子看大家被说服,嗤了声表示不信,大声质问:"本来要挣的钱挣不着,还要亏钱。现在还跟养孙子一样地养着那些畜生，买这买那又得亏一大笔钱。这前前后后地一算，亏的不是一星半点儿的，什么叫亏点儿？钱都没了，拿什么活？染了流感死了拉倒。"

"赖二大爷，您这样说话就没道理了吧？"钟秀的脸色僵了僵，还是强忍着好言相劝，"身体还是第一位的，这回亏了钱，我们村委会再想办法，带大家再把钱给挣回来，您别急。"

"'官'字两张口，你们就只知道说个别急。你们是不急，亏的又不是你们。"二癞子不依不饶地继续刁难钟秀。他就是看着钟秀好欺负，要是莫主任和支书在这儿，被那两位一凶，啥幺蛾子都不敢整了。

"赖二爷，您好歹讲讲道理，文书都这么说了，咱们只等着就是。文书家不也养了好几头猪吗？谁说人家不亏的？"这回说话的，是李进德前两个月刚娶进门的媳妇儿，叫杨桃，今年二十五了，长得大气泼辣，烫染了一头棕色的卷发，穿着也很是亮丽时髦。杨桃听不惯二癞子这不讲道理的乱指责，直接开口帮了钟秀。

"大德他媳妇儿，你才来啥都不知道，瞎掺和啥？"二癞子很是不客气地吵回去，一把年纪了，吵架还挺卖力。

杨桃当即被气得脸色一变，冷笑道："是，我新来的就知道赖二大爷您不讲理。"

"嘿，李有喜，这就是你儿子娶的好媳妇儿？"二癞子直接把话头递给杨桃的公公李有喜，"一句话放不出个好屁来，就这样对我们这老一辈儿的？"

李有喜平日里也不怎么看得惯这个儿媳，今天要不是杨桃非要闹着过来看看村民大会是啥样的，他也不会带过来。但李有喜是极重脸面的，听见二癞子这样说他儿媳妇儿，就觉得是在骂他们李家，立马不干了。

"赖二叔，杨桃这话说得挺有理的，秀秀把话都说明白了，你还在吵个什么劲儿？"

听到李有喜这么说，二癞子的火一下子就蹿了起来，破口大骂，还转着圈指谁骂谁。

钟秀在上面看不下去，几步跑到他们中间，把两人拨开，满面肃然，道："现在是在讲流感预防，有问题下来解决，对村委会有意见，也下来说。大家都忙得很,不要耽误大家的时间。"

两边儿一看钟秀,又相互瞪了几眼,不服气地坐下。钟秀看他们都消停了,这才离开,请医生继续讲。

等会散了,人也都走了,根本没人留下来去找钟秀理论。耿浩和钟秀就疲惫地把场地的长条凳子收起来,医务室的医生也跟着帮忙。

前脚刚收拾完,后脚钟秀进了村委大厅又要忙。耿浩已经先一步从墙角抱出几卷海报,那是刚刚开会的时候,黄林从镇上领回来的。海报上印刷的都是甲型H1N1的基本知识、预防措施等等。

"我去把这个给贴了?"耿浩问钟秀。

钟秀正晕头转向,看见他怀里的海报,不好意思地笑了笑:"你不说我都忘了,走,把它们都给贴了。"

"管理村子还真不是件容易的事儿。"耿浩想起刚刚的场面,就一阵头疼。

"管理就是件麻烦事儿。还好最近有你帮我,不然我一个人更忙不过来。你每天下午的课都备了吗?"钟秀偏头问他,尽是打趣儿的意味儿,"你不会开始敷衍教学了吧?"

这一周,耿浩都是一放学就回来了,看见钟秀哪儿需要帮忙就帮上一把,一般陪钟秀忙到晚上七八点才开始干自己的事。钟秀想他每次备课认真又费力,也有些担心他完不成自己的工作,更怕他两头忙,把自己给累得不行。

"寒假的时候就差不多把课备完了,现在每天的工作还挺轻省。"耿浩拿出一卷海报,把其他的递给钟秀抱着,把手上的海报展开在铁皮公告栏上比画了一下位置,"这儿?"

"嗯,可以。"钟秀含笑点头,看着耿浩做事。

耿浩把海报后面护胶的油纸撕了一截儿,脚尖一踮就把上面先固定住,然后一边拉着油纸,一边整着贴面儿,保证整张海报平平整整地贴在公告栏上。

现在已经5月,天气开始转热,耿浩日常穿着一件白衬衫,一条牛仔裤。他的头发是村里老人给剃的,上个月才给他剃了个小寸头,现在已经长长了不少,整个人利落非常,比他刚来的时候多了几分质朴,人也精神了不少。钟秀是越看越觉得顺眼,越看心里越喜欢。

"这样?"耿浩最后捋了遍海报,检查后没有半点问题,心满意足地扭头询问钟秀，脸上不自觉地露出笑意，几颗白牙格外引人注目。

钟秀猛地跟耿浩对上视线，被他笑得紧张了一瞬，随即不着痕迹地收了心思，轻轻点头："可以。"随手又把一卷海报递给耿浩。

耿浩第二次比第一次还利索，钟秀也在他贴完的时候，递上了最后一卷海报，继续盯着他贴海报的动作。钟秀发现，耿浩似乎天生带着一种自信和优雅，就像书里说的温润君子。但是他由衷一笑，又是粲然非常，看起来很是阳光。他做起事来，利索认真，雷厉风行。

"怎么样？"耿浩把最后的成果展示给钟秀。

钟秀明媚笑道："可以。"

甲型H1N1流感的流行期一直没过去，自从普及了甲型H1N1流感的特征后，村子里但凡有人出现感冒症状，就赶紧去医务室看，也不敢耽搁。就算有人想拖着，左邻右舍发现了，就会躲得远远的让他去医务室里看看。耿浩在学校也非常注意学生的情况，屡次强调，注意平时的卫生，包括饮食卫生。

镇上确实对各村的生猪进行了大规模检查，清理了病猪。莫村的猪因为健康卫生，并没有受到太大影响，只有一两头猪因为生病被硬带走，烧了。莫村人这次算是躲过一劫。

流行期虽然没过去，但猪肉已经开始在市面上流通了。支书想第一时间卖掉，钟秀说再等等。直到6月份，猪肉价格上调了一点，他们才把村里所有的生猪都给卖了，村民一时之间也不敢再大量养猪。

王大华和李芳打了很久的官司，一直到了6月初才结束。耿浩根本不用打听，随便走在村子的某个角落就能听到审判结果。王大华的儿子最后被判给了李芳，因为李芳更具有抚养的条件。

周一，耿浩和黄校长到了学校，看见王大华出现在办公室，很是惊诧。

王大华整个人瘦了几圈，憔悴了不少，眼睛一圈青黑，胡子拉碴的也没修整，头发虽然简单梳过，但从长度来看，已经很久没有打理过了，身上的衣裳也是皱巴巴的。他还是那副懒散的样子，但更多的是颓唐。

他正坐在他的办公桌前，翻看着他所带班级学生的导学案册子，面无表情，无精打采，眉头紧紧地皱在一起。下一刻，王大华放下导学案，双手交叉放在额头上，遮住整张脸，像是在想着什么。

耿浩站在办公室外面，起初还有些没认出来，等发现是王大华时，恍如隔世。直到王大华发现动静转过头，和他对视，耿浩才想起要进办公室。

"王老师来了啊，早上好啊。"黄校长依旧是饱含慈爱地打招呼。

耿浩也不由自主地喊了声："王老师，早。"

"早，黄校长，耿老师。"王大华沉默片刻，万般滋味在心里一转，勉强扯出一个笑来，"这段日子，麻烦你们帮我代课了。"

"这有什么好谢的？大家都是相互扶持着过。"黄校长深表理解，也没有问王大华半点私事，只是拍了拍桌子上的导学案册子，"你的学生很是想你呢，问你什么时候才能回来上课。"

"这就回来了。"王大华的目光难得地有了一点精神，随手拿了一本导学案本子就坐下，"我看他们完成的情况可是比我在的时候好很多，一点也看不出来有想我。"

"他们想不想你，我不知道，反正我是想你了。你再不回来，我和黄校长累死累活也教不了这么多学生这么多科目了。"耿浩打趣儿地说着，想让气氛活跃点。

王大华把桌面一收拾，准备好课本就笑道："耿老师能力大，一个顶俩，怕什么？累坏了黄校长，倒是真的。"

耿浩和王大华互相刺了两句，黄校长就在旁边听着，笑得一脸慈祥，整个办公室的氛围确实好了不少。到校的孩子逐渐多了起来，一个个又挤在办公室门口，兴高采烈地跟王大华打招呼，对王大华的归来表示欢迎。直到上课铃声响起，那些学生才跑散，进了教室。

"又要去上课了，又得头疼了。"王大华懒洋洋地抱怨了一句，抬起步子就晃悠着出门。

66 王老爹自杀

快到晌午的时候，一个人着急忙慌地冲进办公室。耿浩他们才下课，还没来得及坐下，被这人吓了一跳。那人猛地抓住王大华的胳膊，面色惊恐，像是经历过百米冲刺，来不及喘气儿就大喊："你爸灌农药自杀了，被送医务室了！"

啪！

王大华如遭霹雳，手中的东西尽数掉在地上，不带丝毫犹豫的，扒开那个人就往回狂奔。黄校长见状，将耿浩手中的东西夺过，焦急地拍了拍他的肩膀："你赶紧去看看。"黄校长年纪一把，也不怎么追得上，只能拜托耿浩。

黄校长的话音还没落，从震惊中反应过来的耿浩忙追了出去。黄校长快步跟到门口，巴巴看着耿浩追上了王大华，心里火烧火燎的，恨不得自己也能年轻几十岁，跑去看看情况，气得直捶腿："这个老王，怎么就这么想不开！"

耿浩和王大华也不过一分钟就到了医务室门口。王大华的老父亲也刚刚被送来，但医生都没来得及诊治，人就断气了。王大华的老父亲面部扭曲，看得出死前是遭受了一番折磨的。一般人看一眼就被吓得移开了视线。

"人已经死了，来晚了。"医生沉重地摇了摇头，看了冲进来的王大华一眼道，"准备后事吧。"

医生的话如同平地里的一道惊雷，愣是把王大华劈得呆立原地。从媳妇儿离开到儿子被夺走，王大华撑了这么久，只想着家里还有个老父亲。但在看见老父亲遗容的那一刻，王大华人生最后的一根支柱塌得彻彻底底，整个人傻愣愣的，直直地跪了下去，膝盖触地一声闷响谁都能听得清楚。王大华跪在床边，猛地抱起老父亲已经冰凉的身体，不顾形象地号啕大哭。

耿浩心里也是一阵悲恸，想到了当年号啕大哭的自己，下一刻也要哭出来，赶紧偏过了脑袋，看见钟秀已经在抹眼泪了，心里更是难受，眼睛都红了一圈。王大华在医务室抱着老父亲哭了整整一中午，谁劝都没有用。几个邻居围在旁边，悲伤地啼嘘，猜测着王老爹自杀的原因。

他们都说，王大华的老父亲是在自责自己这么多年拖累了儿子，眼看着自己的孙子也被带走，整个家支离破碎，最后想不开，才喝了农药，想给王大华减轻负担。可王大华的老父亲这么一走，王大华真是什么都没了。媳妇儿跟人跑了，儿子也被带走了，现在连爹也自杀了。王大华真的成了孤家寡人一个。

"大华啊，你爹这也走了……"一个邻居老大婶走上前，刚把手搭在王大华的背上想说句安慰的话，一开口，自己先呜咽起来，刚刚憋回去的眼泪又流了出来，"大华啊，你爹走了，你可不能倒了。你们王家就你一个了，你得把你爹的后事儿给好好办了。"

过了不多会儿，趴在老父亲身上的王大华动了动，满脸是泪地爬了起来，用手抹了一把脸上的眼泪，看着老父亲的遗容，浑身都在发颤，眼泪又往外冒。王大华微微张开嘴，排出肺里的浊气，不停地喘息，随后双手一撑地面想站起来。刚站到一半，酸痛的膝盖因为受不住沉重的身体，打了个颤，王大华整个人往旁边倒去。

耿浩下意识地要上去扶王大华，王大华已经被离他更近的邻居给扶住了。王大华稳了稳身子，等膝盖的麻痛感稍稍过去，伸手捞过老父亲的一只胳膊，就打算把老父亲背回去。

"我们用担架帮你抬回去吧。"左右邻居伸着手，做好随时接住他们父子俩的准备，还有人已经开始找医生要担架了。

"不用，我背我爹回去。"王大华的声音嘶哑得吓人，愣是把老父亲背到了背上，打战的双腿强撑着，一步一步，艰难地往外迈，眼泪一颗一颗地砸在地上。耿浩被护着王大华的人推开，只能远远地跟在后面。钟秀也默默地跟在旁边，抹着眼泪。

众人把王大华父子俩护送到家后就被王大华赶了出来，王大华什么也没说，直接把门从里拴上，窝在屋子里谁也不理。众人在门口急得不得了，生怕王大华也受不了刺激，想不开寻死。他们就一遍遍拍着木门，大声劝着王大华，耿浩也试图想敲开门，可里面还是没有一点动静。

"这可咋办，他个傻小子别真在里面出事儿了。"

"咱们还是撞开门进去看看吧，别又来不及。"

"行，撞开吧。"

…………

正好支书和主任也来了，问清楚情况，直接说了句"撞开"，几个老爷们儿立马上前，两边儿排开，一声大吼算是发令，全都使足了劲儿往门上撞，耿浩也加入了撞门队伍。一个个撞得生疼，大声吼叫来打气儿，把吃奶的劲儿都使了出来，龇牙咧嘴的，脸和脖子憋得通红，青筋都暴了出来。

越是撞不开他们就越是着急，外面人撞成了这个样子，里面的人都不来开一下，别真是已经想不开了。

哐！

门被他们给撞开。众人着急忙慌地冲进去，一看，王大华就坐在地上，靠着床边，在那儿发呆，没哭也没做傻事儿。

"你这个小兔崽子，好好坐着不给我们开门，是想吓死谁？"支书没好气地骂了出来，双手叉腰累得气喘吁吁。几个妇女想上前安慰王大华，王大华却突然发了脾气，连骂带凶地把他们轰了出去，如同一个暴躁的疯子，嘴里一直说着："不用你们管！"

嘭！

王大华把门猛地关上，把所有人都关在了门外。门锁已经被撞坏，王大华脸色一凝，拉过桌子就怼在了门上。门外的众人面面相觑，不知道该怎么办。

"看他也没有要寻死的迹象，这样，留两个人守在这儿，以防万一，其他人先回去，让王大华一个人静静。"支书的气儿已经缓得差不多，看着面前狼狈不堪的几位村民，只能这么安排，"你们谁留下来？"

"我留下来吧。"耿浩率先开口。

支书看了他一眼，沉了沉气道："耿老师就算了，你还得回学校教书。王大华这边就我们来处理吧，你也不用太担心。"

耿浩没什么话可以反驳。支书安排了王大华的表姑父和表叔留下，耿浩跟着众人一块儿离开了王大华家。一路上，耿浩和钟秀都沉默着，其他人已经开始跟支书商量怎么帮王大华处理后面的事儿。

王大华最近受的打击实在太大，接二连三的，村里谁看了都觉得不安心。可王大华要是一直这么消沉下去，也是不行的。现在已经6月份，已入夏了，得尽早让死者入土为安才行。支书就说再看看，如果王大华一直这样，再派他的一两个亲戚去劝劝。

耿浩回了学校，把事儿给黄校长说了一遍，照常上最后一节课，只是课堂上他的精神状态不是很好。看见有学生上课不认真，他莫名其妙地生起气来。

"莫北，起来。"

莫北看耿浩脸色阴沉，很是听话地收敛了无所谓的态度，把橡皮什么的往旁边一搁，小心翼翼地站起来。

"莫北，说说，有什么高兴的？高兴得都唱起歌儿了？"耿浩憋着一口气，面无表情地沉声问她。

其他的学生听到这种质问，又想习惯性地嘲笑出声，但发现耿浩今天的神情不对，一点要笑的意思都没有了，全都默默地垂着头，害怕引火烧身。莫北偷瞄了耿浩一眼，也垂下头，不敢说半句话。

耿浩盯了莫北半响，一口郁气在胸口来回转动，急迫地想找个出口跑出来，最后被他硬生生地压下。耿浩暗里从鼻子里呼出一口重气，抿了下唇，神情恍惚地重新拿起课本，手臂一阵钝痛，是刚刚撞门撞的。看着书上的文字，耿浩又想起王大华刚刚的痛苦表情来，脑子里一阵混乱，最后把课本往桌子上重重一放。

"自习吧。"

说完，耿浩转身就大步朝教室外走去，顺手抹去鼻头的汗。教室里的学生不明所以，听到"自习"二字，左右望了望想和旁边的人讨论一下发生了什么事，想问耿老师是怎么了，但都忍住了，责怪了莫北一眼，跟着李燕把导学案翻了出来。

莫北仍是孤零零地站着，被同学们眼神责怪后，又很是委屈地一屁股坐在了凳子上，重新拿起橡皮，把刚刚在本子上画的大白兔给狠狠擦掉。

耿浩在外面站了会儿，揉着酸疼的肩膀，深吸了两口气，好容易把所有的消极情绪压下去，转身准备回四年级的教室。走到窗口，看见他们认真地写着导学案，耿浩又一下停了步子，陷入痛苦的沉思之中。

王大华家里出了这种事，不知道他以后还能不能再回来。如果他不再回学校，那学校就又缺了一名老师，只剩下他和黄校长两个人。只有两个老师的学校，要怎么继续办下去？

他们从开始到现在，热火朝天地商讨预习式教学，是为了能够把五年级开起来，让莫北和周余可以继续在学校上学。可现在，多半是开不起来了，所以刚刚他看见什么都不知道的莫北还在安心地玩乐，甚至高兴地哼出歌，就一阵心烦意乱，恨铁不成钢。

67　放假的时候

定了会儿，耿浩抓到几个学生透过窗户偷瞄他的小眼神，心里头又不舒坦得很，转身就去了二年级。二年级这节课本来是王大华的数学课，这时候孩子们正在上自习，一个个埋头写着数学作业，时不时还传来抽泣声。耿浩不解，走了进去。

"怎么了？谁哭了？"

二年级的学生一听有老师来，全都抬起了脑袋。耿浩一眼就发现了在哭的那几个，是黄九九那片的，都是女生。她们一个个哭肿了眼睛，跟兔子似的。

"黄九九，你们几个哭什么，谁欺负你们了？"

黄九九抽噎着站起来，指了指莫南说："他跟我们说，王老师家里出了事，以后可能不会来了。"

真的是姐弟俩，不是一家人不进一家门，他们俩就不想让他今天心情松快点。耿浩面色不悦，问："莫南，是你说的？"

莫南笑嘻嘻地站起来，扭捏了两下，说明情况："刚刚我在外面听到了，说王老师的老爸喝毒药自杀了。耿老师，王老师的老爸救活了没啊？"

平时村子里一出什么事儿，村子里的妇女们就会聚在一块儿聊。平日里打麻将，牌桌上也都会把这些家长里短的闲话拿出来说。莫南只在家里坐着，就能听到不少的事儿。

王大华没了媳妇儿和孩子的事儿，早在麻将馆里说烂了。还有人说，王大华要不是因为老父亲还瘫着，肯定早就出门打工，挣钱把儿子给抢回来了。所以莫南听说王大华的老爸喝农药自杀了，就猜王老师肯定也要走了。

耿浩听了莫南的解释，拧着眉说："行了，这些事儿你们就别瞎猜了，好好上自习课，别让王老师担心。黄九九，你们也别哭了，如果真的担心王老师，就好好地学习，不管王老师遇到什么事儿，肯定都希望你们能好好学习，以后成为有出息的人，知道吗？"

黄九九她们几个女生抽噎了两声，抹着眼泪点点头，认认真真地继续写作业。耿浩就在二年级班上待了一节课。下课铃响的时候，孩子们等着家长来接。三四年级的学生被骂过后也懂事了不少，下课就让李燕把导学案给收了送到耿浩跟前，一个个临走的时候还来跟他打招呼。耿浩看着他们一个个乖巧得不得了，心里更不是滋味。

王大华的父亲去世的第二天，王大华从屋子里走了出来，跟亲戚们商量了下葬老父亲的安排，就开始着手准备。一切从简，停尸一周就将王老汉的棺木抬上了山，入了土，和王大华的老母亲葬在了一起。

其间，王大华的媳妇儿李芳带着儿子回来一直待到王老爹棺木入土。王大华也没阻拦，还想把儿子的抚养权要回来。王老爹的死，多半也是因为小孙子的离开。可李芳毫不客气地拒绝了，还跟王大华吵了好几次架。老父亲入土为安后，李芳又带着儿子走了。

第二天，王大华也消失了，把全村的人吓个不轻，四处找寻王大华。直到江为国回村，说是他早上送王大华出的村子，王大华买了车票去外地了。还说，王大华决心在外面挣够钱再回来，让他跟学校的黄校长说声对不起，没有打招呼就直接走是因为没脸回学校。当初刘嘉出嫁的时候，王大华答应过刘嘉会坚守到最后一刻，现在却食言了。

刘嘉为了王大华父亲的丧事回了村子，听到江为国替王大华传的话，当即泪如雨下，泣不成声。黄校长也直念叨："傻孩子，可怜的傻孩子啊。"不管怎样，知道王大华还是好好的，大伙儿都放心了。没过多久，莫村又恢复了往常的样子，这些事儿也被封存，少有人提起，最多是提到王大华的时候，发出怜悯的长叹。

莫村小学一下子就只剩了耿浩和黄校长两个人。刘嘉和王大华两个人离开后，耿浩格外珍惜和黄校长一起教学的日子，每天早上见到黄校长，都要很有仪式感地道一声"早上好"。想当初他刚来的时候，听见他们几位老师认真地互道"早上好"，觉得很是做作，现在觉得，如果有天早上能再说声"王老师，刘老师，早上好"那该多好。

7月份的时候，耿浩知道又要经历去年那样的天气折磨了，为了预防停水，他提前准备了两个大胶桶，每天接得满满的，以防哪天又停水了。这时候，也到了期末考试的日子，一个学期就这样过去了。在领成绩单和暑假作业的这天，莫北突然问："校长，耿老师，下学期我们还能再来学校上学吗？我不想去镇上上学。"

这是莫丰江夫妻俩让莫北问的，周余和李燕也同时抬起了脑袋，也有同样的问题要问校长。黄校长看了他们三个人一眼，一如既往面带慈笑，却带着深深的无奈。

"这五年级你们还是得去镇上上。你们三个都是好学的娃,咱们学校没能力再开个五年级,可你们得继续上学,你们不能耽误了自己。如果家里人不同意,你们可以让家长来找我,我跟他们说。"

莫北他们三个人听到这个坏消息,失望极了,都低着脑袋。

耿浩在旁边深深地吸了口气,面无表情,也没插半句话。他们真的尽力了,可他们俩也实在是无能为力。下学期开始,耿浩和黄校长就要带四个班的课。黄校长之前温和地宽慰耿浩,说以前也有过两个人带四个班的情况,是可以带得过来的,只是辛苦点,一节课要给两个班上。具体方法就是,这个班上半节课,留个任务,然后再去另外一个班上半节课。

"好了,大家把桌椅给收一下吧,收拾完就可以回去过暑假了,记得把暑假作业给完成了。"黄校长发布着最后一项任务。

不管怎样,终于放假了,学生们还是很高兴的,快快乐乐地把自己的东西收拾好,桌子都拼在一块儿,把凳子垒在上面。两个学生拿了扫帚和簸箕,把整个教室都打扫了一遍。耿浩检查一间就锁上一间,送走了所有学生后,去了办公室。

一进办公室,就看见黄校长正在把课本作业什么的整理好放进柜子里,耿浩看他踩着凳子把卷子和作业放进柜子上方的格子里,手脚有些发颤,立马上前将他扶住。

"校长,你先回去吧,我一个人收拾就行。"耿浩扫了眼办公室,都是些重活儿,也不能让黄校长动手,"我一会儿就弄好了。"

黄校长拍了拍身上的灰尘,笑了笑:"行,麻烦你了。"

"不麻烦。"耿浩说着就开始动手收拾,把桌子上一摞摞的作业、资料都往柜子里堆。

"耿老师啊,你什么时候去城里啊?"黄校长搬个凳子坐在了门口,靠着墙,双手随意地搭在两个膝盖上,静静地坐着歇气儿。老了是不行了,随便动一下,就出一身的虚汗。不过,如今的天气也太热了。

"后天就去面试。"耿浩回答。

张南他们前两天打了电话,说是他们一年的支教已经快到期,等期末考试完就离开黄杨县,也没时间约耿浩送别,只是叮嘱耿浩以后要自己照顾好自己。孙赫在电话里透露，说今年暑假还有那个读书志愿者活动，耿浩立马表示想去，就让孙赫帮他报了个名。

"那边是包吃包住的吧？"黄校长问。

"他们只管住，吃饭要自己掏钱。"

"那应该也有补贴吧？"

"补贴也不多，应该只够我暑假的饭钱。毕竟是做志愿者，能有补贴都算是好的了。我之前去看过他们的那个读书活动，觉得对孩子很好，意义很大。想着我去了解一下他们具体是怎么做的，等明年暑假的时候，咱们也弄个读书营活动。"

"嗯，是个好想法，那你可得好好地学。"黄校长笑眯眯地看着耿浩，越看越欣慰，"你这去年过年没回，今年暑假也不回去一趟？"

耿浩笑道："这个我也想过了，读书营活动8月15日结束，离开学就剩下十几天了，到时候还得准备开学的课程，也没时间回去。等今年过年的时候再回去吧。今年应该不会再遇上大雪灾了。"

"今年应该不会了，哪儿能连续祸祸两年？"黄校长肯定地说着，"你这也不容易，家离得远，回去都不好回去。"

"还好。"耿浩抿唇一笑。

黄校长一直在办公室陪着耿浩，看着他把东西都归置整齐，锁了门，两个人才一块儿往黄校长的家里走。两人边走边聊，说着学校现在的情况。

"不知道今年雨量怎么样，这学校的房子是越来越差了，别猛下几场暴雨把它给冲垮了。"黄校长叹了声，"这学校也不知道什么时候才能重新修整一下。"

"应该还好，看那房子还能撑一阵子。学校建了多久了？"耿浩忽然问道。

黄校长算了算，报出个大概的数字来："有十几年了，当初建的时候，用的材料都比较次，能坚持到现在已经不容易了。"

68 成为志愿者

耿浩道："不是说三年之内，咱们莫村也要发展起来吗？到时候，重新建一个学校都有可能。咱们先把这两年给熬过去。而且，旅游最能带动经济了，如果陶园村那边的旅游搞起来了，咱们这一条路上的村子都能跟飞一样地发展，两三年脱贫都有可能。"

黄校长偏头看了耿浩两眼，笑他傻乎乎的："陶园村建旅游点，哪里是发展得起来的？上面就只有个大瀑布，还有些天然的泉水潭。听说，山里头有些什么珍贵的鸟儿，是我们县这边儿独一份儿的，可我们也都没怎么见着过。做个旅游项目，肯定也是没人来的。镇上，也是想发展想疯了。"

耿浩不了解那边的情况，也不好再说什么，心里倒是想着找个机会去那个大瀑布溜达一圈。去年暑假的时候莫主任就向他推荐过，只是他还一直没机会去。

"志愿者"这个词儿，在黄杨县还不怎么被人了解，大家大多都只在电视上网上了解过，知道他们是一些做义务活动的人，所以公益机构的小范围招募，基本上没人搭理。耿浩去的时候，就只有两三个人面试。

有人在听说了志愿者的福利和任务后，觉得还是在县里找份兼职挣得多些，就放弃了。最后，只有耿浩和另外一名志愿者还想要留下，自然而然地，他们通过了审核，成了这一期暑期儿童读书营活动的志愿者。

顺便一提，和耿浩一起的那名志愿者，就是去年和孙赫一起服务的志愿者小姐姐，叫何小晓。带领他们的负责人，也还是去年的负责人，叫龚娜。因去年有过交流，耿浩对她们两个有一定了解，可以用最快的速度进入志愿者工作状态。

在志愿者活动开始前，他们三个在活动室召开了第一次会议。龚娜自然是主持者。

"今年的暑期儿童读书营活动，已经确定是我们三个志愿者负责了，小晓是去年就来了的，耿浩去年也了解过咱们这个活动。"龚娜笑得亲和，见他们二人点头，继续道，"上次开小培训会的时候，已经跟你们介绍了咱们机构的一些情况，还有关于儿童的一些基本问题，以及这个读书营的意义。不知道你们还记不记得？"

耿浩和何小晓都没怎么说话。大概的内容他们倒是还记得，但是如果问详细的，他们就不敢保证了。龚娜也不在意，觉得这是正常现象，只是笑了笑，接着说："咱们主要说说这个读书营接下来要做些什么。去年其实是咱们开展活动的第一年，我们也是摸着石头过河，出现了不少问题，但是也有很多地方可以借鉴。今年和去年的形式大致相同，就还是以上课的形式来开展活动，上课形式也不变,主要以发展他们的兴趣为主,你们可以通过各种方法来调动他们的积极性,不用跟上课一样死板。咱们又不是学校。"

耿浩和何小晓很是认同地点了点头。

"下面我正式说一下咱们需要完成的一些工作。第一个就是通过上课的形式来开展活动,你们每个人都需要提前写一份教学计划,课程还是三个,美工、阅读赏析,还有音乐课。你们俩选一下?"

"我还是教美工吧,这个适合我。"何小晓率先开口选择。

耿浩一听,也赶紧开口:"我选阅读赏析。"他可不怎么会教音乐。

"那好,我来教音乐课。我还挺喜欢教他们唱歌的。"龚娜对此也表示很满意,然后继续道,"那个周一,咱们就要开展活动了,你们今天和明天,用两天的时间把计划给做出来。只做一个大概的提纲就可以,不用特别细致,具体的细纲和上课内容可以在上课前一天给备好,具体的上课所需材料,也可以在前一天晚上准备,咱们可以互相帮忙。"

龚娜说话的时候,一直看着耿浩。她和何小晓去年都是做过的,所以讲这些主要是让耿浩听。耿浩忙点了点头,表示明白。

"具体在上课时,咱们三个志愿者都是有任务的,一个主讲,一个助教,还有一个是拍照片的。咱们在培训的时候就说过,咱们做这个活动,资金都是捐款,所以咱们在活动结束后,需要交一份总结上去,让上级看到我们这个活动的成效,以获得资助来开启下一期的读书营。总结包括哪些内容之前也都说了,耿浩,你还记得不?"

耿浩突然被点名,仔细想了下道:"汇报里面,第一个是娜姐你写的总结,第二个就是配图,第三个是志愿者感受,第四个是儿童观察记录。"

"嗯,记性不错。"龚娜继续道,"配图就需要平常来拍,所以每节课都要拍照,然后每天或者一周整理一次存在电脑里,这个到时候咱们谁有时间谁来整理。志愿者感受就是你们自己的总结,所以,你们每天都需要写每日总结,最后写总结的时候就方便了。儿童观察记录,就是写一个儿童从进读书营到读书营结束后,有哪些变化,所以,每天上课,你们还要注意观察孩子们的情况,挑一个观察就行,到时候写一个点或者几个点都可以,主要还是展示我们这个活动对孩子来说是有意义的。"

耿浩认真记下，在本子上写了"每日总结""儿童观察记录"等关键词，免得忘记。

"每天活动结束后，咱们要开个总结会，总结自己课堂的优点，需要改进的点，还有哪些困难，以及感受。然后讨论怎么改进。这些记下来，也就是你们的每日总结了。总结会之后，就要准备第二天上课的内容了。"龚娜做着最后总结，"阶段性的任务就是，一周整理一次照片。两周后我们有一次中期交流会，咱们机构的区老总会参加。第三周开始，我们就要准备闭营活动的节目。四周后，活动结束，你们需要上交一份个人总结和一份儿童观察记录。"

耿浩在本子上迅速记下，觉得任务不是一般地多，和他之前想象的志愿服务完全不一样。一直以来，他以为像这种活动，志愿者只需要带着孩子读书就可以了，万万没想到，幕后还需要做这么多的工作。预计，每天消耗的时间和精力不比他在莫村小学当老师消耗得少。

"耿浩，做好准备哦，前两周，可能会累到每天回去就只想着睡觉了。"

龚娜提前给他打好预防针，何小晓也一脸神秘地笑着，她们的表情，就和钟秀当初提醒他莫村的暑假很难熬时的模样相差无几。耿浩咽了咽口水，赶紧给自己做好心理建设。耳边响起何小晓和龚娜的"恐吓"。

"其实，最后两周要准备节目，也不是很轻松。上午上课，下午排练活动，晚上不用备课了还要排练活动。"何小晓作为一个过来人，感慨着当志愿者的辛苦。

龚娜咧嘴一笑："第三周还好，是最轻松的，排练节目比较紧张的主要是第四周。不过，去年那一个月，每天都能开会开一两个小时，然后备课什么的，一弄就到了晚上10点多，甚至是12点。看着没什么要准备的，可准备起来也是不少。"

"嗯，是的。"何小晓点头附和。

耿浩就坐在远处，视线随着她们俩说话而来回转动，深觉她们俩是不打算让他好好做心理建设了。龚娜发觉耿浩的状态已经开始游离，呵呵一笑，笑得开怀。

"耿浩看样子要被我们俩给吓跑了。直接把本子一摔，扭头就走。"

耿浩忙道："没有没有。"

"好，那我说一下这两天的任务。我们对外的通知是周日全天进行读书营报名，只接收三到六年级的孩子，不然小的我们不好管理，太大的也不太适合，就先选这个年龄段的。周一早上我们要举行开营仪式，需要家长过来，这件事，在他们报名的时候就跟家长说一下。开营仪式的流程我们等下商量。开营仪式结束，我们先带领孩子立班规，这个班规不是我们来制定，而是让孩子们自己来制定，咱们做引导。他们说上课不能干什么，咱们就写在到时候准备的大白纸上。孩子们自己制定的班规，他们才会更在意。哦对，这两天我会把作息时间表还有课程表给做出来。"

龚娜翻了翻笔记本，想了想，扭头问何小晓："应该没有遗漏的了吧？"

何小晓摇头："没有了，后面就是上课了。"

"嗯，对，就是这样。"龚娜确认，然后询问耿浩，"这两天要做的事，我应该都讲清楚了吧？"

"嗯嗯，清楚了。"耿浩点头应和。

龚娜满意地点了点头："虽然我和小晓去年是做过的，但还有很多问题需要我们进行摸索解决。咱们都是志愿者，虽然我是项目负责人，但也是和你们一起做事，没有上下级关系，有什么想法就都提出来，如果可以，咱们就一起去实行。未来的一个月，咱们一起加油。下面，咱们就商量一下开营仪式？"

耿浩和何小晓同时点头。

这一商量，又用了一两个小时，三个人的会议，就这样开了三个多小时。开完会之后，龚娜带着他们俩去了家火锅店吃火锅，算是庆祝活动启动。

69　做志愿会上瘾

第一周下来，耿浩就切实感受到了志愿者的不容易。

且不说上课的效果，就每天的总结会，他们三个人都能开两个小时到三个小时，会议里的分分钟都让人头昏脑涨，明明内容就是龚娜最开始说过的那几项，但实际操作起来，就会有一堆问题。特别是在总结耿浩的课堂的时候，龚娜和何小晓就会有一堆话要说，指出耿浩的课堂有些生硬死板等等，也会给他很多建议来改善。

会后，他们一起去吃了个饭，回来就开始准备第二天的课程和材料。耿浩起初只规规矩矩地准备阅读赏析课，很快就能完成，也不觉得有什么。准备完后就看着何小晓从网上挑选上课要做的手工作品。龚娜先选歌，然后把歌词抄在大白纸上，并准备好多其他材料。

但自从何小晓和龚娜提出意见后，耿浩的准备工作就成了最多的。每天在准备课程的时候，耿浩都要绞尽脑汁地想互动，想办法把阅读赏析和各种形式的活动相结合，这样一来，备课的时间长了，准备材料的时间也长了不少。

等两周过去，耿浩的脑细胞都不够用了。四周下来，耿浩身心俱疲，但在写总结的时候，耿浩获得了不少的感悟，深觉这趟没白来。比如，学会了怎么用相机拍一张能用在新闻或报告里的照片；在帮何小晓做手工的时候，学会了不少手工技能；在龚娜和何小晓的帮助下，知道了怎么让课堂更丰富。还有许多许多，耿浩的报告就写了五六千字，把这次体验当作以后的教学经验。

耿浩在活动结束前一周问过龚娜，明年还会不会开展这个活动。

龚娜说："明年还会再开展，不过，明年我们可能会从机构资助过的大学生里面挑选志愿者。因为这种读书营活动，除了帮助儿童，也是在锻炼志愿者的各方面能力。我们机构每年资助几十位大学生上大学，也希望他们能够成为有益于社会的人，所以以后的志愿者主要会从资助过的大学生里挑选。"

耿浩表示赞同地点头，又问龚娜公益机构在黄杨县具体开展了哪些项目。龚娜很是乐意地向他介绍了一下，说主要开展服务老人和儿童的活动。目前的业务范围暂时还是在县城及周边的一些乡镇，地方不多，但是每年都在考察和增加服务点。龚娜也提到了有些贫困乡村可以向他们申请资助，考核通过后会根据各方面条件来进行服务点建设，进行资助。

听了这么多信息，耿浩向她提说了莫村的情况以及现在莫村小学的困境，询问了申请资助的相关情况。龚娜说莫村的这个条件是完全可以申请资助的，不过今年的建设点已经开展，明年的建设点也已经选定。如果莫村条件达标，可以在后年进行安排。龚娜还说可以先帮他记着，找个时间跟王总提一下，在明年之前对莫村进行实地考察，提早安排到后面的建设点进程里面。

经过一个月的相处，耿浩已经了解了龚娜。龚娜是个很直率的人，而且永远保持着善意。她如果不想帮忙，就不会答应，一旦答应，肯定是会帮着去做的。龚娜是耿浩新的人生标杆，也是跟他有着极为相似的人生经历的人。

在闭营活动结束的那天晚上，龚娜带他和何小晓去吃了顿散伙饭。饭局上，何小晓问龚娜为什么会待在这个公益机构。在何小晓看来，这个机构又累又不赚钱。龚娜就说起了她的经历。

六年前，龚娜正处于大学毕业季，结果和男朋友吵了一架，分手了。女孩子本来就比较敏感、脆弱，遭遇失恋后，整个人崩溃得想跳楼。正在这个时候，新疆那边发生了大地震，龚娜就报名当了志愿者，去震区前线，当时只想着，去了直接死那儿就好了。

当然，她是没有遂愿的。不过，她在那里获得了重生。她每天看着各种的生离死别，看着每个人都在努力，只为多一个人能活下来。当时，她就觉得自己因为失恋而来寻死，简直幼稚得不行，那么多人想活活不了，她却不好好珍惜自己的生命。她幡然醒悟，也爱上了志愿者这个身份。

毕业后，她就不断加入志愿者的行列，只为多帮助一个人，在其中感受自己存在的价值。去年的汶川地震，她也去了，目的不再是寻死而是帮助人。龚娜说，她这辈子都会从事公益事业，尽自己的能力去帮助更多的人，实现自己的人生价值。

耿浩万万没想到，会遇见跟他一样境遇的人，相比之下，龚娜比他更有魄力。龚娜看起来个头小小的，却有无穷的潜力和承担力。这一刻，龚娜成了他支教路上的榜样。所以，当龚娜问起他去莫村支教的原因时，耿浩不再不好意思，如实说出了自己的想法。

龚娜当时就笑着说："没想到，还能遇见和我经历如此相似的人。如果你现在有着支撑起莫村教育的想法的话，那你肯定就会留在那里了。起码在它还没有发展起来之前，你不会甘心离开。因为支教，是你在人生迷茫时找到的出路，是你在黑暗中遇到的明灯。"

耿浩和何小晓认真地听着。

"因为你的迷茫就是找不到人生的价值，而志愿、服务这种工作一旦做起来了，从中获得的成就感比成为首富的成就感还要大。然后，就会上瘾。"

何小晓也说做志愿服务确实是会上瘾，她做过两次志愿服务，就想着以后再找机会做志愿服务。耿浩没怎么说自己的感受，却觉得龚娜的每一句话都戳在他的心口上。那一瞬间，耿浩开始恍惚，不知道自己会不会也一辈子为了支教事业而努力。

耿浩带着这样的疑问，回到莫村。整整一个月没回莫村，他完美错开了莫村的干旱期和暴雨期。而这一个月，莫村也发生了大变化。从县城到桃平镇的公路已经修了一大半，是按照标准公路的规格修的，平坦又宽敞。

黄林一路上止不住兴奋地跟耿浩说着公路的变化，还说，现在县上已经准备在桃平镇里面的村子修路了，而且道路部门在勘测莫村的道路面积时，不少人家的地被划到了公路建设范围里。道路部门正在和村民商量花多少钱买村民手中的地。不少村民要趁这次机会好好地赚上一笔。

而且公路的修建，解决了莫村不少男人的工作问题。莫村的经济发展本来在养猪风波之后就萎靡不振，这回通过修道路，又重新焕发生机。看这情况，今年不少人家能过个好年了。

耿浩听后很高兴，问黄林家里有没有地也是被征用了的。黄林摇了摇头，说没有，他们的地都在山上，没在河坡上，还说以后公路修好了，跑车的人就会多起来，他的生意也要不好做了，还在发愁以后怎么挣钱。耿浩只能安慰说，到时候公路修好了，肯定又有新的赚钱机会。

回到莫村，耿浩将他暑期做志愿服务的情况跟黄校长分享了，并和黄校长讨论如何提高学生的学习兴趣，然后又把从龚娜那儿了解到的贫困乡村资助政策告诉了钟秀。钟秀对耿浩十分感激，立马把这个消息告诉了支书和主任。支书和主任一盘算就让耿浩问问龚娜，是不是有可能对他们村进行资助。

没过多久，龚娜就回了耿浩电话，说如果两边沟通好，机构会安排人在10月份去莫村进行考察并让耿浩把机构老总的电话告诉支书，方便两边交流。这件事儿，耿浩算是做到位了，后面莫村能否争取到资助，就看支书他们了。

耿浩把精力又都投入莫村小学的教育里。耿浩在设计课程的时候，根据暑期的教学经验，添加了一些趣味性，讲课方式有了一定的变化，争取在上课的时候，以教授知识为主，同时提高他们的学习兴趣。但实施起来路程又是漫长的，趣味和教学之间的平衡，耿浩整整找了一个学期才找到。

寒假的时候，耿浩又没有回家，因为龚娜打电话给他，说又有个志愿服务活动，为期一周，是在某个村子里为老师提供服务。耿浩没有多想就报了名，给大伯打了个电话说是不回去了，大伯和伯母又是一阵念叨，问耿浩是不是很忙，这两年都回不了家，这半年来连打电话都打得少了。耿浩经大伯和伯母这么一提醒，才发现自己打电话的频率降低，顿时有些愧疚，就说最近有些忙，以后会注意的。

耿浩在别的村当了志愿者回莫村的时候，家家户户都已经准备好过年了。正如黄林在 8 月份说的那样，今年莫村的人大多都因为土地被征用以及修公路，赚了不少的钱，过年都喜庆得多。就连送辞年礼的时候，都阔气了不少，牛奶、面包油、烟都是买好的送。

耿浩是亲眼看着黄校长的侄儿从去年的送一壶油，变成今年的送油、烟、酒加牛奶，直说喝牛奶对老年人的身体有好处。

70　钟秀生日

回想 2009 年，耿浩没少受钟家的照顾，钟家一家对耿浩是没说的。

钟灵是事事都想着他。夏天西瓜熟了，给他送俩西瓜。冬天冷了，做棉靴会想着给耿浩做一双，织毛衣也会想着给耿浩织一件。大节小节也都想着耿浩，邀请耿浩到家里过节。耿浩如果跟黄校长一起过节，钟灵就让钟秀送月饼，送粽子，送到黄校长家。平时做些花样糕点也都会想着给耿浩一份。

黄校长对耿浩更是照顾，且不说之前在工作上对耿浩的指导，自从耿浩一日三餐在黄校长家吃了之后，基本上是住在了黄校长家里，事无巨细，黄校长都会照顾着他，把耿浩当孙子一样宠着。

他们有个什么事儿，耿浩平日里也都会去帮忙，却总觉得不够。临到过年，耿浩也想着买些东西送给他们两家。志愿服务结束后需要先回县城，耿浩就趁着那个机会，给黄校长买了一套保暖秋衣秋裤。给钟家人，耿浩也不知道送什么好，只能也送些牛奶、面包、食用油之类。

钟灵收到耿浩的辞年礼，激动得直说客气，然后又邀请耿浩在家里团年。耿浩再次拒绝了，说还是要和黄校长两个人度过除夕夜。去年黄校长过年没有去侄儿家，后来就听说，侄儿家又说了些黄校长忘恩负义嫌弃他们家的话，黄校长听完气得不行，直接说以后都不会到侄儿家去。

今年侄儿来送辞年礼的时候，还一个劲儿哄黄校长，说都是人家传的流言蜚语，不要随便相信。黄校长向来知道他们家的德行，说什么也不肯再和他们家有交集，直接说就算死了，也不会把房和地留给他们家。侄儿当时脸色就变了，跟黄校长吵了一架，说黄校长不讲理。

也不知道他们两边儿到底谁对谁错，反正事情成了这样，耿浩这个旁观者也只能当旁观者。黄校长把侄儿赶走，也没跟耿浩说侄儿家的坏话，耿浩就更什么都不知道。只知道黄校长今年过年又是一个人，他肯定还是要和黄校长一起过除夕夜的。

除夕那天，耿浩专门去了趟王大华家，发现王大华家里的门还是锁得好好的，根本没有打开过的迹象。耿浩想了下觉得也是，现在家里这种情况，回来过年更会触景生情，还不如不回来。

大年初一的时候，钟灵又邀请耿浩去家里吃饺子，说耿浩连续两年留在莫村过年，今年怎么着也得去他们钟家吃顿饺子才行。耿浩只好应约，早上起来跟黄校长一起包了饺子，中午吃了顿，下午就去了钟家。

耿浩才到钟家院子里，正在堆雪人儿的黄九九看见，忽地扬起一个大大的微笑，拍了拍手上的雪就跑到耿浩面前。黄九九头一回这么热情地奔向耿浩，耿浩一时还不适应，暗道，她这是有什么事儿要求自己？黄九九今年期末考试，成绩还挺好的啊。当时钟秀看他登记成绩的时候，还很欣慰地表扬了黄九九几句，应该不至于又被钟灵骂才是。

"耿老师。"黄九九把耿浩往旁边一拉，神秘兮兮的生怕别人看见似的，"你给我小姨准备了啥礼物啊？"

她小姨不就是钟秀？要给钟秀准备什么礼物？耿浩一头雾水，瞅着穿着新衣并且面露期待的黄九九，犹豫地反问了一句："礼物……？"

"你不会没给我小姨准备礼物吧？"黄九九一下子惊呼出声，噘着嘴质问耿浩，目光又变得厌弃起来。

耿浩挠了挠脑袋，依旧不解，还有点紧张："过年是要准备礼物的吗？"虽然知道一方山水一方风俗，但是他都在这儿待两年了，也没听说，大年初一还要给谁送礼物。

黄九九看耿浩真的什么都不知道，气鼓鼓地瞪了他一眼，转身就往厨房跑，边跑边大声嚷嚷:"妈,耿老师都没给我小姨准备礼物!"

"耿老师来了?赶紧让耿老师进屋烤火,别瞎说话。"钟灵也很大嗓门儿。

听到这儿,耿浩才隐约猜到点儿什么,突然觉得双手空落落的很是不妥当。正此时,黄林听见动静从屋内出来,看见站在门外的耿浩,道:"耿老师来了啊,怎么站外面儿了?进来烤烤火。"

"嗯,好。"

耿浩跟着黄林往屋内走。屋里的年画又换了一幅,门上的明星画像也换了,不过用的还是去年的那个明星的画像,窗户上贴着红色的新窗花,四处也都干干净净的,明显是年前做过大扫除的,处处透着新年的新气象。

没发现钟秀的踪迹,耿浩才小声地向黄林探问了一句:"姐夫,今天是什么日子啊?"

"今天?"黄林莫名其妙地看着耿浩,将耿浩领进和后门通着的杂屋,"今天是大年初一啊。"

杂屋只有一个小高窗,里面烧着一个小铁炉,厚壁铁炉上架着铁皮烟筒,烟筒接到了高窗外,在烟筒上方的拐角处还有漆黑的烟渍,一看用的时间就不短了。

杂屋左右的门一关,整个屋子都是暖烘烘的,不过也漆黑一片,只有电视上的荧光带来一些光亮。电视上重播着昨天的春晚节目,是个小品,郭冬临和老演他媳妇儿的那个女演员一起演的。耿浩以往每年都要看着春晚守年,这两年因为黄校长家里没有电视,也就没看成,所以这两年过年总觉得缺少了点什么。

耿浩在黄林的招呼下,拉了个凳子坐在了小铁炉旁边,看着黄林揭开炉盖,扔进去一根粗柴,犹豫了下,还是继续问:"那黄九九问我有没有给钟秀买礼物……"

"哦,这个啊,今天是秀秀的生日。"黄林恍然解释,耿浩当即有些吃惊,不知道该如何反应,直觉自己来得不是时候。黄林笑了两下,好心安慰:"九九这个小孩子,不会说话,你别介意。你人来了就好,一起吃顿饭乐和乐和比什么都强。"

耿浩心里还是过意不去,好半晌才道:"原来钟秀是大年初一的生日啊。"他就算现在回去准备礼物,也来不及了。

"是，挑了个好日子，喜庆。"黄林道，"之前还说，等她过八十大寿的时候，可能也是办不起来宴席的，大年初一大家都在家里团年，谁有时间来给她过寿？"

耿浩笑了笑，没有再说话，只想着一会儿看见了钟秀，他要怎么开口说话。明显今天他们钟家是要给钟秀过生日的，他来蹭饭也就算了，还是空手来，真的太不像话了。

让耿浩更为尴尬的是，没多会儿莫主任一家和莫丰收一家也都来了，两边热热闹闹地拜年，耿浩只能跟着凑热闹。莫主任和莫丰收看见耿浩在这儿，很是高兴，把他们的孩子一赶，就围在了炉子边儿，跟耿浩唠起嗑来。

几个男的天南地北地聊起来，时间很快也就过去了，耿浩的尴尬也少了不少。快开饭时，黄九九才拉着钟秀从后门回来。跟钟秀一块儿的还有刘嘉，刘嘉挺着个大肚子，笑得一脸春暖花开。大抵是因为要做母亲了，刘嘉整个人比之前还要柔和许多，脸上的笑意也带着慈爱。

耿浩看着刘嘉的大肚子，一时觉得神奇又激动，问刘嘉还有多久要生。刘嘉说再过半个多月就要生了。钟秀立马就在旁边说，她要当干妈。黄林和莫主任他们就打趣，说她自己还单身，还想当人家孩子的干妈。钟秀得意地扶着刘嘉说，这有什么。

钟秀的生日过得很简单，没有蛋糕也没有生日祝福歌，只有一群人围坐在餐桌前，吃吃喝喝，说说闹闹。虽然很平淡，氛围却很让人愉悦。每个人都通过敬酒来表达自己的祝福。

轮到耿浩的时候，钟秀已经喝了八九杯白酒了，耿浩看她微醺的脸颊，担心她的酒量，只说道："祝你生日快乐，多谢之前你的帮助，祝你以后事事顺心，万事如意。我敬你四杯，你免了吧。"

他话音刚落，钟秀还没开口，莫主任就不乐意了，说道："哪儿用得着免，别说四杯，再喝八杯秀秀都喝得了。"

"老舅，你可别坑秀秀，秀秀哪儿喝得了那么多？"钟灵立马站出来替钟秀说话，不过转脸就笑了起来，对钟秀道，"四杯是喝不了，两杯还是要喝的，就跟你舅他们敬酒时一样，耿老师喝四个，你喝两个。"

"大过年的，本来就喝酒喝得多，也别四二了，我们一起喝两杯就行了。"钟秀说话还是清醒的，脸上的笑意更浓，两只眼睛一弯，温柔似月牙儿，"谢谢你今天过来，也谢谢你去年一直帮我的忙。"

钟秀说完，直接一饮而尽，杯子倒过来，没滴出来一滴酒。耿浩见状，也不纠结这祝生日的酒怎么就成了感谢酒，也一口把酒盅里的酒灌了下去。钟秀这时已经提起了酒壶，给自己斟满，又给耿浩斟满。

两人相视一笑，同时举杯，就把第二杯饮了下去。

新年过后半个月就是元宵节，元宵节过后就是 2010 年 3 月 1 日，星期一。开学的日子定在了这一天，元宵节那天就成了报名日。报名这一天，学生家长都在感叹，说莫村小学现在只剩下两个老师，辛苦他们了。听着他们话里的意思，耿浩感觉有场暴风雨要来了。

71 关闭莫村小学

又是新的一年，耿浩看着教室里坐着的熟悉的面孔，不胜珍惜，谁知道下半年又会有多少人来莫村小学读书呢。忽然就想起莫北、莫南前几天找他的事儿来。

莫北专门做了一张写着英文的新年贺卡，贺卡折得很漂亮，上面还画有花花草草和动物。莫南说上面的画都是他画的。莫北说在镇上学校的时候，元旦、圣诞都会和同学一起送老师贺卡，现在是过年，所以也送耿浩一份。耿浩看着贺卡甚是感动，头一次觉得莫北这么贴心。

莫北跟耿浩说了许多许多在镇上学校的事儿。说那里的老师都很凶，上课也没耿浩上得有趣，而且老师很不喜欢她。她在宿舍，舍友也不喜欢她，老是欺负她……巴拉巴拉说了一堆。

莫北不管怎样改变，张扬的性子从来都没有变过，虽然知道跟人说话要礼貌，但还是充满傲气，虽然知道和同学相处要友善，但还是忍不住说些难听的话，做些让人生气的事。所以她在向耿浩吐苦水的时候，耿浩猜到多半是她自身原因造成的这个结果。耿浩只能劝她说，还是要学会尊重人，等她知道尊重别人了，别人自然就会对她好。

莫北也不知道听没听懂，最后说，她就是不想在镇上上学，想回到村里上学，问耿浩可不可以。明显是不可以的事儿，莫北自己也知道，但硬是缠着耿浩来回问，以此来发泄自己的不满和委屈。

已经上三年级的莫南多次听姐姐抱怨，早就对镇上的学校生活充满了畏惧，也一直缠着耿浩，问莫村小学能不能开五年级，他也不想去镇上上学。

可是他去不去镇上上学这件事，也不是耿浩能决定的。

"Stand up！"喊口令的是莫南。

相比莫北，莫南的转变要大得多，机灵谄媚劲儿没变，但是慢慢懂得了用在正确的地方。

这一年多以来，莫南一直在帮耿浩准备英语课上的卡片材料，画画做手工什么的，越做越纯熟精巧。有时候耿浩没有什么需要做的了，莫南就缠着耿浩教他做一些有意思的事儿，比如学英语。

耿浩以为莫南在之前的英语热之后就会放弃学英语，但去年下半年莫南升到三年级开始学英语之后，耿浩发现莫南在学英语方面相当有天赋，也相当有热情。每次的英语考试成绩，都是全班第一，莫远成和莫远胜兄弟俩都要排在他后面。这种现象，别说耿浩惊讶，村子里的人谁听了都觉得是铁树开花，百年不遇。

由此黄九九的压力更大了，钟灵每天都逮着黄九九让学英语，说她学不过莫远成和莫远胜也就算了，怎么能比不上莫南那个不好好学的小滑头呢？黄九九气得不行，看见莫南就跟看见仇人一样。

莫南说，很多单词和语句他在二年级帮耿浩做卡片的时候就记住了，等上三年级的时候，他一看就觉得熟悉，学习得就快了些。而且每次耿浩上课用的道具都是莫南自己做的，莫南自然多了些关注。令人惊喜的是，这个情况和耿浩在暑期儿童读书营时积累的经验相契合，这让耿浩更加坚定了丰富课堂的想法。

总之，现在耿浩一看见莫南就是一脸的欣慰，忽然就想起了那句话——孺子可教也！

"Good morning, Mr. Geng."全班学生已经在莫南的带领下起立。

耿浩欣慰一笑："Good morning, everyone. Sit down, please."

这节课，耿浩是同时给三年级和四年级两个班上课，不停地来回奔波。还好他安排的任务紧，学生也都自觉。再说三年级有个莫南镇着，四年级有个张大飞镇着，课堂纪律也算良好，耿浩的课程进度也照常进行着。

随着下课铃声响起，耿浩算是解脱了，拿着泡着胖大海的大塑料杯就出了教室，回到办公室的第一件事就是把杯子倒满水。

"哎，耿老师，你知不知道我把一二年级的导学案放哪儿去了？我昨天还记得上课要用，上面还记了课堂要讲的重点，结果今天上课忘拿了，回来也没找到。"黄校长进门就问耿浩。

"一、二年级的导学案？"耿浩从黄校长手中接过茶缸，放在桌子上，提着暖壶给他续满了水。这才想到什么，把暖壶一放，从学生的作业堆里抽出个笔记本，看了下笔记本上的内容，可不就是他们老师备课的导学案："您不是说今天上课要批评他们作业没好好做吗？就顺手给夹这儿了。"

黄校长惊喜拿过，无奈地拍了拍自己的脑袋："哎哟，真的是年纪大了，要做的事儿都不记得了。我还真忘记要骂他们那群小皮蛋的事儿了。"

耿浩道："这可不是正常的？今天我也忘记给他们布置作业了，要不是下课的时候莫远成提醒，我又给他们放了个假。"

"看来咱们还是太忙了，事情太多，很难记得过来。两个班同时上课，只要脑子一昏就容易搞错。"黄校长说着，就揉了揉眼睛，随手翻着导学案，看着已经用了一两回的备课内容，两条眉毛渐渐耷拉了下来，开始发怔，不知道又想什么去了。

耿浩就坐在黄校长的旁边，准备下节课要用的东西，余光瞥见黄校长，心头疑惑却不知道怎么开口问。黄校长从开学前两天开始，就时不时地发怔，脸上时不时地露出惆怅。有几回耿浩问黄校长怎么了，黄校长都摆摆手说没什么。

到现在，耿浩都不知道黄校长发生了什么事，只知道，在黄校长出现异常的那两天，村委的支书和主任找过黄校长。耿浩不用猜也知道，是跟学校有关。看黄校长这样怔然的样子，多半是莫村小学又有危机了。

这样的情况，一直持续到了5月份。莫村村委门前的公路已经被硬化，公路上还多了不少的摩托车，都是莫村人靠着去年卖地修路得的钱买的，有的村民已经开始计划着盖小洋楼，提高生活质量了。

周一下午，耿浩和黄校长放学回到家，耿浩正在摊着煎饼，黄校长帮他把着灶门儿。黄支书面色沉重地来找黄校长，看见他们正在准备晚饭，立马笑说打扰他们吃饭了。黄校长说不碍事儿，还让耿浩多加两个菜，一会儿弄壶酒，让支书一块儿吃了。支书也不客气，随口就答应了。

黄校长和黄支书在小厨房旁边的杂屋里唠嗑，那杂屋就是冬天的暖房，也兼做餐厅。厨房和杂屋之间没有门儿，耿浩能清清楚楚地听见黄校长和黄支书的谈话声。

黄支书递给黄校长一根烟，黄校长没接，黄支书就自己打着火抽了起来。只一瞬间，整个堂屋都弥漫着烟草的味道。耿浩被油烟熏着，便没有怎么受那烟草味儿的刺激。

"支书，你这是才从镇上开会回来？"黄校长给黄支书倒了一洋瓷杯的茶，在黄支书面前坐下。

黄支书笑道："是啊，刚回来就找你来了。"

黄校长道："真是辛苦支书了，这回，镇上又有什么指示了？"

"嗯，镇上今天开会说，镇上的小学已经在修缮了，让各村的民办学校都撤了，娃都到镇上上学去。说现在公路修通了，来回都方便，而且镇上学校还修了宿舍，娃住得远的，可以直接住在宿舍里。"

黄校长沉默了，端起茶杯喝了口浓茶，几片茶叶入嘴。他抿了两下，又吐了出来。听到里面突然没了铲子碰撞铁锅的声音，黄校长微微偏了偏脑袋，看了眼厨房门口。

黄支书也发现厨房里的异常，扭头往厨房门口那儿扫了一眼，一时没再接着说。过了没几秒，里面又是哐嚓的炒菜声。

"咱们不是跟人家都签了约？"黄校长放低了声音，轻轻摆头，缓缓地对黄支书说。他手里端着茶杯，茶水因着轻微的颤动而起了一层层的涟漪。

黄支书倒是没有故意放低声音，不过说话也慢了些，无奈道："之前，是我跟你说的，让你考虑考虑。现在，这不是镇上下命令了？他跟咱们签了约，我和莫主任想着，跟镇上的学校说说，让他去镇上教书，签的合同改一下，还管用。"

黄校长抬头扫了黄支书一眼："人家那是图在咱们这儿教书留下的吗？"

黄支书道："那大不了咱们就按合同上的来，赔他钱不就是了？黄校长，我的黄叔，你别扯别人，是不是你自个儿不想关？"

黄校长又陷入沉默，久久不给黄支书一个准信儿。黄支书就耐着性子等着，反正他今天来，就是要把这个事儿给说通了，给定下来，花多长时间都没关系。这时候已经6月底，天气已经闷热得很，太阳也烈得很，穿过厚厚的窗户塑胶膜，掠过黄校长的身子，打在四四方方的小木桌上。

　　黄校长的头发已经灰白，是这小一年来突然加速白的，身子也佝偻了不少，坐在凳子上，就像一把弯弓，虽弯却仍坚韧有力。

　　"叔，学校关了，您也能享清福了。"黄支书有些不忍心地开口，"您看看您都操劳了多少年了？现在都快六十了吧？明年您就是要过六十大寿的人了。"

72　钟秀的致富路

　　"过什么大寿？学校这事儿，你老跟我说，也不行，你去跟村子里的人说。"黄校长轻飘飘地说了句，起身就去翻了个铜酒壶出来，到角落里，拉出一个装酒的白色胶壶。黄支书也跟了过来，还没开口，黄校长就把铜酒壶塞到他的手里，说："你扶着点，我倒上一壶，咱们待会儿好好喝点儿。"

　　"叔，你扶着，我来倒。"

　　黄支书哪儿能让黄校长一把年纪的还干这种事儿，把铜酒壶重新塞回黄校长的手里，揭开酒壶盖儿，搁上一个塑料漏斗。大胶壶的盖儿一拧开，一股醇香就飘了出来。黄支书把壶那么一倾，对着漏斗的大嘴，就把酒灌进了长嘴儿铜酒壶里。

　　"行了。"黄校长掂量着壶的重量，及时喊停。黄支书又把酒壶盖儿给拧回去，跟着黄校长回到了桌子边儿，又继续说："叔，这事儿，咱们之前也说了的。现在莫村小学，就你和耿老师两个人，你们俩教着辛苦，学生也学不好。"

　　"这事儿，我还是那句话，你跟村里人商量过了再跟我说。这学校是村民们集体办的，如果要关，那不得征求整个村子人的意见？就咱俩讨论，不行。"黄校长不急不缓地说着，扭头看见耿浩从厨房里面探出头，笑道，"饭好了就端上来吧。"

　　耿浩应着，就端了四个菜上来，三个简单的素菜，一盘荤菜。黄支书和黄校长一直等着耿浩摆齐碗筷落座了，才开始动筷子。

"耿老师，辛苦你了，白天要在学校教学生，晚上回来还要做饭。"黄支书笑着道，准备从耿浩这儿找突破口，"耿老师现在觉不觉得平时上课有压力？一个人要带两个班？"

耿浩看了黄校长一眼，老实客气道："还好，每个班的学生都不多，而且挺听话，学得快。我上课也挺轻省。"

"你就别想着从耿老师这儿说了，还是那句话，你找村民商量去。"黄校长打断了黄支书的话。

"叔，我这不也是为你着想吗？你说，如果到时候耿老师合同时间到了，人家想走了，你一个人怎么办？难不成你要一个人教那么多的学生？"

黄支书打起了感情牌。他之前也开会问过各小组的意见，大部分人还是不愿意把孩子送到镇上。莫村的年轻人多半都在外务工，家里有老人的，都希望孩子能和老人相互扶持着过。黄支书就想从黄校长这儿开口子，如果黄校长都主张关学校，那其他人有意见也没办法：校长都没了，教书的都不在了，学校就是个空壳子而已。

谁知，黄校长并不如他的意，直接道："支书，我老头子就跟你实话说了。学校这事儿，只要村里人不想关，我就不会关。说得轻松，送孩子去镇上念书，咱们村子这情况你又不是不知道。且不说别的话，就从花钱上来说，镇上的学校虽然免了学费，但咱们村的孩子去了，肯定是要住宿的。这一年的住宿费还有吃饭的钱，对家庭条件差点的人来说，就是一笔不小的费用。那家里不止一个娃的，有两个的三个的，他们怎么供得起？"

"叔，咱们学校的教学条件也不如镇上，钱是省了，教学质量上不来啊。"

"怎么上不来？"黄校长一下子跟黄支书杠上了，"教学条件是很重要，但教学最主要还不是靠老师？镇上的老师，说实话，还不如咱们村儿里的老师。一个个不也才是高中毕业的？干上两年就走了。硬要比的话，咱们村儿的学生肯定学得比他们镇上的好。"

耿浩对黄校长这话表示认同，又想起莫北和莫南说要留在村子里上学的事儿来。

可黄支书一脸的不信，道："叔，你这就夸大了啊。"

"得了，知道你想最快响应镇上的政策，可咱们也得根据村里的实际情况来。"黄校长说着就给黄支书倒了杯酒，"支书，还是想办法把咱们村儿的人给带富了。那时候，孩子们都能去镇上上学，我也真的不再纠结，说关咱们这学校就关了。"

说到这儿，黄校长端起酒盅，跟黄支书碰了下。黄支书看着黄校长一口把酒灌了下去，也跟着灌了一口，道："这致富，说着容易，做起来难啊。"

"那个张德科不是退休回来了吗？你没事儿多问问人家，人家在镇里县里都待过，见得多了，他肯定有法子。"黄校长给黄支书出着主意。

黄支书眉头一皱，颇觉有门儿："叔说得对，赶明儿我就去问问张副局长。顺便问问这学校的事儿怎么弄。"

黄校长听罢，又道："你看着点问，张副局长也好久没在咱们村儿里待了，对咱们村儿里的事儿，不一定都知道。"

"我先找个机会问问。"黄支书道，"再不济，他也有关系，可以帮咱们拉些项目支持什么的。"

…………

黄校长的后门儿屋檐下有一小块儿地，被黄校长修整了当作花圃，一年四季，什么时节种什么花，而且种得特别好。黄校长精心照料着这些花，按时浇水施肥。到了冬天，怕有的绿植冻死，就找塑料布给蒙上，造个小温室出来。平时有事儿没事儿，黄校长就搬个板凳坐在花圃边儿，看着金兰河，跟那些花闲聊几句。

种花就是黄校长的消遣，但那些花也都是黄校长的宝贝，村里人来讨要，他顶多给他们分出一两株容易活的绿植，牡丹、菊花这样的，再怎么样也是不会送出去的。如果有人故意毁了偷了，黄校长能伤心上好几天。2008年那次雪灾把黄校长的花草全给冻死了，黄校长愣是心疼得好长时间吃不下饭。

黄支书一走，黄校长就拉着耿浩坐到了花圃边儿上，备了一壶茶，拿了一把蒲扇，享受夏日傍晚的凉爽。

"校长，莫村小学是不是真的要关门了？"耿浩偏过头看向黄校长。

黄校长晃了晃蒲扇，仍旧笑得一脸慈祥："关不了的。镇上那么远，咱们村儿住山圪瘩里的学生，每天走到镇上也得五六个小时，坐车他们也不一定坐得起，住宿也不一定能住得起。咱们村，总有一些学生去不了镇上上学。有这么几个学生在，咱们的小学就关不了。"

耿浩瞧着黄校长淡然自若的样子，继续问："可是现在不是政策要求并校吗？咱们怕是也阻止不了。"

"政策年年有，每个地方的情况不一样，哪能一句话说改全都改了？那样的话，总有地方是会乱的。政策实施也是讲循序渐进的。咱们村的孩子也不是不能都去镇上上学，那得等咱们村儿有那条件了不是？"黄校长耐心地跟耿浩解释。

耿浩不安心，说："如果村里人大多数都说要关学校怎么办？"

黄校长摇了摇蒲扇，漫不经心地说道："如果村里人真的要关学校，但只要还有学生需要在村里上学，我就自己来办这个学校。村办的归村子管，我自己办的就没人能拦了。"

"你自己办？"耿浩惊诧地反问，"自己办个学校，可是要耗不少钱的。而且，也不会有村里人资助，那这学校肯定是办不久的。"

"那咱们自己也找找致富经嘛。"黄校长似乎已经把什么都提前想好了，跟耿浩说的时候，不带丝毫犹豫地就把计划说了出来，"咱们的文书，秀秀，今年准备尝试种树卖钱。不都说想致富先种树？如果秀秀今年把树能卖个好价钱，那明年我也跟着种树去。正好我还有几亩地半荒着没用。"

耿浩再次错愕，他不过几个月没有了解钟家的情况，没想到钟秀已经走上了种树致富的道路。

"咱们村儿年轻力壮的都外出务工了，留下来的就是些老弱，一块块儿地都跟荒着似的，如果拿来种树也是件好事。不过，大伙儿都没怎么种过能卖钱的树，就让钟秀先做试验了。秀秀成了，我们再开始跟着搞。"

"种树致富是可以的，我们家那边就有村子是靠种树致富的。"耿浩嘴上只是对这件事表示肯定，但心底对钟秀又多了几分敬佩——她真是坚定地走在致富乡村的道路上。

"那希望秀秀也能成功。"黄校长像是吃了颗定心丸。

这时候基本上也是莫村人的闲逛时间，因为没家长管，许多孩子都选择在这个时候下河摸鱼，打着赤膊在河里翻滚。大孩子带着小孩子，玩儿得不亦乐乎。

耿浩就坐在坡上看着，吹着风，喝着茶，也感觉现在的生活怡然自得。忽地，耿浩暗道不好：他是真的提前进入了老年生活？

"说起来，秀秀是个好姑娘。"黄校长突然出声说了这么一句，"大学毕业就回到村儿里，天天勤快地跑上跑下，解决村民的问题。现在又打头阵，想着带村里人致富。"

耿浩听着，认同地点了点头："她确实是很厉害。"

"可惜这都几年了，也没找个对象。耿老师，你看看你那边有没有合适的朋友介绍给秀秀认识认识？"

话题突然转到相亲上，耿浩猝不及防，没想到牵线拉媒的事儿，不光中年妇女喜欢，就连中老年大叔大爷也喜欢。耿浩也没多想，直接就说："我的朋友都太远了，在咱们省还真没认识几个合适的。"

73 又是一年除夕

"也是，远了也不行。"黄校长点了点头，没再继续探讨这个问题。

耿浩坐了会儿，到了七八点钟，跟黄校长道了个别就回了。

好巧不巧，在回村委的路上，耿浩遇见了遛狗的钟秀。豇豆儿在崭新的水泥路上跑得欢实，而且也没再扑腾得一身是灰。可是它好像不怎么满意，一头冲到坡道下面，非要弄得身上灰扑扑的才行，好像不弄得浑身脏兮兮的就不尽兴似的。

"豇豆儿！"钟秀一脸嫌弃地看着豇豆儿，指着它阻止它靠近自己，"让你注意点儿干净，你还往泥堆里跑，你今天都别想靠近我。"

豇豆儿一如既往地摇尾乞怜，乖乖地坐着等着钟秀原谅。脑袋一转，看见耿浩，尾巴猛地一摇，站了起来，以迅雷不及掩耳之势奔向耿浩。耿浩和钟秀还没反应过来，豇豆儿的两只前爪就扒上了耿浩的腿，摇着尾巴张着嘴吐着舌头，整个身子都贴在耿浩的大腿上。

"豇豆儿，下来！"钟秀几步跑到耿浩跟前，命令豇豆儿。豇豆儿依旧如故，只是扭回脑袋，带着些许兴奋盯着钟秀。钟秀上前，弯腰捏住它的后脖颈，把它整只提了起来，扔到一边："看见人就往上贴，什么毛病儿。"

"可能是知道这样你就打不了它了。"耿浩帮着豇豆儿说话。

钟秀瞥了一眼在他们俩腿边转圈圈的豇豆儿，无奈道："它也就在这时候表现得比较通人性。你这是才在黄校长家吃完饭？"

"嗯。"耿浩点头，顺口就问，"你这是往哪儿溜达？"

钟秀道："走到下面老舅家就转回来了。"

正好同路，耿浩就和钟秀一块儿走："听说，你今年在种树？"

"嗯嗯，就在我们家那十几亩地上试一下。"

钟秀也不问耿浩怎么知道的，因为这件事儿在村子里应该早就传开了，大家都等着看钟秀的成果。一开了这个话头，钟秀就打不住，从她开春的时候去县上找有关部门争取帮助，说到她开始种树，再到后面看着树苗都活了心情的激动。讲这些时，整个人都神采奕奕的。

黄支书在跟黄校长说过关学校的事儿后，就去找了退休回村的张副局长。张副局长了解了村里的情况，也说跟着钟秀一块儿种树是可以的，说莫村荒着的山地多，承包下来整体利用是极好的，而且包山种树，国家也是会给补贴的。

虽然张副局长这么说，但是黄支书还是没直接一脑热就干起来。毕竟，之前脑热大干最后亏了的事儿不少，村里负债累累，也不敢再随便搞包山的大动作，只等着看钟秀的成果。眼看着明年又要换届了，他这个支书还是通过低风险低投资的方式来带着村民赚些小钱，积少成多，求稳才是。

再说学校的事儿，张副局长听完后，根本没给什么有用的建议，还是让黄支书去找村民问意见，听听广大人民群众的想法。左右没办法，黄支书就挑了个日子，召开了全村组长大会，把学校的事儿给说了。村民们听了之后，意见依旧不统一。

钟秀和莫主任一口反对关闭学校的事儿，原因无非也是黄校长说的那些。黄支书就把县上下的政策搬出来，支持关闭学校。以他们为首，村组长们分成了两拨，各持己见，进行辩论。几个小时争辩下来，最后商量的结果就是，先把这事儿放放，等镇上下最后通牒了再动。

莫村小学算是又留了下来，在9月份的时候又迎来新的一学年。黄校长当时就松了一口气，仿佛是渡过了一个大劫难。耿浩自从知道莫村小学又濒临关校的危机之后，整个人也是提心吊胆的，感觉每天还能到学校和黄校长道一声"早上好",和学生们在课堂上互动一声"上课""起立,老师好",每周还能看见五星红旗冉冉升起,这些都是不容易中的不容易。不知不觉,耿浩的心和莫村小学连在了一起。

今年的寒暑假,耿浩哪儿都没去,跟着钟秀一块儿去了山上种树,因为钟秀说,到时候这些树苗卖得好的话,会拿出三分之二捐给莫村小学,作为发展资金。钟秀还告诉耿浩,第一件事就是把学校给修缮一下,那几间平房现在已经在向危房发展了。

今年的春节也比去年来得早一些,阳历2月2日就是除夕,当然这时候已经是2011年。今年过年要说有什么不同的话,就是刘嘉带了个小娃娃回村。

刘嘉在去年正月十五的时候生了个男娃,小名叫团团,到现在已经快一岁了,白白胖胖的,眼睛也大大的,真的活像个瓷娃娃。不过,团团很怕生,只让刘嘉抱,其他人无论谁抱都会立马哭起来。有时候大家为了逗他,非抱着他让他哭得红了脸才还给刘嘉。

当然更多的情况是没变化的,比如王大华还是没回来。王大华虽然没回来,但在腊月初的时候,汇了一笔钱给黄校长,有好几千,说是捐给莫村小学的,想法也和钟秀一样,想先把学校修缮一下。王大华还在电话里说,他以后每年都会给莫村小学寄一笔钱,当作他没有坚守在莫村小学的补偿。

黄校长不愿接受,要把钱退回去,告诉王大华让他把钱都存好,以后好把儿子接回来,他们爷儿俩过日子用。王大华说,他去看过儿子,发现儿子确实过得很好,而且儿子的继父对儿子也很好,他就想着放弃了,不想让儿子回来跟他吃苦。他说他现在赚钱,一个是养活自己,再就是想让莫村小学好好的。

听到这话,黄校长就差老泪纵横了,把王大华的钱收下了,却是先存在了卡里,没有动。黄校长跟耿浩说,只当是先替王大华存着,等学校真的到了举步维艰的时候,再动用这笔钱。还说,让耿浩帮他记着这件事,甚至把银行卡密码都告诉了耿浩。

耿浩当时答应着会把这件事好好记着,扭头心下就感到惶恐。黄校长现在好像越来越记不住事儿了,不知道这是正常现象还是别的什么病的前兆。耿浩更愿意相信,这只是因为年纪大了,正常的健忘。

除夕夜，耿浩和黄校长吃了团年饭之后，9点左右看黄校长要睡了才回村委。他在房间里看着大学室友张峰年前给他寄过来的小说初稿。

张峰说，他用两年的空闲时间写完了这本五六十万字的悬疑小说，现在想把这本书出版。以往在大学，就耿浩看这类书看得多，想让耿浩帮忙看看，顺便让耿浩做一下初稿校对，理由是，耿浩现在是人民教师，校对这种体现知识与文化的工作，交给他是再合适不过的。

耿浩拒绝接受他这种没水平的恭维，但还是接受了他的委托。耿浩先粗略地看了一遍，觉得故事很有趣，写得很不错，这才开始认真地看第二遍，进行错别字和语病的校对。

正改得入神，村委外响起几声狗吠，接着眼前突然有强烈的白光来回闪动，并伴随着脚步声。虽然除夕夜莫村的人都喜欢守夜，孩子们也都还在打闹玩耍，但村委这里还是保持着无人打扰的寂静。突然有人造访，耿浩不由得提心站起，刚伸手想打开门，便响起了敲门声。

门打开的那一刻，寒风瞬间灌进屋里，耿浩被吹了个透心凉，还被门口站着的身影吓了一跳，看见是钟秀才按住突突直跳的心。豇豆儿已经先钟秀一步跑进了屋子里，蹲在火盆旁取暖。

钟秀咯咯笑了两声，道："把你吓着了？"她一说话，浓浓的白雾就从她嘴里哈出来，将她的半张脸都挡了去。

"还好，进来烤个火吧。"耿浩已经缓得差不多了，转身把门口让出来，请钟秀进门暖暖。他也想赶紧关上门，把寒风都挡在外面。

"我刚刚准备敲窗户的，但觉得大过年的，这样吓唬人不太好，就改为敲门。没想到还是把你给吓着了。"

钟秀把手套一摘，拉了个小板凳，挨着火盆坐了。火盆里的煤炭，烧得通红，不过有熄灭的趋势，看来屋主人也是打算熄火睡觉了。钟秀环视四周，发现窗户留着一条缝通风，也就放心了。这屋子小，不及时通风的话，很容易煤气中毒。

耿浩给钟秀倒了一杯热水，解释道："毕竟，很少有人这么晚了还来村委。你这是有什么工作，除夕夜还来村委？"

"没什么工作。"钟秀从耿浩手里接过水杯，笑道，"只是刚刚送远书回去。我那个舅舅和舅娘又要在我们家里打麻将，不打过12点他们是不会散场的。刚刚回来，看你这屋子里通明，就来看看。你这晚上不睡觉，干吗呢？"

耿浩道："看会儿小说，一会儿就到了放炮子的时候，与其被惊醒还不如等他们把炮子放完了，我再睡。"

"那一沓纸是小说？"钟秀忽然来了兴致，就多问了一句，"我可以看看吗？"

耿浩也不觉得有什么不妥，直接就把小说递给了钟秀，解释道："这是我大学室友写的，想出版，让我先看看。"

74 礼 物

"那这可是珍贵的初稿。"钟秀感叹了一下，将遮挡光线的头发往耳朵后面一别，就开始看，看了没几行又问，"这上面的红蓝笔画的，是你在给校对？"

耿浩瞧着钟秀，说："嗯，看见一些错字就帮忙给改了。"

"这是什么类型的？"

"灵异悬疑类。"

"我最喜欢灵异悬疑类的。"钟秀感叹。耿浩也相信她说这种话不是虚的，毕竟她是随口就能编出金兰河故事的人。钟秀看了两三页之后，小心地把初稿合上，双手递给耿浩，眉眼弯弯："这本书如果出版了，到时候能帮我要一本吗？带作者签名的那种。"

耿浩接过初稿，看了眼封面上的作者名字，笑道："这应该没问题。他如果有点良心，小说出版后肯定是要寄两本过来的。"

"那我就等着了。"钟秀愉悦道，目光瞥见挂在墙上的黑灰色围巾，眸光闪过一丝期待，问耿浩，"那条围巾，围着还暖和吗？"

耿浩扭头看了下墙上的围巾，那是在入冬下第一场雪的时候，钟秀送给他的，说是钟灵织的，连带着还送了一双棉靴。每年一到冬天，耿浩就全靠钟灵送的衣物御寒了。听钟秀这么问，耿浩由衷道："很暖和，而且很舒服，没想到大姐不光做饭好吃，手也很巧。"

钟秀听完，抿唇含笑，就像是得到夸奖的小孩子一样。不过钟秀一向如此，听见别人夸她大姐二姐，比听到别人夸自己还高兴，耿浩也就没在意，继续说着："只是……"

"只是什么？"钟秀笑意微僵，连忙问。

耿浩看她紧张的样子，道："只是每年都让钟灵大姐这么照顾，我确实是不好意思。"

"这没什么不好意思的，大姐早就把你当成自家人看了。"钟秀的声音戛然而止，捧起茶杯喝了一口开水道，"大姐一直把你当弟弟看。"

"我也一直拿大姐当自己的大姐来看。"耿浩说完仰起头，见钟秀温柔又明媚地笑着。豇豆儿就趴在她的脚边打着盹儿。耿浩一时觉得，今年守夜要比去年好太多，起码这时候有个人说说话。

忽然外面一阵噼里啪啦的乱响，把耿浩和钟秀都吓得一惊。左边刚开始响，右边也跟着响起来。耿浩一看手表，已经 11 点 10 分了，确实是到了该放炮子的时候。

"时候不早了，我就先走了。"

钟秀刚站起来，耿浩就道："我送你回去。"钟秀等着耿浩穿外套的时候，忽然想起来一件事，连忙道："对了，明天我们不在家，要去参加一个堂哥的婚礼，不能邀请你去家里吃饺子了。"

"大年初一结婚？选这么好的一个日子？"耿浩哭笑不得，去拿手电筒的时候又问，"那你们什么时候回来？"

"明天应该不会回来了。"钟秀疑惑，"怎么了，是有什么事儿吗？"

"明天不也是你的生日吗？准备过去找你的。"耿浩说着，从抽屉里拿出个礼盒来，递给钟秀，"只能提前祝你生日快乐了。上次不知道是你生日，这次就准备了个生日礼物，也不知道你喜不喜欢。"

钟秀愣愣地接过礼物，好半响才反应过来，摩挲着礼物盒的边缘道："不用这么客气的，长大了一般都没怎么注意送生日礼物了，这么说，我也从来没送过你生日礼物。"

"我高中之后也没怎么过过生日了。"耿浩抹了把脖子，窘然道，"走吧，我送你回去。"

钟秀点了点头，叫了声豇豆儿，就先开门出去。豇豆儿懒洋洋地爬起来，睡眼惺忪，和在后面关灯锁门的耿浩一起出了门。这时候外面的炮声也少了许多，一般大家都是在 11 点半之后集中放炮子，因为那时候比较接近零点。

门外大雪飞扬，一团团跟棉絮似的，扑簌簌地往下落。村委前面的庭院又积满了雪，钟秀来时的脚印已覆上了一层雪，只剩下个浅浅的印子。

坡道那边的树上挂着各种各样的灯笼，自从前年中秋节之后，逢春节、元宵节、中秋节这样需要挂灯笼的节日，莫村的孩子们都会多做一个灯笼，挂在村委坡道的树上，等开学的时候，还要问耿浩，他们做得好不好看。耿浩每次看见这些灯笼，就觉得一阵暖意在胸口流淌。

豇豆儿这个时候也有些累了，很是疲惫地跟在钟秀旁边，拖着腿儿往前走，在雪地上留下一个个小爪印。耿浩见状，直接将豇豆儿抱了起来。豇豆儿窝在他的怀里，感受到温暖，没多会儿就又睡了过去。

耿浩和钟秀都戴着帽子，小心翼翼地走在雪地上，走上坡道下面的公路，他们也就放心大胆得多。硬化了的公路平整又宽敞，不会再出现一不留神深陷泥坑拔不出来脚的情况。为了公路上车辆行驶方便，村委隔段时间就用融雪剂将公路上的雪给融了。

走在水泥公路上，耿浩想起当初来时的泥泞小路，一时心生感慨，道："这是我在莫村过的第三个年了，来到这儿，已经有两年半了。莫村的变化真的很大，当初莫村的这条路，还是黄土路，根本下不去脚。"

"你这么一说，日子过得还真快，转眼就是两年半，我还以为我才毕业。"钟秀也不由得跟着感慨，低头看着作为时间流逝的标志之一的公路，心里忽地不是滋味儿，轻声道，"你明年的这个时候，就在家里过年了。"

耿浩顿时陷入沉默，也抬头，看着莫村的模样，想了半天才回答："是，还有一年，合同就到期了，我就该走了。我如果走了，莫村小学是不是真的就要关闭了？"

"不知道。"钟秀浅浅地回了一句，语气里充满着不确定，"有可能，明年会有新的老师来莫村小学，也有可能不会，这都得看运气。"

耿浩又沉思了会儿，决定换个话题："对了，这公路应该早就修到陶园村了吧？旅游项目怎么还没听说启动？"

"听说是因为资金不够，项目暂时停了，等明年镇上再找县上要些资金补助，再继续建。想想，修这么长的一条公路，从县城一直到陶园村，光这投入就已经不小了。"钟秀说着，又瞄了眼耿浩手里的手电筒，"也不知道什么时候才能安上路灯。"

"县上那个公益机构还在联系吗？"耿浩忽然想起了龚娜。

龚娜是个很爱结交朋友的人，在腊月的时候，还约了耿浩和何小晓一起去爬县城里的南屏山。耿浩送给钟秀的生日礼物也是在那天买的，当时还专门让龚娜和何小晓当参谋。

龚娜和何小晓的建议从衣服、包、鞋到名贵护肤品，说了一堆，耿浩都没采纳。虽然他说过钟秀只是他的朋友，但她们这俩参谋明显还是在替他表达别的意思。当初在大学的时候，何方就是靠送这些礼物来追女生的，耿浩见得多了。后来，还是耿浩自己决定买什么生日礼物，只是在挑选款式的时候，让她们俩帮忙提建议。

想到这事儿，耿浩又瞄了瞄钟秀手里的礼物盒，觉得应该不会有什么问题，可还是有些不放心。

钟秀没发现耿浩的异常，只是认真地回答耿浩的问题："公益机构那边倒是还在继续联系，但是他们说根据考察的情况，我们这边今年还得再等等，大概明年再安排进候选资助点名单里。"

耿浩道："还需要这么久？"

"嗯，他们说比我们贫困的县还有好几个，都得先安排上。我们村这两年靠旅游项目带动发展，可以暂时缓缓。"钟秀说着就又发愁，"也不知道这旅游项目行得通不，总感觉不是特别靠谱。"

"你不是还在种树？旅游带动不靠谱的话，你这边种树带动致富应该是没问题的。"耿浩鼓励道。

两人也不急，走起路来慢悠悠的，过了没几分钟，道路两边的村户又开始噼里啪啦地放炮子，耿浩和钟秀都得躲着走。

等快要把钟秀送到的时候，耿浩忽然说："你要不要现在把礼物打开，看看喜不喜欢？"

"现在看？"钟秀掂了掂手里沉甸甸的盒子，在耿浩肯定的目光下，打开了礼物盒，首先映入眼帘的是她的那个复读机，旁边还有个四四方方的粉色小盒子。

根据礼物盒的形状猜测，里面应该是什么首饰。钟秀没急着打开首饰盒，只是问："这个复读机你不用了吗？"

"这个复读机对你的意义挺大的，再用下去真的弄坏了就不好了。我已经买了个新的，这个你还是好好保存着吧。"耿浩笑着解释。

钟秀瞄了耿浩一眼，狐疑道："你知道这复读机的意义？"

耿浩一时噎住，想起莫主任的话，说不要告诉钟秀，脑子迅速一转，含糊道："我猜的。"

钟秀也没再追究，伸手拿起那个粉色的小礼物盒，耿浩帮她把大盒子拿着。小盒子里装着的是个银色的金属细链手表，很是精致漂亮。钟秀有些惊喜，她的手表坏了，一直想买个新的，但是没时间去城里挑，没想到耿浩就先送给她了。

"这个手表很漂亮，谢谢！"

75 老年痴呆

看见钟秀神情里都是感谢，耿浩总算是放心了，因为耿浩刚刚还在害怕钟秀会误会。毕竟，老一辈儿不都说表同钟，送人钟是要挨打的吗？虽然当初买表的时候，龚娜和何小晓都说手表到底不是钟表，没那个意思，随口胡诌了一个涵义，说送人手表是希望两个人的友谊能够长长久久，而且送人手表的情况是很普遍的。

耿浩之前也没送过人手表，当时被说服了，可后来越想越不对劲儿，这种事儿不误会也就算了，如果误会起来，大年初一的生日被人送钟，肯定会火冒三丈，要把这个人收拾一顿。耿浩让钟秀当面拆礼物，也是想在钟秀误会的第一刻解释。幸好，是他想多了。

"喜欢就好，你赶紧回去吧，我也回去了。"

耿浩看着钟秀明媚的笑容，自己也觉得有几分愉悦满足，用手电筒给钟秀照了到家的路，等她进了院子，这才转身回村委。这时候已经11点半，家家户户都开始噼里啪啦地放鞭炮，声音震天响，把年味儿一下子给炸了出来。耿浩一边躲着迸溅的炮灰，一边脚步轻快地往回走，经过黄校长门前的时候，看见黄校长披着件袄子，趿拉着棉靴，正拿着炮子出门。

"黄校长。"耿浩忙到了他跟前。

黄校长有些惊诧，问："你还没睡呢？怎么到这儿了？"

"就随便转转，我来帮您放炮子吧。"

"给。"黄校长直接把炮子和打火机都递给了耿浩，自己站到了房檐下。耿浩把长卷炮解封，往庭院里这么一撒，找到引子，点着后立马跑到房檐下，和黄校长站在一块儿。

噼里啪啦。

长炮持续响着，红色的纸片飞得到处都是，院子里瞬间迷蒙一片，弥漫着浓浓的硝烟味儿。耿浩和黄校长相视一笑，这炮子一放，预示着未来的一年，将会红红火火。

转眼，已经是2011年了。

正月邮政上班的时候，耿浩把张峰的初稿寄了回去。过了十天左右，张峰才接收到快递，看见耿浩给他做的校对，以及后面附着的几千字的手写读后感，高兴得不得了，连忙给耿浩打电话表达感激之情。耿浩说不用客气，如果真想感激的话，到时候出版了，就寄两本带有他签名的实体书来。张峰一口答应。

接下来的日子，一切都如常进行着，并没有什么波澜。

如果非要说出个什么来的话，那就是耿浩发现，黄校长的记性是一天不如一天，时不时还会坐在那里发怔。就比如现在，耿浩拖堂了一两分钟，回到办公室的时候，黄校长已经坐在了办公室里，一脸祥和地不知道看着哪里，又陷入了愣怔状态。

耿浩进门的那刻没来得及打招呼，发现黄校长的情况，更打消了打招呼的心思，只是默默地从他桌子上拿过茶杯，给他倒了杯茶重新放过去。耿浩就在他旁边晃荡，可黄校长就像没看到一样，陷在自己的世界里。耿浩默默地坐回自己的位置，眼睛看着书，却不由自主地拿余光扫黄校长，心里很不是滋味儿。

黄校长这种状态持续了很久，耿浩终于在上周询问了医务室的医生，问这是什么情况。医生告诉他，这是老年痴呆症的前期症状。耿浩愣在当场，向医生反复确认。医生说听描述是符合的，如果无法确定的话，可以去县上查一查，如果想要更靠谱一点的结果还是去 C 市的大医院查，那边医疗设施也比较完善。

耿浩当时失魂落魄地说了声"谢谢"。医生就问耿浩，是谁得了这毛病，是不是莫村的哪位。耿浩敷衍地说是家里的一个老人，到时候会让家里人带他去看。

他没敢说是黄校长，如果村子里的人知道黄校长得了老年痴呆，谁知道他们会做出什么事来？那么学校关闭将是毫无疑问的事儿了。他也不敢告诉黄校长，怕他受不了这个打击。他不知道这件事该告诉谁。黄校长是个孤寡老人，和最亲的侄儿也闹崩了。他只能先自己憋着，等瞒不住了再说。

想到这儿，耿浩的鼻子就开始发酸，眼睛一眨，就起了泪意。耿浩伸手揉了揉眼睛，硬生生把泪意给憋了回去，强迫自己把注意力放在课本上，赶紧准备下一节课的内容，可余光一瞥见黄校长祥坐如佛，又禁不住心乱如麻。

"耿老师，你下课了啊？今天又拖堂了？"

黄校长忽然回过神，眨了眨眼睛看见耿浩不知何时已经坐在了旁边，没有发觉半点不对劲，只管笑得慈祥。耿浩被他这温和的声音刺激得又是一阵鼻酸，扭头对上黄校长的笑脸，眼睛更是跟受了刺激似的，一个劲儿有眼泪想往外涌。他滚了下干涩的喉头，扬起个笑来："是啊，今天上课花时间批评了他们几句。"

刚说完，外面就响起了上课的预备铃。黄校长有些错愕，开始动手收拾上课要用的教具，嘴里还在嘟囔着："怎么这么快就上课了，感觉就坐了一下，真是人越老时间过得越快。"耿浩一字一句听得清楚，忙用手掩着嘴，做了个深呼吸，把所有的情绪都给压下去，最后轻咳了声，迅速收拾着待会儿上课要用的教具。

黄校长没发现耿浩的异样，还在念叨着，动作不慌不急。端起茶杯，手下一沉，揭开杯盖看见里面是满满的一杯水，又愣了会儿，忽然笑道："耿老师，你什么时候帮我把水给添了？谢谢啊。"

"应该的。"耿浩用笑来遮掩心底的难过，看黄校长又在四处找东西，而他面前摆着一堆语文课的教具。耿浩神情凝滞了下，温声提醒黄校长："黄校长，下节课你是教一二年级的数学。"

"哟。"黄校长一声惊呼，着急了起来，三两下就翻出数学课上要用的用具，耿浩也急忙帮他收拾。黄校长听见上课铃响，感慨道："怎么老是忘记上什么课，看来以后得把课表贴在桌子上才行。"

"没事儿，以后我提醒你。"耿浩接话。

黄校长笑呵呵道："这个主意好，年轻人的记性，就是好。"

"我帮你拿。"

耿浩帮黄校长拿着数学课要用的书本，黄校长拿着一把直尺还有茶缸。耿浩把黄校长送到了教室，这才回到自己的教室。课上到一半，耿浩还不放心，趁着学生做练习的空当，转到了隔壁的二年级班上。二年级的学生一个个探头探脑的，四处张望。

"你们看什么呢，不好好做黄校长布置的作业？"耿浩一脸严肃地进门，那些学生立马乖巧地坐好。

"耿老师，黄校长现在都还没过来。"一个小女生举手指出问题。

耿浩眉头一皱，问："黄校长上课前没给你们布置前半节课的任务吗？"

所有的学生摇头："没有。"

按理说，他们每节课都会先给一个班布置个任务，然后去另外一个班上前半节课，然后给那边布置了练习后，再回来上课。他们二年级连前半节课的任务都没收到，看来是黄校长忘记了这边还有一个班。

"你们继续自习吧，以后再出现这种情况，班长就安排一下自习内容，没事儿做就复习巩固或者自己预习。"

耿浩交代完，看着班长明确地点头，这才出了教室，去了一年级的教室。黄校长果然还坐在讲台上，神情祥和地看着讲台下面。但耿浩一看他的情况，就知道黄校长又开始发怔了，顿时一种深深的无力感蔓延全身。

"校长，我们的题写完了。"讲台下面的学生终于忍不住提醒黄校长。黄校长让他们写一道简单的习题，他们早就写完了，黄校长还没问他们有没有完成，就连现在他们主动汇报，黄校长都没有什么反应。学生立马面面相觑，不知道发生了什么。

"校长，我们写完题了！"一个调皮捣蛋的学生大声吼了一句。

不多会儿，黄校长才像是打破了身上凝结的冰块儿，不急不缓地站起来，拿起长直尺，回头瞄了眼黑板，看着台下的学生问道："黑板上的题都算出来了吗？"

"算出来了。"所有学生扯着嗓子热情回答，但语气里也饱含着深深的无奈。刚刚都说了好几遍，黄校长怎么还在问？

"好，我下面点人上来做这些题。"黄校长欣慰笑着，笑得很是温和灿烂，扭头看见耿浩在门外，疑道，"耿老师，有事吗？"

耿浩凝了凝神，抿唇笑道："没事，就是听二年级的学生说，你还没去他们班上，我过来问问。"

"哦，现在几点了？"黄校长惊慌地看了下手表，脸上的表情瞬间凝滞了，"都这时候了。多谢耿老师提醒，我这边快上完了，一会儿就过去了。"

"嗯。"耿浩点头，转身就回了自己的四年级教室，每一步都走得十分沉重，脑子里一团糨糊，想着如何来解决这件事……

耿浩还没想出合适的方法，村支书就换届了，黄支书因为连续担任两届村支书，没有太高的政绩，就落选了。村子里选了退休前在县里某个局里当副局长的张德科当支书。

76　不速之客

张德科不愧是当了几十年官儿的人，一上任，几把火烧得旺旺的。

先是抓"两委"班子的建设，根据之前在县上的经验，用县乡干部的管理方法来管理村干部，定期开会，对阶段性的工作进行安排、检查、总结。实行村务透明管理，及时公开党务和村务。后来又对村子上下的建设进行安排，提出了旅游型古镇建设计划，加强村子的基础建设。再就是对村子的致富发展之路进行合理规划。

在张德科初上任的半个月里，耿浩发现村委又陷入了每天加班加点做事的境况。钟秀积极落实张书记分配的各项任务，每天跑前跑后，没过多久，整个人都瘦了一圈儿。但她每次看见耿浩都是满满的精气神儿，直跟耿浩说这个书记怎么怎么好，说莫村这下有希望了。

张书记六十来岁，身材圆润，戴着一副黑框眼镜，不苟言笑，言谈举止都自带着一种官威。官威在耿浩这里是褒义词，并非贬义词。张书记是在找黄校长的时候，顺带找的耿浩，谈的就是莫村小学的去留问题。

张书记告诉他们，之前他不在这个位置上，做不了主，现在他做了书记，是坚决支持村办小学的。接着说了一堆村办小学存在的意义，条条框框比黄校长还清楚，让黄校长和耿浩继续办好教育，有什么问题他来解决。

黄校长听罢，感动得不得了，握着张书记的手一个劲儿地感谢。

张书记说，他支持办小学是一码事，莫村小学现在处境困难又是一码事。如今莫村小学就他们两位教师，黄校长也是快六十岁的人了，肯定也不能太过操劳。缺少教师，是莫村小学最大的困难。张书记说他会想办法寻求教师引进支持，但如果没老师愿意来的话，他就得另外想个办法来解决村办小学的问题。

黄校长看张书记是真心干实事儿的，而且法子多效果好，立马就说，一切听书记的。

张书记笑了笑，仍带着几分肃然。张书记又问黄校长，他到底是想让莫村小学留下来，还是想让莫村的孩子有学上。不光是黄校长，耿浩听到这个问题都大概能猜出张书记的意思，这是在试探黄校长的底线。

黄校长只是慈祥一笑，说是后者。张书记说那他就知道怎么办了，以后如果有什么教育上的政策，希望黄校长能够配合。黄校长是真的对张书记怀着十足的信任，直接点头表示同意。张书记又提起了耿浩的合同问题，问耿浩能不能多待一个学期，把这个学年教完。他说会在未来的一年里，解决莫村小学的问题。

耿浩听着他们俩的对话，心里头一直惦记着黄校长的老年痴呆症。听到张书记这肯定的语气，耿浩默默地看了会儿黄校长，想到黄校长说过的，如果村子里不让办学校他就自己接着办，不由得为之动容，很是干脆地回答了张书记的问题："可以，没问题。"

半年之后又三年，三年之后又半年，耿浩已经不想计算留下来的时间，越算，就越觉得时间过得太快。在感叹时间飞逝之时，他又有些释然。因为起码可以晚半年再纠结是否要离开的问题。

耿浩习惯了现在的生活，而且不急着离开。但是有人会着急，觉得他在这里耽误了太长的时间，已经浪费了太多的机会，迫不及待地想把他从这个四面是穷山黄土的泥沼里拉出来。

2011年6月26日，那个不速之客来了。

中午耿浩把黄校长家里的事安排好才离开，刚到村委门口，钟秀正好从大厅里出来。

钟秀在看见他的那一瞬，明显一怔，像是不怎么认识耿浩这个人一样。耿浩跟她打招呼，她也只是勉强地扯了个笑出来，神情有些微妙和凝重。

"有人来找你了。"

"找我？"

耿浩不解，是谁来找他，能让钟秀露出这样的表情来？

"你的女朋友。"钟秀温温一笑，双手有些无措地拽着背包带，在耿浩还错愕时，又道，"我让她先在你的房间等你。"

听见"女朋友"三个字，耿浩整个人如同被施了定身术，就站在太阳底下，一动也不动，微微睁大的双目也不怎么眨。

五六点钟的太阳还没完全落下，但耿浩已经提前感受到了丝丝寒意，可热腾腾的气流直往他皮肤上扑，又让他感到燥热。总之内心五味杂陈，愁肠百结，目光微转，落在他关合了三年的门上，怎么也不想靠近。往事涌起，在他脑袋里翻滚。

女朋友，他交过的女朋友只有一个，那就是杨灵。可杨灵怎么会出现在这里？她这个时候不是在国外？哪怕是在 A 市也算合理，无论如何，也不应该出现在这里。

钟秀站在耿浩的不远处，静静地看着耿浩的神情转换，心里仿佛有苦水在阵阵往上涌。脑子里只有一个声音，那就是，耿浩是真的有女朋友的。

"耿老师，你回来了？你女朋友来了，还不赶紧去看看？"医务室的医生看见耿浩，忍不住热情打招呼，说着还给耿浩竖了个大拇指，"你女朋友真漂亮，不愧是大城市来的姑娘。"

耿浩的脸又是一阵僵滞，忽地就想找借口离开村委，等杨灵走了之后再回来。可是，双腿又不听使唤，愣是挪不动半分。他在外面纠结半天，那扇门被人打开了。

开门的是一个穿着白色蕾丝泡泡袖短衫和灰白牛仔裤的女生，脚上踩着一双银色的高跟鞋，显得整个人修长挺直又有气质。她留着棕色的长长的卷发，脸蛋精致好看，画着略微显浓的妆容，显得落落大方又妩媚。不是杨灵还能是谁？只不过，她现在的形象和三年前相比，有很大的变化，显得比之前更加知性成熟。

杨灵脚上踩着高跟鞋，含笑凝视着耿浩，一步步下了台阶，稳稳当当地走过泥地，站到耿浩面前。耿浩还没反应过来，还没想出应对机制的时候，杨灵已经一把拥住了耿浩，扑面而来的是浅浅的香水味儿。耿浩对这个味道熟悉得不得了。由着香水味牵引，思绪回到了大学时光，以往相处的画面历历在目，最后戛然而止，停留在杨灵离开的那个画面。

"耿浩，我来找你了。"杨灵在他耳边轻声地感慨了一句。

钟秀就站在旁边，眼睁睁地看着他们重逢的这一幕，眸光闪动，长长的睫毛随着不规律的心跳而微微地颤动，心口有些酸酸的，脑子也有些混乱。在杨灵松开耿浩的那一刻，钟秀掩藏着眼底的失落，转身就往村委大厅走。

杨灵余光不自觉地从钟秀身上扫过，回眸再看耿浩呆滞而又冷淡的面容，恍惚间，她似乎知道了些什么。见耿浩一直不说话，她才道："怎么了？不欢迎我来这儿？"

耿浩的喉头滚动了下，眸光微颤，带着疏离浅笑道："没想到你会来这儿，你怎么找到这儿的？"说着，耿浩就往屋子里走，显得有些慌乱。当初离开得突然，现在重逢得也突然，都让耿浩措手不及。杨灵利索地跟在他的身边，不急也不恼，说话声音也是温温和和的，还有几分愉悦之意："我自然有我的法子。"

杨灵不明说，耿浩大概也能猜出来。他在这儿的准确地址，就只有一个人知道，那就是张峰。张峰之前说要给他寄初稿，他就把自己的住址给了张峰。张峰这个叛徒！

"你来这儿做什么？"

"当然是为了来见你。"

"那你为什么跟别人说，你是我女朋友？"耿浩站定，回头看她，表露着自己的不满。

杨灵露出一脸无辜，微微偏头，露出意味不明的笑意来："不是我说的，我只是说是你的朋友，刚刚那个女生就以为我是你女朋友。旁边的医生也说，你说你有个留学的女朋友。碰巧，我正好是留学回来的。不知道是大家误会了，还是你是这么跟大家说的？"

耿浩一时语噎。这几年他只想好好教书，没想过要在这边落户成家，为了避免热情村民的牵线拉媒，他就对外说他有对象，正在国外留学。当时说的时候，脑袋里想的确实是杨灵，但也只是拿她当挡箭牌，没想到她有一天会来莫村这边。

"都是误会。"耿浩搪塞了一句。

杨灵勾了下唇角，笑得自信："你现在有女朋友吗？"

"没有。这跟你也没什么关系吧？"

耿浩回答得利索，几步到了门口，看见摆在桌子旁的那个银白皮箱，立马脸色一变，停在门外不进去。当初，杨灵拉着皮箱毅然决然地离开，现在又拉着皮箱找过来，在他眼前来来去去的，是不是太随意了点？

耿浩心头不解又有些不满，扭头就问杨灵："你这是想干什么？"

杨灵知道他问的是自己的行李为什么会在这儿，也不搞虚的那套，直截了当地如实说："我才从国外回来，下了飞机我就过来了，还没来得及回家放行李。"

耿浩的眉头皱得更紧，不知道杨灵说这些话、做这种事是想表达什么意思。是想告诉他，她还在乎他吗？在国外留学三年，她的心从来没变过？可他却变了。

77 安顿杨灵

三年前分手时，他确实很不甘，想过挽留，但经历了三年的支教生活，他早就把这段感情抛到了脑后。而且，他越来越觉得他和杨灵根本就是两个世界的人。在学校时，经历的太少，就以为他们俩是天生一对，但事实上，他们的价值观、人生观都是不同的，之前就发现了，只不过被故意忽略了而已。

每每想起来都会觉得，当初的分手是很正确的。既然是正确的，大家分道扬镳、各自安好不也很好？

"你已经见过我了，赶紧回家去吧。这里没有什么车，我找人送你出去。"

"你得跟我一起走。"杨灵柔柔一笑，言语却有着几分霸道。

"我为什么跟你走？"耿浩好笑地看着她，保持着君子风度，没露出嘲讽的意味儿来，只是进了屋子，云淡风轻地说，"我在这儿待得好好的，有着自己的事业，暂时还不想离开。"

杨灵跟在他后面进去，站在逼仄的空间里，目光随着耿浩的移动而移动。

耿浩翻起一个扣着的小洋瓷杯，提起一把铁皮暖瓶，给杨灵倒了杯热水，以行待客之道。杨灵再次觉得自己进入了上个世纪，表情忽地严肃起来，眼里也有几分心疼，直接道："如果不来这儿，我还真不知道，你在这儿的日子过得这么苦。这就是你待得好好的？这就是你的事业？"

耿浩正要把手里的茶水递给杨灵，但在看到她眼里的怜悯时，默默地又把手收了回去，没想回答她的问题，微微弯起嘴角，露出几丝自嘲的意味："忽然想起来，这水，你应该也是接受不了的。"

杨灵瞥了一眼他手里的杯子，对耿浩话里的意思，不置可否。实际上，她也没有半点要夺过杯子的意思。这种拒绝，让耿浩再次坚定，他们就是两个世界的人。耿浩挑了下眉，他自己喝了口杯子里的温水，让所有糟糕的情绪都和水一起咽下去，在杨灵无动于衷的注视下将杯子放到一旁，神情淡然地和她对峙。

"我们的人生选择是不同的。这儿不是你这个大小姐该待的，你还是拿着行李回去吧。作为朋友，你来看我，我很高兴。对此，我表示感谢。"

"耿浩。"杨灵轻飘飘地喊了一句，看着耿浩的表情逐渐认真起来，"就算是过家家，三年也够了。难道，你在这儿待了三年，就忘了自己的梦想吗？你不是一直想当个优秀的翻译？"

"有时候以为的梦想，不一定是合适的。"耿浩脑海里冒出钟秀之前跟他说的话来，"只有一直不曾放弃过的，才是我真正想实现的理想。杨灵，之前我已经跟你说过了，我来这儿，就是找寻自己的人生道路的，跟你无关。所以，你现在不用回来劝我。不管我变成什么样，都和你无关。"

"到底和我有没有关系，你自己心里清楚。我杨灵生来就不喜欢欠别人的，你是因为我来了这儿，我就要负责把你带回去。"杨灵坚持道，直接坐到了旁边的椅子上，"你不回去，我也不走了，我就在这儿等着你。"

对于杨灵的脾气，耿浩是清楚的，做事雷厉风行不娇气，但是性格里还是存在着公主病，霸道又有些娇蛮，她认准的，别人怎么劝都不行。她现在想带耿浩走，耿浩就算拿扫帚赶她都没用，只能等她自己想通离开。

耿浩有些气郁，盯了她半晌，面无表情地转身出门："你随意。"

反正，杨灵这个从小娇养到大的大小姐，是忍受不了莫村这儿的环境的。正好，再过半个月，莫村又会旱雨交替，到时候，她自然会乖乖回去。

"耿老师，听说你女朋友来了？"迎面撞上莫主任，莫主任一脸的找寻八卦的意味儿，"她是要在这儿住上一段儿时间吗？"

"不是女朋友，只是朋友。"耿浩微微笑着敷衍，把"前女友"三个字给咽了回去，虽然分手了，总要给对方一点面子，"不知道她怎么安排的，她自己会做打算的。"

"莫主任吗？你好。"

背后响起杨灵的声音，耿浩背脊一僵，脸色不怎么好地转身，想看杨灵要搞什么幺蛾子。莫主任瞥了耿浩一眼，平易近人地朝杨灵一笑。

"啊，你好，你是耿老师的朋友吧？"

"是，我叫杨灵。我最近可能要在这儿住上一阵子。不知道村子里有没有住宿的地方，饭店之类的有没有？"杨灵很是有礼貌地询问，落落大方，尽显千金大小姐的风范。

莫主任直感叹这姑娘看着就挺好，这么一比，他们家秀秀好像真的是比不上。正好瞥见钟秀在大厅门口偷瞧着，他又瞄了眼耿浩面无表情的一张脸，再看杨灵的时候，就觉得这中间有什么不对。年轻人的事儿，他不怎么想掺和，立马就往外甩锅。

"我们村子里住宿的吃饭的店子都没，你要是想在这儿住一阵子的话，如果不介意，可以去农户家里借住一下。这个事儿，你可以找我们的文书，钟秀。"

站在大厅门口的钟秀很想一棍子敲在她舅舅的脑袋上。这给她安排的是什么活儿？

耿浩听莫主任又把人甩给钟秀，脸色立马也变了：钟秀一天天的事情那么多，哪儿有时间招呼杨灵这个千金大小姐？

杨灵却好奇，笑着应道："那麻烦了。"

"不麻烦不麻烦。"莫主任将锅一扔，自己觉得轻松得很，看见钟秀很冷漠地没搭理他，直接一嗓子叫了起来，"秀秀，来，招呼一下耿老师的朋友！"

"不麻烦钟秀了。"耿浩急忙打断，"村子里的事情也挺多，杨灵就是来莫村这儿转转，过两天就走了。她直接住我那个房间就行，我去和黄校长商量一下，借住几天。不麻烦莫主任你们了，你们忙村子里的事儿要紧。"

"这样啊，也行。"莫主任很是随意地同意了，"那吃饭就和我们一块儿在村委吃吧。"

除此之外，别无他法，耿浩不想让杨灵去黄校长家里蹭饭吃，就点头同意了。

杨灵看自己的日常生活都安排妥当，立马高兴地一拍手掌："谢谢莫主任了。"

"没事儿，耿老师的朋友就是我们的朋友，就怕把你给委屈了。"

莫主任就没瞧见过这么细皮嫩肉的大姑娘，跟过年门上贴的海报上的明星似的，白白净净又好看。这女娃要真是耿浩的女朋友，莫主任是真的替耿浩高兴。谁不想娶个天仙似的媳妇儿回家？

"那你们慢慢聊，有事儿可以来村委大厅找我们。"莫主任双手往后一背，晃晃悠悠地就进了村委大厅，偏头看了自家的外甥女一眼，悄声道，"秀秀，你赶明儿也好好拾掇拾掇，买点儿什么东西往脸上抹抹。"

钟秀皮笑肉不笑地看了莫主任一眼，转身就去长柜后面忙去了，可刚一翻资料，就忍不住摸了下自己的脸蛋。自从回村之后，她就没怎么抹护肤品之类的，这几年下来，脸确实是糙了不少，也黑了不少。不过，她本来也没人家城里的大小姐白嫩！比外貌什么的，真是肤浅！

莫主任一走，耿浩也不想搭理杨灵，直接道："你想待这儿，你就自己安顿吧。我把我的东西拿走，这儿就让给你了。"说完，耿浩又回了房间，三下五除二，把自己要用的教学用具全都归置在一起，抱着就出了门，直接往黄校长住的地方去。

杨灵不满地往耿浩面前一拦："耿浩，之前怎么就没发现你是这么无情的一个人？刚不还说是朋友？是朋友你这什么忙都不帮就走？"

"是你自己要待着不走，又不是我留你。"耿浩轻飘飘地说了句，绕过她就离开了，再也没回村委，真的把杨灵一个人留在了村委。

耿浩为此，给张峰打了电话，把他狠狠地骂了一通。张峰直解释，说是为了耿浩好，还说杨灵跟他说她等了耿浩三年，想见见耿浩。张峰看耿浩三年也没找对象，以为他也在等杨灵，知道他抹不开面子，就寻思着让杨灵去找他。耿浩听完，只想穿过电话线过去，把张峰狠狠地打一顿。他哪里表现出一点是在等杨灵？张峰就这么自作主张地把他给卖了？

张峰还想跟耿浩解释自己的心路历程并发表一下自己觉得他们这一对的情感状态适合复合之类的言论。耿浩没给他这个机会，直接就把电话给挂了。多听一句，都会觉得头疼。

杨灵一来，立马成了莫村人茶余饭后的谈资。莫村人都在说，耿浩的女朋友找来了，长得可好看了，比电视上的明星还好看。还说，杨灵是大城市的姑娘，家里有钱，还留过学，性格还好，耿浩能有这么个女朋友，真是有福！

为了一睹杨灵的样貌，几个爱凑热闹的妇女就往村委溜达。看见杨灵正在收拾房间，就热情地去跟杨灵攀谈。杨灵全都笑着回了，加之会说话，说得那些个妇女笑得跟朵花儿似的。一个个可劲儿地夸，说杨灵人美声甜会说话，耿老师真的是积了德有这么个女朋友。

78　喜欢吧

钟灵在家里也听说了，下午钟秀回来的时候，钟灵迫不及待地就在饭桌上问了。

"秀啊，耿老师那个女朋友，是不是他们说的那样？"

钟秀深呼一口气，愣是扯不出一丝笑意，抿唇道："是不是，你明天去村委看看不就知道了？"话一出口，钟秀也发现了自己的语气不太好，瞄了眼一头雾水的黄九九和钟灵，把筷子放下，起身就道，"我有点不舒服，不想吃了，你们吃吧。"说完，人就几步进了里屋，反手把门关上了。

黄九九仍是一脸迷茫，钟灵却露出了恍然的表情。黄九九立马小声问钟灵："妈，小姨怎么了？"

"吃饭，吃完写作业，大人的事儿小孩儿别乱操心。"钟灵不打算跟黄九九解释，催了两声，自己就先吃了起来。

黄九九不满地嘟起了嘴，又拿她是小孩子来应付她！依她看，就是小姨不喜欢耿老师的这个女朋友，所以才不想听见老妈提。小姨都不喜欢的女人，肯定不好！

钟灵把桌子一收拾，端盘西瓜就敲了钟秀的门。敲了两下里面没人答应，钟灵直接用插在锁里的钥匙开了门，小心翼翼地探了脑袋进去，正撞见钟秀坐在桌子前，瞅着手腕上的手表发呆，时不时还拨弄两下表链儿。钟灵知道那个手表是耿浩送给钟秀的生日礼物，心里立马跟个明镜儿似的，脸上露出意料之中的笑意来。

"秀秀。"

钟秀听见钟灵的声音，立马把注意力从表上转移开来，惊慌失措地扭头看钟灵："大姐，怎么了？"

"没什么，就是给你送点水果来。"钟灵笑眯眯地进门，看见她桌子上摊着的一堆胶管折的五角星，找了个空地，把水果盘放下，明知故问道，"秀，你今天咋了？哪儿不舒服？要不要去医务室看看？"

钟秀眼神有些飘忽，敷衍道："我没事儿，就是这两天村委的事儿比较多，累了。我睡一觉就好了。"

"没事儿？"钟灵不相信，直接坐到了床边，一脸意味深长地看着钟秀，"当初大姐跟你说耿老师是个好小伙儿，你还跟我说人家有女朋友，让我别瞎说。咋的？现在自己看上了？瞅着人家女朋友来了，还那么好看，心里不乐意了？"

这话一下子戳到钟秀的心口上，钟秀扭头就想反驳，但觉得这样又太刻意，倔强地拿起一根胶管，折起了星星，内心起伏跌宕，脸上表现得波澜不惊："哪儿不乐意？我是在担心咱们村儿的小学。耿老师的那个女朋友一看就是大城市的，人家来村儿里就是为了带耿老师回城里的。咱们村儿这么辛苦地把耿老师留到了现在，他要是被女朋友带走了怎么办？"

"真的？"钟灵狐疑道。

"当然是真的啊。"钟秀稍稍一抬眼，就透过桌子上的镜子看见了自己的表情，皱着眉头，哭丧着脸，没有一点朝气，于是立马做了个深呼吸，重新振作，一本正经地道，"莫村小学现在就黄校长和耿老师两个老师，张书记说他已经在向县里申请，让分配几个老师过来，但县上、镇上都只想让咱们把村里的学校给关了，让咱们村儿的娃去镇上上学，不怎么想帮忙给咱们招老师。那耿老师再一走，就只剩下黄校长了，就算张书记想留，这学校也是保不住的。毕竟，黄校长都那么大年纪了。"

钟灵听钟秀说得头头是道，眉头一皱，开始自我怀疑。难道她真的猜错了钟秀的心思？但怎么说，她也是把钟秀从小给带到大的，怎么可能会看错？

而且钟秀有个毛病，一有喜欢的人就开始叠星星，然后装一盒准备送人家，不过每次都没来得及送，柜子里都存了三四盒了。这是钟灵有回在收拾屋子的时候发现的，盒子里都装着纸条，上面写着句表白的话，开头就是人家的名字。

这些年，钟秀暗恋过哪些男生，钟灵都是门儿清。其中有一盒就是要给李进德的，所以，当年钟灵才会跟钟秀提李进德，谁知道人家李进德都要娶媳妇儿了。这么想着，钟灵又瞄了眼正在折星星的钟秀，她这回的盒子里，星星可是不少了。

不过，钟秀不想说她也没办法。再说，就算钟秀真的喜欢人家，那人家女朋友都找上门了，钟灵总不能硬去棒打鸳鸯。只希望，钟秀自己熬熬就过去了。之前那几盒，不都熬过去了？现在她看见李进德，不就跟看普通朋友一样？

这么一想，钟灵一拍大腿，霍地站起身："你说得有道理。可人家耿老师如果真的要跟女朋友走，咱们也没办法。小学如果不得不关，咱们也没办法。还是想想，以后是每天接送黄九九，还是送她住宿舍去。"

"当然是每天接送啊，姐夫有车，也不是什么难事儿。镇上的学校宿舍不太适合九九住，还是住家里安全。"钟秀又想起自己之前为了上学，在镇上住宿的不好回忆来。

"嗯，这样也行。"钟灵点点头，开门就出去了。

听见关门声，钟秀顿时泄了气儿，一个深呼吸，整个人就萎靡地趴了下去，把桌子上的礼盒揽到怀里，拨弄着里面的星星，又开始失神起来。镜子折射着灯光，散发着清冷的光辉，倒映着钟秀的身影，镜子里的人有气无力地低喃着。

"喜欢吗？不喜欢！喜欢？不吧……"

…………

耿浩跟黄校长说了自己要借宿几宿，黄校长立马答应了，把唯一的一间客房收拾出来给他住。之前黄校长就让耿浩跟他一起住，但是耿浩觉得在黄校长家里蹭吃已经很不好了，如果再搬过来，会让他更加不好意思，就拒绝了。

晚上10点多的时候，耿浩的手机突然响起来。耿浩被吵醒，迷迷糊糊地看了眼手机屏幕，上面显示着大大的两个字——杨灵。耿浩眉头一皱，有些头疼地揉了揉额头，缓缓地坐起来，按了接听键。

"喂，怎么了？"

那头还没说话，先传出来哽咽声。耿浩虽然不怎么想接杨灵的电话，但听到她这声音也立马慌了，赶紧接着问："怎么了？出什么事儿了？"

"耿浩，这儿到晚上怎么没人啊？"杨灵开始哭诉。

"没人？"耿浩一想，可不是，村委在坡上，后面是山，旁边是学校，有一户人家还全年不在，一到晚上，上面可不就没人了。其实不用等到晚上，等村委的人都下班以后，上面就没人了。耿浩平时一个人住的时候，有时候都会觉得寂静得有些寂寞，所以他就慢慢向村子里的作息开始靠拢，9点半左右就睡了，睡了就什么都不知道了。

"这上面黑黢黢的，还没有路灯，村子里的人都睡了，到处都黑漆漆的……"杨灵的声音越说越抖，最后直接哭着说，"你能不能过来陪我一下？我现在想上厕所都不敢去。"

耿浩自己待过那地方，相信一个女生独自住着，肯定会害怕，立马就下了床："行，我马上过来。你要是害怕，就把灯开着。"

"嗯嗯，你快点儿。"杨灵说完，又在耿浩要挂电话的时候催道，"别挂电话，让我听个人声儿。"

"好，我不挂。"

耿浩说着，就开始套衣服，四五分钟就跑到了村委前，看着亮着的灯，环视四周，确实是黑黢黢的，整个村子都沉寂得不得了，隐约还能听见野猫野狗叫，还有鸭鹅叫。对于胆大的人来说，这种静谧就是享受；对于胆子小的人来说，这种情况就是恐怖片的前奏。

耿浩恻隐心起，叹了声，几步就到了门口，敲了门。门刚一敲开，杨灵穿着睡衣就扑了出来，一把鼻涕一把泪地抱着耿浩，一边哭一边说着："刚刚吓死我了，我还听见了野猫的叫声，一阵一阵儿的，吓死我了……"

"你也都说是野猫了，没事儿的。"耿浩还是没忍心，拍了拍她的肩膀安慰着，"你不是要上厕所？"

杨灵带着鼻音"嗯"了一声，抹着眼泪就松开了耿浩，脸上的妆花了一片。耿浩见状，猜测她可能是被吓得连水池都不敢去，但也不排除她是用不惯这种露天的简易水池。

"桌子上有手电。"耿浩提醒着，见她一脸迷茫地看着自己，就像是一只受惊过后还没缓过神的小动物，耿浩只能进去翻出手电筒。

一进去才发现，屋子里上上下下都被人收拾过，到处都被擦得干干净净。他平时只是保持着屋子整齐，却很少擦拭，加上村里的灰尘比较大，好多地方都有存灰。看来杨灵是打扫过了。

"走吧。"

耿浩看在眼里，也不知道说什么好，直接当作没看见，打开手电筒，转头就出了门。杨灵连忙跟上,抱住耿浩的胳膊,小心翼翼地看着四周,生怕有什么东西从黑暗里蹿出来,扑向她。

杨灵平时胆子算大的,但耐不住莫村村委这边太过有氛围,让她一个人住着心里直发慌,看哪儿都像是有危险事件要发生。以前看过的灵异恐怖片,听说过的山里拐卖妇女的场景直往脑袋里冒,还都自觉地把主人公替换成了她自己。有时候想象出来的恐怖是最恐怖的。

79　纠缠不休

总之,耿浩这一来,就走不了了。陪着她上完厕所,陪她洗漱。该收拾的都收拾好了,杨灵就在床上窝成一团,硬是让耿浩坐她对面,不让他离开,听见一点动静儿都一惊一乍的。

"不行,我一个人不敢住这儿。"杨灵把凌乱的头发往后一撩,露出整张脸来,重重地吐了口气,"要么你搬回来住,要么你帮我找户人家住,我拒绝一个人住在这儿。"

耿浩无奈道:"那你明天就回去吧,这儿没地方让你住。刚刚你用那个水池都嫌弃得不得了,你知道这儿的人基本上都是吃河里的水的吗?你去人家家里,住得更不舒坦。"

"河里的水?"杨灵迟疑地看着耿浩,紧紧皱着眉头,很是难接受,"那多脏啊,我白天还看见他们在里面洗澡洗衣服,那水,怎么吃啊……"

"就是那么吃的。"耿浩抿了抿唇,好心继续劝,"说真的,你明天就回去吧,你在这儿待不下去的。而且,过不了多久,这儿就要闹旱,一两周都没有一滴雨,连自来水都没得用。"

杨灵难以置信,震惊地睁大了眼睛,然后定定地看着耿浩,这个时候只想感叹一句:"你是怎么在这儿待了三年的?这儿的条件也太差了吧?"

"要不然叫贫困区?"耿浩揉了揉疲惫的眼睛,明天他还要上课,现在非常困,"你赶紧睡吧,等你睡了我再走。明天早上你起来,我就让人送你去县城,你就坐火车回去。"

"不行,我不走。"杨灵别扭而又坚决道,"你都能忍下来,我也没问题。你不跟我一起走,我就不走。"

"你这不是自找苦吃?"耿浩拧着眉看她,"这时候就别发大小姐脾气了。你如果不走,你就继续住在这儿。以后你再在晚上给我打电话,我是不会再管了。你自己要这样做的,我也没办法。"

"你这么无情,我可不像你这么无义。你不走,我也不走。明天我就自己解决这件事儿去。"杨灵倔强道,斜了耿浩一眼就躺了下去,临闭眼前还指着耿浩道,"今晚你不许走,就在这儿待着。"

"我们两个孤男寡女的,明天早上村里人看见了会说闲话的。"耿浩一本正经地告诉杨灵。

杨灵不知道从哪儿翻出来一条塑料绳子,趿拉着鞋子就到了耿浩面前,一把拽过他的手腕。在他疑惑的目光中,杨灵把塑料绳系在了他的手上,还专门打了个死结,又迅速地挽了个环,套在自己的手上,同样用牙齿帮忙打了个死结。

"你这……"耿浩挣了挣,被她一巴掌打掉。

"我不管别人怎么说,反正他们也一直当我是你的女朋友。男女朋友共处一室,这不是很正常的事儿?"杨灵扬了扬自己的手腕,理直气壮地往床边走。没走两步,手腕上的绳子就绷直了,拽着她,让她不能再前进半步。杨灵扯了扯绳子,不悦道:"你倒是过来,要不然我怎么睡?"

"杨灵,这分手的事儿当初是你自己提的,现在你这是又想反悔?现在都是二十五六的人了,做事儿都要承担后果,你也别突然幼稚好吗?"耿浩被折腾得一身怨气,就定定地坐在板凳上,愣是不往床边挪半步。

杨灵也动不了,只能站在原地,转身一本正经地看着耿浩,一双大眼睛快要挤出水来,一脸的委屈:"我没有幼稚。当初的我才幼稚,我当时真的是被逼的,才去了国外。在国外的三年里我想通了,我喜欢的还是你。"

"这都是你的错觉。"

耿浩心如止水地看着她,起身走到床边,从床头抽屉里摸出一把剪刀,毫不犹豫地将塑料绳一分为二,紧挣的两只手因为力道的突然消失而落下。杨灵再次震惊地看着他,半晌说不出话来。

"既然分开了,咱们就断得干干净净,相互纠缠对谁都不好。咱们在一起,是真的不合适。因为当初分手太过仓促，才会心存眷恋。也或许，你一直觉得是因为你，我才来支教，像你以为的那样堕落了，所以你对我心生愧疚，念念不忘，才一直觉得你喜欢的还是我。"耿浩把所有的可能都列举给她。

"不，不是的。"杨灵否认。

耿浩笑道："当初我也因为这些原因，才一直忘不了你。但这三年里，我在这儿逐渐找到了自我，找到了自己的理想，知道了自己真正想要的是什么，幡然醒悟，咱们从始至终都不是合适的一对儿，也就释然了。我希望，你也能明白自己到底想要的是什么。"

杨灵抬眼，不知悲怒地瞪着耿浩，好半晌，才看着手腕上的塑料绳道："你就喜欢用一堆大道理来哄骗人。你到底是释然了，还是喜欢上了别人？"

"你这又是在往哪儿扯？"耿浩一个脑袋两个大，面对杨灵的质问，最后准备顺着她的话说，让她死心，"是，我是喜欢上了别人。"

"果然。"杨灵很是不满，往右一指，道，"是不是那个村委里的文书？"

听她扯到了钟秀，耿浩想也不想就脱口否认："不是，是别人。"

"怎么不是，我来的时候就发现你们俩之间不正常。那个文书看见我就一脸敌意，看见你就一脸伤心。"杨灵双手一环抱在胸前，趾高气扬道，"那样子，我觉得错不了。之前在学校，那些喜欢你的女生，哪个不是这样？"

听她这么一说，耿浩当即也愣怔了，半天说不出话来。钟秀喜欢他？他怎么不知道？而且，他也不觉得自己在她面前表现了什么，怎么就……

"怎么，说不出话来了？"杨灵咬了咬后槽牙，看见他神情茫然，忽然想到什么，调侃笑道，"不会是人家暗恋你，你不知道吧？不过也是，之前那些女生暗恋你的时候，你也是什么都不知道。"

"好了，你就别瞎猜了。"耿浩一时有些心烦意乱，就先把这些都抛到了脑后，只顾催着杨灵离开，"不管怎样，反正都和你无关。你明天直接离开就行了。"

"我不。"杨灵扬起一个自信的笑容，道，"知道你在蒙我了，现在还出现了暗恋你的人，我更不能离开了。还是那句话，你不走，我不走。"

杨灵就是一头犟驴，怎么都说不动。耿浩气得不想看她，搬起板凳就去了外间，坐在桌子前，翻出一本书来看，门打开着也不管。

"你不能悄悄地走，不然，明天晚上我也到那个黄校长家里住。"杨灵看耿浩没有要走的意思，非要再威胁一句，这才安心地回到床上，打了个哈欠躺下，眼睛一闭，没多会儿就睡了过去。

耿浩听见里面没了动静儿，这才把书放下，疲惫地揉了揉太阳穴，想让自己清醒些。他今天白天看见杨灵，还以为杨灵变了，变得成熟了，结果做起事来，还是这么使性子。当初追他的时候也是，他不同意，就一直追，直到他同意为止。

第二天一早，手机闹钟嗡嗡地响，耿浩迷迷糊糊中把闹钟关掉，又在桌子上趴了好一会儿才睁开眼睛。门开着，门外是一片大亮，耿浩看了半天，眼睛才慢慢聚焦，打着哈欠缓缓坐直身子，浑身都僵硬得难受。昨天晚上，他什么时候睡着的都不知道。

又察看了下杨灵，发现她还在熟睡着，这才松了口气，轻手轻脚地出了门，把门给关上。天都亮了，再过一会儿村委的人也都来上班了，他现在走也没问题。

"下周我们就要期末考试了，接下来的两周，我每天都会给你们报默写。你们都抓紧时间背单词……"

耿浩正在课堂上讲着，下面的学生突然间发出唏嘘声，一个个眼睛都往窗户外面看。

"看哪儿呢？"耿浩责怪了一句，目光也转了出去，正好看见站在玻璃窗外的人。一身碎花连衣裙，戴着个草帽，脸上画着精致的妆容，露着粲然的笑意。可不就是杨灵？

杨灵趁着耿浩扭头的瞬间，举起相机，对着耿浩的正脸就咔嚓一下拍了下来。教室里的孩子都对杨灵手里黑乎乎的东西感到好奇，有学生反应过来是相机，立马激动地站起来，指着杨灵手里的相机就开始介绍，说那东西是干什么用的。

顿时，所有的学生都有些蠢蠢欲动，想找杨灵借相机看看它是怎么用的。杨灵发现了他们的小心思，身子一侧，眯起眼睛，迅速对焦，又对着那些孩子拍了几张照片。拍完之后，杨灵翻出刚刚照的照片，一张张黑红的小脸清晰地呈现在相机的屏幕上，很是纯真可爱。这些笑看起来很有魔力，让人也不自觉地跟着露出笑意来。

"耿老师，你女朋友找你来了！"莫南看耿浩没什么反应，立马大声提醒。

"别瞎说话，继续上课。"耿浩没好气地瞪了莫南一眼，见他们都看着杨灵窃窃私语，说着什么"好漂亮"的话，当即不满地把课本翻到了最后面的单词表，严肃道，"现在，把书都收起来，本子拿出来，我们听写。"

80　形影不离

"啊？"

所有学生立刻惊呼出声，一脸的不情愿和难受，各种撒娇想让耿浩放过他们。耿浩无动于衷，瞥了眼还没走的杨灵，催促学生道："快点。"

杨灵就站在窗户外面，拿着相机，把刚刚那一幕又照了下来。耿浩立马给了她一个警告的眼神。杨灵挑起眉头，乖巧地把相机放下，开始一动也不动地看着耿浩上课，越看心里头越喜欢，直接就不走了。等耿浩上了半节课出来，立马笑道："你上课的样子可真帅。"

"那你是需要配副眼镜了。"耿浩绕过她就往三年级的教室走。杨灵跟在他后面道："你这是一节课时间上两个班的课？你们学校就两个老师吗？其他的老师呢？"

在进教室之前，耿浩猛地站定，很是严肃地提醒她："我现在在上课，有什么事儿放学再找我。"

"你上吧，我就在外面看着。我能进去旁听吗？"杨灵偏头询问，十分真诚。

"不行。"耿浩果断拒绝，扫了眼教室里正在张望的学生，无奈道，"你要是真有事儿找我，就去办公室里等着，我等会儿就下课了。办公室在最前边的那个屋子。"

"可以。"杨灵这次干脆地答应了，在耿浩的眼神压迫下，微微一笑，与他擦肩而过去了办公室那边。路过一二年级教室的时候，杨灵又没忍住，站在门外偷偷地拍了几张照片才离开。

耿浩吐了口气，大步走进教室，扫了眼偷看得意犹未尽的几个学生，拧眉道："好了，上课，翻开你们的课本……"

…………

下课铃声响了之后，耿浩还专门拖延了几分钟。一出教室门，就看见所有的学生围堵在办公室门口，叽叽喳喳激动得不得了。

耿浩从中间挤进去，还得用手护着，免得把他们挤倒了。

杨灵正在和黄校长唠嗑，两人都是笑意盈盈的，气氛十分融洽。耿浩的突然闯入，打断了他们之间的交流。

"你下课了？不知道老师不能随便拖堂吗？"杨灵先出声指责耿浩。

耿浩没回她的话，到自己的位置上坐下，这才发现自己的桌子上不知道什么时候已经多了一碗饭。下意识地，耿浩用疑惑的眼神看向杨灵，杨灵含笑起身，走到耿浩跟前，贴心地给他取出筷子。

"听说你中午在学校都不吃饭。不吃饭怎么行？我就让黄姐帮忙装了一碗饭菜，给你送过来。现在还好，还是热乎的，你趁热吃。你别说，黄姐做的饭是真的好吃，比我们家的阿姨做的都好吃。"

"我们中午都是不吃饭的，你拿回去吧。"耿浩接过她手里的筷子，往饭碗上一搁，连筷子带碗一起推到了一旁，"你要是真没事儿干，你就回去吧。"

"刚刚我已经跟黄校长说过了，一会儿最后一节课，我帮忙上二年级的语文。"杨灵依旧笑着，对于耿浩的冷淡没有半点的介意。之前她没和耿浩在一起的时候，耿浩就是这样，时常严肃着一张脸，只关心工作和学习，她都习惯了。

耿浩疑惑地看向黄校长。黄校长很是配合地点了点头，慈笑道："杨灵有这个想法，试试也成，这没啥。她就上半节课，正好也是半节自习，她带着上上可以的。"

"哦。"耿浩随口应了，很是顺手地从黄校长的桌子上拿过杯子，给他续上一杯水，然后递回给他，"校长，你昨晚还说今天上课要给他们讲考试安排，别忘了。"

"这个记着呢，忘不了。"黄校长露出自信的笑容来。耿浩瞧着，也咧嘴一笑："那就好。"

黄校长还真让杨灵去二年级带了半节课，但事实上，因为黄校长又忘记过去，杨灵带了整整一节课。

杨灵看耿浩对黄校长的态度有些奇怪，不由得皱起眉头来。

换教室的时候，耿浩又去二年级瞄了一眼，发现杨灵在二年级上起课来还是有模有样的，语言生动活泼而且有耐心。那些孩子也看在她是新老师而且长得好看的分儿上，在热情的基础上极为乖巧听话。杨灵说"不说话了"，他们就不说了。杨灵只要正经做起事来，那是绝对没问题的，她的能力一向强。耿浩看了会儿，就安心地回教室上课了。

杨灵上完课就自觉负责起了登记家长接学生的事儿。耿浩看她越做越熟练，不知道这是件好事还是件坏事，心里也是纠结不已。

在他不知所措的时候，杨灵已经目标清晰地跟着他们去了黄校长家里。耿浩想赶杨灵走的时候，杨灵已经跟黄校长搞好了关系，得到了黄校长的邀请。家是人黄校长的家，黄校长都同意了，耿浩能说些什么？只好由着她。

杨灵发现耿浩会做饭的时候，简直像发现新大陆一样惊诧，就在案板旁边，一个劲儿地捣乱。耿浩切黄瓜，她就拿根黄瓜，边吃边跟耿浩说话，时不时还用相机拍上几张。耿浩不理，她也能说个不休，拍个不停。

"其实，虽然乡下的环境差了点，各方面适应起来有困难，但是没事儿来体验生活，还是比较好的，还能给生活增加新鲜感。"杨灵认真地说着，然后翻着相机里的照片，问道，"你不会是来体验生活，到现在新鲜感还没走吧？"

"我打小在村子里生活，需要体验什么新鲜感？让让路。"耿浩把准备好的食材往灶台上一放，转身就要去灶口烧火。杨灵见状，又来了兴致，道："我来烧火吧。"

"你不会。"

耿浩被她的好兴致弄得无力招架。杨灵说了句"试试"，就扬起一个自信的笑容，直接坐在了灶门前的长条矮凳子上。那凳子其实就是随便削了个大木头做成的，经年累月的，变得黑乎乎、滑溜溜的。杨灵找到放在灶门旁小壁洞里的打火机，又从旁边的柴堆里翻出几根细树枝子，左右看了看，把细树枝掰断塞进灶膛里，几下，手就因为挨着灶洞壁变得黑乎乎的。

"是这样弄的吧？"杨灵塞了一洞的细树枝后，就扭头问站在旁边靠着墙旁观的耿浩。耿浩点了点头，她立马找了个纸团，用打火机点燃，塞了进去。灶膛里的火立马着了起来，杨灵有些扬扬自得地向耿浩炫耀："没吃过猪肉，还是见过猪跑的。"

耿浩惊诧之余，也无话可说。只能说，杨灵是真的能力很强。不由得，嘴角浅浅地弯起，伸手一指杨灵没再管的灶膛："记得往里面添些粗柴。"

"记着呢。"杨灵说着，就挑了几根粗一点的塞进去。她虽然没烧过这种土灶，但去野营的时候烧过野炊时拼的砖炉子。

耿浩就等着她的火烧起来倒油,手在锅底上探了几次,也没感觉锅被热好。杨灵还在一脸认真地拨弄着灶膛里的火,应该是看火怎么都大不起来,脸上露出了不悦的神情,看起来甚是有趣儿。耿浩忍俊不禁,催促了一句:"要烧大火啊。"

"知道了。"杨灵这回回答得没之前那么轻松,而是凝重得跟接受了一个重大的任务似的,两只眼睛就没离开过灶膛,连看耿浩一眼的时间都没有。

好容易锅子热了起来,耿浩抿唇一笑,倒了油,又等了会儿。等听见耿浩这边开始呼呼啦啦地炒菜的时候,杨灵才终于松了口气,刚要歇,就听耿浩说了一句:"火变小了,再烧大点。"杨灵立马应了声,继续往里面塞柴,看里面都要塞满了,就用火钳来回拨弄,想让火大起来,嘴里还在嘟囔:"他怎么就知道火小了呢?"

兀地,锅子被锅盖一闷,什么声响都被闷住,嗡嗡的。杨灵刚觉得累的时候,一个脑袋凑到了跟前儿,把她吓了一跳,等反应过来,耿浩已经挪开了脑袋。

耿浩努力忽略她脸上的几道黑印,憋着笑,伸手找她要火钳:"给我吧,你再这么烧下去,咱们今晚别想吃饭了。"

杨灵皱着眉头,又瞧了眼灶膛,心头涌起浓浓的挫败感,还想坚持,但想起刚刚努力了那么久,这火都没一点起色,决定还是向现实低头,把火钳交了出去。往里面坐了坐,把灶门让出来,眼睛还是盯着灶门。耿浩知道她这是杠上了。她就是这么容易杠上一件事儿,非得最后能完美地完成任务才行。

耿浩也没犹豫,直接坐了下去,随意地在灶膛里拨弄了几下,火立马就烧了起来。旁边,杨灵的胜负欲也被点燃了,没有半点要夸赞耿浩的意思,只想问清楚耿浩这是怎么操作的。耿浩无奈地摇了摇头,给她仔细讲说了一遍。

杨灵听完,一把抢过火钳,将耿浩推走:"你做饭去,我来烧。"

"大火。"耿浩再次提醒。

杨灵眼睛一眯,道:"知道。"

灶台上的锅盖一揭,又发出噼里啪啦的声音来,动静儿比刚开始的时候大了许多。耿浩瞥了眼获得征服的快感的杨灵,将锅里的菜舀了起来。耿浩现在大概是明白了,杨灵之所以忘不了他,大概是,没找到第二个她觉得比她强的需要征服的人吧。

要不是耿浩几次帮忙挽救,这顿饭还不知道要做到什么时候去。等耿浩最后说可以退火了的时候，杨灵大大地松了一口气，感觉身上的压力全都消失了，但还是倔强地告诉耿浩："明天的火，还是我来烧。"

81　寄住钟秀家

"明天？"耿浩听完就头大，"你明天还来？"

"来啊，明天我不光还来这儿，我还要去学校。"杨灵皮笑肉不笑道。

耿浩忍了忍，什么话都说不出来，看了眼她漆黑的手和脏乎乎的脸，面无表情地一指旁边的洗脸木盆，里面早就打了干净的水："你赶紧去洗手洗脸吃饭。"

"OK。"

耿浩深吸口气，端着菜就到了外面的杂屋，把菜放在早就收拾好了的小方桌上。黄校长还坐着发怔，视线穿过堂屋，落在外面的葡萄架上，目光涣散，不知道又神游到了哪里。耿浩对这种情况已经习惯，继续摆菜。

桌子上的饭菜碗筷都放好了，杨灵和耿浩也都坐下了，黄校长才悠悠地回过神，看着面前的一堆吃的，脸上露出慈祥的笑意："饭菜都好啦？这么快呢！"

杨灵眸光闪了下，从刚摆碗筷的时候，她就觉得黄校长怪怪的，现在这种感觉更是强烈。瞧着黄校长拿起筷子，她试探地问了一句："校长，您刚才在想什么呢？"

"我刚刚？"黄校长疑惑地看向她，"没想什么啊，怎么了？"

"我看您从回来就坐这儿发呆，以为您在想什么呢。"杨灵笑着回话，语气拿捏得恰到好处。耿浩拿筷子的手顿了下，目光质问地看向杨灵，总觉得杨灵说这话别有意图。黄校长没发觉什么不对，只是在听完杨灵的话后，更加迷惑："我刚刚有发呆吗？"

杨灵偏了下头，用眼神问耿浩这是什么情况。耿浩不悦地瞥了她一眼，笑着向黄校长解释："发呆的人哪儿能反应过来自己发呆？这也不是什么事儿，来，吃饭。"

耿浩说完这话，黄校长心里存疑，但还是轻松了不少，笑着接受了耿浩的解释，立马热情地招呼杨灵吃菜。杨灵也很礼貌，一一应下，还反过来照顾黄校长。饭桌上，一派融融。

可吃到一半，耿浩忽然反应过来一件事，看着杨灵的表情有些微妙。他想起杨灵之前跟他说过，她的爷爷患有阿尔茨海默病，俗称老年痴呆。如果黄校长真的患有老年痴呆症，会不会被她发现？

正想着，耿浩的手机又响了。这两天的电话有些频繁。耿浩一看是钟秀的，赶紧起身去厨房接电话。

"喂？"

"耿老师，杨灵现在是和你在一起吗？"钟秀问道。

耿浩莫名其妙地回头看了杨灵一眼，点头："嗯，怎么了？"

钟秀有种释然的感觉："我现在要下班了，看她没在村委，听说她去学校找你了，我现在来学校也没看见她，就打电话问问你。"

耿浩更加不解："你找她干什么？"杨灵发现耿浩又看了她一眼，立马露出不解的笑容来。

钟秀道："今天杨灵说，她一个人在村委住着害怕。我们村委商量了一下，决定让她去我们家住。"

耿浩惊诧地再次看向杨灵，把话筒一捂，立马招手让杨灵过来。杨灵不知道发生了什么事，放下筷子就到了耿浩面前，看他电话还没挂，立马轻声问道："怎么了？"

"你为什么要住钟秀家？"耿浩紧紧地捂着听筒，小声质问杨灵。

杨灵一听是这事儿，了然地笑开了："我一个人住在那儿害怕，你不管，那我肯定就请村委帮我换地方住啊。我就问了有没有谁家比较方便，而且有自来水，我可以付房租，多少都没问题。主任就向我推荐了文书家，还说文书家里只有一个男主人，每天基本不在家，比较方便。那我也没想到这么巧。不过，我专门问了文书可不可以，文书说可以我才安心住的。"

"你……"耿浩指着她，愣是不知道说什么好，想起她怀疑钟秀喜欢自己的事儿，就一阵心慌。杨灵这个人，什么都好，就是有公主病，占有欲强，喜欢压别人一头。耿浩缓了半天，这才提醒杨灵："钟秀他们一家人都挺好，你说话做事都注意点。"

杨灵不悦皱眉，撩了一下肩上的卷发，拿出御姐范儿来，道："我已经是二十五六岁的人了，没之前那么幼稚。我就只是暂住，别露出一种我要去杀人灭口的表情来。"

耿浩将信将疑地又瞅了她一眼，这才放开听筒："喂？"

等了半天的钟秀听见声音回了一句："嗯。"

"她现在在黄校长家里，你现在是要带她过去吗？"

"嗯，我现在下班了，一会儿路过黄校长家的时候，可以顺便带她过去。可是她的行李不用搬过去吗？"

"钟秀现在回家，路过这儿的时候带你去她家。她问你，你的行李现在要不要带过去。"耿浩向杨灵传达着钟秀的话。

杨灵柔柔一笑，道："现在我们正在吃饭，你如果知道文书家住哪儿的话，一会儿吃完饭，你帮我收拾了行李，送我过去啊。"

耿浩正想说让她说话正常点，听筒里就传来钟秀的声音："那就麻烦耿老师了，那我就先回去了。"那边说完，直接就挂了电话。

"挂了？"杨灵一副"不关我事"的样子，转身就回了杂屋继续吃饭。耿浩也是无奈到了极点。

耿浩送杨灵到钟家的时候，钟家的氛围怪怪的。虽然钟灵和钟秀表现得一如既往地热情，但黄九九是一脸的抵制和嫌弃。小孩子的表现是不会骗人的，可以看出来，她们不是特别欢迎杨灵。

黄九九确实是很不欢迎杨灵，因为她的出现让小姨很不高兴，而且她今天穿得花里胡哨的去学校找耿老师，一看就不是什么好女人。最重要的是，因为杨灵要来住，所以老妈和小姨把她的房间腾了出来，说要给杨灵住！与此同时，黄九九再次怨念深重地瞪了耿浩一眼。这个耿老师，就是来坑她的！一个人坑她还不够，还要带个朋友一起来坑她！

杨灵也敏锐地发现了这家人不是很待见她，却一点也不担心，首先就和一脸不乐意的黄九九套近乎："你叫黄九九吗？今天我在四年级班上看见你了，而且你拍照拍出来特别地好看，一会儿我给你看看？"

"照片？"黄九九绷着的脑筋忽然一松，很是好奇地睁大了双眼，"你是说，你今天用那个相机拍的照片吗？"

"对啊。"杨灵温柔一笑，大方又自然，"就是今天用相机给你们拍的，准备洗出来之后再送给你们的，但我可以先给你看看，让你帮忙挑选一下，看哪些照片可以留下来。"

这模样，活像用棒棒糖拐骗小孩子的不良阿姨。但没想到，黄九九还真的上钩了，别扭了两下算是把内心的挣扎给打败，一扫刚刚的敌意，笑得一脸天真无邪："好啊好啊，谢谢杨灵阿姨。"

钟秀凝眉扫向黄九九，还以为黄九九会死磕到底，坚决抵制杨灵的。这丫头变得也太快了吧！不过，也是这个杨灵有手段！

"耿浩说大姐做饭很好吃，如果他早说，我就不吃他做的晚饭了，应该等着来吃大姐做的饭。说实话，他做饭做得那么难吃，不知道的还以为他要虐待黄校长这个老人呢。"

耿浩面无表情地听着杨灵胡说八道，内心直感叹，杨灵又来这种套路了。莫名地，目光往旁边瞟，观察钟秀的表情，见钟秀站在一旁，只是带着礼貌的浅笑，心里忽地就感觉怪怪的。都是杨灵之前乱说惹的！

"这样啊，耿老师，我看你和黄校长整天要上课，回去还要做饭怪辛苦的，要不然，以后就来我们家吃吧。免得，真把自己给吃坏了。"钟灵询问耿浩。

耿浩忙道："大姐别听她瞎说，她开玩笑的。时候不早了，我先走了，你们也早点休息。"

钟灵道："哦，那你回去的时候慢点儿。"

钟灵这边送着耿浩，黄九九那边招呼着杨灵，笑得格外甜。

"杨灵阿姨，你晚上睡我的房间，我带你去看看我的房间，收拾得可整齐了。"

黄九九热情地拉着杨灵往房间去，杨灵朝钟秀点了下头，就拉着行李跟着黄九九去了房间。钟秀默默地跟在她们后面，靠在门口看黄九九是怎么招待客人的。心里一遍遍骂着：自己怎么有这么一个墙头草的外甥女儿？

"哇！这是你的房间吗？好干净整齐啊。"杨灵夸张而不失真诚的称赞声恰到好处，正好对上黄九九的胃口。黄九九挠了挠脖子，很是不好意思地说、"这房间是刚刚老妈和小姨收拾的。"

马屁拍错了，杨灵也不尴尬，顺着就摸了摸黄九九的脑袋，笑道："那你平时呢？爱干净吗？"

黄九九立马挺起胸膛，认真道："我可爱干净了！"

"我就说嘛，长得这么好看的女孩子，平时肯定也很爱干净的。"

杨灵笑盈盈地继续夸，接下来就是对黄九九房间里一切看起来亮眼的东西进行夸赞。小孩子最吃这一套，那感觉仿佛自己受到了前所未有的尊重。黄九九听杨灵夸一样，就把那样东西的前世今生都给介绍一遍，说得不亦乐乎。杨灵也很给面子，一直笑盈盈地听着，时不时给两声惊叹配合气氛。黄九九是越说越激动。

82 星星的意义

钟灵送完耿浩回来，钟秀已经回了自己的房间。钟灵瞅见自己闺女对杨灵这么好，跟杨灵在自己的房间里说得热火朝天，当即觉得这个杨灵确实不简单，很会拉拢人心。而且，她今儿个一看，觉得村里人都没瞎传，这杨灵的模样确实是水灵得不得了，自己的妹子跟人家一比，从各方面来看，都弱了不少。

钟灵转身跑向钟秀的房间。钟秀背对着门口，端坐在桌子前。走近一瞧，钟秀原来是在练字，用的还是她初中练了一半没写完的字帖。这大晚上的，灯光也不是很亮，照下来，她半个身子都把光挡了去，字帖被笼罩上好大一片阴影。也不晓得，这样瞅会不会把眼睛给瞅坏。

"秀啊，你咋突然练字了？这大晚上的，还不洗洗睡了？"钟灵轻声提醒着。

钟秀只管在字帖本上写字，唰唰的，一会儿一个，一点都不像是在认真练字。听见大姐的关心，钟秀头都没抬，只是闷声道："我练会儿就睡了，你们先洗吧。"

"要练白天练，晚上这样瞅，把眼睛瞅坏了咋弄？"钟灵坚持让她放下笔，看她不听，又一屁股坐在床边，"你是在生谁的气哟？是不是老舅的？我也说老舅每回都不会办事儿，怎么直接就把杨灵甩给咱们家了？这不是给俺妹子找不痛快，往人家眼睛里揉沙子吗？赶明儿，我去找老舅，非把他给说一顿不可。"

"大姐，你说什么呢？"钟秀终于放下笔，扭头看了钟灵一眼，半响才无奈地扯出个笑来，"我啥事儿没有，也没生谁的气，你别在这儿坐着了，赶紧回去洗洗睡吧，别瞎操心了。"

"什么叫瞎操心？秀啊，你今天应该高兴高兴。耿老师今天可是说了，那个杨灵不是他的对象。"钟灵忽然说得眉飞色舞，双腿直接往床上一盘，就准备跟钟秀好好分析分析,"这杨灵不是耿老师的对象,我看耿老师对这个杨灵也不是很上心。他要是上心,早就帮着安排好方方面面了,怎么可能让杨灵那姑娘自己开口跟老舅说要换地方住?"

钟秀撑着脑袋面对钟灵,一脸的疲惫:"大姐,人家不是对象,杨灵也肯定是为着耿老师来的啊,你看看,人家留学一回国就来这犄角旮旯找耿老师了,而且人家今天那话,说耿老师做饭不好吃什么的,明摆着是在炫耀啊。咱就别在这儿分析了,早点洗洗睡吧。"

"就算杨灵是为着耿老师来的,那耿老师不喜欢,她不也没辙吗?"钟灵再次有条有理地说道,"你说,这耿老师到底有没有对象?他如果有对象,这姑娘看着就金贵得很,肯定不可能当小三儿来勾搭耿老师。我看,耿老师肯定是没对象!"

钟秀听着听着,都开始迷瞪了,双目无神地回了一句:"就算大姐说的对,这又怎么了?这都不关咱们的事儿。"

"怎么就不关咱们的事儿了?"钟灵一巴掌拍在钟秀的大腿上,把钟秀吓了一跳,整个人都弹了起来。钟秀很是疲惫地哼唧了两句,脖子往后一仰缓了缓气儿,就想把钟灵给赶出去。钟灵恨铁不成钢地瞪了钟秀一眼,把她身子给摆正了,认认真真地说:"现在知道耿老师没对象,咱们就得抓紧点,你要在那个杨灵之前,把耿老师给捞过来!"

"大姐,你捞王八呢?"钟秀刚把这话说出口,钟灵就拿手拍了她的嘴几下驱除晦气,钟秀忙扭着脑袋躲避她的攻击,不耐烦道,"哎哟,我知道说错话了。可你看你说的,可不就是这个意思吗?就算耿老师他没对象也不喜欢杨灵,那咱们看着高兴就行了呀,说明他一时半会儿走不了了。我说了我对耿老师没意思,您就别瞎想一些有的没的了。"

"啧!你对人家耿老师有没有意思,我能不知道?"钟灵伸出食指狠狠地戳了一下钟秀的额头,翻了个白眼儿道,"你就差把'有意思'三个字写在脸上了。老舅都跟我说了,打从杨灵来,你在村委就老不高兴了,还问我,你是不是喜欢耿老师。人家杨灵今天为啥说那话,酸谁呢?可不就是酸你呢!"

这回,钟秀算是认真了不少,瞪大眼睛看着钟灵,等她说完了,还半天缓不过来神,双腿一屈就踩在凳子上,伸手从床上抓了个枕头抱着,心虚得不得了,摸着脸结结巴巴地问钟灵:"不能吧?我有这么明显吗?"

"可明显了。"钟灵看了自家的傻妹妹一眼,很是认真地点头。

钟秀当时臊得说不出话来,好半天,红着脸把脑袋埋进枕头里:"丢人了!"

"哎哟,丢什么人?不丢人。"钟灵硬生生把枕头从钟秀的怀里拽出来,看她又要把脑袋埋进膝盖间,当即又把她的脑袋给扳正,一本正经地说,"这不是正常的吗?大姐我一直都说,耿老师人不错,想撮合你们来着。现在你又喜欢,多好!姐明天就去给你说媒去,咱们得快人一步。我看那个杨灵,很会拉拢人,连九九现在都对她喜欢得不得了,没准儿哪天,耿老师经受不住诱惑,也喜欢上了,那就麻烦了。"

见钟灵真的说干就要干,钟秀一把拽住钟灵,按压住她一颗躁动不安的心,很是冷静地劝说:"大姐,咱别说风就是雨,我还不知道是不是喜欢人家呢……"

钟灵直接质问:"那你不喜欢人家,杨灵来了,你不高兴个什么劲儿?之前还给人家织围巾说是我送的,现在还叠什么星星!"

钟秀当即哑口无言,一时又觉得哪里不太对劲儿,狐疑地看着钟灵,嘴硬道:"那我叠星星,跟我是不是喜欢人家,有什么关系吗?我本来就喜欢叠东西。"

钟灵顺口就想说一句"你可算了吧",但发现钟秀有些怀疑她的意思,想到刚刚自己说漏嘴了,连忙回避这个话题,也跟着嘴硬道:"反正,大姐就一句话,要是喜欢就赶紧追,免得到时候,耿老师也像李进德一样跟别人结了婚,你哭都没地方哭去。"

"这又跟李进德有什么关系?"

"你不是喜欢人家吗?人家那么明显地也喜欢你,你要是早表白了,你俩早在一起了,娃都不知道有几个了。"钟灵噼里啪啦地就说了一通,说完才反应过来自己又说秃噜嘴了,立马心虚地抱过旁边的枕头,想着怎么脱身。完了,她怎么一下子又没把住门儿?

"大姐!"钟秀幽幽地叫了她一声,钟灵当即浑身一震,眼珠子贼溜溜地转。钟秀现在已经不用怀疑了,而是非常肯定,她一定是看了什么不该看的!立马神情严肃,目带恼意地质问她:"大姐,你是不是看了我的盒子了?!"

那些盒子就是她这一辈子的秘密,说矫情点,就是她掩盖的青春,钟灵这样做无疑是挖了她的青春坟墓,看见了她最难以启齿的东西。一想到这儿,羞耻感和愤怒交杂，心底的火就噌噌地往上冒。

"啊！"钟灵纵使做好了心理准备，钟秀这一声吼出来，她还是被狠狠地吓了一跳，整个人都是一弹，着急忙慌地趿拉着鞋子就要跑，被钟秀一把拽了回来。面对钟秀生气的样子，钟灵心虚得不能再心虚，立马破罐子破摔，觉得硬气点这件事儿可能还有挽回的余地。

"这也不能怪大姐，你大三的时候，有一天咱们家来客，有个娃就在你屋里翻腾，把你柜子里的盒子都给翻了出来。还好大姐我拦得及时，在那娃祸祸你第一盒儿的时候怎么就给抢回来了。当时，那娃就拿着你盒子里的小纸条，我就那么一瞄，就给看见了。"

后面的话，越说越没底气。钟秀黑着一张脸，继续问："你肯定都看了吧？要不然你怎么知道我折星星就是喜欢上了谁？"

"也没都看……"

"大姐！"钟秀气急败坏地大喊了一声，扭头就扑在桌子上，手一指房门说，"你出去，出去！"

"好好好，我这就出去。"钟灵看钟秀是真的受了刺激，赶紧就讨好似的往外跑，边跑边注意钟秀的情绪，嘴里还道着歉，"秀啊，大姐错了，大姐真的没看多少。秀啊，你要是喜欢耿老师，就学学大姐，看准就捞，免得人跑了！"

钟秀越听越受刺激，当时就弹着腿又叫了声。钟灵赶紧打开门闪到门外，把门给关上。一出门，就碰上满脸疑惑的杨灵和黄九九。黄九九正要带杨灵去洗脸，被钟秀的动静惊得呆在了原地。

"大姐，钟秀，她没事儿吧？"杨灵先小心翼翼地开口探问了一句。刚刚听钟秀的声音，哪儿像是没事儿的？歇斯底里的，感觉人生都崩塌了。

钟灵尴尬地笑了笑："没事儿没事儿，你们现在是要干啥去？"

杨灵不相信钟灵这句话的真实性，但碍于外人身份没继续问，只是回答问题："九九帮我弄水洗脸。"

"哦，那你们快去。"钟灵悻悻笑着，转身就想往自己的房间里躲，跑了一半忽然想起来什么，扭头就跟黄九九说，"九九，今天晚上你跟我们睡，别去打扰你小姨了。"

83 相 机

"啊？"黄九九瞅了眼钟秀的房门，皱着小脸问，"老妈，你到底把小姨给咋啦？"

"没咋，你听话就行了。"钟灵说着，一溜烟躲回了房间里。

黄九九更觉莫名其妙："她们俩搞啥子呢？"

"你妈不让你管，你就别操心了，等事情能让你知道了，就会告诉你了。"钟灵揽过黄九九的肩膀，笑着安慰，"对了，我想先去上个厕所，你能不能带我过去？"

"嗯嗯，可以！"

…………

钟秀因为钟灵的事儿，一晚上都没睡着，听见外面杨灵和黄九九的说话声，就更加睡不着了。虽然现在才 7 点多一点，但还是决定爬起来，整个人精神状态都是萎靡的。

结果一大早出门，钟秀就看见化好妆且光彩照人的杨灵。看到她和钟灵因为交流做饭的事儿聊得不亦乐乎，不知道为什么，觉得大姐也背叛了自己，顿时气得连饭都吃不下，拖着疲惫的身子就往村委走去。

钟灵本来还想劝两句，但一接触到钟秀要吃人的目光，就把话给咽了回去，摸了摸鼻子，眼睁睁地看着钟秀离开。杨灵和黄九九就又问钟灵发生了什么事，钟灵再次含糊地掩饰了过去。

钟秀在半路上不知道从哪儿捡了根棍子，就走在路边边，一脸闷闷不乐地拿棍子呼啦着路边的野草。现在钟秀已经不想杨灵的事儿了，只陷入自己的大秘密被人发现的郁闷中，心中还隐隐担心，怕大姐把这件事告诉别人。如果大姐告诉了别人，那她是真的不用活了，直接投河算了。

"钟秀？"

忽地响起一个熟悉的声音，钟秀下意识扭头看向声音的来源。这一望就怔在原地。叫她的不是别人，正是耿浩，她不知不觉已经走到了黄校长家的门口。耿浩正一脸疑惑地看着她，不知怎么的，钟秀忽然间想起自己今天模样的憔悴，猛地就紧张起来。

都怪大姐，这两天非得跟她谈心。本来对耿浩只是有点好感，平时交流都很正常，现在说着说着，觉得自己好像还挺喜欢耿浩的，看见耿浩就紧张得不行，两条腿儿都不听使唤。

"哟，秀秀早上起这么早呢？"黄校长正好晃晃悠悠地出了门，看见钟秀就打招呼，"吃早饭了没？没吃就进来一块儿吃点儿吧。"

"我，我吃，吃过了。"钟秀磕磕巴巴地说着，目光躲闪，指了指村委就急着走，"我先走了。"一紧张，左脚绊右脚，差点就来了个平地摔。黄校长和耿浩都是一惊，看她及时站稳，这才放心。

"秀秀这一大早的怎么就魂不守舍的？"黄校长禁不住发出疑问，扭头看见耿浩也在看着钟秀的背影发呆，笑了笑，"走了，进去吃饭了。"

耿浩应了声，跟着黄校长进了屋，心里头却惦记着钟秀今天魂不守舍的模样，暗暗想，难不成是杨灵昨天在她们家又做了什么不该做的，说了什么不该说的？按理说，杨灵在面对陌生人的时候，都能很好地维护自己的形象，应该不会做出什么过分的事情。可怎么她就去了一晚上，钟秀就跟丢了魂儿一样？

这个疑问一直在他脑子里转悠，转悠到杨灵跟着黄九九一起到了学校。

黄九九怀里抱着相机，看见个同学就拍着相机包炫耀，说昨天晚上她看了杨灵给拍的照片，可清晰了，连脸上的小痘痘都能看得清清楚楚。那些同学一听，眼睛都亮了，伸着手就要看黄九九怀里的相机。黄九九立马躲开不让他们碰，还很是傲气地说，她昨天已经学会了怎么用相机拍照，一会儿就能给他们拍一张。同学们更加激动，吵着嚷着让黄九九给他们拍照。

黄九九也知道相机这东西很贵，因为她昨天专门问了，值好几万呢。她哪儿听说过这么多钱？昨晚上在相机屏幕上给杨灵指人的时候都谨慎得不得了，手指都不敢随便碰到屏幕，生怕给弄花了。今天抱在怀里更是小心翼翼，生怕把相机磕着碰着了，到时候全家都得为了赔这个相机当乞丐去。那些同学让她拍照，她也想拍，但是不敢啊，这相机拿在手里可重了。

"黄九九，你快点给我们看看！"同学们吵嚷着就要开始抢了。

黄九九见势有些慌了，立马抱紧相机急道："你们别挤，这个相机可贵了，值几万块呢，摔坏了你们赔不起！"

"几万？"同学们惊呼了一声，只一瞬间，便以最快的速度离黄九九两米远。这玩意儿摔了，卖了他们都赔不起。

杨灵见状，笑了笑，从黄九九手上拿过相机包，从里面掏出相机来。所有人就都睁大眼睛，仔细地看着杨灵摆弄相机，一个个呼吸都不敢重了，生怕把杨灵吓到手抖，把那玩意儿给摔了。到时候杨灵要是讹他们，他们非得被爸妈打死不可。

"你们别害怕，不是想拍照吗？我给你们拍啊。"杨灵轻声细语地安慰他们，回头拍了拍黄九九的脑袋，"去，带着大家摆动作，我给你们拍照。"

黄九九立马欢欢喜喜地过去招呼着大家摆动作。他们开始还不知道怎么摆，听说要拍照，就一个个站得笔直笔直，表情严肃正经，整个人都是紧绷着的，有趣得不得了。

杨灵当时就笑出了声，开始指挥他们摆动作，拍完还让他们一个个看自己的样子。一张张小黑脸在看到相机里傻乎乎的自己后，都傻乎乎地笑了起来，露出几颗小白牙，淳朴可爱。杨灵看着他们一双双发亮的眼睛，内心忽然间也有所触动，脸上轻松的笑意也沉淀了几分柔和。

拍了几个回合之后，那些孩子才渐入佳境，什么鬼脸动作都开始做起来。杨灵也很认真地给他们拍下每一个表情，因为他们的笑容而开心，一时之间，也恍惚觉得自己是来支教的。

黄校长和耿浩就站在门口看着他们欢闹。黄校长脸上一如既往的慈祥，看了好一会儿，才满脸惊喜地问耿浩："那个女的是谁啊？学生们跟她的关系还挺好，是谁的家长吗？但咱们村儿里没见过这么个人啊。"

耿浩正看得欣慰，听到黄校长这句话，脸上的所有表情都消失了，如遭雷劈一般，双手都止不住地颤抖。好容易把他说的话消化完，转动僵硬的脖子看向黄校长。黄校长仍是一脸的慈祥，还透着几分不解，笑着问："怎么了？"

"校长，您不记得她了吗？"耿浩不敢置信地问校长。

黄校长听见耿浩这么问，脸上的笑意也瞬间消失，认认真真地看着杨灵回想，努力了半天也想不起半点，但瞧着耿浩眼中写着的震惊，黄校长既迷惑又不知所措，只是小声道："我是见过她的？"

耿浩眼睛一眨不眨地盯着黄校长，确定他是真的认不出来，刹那间，泪意汹涌。耿浩忙压下这种情绪,暗中调整呼吸,好半晌才缓过来,朝着黄校长粲然一笑,摇头。

"她是我朋友,叫杨灵,才来村里,是来看我的。您就见了一眼,可能是没太注意。"

"哦,这样啊。"黄校长明白地感慨了一声,瞧着杨灵忽然就笑不出来了,还在认真地回想,他是在哪儿见过这个女生。

咔嚓!

杨灵对着站在办公室门口的两人就拍了一张照片,随后翻看着效果图,笑道:"耿浩,你可没校长好看。"

"这不都明晃晃站这儿了,还用看相机吗?"耿浩跟着就说。黄校长立马笑得合不拢嘴,连忙道:"你们这些小年轻,就是瞎说话,我都一把老骨头了,哪儿好看?没你们好看,都是俊男美女。"

"没有,您是真好看,不信您自己瞅瞅。"杨灵说着就把相机拿到黄校长面前,把效果图翻出来,还专门放大了,让两个人的脸对比得更加清楚。黄校长看着里面的照片,一时有些激动,他也是头一回瞧见相机,越看越觉得稀罕。不过老人就是老人,看个稀罕也就得了,还是笑着说:"真没耿老师好看。"

"您就别谦虚了,您不是说您之前是村里最帅的吗?这一看,您就是没撒谎。"杨灵笑呵呵地说着,还拿耿浩出来踩压,"耿浩以后老了,肯定没您帅气。"

黄校长沉默了会儿,道:"我跟你说过这些话吗?"

"有啊,昨天才说的。"

"昨天?"

"对啊,昨天在办公室的时候,中午我来给耿浩送饭,您忘了?"

耿浩听着他们的对话越来越不妙,忙出声打断:"就一句话,记不得很正常,校长等下就上课了,收拾收拾就上课吧。"

这句话成功地转移了黄校长的注意力,黄校长看了下手腕上手表的时间,现在已经7点55分了,立马转身回办公室,收拾收拾准备去上课。耿浩刚要跟着进去,就被杨灵拽住了衣袖。杨灵的表情很是凝重。

"马上上课了,有什么事儿,放学再说。"耿浩知道杨灵要问什么,把她的手一掰开就挣脱出来。

杨灵沉了下气，垂头看了眼相机屏幕上的效果图，抬头又看了眼忙忙碌碌却不慌不忙的黄校长。重新垂下头，按着放大键，左右一挪，黄校长的脸就完完整整地占据了整个界面，笑容祥和，慈眉善目的，看着就给人一种亲近感。杨灵一时心里不是滋味儿，瞧着正在帮黄校长打水的耿浩就在心底暗骂：耿浩到底是到了个什么地方支教！

84 阿尔茨海默症

上课铃清脆而急促，学生都匆匆忙忙地跑回教室，耿浩和黄校长也说笑着出来，跟杨灵打了个招呼，就上课去了。杨灵独自面对空无一人且灰尘四起的场地、生了铁锈的旗杆、破破烂烂随时要倒塌的教室，耳边传来学生们的口号"老师好"，极具朝气与活力，和这儿破旧废弃的环境形成了鲜明的对比，一时五味杂陈。她默默地抬起相机，找了个角度，拍了个全景。

一阵手机铃声响起，杨灵收起相机，接通电话。电话那边传来一个中气十足的男人的声音，正是她的老爸。电话里，对方接连盘问了几个问题，声音大得手机拿离耳朵一臂远都能听到。

"喂，你什么时候回的国？都不跟家里人说一声？回国也不直接回来，野到外面不回来。你现在在哪儿？"

杨灵一阵不耐烦，道："我现在在乡村支教呢，过段时间回去。"

对方立马生气："在乡村支教？你挺有能耐的啊，二话不说就去乡村支教了？你一个大姑娘，一个人去乡村，也不怕被人拐卖了？为了你的安全着想，现在赶紧给我回来。要不然，我亲自去接你回来。"

杨灵无奈道："哎哟，什么拐卖？您是社会新闻看多了吧？我在这儿挺好的，这儿还有朋友，你不用担心。我过段时间就回去了，您就等着吧。"

对方也坚决不退让："你有什么朋友会在乡村支教？是不是你大学里悄悄谈的那个男朋友？杨灵，我跟你说，你要是真敢去找他，小心我打断你的腿。你赶紧回来，正好我一个朋友的儿子也从国外留学回来了，你们见上一面。"

杨灵听罢，眉毛都竖了起来："凭什么您又随便做主？我不想去见，我现在就是在耿浩这儿，我就是要重新和他在一起。他不走我也不走，那个什么朋友的儿子，您自己去见吧！"听着对面有火山爆发的架势，杨灵迅速把电话给挂了，手机往包里一丢，就不再管了，气得狠狠地抓住旁边的树干，瞪着某个地方就开始发凶。

什么事儿都是老爸做主，让她回去相亲？不可能！

没几秒，手机又响起了短信铃声。杨灵扯开包又把手机掏了出来，老爸的短信，上面写着：赶紧回来，不然你就永远别回来了！

"不回就不回，这么个爹，我还不认了！"杨灵气恼道，把手机直接关机，再次往包里一丢。这辈子也别想找到她！

她都二十五了，就不能有一点自己的自由和追求吗？从小到大，什么都必须得听他们的，上各种补习班、高中分科听他们的，大学填志愿她直接连填志愿的界面长什么样都没见到，志愿就填好了。等通知书来了，她才知道自己要去哪个大学上什么专业。英语专业，她一点也不喜欢，但是木已成舟。

之前一直心心念念可以靠着考上大学来摆脱家里的控制，结果，大学就在本市，而且她的专业老师和辅导员，她爸妈都认识了个遍，不认识的也临时搭上了关系，愣是把她大学四年也给看得紧紧的。

好容易谈个恋爱，家里一直没动静儿，她以为瞒住了家里，结果在她毕业那年，家里表示纵容她玩儿了四年，她该收心了，二话不说送她去了国外读研，逼着她毕业就分手。

她当时反抗过，但是顺从了几十年的她反抗起来也毫无战斗力，老爹老妈随便几句话，把她弄得痛哭流涕，她又只能哭着接受了现实。

越这样想她就越觉得憋屈，再看穷山小河，顿时转了念头。如果耿浩实在不想走也行，她也留下来不就好了？

放学后，杨灵跟耿浩说了自己的这个想法，耿浩不光没有半点震惊，而且笑得像是她在开玩笑。杨灵当时就感觉自尊心受挫，瞪着眼道："你笑什么？我是认真的。"

耿浩停下了批改作业，抬头好笑地看向杨灵，在接触到她强烈的不满时，又把笑给憋了回去，满脸认真地说："相信我，你能在这儿待一时体验生活是没问题的，但是你不可能一辈子留在这儿的。你享受惯了繁华，经受不住这儿的寂宽的。"

"你别说这些酸话。你都经受得住，凭什么我经受不住？"杨灵现在正在倔头上，完全听不进耿浩说的话。

耿浩摇了摇头："你还是看清自己比较好。我在上大学之前，过的生活也不比现在好多少，我到这里只有回归本土的熟悉感，而你到这里，是进入另外一个完全陌生的环境。再说了，你这个人比较好强，习惯也适合在一个高平台上展现自己的能力，让所有人都看见。在这儿，做的都是些默默无闻的工作，不适合你。"

杨灵拧眉，好看的一张脸满是愤怒，咬着牙闷声道："耿浩，你看不起我。"

"我绝对没有半点看不起你的意思。"耿浩忙举双手发誓，认真地瞧了会儿杨灵，道，"你要不信，待上一段时间就知道了。这里的生活，是真的很枯燥。"

杨灵将身上的怒气慢慢收敛起来，微微仰头傲然地看着耿浩，不服气道："待待就待待，看谁输谁赢。"

"OK."耿浩宠溺一笑，就跟看个幼稚的小朋友一样。想起之前在大学的时候，杨灵还老是说他幼稚，一直到分手了都这么说。现在倒像是反过来了，杨灵说话做事也越来越幼稚莽撞。真不知道，这三年是他变成熟了，还是她在倒退，或者是，她这是二次叛逆期？这也太不可思议了吧？

"你们聊什么呢，这么开心？"黄校长笑吟吟地走进来，配上他的身材体型，还有点憨态可掬的意味儿，虽然不知道这么形容对不对。

"没有，就随便聊聊。"杨灵笑了笑，等校长坐下之后，又端庄地坐到校长的跟前儿，温婉道，"校长，不知道为什么，每回看见您，我都感觉可亲切了，就像看见了我的爷爷。"

听见杨灵说这事儿，耿浩心里就一咯噔。

"哦？你爷爷？"黄校长兴致盎然地问了一句。

杨灵见话题被接住，笑意更深道："对啊，我爷爷也长得可慈眉善目了。而且，他也喜欢种花。我看见您每天都照顾后面的那片花圃，看起来特别专业，您肯定养花养很多年了吧？"

"可不是，有几十年了。"黄校长说起这个话题就笑得合不拢嘴，"哪有什么专不专业，就随便养养。"

"有机会,真想让你和我爷爷认识认识。不过,我爷爷可能见了您,扭头就会忘了的。他现在,连我这个从小养到大的亲孙女儿都不认识了。"杨灵说着,眉毛就耷拉了下来,愁容满面,眼里还转着眼泪。

耿浩紧紧地捏着红笔,整颗心都提了起来,各种给杨灵递眼神,让她别再说下去,可杨灵就是假装看不见,一个劲儿地向黄校长卖委屈。

黄校长立马心疼起来,顺着就说:"怎么有不认识自己亲孙女儿的爷爷?他是失忆了还是?"

"他今年七十五了,十年前,得了阿尔茨海默病,开始只是记忆力不好……"

"咳,咳!"耿浩猛地咳嗽起来,打断杨灵的话。

杨灵只是轻飘飘地瞥了他一眼,视若无睹。黄校长关心了一句:"耿老师,怎么了?上课上久了,嗓子不舒服?"

"嗯嗯,有点儿。"耿浩点头,拿起旁边的茶杯,灌了一口水,还在用眼神提醒杨灵,别再往下说了。

"杨灵啊,你刚刚说到哪儿了?"黄校长扭头又继续问杨灵。

杨灵忽略耿浩的暗示,继续眼睛里含着泪说:"刚刚说我爷爷得了个病,叫阿尔茨海默病。"

"阿尔茨海默病?那是个什么病?"

"那叫……"

"咳!咳咳!"耿浩再次发出剧咳,在黄校长询问之前,匆匆起身,伸手拽起杨灵的胳膊就往外走,"我好像有点不舒服,让杨灵帮我看看。"

两人一直快到村委才停下。耿浩环视左右,见没有其他人在,这才跟杨灵严肃地说:"你刚刚想说什么?"

"我能说什么?只是想聊一下我的爷爷。"杨灵把手从他的手里抽出来,云淡风轻道,"你以为呢?我说的不是我爷爷的事儿?"

耿浩知道,装起傻来,杨灵比谁都厉害,只好抛弃拐弯抹角的说法,直接道:"你是不是发现了什么?"

"你说什么?他和我爷爷像的事儿吗?"杨灵继续不说重点,看耿浩真的有些不想搭理她了,这才正经道,"他确实和我爷爷的初期症状很像。你是知道的吧?所以你一直阻止我说下去。这也不是什么可怕的病,为什么要瞒着黄校长呢?"

"这件事你不明白,你只要帮忙瞒着就行了。"耿浩不正面回答杨灵的质问。

杨灵却不能这样随便地放过,道:"老年痴呆是老年人群体里比较正常和普遍的一个病症,以后你和我都有可能会得。你不能觉得它听起来很可怕就一直瞒着,甚至连黄校长本人都不告诉。这个病最重要的是心态,现在我们告诉他,引导他以积极乐观的心态面对,老年痴呆的病情是可以缓解的。我是在拿我爷爷的真实病例来跟你说,你也不要觉得我是在儿戏。"

85 杨灵的坚持

耿浩坚持着自己的意见:"你说的我都知道,但是现在黄校长患这种病,这件事谁都不能说。"

杨灵不懂:"为什么不能说?不说,黄校长自己发觉有问题,就会陷入自我怀疑。而且,你带黄校长去确诊了吗?"

"没有,我只是问了医务室的医生。但是,黄校长今天早上看见你,已经记不得你了,看样子,情况还挺严重。"

"怎么会这样?"杨灵一时也惊诧得缓不过神来,心里一时之间有些难受,"我昨天才问过,他才刚刚六十,怎么这么早就得了这个病?那这件事,咱们更要告诉他了。"

"不行。"耿浩一再拒绝,"校长知道了,一定会难以接受的。现在莫村小学正面临关校的危境,如果大家都知道校长得了老年痴呆,一定会毫不犹豫地关校。能让莫村的孩子上学,是校长最大的心愿。黄校长当初说,莫村小学关闭的话,他就会自己出资再建一所小学。可如果他知道自己得了这个病,那他还有现在这样的决心吗?"

杨灵听得鼻子有些发酸,想起坐在办公室花白了头发的黄校长,以及他慈祥可爱的笑容,心里就被揪着疼。好半响,她才道:"就是说,如果现在黄校长的病被爆出来,小学要关门,莫村的孩子没学可上,黄校长自己也没办法再去办一所学校?"

"嗯。"耿浩点头,"所以,希望你可以瞒着。"

"可是,这病是瞒不住的。按照校长这样的发展速度,用不了多久,情况会越来越明显,到时候还不是要面对这些问题?那时校长同时面临的是,得了老年痴呆和学校关闭这双重打击。你觉得,他这么一个老年人,经受得住吗?"杨灵还是要多一分理智,劝着耿浩,"现在,我们可以先瞒着别人,先告诉校长。让校长自己先接受,他也可以提前想好对策,就算面临关校,也不会太过受打击。"

耿浩有些被她说动,但还是觉得把这件事告诉一个老人,太过残忍。

"我觉得杨灵说得对。"兀地,从他们旁边的一个空房子里走出个人来,却是钟秀。杨灵和耿浩同时受惊,只见钟秀淡淡笑道:"不好意思,我没想偷听的,只是过来找两块砖。"

杨灵无所谓地笑了笑,道:"你看,文书都这么说了,说明这样做是没问题的。我可以通过我爷爷的事儿来委婉地告诉校长他的情况,还可以建议他以后怎么做。必要时,我也可以让爷爷和他聊聊天。"

耿浩一时沉默,不知道怎么回答。

钟秀柔柔一笑,道:"我觉得这个方法很好。现在我们还是要以校长的健康为重。关于关闭学校的事儿,你不用担心。我们村子里,不光黄校长一个人心系莫村孩子的教育,就算莫村小学因为黄校长无法继续教书而关闭,就算黄校长无法再建一座学校,也会有人再建一座学校,也会有人撑起莫村的教育。"

耿浩缓缓抬头看向钟秀,看见她笑得温柔却坚韧。她的声音穿过耳朵,直直地敲在他的心上。只因钟秀坚定地说了两个字——我会。忽地,耿浩有些松动了想法。是啊,黄校长如果无力再承担,也还有其他人可以顶上,没必要让黄校长撑了一辈子,现在还苦撑着。

"我明白了。"耿浩长吁了一口气,扭头看向杨灵,"那这件事就麻烦你了。"

杨灵瞅着耿浩,随后又瞟了钟秀一眼,心里隐隐有些不爽快,但还是很乐意地接受了这个任务:"没问题,这不是什么难事儿。"

"你今天晚上在哪儿吃饭?"钟秀忽然开口询问杨灵。钟秀刚刚听了杨灵说的那些话,觉得杨灵确实是个很不错的女孩子,漂亮优秀还有自己的想法,她之前的嫉妒和讨厌,似乎有些没由来。现在再看杨灵,眼里就多了几分赞赏和艳羡。

杨灵看向钟秀,见她一笑起来两只眼睛跟月牙儿似的,整个人都温温柔柔的，像是邻家小妹，却不是一个迂腐柔弱的妹子，当即也有了几分好感，可能更多的好感是在钟秀刚刚赞同她的看法时产生的。想了想，也温和地扬起个笑来："晚上当然是去你家吃，今天早上尝过大姐的手艺，觉得耿浩做的饭实在是太难吃，还是不要勉强我自己了。"

耿浩满头问号地看向她们俩，怎么感觉她们之间的关系变化得有些迅速和微妙？难不成都因为怼了他一个人，怼出了战友情？这女生的友谊，来得也太莫名其妙了吧？他今天本来还想质问杨灵，昨晚上是不是折腾钟家，搞得钟秀今天早上失魂落魄地上班，这下不用问了。

"好，那就不打扰你们了。校长那边，就麻烦你了。"钟秀十分客气地先向杨灵致谢。

杨灵很是大方道："不用这么客气，应该的。"

话落，她们俩就一左一右，同时离开，只留耿浩一个人站在原地。耿浩还在感慨她们女生的友谊的时候，杨灵已经扭头催他回学校。后来杨灵在说起这事的时候，很是理所当然地说，女生的友谊就是这样，很简单，只要两个人在某一方面有一点观念的契合，就会立马成为朋友。比如，同时看中一个包，都喜欢同一部电影之类。

在杨灵拐弯抹角的引导下，黄校长知道了自己的病情，但在听到结果的那一刻，黄校长并没有很震惊，只有深深的怅然和意料之中的悲伤。黄校长说他早就怀疑自己得了老年痴呆，因为他也发现自己老是忘东忘西，而且还时常发呆，今天在发生了忘记杨灵的事件后，更加确定了自己的病症。

杨灵告诉黄校长，要积极乐观地看待这件事，就当是得了普通的感冒，该干什么还干什么，要多参加活动和人互动。上课可以多和学生交流，也是延缓病情的一个好方法。还说她的爷爷，以前就是个标标准准的退休老干部，说话做事一板一眼，自从得了病之后，就开始参加各种活动，学习各种技能。这么多年下来，身体也是健健康康的，人还变得活泼积极，他们这小一辈儿的看见了，都觉得他慈祥了不少。

黄校长认真地听着，脸上也一直带着乐呵呵的笑意，认真地接纳杨灵的每一个建议。耿浩在旁边听着看着，觉得黄校长真的是个很随遇而安的人，听他说之前的故事，体现的也是这么个形象，随意并积极着，坚持着一件事情。以前是坚持娶媳妇儿，后面就是坚持办好村子里的教育。遇到大风大浪，也都能坦然接受，并在其中慢慢找着解决问题的方法。

　　转眼间，日子就过去了一周，杨灵似乎已经忘了来这儿的目的，再也不说带耿浩离开，也不再急着要跟耿浩复合。她自己每天过得可充实了。

　　在钟秀家住着吃着，白天去学校代上一两节课，其他时间就在学校和村子各处拍个不停。

　　放学了，那些孩子就会去钟秀家找她，拍照，玩电脑。杨灵这回不光带了照相机，还带了一台笔记本电脑。那些孩子看着她手指飞快地在键盘上敲打着，既觉得惊讶又对杨灵多了些崇拜。

　　杨灵还记得黄校长的病情，时常也会跟黄校长聊天，还教黄校长用照相机拍照，带他体验一些新奇的玩意儿。黄校长高兴得不得了，也会教杨灵书法和下象棋。可是杨灵在这方面的天赋不太够，越学觉得越难，完全是靠着对黄校长的尊敬才强撑下来的。

　　钟秀一家也在杨灵的影响下，慢慢发生了变化。杨灵带黄九九看新世界就不说了，她还教钟灵和钟秀化妆。

　　钟灵本来是排斥的，说年纪一大把了，再化妆就是老妖婆了。可有一回杨灵硬给她画了之后，她发现镜子里的自己漂亮了不少，当时惊讶得不得了。晚上黄林回来看着她愣是挪不开眼，还说她以后可以多拾掇拾掇。钟灵心里甜滋滋的，脸笑得跟一朵花似的，做什么都很小心生怕把妆给弄花了。

　　结果，杨灵提醒她，晚上睡觉前要卸妆。钟灵一百个不愿意，还是被杨灵强制着给卸了洗了。钟灵心里一直不乐意地嘟囔，一晚上都失落得很。直到第二天杨灵重新给她画上才又高兴起来，说自己也要学着化妆。钟灵都开始学化妆了，自然是看不下去钟秀每天素面朝天的，愣是让钟秀也学着打扮。钟秀受不了每天被数落，也坚持了几天。

　　一切都过得很自在。在第二周周一的时候，何方给耿浩打了电话，张嘴就问杨灵大小姐是不是在他那儿，还说杨灵的老爸被气得住院了，现在一心觉得耿浩拐骗了自己的闺女，都要打电话报警了。何方管上这事儿，也是因为何家和杨家在生意上是合作伙伴，杨家人知道何方是耿浩的室友。耿浩把事情告诉了杨灵，杨灵这才把手机打开，给自己的老爹回了个电话。

一通电话过后，杨灵再次屈服，乖乖地坐上了回家的火车。临走前，她把相机留给了黄校长，把电脑留给了耿浩，还找耿浩好好谈了谈，也没多说，只是肯定了耿浩的说法。

86　莫村新面貌

杨灵说，不管耿浩会不会留在乡村，他们俩都很难在一起。她也承认，归国之后毅然决然地跑过来，是想过挽留，但更多的是想找个可以去的地方逃脱家里的桎梏。但没想到，结果还是失败了。在杨灵上黄林的车之前，她还开玩笑地告诉耿浩，其实三年过去，这次再相见，第一眼，她就觉得耿浩变了。不说内在，光说外表，已经不是她当初崇拜的白马王子该有的形象了，所以她发现自己也没那么喜欢他了。

耿浩当时听完，觉得这完全不能当作喜不喜欢的理由，只说了两个字——肤浅！杨灵笑得很是灿烂，说自己就是一个比较注重外表的人。

杨灵走了之后，耿浩也搬回了村委，一切仿佛恢复到了之前的样子，但又有什么在悄然改变着。

尊重黄校长的意愿，耿浩和钟秀都瞒住了黄校长的病情。黄校长说他还想在讲台上多站两年，也不想让莫村小学因为他而消失。为此，黄校长每天想尽各种方法来提高自己的记忆力，记不住就写下来，身上装着个备忘录，以便手可以随时摸到。

在张书记的带领下，莫村开始了飞一般的发展，莫村上上下下，齐心协力搞生产，轰轰烈烈搞建设，家家户户养蚕养猪养羊，还搞各种大承包，建塑料大棚。钟秀种的树在秋天的时候卖出了一批，利润可观。钟秀跟家里一商量，立马申请包山种树，雇了村里的人，并开始教村里人种树致富。

张书记还搞起了商业投资，开发村里一块儿闲置的地皮。当时村里的人都反对"卖"地，觉得张书记这种做法就是败家子儿的行径。张书记就先说服一些村干部，然后让村干部去家家户户劝说，最后在年底的时候开了一次全村村民大会，来了次总动员，总算是把这件事给定了下来。张书记又立马去实施招商引资计划。

致富建设两不误，张书记先是四处奔波找项目支持，在村里建设起了"三位一体"的沼气池，配套的还有垃圾池和垃圾填埋场。然后又联系资金架设起路灯，从此，莫村的夜晚不再漆黑，人们出门都不怎么用手电筒了。莫村的农业基础设施落后，张书记就积极争取小流域治理工程项目，加固河堤。另外还监督实施人饮工程，保证到年底的时候，大部分村里人都能吃上自来水。

不必说，用到的许多资金都是借来的，大家看着村里的账务，发现负债累累，心慌得不行，觉得身上背了一座大山，被压得喘不过来气儿。张书记就信心十足地鼓励他们，欠债只是一时的，等这些项目搞起来，很快就能富起来。

事实上，在年底镇上开大会的时候，各村发现，莫村明明是最晚开始建设的，现在居然在快速发展，第二年就有成为镇上的经济建设引领者的可能。会上，镇领导说，等明年开春的时候，陶园村旅游项目会继续开发，又催促各村，配合陶园村的旅游项目，加快建设速度，特别是在房屋建筑方面，一些老屋危房，能改造的都改造。

张书记回了村儿，立马就安排了，说要排查村里的老屋危房情况，等开春了开始统一的新农村房屋建设。张书记每天用脚丈量土地，看哪几块儿适合集中建房，又找人画了建设蓝图，模样就是一开始打算的古镇聚落风格。农村嘛，搞现代化建筑肯定比不上大城市，不如直接建造古镇，和土地山水林木相结合，多好。

忙到了大年三十儿，张书记才算是好好地休息了半天，大年初一又开始忙活。钟秀一直跟着张书记，前前后后、上上下下地跑，能参与的她都参与了，只为了亲眼看着莫村建设起来。

这一年的春节，比哪一年都红火。

这时，阳历已经是 2012 年 1 月 23 日。

外面的路灯上都吊起了大红灯笼，清冷的白光也变成了暖暖的红光，一排排的，十分好看。路边摆着大垃圾桶，隔一段路就是一个垃圾池，保证道路的整洁。两旁的房屋也都换上了新的春联、门神像、红灯笼。外面一片通红，搭配上厚厚的积雪，春节气息被烘托得浓浓的。

家家户户吃着团圆饭，新买的电视机里播放着春节联欢晚会，欢笑不断。静谧的乡村有了现代气息后,春节变得似乎热闹多了。

耿浩今年依旧是跟黄校长一起过除夕,虽然黄校长今年也靠养殖赚了些钱,但是他都给存得好好的,也没购置新家具。屋子里唯一的变化,就是黄校长把一面白墙变成了照片墙,上面贴着各种各样的照片。洗照片成了黄校长唯一的业余活动花销。

黄校长跟耿浩说,他现在可喜欢拍照了,说照相机给了他一双发现美的眼睛,他会时刻注意哪里有新的变化,哪里虽然平凡但是照下来就是一张漂漂亮亮的照片。

黄校长还用照相机记录了他养花的全过程,耿浩用电脑帮他做成了一张养花教程图,打印出来。黄校长自己用木头做了个木框架,把它一固定,摆在房间里,看着就觉得有满满的成就感。黄校长说,有些花虽然死了,但它从小到大的模样都留着呢。

村里人看见了他那面墙,都说黄校长这是办起了照片陈列馆。有时候有人觉得哪张好看,就会向黄校长讨要,黄校长就大大方方地送了。长此以往,村里人就趁黄校长在的时候去家里转上一圈儿,看黄校长又拍了什么好看的照片,顺便挑两张带走。不得不说,黄校长的拍照技术大有进步。

寒假放假的那阵子,有人建议黄校长直接开个照相馆,平时没事儿帮大家拍拍照片,还能挣点钱。黄校长一听,觉得有道理,花钱买了一套洗照片的机器,用杨灵留给他的那个相机,还有杨灵留给耿浩的电脑,顺顺当当地就在家里开了个照相馆。耿浩就成了黄校长的小跟班、记忆本,帮黄校长处理除了拍照之外的一切杂务。

正好赶上年底,村里的人都去找黄校长拍全家福,谁家孩子拍周岁照也都找他。虽然效果比县城里的要差点,也不修图,但是黄校长的照相馆收费便宜,又近便,还能返工。你如果觉得一张拍得不好,给你拍上十张都行。客流量也就没断过,连村委需要拍一些官方用的照片,或者是在写报告的时候需要照片,也都去黄校长那儿翻翻找找。

因此,他们的除夕活动也有了点变化。那就是吃完团圆饭后,黄校长拉着耿浩在公路上来回走,手里拿着照相机,眯着一只眼,到处拍,有时候跑到人家家里去拍上两张,留下一张张幸福的团圆照。临走的时候,黄校长说他都会挑一挑洗出来，贴在家里的那面照片墙上，大家如果想要就自己去取。

耿浩和黄校长这两个"孤寡"在除夕这夜成了记录别人幸福的仪器。

…………

表盘里的表针咔咔地走着，耿浩就定定地看着秒针走的每一步。秒针走得太急，他的心跳似乎一时跟不上，竟有些凌乱。现在是 11 点半，外面的鞭炮声正盛，还有半个小时就是钟秀的生日。

自从杨灵走后，这半年来，耿浩和钟秀各忙各的，几乎没怎么碰过面，就算逢节，耿浩去钟灵家吃饭，也没见过钟秀。钟秀永远都在忙。之前耿浩还会陪钟秀一起去山上看树，但这半年，钟秀都是在他上课或者有事忙的时候去的山上。

本来，他还因为杨灵的话，害怕在面对钟秀的时候会别扭和尴尬，但这半年完美避开之后，又觉得哪里不太对劲儿。耿浩惆怅着就摸上了摆在桌面上的一本崭新的书。这本书就是张峰写的那本，10 月份的时候出版了，但是耿浩一直没机会送给钟秀，好几次想着直接给钟灵也可以，但又觉得还是亲自交到钟秀手上比较好。

翻开小说的第一页，上面是张峰的亲笔签名，是专门设计的那种个性签名，看笔迹还有些不流畅。耿浩当时看到这个签名，都可以想象张峰学习这个个性签名的为难模样。

张峰也确实需要专门设计一个，因为他写的字是真的不好看，简直是鬼画符。考试的时候，为了卷面整洁还好好地写，写出来就像小学生的蹩脚方块儿字。但平时，他写封情书悄悄送给女生，女生根本看不懂也看不清楚笔迹，直接就给扔了。这是何方说的。当时张峰还因此发誓要好好练字，字帖写了几页，又因为太累而且不能立竿见影就给扔到了角落里存灰，毕业的时候一起卖给了收旧书的大叔。

说起来，张峰也挺够义气的，还真是苟富贵，勿相忘。耿浩给他帮忙校订稿子，他就在出版的时候，跟主编说了耿浩的能力，还把耿浩之前在大学读书时投到杂志社的稿子给主编看，问耿浩是不是也可以给他们的杂志投稿。张峰去的那家出版社的杂志，耿浩在大学的时候就挺喜欢，因为投稿渠道不明，耿浩就一直没机会投稿。

张峰说，那本杂志现在也在面向广大的读者征稿，他一听说，就专门问清楚了，觉得投上的可能性大，才把投稿方式和地址都发给耿浩，让耿浩投稿——还能赚些稿费。耿浩在大学时就曾通过这种方式赚稿费当作生活费，立马就感谢了张峰，试着写了几篇文章投了过去，没想到还真的被采用了。

耿浩回忆着，将张峰的小说往后翻了两页，却是一个字也没看进去，鞭炮声甚至都掩盖不住表针转动的响声。耿浩时不时地往手表上瞄，心里跟数羊似的：三十二、三十三、三十四……

其实，他也可以明天送的。对，明天钟秀生日，她肯定会休假在家。可他们如果又有事儿怎么办？去年不就要去参加婚礼？钟灵今年也没让人来邀请他大年初一去家里吃饭，他也不好自己凑过去。

87　放烟花

眼看着时间已经到了 11 点 50 分，外面的炮声都少了不少，耿浩陷入极度焦虑。

咚咚咚！

突然响起敲门声，耿浩从焦虑中猛然惊醒。

"耿老师，有空出来帮个忙吗？"

耿浩瞬间僵直了身子，这声音不是别人，正是钟秀。耿浩一时惊慌失措，万万没想到，刚刚脑子里还在纠结着要找的人，这个时候就在门外。事情来得太突然，耿浩下意识地把张峰的小说塞回礼物盒里，把盒子一盖，就起身去开了门。这时候门都敲到第三遍了。

门一打开，正要敲第四次门的钟秀讪讪地收回了手，笑道："现在在忙吗？"

耿浩却怔愣当场，看着钟秀有些说不出话来。钟秀穿着一件暗红色的短羽绒服，下面穿着黑裤和短靴，头上戴着红色的毡帽，脖子上围着红白相间的围巾。关键是，钟秀把她的长卷发剪短了，成了齐下巴的卷发，看起来脸都小了一圈儿，加上画着浅淡妆容，感觉整个人都在发光。耿浩一时都没认出她来。

"怎么了？不会认不出来我了吧？"钟秀微微一笑，眼睛成了月牙儿状，还是那个温温柔柔的样子，一点儿没变。她抓了抓自己的卷发，笑道："我就是剪了个短发，应该没有很丑吧？"

"没有，很好看。"耿浩忙回话，一时紧张得手心冒汗，"是有什么事儿要我帮忙？"

"就是一会儿就12点了，我们村今年难得发展得这么好，村委打算一会儿在零点的时候放烟火来庆祝一下，加点喜庆。"钟秀说完就抬起手腕，看表。手表还是耿浩去年送给她的生日礼物。钟秀一看时间，有些着急道，"已经11点53分了，我们59分开始放烟花。想让你帮忙搬一下。"

"哦，没问题。"耿浩忙答应，跟着钟秀就出了门，一出门，才感觉到四面八方吹过来的寒风有些冷，冻得他打了个激灵。钟秀让他赶紧穿件衣服再出来。耿浩说了句稍等，立马跑进房间，套上外套。

今年的除夕夜没有再大雪纷飞，不过院子里还是存了不少的雪。村委门口两边还摆着两个大雪人，像两个门神，都是村子里的孩子堆的。今年村委前坡道两边的树上没有挂灯笼，改成了彩色的LED灯，把树木一圈圈地缠着，在夜里格外夺目。

这是因为今年中秋的时候，村里的孩子挂灯笼没挂好，后来灯笼相互点燃，最后把树都烧着了，还好耿浩晚上及时发现，叫醒了邻居把火给扑灭了，这才没酿成大火灾。自此，过节在村委门前挂灯笼的行为就被禁止了。不光是村委前的树上不能挂，哪儿的树上都不能挂。张书记还特意面向全村进行了一次防火防灾安全教育，公告栏上都换上了相应的海报，还让耿浩和黄校长在学校也对学生做好宣传，特别强调，学生是重点的宣传对象。

但是没了灯笼，这村委过年过节的，感觉冷清了不少。他们村委商量了一下，就从县城买了一些LED灯回来，往树上一缠，到晚上一通电，好看极了，村委这块儿又成了全村最亮的地方。

等耿浩把六个大烟花筒搬到村委空旷的地方的时候，张书记笑眯眯地走了过来，看起来精神矍铄，但脸上的皱纹也明显多了不少，整个人沧桑了不少。

"还有一分钟就可以放咯。"张书记一开口就是一股酒味儿，双手一撑腰，高兴地直起了被压弯的腰杆儿。

"张书记，您怎么来了？这儿有我就行了。"钟秀笑着迎上前。

张书记一摆手，站在高坡上环顾四周："肯定要自己来看看，看看咱们村啊，终于大变样了。"说着，张书记就感慨地一叹。

"是啊，大变样了。"钟秀看着一座座房屋，一盏盏路灯。灯亮了，路不黑了，她的人生梦想也算是实现了，有些感动地扭头看了耿浩一眼，耿浩也是一脸的欣慰感慨。

"等明年，咱们把房子也都重建了，咱们村儿又会迎来一茬新。咱们村子，以后一定会越来越好！"张书记忍不住开始规划莫村的美好蓝图，目光恍惚地看着这个小村落，仿佛纸上的古镇在面前一点点平地而起，"以后每年咱们村委都放烟花，大家一起庆祝一下！"

"是，一起热闹热闹。"钟秀说着，看了看手表，发现已经五十九了，忙道，"时间到了，开始放吧。耿老师，我从这边，你从那边开始。"

耿浩忙答应。两人一左一右，相视一眼，同时点燃烟花筒。

哧溜——

嘭！

两道烟花同时冲上天，绽放出绚烂的烟火。后面的烟火一道道地跟上，瞬间，天上朵朵绚烂的花朵绽放。家家户户听见这动静儿，跑出门，往天上看。那些烟火绽放的一瞬间，村民们也激动了，指着天空，讨论着哪朵烟火最好看。烟火之下，耿浩和钟秀算着时间，将烟花筒一个个点燃，慢慢地挪到最中间，点燃最后两个，迅速跑到村委的屋檐下躲避炮灰，认真欣赏着天上的烟火。

"我还是头一回看见这么好看的烟花。"钟秀仰着脑袋，笑得纯粹。

耿浩偏头看向钟秀，一时被她的笑意感染，瞄了下时间，现在是零点钟，立马轻声说了句："生日快乐，恭喜你又长大了一岁。"

钟秀眸光因惊喜而闪了两下，扭头和耿浩对视，笑意更甚："谢谢。"

"行，那你们看完也早点回去，我先回去了。新年快乐。"张书记严肃地笑了下，跟他们打了个招呼就往回走，"耿老师，你负责把我们的文书给送到家啊。"

张书记走后，天上的火树银花也渐渐消失，一场烟火就这样慢慢地消散在空中。看热闹的人也都纷纷回了屋子，外面确实有些冷。耿浩沉默了会儿，道："你等一下，我有个礼物要送给你。"

下一刻，耿浩就拿了个礼物盒出来。钟秀看着和去年差不多大的礼物盒，一时笑了出来，感觉现在这个场景，和去年收礼物时的场景很相似。只不过，去年这时候,下着大雪,还有豇豆儿陪着。

"本来早就要送给你的,但是……一直没碰见你,就只好拖到现在当生日礼物送了。"耿浩挠了挠耳朵根,双手把礼物盒递了出去。

"听起来,好像是很将就的礼物。"钟秀沉声道,从他手中接过礼物盒,直接当着他的面打开了。里面放着一本小说,旁边还有几根薄木片儿雕刻成的书签。那本小说,钟秀看了会儿才反应过来,是去年她看到过初稿的那本小说,没想到现在已经出版了。旁边的书签,上面镂空着不同的图案,仔细一看,像是手工做的。

钟秀拿出一根书签,问:"这书签是你自己做的?"

耿浩老实承认:"今年跟着黄校长学木工的时候做的,想着看书有个书签要方便些。"

"看着确实是像才学的手艺。"钟秀草草地做了个评价,低头又翻了下其他的书签,好半晌才憋了口气,抬头一本正经地看向耿浩,"你明年要走吗?"

耿浩忽然觉得这个场景有些熟悉,好像老是被问这个问题。与此同时,也想起了杨灵的话——

"如果你觉得这是你坚持的人生道路,那我也无话可说。不过如果以后你不想待在乡村了,想回A市发展了,如有需要,可以找我。"

他现在急着回A市吗?想再去城市发展吗?好像不了,他在这儿待了三年,已经习惯留在乡村,守着几间破教室,和一位老校长一起在四个班级里来回奔波,顺便看着莫村一点点变美。

这回,耿浩明明白白地认清了自己的想法,有些舒畅地笑道:"如果莫村的学校不需要我的话,我也只能走了,然后再换个乡村去支教。"

"那这么说,你现在是走不了了。"钟秀不由得有些欣喜,犹豫了半晌,憋红了脸,才问,"你什么时候生日?"

"我……六月初一。"

"六月初一?那就到七八月份了。"钟秀默默地念叨了两句,捏着盒子的手紧了紧,再次鼓起勇气问他,"你现在,是真的没对象吧?"

这件事儿,之前杨灵就告诉过钟秀,也是在她走之前,突然间找钟秀谈心。杨灵告诉钟秀,耿浩这个人木得很,如果不直接追的话,他是永远不知道有个人喜欢他的，而且也不会想着去追谁。钟秀就说耿浩有女朋友，杨灵很是不屑地说："他除了我这个前女友，哪儿还有什么女朋友？"还说，耿浩这个人其实很好追，一追一个准儿。钟秀将信将疑地看着她，总觉得这句话体现着耿浩的不靠谱。

杨灵走后，钟秀还是没做好准备去找耿浩，就先把这件事晾到了一边，先去忙村委的事。当时想的是，如果耿浩一年后没走的话，她就把星星盒给送出去。没想到，这么快就确认了耿浩不会离开的决定。

"没有。"耿浩几乎是脱口而出，想起杨灵说的，他这个人如果遇见合适的姑娘都不试着表白的话，那所有的好姑娘都会没了的。如今钟秀都开口问了这种话，耿浩感觉好像不能再让一个女生主动，立马道："你也是没有对象的吧？"

钟秀错愕，也几乎是立马回答："没有！"

说完，两人不约而同地笑了起来。

88　办私学

2012年年初，莫村通过招商把那块闲置的土地开发了，没过两个月，闲置的土地上就有人开始动工，准备建楼盘。那块地一动，周边闲置的地盘也开始动起来，各种商业楼都要在那儿建设。后来，镇上直接把楼盘左右的空地给预留了出来，说明年要让山上的农户搬迁，打算就在那几块地上建安置房。不经然间，那里有了形成集镇的趋势。

莫村也开始按照蓝图建造古镇，拆的拆，建的建，等到八九月份的时候，古镇建设已经完成得差不多了，还在道路两边栽满了桃花树苗。那些桃花树苗都是钟秀去年就在荒山上种的，今年秋天的时候，村委直接买下了，移植到了路边。只等着来年花开，莫村成为一个桃花村。正好，陶园村的旅游项目也是在明年春天正式对外开放。

村子是风风火火地发展了，莫村小学却遭遇了大危机。从去年开始，莫村小学的学生数量就急剧减少，听说今天暑假三四年级的学生也基本上要去镇上上学了，今年的学生还会呈下降趋势。莫村人就又开始思考这个问题：莫村小学到底还留不留?

更糟糕的是，莫村人开始发现黄校长有些不太正常，接孩子的时候跟他打招呼，说着昨天或者前天的事儿，黄校长经常是一副什么都不记得的样子。连学生也都反映，黄校长上课时不时走神发呆，记性没之前好了。这学校怕是办不下去了。

张书记就说，他已经在联合附近的几个村，一起申请建一所村公立学校，让大家都先等等。因为低幼孩童无法去镇上上学的问题，不仅仅只有莫村存在，附近的几个村都存在。而且现在附近几个村的安置房以正在建的集镇为中心，而集镇也正好是附近几个村的交汇处。所以，在集镇附近建一所公立学校是有一定的必要性和可行性的。

这样既整合了各村的教育资源，又解决了村子离镇远、孩子上学难的问题。但县上镇上依旧拖着不批，还是老原因，一是大力发展镇中小学，二是没有多余的建设资金，项目资金支持也不容易找。张书记不死心，就联合其他几个村的书记继续奔波。

莫村小学的问题悬而未决，自然而然地，小学是否修缮的问题也一拖再拖。直到8月份的时候，几场大暴雨下来，莫村小学有间屋舍终于坚持不住，轰然倒塌。还好是在暑假，并未伤着人。另外两间屋舍的情况也是岌岌可危。

黄校长当时就急了，这要是赶上开学，上课的时候把学生给砸了怎么办？他多次去询问张书记建公立学校的情况，得到的都是令人失望的答案。黄校长当即一咬牙，就说他花钱来重新修缮学校。张书记仔细考虑了下，让他先别急，再等等。

"等什么等，再等就开学了。就这么定了，我出资办一所私学。"黄校长当机立断。他怕再等下去，自己真的要脑子糊涂了，到时候，说什么都没用了。

张书记看黄校长这么急迫，担心道："老黄啊，办私学，可是要花好多钱的。我们几个老书记再去县上镇上跑跑，拿个公立学校的资格下来。"

黄校长拍板儿道："没事儿，我把这老屋给卖了，加上这么多年的积蓄，正好这两年还赚了点钱，怎么着也能建两栋小楼当学校。"黄校长家里本来比较富裕，给他留了十几亩地，自从他一个人过活后，他就把地给流转了，每年的租金都不少，加上他一个人孤寡又节俭，就把这些钱都存了下来，也是笔不小的存款。

张书记按住他的手，颤着声音说："老黄，你把老屋卖了住哪儿？卖房贴积蓄，这传出去是我们这些当村干部的无能啊。"

"我早就想这么干了。咱们村儿大部分娃都去镇上上学，也不好再用村里的钱建个小学供一部分人的娃读书。等公立学校办下来，黄花菜都凉了，不知道几茬娃上不了学。还是自己办，来得快些。"黄校长十分理智地讲给张书记听，"你说，我这么个孤寡老人，死了以后，这房子和钱留给谁？拿来建学校，办教育，这才是干正当事儿。我以后就住在学校里，每天跟娃们待在一起，也不会寂寞。"

"可是，老黄，你想过没有？你现在的身体也不是很好，这学校建起来了，你能管几年？"

"这你不用担心，我也已经想好了。这个校长，我不当，我打算让耿老师来当。"黄校长慈祥地笑着，瞧张书记一脸震惊的样儿，继续道，"耿老师这个人，我看了三四年了，是个老实的娃，也一心为了咱们莫村的教育留在这儿不走。而且他的教学方法新，肯吃苦，把这学校给耿老师，我觉得没问题。"

"可他，毕竟是外村人……"

"什么外村人，我看过不了多久也是咱们村的女婿了。人家现在正和秀秀谈对象呢，要不是一个等着村子建起来，一个等着教育办起来，他们俩早收拾收拾准备结婚了。"黄校长说得笃定，继续道，"不瞒你说，村子里的人，说得也没错，我这脑子确实不清楚了，糊涂了。早在去年，耿老师就发现我得了老年痴呆，我硬是让耿老师瞒着。耿老师就瞒着，不光要照顾我，还把学校给担着。你说，这么好的小伙儿，不把学校给他，给谁？"

"你这么说，也有些道理。耿老师这小伙子，是能扛责任，只不过你老黄给人家做了嫁衣啊。"

"你这说的什么话，反正是办教育，这学校建好了，只要有个有能力的管，就行了。"

张书记听完，沉默半晌，最终一拍桌子表示支持："既然这样，老黄，那就按你说的干。不过也不能让你一个人把钱都给掏了。我再去趟县上，给你拉一笔办学资金，找人支持一下。这个我想问题应该不大。"

黄校长立马笑呵呵地说："那好，那真是麻烦张书记了。"

"是我要感谢你才是，为我们解决了一个大难题啊。"张书记紧紧抓着黄校长的双手，久久不舍得放开，"你真是我们村儿的好校长，老校长啊！"

黄校长这头跟张书记商量完，那头就找了耿浩，趁着晚间吃饭的时候，跟他说明了情况。耿浩当时听完，眉头一皱就拒绝了。

"不行，这校长我可不敢当。这是您辛辛苦苦用血汗钱建的，我不能白捡这个便宜。要么，还是您当这校长；要么，您换个人。"

黄校长当即眉头一皱，问他："你是不是也糊涂了？我都成什么样了，你不清楚？也就这两天我记挂着学校的事儿，脑子还清楚。过段时间，彻底不明不白了，我当校长，这学校还怎么办？是不是你还想着要走，不肯接这个破盘子？"

"校长您这说的。这都什么时候了，我要是真想着走，早就走了。而且，秀秀都在这儿，我往哪儿走？"耿浩闷头吃了口饭，坚决不同意，"反正不合适，这空手套白狼的事儿，我干不出来。"就算他同意了，到时候学校建起来，他当校长，不说别人说闲话，黄校长的那些侄子都得跟他闹上一闹。

"谁说你是空手套白狼了？"黄校长抿了口酒，拿筷子划着桌子，认真给他分析，"我这是在坑你呢。我要把这老屋给卖了，以后我就搬到学校去住，以后我病严重了，你可不得照顾着我？我这下半辈子就赖上你了。"

耿浩狐疑看他，咧了嘴，摇头不听。黄校长立马一筷子打在他脑袋上："难不成你这小子还不打算给我送终？我把学校都给你了，你难不成想让我病死路边儿？"

"那自然不是。这几年您这么照顾我，我如果以后都留在莫村的话，肯定忘不了您，后面照顾您肯定没问题。"耿浩一板一眼地说，"可这学校的事，我还是不行。"

"你等我说完。"黄校长啪的一下打在他胳膊上，"这学校你以为光接着就完了？我这个老头子，也没多少钱。到时候，办学校我的钱花完了，后面如果再缺钱，可就是你这个校长的事儿了。教育可是个大坑，要往里面投的钱，可多着呢。你这么仔细一算，学校我是白送给你的吗？我这是送给了你一个无底洞，就看你敢不敢接。"

这话听起来好像没什么问题，而且很有道理，他确实是来坑耿浩的。可是，耿浩更加犹豫了，不坑他他都接受不了，坑他他怎么接受得了？他现在的资金主要来源就是当老师赚工资，如果当了校长，他从哪儿再赚钱养学校？

黄校长看出耿浩的担忧，道："这钱可以想办法再赚，如果你到时候承担不了，可以把学校转给别人。不知道你能不能接受这个挑战？"

"我再想一下。"耿浩说着，就陷入了沉思，又低头吃起饭来。

黄校长以为耿浩不怎么愿意答应，眼睛里流露出失落，然后也跟着吃起饭来，还笑着安慰，不急不急。

89　新学校建成

吃完饭，耿浩收拾碗筷的时候，沉默了会儿，说他想通了，他现在也想在莫村承包些地种树。黄校长一听他是在想这个问题，立马激动地问他是不是接受当校长了，耿浩点了点头。黄校长立马说，他可以帮忙。

晚上耿浩就把这件事儿告诉了钟秀，钟秀听完，二话不说就持支持态度。

耿浩一答应，黄校长就安心搞起了办私学的事儿，但是黄校长精力有限，四处去跑着做事的都是耿浩。黄校长先出钱把老学校的两间旧屋给加固了一下，准备开学的时候先用上一阵子，等新学校建好再用新教室。知道黄校长要开始建学校后，莫村上下都对黄校长表示敬意，大家都说，等黄校长的学校建起来了，他们就送娃过去上学。

也有不高兴的。有人听说建这学校忙前忙后的都是耿浩，而且耿浩以后要接手这所学校，立马就去黄校长那儿理论开了。可不就是黄校长的侄子，还有不知道从哪儿冒出来的亲戚，说黄校长认人不清，胳膊肘往外拐，是老来败家，把自己的家产送给外人。连带着，当场把耿浩也给骂了个狗血淋头，差点没把黄校长给气晕过去。

黄校长跟他们解释不通，就把他们也给骂了一圈儿，拿着火钳就赶他们出门。他们这些人见去找黄校长理论失败，更不甘心，就到处散布谣言，说耿老师这个人为人不端，心思恶毒，就是来祸祸他们村子的，一来看黄校长这个孤寡老人好骗就套近乎，又看钟秀家有钱而且人家钟秀是文书好办事儿，就开始接近钟秀一家子，现在又在村里搞承包，抢他们的赚钱路子。

这些话越传越难听，还有些无知的也跟着传。这回骂的不光是耿浩，还把黄校长和钟秀塑造成傻可怜，被骗得团团转。耿浩寄人篱下，只当听不到，不予理会，这种事儿你越理会就传得越凶。黄校长和钟秀不行，他们哪儿能看着耿浩受欺负，只要听到就会怼回去。

张书记这个旁观者也是看不下去的，在开会的时候，一提到教育就必定把耿浩拉出来夸上两句，说耿浩帮着莫村小学支撑到现在不容易，还说建学校这件事儿，耿浩也去帮忙拉了项目资助，积极得很，虽然不是他们莫村人，但是一直在为莫村人做事。说了一堆，都是在帮着洗去耿浩的"恶"名。

他们怀疑耿浩居心叵测，说钟秀和黄校长傻，但没法儿说张书记。张书记在他们村的地位，堪比神仙，他是给莫村带来翻天覆地变化的人。张书记平时劳心劳力，办事也公正，他都这么一遍遍地夸了，那说明耿浩是真的没问题，是真的一心为了他们莫村，给耿浩身上倒脏水的都是别有用心。

如此，传了大半个月的流言才消了去，黄校长和耿浩就继续安安生生地上课教学。

不过，今年的学生人数更少了，一共就一年级和二年级两个班，加起来十来个人。人少了，黄校长和耿浩都感觉到了一丝凄凉，但也轻松了不少，两个人一人带一个小班，上课也轻省。耿浩正好现在在搞承包种树，这也给他省出时间来管种树的事儿。

9月份，学校开始动工修建。12月底，新学校建好了。耿浩和黄校长看见那一座崭新的学校的时候，心情激动得无以言表。三层的小楼，白面刷得崭新崭新的，左边也有一排房子，其他两面围了个矮围墙，教学楼正对面的围墙开了个大铁门，中间围了个操场出来。除了围墙根儿留些泥地种树，其他地方都用水泥铺了，下雨下雪时走在上面也不会弄得满腿泥泞。

黄校长抓住教学楼前的旗杆，旗杆锃光瓦亮的，上面都可以倒映出人脸来。黄校长顺着旗杆往上看，一直看到了顶端，感觉很远很远，他想象着上面飘着五星红旗的样子，顿时热泪盈眶，抱住旗杆，嘴里一直念叨着："我们有新学校了，娃们有学校上学了。"

耿浩站在操场中间，也直接看到旗杆的顶部，再环顾四周，感动之余，觉得身上的担子更加重了。不过，现在他们已经解决了一件最要紧的事儿，后面的困难再说吧，总有各种方法来渡过难关的。耿浩上前扶住黄校长，领着他往教学楼里面走。

教学楼三层，一共大大小小十几间房。上面两层是教室，一共是六间，想着如果老师多的话，没准儿哪一天他们学校就招收四年级以上的学生了。下面的一排，一间和教室一样大的房间当作办公室，其他四间差不多一样大，一间是会议室兼会客室，右边墙角是厕所，还有两间暂时还没想好用途。

左边的那一排房，是黄校长设计的生活区，也是四间房，两间分别是耿浩和他的房间，一间是厨房，还有一间是预留出来的，以备其他老师或者学生因为某种原因留在学校住宿。

教学楼教室用的都是挂锁的铁门，教室大小都是按标准的教室大小建造的。一进去，因为还没买桌椅，里面就显得宽敞得很，一间顶以前的两间，站在讲台上往下看，视野开阔，入目的都是崭新的白墙，透亮的大玻璃窗，瞧着就让人心里喜欢。讲台的那面墙是白亮亮的，黄校长准备购买悬挂式黑板，这样上课写字会更清晰流畅，后墙刷的是黑板漆。

黄校长就站在讲台上，一边看着，一边规划着要买的东西。一会儿指着墙说，必须买好的黑板，这是上课必须要用的，不能省了。一会儿说课桌凳子也不用买了，就找村里的木匠做，做个几十套就行，说是木课桌上课舒服。耿浩就说这方面不用他们管，黑板和桌凳，县里的公益机构都承包了。

耿浩之前去找了县里公益机构的老板，说明了情况。老板说，这是好事儿，不过要出示许多的证明，办许多手续，等他办完，如果没问题，他们就会安排上。耿浩回村找了张书记，张书记一听，立马就找了其他几个村的书记，一开会，把事情都安排下去，没多久，该办的手续就都齐活了。

说起来，他们的这个学校虽然是黄校长私人办的，但是目的还是解决周围几个村的孩童的上学问题。张书记早在建校之前就跟其他几个村说好了，等新学校建好，就把各村小学的学生和老师都转到新学校去，拆掉老学校。这样直接就解决了新学校的生源和教师的问题。

黄校长听说黑板和桌椅都有着落了，立马一遍遍道好，完全忘记这件事耿浩之前已经提过很多遍。他又指着天花板说，以后上面也要挂些吊扇，这样娃们夏天上课就不会热了。说完还问耿浩，这电扇有没有人买，耿浩摇了摇头，说没有。黄校长立马笑得像个孩子一样，说："那就咱们自己买！"

黄校长又把每个一模一样的空教室转了一遍，把要买的都说了一遍，耿浩

——记下,说这两天就开始联系添置。耿浩又带着黄校长去了他们住的地方看。他们的房间都是教室的一半大小。

黄校长看完就说:"这房间太大了。"

耿浩笑着说:"那就咱们两个人住一间!如果嫌不方便,中间可以拉个帘子。"

黄校长立马摇了摇头,说:"大就大着吧,到时候我拿木板一挡,把房间分两块儿出来,里间睡觉,外间就还开照相馆。房间大的话,墙上还能贴我拍的照片。"

一想到他的那些照片,他就喜滋滋的。黄校长现在是会忘人忘事儿,但是忘不了三件事:一是教书,二是种花,三是拍照。这三样成了他的毕生事业。为了开照相馆,黄校长自己还学会了用电脑,但只会基本操作,知道怎么点怎么打印而已。打字什么的都还生疏得很,基本上不会。

耿浩看他笑得跟个孩子一样,便对着墙比画着说:"到时候去弄一块儿大泡沫板子,把四周拿木条一封,挂墙上,咱们买些图钉儿和胶带,贴照片放照片,来来回回取方便,也不会把墙壁给毁了。"

黄校长立马道:"这是个好主意,到时候,拿泡沫板子把这一面墙都给贴满了,要不然我的照片那么多放不下。"

耿浩连说"是是是",忽然就有了个主意,说:"要不咱们多买两块儿公告栏摆在学校里,把校长你拍的照片贴一些在上面?"

黄校长摇了摇头:"那就不用了,到时候刮风下雨我还得出去收,要不然照片都给毁了。"

瞧着黄校长那个心疼的样子,耿浩忙依了他,然后又带着黄校长出了门。在他们这排房子的左边,还有一段围墙,围墙边儿有一块儿地。这是黄校长自己留出来的,他说以后他还是要种花的,得给他留块儿花圃。看到这片花圃,黄校长就连连啧声,说着种花的各种好处。

一圈儿看完,耿浩把黄校长给送回去,自己就赶紧去联系购买设备物品。

90　回　家

年底，也就是 2013 年 1 月初的时候，莫村的基本建设已经完成，几乎和陶园村的建设进度一致，莫村的经济也翻了上来。

县上、镇上的领导视察后，大为满意，特别是在参观了黄校长屋子里的照片后，看到了莫村变化的轨迹，又听说了黄校长的建校事迹，不仅现场表扬黄校长说他是莫村时代的记录者、教育的先锋，还说如果以后莫村小学办得好，教育局那边审查后觉得不错，县上也不是不可以给莫村小学一些项目资助。黄校长激动地握住领导的手就不放开，还说一定会把新小学办得红红火火，更何况还有耿老师在。

领导又听黄校长把耿浩的教育历程和事迹说了一遍，很是惊诧，觉得耿浩用的一些法子是县上的学校现在做不到的，比如说那个导学案式教学，他们基本上只听说过，但还没见过。领导夸耿浩是个大有作为的青年，深入偏僻乡村支教已经不容易，现在还在教育实践上大步走，说他带来的教育经验很值得县里其他中小学学习。跟耿浩交流了一番后，领导看着黄校长和耿浩这对不是爷孙亲如爷孙的教师，说等着他们的学校好好地办起来。

事后，领导让张书记做一份莫村建设总结，方方面面都写明白。在年底的县镇大会上，县上又把莫村作为模范村，进行表彰，让其他各村都向莫村学习，加快发展建设进度。

莫村的日子也蒸蒸日上，家家户户不光换了新房，还添置了不少的家具和电器，有摩托车的人家也多了起来。有的已经开始攒钱，准备过两年再换辆小汽车。村口的集镇建了起来，加上来年陶园村的旅游项目就开放了，村里的年轻人发现商机，也不打算外出打工了，准备贷款买间门店，来年做生意。

钟灵也买了间门店，就在学校附近，准备开个小饭馆儿赚钱。村里人听了，都说这个主意好。钟灵的厨艺那么好，到时候外面的人来旅游了，没准儿因为吃了钟灵做的饭，还想来第二次，这不就拉动了他们这几个村儿的经济？黄姐听了，也立马决定开一家饭馆儿。

集镇发展起来很快，年底的时候大大小小的商店就开了张，赶了个年关，周围几个村儿的人都不用再来回往镇上或者县上跑，直接在他们村的集市上买过年要用的年货。赶着这做生意的场子，黄校长在拍照之余，也在集镇上摆起了摊子，现场写春联卖春联。黄校长是有文化的人，而且写得一手好毛笔字，平时过年都会有人去求春联，今年黄校长直接就摆了摊子，也能挣一些钱。

莫村欢欢喜喜准备过年的时候，耿浩却坐火车回了家，今年没留在莫村过年。

耿浩几年没回家，大伯和伯母实在是想他，就一遍遍催他，说今年怎么着也要回去。耿浩正好也想家了，就买了火车票，把黄校长托付给钟灵，回家去了。

耿浩四年没有回家，等回到村里的时候，发现自己的家乡也大有变化，几乎是从里到外，都翻新了一遍。

耿浩坐着堂哥的车回村子，一路上看着两旁崭新的形制一致的小高楼，竟然觉得有些陌生。所有的房子外观风格一致，虽然看着没有以前的土房子有感觉了，显得规规矩矩又呆板，但这样一路走过，看着也挺舒服，你能很明显地发现村子是真的在发展了。

大公路是又重新修整过的，两旁种着一排排的树，都细得很，一看就知道是这两年新移栽的，看来现在乡村建设也比较注重绿化。

堂哥一边开着车，一边说着这两年村子的变化，家里的变化。不过大多数的内容耿浩都听过，因为他平时经常会给家里打电话，大伯和伯母都会兴奋地向他介绍村里发生的新鲜事儿。大到村子在哪儿建桥，小到谁家的谁娶了媳妇儿。

堂哥又问起耿浩在那边支教怎么样。因为堂哥这两年挣了一点钱，就在城里买了一套房子，已经跟父母分开住了，再加上天天忙，也只有在过节的时候，才有时间跟爸妈打一通电话，就更没有时间问耿浩的情况。

耿浩跟堂哥说起了自己在莫村经历的事情，堂哥边听边说辛苦。不过堂哥更感兴趣的是钟秀的事情，一直在问钟秀这个姑娘怎么样，然后从钟秀问到了钟秀的亲友旁支，不可谓不详细。

堂哥在问清楚这一系列事情之后，就开始逼问耿浩什么时候把钟秀带到家里来，让家里人都见见。耿浩说今年他回来的时候，钟秀就想跟他一起回来的，但莫村村委里的人少，所有的事情，都要他们几个村干部跑来跑去，而且今年村子刚发展起来，还有很多事情要去处理，钟秀就没能过来。

前面几个问题刚糊弄过去，堂哥又直接问耿浩，有没有想法娶人家。耿浩听到这儿，一时也不好意思说。他说毕业就去了乡村支教，现在身上根本没有多少钱，连房子都买不起，他都不敢考虑这件事情。

堂哥眉头一皱，一挥手说："你把你的人都奉献给他们村儿了，那姑娘肯定也能理解。再说了，在莫村没有房子，家里有呀。"虽然耿浩的爸妈去世得早，房子都还是老房子，但是重新建起来也比较快。堂哥就跟耿浩说，让耿浩不要担心，他可以帮忙办好这件事情，保准在他娶媳妇儿之前，帮忙把房子给盖起来。

耿浩又含含糊糊地没有回答。堂哥发现他不对劲，忽然间猜出耿浩的意思，就问耿浩："你不会是想留在莫村，不回来了吧？"耿浩也不好明说，就委婉地说他现在马上就要接手那边的学校了，大概以后都很难回来了，可能要在那边定居了。

堂哥一听，好不容易舒展开的眉头，顿时又皱了起来，一本正经地告诉耿浩："如果这样的话，那你是不是就要当上门女婿？这就跟倒插门差不多，这样以后可能是要受他们村子里的人欺负的。"

耿浩就赶紧解释，说他不是这个意思，他的意思是可能会留在莫村，在那边买个房子，然后再考虑和钟秀结婚的事儿。

堂哥当即哼了一声，说这还不都一样，然后开启了教育耿浩的话匣子。从脑子里搜罗出了十来个案例向耿浩说着倒插门的坏处，说那些男的在女方家里，过得多么多么惨，而且还没有主权，等等。

耿浩坐在副驾驶上，也无法避开堂哥的教育，只能含糊地应和着，然后向堂哥解释，现在已经是新世纪了，新时代了，情况跟以前不一样，没他说得那么严重。堂哥立马就说，怎么没有，然后非要给耿浩举一个本村的例子，然后说这个是最近两年才出的事情，比较近了吧。耿浩一时无言以对。

堂哥看耿浩没话说，当时就趁热打铁继续教育，说莫村比他们村还要穷，像这种偏僻乡村思想最是落伍，虽然他们村子最近两年发展起来了，但是谁都知道，思想改变哪是那么容易的？老旧思想肯定还是根深蒂固的。还说耿浩不要因为去大城市里读了几年书，就以为现在所有的地方都是文明开放平等的。

耿浩靠着车窗，一脸认真地听着堂哥的教诲。但实则听进去多少，也只有他自己知道。但是耿浩也知道，堂哥说的还是有几分道理的。起码一条他听进去了，男方总不能在经济上都要靠女方，这样也太说不过去了。

其实，钟秀家里的婚姻观很开明，认为两个人结婚在一起，谁花谁的钱，住的房子是谁的，这都无所谓，只要结婚后一起努力就可以了。当初钟灵和黄林结婚的时候，黄林没有房子也没有多少钱，所以就直接入赘了钟家。这么多年他们夫妻两个人相互扶持，也没有因为黄林入赘这件事发生过什么冲突，甚至越老越甜蜜。

但再一想，钟家的房子已经住了黄林这个入赘女婿，如果他再入住的话，也不是很妥当。他现在只想着，能靠种树存下点积蓄，这样就算谈婚论嫁也有底气一些。

耿浩回到家以后，因为他家的房子闲置多年，早就住不了人了，就先住到了大伯家里。左右邻居看见了，纷纷热络地问耿浩这几年的情况。

邻居们看到耿浩穿得普通，还是在偏僻乡村支教，根本没有挣到什么钱，虽然对耿浩没有什么讽刺鄙夷之情，却也是一片唏嘘。背地里都说，看来考上名牌大学也没有什么用，最后还是混成了一个穷小子，还说既然想教书，与其在乡村支教，还不如回来在县城里教书，教个高中，一年的工资也高着呢。

这种情况，耿浩回来之后屡见不鲜。村子里都是熟人，走到哪儿都会有人问近况，几乎所有人在了解情况之后都会唏嘘不已，有时候在背地里有时候当着面，耿浩都已经习惯了。

91 大结局

大伯和伯母却听不惯，等年初几亲戚来拜年的时候，再听到这种话，大伯和伯母就说，支教这种事就不是拿钱说话的事儿，这是一件高尚的事儿，是为人民服务，为社会做贡献，能做就是了不起的。其他的人听了，称赞了两句就过去了。

除了问耿浩的工作以外，就是问耿浩有没有对象。这真的是过年逃脱不了的话题。耿浩就说有了，是莫村的文书，接着就又开始重复耿浩和堂哥的那一段对话，邻居亲戚也都说耿浩这样过去是会吃亏的。耿浩耳朵都听得起茧子了，也无力招架。你越说不是这样的，他们就越要为了让你认同他们的观点说上一堆。耿浩就只好继续装傻，含糊其辞。

耿浩回来还是要处理一些事情的。他们家的地还是让大伯和伯母继续种着，他想把房子给租出去，因为他常年不在家，房子只能空着，租出去的话还能赚点租金。耿浩家的房子还是比较好的，虽然也是泥墙木房，但是父母去世之前刚整修完，现在还结实得很。

堂哥就说耿浩反正也不回来，还不如直接把那个老房子给卖了，还能拿些钱，在那边盖个房子，娶媳妇儿用。耿浩说他怎么样都不可能把房子给卖了的，虽然他可能会在莫村定居，但是以后有机会肯定也是要回来的，回来后总不能没地方住。而且这里也是他从小长到大的地方，是他的一个留念，父母都走了，不能房子也没了。还说等他以后有能力了就把这边的房子重新翻修一下。

堂哥又说，如果想重建的话就尽快，因为最近两年村里为了建设新农村，正在大量拆老房子。他家的房子本来就是要拆了的，但是被大伯和伯母给留了下来，大伯和伯母想着他过年回来的时候再说，但是一直没有等到耿浩回来。

这又是一个难题，耿浩现在没有钱也没有时间，怎么翻修？而且他又常年不回来，翻修后怎么办？把新房子租给别人住吗？耿浩就说他再想想，能拖两年就再拖两年。

初五的时候，耿浩就离开了家，启程去莫村，到莫村的时候已经初六晚上了，黄林接到耿浩的电话去城里接他。即将开学，耿浩要忙的事情更多了，因为今年开学，周围村子的小学生都要到新学校来上学。小学还是叫莫村小学，其他村子的人虽然不乐意，但是学校是人家黄校长自己出钱建的，取什么名字是人家的事儿，也不能说什么。

还好耿浩在年前就把一些该买的器材全部都买了，所以现在只是购买课本教材和统计老师学生的人数等等。其他村子的老师因为提前就接到了通知，知道开年后就要到莫村小学教学，所以就一直等着到新小学开会的通知。一直到了正月初十，村子里通知他们第二天到莫村小学开会。

第二天，耿浩就早早在学校的会议室等着所有的老师，莫村小学的招生范围一共是四个村，每个村原本都是有一个学校的，每个学校的老师也不过两三个，加上有些人不想再到新学校教学，所以耿浩在正月十一的会上就见到了八位新老师。这八位新老师，对于耿浩和黄校长来说无比珍贵。一下子有了这么多的老师，他们也不用怕学校办不起来了。

经过统计，学生一共有 125 名。一年级 50 人，二年级 39 人，三年级 26 人，四年级就只有 10 人。这种情况也正常，因为村里的学校剩下的学生都是一二年级的，三年级以上的学生基本上都去了镇上的学校。

会议的主持者是耿浩，因为耿浩是现在莫村小学的新校长。经过一番自我介绍之后，大家相互了解了，然后就开始了今天的会议内容。

耿浩是真的不会说什么冠冕堂皇的大话，简单说了两句鼓励大家的话后，上来就直奔主题。

"今天会议的主要内容是，大家一起来商量一下以后的学校制度、教育制度、教学方法，还有大家的分工等等。会议的时间可能会比较长，而且内容比较繁杂，希望大家能够坐得住并且踊跃发言，这事关我们学校以后的发展和大家在这个学校的教学体验。"

庆幸的是，其他几位老师也都是一门心思教学，没有在意这些，只是对耿浩接下来要说的事情表示期待。

他们觉得学校的制度要不要仔细商量都可以，如果非要制定的话，就按照别的学校的制度来就可以了。因为村里的小学都是很久以前建起来的，那时候，大家只是为了教学，也没有想过什么制度。

耿浩知道大家都会这么说，所以早就把整理出来的一份学校制度打印出来，每人一份。大家对着制度一条一条地看，在耿浩的领导下一条一条地修改。这一弄就是一两个小时。

接下来的教育制度和教学方法，初稿都是耿浩根据经验制定的。耿浩先把自己的想法说了一遍，教师的管理和分配等问题其他老师都接触过，虽然很多地方有了创新，但是也可以理解，都是为了正规化嘛。但是后面耿浩说到要实行导学案式教学，那些老师就有些听不懂了，耿浩就花大精力慢慢讲解，一直讲到他们都听懂了为止。那些老师也很配合，为了新学校也都积极地学习。

…………

外面的太阳缓缓落下，莫村街道的路灯亮起。天是黑了，但莫村已经进入一个新时代了。

十年的光阴如同流水慢慢流淌，如今回忆起来，就像是河水倒流。随着叭的一声响，回忆的河流猛地了一个转儿，消失不见，让人回归现实。

回到现在的 2018 年。

"耿浩！"

兀地，从旁边跳过来一个男人，猛地一拍耿浩的肩膀，将耿浩搂住。他戴着金丝边儿的眼镜，留着快到肩膀的半长卷发以及碎胡楂儿，身上穿着白短袖和休闲长裤。这个形象，耿浩在张峰寄给他的小说上见过。小说上专门有一页，印着作者的照片，下面写着作者的介绍，照片上的人可不就是眼前的人？

"张峰！"耿浩同样兴奋不已，这是时隔十年二人再次相遇。刚刚耿浩担心的疏离感根本没出现，两人一见就又回到了大学时候的亲密。耿浩揪着张峰的头发卷儿，嫌弃道："你这形象，要不是我在你书上见到过，我还真认不出来了。"

"我这是现在最流行的风格，叫雅痞风。你这个不懂欣赏的。"

张峰把自己的头发卷儿从他的手里扯出来。耿浩很想说一句，他这样像街头流浪汉。什么时候开始流行这种风格？现在的潮流，耿浩还真的是很难欣赏得来。不过细细一看张峰，倒是有几分读书人的气质，有几分魅力。不过，耿浩相信，把他的头发修一下，胡子刮一下，会更有魅力。

"说起来，你这形象，我要不是在杨灵发来的照片上看到过，也真的认不出来了。你什么时候戴上眼镜了？"张峰拨了两下耿浩鼻梁上的黑框眼镜，"还真是近视镜，不是和我一样的平光镜。我说，你之前那么努力学习都没近视，去支教几年，就近视了？这眼镜片儿看起来还挺厚的，有四五百度了吧？"

"你现在改行卖眼镜了吗？分析得这么清楚？还好意思说杨灵的事儿，你是缺心眼儿吗？把我的地址二话不说就给了杨灵。"耿浩从他手里夺回眼镜，安安稳稳地挂在鼻梁上。

"哎哟，杨灵要是不去，你能那么快和嫂子在一块儿吗？过去的事儿，咱们就别提了。"

是的，他把老家的房子给卖了，在莫村小学成立的那年寒假和钟秀结婚了。那年张书记也累倒了，村里临时进行村支书换届，钟秀以全票当选新书记。

张峰又不安分地戳了戳耿浩的脸，再次喷声道："你到底是去西部支教还是去非洲支教？怎么能黑成这个鬼样子？你一天天儿的不是应该在教室里上课？去哪儿晒的日光浴？"

"莫村那个地方，日光浴很充足，你有机会可以去体验体验。"耿浩没好气地给了他一个白眼儿，转念又眯眼看他，"你上次给我看初稿的那本小说，实体书出来了没？"

钟秀现在就是张峰的书迷，听说这次同学会张峰也会到，当时激动得直叹气，说要不是村子离不开，她也跟着一起过来了。末了，钟秀说让耿浩一定要张张峰的签名照。耿浩当时接下这个任务都能想象到张峰小人得志的那张脸来。

忽然间庆幸，没在黄九九面前说过最近电视上很火的那个女明星也是自己的同学。黄九九现在是李英的迷妹，说是叫什么粉丝。耿浩也不明白，为什么要用粉丝来代称那些明星的追捧者。反正如果黄九九知道耿浩来这儿会见到李英，一定会疯狂地跟过来。黄九九现在上高中了，学习正紧张，耿浩同意带她来钟灵都不会答应。

想到这儿，耿浩嘴角就忍不住漾起笑来，及时补充了一句："出来了记得寄去我家一本。"

"正在排印呢。放心，等出来，我签的第一本就寄给嫂子。"张峰很是义气地答应了下来，又很是嘚瑟地问耿浩，"怎么样，比起你投稿的文章，嫂子更喜欢谁的？"

"怎么，跟我比这个是想干什么？"耿浩似笑非笑地睨了他一眼。

张峰看话头不对，立马笑道："我能干什么？只是想证实一下自己的魅力。赶紧进去吧，里面都在等咱们了。"

有了张峰陪着，耿浩再进面前这栋大厦，整个人也舒坦了不少，没了拘谨。特别听了张峰的介绍，耿浩就跟进了何方的家一样随意。

张峰愣是从酒店服务吐槽到了酒店装潢，明明处处都好，也硬是挑出一堆的刺儿来。还跟耿浩讲了一件趣事，说之前有次他去某个城市搞签售会，晚上就住在何方的酒店，张峰知道何方就在那家酒店视察，就随便找了个理由疯狂投诉，一直逼着何方亲自出面。何方见着他一阵惊喜，然后还替张峰撑腰，问哪儿有问题就把人给开了。张峰说是故意找碴儿，何方气得差点没把他给丢出酒店……

几个小故事讲完，他们就到了同学宴的宴会厅外。

一进宴会厅，耿浩就看见宴会厅的大屏幕上播放着幻灯片，里面是他这些年在莫村里的点点滴滴。耿浩看着那些幻灯片，回忆再次慢慢涌现，其他同学看见耿浩出现，激动地涌上来，拍着耿浩的肩膀直夸他了不起。

在同学宴会上，同学们一如既往地亲热，像重新回到了大学时代，一点也没有相隔十年的生分，只有对时间的感慨。他们听说莫村经过一段时间的快速发展后，最近两年又开始没落，莫村小学也因为老师流失严重、教育设备不足、资金不够等原因陷入困境，立马对耿浩伸出援助之手。大家当场决定，为了偏僻乡村的教育，组建一个基金会进行援助。

莫村小学在基金会的帮助下，重新恢复生机。

耿浩继续在莫村小学坚守着。